從「話語」視角論中國文學

高玉——著

本書得到下列資助和立項：

中國教育部「新世紀優秀人才支持計畫」資助（2006-2009）

浙江省社科聯省級社會科學學術著作出版資金資助出版（2009年）

中國博士後基金課題（編號20020332202）「文學理論話語研究」

中國教育部社科規劃課題（編號07JA751021）「中西詩學話語比較研究」階段性成果

浙江省社聯社科規劃課題重點課題（編號03Z83）「文學理論話語研究」

序

高玉二〇〇一年到四川大學世界文學與比較文學學科做博士後，我是他的合作導師。《話語視角的文學問題研究》[1]就是在博士後出站報告的基礎上修改補充而成。

高玉的博士是在華中師範大學讀的，師從黃曼君先生。博士論文《現代漢語與中國現代文學》主要從語言的角度研究中國現代文學，出版以後很有影響。他的博士後出站報告仍然是從語言的角度研究文學，主要是從話語的角度研究文學和文學理論問題，比較文學是一方面，但也涉及到中國現當代文學、文學理論等。他博士後出站報告最初的題目叫《文學理論話語研究》，似乎也是切題的。博士後出站報告得到了老師們一致的肯定，認為具有開拓性，提出了很多重要的觀點，比如關於「反懂」這個概念就是作者總結出來的，他把它提升成一個文學理論範疇，能夠很好地解決當代文學欣賞中的一些問題，也可以說是對文學中晦澀現象的一種新的言說。

---

[1] 編案：本書原題名「話語視角的文學問題研究」。

著作在結構和思路上都很有特色。從目錄來看，似乎很散，有點「四不像」，很難歸屬，既不屬於純粹的比較文學與世界文學，也不屬於現當代文學或者文學理論等。一會兒古代，一會兒現代，一會兒中國，一會兒外國，比如「個人」與「自由」的這一章，從中國古代講到中國近現代，從歷史、哲學講到文學，問題很集中，但時間和學科跨度很大。書中的章節絕大多數都已經發表，發表的雜誌和「欄目」更是五花八門，有的發表在文學欄，有的發表在哲學欄，有的發表在語言欄，有的發表在歷史欄，屬於文學的文章有時屬於外國文學，有時屬於文學理論，有時屬於比較文學，有時屬於現當代文學，有時還屬於古代文學。關於著作的「散」「問題」，記得當時出站座談時就有老師提出來過，當然表達得很委婉，說這種寫法在結構上過於開放。

但這裏我要為高玉作些辯護。我覺得，按照傳統的學科標準和學術規範，這本書的確很散，但它有內在的統一性，這內在的統一性就是方法或者視角，具體地說就是「話語」的方法和視角，該書實際上就是「話語」研究，既探討「話語」本身，也探討文學和文學理論中的一些具體話語以及這些具體的話語對文學發展的制約和影響。有點近於「關鍵字」研究。我不知道這是否稱得上是一種新的學術方式，也許它能夠對我們當今的學術「範式」造成一些衝擊，至少提醒我們應該反思當代的學術範式。作者在第一章對於「話語」範式與傳統的「認識論」範式和「本體論」範式之間的區別有詳細的論述，按照這種區別，我的理解，本書具有明確的理論體系性，只是這種理論體系不同於「本體論」和「認識論」範式的理論體系。章與章之間的問題缺乏明顯的關聯，但具有內在的邏輯性。作者的目標似乎是顯示「話語」範式的特點及其意義。

我多年來關注話語問題，我感覺高玉的著作有很多新的東西，既有方法和學術思路上的，也有觀念上的，和我們過去的學術在做法上有很大的不同。沒有學科界線，他自己稱之為「跨文學研究」。我不知道這種做法究竟有多大前景，但我知道，這種研究是非常艱難的，可能會吃力不討好，對於現代學術體制培養的學者來說，這種研究似乎很難讓人接受。所以這種學術方式能否被學術界認可，我真的不敢肯定。我想著作出版之後可能會有些爭議，我希望有討論。但我現在想說的是，我們應該鼓勵這種探索和嘗試。

高玉是一個非常勤奮的人，把學術看得非常重。這麼多年來，他心無旁騖，一心一意做學問，取得了很大的成績，我很為他感到高興。祝願他取得更大的成績。

曹順慶，二〇〇九年六月二十七日於四川大學

目次

第一章　語言與話語

第一節　現代語言本質觀研究路向及檢討

語言問題是現代學術最關注的問題之一，它對現代哲學、文學、歷史等各個學科都有深刻而深遠的影響。但現代語言研究也存在著明顯的問題，主要是語言學和語言哲學之間的分裂與隔膜。我們看到，當代語言研究明顯表現出兩種不同的語言本質觀以及相應的研究趨向和路徑。語言學基本上持語言工具觀，所以主要是在形而下的層面上研究語言，而語言哲學則基本上持語言思想本體觀，所以主要是在形而上的層面上研究語言。兩種研究既沒有衝突，也缺乏交流與融合，各在自己的領域內沿著各自的方向展開。不同的問題意識和不同的研究路徑以及相應的不同語言本質觀，不僅明顯地表現在語言學和語言哲學的研究之中，在語言哲學內部，也大略表現出這樣兩種不同的傾向。

但語言本身並不具有這樣一種分裂性。問題出在我們對語言的研究和認識。

那麼，語言學關於語言研究的問題意識和研究路徑合理性在什麼地方？問題又在什麼地方？語言哲學關於語言研究的問題意識和研究路徑合理性在什麼地方？問題又在什麼地方？語言本質工具論有什麼合理性？又存在什麼缺陷？語言本質思想論有什麼合理性？它又存在什麼缺陷？語言學的語言本質觀和研究方法與語言哲學的語言本質觀和研究方法能否整合？本節將通過對當今語言本質觀研究的現狀進行描述和分析來回答這些問題，並提出解決問題的初步設想。

縱觀當今的語言問題研究，我們看到，實際上存在著三個領域的語言研究。

一、語言學領域的語言研究。這是職業的語言學研究，包括研究文字、語音、語法、辭彙等，就中國來說，主要包括現代漢語、古代漢語、普通語言學三個二級學科。其中，現代漢語和古代漢語主要是對語言現象的規則進行總結，包括詞義的釋訓，總體上來說具有技術性。而普通語言學則研究語言規律，既研究語音、語法、構詞規律，也研究語言的性質，研究語言與思維、語言與思想文化之間的關係，而這後一點則具有哲學的意味，和語言哲學比較接近。但總體上，在中國的語言學中，語言的起源、語言的本質、語言與思想思維之間的關係、語言與文化之間的關係等這些問題並沒有得到深入的追問，這種研究在中國語言學中是另類的，因而是被排擠的，其研究成果也很難在專業的語言學研究刊物中展示出來。語法、語音包括方言的研究則是正宗或者說主流的語言學。

與中國語言學不同，西方的語言學則明顯地表現出重語言技術性與重語言思想性的二分傾向，這兩種傾向既表現在不同的語言學家之間，也表現在同一語言學者的不同研究之中。這種分裂具有很深的歷史根源，事實上，十九世紀以來，西方語言學研究就明顯表現出這兩種不同的趨向和路徑。比如布龍菲爾德的《語言論》就重語言規則研究，而薩丕爾的《語言論》則重語言規律研究。洪堡特既研究語言的具體問題，也抽象地研究語言的文化思維問題，前者代表性著作如《論某些語言中方位副詞與代詞的聯繫》；後者代表性著作如著名的《論人類語言結構的差異及其對人類精神發展的影響》。索緒爾也這樣，早期的索緒爾主要講授哥特語、希臘語、拉丁語、梵語等具體的語言，後來由於偶然的機會才講授「普通語言學」，其《普通語言學教程》明顯具有哲學化的傾向，對後來的結構主義詩學影響巨大。其他如雅各森、喬姆斯基等其語言學研究都表現出非常複雜的情況。總體來說，外國語言學基本上是「重語言技術」與「重語言思想」平分秋色，並且在各自的領域發生方向不同的影響。當今西方語言學不過是沿襲了這樣一種格局。

二、外語領域的語言研究。外語作為學科，在中國具有特殊性。中國的外語系作為機構最早可以追溯到晚清的「同文館」和「廣方言館」，其初與工商等專業具有同樣的性質，是一門具有實用性和技藝性的學科。實用性和技藝性至今仍然是外語專業的最重要的特徵，所以，對外國語言的「聽」、「說」、「讀」、「寫」作為熟練的技能仍然是外語學習的最重要甚至是終極目的。但另一方面，隨著外語作為學科的長期建構和積澱，外語的人文性越來越加強，從簡單的語言學習開始，外語專業越來越走向對外國語言和文學的研究。在這一意義上，外語界對於語言的研究是從對外國語言的「教」和「學」而切入的。

總體來說，外語界對於語言的研究也大致在語言的工具性和語言的思想性這兩層面上展開。從教學的角度對語音、語法、辭彙規則的研究，這是典型的語言技術研究，具有形而下性。而從語言的角度研究外國文學、外國文化，研究外國語言與外國思想之間的關係，這是語言哲學研究，具有形而上性。特別是隨著對於翻譯的深入追問，研究翻譯的跨文化性、跨語際性，以及這種跨越性對本土文化、文學和語言思想的影響，這和語言哲學比較接近。所以，外語學界的語言學研究也表現出分裂的狀況。

三、哲學領域的語言研究，即語言哲學研究。語言哲學也明顯二分，即以分析哲學為主體的語言哲學，和以現象學、解釋學、結構主義為主體的語言哲學，前者重具體語言問題分析，具有技術性，後者則更多地抽象地談論語言與思想思維之間的關係，以及思想和觀念問題的語言論基礎。與語言學不同，語言哲學是從哲學的角度切入語言問題的研究，或者說追問哲學問題追溯到語言這裏，研究語言不是語言哲學的終極目的，其終極目的仍然是哲學問題或者說思想問題。

檢討當今的語言問題研究，我們看到，不論是語言學、語言哲學還是外語教學與研究，它們對語言的研究都存在著片面性，片面的根源在於語言本質觀的偏執，它們或者把語言看作是一種工具，只研究語言的技術性而忽略或否定語言的思想性，或者把語言看作是一種思想而忽略或否定語言的工具性。我們看到，語言學越來越成為語言技術學，語言學家越來越成了語言技術家。語言學滿足於對語言事實的歸納和總結，而不追求解決思考的問題，不研究概念及意義，不研究語義問題，不研究語境問題，對於辭彙缺乏思想層面的反思，這是有疑問的。語言的根本價值就在於它對人有意義有價值，所以，我們應該從意義和價值的角度來研究語言，特別是要從思想的角度來研究詞語，要研究思想概念以及這種概念對於人類思想演進的作用，陳嘉映說：「概念是研究的嚮導；如果我們不知道自己要往哪裡去，就會立刻迷失在無窮繁多的形態同異之中。我們把含有ai音的句子歸成一類，這在形態上是相當清楚的，然而沒有任何概念內容，沒有任何意義。」[1]但事實上，我們看到，當代語言學中，語言的例子大多都是日常用語，語料都是從日常生活、文學作品、新聞報導中來。對於概念，我們更關注的是物質名詞而不是思想名詞，對於思想史的「關鍵字」更是少有研究，完全把它們交給了語言哲學。我認為，語言學拒絕對現代思想辭彙進行研究，這是片面的，它只能研究語言在「形而下」層面上的規律，而不能研究語言在「形而上」層面上的規律。我認為，重視思想語言將會給語言學作為學科帶來翻天覆地的變化，將會使語言學向哲學敞開大門，從而使語言學的天地變得更寬廣。

事實上，二十世紀語言哲學正是從這裏切入，對哲學和思想問題展開語言研究，被稱為「語言論轉向」。二十世紀哲學「語言學轉向」的根本原因是語言本質觀發生了顛覆性的變化，這種顛覆被稱為「哥白尼式的革命」。

而在語言哲學和思想領域，實際上也存在著兩種不同的研究趨向和路徑，表現出不同的問題意識。這兩種研究路向同樣存在著它們各自的優點和缺點，檢討語言哲學主要是西方語言哲學研究關於語言本質的觀點，對

1 陳嘉映：《語言哲學》，北京大學出版社，二〇〇三年版，第二十頁。

於我們反思語言研究和認識語言的本質同樣是非常重要的。

對於語言哲學，在名稱上向來存在著分歧。在英語中，表示語言哲學的有兩個基本詞彙：「philosophy of language」、「linguistic philosophy」，還有一些變種，比如「philosophy of linguistics」，這裏關鍵的詞有兩個，一是「language」，二是「linguistic」，前者泛指語言，後者則指具有技術性的語言學，所以，我們通常把「philosophy of language」翻譯成「語言哲學」，而把「linguistic philosophy」翻譯成「語言學哲學」。linguistic philosophy「對意義、同義詞、句法、翻譯等語言學共相進行哲學思考，並且對語言學理論的邏輯地位和驗證方式進行研究。因此，語言學哲學是科學哲學的特殊分支之一，與物理學哲學、心理學哲學等並列。」而philosophy of language「可以留下來稱呼語言哲學原初領域剩餘的那些部分，包括關於語言的本質、語言與現實的關係等內容的或多或少具有哲學性質的論著。沃爾夫的《語言、思想與現實》，也許還有維特根斯坦的《邏輯哲學論》。」[1]當然，也有相反的約定，比如徐友漁說：「大致說來，我們可以作如下區分：語言哲學是哲學的一個分支、一個領域，它研究語言與實在的關係、意義的性質、真理概念、言語行為等問題。語言學哲學（或稱為『語言分析』）不是哲學的分支而是一種哲學方法，它對本體論、認識論和倫理學等領域中所用的概念進行分析。」[2]

區分「語言哲學」與「語言學哲學」其實是很重要的，「語言哲學」與「語言學哲學」實際上反映了兩種不同的語言哲學研究的路徑和傾向。語言哲學上把這種不同稱為「英美傳統」與「德法傳統」[3]，或者稱之為「分析哲學傳統」與「現象學—解釋學傳統」[4]。前者以弗雷格、羅素、奧斯丁、蒯因、克里普克等人為代表，

---

1 萬德勒：Liguistics in Philosophy，轉引自陳嘉映《語言哲學》，北京大學出版社，二〇〇三年版，第四頁。

2 徐友漁：《「哥白尼式」的革命》，上海三聯書店，一九九四年版，「序言」第三—四頁。

3 參見徐友漁等著《語言與哲學——當代英美與德法傳統比較研究》，生活・讀書・新知三聯書店，一九九六年版，〈前言〉第三三五頁。

4 陳嘉映：《語言哲學》，北京大學出版社，二〇〇三年版，第二—三頁。

後者以胡塞爾、海德格爾、伽達默爾、德里達等人為代表。

兩者的研究也根本不同，前者研究語言中的哲學問題，比如指稱、真理、語義、摹狀詞、言語行為、句子、人工語言等，非常專業，需要系統的學習才能進入。後者則可以說是從語言的角度來研究哲學問題，特別是研究語言與思維、思想之間的關係。胡塞爾從語言的角度研究邏輯，海德格爾從語言的角度研究「存在」。「英美傳統」研究的語言既包括哲學語言，也包括日常語言，其中以日常語言為主，有大量的語言實例；而「德法傳統」研究的語言主要限於哲學，即具有思想性、抽象性的語言，又因為他們認為語言具有整體性，是一個系統，所以，他們基本上不以具體的語句為例來說明問題，他們只討論具體的概念、範疇和話語方式。比如海德格爾討論「是」、福科討論「性」、德里達討論「結構」、利奧塔討論「合法性」，他們的確是在語言的層面上討論這些「詞」，但海德格爾的「是」已經不同於弗雷格、羅素等人的「是」，前者屬於哲學命題，後者屬於語言分析的「句法」。

正是因為對於語言研究的不同的問題意識和不同的路向以及不同的選取對象，所以在語言本質問題上，「英美傳統」與「德法傳統」表現出不同的觀點。總體來說，「英美傳統」與語言學的觀點比較接近，雖然他們也研究語言與現實的關係，認為很多哲學問題從根本上是語言問題，可以通過語義分析終極性地解決，但他們總體上認為語言是對事物和思想的命名，具有工具性。維特根斯坦曾說：「凡是能夠說的事情，都能夠說清楚，而凡是不能說的事情，就應該沉默。」[1]維特根斯坦這個判斷比較典型地體現了「分析哲學傳統」的特點，一方面，他們強調語言對於哲學的絕對意義，但另一方面，他們又強調語言背後有一種「事情」，只是有的「事情」是透明的，有的「事情」是不透明的，因而有的「事情」可以被言說，有的「事情」不能夠被言說，說到底，還是「事情」決定語言。這樣，「分析哲學傳統」的語言觀就具有邏輯經驗主義的特點。而「德法傳統」則是比較鮮

---

1 維特根斯坦：《邏輯哲學論》，商務印書館，一九六二年版，第二十頁。

明的語言思想本體論，他們認為語言就是思想本身，而不承認語言背後還有思想，或者思想可以脫離語言而赤裸裸地存在。用海德格爾的話說：「語言是存在之家」，「人詩意地棲居在語言之中」。「唯有詞語才讓一物作為它所是的物顯現出來，並因此讓它在場。」「『詞語缺失處，無物存在』——指點出詞與物的關係，它指明，詞語本身就是關係，因為詞語把一切物保持並且留存於存在之中。倘沒如此這般的詞語，那麼物之整體，亦即『世界』，便會沉入一片暗冥之中；包括『我』，即那個把所遇到的奇蹟和夢想帶到他的疆域邊緣、帶向名稱之源泉的『我』，也會沉入一片暗冥之中。」[1]在海德格爾看來，正是語言構成了我們的這個世界，沒有語言，世界包括人本身都會陷入一種混沌之中。這和索緒爾的觀點不謀而合，索緒爾曾說：「從心理方面看，思想離開了詞的表達，只是一團沒有定形、模糊不清的渾然之物。哲學家和語言學家常一致承認，沒有符號的幫助，我們就沒法清楚地、堅實地區分兩個觀念。思想本身好像一團星雲，其中沒有必然劃定的界限。預先確定的觀念是沒有的。在語言出現之前，一切都是模糊不清的。」[2]從主體的角度來說，沒有語言其實就是沒有思想。

「語言說」是海德格爾的一個重要命題，它其實就是強調語言對於人及其思想的決定意義，他說：「如果我們一味地把注意力集中在人之說上，如果我們僅僅把人之說當作人類內心的表達，如果我們把如此這般構想出來的說視為語言本身，那麼語言之本質就始終只能顯現為人的表達和活動。但是，人之說作為終有一死者的說並不是以自身為本根的。終有一死者的說植根於它與語言之說的關係。」[3]「語言說」與「人說」相對應，它們之間的關係是：「人說」植根於「語言說」。語言具有深層性，具有根本性，人說什麼受深層的語言的制約和規範，這就是後來廣為人知的「不是人說語言而是語言說人」這一命題的由來。海德格爾這裏所說的「人」

1 海德格爾：〈語言的本質〉，《海德格爾選集》下冊，上海三聯書店，一九九六年版，第一〇六八、一〇七一、一〇七九—一〇八〇頁。

2 索緒爾：《普通語言學教程》，商務印書館，一九八〇年版，第一五七頁。

3 海德格爾：〈語言〉，《海德格爾選集》下冊，上海三聯書店，一九九六年版，第一〇〇二頁。

指的是個體而不是「人類」，「終有一死」強調的是人的個體性以及人作為個體的短暫性。這裏所說的「語言」指的是語言方式而不是指具體的語言現象，語言作為人的生存方式具有永恆性、超越性。海德格爾認為不能從「人之說」這一角度來定義語言，如果這樣，人在語言面前就具有主動性，而語言則是由人任意操縱的，這樣語言就必然淪為人的工具。但事實上並不是這樣，實際上語言從深層上控制人的言說，人說什麼以及如何說並不是人本身能把握的，人只能在語言的範圍內具有主動性，這就是福科後來所說的「話語的權力」。所以，應該從語言本身來定義語言，因而語言具有思想本體性。

如果說海德格爾對語言本質的表述還有些令人費解的話，那麼，加達默爾的表述就非常清晰與明白。加達默爾說：「語言能讓某種東西『顯露出來』和湧現出來，而這種東西自此才有存在。」「世界在語言中得到表述。」「語言並非只是一種生活在世界上的人類所適於使用的裝備，相反，以語言做為基礎，並在語言中得以表現的是，人擁有世界。世界就是對於人而存在的世界，而不是對於其他生物而存在的世界，儘管它們也存在於世界之中。但世界對於人的這個此在卻是通過語言來表述的。……如果這個個人是在這種語言中成長起來的，則語言就會把他同時引入一種確定的世界關係和世界之中。」[1]又說：「語言根本不是一種器械或一種工具，……在所有關於自我的知識和關於外界的知識中我們總是早已被我們自己的語言包圍。」「語言越是一種活生生的過程，我們就越不會意識到它。因此，從語言的忘卻中引出的結論就是，語言的真實存在就在於用語言所說的東西。語言所說的東西構造了我們生活於其中的日常生活……語言的真實存在即是當我們聽到它時我們所接納的東西——被說出來的東西。」[2]在加達默爾看來，我們總是語言地據有我們的世界，人類社會的形態就是語言的形態，我們任何人和任何人的思想都脫離不開這樣一種形態。語言不是人的工具，而是人存在本

1 加達默爾：《真理與方法——哲學詮釋學的基本特徵》下卷，上海譯文出版社，一九九九年版，第四八九、五六六頁。

2 加達默爾：《哲學解釋學》，上海譯文出版社，一九九四年版，第六十二、〈編者導言〉第二十二頁。

身。洪漢鼎先生對加達默爾進行解釋說：「我們並非先同世界有一種超出語言的接觸，然後才把這個世界放入語言的手段之中，而是我們與世界的接觸和經驗本身從一開始就是在語言中進行的。語言對我們來說，絕不是把握世界的工具，而是構造世界的經驗本身。」「語言支配我們對世界的經驗，因此我們對特定對象的把握和經驗就不是自我創造的，而是預先設定的。語言總是使我們按照它的要求行事。」[1]這個解釋是非常準確的。

現象學——解釋學語言哲學關於語言本質的觀點的確非常有道理，並且也是事實，但這些道理和事實只限於思想領域，超出了思想領域，它就表現出局限性和片面性。可以說，思想脫離了語言根本就不存在，不能說語言是思想的工具或者思想存在於語言之中，而是二者根本就是一體的。但在日常生活和形而下領域，語言仍然具有工具性，人可以脫離語言對事物進行直觀的把握，我們絲毫不能否認這種把握的有效性，以及它優越於語言把握的地方。比如，沒有「樹」的概念，我們仍然能感覺到樹的存在，並且不能說這種感覺是不清晰的。感覺、知覺、表象、概念、判斷和推理，這是人類認識的基本過程，應該說，判斷和推理作為高級思維活動是純粹的語言過程，或者說是在語言內部完成的。而感覺、知覺、表象則不完全是語言的過程。我們的思維活動主要是在語言範圍內進行的，但我們不能因此否認人類低級認識活動的存在，從感覺、知覺、表象到概念的認識活動任何時候都是存在的，這也就是說，對事物的命名作為人類認識的過程任何時候都是存在的。研究語言的本質，我們必須把人類的認識過程整個地考慮在內。

「德法傳統」的語言哲學最大的缺陷就是他們實際上把語言局限於哲學的範圍內，他們所研究的語言是哲學語言或思想語言，而不是人類所有的語言。換句話說，他們只看到了語言的哲學性或者說思想性，他們關於語言的思想本體論觀點只適用於哲學概念，只對哲學概念有效，只限於思想範圍。相對於傳統語言本質論即工具論來說，現代語言哲學可以說發現了語言的另一面，開闢了語言研究的另一個天地，其貢獻是巨大的，它促

1 洪漢鼎：《詮釋學——它的歷史和當代發展》，人民出版社，二〇〇一年版，第二五五、二五六頁。

進了語言學的巨大進步，大大拓展了語言研究的深度，發現了語言與哲學、與我們的思想和學術之間的內在聯繫，從而導致二十世紀整個哲學研究的「語言論轉向」。但語言哲學肯定語言思想本體性的時候，完全否認傳統的語言工具性，並把二者完全對立起來，這又失之片面。

反思中西方迄今為止的語言學和語言哲學研究，我們發現，對於語言本質，我們在思維方式上也是存在著問題的。什麼是「本質」？我們一般的理解是：本質是事物的根本屬性，而根本屬性只有一個，其他屬性都是由根本屬性決定的。但「根本屬性」是否只有一個，本質是否是單一性的，這是值得懷疑的。就語言來說，「工具性」和「思想本體性」都具有根本性，只是這種根本性表現在不同的語言現象上。

這裏涉及到另一個更為根本的問題，就是語言的「元」性問題。過去，語言一直是一個「元」概念，即是不可再分的概念或者說最小的概念。語言作為「元」概念，具有內在的統一性，即具有某種純粹的品質，這種品質存在於所有的語言現象之中，並且這種品質對所有的語言都具有根本性。但現在看來，語言並不具有這樣一種統一性，語言的品質也不是單一的。日常語言和哲學語言在形式上相同，但在內在的品質上存在著巨大的差異，我們沒法用某種品質對它們進行統一的概括。語言具有「形而下」性和「形而上」性，這是兩個不同的層面，在「形而下」的層面上，語言具有工具性；在「形而上」的層面上，語言具有思想本體性。語言的工具性和思想本體性都是語言的本質。

總之，當代語言哲學與語言學雖然都以語言現象作為研究對象，但其研究的方法、觀點和目的等都有巨大的差別。為什麼存在如此大的差異？我認為語言本質觀的偏頗是其根本原因。非常明顯，按照不同的語言觀，語言研究就會走向不同的路徑。那麼，如何消弭這種差異？如何瀰合語言哲學和語言學之間的裂隙？我認為最重要的就是對兩種語言本質觀進行新的整合。語言本身具有統一性，語言的工具性和思想本體性，都是語言的本質，二者其實是可以相互補充的，在互補的意義上二者可以整合。

第二節　語言的「工具性」和「思想本體性」及其關係

二十世紀哲學的一個重大突破就是對語言思想本體性的發現，這個發現給整個人類思想和思維方式帶來了深刻的革命。但是，「思想本體性」就是語言的唯一本性嗎？語言的「思想本體性」能否取代或包容傳統的語言「工具性」？如果不能，它們之間是一種什麼關係？其深層的理論根據又是什麼？對於這些問題，哲學和語言學都缺乏深入的研究。筆者將嘗試回答這一問題。

哲學史充分表明，很多重大理論基礎和思維方式的突破常常是術語、概念的突破。思想上的「元概念」的分裂有如物理中的「原子」的分裂一樣力量巨大。「意識」是這樣，「時間」是這樣，「語言」同樣也是這樣。二十世紀哲學最重要的特色就是所謂「語言論轉向」，即注重從語言的角度來研究思想和思維，並對很多重大的傳統問題進行了新的解決。

語言何以能給哲學思想帶來如此大的革命？我認為這與「語言」在概念上的變化有很大的關係，與我們對語言本性的新的理解或發現有很大的關係。二十世紀之前，「語言」在哲學中是一個「元概念」。所謂「元概念」，即最小概念或者最基本概念，其特徵是在哲學意義上具有不可分性。語言呈現為各種各樣的形態，但它都屬於符號，是思想的工具，在「符號」和「工具」的層面上，它具有統一性。把語言根據語種區分為漢語、英語等國別語言，根據外形特徵區分為象形文字、拼音文字，把詞語區分為動詞、名詞、連詞等，這些都不改變語言的「符號」和「工具」的性質，對於哲學思想沒有什麼特別的意義。但是到了二十世紀，語言的「符號」和「工具」性開始遭到哲學的質疑，也即語言作為「元概念」遭到質疑。人們發現，語言具有思想本體性。這一發現，給整個哲學和思想領域帶來了一場深刻的革命。

二十世紀之前，哲學總體上對語言缺乏「自我意識」，也就是說，哲學整天都在和語言打交道，但卻想當然地認為是在和語言背後的思想打交道，缺乏對思想的語言性反思。哲學也使用「語言」這個概念，但是只在日常的層面上使用它，它還只是一個一般性詞語而不是哲學術語，換句話說，哲學中只有語言學的「語言」概念而沒有自己的「語言」概念。二十世紀哲學發現了語言的思想本體性，實際上是發現了或者說建構了一個哲學的「語言」概念，這樣，「語言」就和「物質」、「意識」、「主觀」、「客觀」等一樣成為一個哲學基本概念或關鍵字，從而改變了哲學研究的內部結構。

人們發現，在哲學的層面上，語言不再是思想載體而是思想本身。對於這一觀點，英國電視製作人麥基在七〇年代的一次哲學訪談中曾經有一個概括，我認為他這個概括非常準確，道出了西方語言哲學對於語言本質的基本觀點，既深得現代哲學「語言轉向」論的精髓，又非常通俗和簡明。他說：「什麼是真理？」「什麼是美？」「什麼是正義？」「這些問題似乎意味著無形抽象物的存在，似乎無論以什麼辭彙表達，那些東西畢竟是獨立存在的。似乎哲學家們一直想穿過問題、穿過語言面達到隱藏在語言背後的某種非語言的現實。針對這種觀點，語言哲學誕生了。語言學哲學家認為，這種觀點是一種很大的錯誤，它導致我們思維上的各種嚴重錯誤。他們說，這些詞後面根本不存在任何獨立的實體。語言是人的一種創造，我們發明了詞，決定它們的用法。理解一個詞恰恰意味著知道怎麼用它。以『真理』這一概念為例，當你充分地理解怎麼去正確地使用『真理』這個詞，以及與它有關的『真正的』、『真實的』等詞的時候，那麼你就充分地理解了它的意思。這個意思僅僅是這個詞的既有用法，而不是某種存在於某些非語言領域的獨立實體。」[1] 就是說，在傳統語言學那裏，語言具有透明性。在傳統語言學那裏，語言是一種媒介或者工具，我們可以透過語言達到對語言背後的思想或實在的認識。換一句話，語言從本質上是一種物質外殼，包藏在物質外殼裏面的是無形的思想，思想雖然無

1 麥基編：《思想家》，生活·讀書·新知三聯書店，一九八七年版，第一八二頁。

形，但卻是一種客觀存在，並且它先於語言而存在，或者說，語言本質上是一種表象，表象的背後是深層的思想。這就是所謂「語言工具論」，可以最簡單地表述為：語言是表達情感和交流思想的工具。而現代語言哲學最大的貢獻就在於它突破了傳統根深蒂固的語言「工具」觀。它認為，語言的意義就是語言本身，就在於語言的具體使用。思想就存在於語言之中，而不存在於語言之外。不存在獨立於語言之外的實體。所以，思想就是語言本身，並沒有脫離於語言的赤裸裸的思想。用洪堡特的話概括就是：「人們可以把語言看作一種世界觀，也可以把語言看作一種聯繫思想的方式。」[1]這就是語言「思想本體論」。現代哲學的很多重大觀點突破就建立在這樣一種語言本質觀的基礎上。

語言「思想本體」論的觀念比較早地可以追溯到洪堡特、索緒爾，在語言學的意義上把這種思想完善化的是沃爾夫、雅柯布森等人，在哲學上對它進行充分論證和表述的則是羅素、維特根斯坦、海德格爾、伽達默爾等人。而把這種思想運用在哲學研究上，做得最好、成就最大的是福科，福科的話語實踐理論及話語分析研究，其深層的哲學基礎主要就是語言思想本體論。總結從洪堡特到福科的語言思想，我們看到，他們基本上都是反「語言工具論」的，比如海德格爾說：「語言之本質並不只是在於成為理解的工具。憑這一規定性全然沒有觸著語言的真正本質，這一規定無非是語言之本質所導出的一個結果而已。語言不只是人所擁有的許多工具中的一種工具；唯有語言才提供出一種置身於存在者之敞開狀態中間的可能性。唯有語言之處，才有世界。」[2]伽達默爾說：「語言根本不是一種器械或一種工具。因為工具的本性就在於我們能掌握對它的使用，這就是說，當我們要用它時可以把它拿出來，一旦完成它的使命又可以把它放在一邊。」[3]

1 洪堡特：《論人類語言結構的差異及其對人類精神發展的影響》，商務印書館，一九九七年版，第四十七頁。
2 海德格爾：《海德格爾選集》（上），上海三聯書店，一九九六年版，第三一四頁。
3 伽達默爾：《哲學解釋學》，上海譯文出版社，一九九四年版，第六十二頁。

但是，「語言工具論」真的可以簡單地定性為「錯誤」而予以拋棄嗎？語言「思想本體論」就是絕對正確的嗎？它能涵蓋所有的語言現實嗎？語言「思想本體論」可以取代「工具論」嗎？這些其實都是值得深入追問的問題。我們承認語言「思想本體論」的合理性，但這種合理性有它的局限和範圍；我們承認語言「工具論」的問題和片面，但「工具論」也有它的歷史根據和現實依據。

為什麼傳統的語言學不關注語言的思想問題，這與傳統的語言學主要研究語言形式、說話的規則等語言技術問題有很大的關係，從這樣一個角度來研究語言，勢必對語言的思想性視而不見。相反，現代語言哲學不關注語言形式問題，不研究語言對於思想情感的表達問題，不研究語言對於客觀世界的傳達問題，這與現代語言哲學主要關注思想和思維問題有很大的關係。但是，對語言的「工具性」不關注，或者說視而不見，不等於語言的「工具性」不存在。對事物的命名，對情感的表達仍然是語言的根本特性之一，並且這種特性不是派生的，而是本源的。

我認為，不能因為語言「思想本體性」具有合理性，不能因為它在哲學上的適用性以及給哲學帶來了深刻的革命，就否定傳統的語言本質觀。傳統的語言工具觀同樣具有適用性，具有歷史和現實根源，同樣構成語言的本質。

語言本質最重要的問題是「詞」與「物」的關係。傳統的語言工具觀正是根源於對「詞」與「物」關係的一種描述。語言首先是「詞」[1]，而「詞」起源於對事物（object）的命名，這是中西方對於語言起源比較一致的看法。中國古代的《易經》說：「上古結繩而治，後世聖人易之以書契。」「古者庖犧氏之王天下，仰則觀象於天，俯則觀法於地，視鳥獸之文與地之宜，近取諸身，遠取諸物。」這句話所隱含的語言意義是：文字（即

1 「詞」包括聲音和文字兩部分，通常認為聲音先於文字。對於二者誰對詞更具有本質性，二十世紀語言哲學界存在著爭論，這種爭論與筆者所要論述的問題關係不大。

詞）起源於對事物的命名，本質上是事物的符號。所以章太炎說：「語言者不憑虛起。呼馬而馬，呼牛而牛，此必非恣意妄稱也。諸語皆有根，先徵之有形之物則可睹矣。」[1]西方也基本上是這樣一種語言起源觀，德國語言學家赫爾德認為，語言起源於人的「悟性」（Besonnenheit），「第一個被意識到的特徵就是心靈的詞！與詞一道，語言就被發明了。」[2]他在《論語言的起源》一書的扉頁上引了西塞羅的話：「詞語是事物的符號」，這顯然也是他自己的觀點。奧古斯丁說：「我看見大人稱謂某個對象，同時轉向這個對象，這時我會猜測，他們用這個聲音來指稱他們所要指出的那個對象。」[3]早期西方的語言理論就是建立在這樣一種普遍而簡明的語言現象之上。

語言不僅僅只是起源於對事物的命名，並且這種命名活動在今天的語言現實中仍然在廣泛地延續。在現代社會，每年都產生大量的新詞語，涉及到政治、經濟、金融、貿易、商業、文化、科技、教育等。分析這些詞語，我們看到，它們絕大多數都是名詞，都是對物質及日常生活現象的命名。在這裏，語言顯然仍然是符號和工具。正是在工具的層面上，各種語言之間能夠進行相互翻譯和轉換而不至於有多少損益。這是簡單的道理，也是基本的事實。這種簡單的道理和基本的事實對哲學沒有太大的意義，但哲學在思考艱深的問題時不能忽視簡單的道理和基本的事實。

我們對傳統語言本質工具論的獨斷性提出批評，但語言的工具性本身卻並不能完全否定。現代語言哲學語言本質「思想本體性」有它的合理性，特別是對於糾正傳統語言本質觀的偏頗有它的積極價值，但現代語言哲學完全否認語言的工具性，否認語言對事物的命名性，否認語言與世界的對應關係，這又走向另一種偏激從而失當。就語言的現實來說，語言的確具有形而上性，正是在形而上的層面上，語言具有思想本體性。所謂「思

1 劉夢溪主編《中國現代學術經典・章太炎卷》，河北教育出版社，一九九六年版，第二十八頁。
2 赫爾德：《論語言的起源》，商務印書館，一九九八年版，第二十七頁。
3 奧古斯丁：《懺悔錄》，商務印書館，一九六三年版，第十一——十二頁。

想本體性」，即是說，語言不是思想的載體或附屬物，語言就是思想本身，思想產生於語言內部，概念的產生就是思想的產生，概念的衍生就是思想的衍生。思想在語言內部自我循環，它指向語言本身而不是通過語言指向某種實在。思想性的語言不具有透明性，思想不是穿越語言達到某種實體。但「思想本體性」只是語言現實的一方面或者說一部分，另一方面，語言又具有形而下性，在形而下的層面上，語言仍然具有工具性。我們不能否認物質實在的存在，而我們對物質實在的把握是通過語言的方式來完成的，也就是說，語言是我們把握物質實在的橋樑和仲介，我們的終極目的不是把握語言，而是透過語言把握語言背後的物質實在，得魚忘筌，得到物質實在以後，我們可以把語言拋開。在這一意義上，語言是事物的符號，具有形式性。

語言之所以既具有思想本體性又具有工具性，這是由世界的本性決定的。總體來說，世界實際上可以劃分為兩個部分，即形而上部分和形而下部分，大略相當於我們日常所說的精神的世界和物質的世界，在形而上即「道」的層面上，語言具有思想本體性，而在形而下即「器」的層面上，語言具有工具性。或者說，語言本質工具觀主要適用於日常生活領域，而語言本質思想本體觀主要適用於思想領域。所以，筆者提出語言本質「道」「器」論[1]，認為語言的工具性和思想本體性是語言的兩個層面，這兩個層面所針對的是不同的語言現象。比如「樹」作為概念，它具有工具性，「樹」作為語言它的意義不在於「樹」作為詞本身，而在於「樹」作為符號它所標示或指稱的對象，在這裏，「樹」作為語言就具有透明性，在我們日常的語言行為中，我們實際上要把握的是「樹」的實在而不是「樹」的概念，「樹」的概念最終是由「樹」的實體決定的。而「上帝」作為概念則具有思想本體性，「上帝」作為語言的意義就在「上帝」這個詞本身，更準確地說，在於「上帝」作為一種話語方式，「上帝」的意義是由「上帝」這個詞以及相關話語決定的，而不是由「上帝」的物質實在決定的。與「樹」這種概念不同，「上帝」僅僅只是一個詞，它指向自身而不是指向詞之外的某種實在。在工

[1] 參見拙文：〈語言本質「道器」論〉，《四川外語學院學報》二〇〇一年第二期。

具性的語言中，先有「樹」然後才有指稱「樹」的概念，但在思想性的語言中則恰恰相反，先有「上帝」的概念，然後才有對「上帝」的作為客觀實在的想像。「上帝」從根本上是人的一種思想，而不是一種客觀存在。

回到麥基上面對於現代語言哲學關於語言本質的概括，我們看到，現代語言哲學正是在思想的層面上對語言進行追溯從而與傳統語言學分道揚鑣並且持完全相反的語言觀。「什麼是真理？」「什麼是美？」「什麼是正義？」對於概念的思想性追問，這是現代語言哲學的出發點，但對這個出發點進行深入的追問，我們發現，這個提問是有問題的。「真理」、「美」、「正義」有某種共同性，都是形而上性的概念，它們不能涵蓋所有的概念類型。正如我們上述所分析的，世界實際上可以劃分為形而上和形而下兩部分，相應地，在指稱上，概念也可以劃分為物質實在性名詞和思想性名詞，這兩類名詞作為語言現象其品格、功能和運作方式都有很大的不同，把形而下概念完全排斥在語言本質所概括和追問的範圍之外，這樣的語言本質觀其片面性就可想而知了。

事實上，作為名詞，「金山」、「飛馬」、「獨角獸」、「圓的方」從根本上不同於「杯子」、「電腦」、「狗」、「天鵝」。前者是思想概念，後者是物質概念；前者的意義指向詞本身，而後者則指向物質實在。前者是思維的產物，後者則是實物的抽象符號。前者是表面上的物質名詞，實質上的精神性名詞，世界上根本就不存在「金山」、「飛馬」、「獨角獸」、「圓的方」等事物，它們本質上是現實在精神上的一種延伸和想像，從根本上屬於人的思想。「杯子」作為詞語的意義在於它能夠指稱實際的杯子，而「圓的方」則沒有指稱，它作為語詞的意義在於它自身，具體地說，在於「方」與「圓」作為概念所構成的關係。把詞語區分為物質名詞和精神名詞這對於語法研究來說沒有多大意義，但對於哲學研究來說則意義重大。語言學和語言哲學正是在這裏分道揚鑣，從而走向不同的研究路向。

「什麼是真理？」和「什麼是石頭？」這在語法上沒有任何不同，但在思想上，這是兩個完全不同的問題，對於它們的追問會導致完全不同的研究路徑，並會得出不同的語言本質結論。就目前的現狀而言，前者基本上是語言哲學的研究路徑，其關於語言本質的結論就是語言思想本體論；後者基本上是語言學的研究路徑，其關於語言本質的結論就是語言工具論。陳嘉映先生對於語言學與語言哲學的比較是非常深刻的，他說：「語言學家旨在更好地理解語言的內部機制，直到掌握這一機制甚至製造語言，哲學家從理解語言的機制走向理解世界，他不打算製造任何東西，而只是期待一種更深形態的理解生成。語言的哲學分析得出的道理是世界的道理，不是語言的道理。……哲學無法從高度形式化的科學汲取多少營養，語言學越成為一門標準的現代科學，它對哲學的幫助就越少。」[1]需要補充說明的是，語言哲學也分析語言的道理，但不是語言形式的道理，而是語言與思維、語言與社會之間的關係，以及語言是如何生成思想的，從而研究思想的道理即世界。但這種區分並不為我們大多數的語言哲學家和語言學家所重視，這也是當代語言學和語言哲學在語言本質觀上存在著相互對應的致命弱點的重要原因，這是深為可惜的。

所以，語言的「工具性」不是海德格爾所說的是語言「思想本體性」導出的一個結果，而是和「思想本體性」並列的本質，同樣是語言的根本屬性。

「本質」是西方哲學史上一個古老的範疇，它與「現象」相對。古希臘時所謂「世界是由水構成的」、「世界是由火構成的」、「世界是由數構成的」等，都是一種「本質主義」。所謂「本質」，按照一般意義上的理解：「指事物本身所固有的、決定事物性質、面貌和發展的根本屬性。」[2]所謂「根本屬性」，其實可以追溯到亞里斯多德。亞里斯多德認為，事物有多方面的屬性，人們可以從多方面來認識事物，但只有認識事物的本質才是真正的認識，才是最充分的認識。對於「本質」，亞里斯多德說：「一個事物的本質是它由於自身而被說成所是的那個東西。」[3]亞里斯多德還提出所謂「四因」說，這「四因」分別是：「質料因」、「形式因」、「動力因」、「目的因」，按照阿奎那的概括，「『質料』是事物的原料，『形式』是事物的本質，

1 陳嘉映：《語言哲學》，北京大學出版社，二〇〇三年版，第二十三頁。
2 《現代漢語詞典》，商務印書館，一九八三年版，第五十二頁。
3 亞里斯多德：《形而上學》，商務印書館，一九八三年版，第一二九頁。

『動力』是事物的製造者，『目的』是事物所要達到的目標。」[1]這樣，事物的本質似乎就只有一個。

但是，事物的本質未必只有一個。列寧在談到認識問題時曾說，人的認識只能「從現象到本質、從不甚深刻的本質到更深刻的本質的深化的無限過程。」[2]這實際上告訴我們，事物的「本質」不只有一個，而且還可以進行層次的區分。而後現代主義則乾脆否定「本質」的存在，即所謂「反本質主義」，這當然是一個更複雜的問題。就語言來說，說語言沒有本質，這過於極端，也不是事實，不能為大家所接受，但語言顯然不只有一個本質，這卻有充分的根據。我認為，語言具有工具性、具有思想本體性，還具有「詩性」，這可以說是語言的三個「維度」或「三個層面」（下一節詳細論述），它們都是語言的本質，只不過它們在不同類型的語言中表現出不同的情況：在哲學中，在觀念和思維性的詞語中，語言主要表現出思想本體性的本質；在日常生活的現象描述和交流中，特別是物質性名詞中，語言主要表現出符號性或工具性的本質；而在文學表現中，特別是在情感和色彩性的形容詞中，語言主要表現出它的詩性的本質。關於語言的「詩性」本質，海德格爾曾有所論述，但這主要是一個文學理論範疇，目前文學理論對這個問題卻研究得非常少，還缺乏充分的論證。因為還缺乏基本的共識，所以這裏將不討論這一問題。

當今學術界或者說思想界實際上主要是兩種「語言」概念，一是語言學的「語言」概念，主要是在「形而下」即日常生活的層面上有意義。二是哲學的「語言」概念，主要是在「形而上」即思想的層面上有意義。但這並不意味著我們有兩種不同的語言，而僅僅意味著語言在內涵上的複雜性，就是說，語言在本質上實際上有兩個層面，即工具的層面和思想的層面，這就是筆者所說的「二元」本質。但哲學上卻對語言的「二元性」缺乏充分的認識，也缺乏理論上必要的整合。

1 湯瑪斯・阿奎那：《亞里斯多德十講》，中國言實出版社，二〇〇三年版，第五十三頁。
2 列寧：《哲學筆記》人民出版社，一九七四年版，第二三九頁。

語言「工具論」和語言「思想本體論」都有其合理性，語言工具論在日常語言中是合理的，語言「思想本體論」在哲學語言中是合理的，二者又都有其缺陷，它們都不能概括所有的語言現象和思維問題。在這一意義上，二者之間的優缺點恰恰構成互補和對照。思想性和工具性是語言的兩個層面，二者針對和適用於不同的語言現象，並且具有不同的品性，語言作為工具具有形而下性（即「器」性），作為思想本體具有形而上性（即「道」性），語言的「道」「器」不是矛盾而相互補充從而在整合的意義上構成語言的本質。傳統語言本質觀即「工具論」的最大缺陷在於歷史主義和經驗主義，而現代語言本質觀即「思想本體論」的最大缺陷則在於過於形而上學性從而絕對化。

語言的確起源於對事物的命名，並且這種本性至今仍然還在延續。語言是由人創造出來的，在語言之初，人的確控制著語言，並且在今天人仍然在一定程度上控制著語言。語言之初，語言始終與社會現實、與物質實在緊密地聯結在一起，文明之初的語言從根本上可以歸結為詞與物的關係問題。但是隨著人類社會的發展和語言的積累，語言越來越脫離人的控制而具有自主性，越來越擺脫對客觀實在的依附而具有獨立性。人類的思想文化主要是通過語言的方式沉積下來的，人類變得越來越依賴於語言，所以，語言一旦成熟就走上獨立的發展軌道，就不再被人隨心所欲地控制，而是反過來控制人，規範人的思想和行為。語言一旦獨立，它就不再是簡單的對客觀實在的命名和對世界的描摹，而走向意義的自我生成，即語言不再是附屬物而是它自身，其意義不僅來源於外部，同時也來源於內部，也即語言具有思想本體性。現代語言哲學正是從這裏開始為我們敞開了一個全新的世界。

所以，完全根據語言起源來確定語言的本質並把它獨斷化，在思路上和邏輯上都是有問題的，其本質是一種「起源終極論」。其實，對於語言起源問題的意義和價值，西方也是有爭議的，一八六六年，巴黎語言學會對語言起源問題研究就提出懷疑。「丹麥語言學家威廉・湯姆遜認為：語言起源問題的研究與語言學毫無關係，既無直接聯繫，又無間接聯繫。」[1]這句話當然過於絕斷了，但語言起源與語言本質之間不是一一對應關係，我們不能完全根據語言的起源來判定語言的性質，這卻是有道理的。

正是因為如此，所以我對傳統語言工具本質觀的獨斷論提出批評，也對現代語言思想本體本質觀的獨斷論提出批評。當然，傳統語言本質觀其缺陷是多方面的，遠不只是如上所述的「起源終極論」，但對傳統語言本質觀的反思不是這裏研究的重點，恰恰相反，我這裏更看重的是傳統語言本質的合理因素，以及這種合理因素對於現代語言本質觀所存在的缺陷的瀰補，和對於克服現代語言本質研究困境的作用。

我認為，認識語言本質的「二元性」，特別是把語言的「工具性」與「思想本體性」這兩個不同的層面區別開來，具有重要的學術價值。從前，在傳統語言學那裏，「上帝」、「石頭」、「馬」、「飛馬」、「山」、「金山」都是名詞，對它們進行類別的區別對於語言學來說，既沒有什麼意義，也沒有必要。但是，現在，從語言哲學的角度來說，它們之間存在著根本性的區別，並且這種區別會深刻地導致思想方式和問題的完全改變。在語言學那裏，「什麼是馬？」與「什麼是飛馬？」作為問題是沒有什麼差別的，但一旦加入哲學的維度，對「馬」和「飛馬」作概念性質的區分，那麼，在語言本質的「二元性」語境下，我們問：「什麼是馬？」我們實際上是在追問「馬」的物質，這種追問最終會導致科學，即對馬的科學研究。我們問：「什麼是飛馬？」我們實際上是在對人的思想方式的追問，是在對詞語本身進行追問，這種追問最終會導致哲學分析，具體地說，會導致話語分析。這裏，因為「馬」和「飛馬」是兩個完全不同性質的概念，前者是語言學的概念，後者是哲學的概念，前者是物質層面上的概念，後者是思想層面上的概念，前者具有工具性，後者具有思想本體性，所以，「什麼是馬？」與「什麼是飛馬？」看似只有一字之差，但卻是兩個完全不同的問題，前者是科學問題，後者是哲學問題。解決這兩個問題，用的是兩種完全不同的思想方式。

---

[1] 裴文：《索緒爾：本真狀態及其張力》，商務印書館，二〇〇三年版，第十七頁。

由此我們看到，以語言本質的「二元性」作為思想背景，對概念進行語言學和語言哲學的劃分，進行思想層面和物質層面的劃分，其哲學意義是非常重大的。這種區分能夠使我們清楚地意識到我們所談論的對象。有時，我們實際上是在通過語言談論語言背後的物質對象或者事實，這時我們真正關注的是物質或事實，語言不過是我們通向物質或事實的仲介。有時，我們似乎是在談論一個「問題」，但我們不過是在談論語言本身，因為「問題」就是話語方式，就是語言本身，脫離了特定的術語、概念、範疇，脫離了特定的話語方式，「問題」將不復存在，換一種語言、換一種話語方式，「問題」就會變化，就會是另外一個「問題」。很多問題的解決，並不是事實的「解決」，而僅僅只是語言的「解決」。很多所謂「偽問題」其實是語言上的「消解」。歷史、哲學、文學、道德、宗教等很多學術問題都是如此。「歷史」作為已經消逝的事實，這是不能改變的，改變的只是我們對歷史的言說。中西方文化的差異，哲學思想、文學理論、宗教觀念的差異，從根本上是兩種話語方式的差異，從深層上根源於語言體系的不同。

第三節　語言的三個維度與文學語言學研究的三種路向

「文學是語言的藝術」，這是顯著的事實，也是文學本質最核心的內容。但過去我們卻很不重視從語言的角度來研究文學的藝術性，這應該說與傳統的語言工具觀有很大的關係。二十世紀，語言研究在思想和哲學領域取得了巨大的突破，語言本質觀也發生了巨大的變化。九〇年代之後，隨著西方語言哲學以及結構主義、分析哲學、解釋學等學說進入中國，中國的文學理論和文學批評也開始了自覺意識的文學語言學研究，取得了巨大的成就。但是，總體上來說，目前的文學語言學研究還存在著很多誤解、混亂、缺陷，有很多問題包括很多概念都需要清理。本節試圖對文學語言學研究進行總結、歸納，特別是探究這些研究的深層的語言學邏輯理路，以期推動文學研究向縱深發展。

語言具有三個層面，相應地，文學的語言學研究也表現出三種路徑和向度。

語言的第一個層面：工具性。在工具的層面上，語言從根本上是對事物的命名，是事物的符號。在這一層面上，事物是第一性的，語言是第二性的；先有事物，然後才有語言；事物是內容因而具有根本性，語言是形式因而具有附屬性；事物可以脫離語言而獨立存在。因此，在語言的工具性層面上，語言學主要是研究語言的形式，特別是研究語言是如何表達事物的。「語言學是研究語言現象及語言規律的一門社會科學。」[1]也就是說，語言學只研究語言本身，而不研究語言所牽涉的包括語言與人及其思想之間的複雜關係。傳統語言學主要是在工具論的基礎上研究語言的語音、語法、辭彙、文字、方言、修辭、語言史、語言習得等，這也是我們今天主流語言學的基本內容。從這裏也可以看到，語言本質工具觀層面上的語言學主要是「形式語言學」或「技術語言學」。

在工具層面上從語言學的角度來研究文學，主要就是研究文學作品的語言形式、風格以及修辭等，當然也研究作家的語言運用技術。在西方，亞里斯多德的《詩學》和《修辭學》都有關於文學語言問題的論述，但這些論述都是在文學的語言形式、語言風格和語言技巧上來討論的。《詩學》第十九章開始討論「詩」（即文學）的「言詞」問題，其中提到了「語氣」，亞里斯多德認為它屬於「言詞」的內容，但與「詩」沒有太大的關係，所以沒有展開論述。第二十章專門討論「詩」的「言詞」問題，其中包括：「簡單音、音綴、連接詞、[arthron]、名詞、動詞、詞形變化、語句。」第二十一章專門討論名詞問題，主要是對詞進行分類：「字分普通字、借用字、隱喻字、裝飾字、創新字、衍體字、縮體字、變體字。」[2]並分別舉例說明。此外，《詩學》還從

---

1 高名凱、石安石主編《語言學概論》，中華書局，一九六三年版，第一頁。

2 亞理士多德：《詩學》，羅念生譯，人民文學出版社，一九六二年版，第六十七—六十八、七十二頁。羅念生先生這裏的「字」，苗力田主編的《亞里斯多德全集》譯為「詞」，見《亞里斯多德全集》第九卷，崔延強譯，中國人民大學出

語言的角度討論了文學的風格以及格律等問題。這明顯就是我們今天語言學的思路和模式。

《詩學》主要是研究戲劇和詩歌，這是當時「詩」的範圍。而《修辭學》則主要研究「演講的藝術」，也即當時的「散文的藝術」，因為古希臘的演說是當時主要的散文。而《修辭學》的第三卷基本上是講語言問題的，雖然在「修辭」的意義上，亞里斯多德也涉及到語言的「詩性」問題，但總體上，亞里斯多德在這裏還是在工具的層面上講語言，比如第二章「風格的美——普通字——本義字——隱喻字——附加字——指小字」、第五章「語言的正確性的五個要求」、第九章「連串句——環形句——對立子句——等長句——相似句」[1]等，從標題我們就可以看出，它們屬於語言學的範圍，主要是在形式上、技巧上而不是在思想上、詩性上講文學的語言。事實上，亞里斯多德的這些觀點和思維方式為西方語言學奠定的深層的理論基礎，成為西方語言學的源頭和雛形，也確立了西方語言學的基本模式和發展方向。

中國古代總體上也是語言工具觀，荀子的話非常具有代表性：「名無固宜，約之以命。約定俗成謂之宜，異於約則謂之不宜。名無固實，約之以命實，約定俗成謂之實名。名有固善，徑易而不拂，謂之善名。」（〈正名篇〉）這是非常典型的語言命名觀。

在中國古代的文學理論著作中，也有大量關於文學語言的研究，比如劉勰《文心雕龍》中的「練字」、「章句」、「麗辭」、「比興」、「誇飾」、「物色」以及「聲律」等篇目，都有比較集中的關於文學語言問題的討論。「心既托聲於言，言亦寄形於字」（〈練字〉），正是這種語言觀深深限制了劉勰對文學語言的研究。劉勰實際上始終是在工具的層面上來研究文學語言的，包括研究詩賦等文學作品的聲律運用問題、對

版社，一九九四年版，第六七三頁。這段話的英譯為：「every noun is either a word in current use or a foreign loan-word, a metaphor or an ornamental word, a poetic coinage or a word that has been expanded or abbreviated or other wise altered.」見On the Art of Poetry，中國社會科學出版社，一九九九年版，第六十頁。

1 亞理士多德：《修辭學》，羅念生譯，生活・讀書・新知三聯書店，一九九一年版，〈目錄〉第三頁。

偶等修辭問題、用字問題等，還包括語言操作技巧，有時甚至討論得非常具體，比如談到聲律，他說：「然兩韻輒易，則聲韻微躁；百句不遷，則唇吻告勞。妙才激揚，雖觸思利貞，曷若折之中和，庶保無咎。」（〈聲律〉）談到練字，他說：「是以綴字屬篇，必須揀擇：一避詭異，二省聯邊，三權重出，四調單複。」（〈練字〉）談到對偶，他不僅進行了分類，而且還對每一種類型的優劣進行了評判：「故麗辭之體，凡有四對：言對為易，事對為難，反對為優，正對為劣。言對者，雙比空辭者也；事對者，並舉人驗者也；反對者，理殊趣合者也；正對者，事異義同者也。」（〈麗辭〉）諸如此類的例子很多。由此可見，劉勰實際上是在討論文學中的語言問題，而不是在語言的層面上討論文學問題。

以文學作品為例來討論語言問題這正是中國古代語言學的傳統。[梁]沈約的《四聲譜》、[隋]陸法言的《切韻》、清代的《佩文詩韻》等都是以文學作品為主要語言材料來源，並且其目的也主要是針對文學創作的。二十世紀六〇年代，中華書局出版的《詩韻新編》其實是沿襲了這一傳統。啟功先生六〇至七〇年代編過一本小書，題為《詩文聲律論稿》，專門討論詩文中的聲律問題。這些著作，在當時都是文學工具書，但現在卻都是標準的語言學著作，與文學理論無涉，原因從根本上就在於，它們只研究文學作品中的語言形式問題，而不探討這種語言形式與文學的藝術性之間的關係，更不深層地探討這種語言形式的「思想性」和「詩性」問題。這可以從啟功的話中得到證明，《詩文聲律論稿》開篇這樣說：「本文所要探索的是古典詩、詞、曲、駢文、韻文、散文等文體中的聲調特別是律調的法則，所採用的方法，是攤開這些文學形式，分析前代人的成說，從具體的現象中歸納出目前所能得出的一些規律。但如果問這些規律是怎樣形成的，或者問古典詩文為什麼有這樣的規律，則還有待於許多方面的幫助來進一步探索，現在只能擺出它們的『當然』，還不能講透它們的所以然。這些初步結果，僅能說是進一步研究階梯和材料而已。」[1]可以看到，啟功先生主要是從語言形式規律的角

[1] 啟功：《詩文聲律論稿》，中華書局，一九七七年版，第一——二頁。

度來研究中國古典詩文中的聲律問題，屬於語言現象學，是對既有語言現象的形式總結和歸納，至於這些現象是如何形成的，為什麼要這樣，則不予以研究，但這恰恰是文學理論所要探究的問題，恰恰是文學的「文學性」和「審美性」的根源。在這一意義上，啟功的《詩文聲律論稿》是嚴格意義上的語言學著作而不是文學理論著作，它研究的是語言問題而不是文學問題。

事實上，當代很多文學和文學作品的語言研究都是屬於語言學而不是文藝學，比如《〈詩經〉中的形容詞研究》（趙金銘著，見程湘清主編《先秦漢語研究》，山東教育出版社，一九九二年版。）、《楚辭韻讀》（王力著，上海古籍出版社，一九八〇年版。）、《毛詩韻律》（丁惟汾著，齊魯書社，一九八四年版。）、《古代文學作品語法集析》（施逵生著，上海社會科學院出版社，一九八九年版。）、《漢魏六朝詩歌語言論稿》（王雲路著，陝西人民教育出版社，一九九七年版。）、《杜詩修辭藝術》（劉明華著，中州古籍出版社，一九九一年版。）、《戲劇語言》（馬威著，上海文藝出版社，一九八五年版。）、《詩詞格律淺說》（賀巍著，北京出版社，一九七八年版。）、《〈詩經〉雙音詞論稿》（朱廣祁著，河南人民出版社，一九八五年版。）、《唐詩語言研究》（蔣紹愚著，中州古籍出版社，一九九〇年版。）、《詩詞的語言藝術》（李葆瑞著，吉林人民出版社，一九八一年版。）、《近體詩特殊語式》（顏景農：《近體詩特殊語式》，江蘇教育出版社，一九八七年版。）、《〈金瓶梅〉俚語俗諺》（李布青著，寶文堂書店，一九八八年版。）等等都是如此，這些論著雖然研究文學和文學作品，但重心在語言而不在文學，除了少數研究修辭的著作涉及到「文學性」以外，其他著作基本上是語言形式或語言工具研究。在這裏，文學語言與一般的語言比如日常語言之間並沒有實質性的不同，並且把文學語言與其他語言區別開來既沒有必要，也沒有意義。在我們今天的學科分類中，這些研究從根本上屬於語言學而不屬於文學理論。今天如果還持這樣一種語言觀以及相應的思路來研究文學，不管研究者其學科身份如何，他實際上是脫離了文學而進入了語言領域，已經不再是文學研究，而是語言研究。

過去很長一段時間內我們的文學語言學研究主要是在語言工具層面上的研究，比如研究作家的語言風格、文學作品的語言特點、從語言的角度研究文學的民間形式和民族形式等。這些研究本質上是把語言學的研究運用到文學研究中來，所以，於文學來說多是泛泛而論、淺嚐則止，不能深入，因為一旦深入就陷入了語言學，就意味著偏離了文學研究。更重要的是，在工具的層面上研究文學的語言，實際上只是研究了文學作品的語言形式，並沒有從語言切入到文學的藝術性，也沒有切入到文學的思想內容，其結果正如米勒所說，是「割斷了語言與真實的歷史世界、與活生生的男人、女人的世界的聯繫」[1]。所以，我認為，從語言工具性的角度來研究文學對文學來說其意義和價值並不大。

語言的第二個層面：思想性。在思想的層面上，語言即思想本體。在傳統的語言工具觀中，語言是人對事物的命名，所以人對語言具有主動性，語言作為人的工具，人需要它時可以拿來，不需要它則可以放下，人完全控制著語言。同時，語言既然是對事物的命名，那麼事物和語言之間就以可以分離，事物可以脫離語言而獨立存在。但在語言思想觀中，語言和思想是同一的，語言即思想，思想即語言，脫離了語言思想也就不存在。索緒爾說：「假如一個人從思想上去掉了文字，他喪失了這種可以感知的形象，將會面臨一堆沒有形狀的東西而不知所措，好像初學游泳的人被拿走了他的救生帶一樣。」[2]人沒有語言，人的思想就近於空白。語言當然是人創造的，但語言一旦創造出來，就在長期的積累和建構之後形成體系，就會反過來控制人，這個時候就不再是人說語言而是語言規定人的言說。在這一意義上，語言思想觀是對傳統工具觀的破壞和反動。當然，我認為，語言的思想性

[1] 米勒：《重申解構主義》，中國社會科學出版社，一九九八年版，第二一八頁。

[2] 索緒爾：《普通語言學教程》，商務印書館，一九八〇年版，第五十九頁。這段話的英語是這樣表述的：「Whoever consciously deprives himself of the perceptible image of the written word runs the risk of perceiving only a shapeless and unmanageable mass. Taking away the written from is like depriving a beginning swimmer of his belt.」見Course in General Linguistics，中國社會科學出版社，一九九九年版，第三十二頁。

與工具性並不是絕對對立和衝突的，二者實際上相互補充，和語言的「詩性」共同構成語言的本質。

現代語言思想本體觀是從兩個方面或路徑建構起來的。一是語言學，其中代表性的人物有：洪堡特、索緒爾、薩皮爾、沃爾夫、雅格布森等。二是哲學，更準確地說是語言哲學，其中又分為「德法傳統」和「英美傳統」[1]，或者「分析哲學傳統」與「現象學──解釋學傳統」[2]，前者以弗雷格、羅素、奧斯丁、蒯因、克里普克等人為代表，後者以胡塞爾、海德格爾、伽達默爾、福科、德里達等人為代表，當然還應該包括更早的尼采。現代語言學和語言哲學最大的貢獻就是發現了語言與思想之間的深層關係，發現了很多所謂思想問題其實從根本上是語言問題。所以，從語言思想本體論的角度來研究哲學、歷史、文學、倫理、道德等就構成了整個二十世紀學術最重要的特色。

應該說，充分借鑒西方現代語言學和語言學哲學的成果，對中國文學和文學理論展開研究，給中國的文學和文學理論研究帶來了巨大的衝擊，也取得了豐碩的成果。從語言思想本體觀來研究文學和文學理論，很多文學史問題和文學理論問題都有了新的看法，甚至於完全相反的看法。很多從前被忽略的文學現象及至文學細節和文學觀念都得到了重新的重視，很多從前爭論不休、似是而非、懸而未決的問題都有了新的結論，但又更進一步引出一些新的問題。在語言思想本體論觀照下，過去有些問題現在看來是偽問題，有些過去被廣泛認同的結論現在看來是錯誤的，至少是不深刻的，有些結論則因為現代語言觀而加強了論證，但更多的則是很多新的結論的產生。在語言思想本體性的層面上研究文學的諸多成果中，我認為，文論失語症和話語重建學說，以及從現代漢語的角度對現代文學進行反思和研究是最具有突破性和引入注目的成就。

「失語」之說，早在九〇年代初就有人提出，比如黃浩一九九〇年在《文學評論》第二期發表〈文學失語症〉一文，對八〇年代中國小說中的「語言革命」提出批評。但自覺地運用語言學理論，從語言思想本體性

1 參見徐友漁等著《語言與哲學──當代英美與德法傳統比較研究》，生活・讀書・新知三聯書店，一九九六年版，「前言」第一頁。

2 陳嘉映：《語言哲學》，北京大學出版社，二〇〇三年版，第二──三頁。

這一角度來研究和反思中國文學理論，系統地提出「中國文論失語症」以及相應的「話語重建」問題，影響最大，成就最大的則是曹順慶先生。從一九九五年在《東方叢刊》第三期發表〈二十一世紀中國文化發展戰略與重建中國文論話語〉到新世紀初在《社會科學研究》第四期發表〈在對話中建設中國文學理論的中國話語——論中西文論對話的基本原則及其具體途徑〉（與支宇合作），曹先生發表了系列專題論文。特別是〈文論失語症與文化病態〉和〈再論重建中國文論話語〉兩篇文章，經常被人提到、引用和討論，已經成為九〇年代中國文論的經典之作。在這些文章中，曹先生認為，「中國現當代文藝理論基本上是借用西方的一整套話語，長期處於文論表達、溝通和解讀的『失語』狀態。」表現為：「我們根本沒有一套自己的文論話語，一套自己特有的表達、溝通、解讀的學術規則。我們一旦離開了西方文論話語，就幾乎沒辦法說話，活生生一個學術『啞巴』。」[1]「失語」是病症，「醫治」這「病症」的辦法就是重建中國文論話語，即「返回語言之家」、「返回精神家園」[2]，建立一種「具有中國文化精神特質而又吸收全人類文化成就的新型話語系統」[3]。

曹順慶先生的「中國文論失語症」以及相應的「話語重建」理論非常複雜，涉及到語言、文化以及哲學等方面的諸多問題，有些具體的觀點甚至還存在著很大的爭議。我認為，「失語症」和「話語重建」最大的成果就在於他從語言思想本體的角度對中國現代文學理論進行了根本性的追問，它的重要性不僅在於對中國現代文學理論進行了定位，並在定位的基礎上指出了中國文論應該努力的方向，更重要的是它開闢了文學理論語言學研究的新方向，深化了文學理論的研究。從話語的角度來重新審視文學理論，我們看到，文學理論沒有抽象的觀念，觀念其實就是語言，就是概念、術語、範疇以及由此組成的言說方式。中西方文論各具有它自己的話語體系，二者的不同，實際上是話語體系的不同。中國現代文論體系的形成實際上是現代文論話語的形成，研究現代文論術語、

---

1 曹順慶：〈文論失語症與文化病態〉，《文藝爭鳴》一九九六年第二期。

2 曹順慶：〈再論重建中國文論話語〉，《文學評論》一九九七年第四期。

3 曹順慶等著：《中國古代文論話語》，巴蜀書社，二〇〇一年版，第一頁。

概念、範疇和言說方式是如何形成的以及它的特殊性，這才是中國現代文論研究的關鍵。在這一意義上，從話語的角度來研究文學理論以及中西比較詩學具有廣闊的前景，許多根本性問題都可以在這種研究中得到解決。

九〇年代以來，在語言思想本體性層面上對中國現代文學史進行重新研究，也取得了很大的成果。「文學是語言的藝術」，這是我們對文學最基本的認定，但過去的中國現代文學史並沒有從「語言藝術」的角度來寫史，我們看到的多是「思想的現代文學史」、「政治的現代文學史」、「社會的現代文學史」、「美學的現代文學史」等，而看不到「語言藝術的現代文學史」。中國現代文學是現代漢語的文學，但在各種現代文學史中，我們卻看不到對現代漢語與現代文學之間關係的關注。書寫中國現代文學史，當然不能脫離它所反映的思想內容，也不能脫離其審美特性，中國現代文學，不論是思想內容還是藝術形式，都與現代漢語密切相關，都通過現代漢語表現出來，都體現在現代漢語之中，所以，研究中國現代文學，始終不能脫離現代漢語。米勒說：「文學研究雖然同歷史、社會、自我有著千絲萬縷的聯繫，但這種聯繫，不應是語言學之外的力量和事實在文學內部的主題反映，而恰恰應是文學研究所能提供的、認證語言本質的最佳良機的方法。」[1] 具體於中國現代文學來說，這句話非常接近於胡適所說的「國語的文學，文學的國語」[2]，一方面，中國現代文學是現代漢語的文學，現代文學的文學性與現代漢語密不可分；另一方面，現代文學對於建設現代漢語具有重要的作用，並充分體現現代漢語的特性和品格。在這一意義上，我們過去脫離現代漢語抽象地談論文學的歷史、社會以及個人等問題，其實是不得要領的。

在語言思想本體性的層面上研究中國現代文學，取得了突出成就的是海外的劉禾。一九九五年，她的《*Translingual Practice: Literature, National Culture, and Translated Modernity——China, 1900-1937*》一書由斯坦

---

[1] 米勒：《重申解構主義》，中國社會科學出版社，一九九八年版，第二一八頁。

[2] 胡適：〈建設的文學革命論〉，《胡適文集》第二卷，北京大學出版社，一九九八年版。

福大學出版社出版，二〇〇二年，中譯本由三聯書店出版。作者以現代西方思想為知識背景，從「翻譯」作為「跨語際」的「互譯」為切入口，對中國現代文學的發生、現代文學的敘事、民族文學、個人主義、國民性，現實主義等都進行了語言學的重新審視，得出了很多與我們過去的看法迥異的結論。在「序」中作者這樣說：「我深深被現代漢語形成過程中發生的一切所吸引，尤其是漢語和英語、現代日語以及其他外國語言發生接觸以來，其書面形式的變化。在本書中，我將探討漢語同歐洲語言和文學之間廣泛的接觸／衝突……我對語言和文學的強調，並沒有預先假定在表述與現實之間存在一種形而上的分裂。」[1]作者同樣是在談論中國現代文學的思想問題，但與過去不同，它不是抽象地談論思想，而是談論話語從而談論思想。

另外，在語言的思想本體層面上研究中國現代文學，文貴良先生也具有一定的代表性。在〈解構與重建——五四文學話語模式的生成與嬗變〉一文中，作者主要對五四白話進行了研究，他認為：「晚清的中心話語是文言話語，文言話語是一種權力話語，它表徵了知識者與民眾都缺乏自我認識。到了『五四』，文言話語模式被突破，取而代之的是開放的，自我出場的白話話語模式。」[2]後來，他又對三、四十年代的「大眾語文」進行了考察，並從理論上對文學的語言學研究進行了總結和反思。不過他對語言的層面劃分與筆者的劃分有很大的不同，他認為，文學研究「語言學轉向的視域」可以分為兩個層面：「語言的層面」與「話語的層面」[3]，而所謂「話語」，他的限定是：「話語模式常常包括三個層面：第一層面是話語的語言層，它由語詞、句法、陳述、敘事等元素整合而成。第二層面是話語的話語層，它主要是指話語特徵。第三層面是話語的存在層，重在對話語參

1 劉禾：《跨語際實踐——文學，民族文化與被譯介的現代性（中國，一九〇〇——一九三七）》，生活・讀書・新知三聯書店，二〇〇二年版，第三頁。
2 文貴良：〈解構與重建——五四文學話語模式的生成與嬗變〉，《中國社會科學》一九九九年第三期。
3 文貴良：〈語言理論與中國現代文學研究〉，《浙江社會科學》二〇〇五年第三期。

與者的存在論反思。」[1]雖然命名不同、劃分不同，但從「權力」、「存在」、「參與」這些用詞來看，作者強調語言的行動性，顯然不同於文學的語言形式和語言詩意研究，從根本上也是屬於思想本體性研究。

筆者多年從事現代漢語與中國現代文學關係的研究，也主要是在語言思想層面上來研究的。[2]從語言的思想層面來研究中國現代文學，和過去的現代文學側重思想研究似乎沒有什麼根本區別，但其實不然。從語言的思想層面來研究中國現代文學，本質上是綜合性地解決問題，特別是避免傳統的「形式」和「內容」二元對立思維模式所造成的文學作為整體的分裂。實際上反映了哲學思想、思維方式的不同，也反映了問題意識及解決問題路徑的不同和對問題言說的不同。

但是，在語言思想的層面上研究文學也具有片面性。它實際上只是解決了文學的思想性問題，也即解決了文學「語言」與文學「思想」之間的關係，這當然是重要的，但對於文學的本體性問題，即文學「語言」與文學「藝術」之間的關係，它就無能為力也無所作為。而要解決這一問題，還需要深入地研究語言的詩性與文學的關係。

語言的第三個層面：詩性。海德格爾說：「語言是存在之家」[3]，「人是通過他的語言才棲居在存在之要求中」[4]，並引用荷爾德林的詩句「人詩意地棲居」[5]來說明人與語言之間的關係。但在西方的語言哲學研究中，對語言的「存在性」研究得非常充分，而對語言的「詩性」則研究得非常少，少有的研究比如「隱喻」研究，[6]也

1 文貴良：〈大眾話語——對二十世紀三〇、四〇年代文藝大眾化的論述〉，《文藝研究》二〇〇三年第二期。
2 參見拙著《現代漢語與中國現代文學》，中國社會科學出版社，二〇〇三年版。
3 海德格爾：〈語言的本質〉，《海德格爾選集》下冊，上海三聯書店，一九九六年版，第一〇六八頁。
4 海德格爾：〈人一次關於語言的對話而來〉，《海德格爾選集》下冊，上海三聯書店，一九九六年版，第一〇〇八頁。
5 海德格爾：〈……人詩意地棲居……〉，《海德格爾選集》上冊，上海三聯書店，一九九六年版，第四六三頁。
6 比如保羅•得科《活的隱喻》，上海譯文出版社，二〇〇四年版。安克施密特：《歷史與轉義：隱喻的興衰》，北京出版社出版集團、文津出版社，二〇〇五年版。此外，塞爾、大衛森、約翰森都有對隱喻的研究。

是在「存在」的層面上來研究的。這當然與哲學的「本性」有關，因為語言的「存在」問題從根本上是思想問題，所以對它的研究屬於哲學「本體」研究，而語言的「詩性」問題則是文學問題，超出了哲學的範圍。這是西方哲學對語言「詩性」缺乏研究的非常重要的原因。

「詩性」在當代文學理論中，已經是一個使用非常廣泛的概念，但究竟什麼是「詩性」卻缺乏嚴格的界定。我認為，「詩性」是語言中與「文學性」密切相關的品性，主要涉及到情感和想像的內容，既可以是詞（字），也可以是句子，特別是修辭，最能夠體現出語言的詩性。但語言的「詩性」究竟表現在哪裡，這還需要進一步的研究。

黑格爾說：「一種語言，假如它具有豐富的邏輯辭彙，即對思維規定本身有專門的和獨到的辭彙，那就是它的優點；介詞和冠詞中，已經有許多屬於這樣的基於思維的關係；中國語言的成就，據說還簡直沒有，或很少達到這種地步。」[1]黑格爾在這裏是以思想的標準來評價語言。在邏輯和思想性方面，古代漢語的確劣於德語，但在語言的詩性方面，兩種語言卻很難分出優劣，古代漢語的詩性不同於德語的詩性。不僅如此，古代漢語的詩性也不同於現代漢語的詩性。把西方文學翻譯成漢語，其文學性會發生變化，把古代文學翻譯成現代漢語，其文學性同樣也會發生變化。為什麼？我認為，文學性就體現在其特有的語言之中，語言變化了，其文學性就會發生相應的變化。中國古代文學其文學性就寓於古代漢語之中，中國現代文學的文學性就寓於現代漢語之中。

其實，從語言詩性的角度來研究文學在中國的文學研究中並不少見，比如王國維欣賞宋祁的詩句「紅杏枝頭春意鬧」，「著一『鬧』字而境界全出」，欣賞張先的詩句「雲破月來花弄影」，「著一『弄』字而境界全出」，[2]就主要是在語言「字」的詩性層面上來談的。俞平伯稱頌《紅樓夢》之「好」，說「增之一分

1 黑格爾：《邏輯學》上冊，商務印書館，一九七六年版，第八頁。

2 王國維：《人間詞話》定稿第七則，《王國維文集》第一卷，中國文史出版社，一九九七年版，第一四三頁。

則太長」、「減之一分則太短」，並例舉第二十一回和第十回中的兩段文字進行具體分析[1]，則主要是在語言「語」、「句」的詩性層面上來談的。同樣，〈《紅樓夢》的修辭藝術〉[2]則是比較集中的從修辭的角度來研究《紅樓夢》，也屬於在語言的詩性層面上研究文學。但是，這些研究還是現象和直觀層面上的，還是無意的，當然也是淺顯的，缺乏語言學的理論背景和自覺意識。

當代中國，具有自覺的語言詩性意識，並對語言的詩性及其與文學的關係進行系統的研究，代表性的成果主要有以下一些。

一、張隆溪的《道與邏各斯》（the Tao and the Logos）。這本書最初是用英文寫成的，一九九二年由美國杜克大學出版社出版，一九九七年由馮川翻譯成中文。嚴格意義上說，這是一本中西比較詩學著作，主要是運用闡釋學理論來研究文學的閱讀和理解問題，特別強調把中國傳統的思想和文學放在西方思想和文學的比較中來理解，從而確認中西文學的「共通」與「共有」特性。而語言則是作者關注的焦點，作者在「序」中說：「本書研究語言的性質及其在文學創作、文學閱讀中的複雜內涵。」「我的關注焦點是一種特殊的文學闡釋學，它考察詩人們使用的語言，追問這種語言在文學閱讀和文學解釋中的內涵。」而語言的詩性與文學的關係及其對閱讀的影響則是作者研究的重要內容，「我更感興趣的卻是重新思考語言的隱喻性質，思考詞作為符號和象徵使用時固有的暗示性和不足性，以及所有這些東西對文學寫作和文學閱讀的微妙意義。」「我所謂『主題』，……即有關語言性質的一些重要的思想和觀念如語言的隱喻性、歧義性、暗示性，及其對文學作品的作者和讀者所具有的意義等等。」[3]當然，《道與邏各斯》一書對這些問題在研究和論證上並沒有充分地展開，而這些恰恰是文學理論語言詩性研究發展的方向。

---

1 俞平伯：〈讀《紅樓夢》隨筆〉，《俞平伯全集》第六卷，花山文藝出版社，一九九七年版，第六十七、六十九頁。

2 林興仁：〈《紅樓夢》的修辭藝術〉，福建教育出版社，一九八四年版。

3 張隆溪：《道與邏各斯》，四川人民出版社，一九九八年版，第十八、十九、二十、二十四頁。

二、「字思維」研究。「字思維」是畫家石虎先生提出來的，「漢字有道，以道生象，象生音義，象象並置，萬物寓於其間。這就是『字思維』的全部含義。」「漢字不僅是中國文化的基石，亦為漢詩詩意本源。」「當兩個字自由並置在一起，就意味著宇宙中類與類之間發生相撞與相姻，潛合出無限妙悟玄機。由漢字自由並置所造成的兩山相撞兩水相融般的象象比隔和融化所產生的義象昇華，是『字思維』的並置美學原則。」[1]「字思維」問題引起了文學理論界特別是現代詩學界的廣泛討論，[2]其討論主要沿著兩個方向展開：一是漢字及漢語的思維問題，二是漢字及漢語的詩性問題，特別是在第二個方向上，學術界提出了很多重要的命題，引出了很多對於中國文學和文學理論具有根本性的問題。我認為，「字思維」討論是迄今為止關於漢語詩性問題的一次最重要、最深刻的討論。可惜的是，參加這次討論的學者主要限於詩歌學界特別是現代詩學界，討論的問題也過分集中在詩歌特別是新詩範圍，這就大大限制了這一問題的文學理論意義。

三、鄭敏、張桃洲的語言學新詩研究。鄭敏九〇年代初開始借鑒西方現代語言學理論特別是後結構主義語言學理論對現代文學進行反思，主要是對新詩進行語言學上的反思。雖然鄭敏在語言觀上主要認同於海德格爾和德里達等人的語言觀，反對語言工具論，主張語言的思想本體性，但她卻主要是在語言的詩性層面上反思漢語及其漢語詩歌的。比如她認為語言具有「半透明性」[3]，就主要是在語言詩性的層面上談論問題。對於五四新文學運動中的語言變革，白話文取代文言文，現代漢語取代古代漢語，漢語的西化等，鄭敏在總體上是持否定

---

1 石虎：〈論字思維〉，《詩探索》一九九六年第二期。

2 「字思維」討論主要以《詩探索》雜誌為陣地，一九九六年《詩探索》雜誌開闢「字思維」討論專欄，專欄一直持續到二〇〇三年，二〇〇二年以前的重要文章後來結集為《字思維與中國現代詩學》（謝冕、吳思敬主編，天津社會科學院出版社，二〇〇二年版。）。其間以《詩探索》雜誌為主還主持召開過兩次全國性專題學術研討會。

3 「語言永遠有顯露的一部分，又有隱藏著的一部分，這就是它的半透明性。」鄭敏：〈詩歌與文化——詩歌・文化・語言（下）〉，《詩歌與哲學是近鄰——結構—解構詩論》，北京大學出版社，一九九九年版，第二五八頁。

態度的，否定的原因除了明顯的民族主義情結以外，在語言理論上，語言的詩性優點是其最主要的理由。鄭敏引德里達讚揚漢語為證，認為漢語有三大優點：「（一），漢字充滿動感，不像西方文字被語法、詞類規則框死；（二），漢字的結構保持其與生活真實間的暗喻關係；（三），漢字排除拼音文字的枯燥的無生命的邏輯性，而是充滿感性的資訊，接近生活，接近自然。」因此，漢語具有詩性，具有豐富的文化蘊涵，能夠直接傳達文化的感性與智性內容：「漢字不是抽象的符號，而是一幅抽象畫，它比現實簡單，經過提煉，但仍保持現實對象的感性質地，與其所處的境況，及它與它物的關係。因此當漢字傳遞知識資訊時，它所傳達的並非一個抽象概念，如拼音文字那樣。它所傳達的是關於認知對象的感性、智性的全面資訊。其優越性可想而知。」[1]非常明顯，鄭敏這裏評判語言的價值尺度是語言的詩性，正是以此為標準，她認為漢語特別是古漢語在文學方面比西方拼音文字具有優越性。

張桃洲的語言學新詩研究成果集中體現在他的《現代漢語的詩性空間——新詩話語研究》一書中。作者的「話語」係從巴赫金來，「具備三個最基本的要素：言說者，言說行為（媒質及內容）和言說的傾聽者。」[2]僅從研究的對象上來看，作者這裏的「新詩話語研究」似乎與一般的「作者」、「作品」、「讀者」研究以及三者作為文學活動完整過程的研究沒有實質性的差別，但實際不然，這裏的「作者」是作為「言說者」的作者，「作品」是作為「語言文本」的作品，「讀者」是作為「言說傾聽者」的讀者，對象相同，但對象的內涵不同，「新詩話語研究」從根本上是新詩語言研究，只不過它不僅研究詩歌作品的語言，同時還從語言的角度來研究詩人和詩歌讀者。作者對詩歌話語的研究，非常重視音韻、節奏、旋律、語言速度、組詞、結句、建行等具體問題，所以總體上屬於在語言的詩性層面上研究新詩。

1 鄭敏：〈語言觀念必須革新——重新認識漢語的審美與詩意價值〉，《文學評論》一九九六年第四期。
2 張桃洲：《現代漢語的詩性空間——新詩話語研究》，北京大學出版社，二〇〇五年版，第五頁。

四、馬大康的「詩性語言研究」。圍繞「詩性語言」，作者近來發表了一系列論文，其中重要的有〈從口傳到書寫：詩歌語言的詩意積澱〉（《文藝研究》二〇〇三年第一期）、〈語境與文學語言的詩意創造〉、〈語言空白、空位與存在的家園——詩性語言研究之三〉、〈語言是變色龍——詩性語言研究之一〉（《溫州師範學院學報》二〇〇〇年第四期）等，在這些文章中，作者主要從人、語言、世界之間關係的多向性和多變性以及相互作用的複雜性出發來探討詩性語言問題。作者認為：「文學文本解除了對特定現實情境的直接依賴，主要借助於讀者重建的經驗情境，以此打破語言與現實情境的直接的、現場的、即時、有限的依附關係，而在空間和時間維度上無止境地延展流變。」[1]正是這些特點促成語言詩意的創生。再比如，作者認為：「語言中隱含著具體化傾向，這一傾向在日常運用中受到抑制。在文學語言中，語言空白則以語詞、語句的缺席擺脫了語言規則和邏輯束縛，解放了語言與人的具體化潛能，令語言不再停留於概念平面而展露出有待具體化、圖式化的空位，從而將人捲入到創造性想像活動之中。」[2]這是對語言詩性非常具體的研究，也是非常深入的研究。

但總體來說，對於語言的詩性，無論是西方還是中國，其研究都還非常不夠。語言具有工具性，對此，語言學已經研究得很充分；語言具有思想本體性，對這一問題，二十世紀的語言哲學已經研究得很充分。語言還具有詩性，語言的詩性與文學的文學性具有密切的關係，所以對語言的詩性研究主要屬於文學理論範疇。但當今的文學理論卻較少關注這一問題，甚至還沒有建立有效的言說，還缺乏對語言詩性進行言說的基本術語和概念。我們過去我們一直抱怨文學研究的「非文學化」，但又無法擺脫這種困境，其實主要原因是沒有找到研究的切入點。所以，我認為，從語言的詩性這一角度來研究文學，將會使文學研究走向真正的「本體」研究，將會給文學理論和文學批評帶來革命性的變化。

1 馬大康：〈語境與文學語言的詩意創造〉，《文藝理論研究》二〇〇三年第三期。

2 馬大康：〈語言空白、空位與存在的家園——詩性語言研究之三〉，《文藝理論研究》二〇〇一年第二期。

當然，筆者把語言劃分為三個層次並相應地分屬於不同的學科，把文學的語言學研究歸納為三種不同的路向，這只是就總體而言。事實上，語言學、哲學和文學對語言的研究是非常複雜的。語言學領域對語言的研究也具有重形式層面和重思想層面的差別，比如，布龍非爾德主要是在形式的層面上研究語言，沃爾夫、薩皮爾主要是在思想的層面上研究語言。在中國語言學界，中小龍非常重視語言的思想層面。在文學語言學研究中，有的重語言工具性，有的重語言思想性，有的重語言詩性，有的則是綜合性的研究，比如張衛中就既重視語言的文化性、語言的思維性，又重視語言的詩性以及與文學的敘事性等之間的關係[1]。但我認為，對語言進行層次性劃分，並由此對文學語言學研究進行分類和定位，這將有助於我們更深刻地認識語言的本質，更深入地從語言的角度來研究文學，從而開闢文學研究廣闊天地。

第四節　「話語」及「話語研究」的學術範式意義

在西方，自福柯以來，話語（discourse）分析作為一種理論和方法已經廣泛地運用於社會科學的各領域。八〇年代以來，「話語」也成為中國各學術領域使用最多的一個術語之一[2]。但是，究竟什麼是「話語」？漢

---

1 參見張衛中《母語的魔障——從中西語言的差異看中西文學的差異》，安徽大學出版社，一九九八年版。

2 筆者到「學術期刊鏡像網」檢索，點擊「文史哲專集」、「精確」、「一九九四年至二〇〇五年」、「關鍵字」，查找相關詞條，其結果是：話語一九三六條；現代性一一七八條；現代九九四〇條；後現代一三一二條；理性三〇〇一條；自由二五四九條；個人一一一九條；意識形態六九四條；形而上學五一三條；全球化八九五條；存在一七六五條；民族六六四〇條；民族主義二四七條；權力五二五條；知識三四四二條；形象三四九四條；現實主義一一五五條；現代主義一一八一條；敘事二二五九條；意境一二七三條；意象二五八二條；修辭二五〇四條；接受九一六條；象徵一六三七條。檢索的時間是二〇〇五年九月二十日。以新名詞為主，以使用較多為原則，但何謂「新名詞」和「使用較多」，則是根據本人的印

語的「話語」與英語的「discourse」是什麼關係？話語與語言、言語、術語、概念、範疇之間是什麼關係？再具體一點，什麼是詩學話語或文學理論話語？什麼是歷史話語？什麼是哲學話語？為什麼要在「詩學」、「歷史」、「哲學」這些最基本的概念後面加上「詞綴」「話語」？「歷史」和「歷史話語」有什麼根本性的不同？對於這些問題，學術界和文學理論界其實缺乏深入的追問和研究。本節主要對這些問題進行探討從而釐清「話語」的內涵。在方法上，本節將採用思想史的方式來追溯話語作為概念的內涵，而不採用語言詞語學的方式對話語的使用意義進行總結[1]。

對於「話語」，學術界至今沒有一個統一的定義，不同的人實際上在不同的意義上使用它，其意義往往要根據具體的語境來確定。正如諾曼・費爾克拉夫所說：「話語是一個棘手的概念，這在很大程度上是因為存在著如此之多的相互衝突和重疊的定義，它們來自各種理論的和學科的立場。在語言學中，『話語』有時用來指口頭對話的延伸部分，以便與書寫『文本』相對照。」[2]據曼弗雷德・弗蘭克考證：「『Discourse』（話語）源自拉丁語的discursus，而discursus反過來又源自動詞discurrere，意思是『誇誇其談』。一個話語是一種言說，或具有（不確定的）一定長度的一次談話，其展開或自發的展開並不受到過分嚴格的意圖的阻礙。展開一個話語與召開一次會議並不是一回事。在法語的語境中，『話語』非常接近於『聊天』，『閒聊』，『自由交談』，『即席談話』，『陳述』，『敘述』，『高談闊論』，『語言』（langue），或『言語』（parole）。」[3]這裏，

象。其中「形象」之前的主要是文史哲公共術語，後面主要是文學術語。

1 筆者這裏所說的「思想史的方式」，即對「話語」的思想內涵進行「史」（歷時）的追溯，並對「話語」的當下意義進行邏輯定位。所謂「語言詞語學的方式」，即共時性研究「話語」，也就對「話語」當下的各種使用進行歸納和總結從而確定其內涵。

2 諾曼・費爾克拉夫：《話語與社會變遷》，華夏出版社，二〇〇三年版，第二—三頁。

3 曼弗雷德・弗蘭克：〈論福柯的話語概念〉，《福柯的面孔》，文化藝術出版社，二〇〇一年版，第八十四頁。

「誇誇其談」、「言說」、「談話」、「意圖」、「會議」、「聊天」、「閒聊」、「自由交談」、「即席談話」、「陳述」、「敘述」、「高談闊論」，「語言」、「言語」等，其意義相距甚遠，有時甚至相互矛盾和衝突，就漢語來說，它們實際上已經包括了語言和表達的很多內容。話語在如此多的意義上使用，在如此差距的意義上使用，可見其作為概念在內涵上的游移性。

而且，上述概括還遠沒有窮盡話語的內涵。事實上，話語在不同的語言體系中，其內涵各不相同。在同一語言體系內，在不同的學科中，在不同的人那裏，其內涵也有很大的差異。所以，「話語」的內涵不僅總體上是游移的，在不同語言體系之間是游移的，而且在同一語言體系內的不同學科和不同的人之間也具有游移性。

在「話語」史上，福科是一個舉足輕重的人物，正是他創造性地使用「話語」這一術語並賦予「話語」以特殊的思想內涵從而使「話語」成為二十世紀思想史上一個重要的概念，並深深地影響了思想史的研究方式。但福科一開始並不是使用「話語」，而是使用「知識型」（episteme，又譯「認識型」或「知識價」）。「知識型」是福科的名著《詞與物》的「關鍵字」，它「指的是在某個時期存在於不同科學領域之間的所有關係。」「認識型就是西方文化特定時期的思想框架，是『詞』與『物』藉以被組織起來並能決定『詞』如何存在和『物』為何物的知識空間，是一種先天必然的無意識的思想範型。」[1]或者說，「是『詞』與『物』藉以被組織起來的那個知識空間，它決定著『詞』如何存在，『物』為何物，是特殊知識和科學的存在條件的一個關係維度。」[2]也就是說，「知識型」是某一時期不同學科共同的言說方式，它使詞組織起來並規定詞的意義。這和福科後來所使用的「話語」在內涵上非常接近。福科所說的西方「文藝復興」、「古典」和「現代」三種知識型，其實也可以看作是三種話語方式。當然，福科在《詞與物》中也使用了「話語」這一概念，「但此『話

---

1 莫偉民：〈譯者引語：人文科學的考古學〉，第四頁，《詞與物——人文科學考古學》，上海三聯書店，二〇〇一年版。

2 莫偉民：《主體的命運——福柯哲學思想研究》，上海三聯書店，一九九六年版，第八九頁。

語』非彼『話語』，它指的是起著表象作用的『古典語言』。」[1]

在《知識考古學》中，福科基本上不再用「知識型」來言說，而是使用「話語」來言說。當然，二者有很大的差異，可以說是兩種不同的言說和表述方式，但也有相似和重疊的地方。有人認為福科在《知識考古學》中用「檔案」取代了《詞與物》中的「知識型」[2]，我認為這是不確的。《知識考古學》雖然仍然關注「知識」問題，但它是通過「話語」來研究的，所以「話語」構成了《知識考古學》的中心內容，「考古學所要確定的不是思維、描述、形象、主題，縈繞在話語中的暗藏或明露的東西，而是話語本身。」[3]而「陳述」和「檔案」則構成了「話語」最基本的內涵。但究竟什麼是「話語」，福科也是非常猶豫的，它「有時用它指所有陳述的一般領域，有時用作可以個體化的一組陳述，有時則作為一種有序的包括一定數量的陳述的實踐。」[4]但從《知識考古學》來看，福科的「話語」內涵遠比他自己的這種概括更為複雜和豐富。我認為，福科的「話語」包括著以下一些最重要的內涵。

首先，話語外在表現為語言形式，但它並不是純粹的語言問題，而是思想以及相應的歷史以一種語言方式的表達。福科明確表示，他的「話語」不是語言學的概念：「我很清楚地知道這些定義大部分都不符合日常習慣：語言學家們習慣賦予話語以完全不同的意義。」[5]所以德勒茲說：「考古學的任務，首先是發現真正的表達形式，不論語言學單位如何，這一表達形式都不可與其中任何一個語言學單位如能指、字詞、語句、命題、語

1 莫偉民：〈譯者引語：人文科學的考古學〉，第六頁，《詞與物——人文科學考古學》，上海三聯書店，二〇〇一年版。
2 參見陳嘉明等著：《現代性與後現代性》，人民出版社，二〇〇一年版，第三〇三頁。
3 福科：《知識考古學》，生活・讀書・新知三聯書店，一九九八年版，第一七六頁。
4 轉引自弗蘭克〈論福柯的話語概念〉，《福柯的面孔》，文化藝術出版社，二〇〇一年版，第九十七頁。
5 福科：《知識考古學》，生活・讀書・新知三聯書店，一九九八年版，第一三六頁。

言行為混同。」[1]也就是說，同樣是「話語」、「能指」、「語言行為」等術語，在福科那裏和在語言學家那裏其內涵不同，福科賦予了這些詞語以新的意義，也可以說是福科對它們進行了新的言說和表達，這就是德勒茲所說的「別一種思考」的含義。

福科的「話語」概念與語言學的「話語」概念最大的不同在於，福科的「話語」不是純粹的語言形式，而始終與話語實踐聯繫在一起，具有人文力量與實踐力量的二重性。「話語也許同語言不同，它基本上是歷史的，它不是由可擁有的成分構成，而是由人們不能在話語展開的時間範圍以外對它進行分析的真實和連續的事件構成。」[2]在福科這裏，「話語」不是一個封閉的系統，是由「連續的事件」構成，而不是由封閉的系統所「擁有的成分」構成，因而具有歷史性和開放性。一方面，話語是在話語實踐中形成的，另一方面，話語又深刻地影響話語實踐：「話語實踐也反過來改變著它將它們之間建立起關係的那些領域。」[3]由此我們可以看到，福科所說的「話語」不是一般意義上的「概念」，它不是單純的語言，即受制於現實並服務於現實的工具，而是現實本身，它以語言形式表現出來，但本身卻具有實踐性，始終不脫離具體的實踐。所以福科說：「話語，作為特殊的實踐，又將這些規則現時化。」[4]正是因為實踐性，所以話語在內容上不是終極狀況的。也正是因為實踐性，所以話語分析成為福科思想史研究的根本方式。對於福科來說，「考古學」就是思想史的話語研究，「話語」在福科這裏，既具有哲學觀念上的根本性突破，又具有方法論和思維方式的根本性突破。這和語言學所說的「話語」及其意義具有實質性的差別。

1 德勒茲：《福柯、褶子》，湖南文藝出版社，二〇〇一年版，第五十七頁。
2 福科：《知識考古學》，生活・讀書・新知三聯書店，一九九八年版，第二五六頁。
3 福科：《知識考古學》，生活・讀書・新知三聯書店，一九九八年版，第九十三頁。
4 福科：《知識考古學》，生活・讀書・新知三聯書店，一九九八年版，第九十五頁。

其次，話語具有整體性，「話語這個術語就可以確定為：隸屬於同一的形成系統的陳述整體。」[1]「話語不是思考、認識和使用話語的主體莊嚴進行的展示；相反，它是一個主體的擴散、連同它自身的不連續性在其中可以得到確定的總體。話語是外在性的空間，在這個空間裏，展開著一個不同位置的網路。」[2]「話語事件的範圍是一個始終有限的，現時僅由已表述出來的語義段所限定的整體；這些語義段可能是無數的，並以其數量超過記錄、記憶或者閱讀的全部能力；然而，它們卻構成一個有限的整體……」[3]比如「精神病」話語，福科的觀點是：「精神病是由這樣一個整體構成的，它是由所有那些對精神病進行確定、分割、描述和解釋，講述它的發展，指出它多種多樣的對應關係，對它進行判斷，並在可能的情況下，替它講話，同時以它的名義把應該被看作是它的談話連接起來的話語構成的陳述群中被說出來的東西的整體。」[4]由此可見，話語具有系統性。作為系統，話語在單位上可大可小，並且存在著等級差別。大的話語如「臨床醫學」、「政治政治學」、「博物學」等，小的話語如「精神病」等。

但是，話語又不是主題、話題、領域、理論、文本，也不是學科或學科範圍。作家、作品、書籍，主題都是話語的對象，而不能構成話語本身。同樣是美學，中國古代美學和西方美學是完全不同的話語，同樣是文學理論，西方文論和中國現代文論是兩種完全不同的話語。與「文本」等作為客觀對象的存在不同，話語具有系統性、歷史性、連續性、統一性等，所以話語從根本上是一種聚合、建構。福科說：話語「不是自然而就，而始終是某種建構的結果。」[5]他經常用「話語事件」這個概念，實際上就表明了話語與一般客觀對象之間的不

1 福科：《知識考古學》，生活・讀書・新知三聯書店，一九九八年版，第一三六頁。
2 福科：《知識考古學》，生活・讀書・新知三聯書店，一九九八年版，第六十八頁。
3 福科：《知識考古學》，生活・讀書・新知三聯書店，一九九八年版，第三十二頁。
4 福科：《知識考古學》，生活・讀書・新知三聯書店，一九九八年版，第三十八——三十九頁。
5 福科：《知識考古學》，生活・讀書・新知三聯書店，一九九八年版，第三十頁。

同。「經濟學、醫學、語法、生物科學這些話語導致某些概念的組織、對象的聚合、陳述類型的出現，它們又根據自身的一致性、嚴密性和穩定性的程度構成一些主題或理論。」[1]非常明顯，概念、陳述、主題、理論等從屬於話語，但它們本身又不是話語。在另一個地方，福科有更為明確的表述：「我們稱一種話語形成替代另一種話語形成並不意味著一個對象、陳述、概念完全新穎的理論選擇的整體突然地裝備完善、組織良好地出現在某一本文中，這個本文對它作出一勞永逸的安置，而是意味著會產生關係的整體轉換，但是這種轉換不一定更改所有的成分；也就是說陳述服從於一些新的形成規律，並不意味著所有的對象或概念，所有陳述或所有理論選擇都消失了。」[2]話語是一種組織、機制、結構，具有整體性和功能性，不同的話語體系在概念上可以通用，所言說的對象也可以是相同。

總的來說，福科不是在語言學上談論「話語」，而是在思想和哲學的意義上談論「話語」，或者說，他的「話語」是一個思想史範疇或方法而不是一個語言學概念。福科明顯摒棄了前此把語言依其表面現象視為人所自由支配的透明媒介與隨意使用的工具的膚淺觀念。這是「話語」後來能在「權力」和「霸權」的意義上進行延伸的根本原因。也正是在這一意義上，福科對人類思想史研究在方法論和思維方式上做出了巨大的貢獻，他實際上開闢了一種新的思想史研究的方式。

在文學理論話語研究方面，巴赫金是一個重要的人物，他的話語理論被廣泛地引用，所以這裏有必要對巴赫金的「話語」概念進行詳細的清理。

巴赫金的「話語」在俄語中主要是「слово」，有時也是「высказывание」和「текст」，三者在對象上相同。反過來，「слово」一般翻譯成「話語」，有時也翻譯成「語言」、「語詞」、「言語」、「表述」等。

---

1 福科：《知識考古學》，生活・讀書・新知三聯書店，一九九八年版，第七十八—七十九頁。

2 福科：《知識考古學》，生活・讀書・新知三聯書店，一九九八年版，第二二三頁。

由此也可以看到巴赫金的「話語」概念在內涵上的游移性。事實上，巴赫金的「話語」，「所指意義的跨度很大。譬如，〈言語體裁問題〉一文中『слово』幾乎都被用於語言學的單詞之義，在〈馬克思主義與語言哲學〉中，有的地方用作術語，有的地方取用其他意義。」[1]但總的來說，我認為巴赫金以下這段話基本上概括了他的「話語」內涵：「我們所清楚的話語的所有特點——就是它的純符號性、意識形態的普遍適應性、生活交際的參與性、成為內部話語的功能性，以及最終作為任何一種意識形態行為的伴隨現象的必然現存性——所有這一切使得話語成為意識形態科學的基本研究客體。」[2]

巴赫金的「話語」（слово）與福科的「話語」（discourse）是什麼關係？有何異同？學術界缺乏充分的研究。巴赫金生於一八九五年，卒於一九七五年；福科生於一九二六年，卒於一九八四年，兩人基本上是同時代，相互影響的可能性是存在的。從巴赫金的著作中，我們看不到巴赫金受福科影響的印跡。但巴赫金的「話語」與福科的「話語」卻具有驚人的相似性，其中最根本的相同就是強調「話語」的思想實踐性。對於巴赫金來說，這是「話語」最基本的內涵，是「話語」與「語言」在內涵上的根本區別，話語的種種特點以及意義都與這一根本特點有關。

巴赫金說：「任何現實的已說出的話語（或者有意寫就的詞語）而不是在辭典中沉睡的辭彙，都是說者（作者）、聽眾（讀者）和被議論者或事件（主角）這三者社會的相互作用的表現和產物。話語是一種社會事件，它不滿足於充當某個抽象的語言學的因素，也不可能是孤立地從說話者的主觀意識中引出的心理因素。」[3]就是說，話語不是純粹的語言形式，它以語言的方式存在，但涉及到很廣泛的生活內容，所以是「社會事件」。在巴赫金這裏，「語言」不同於「話語」，在詞典意義上，語言是純粹的工具，既沒有作者，也沒有讀

---

1 凌建侯：〈試析巴赫金的對話主義及其核心概念「話語」（слово）〉，《中國俄語教學》一九九九年第一期。
2 巴赫金：〈馬克思主義與語言哲學〉，《巴赫金全集》第二卷，河北教育出版社，一九九八年版，第三五七頁。
3 巴赫金：〈生活話語與藝術話語〉，《巴赫金全集》第二卷，河北教育出版社，一九九八年版，第九十二頁。

者，本身構不成意義，而話語則不同，它近似於「文本」（text），有作者，有意義，還有讀者。

在〈長篇小說的話語〉這篇長文的開頭，巴赫金說：「本文的主旨，在於克服文學語言研究中抽象的『形式主義』同抽象的『思想派』的脫節。形式和內容在語言中得到統一，而這個語言應理解為是一種社會現象；它所活動的一切方面，它的一切成素，從聲音形象直至極為抽象的意義層次，都是社會性的。」[1]形式與內容統一的語言其實就是「話語」。在巴赫金這裏，「話語」不同於「語言」，兩者可以是同一對象，但內涵不同，思想基礎不同，「語言」是傳統語言學的對象，而「話語」則是社會科學的對象。在傳統語言學那裏，語言是形式或工具，思想則是內容，可以獨立於形式。而「話語」則不同，它是具有思想性的語言，具有社會活動性，即實踐性。在「話語」理論中，傳統的「內容與形式及其關係」不再具有言說的有效性，也就是說，我們無法把話語的「內容」和「形式」有效地區分開來，話語的「內容」即「形式」，「形式」即「內容」。從這裏，我們不僅可以看到巴赫金關於話語的基本觀點，還可以看到其話語研究的基本思路。

在《陀思妥耶夫斯基詩學的問題》一書中，他專門用了一章的篇幅來研究「陀思妥耶夫斯基的語言」，在這一章的開頭，他首先說明，「陀思妥耶夫斯基的語言」，「指的是活生生的具體的言語整體，而不是作為語言學專門研究對象的語言。」[2]所謂「言語整體」，這也是巴赫金經常使用的一個概念，其實就是「話語」，在〈長篇小說的話語〉一文中，他特別用括弧進行注明。[3]那麼，「話語」與「語言」有什麼不同呢？不同就在於，「語言」「是把活生生具體語言的某些方面排除之所得的結果」，而這排除的，恰恰是「話語」最重要的內容。巴赫金說他的語言分析不是「嚴格意義上的語言分析」，其實就是現在所說的「話語分析」，巴赫金把這種話語分析稱為「超語言學」（металингвистика），所謂「超語言學」，「研究的是活的語言中超出語言學

1 巴赫金：〈長篇小說的話語〉，《巴赫金全集》第三卷，河北教育出版社，一九九八年版，第三十七頁。
2 巴赫金：〈陀思妥耶夫斯基詩學的問題〉，《巴赫金全集》第五卷，河北教育出版社，一九九八年版，第二三九頁。
3 巴赫金：〈長篇小說的話語〉，《巴赫金全集》第三卷，河北教育出版社，一九九八年版，第四十二頁。

範圍的那些方面」[1]。聯繫巴赫金的其他論述，所謂「活生生的」、「超出語言學範圍」的方面，其實就是語言的思想、意義以及它所表現出現的實踐力量，這是巴赫金「話語」的最重要的內容，也是它與「語言」之間差異的根本之所在。

對於「話語」和「語言」之間的不同，巴赫金有明確的區別，他說：「話語彷彿是某個事件的『劇本』。話語完整含義的生動理解應該是『復現』說話者相互關係的這個事件，彷彿重新『表演』這個事件，而且理解者在此扮演聽眾的角色。」而語言則不同，「就語言學的觀點而言，既不存在這個事件也不存在這個事件的參與者。語言學只與抽象的、純淨的詞語及抽象的成分（語音的、詞法的等等）打交道；因此，話語的完整含義及其意識形態價值，認識的、政治的、美學的價值，對於這個觀點而言都行不通。正如不可能有語言學的邏輯或語言學的政治一樣，也不可能有語言學的詩學。」[2]在巴赫金看來，語言只是形式，規則，它本身構不成獨立的意義，本身不具有邏輯性、政治性和詩學價值，只有被使用時，它才能具有意義和相關的價值。而「話語」則不同。

與福科一樣，巴赫金也使用了「事件」這個概念來描述「話語」，我認為這對理解巴赫金的話語理論是非常重要的。「話語」作為「事件」，它表明：一方面，話語具有語言性，它不是直觀感覺和經驗形態的，而是語言形態的，是「文本」（巴赫金用「劇本」這個概念）；另一方面，話語又不是傳統的語言形式，而是一個複雜的行為和思維過程，具有完整的含義。「生活話語顯然不是自給自足的。它產生於非語言的生活情景中並與它保持著最緊密的聯繫。而且，話語直接地由生活本身補充並且不失去其自身涵義，不可能脫離生活。」又說：「表述的生活涵義和意義（無論它們怎樣）都與表述的純辭彙構成不相符合。說出的話語都蘊含著言外之意。所謂對話語的『理解』和『評價』（同意或反對），總是在詞語之外還包含著生活的情景。因此，生活不

---

[1] 巴赫金：〈陀思妥耶夫斯基詩學的問題〉，《巴赫金全集》第五卷，河北教育出版社，一九九八年版，第二三九頁。

[2] 巴赫金：〈生活話語與藝術話語〉，《巴赫金全集》第二卷，河北教育出版社，一九九八年版，第九十三頁。

是從外部對表述發生作用：生活滲透在表述內部，代表著說話者周圍的統一存在和生長於這個存在中的共同的社會評價，離開這些評價，對表述的任何理解都是不可能的。」[1]就是說，話語不像語言一樣是從現實中抽象出來的結果，而是始終與現實生活不可分割地聯繫在一起。所以，話語的意義不是由詞典意義來決定的，而是由生活本身決定的，話語包含著對生活的評價和理解，也即話語具有思想性，具有政治性，這和福科強調話語與權力之間的關係是一致的。

巴赫金明確地指出，「話語是一種par excellence（獨特的）意識形態的現象。」[2]巴赫金這裏所說的意識形態，指的是觀念、意識，是相對於語言的純粹性、抽象性而言的，就是說，話語不具有語言的那種詞典性、抽象性。所以巴赫金主張把話語當作社會符號來進行研究，他認為，不從「社會語言學和語言哲學的角度來研究」話語，根本就是不可能的。正是因為話語與思想、觀念和社會生活密切相關，所以，「對話」和「語境」構成了巴赫金「話語理論」的重要內容。關於這兩個問題特別是「對話理論」，太複雜，學術界討論得比較多，這裏不展開論述。

如何評價巴赫金的「話語理論」？我認為，巴赫金的「話語理論」從根本上屬於文學理論，屬於哲學範疇而不是語言學範疇。這與巴赫金的語言本質觀以及所採取的策略有很大的關係。從巴赫金的著作中，我們可以看到，語言與文學以及文學理論之間的關係，顯然是巴赫金最為關注的問題和視角之一，對於語言，巴赫金深刻地認識到了它的思想性、觀念性、政治性、意識形態性、生活實踐性等，但是他又不從根本上否定傳統語言學對語言本質的「工具」性定義，於是另覓途徑，重新命名，這就是「話語」理論。對於巴赫金來說，他並不反對傳統語言學對於語言的研究思路和基本傾向，但另一方面，他又深刻地認識到傳統語言學對於文學研究的

1 巴赫金：〈生活話語與藝術話語〉，《巴赫金全集》第二卷，河北教育出版社，一九九八年版，第八十三、九十三頁。
2 巴赫金：〈馬克思主義與語言哲學〉，《巴赫金全集》第二卷，河北教育出版社，一九九八年版，第三五四頁。

無效性，特別是從語言形式的角度來研究文學，並不能真正地解釋和說明文學的思想性、政治性、意識形態等問題，他採取的辦法是撇開（而不是「否定」）傳統語言學的觀念和研究方式而從思想本體即哲學的角度來研究文學語言及其與「文學性」之間的關係，用「話語」取代傳統的「語言」。所以，在巴赫金那裏，「話語」外在表現為語言的形式，但內涵則更多地是哲學上的。巴赫金不是在工具的層面上研究語言形式，而是在思想的層面上研究語言的實踐意義，他不是採用語言學家的方式研究語言，而是採用哲學家的方式研究語言，研究語言本身並不是他的目標，通過研究語言來研究文學才是他的目標。

在現代哲學領域，哈貝馬斯也經常使用「話語」這個概念。對於什麼是「話語」，哈貝馬斯和福科、巴赫金在觀念上非常接近，思路上也比較一致，都是建立在對傳統語言觀及其對思想史意義的反思的基礎上，他們都發現了傳統語言學對於思想問題研究的無效性。不同的是，福科和巴赫金並不從根本上否定傳統的語言學以及語言觀，他們只是不按照傳統語言學的思路從形式的角度來看視語言，而是另起爐灶、另闢蹊徑，從思想和觀念的角度來看視語言，重新建立術語、概念和範疇，從而開闢了「話語」思想史的新途徑。哈貝馬斯則明確反對傳統的語言工具觀。他的話語概念是建立在現代語言學基礎上的，對傳統的語言工具觀是持排斥態度的。所以，哈貝馬斯的話語理論是典型的現代語言哲學的產物，屬於「語言學轉向」之後的哲學。

所謂「語言學轉向」，即從語言學的角度來研究哲學和思想問題，它的基本前提是語言本質觀的變革。在這一點上，哈貝馬斯的話語理論又是承繼索緒爾、海德格爾、加達默爾、德里達等人的語言學思想而來，雖然在許多觀點上哈貝馬斯與他們具有明顯的不同。哈貝馬斯把傳統的語言工具觀稱為「模仿論」，即語言是對「存在」或「對象」的模仿。他描述傳統的語言觀：「語言被想像為名與物的對應，被理解為外在於思維內容的陳述工具。」[1]哈貝馬斯的觀點與此恰恰相反，他實際上接受了海德格爾、加達默爾的「語言思想本體論」

1 哈貝馬斯：〈後形而上的思維的主題〉，《作為未來的過去——與著名哲學家哈貝馬斯對話》，浙江人民出版社，二〇〇觀念，認為：「作為原型的『真實』、『本質』、『真理』、『典型』等等，未經語言言說是無法被知覺的，並不能直接地、自動地呈現出來，只有經過語言言說才能呈現並被人知覺。」「在語言言說即『模仿』發生之前，真理、真實、本質、典型等等，並不存在，只是語言言說才使它們『在起來』的。」[1]也就是說，不是語言依附於意識和存在，而是存在和意識依附於語言。正是因為如此，所以對於語言與思想之間的關係，哈貝馬斯認為：「語言對於意義而言，有一種『先在性』和『生成性』，換言之，意識和語言，意義與語言是不可分的。意識的發生和擴展依賴於語言，只有掌握了語言，才可能有意識。另外，意識的存在方式和運動方式也是語言，沒有語言，意識將是一片黑暗，一片混沌，無定形的。」[2]思想和意識本質上即語言，所以不能脫語言來談思想和意識問題。

哈貝馬斯的話語理論就是建立在這樣一種語言觀的基礎上。我沒有找到哈貝馬斯關於「話語」的定義，但聯繫具體的語境，從其使用中可以看到，哈貝馬斯所說的「話語」其實就是以語言形態存在的思想或存在。所謂「現代性話語」[3]，其實就是「現代性言說」或「現代性概念」，在《現代性的哲學話語》一書中，哈貝馬斯考察了從黑格爾到福科的「現代性」概念在內涵上的變遷。表面上，這和一般的講「現代性史論」的著作在內容上並沒有太大的區別，他同樣追溯了黑格爾、尼采、霍克海姆、阿多諾、德里達、巴塔耶、福科等人是如何界定和論述「現代性」的，但哈貝馬斯的「理論背景」和「問題意識」不同，他是把「現代性」作為語言現象來研究的，

一年版，第一六七頁。

1 章國鋒：〈西方人文科學的新範式——哈貝馬斯論「語言學轉向」〉，《作為未來的過去——與著名哲學家哈貝馬斯對話》，浙江人民出版社，二〇〇一年版，第二二六頁。

2 章國鋒：〈西方人文科學的新範式——哈貝馬斯論「語言學轉向」〉，《作為未來的過去——與著名哲學家哈貝馬斯對話》，浙江人民出版社，二〇〇一年版，第二二八頁。

3 參見哈貝馬斯《現代性的哲學話語》，譯林出版社，二〇〇四年版。

而不是作為社會性物質存在來研究的，按照馬克思的「社會存在」與「社會意識」的劃分，哈貝馬斯所講的「現代性」屬於「社會意識」而不是「社會存在」，也即屬於「思想」的範疇，而不是「經驗」的範疇。

在哈貝馬斯這裏，「現代性」作為語言現象，不是在語言形式上的，而是在語言思想意義上的，也就是說，「現代性」是一種思想或意識，是一個哲學範疇。哈貝馬斯認為，不是先有「現代性」的社會事實，然後才有「現代性」這一概念，恰恰相反，是先有「現代性」的概念，即現代性意識或思想，然後才有現代性的社會現實，或者說，現代性的社會現實正是從現代性意識中導引出來，是「現代性」言說的產物和結果，現代性社會是和現代性言說密不可分的。在這一意義上，「現代性」從根本上是話語建構。作為話語建構，它存在著另外的可能性。

歷史學領域也使用「話語」這一概念。筆者所見到，最早系統論述「歷史話語」問題的是羅蘭・巴爾特。在〈歷史的話語〉（一九六七年）一文中，羅蘭・巴爾特對歷史語言進行了分析。他沒有對「話語」和「歷史話語」作明確的界定，但從行文中，我們看到，羅蘭・巴爾特所說的「歷史話語」其實就是歷史著作的語言，主要是歷史表述或敘述，既有術語、概念性，也有句法和語法性。比如他說：「歷史話語中陳述卻只是肯定的……簡而言之，歷史話語沒有否定句。」[1]歷史著作的結構、歷史和文學的比較，歷史的「事實」等，這些都是「史學理論」或「歷史哲學」的傳統問題，不同在於，羅蘭・巴爾特不再從「本體論」和「認識論」的角度來看這些問題，而是把它們看作是語言現象，即「話語」。

歷史學中的「話語理論」顯然也與哲學和思維的「語言學轉向」有很大的關係。其中，把歷史看作是一種「話語現象」從而對歷史性質以及特點等進行重新反思，背離傳統最遠的是美國歷史學家海頓・懷特。

---

1 羅蘭・巴爾特：〈歷史的話語〉，《現代西方歷史哲學譯文集》，上海譯文出版社，一九八四年版，第九十頁。

懷特說：「話語這個詞具有『環形性』以及『前後移動』等這個術語的印歐詞根（kers）及其拉丁形式（dis，『以不同方向』，＋currere，『跑』）所暗示的一切內涵。」[1]又說：「話語在經驗的既定編碼與一連串的現象之間『往返』運動。這些現象拒絕融入約定俗成的『現實』、『真理』或『可能性』等概念。……總之，話語從本質上說是一種調節。」[2]由此可見，在懷特這裏，「話語」實際上根據不同語境而具有不同的含義。但從懷特對「話語」的使用來看，他的「話語」主要是一種內容範圍或主題範圍，它外在表現為語言形式，但從根本上是語言內容，他說：「在現實主義話語如同在想像話語中一樣，語言既是形式又是內容，這種語言內容必須被看作與其他的（事實的、概念的、類屬的）內容一樣，構成了整個話語的總體內容。」[3]每一種話語都有它自己特定的語言、語法和修辭規則，都有它自己的術語、概念和範疇，都有它自己的言說目的和方向。正是在這一意義上，「話語」構成了懷特談論問題的「單元」，他提到了很多種「話語」，如「科學話語」、「詩性話語」、「虛構性話語」、「事實性話語」、「敘事話語」、「歷史話語」、「文學話語」、「象徵話語」等，這裏，「話語」其實就是言說，是從思想、觀念及言說上對「學科」進行重新分類。作為「言說」，話語具有「交流的、表達的或意指的」「三種功能」[4]。在思想觀念和言說的層面上，「話語」就與「實踐」具有緊密的聯繫，「話語行為模式試圖說明的正是這種話語的複雜的多層次性以及隨之而來的可以對其意義作多種闡釋的能力。從這一模式提供的視角看，話語被看作是一種生產意義的手段，而不僅僅是一種傳遞有關外部指涉物資訊的工具。……改變話語的形式可能不會改變有關其明確指涉物的資訊，但肯定會改變它

1 海頓・懷特：《形式的內容：敘事話語與歷史再現》，北京出版社出版集團、文津出版社，二〇〇五年版，第一四八頁。
2 海頓・懷特：《後現代歷史敘事學》，中國社會科學出版社，二〇〇三年版，第五頁。
3 海頓・懷特：《後現代歷史敘事學》，中國社會科學出版社，二〇〇三年版，第二九六頁。
4 海頓・懷特：《形式的內容：敘事話語與歷史再現》，北京出版社出版集團、文津出版社，二〇〇五年版，第五六頁。

所產生的意義。」[1]話語正是和「話語實踐」（discourse practice）緊密地聯繫在一起從而具有意義性。

正是從話語的角度，海頓・懷特對「歷史」進行了全新的解釋和研究。懷特「把歷史作品看成是它最為明顯地要表現的東西，即以敘事性散文話語為形式的一種言辭結構」[2]，「每一種歷史首先都是一個詞語製品，一種特殊語言應用的產物。」[3]他把「事實」看作是「建構之物」，「事實都是在思想中觀念地構成的，並且／或者在想像中比喻地構成的，它只存在於思想語言或話語中」，並引巴爾特的話「事實只是一種語言學上的存在」為證。因此，懷特認為，歷史編纂從根本上是一種話語，「它特別旨在建立一系列事件的真實敘事，而不是就情勢做一番表態的描述」，作為「敘事」，它和文學話語並沒有實質性的區別：「就歷史寫作繼續以基於日常經驗的言說和寫作為首選媒介來傳達人們發現的過去而論，它仍然保留了修辭和文學的色彩。只要史學家繼續使用基於日常經驗的言說和寫作，他們對於過去現象的表現以及對這些現象所做的思考就仍然會是『文學性的』，即『詩性的』或『修辭性的』，其方式完全不同於任何公認的明顯是『科學的』話語。」[4]「歷史（或至少『正宗歷史』）屬於『話語寫作』的範疇，這樣，當虛構成分——或神話的情節結構——明顯地表現出來時，它就完全不再是歷史而成為雜交的文類了，成為歷史與詩歌結合而成的一種非神聖但卻天然的產物了。」[5]歷史作為話語具有虛構性，從而歷史和文學一樣具有詩性，具有建構性，這可以說是懷特對歷史最大的「發現」。懷特的歷史哲學被稱為「新歷史主義」，而其「新」主要就體現在「話語」視角方面。

1 海頓・懷特：《形式的內容：敘事話語與歷史再現》，北京出版社出版集團、文津出版社，二〇〇五年版，第五九頁。
2 海頓・懷特：《元史學：十九世紀歐洲的歷史想像》，譯林出版社，二〇〇四年版，第二頁。
3 海頓・懷特：《後現代歷史敘事學》，中國社會科學出版社，二〇〇三年版，第二九六頁。
4 海頓・懷特：《元史學：十九世紀歐洲的歷史想像》，譯林出版社，二〇〇四年版，「中譯本前言」第八、一頁。
5 海頓・懷特：《後現代歷史敘事學》，中國社會科學出版社，二〇〇三年版，第一七五頁。

歷史之所以具有「虛構性」或「詩性」，根本原因就在它的語言的隱喻性。「如果歷史學家的目的是讓我們熟悉陌生的事件，那他必須使用比喻性而非科學性語言。……歷史學家特有的編碼工具、交際和交流工具就是一般習得的言語。這說明比喻性語言技巧是歷史學家用來賦予資料以意義、變陌生為熟悉、使神秘的過去變得可以理解的唯一工具。任何歷史敘事都事先決定了對所要再現和解釋的事件的比喻性描述。這就意味著被視為純粹語言製品的歷史敘事可以用比喻性話語模式來描述。」[1]又說：「一個歷史話語是一個擴展的隱喻。」[2]這可以說是對「歷史話語」非常具體而深入的研究。

在「話語理論」和「話語分析」方面，當代英國語言學家諾曼・費爾克拉夫也是一個非常重要的人物。「在近二十年的時間裏，他相繼寫下了《批判的語言意識》、《話語與社會變遷》、《媒介話語》、《批判的話語分析》、《語言與權力》、《後現代的話語——反思批判的話語分析》、《新工黨、新話語？》、《分析話語：社會研究的文本分析》等等。」[3]與福科、巴赫金、哈貝馬斯、懷特等人不同，費爾克拉夫主要是語言學家，他的話語理論除了「社會理論」來源以外，還有語言學來源。他認為：「『話語分析』近年來主要是由語言學家發展起來的。」[4]所以費爾克拉夫話語理論最大的特點就是把福科開創的哲學的話語和語言學的話語整合起來。他說：「我試圖將語言分析和社會理論結合在一起，這個努力的中心是把兩方面的內容連接起來，一方面是這一更加帶有社會——理論意義的話語，另一方面是處於以語言學為方向的話語分析中的、具有『文本和相互作用』意義的話語。這種有關話語和話語分析的思想具有三個向度，即任何話語『事件』（即任何話語的實例）都被同時看作是一個文本，一個話語實踐的實例，以及一個社會實踐的實例。」「文本」向度「關注文

1 海頓・懷特：《後現代歷史敘事學》，中國社會科學出版社，二〇〇三年版，第一八五頁。
2 海頓・懷特：《後現代歷史敘事學》，中國社會科學出版社，二〇〇三年版，第二九九頁。
3 殷曉蓉：〈話語與社會變遷・中譯本序〉，第一頁，《話語與社會變遷》，華夏出版社，二〇〇三年版。
4 諾曼・費爾克拉夫：《話語與社會變遷》，華夏出版社，二〇〇三年版，第一頁。

本的語言分析」；「話語實踐」向度「說明了文本生產的過程和解釋過程的性質」；「社會實踐」向度「傾向於關注社會分析方面的問題，諸如話語事件的機構和組織環境，話語事件如何構成話語實踐的本質，如何構成話語的建設性或建構性效果」。[1]因此，在費爾克拉夫這裏，「話語既是一種表現形式，也是一個行為形式」，「不僅是表現世界的實踐，而且是在意義方面說明世界、組成世界、建構世界」。[2]也就是說，話語具有一般的語言的特點，但更具有實踐性，具有意識形態性，具有「自我」和「社會現實」的建構性。

此外，筆者所見到，Guy Cook的*Discourse and Literature*、[3]Gillian Brown和George Yule合著的*Discourse Analysis*[4]、James Paul Gee的*An Introduction to Discourse Analysis: Theory and Method*[5]等都有對「話語」非常具體的研究和分析。但這三本著作都是在語言學的層面上研究話語，特別強調話語的語言形式，和這裏所採取的「思想史」的探討方式有差距，所以述略。

在中國，雖然「話語」這個術語被廣泛地使用於各學科領域，但學術界總體上缺乏對話語理論的深入研究。迄今為止，筆者還未見到有「社會理論」意義上的話語理論專著。除了少量的關於福科和巴赫金「話語理論」的相關論文以外，也未見到有關於「話語」的專題論文。在文學研究領域，對文學理論的話語問題研究得最深入、最系統的是曹順慶先生。早在八〇年代末，曹先生就出版了《中西比較詩學》[6]一書，它具有話語研究的傾向性。這本書主要是從概念或範疇的角度來研究中西方文論在整體即體系上的差異性，概念或範疇在這裏

1 諾曼・費爾克拉夫：《話語與社會變遷》，華夏出版社，二〇〇三年版，第四頁。
2 諾曼・費爾克拉夫：《話語與社會變遷》，華夏出版社，二〇〇三年版，第五十九、六十頁。
3 即《話語與文學》，上海外語教育出版社，一九九九年版。
4 即《話語分析》，外語教學與研究出版社、劍橋大學出版社，二〇〇〇年版。
5 即《話語分析入門：理論與方法》，外語教學與研究出版社、勞特利奇出版社，二〇〇〇年版。
6 曹順慶：《中西比較詩學》，北京出版社，一九八八年版。

不再是語言形式，而是觀念本身，是文論體系的基本結構和深層基礎，它從根本上決定文論的體系，並制約著我們對於文學的言說。後來，曹先生明確提出「文論失語症」以及「文論話語重建」的問題，發表了一系列論文，[1]從話語的角度對中國現代文論體系進行了根本性的反思，並提出許多建設性的意見。對於「話語」，曹先生的界定是：「所謂話語，是指在一定文化傳統、社會歷史和文化背景下所形成的思辨、闡述、論辯、表達等方面的基本法則。」又說：「話語是指在一定文化傳統和社會歷史中形成的思想、言說的基本範疇和基本法則，是一種文化對自身的意義建構方式的基本設定。」[2]非常明顯，這主要是從思想和觀念的角度對話語進行定義。

在中國，「話語」的內涵和使用也是各種各樣的。有的是很「專業」地使用，其內涵非常明確，有的則是在意會的意義上使用，其內涵非常模糊，或者是「字面」上的。有的人是在語言學意義上使用，有的人是在哲學意義上使用。有的人對西方的話語理論非常瞭解，其「話語」概念是以這些瞭解作為知識基礎的，有的人對西方的話語理論並不瞭解，使用這一概念不過是人云亦云。但不論是哪一種使用，我認為都有合理性。其根本原因就在於，詞的意義固然與其來源有關，但更重要的是在使用中生成。

我認為，漢語「話語」雖然來源於英語「discourse」以及相類似的德語、法語、俄語詞語，但「discourse」等在轉換成「話語」的過程中，由於受漢語語境的影響，明顯中國化了。更重要的是，任何詞語都會發生意義衍變，「discourse」在西方的意義也不是一成不變的，而處在發展變化之中，在漢語語境中，「話語」的意義發生衍變，這可以說是「discourse」意義衍變的延續。我認為，最簡單地說，「話語」是一種言說，它是通過

[1] 曹順慶的文章主要有：〈文論失語症與文化病態〉，《文藝爭鳴》一九九六年第二期。〈再論重建中國文論話語〉，《文學評論》一九九七年第四期。〈二一世紀中國文化發展戰略與重建中國文論話語〉，《東方叢刊》一九九五年第三期。〈在對話中建設中國文學理論的中國話語——論中西文論對話的基本原則及其具體途徑〉，《社會科學研究》二〇〇三年第四期。

[2] 曹順慶等著：《中國古代文論話語》，巴蜀書社，二〇〇一年版，第八、二十六頁。

一定的術語、概念和範疇來言說，所以，術語、概念和範疇是最重要的「話語成份」。思想、意義和價值與言說有關從而與話語有關，所以，話語是文化和思想的具體方式和形態。

我們可以說「話語」是一個語言學概念，但這必須以改變傳統的語言本質觀為前提，就是說，只有當我們不再堅持語言僅僅只是工具、而同時承認語言的思想本體性的時候，「話語」才是一個語言學概念。所以，當我們把「話語」作為語言問題來研究的時候，這裏的「語言」要比福科、巴赫金所理解的「語言」寬泛得多，實際上是把語言學的「語言」概念和語言哲學的「語言」概念進行了整合。所以，「話語」主要是從語言的權力以及思想層面上對語言的一種新的命名，它是語言形態，但並不遵循語言學家總結的語言規則。語言學家主要是在語言工具的層面上談論語言，哲學家主要在語言的思想層面上談論語言，傳統的語言學沒有把這兩者區別開來，所以不能把話語從一般的語言問題區分開來，很多問題都是由此造成的。

我認為，在「現代性」、「歷史」、「哲學」等詞語的後面加上詞綴「話語」，這實際上反映了一種新的學術意識，即「語言轉向」論，雖然對於絕大多數人來說，缺乏這種自覺意識，特別是缺乏系統的語言哲學的理論基礎。我認為，「歷史」和「歷史話語」、「哲學」和「哲學話語」具有根本的不同。就研究對象來說，「現代性話語」研究就是「現代性」研究、「小說話語」研究就是「小說」研究、「歷史話語」研究就是「歷史」研究、「文學理論話語」研究就是「文學理論」研究、「哲學話語」研究就是「哲學」研究，但在「現代性」、「小說」、「歷史」、「文學理論」、「哲學」的後面加上「話語」二字，反映了研究的視角、方法、觀念、知識背景等都發生了很大的變化，即不再把「現代性」、「小說」、「歷史」、「文學理論」、「哲學」等看作是一種物質形態的「客體」。在「話語」視角中，「現代性」等都是意識形態，都與術語、概念和範疇等語言形態有密切的關係，從根本上是建構的結果。話語理論從根本上以現代語言學作為知識背景，以語言思想本體觀作為理論基礎，從而體現了一種新的語言觀和哲學觀。

從「話語」或者說從語言哲學的角度來研究「歷史」、「哲學」、「現代性」，實際上是換了一種學術範式。一般認為，西方哲學發展經歷了三個大的階段：「本體論」階段、「認識論」階段和「語言論」階段。這三個階段實際上也可以說是三種思維方式或三種學術範式，而「話語」研究則是「語言論」最重要的內容，是典型的「語言論」學術範式，與傳統的學術範式具有根本性的不同。

在「本體論」學術範式中，我們追問的是對象是由什麼構成的，它具有哪些因素和特徵，強調對象的客觀存在。在「認識論」學術範式中，我們追問的是我們是如何認識對象的，我們知道了對象的什麼，強調人作為主體與客體之間的關係。而在「語言論」學術範式中，我們追問的是我們是如何表述對象的，世界是如何在表述中呈現出來的，社會是如何在表述中建構起來的，強調「語言」在人與自然的關係和社會過程中的優先性以及「表述」對於社會和人自身的意義。在「本體論」和「認識論」中，語言只是我們表述世界和表達思想觀念的工具，但在「語言論」，語言不再是思想的工具，而是思想本體，對人和社會都具有控制性，人脫離不了語言從而深層地生活在語言之中。所以，與「本體論」和「認識論」透過語言研究物質、社會和思想不同，「語言論」是通過語言來研究社會和思想，在「語言論」中，語言在社會構成中具有結構性，思想不再是依附於語言，而是與語言一體化，思想就是語言表述，就是話語，思想不可能脫離語言而存在，或者說，思想問題從根本上就是語言問題，語言之外沒有思想。正如西爾勒說：「世界是按照我們劃分它的方式而劃分的，而我們把事物劃分開的主要方式是運用語言。我們的現實就是我們的語言範疇。」伯林說：「人是用詞語來思維的；詞語有時本身就是行動；因而考察語言也便是考察思想，推而廣之也便是考察人的整個世界觀和生活方式。」[1]而其中，「話語研究」作為「語言論」範式的核心內容在社會研究和思想研究中尤其具有根本性。

「話語研究」作為一種新的學術範式，關注的不再是對象的客觀性，也不再是人對客觀對象的認識，而是語言是如何呈現對象的、語言在人的建構和社會建構中的深層作用。所以，術語、概念、範疇和話語方式就構

1 麥基編《思想家》，周穗明、翁寒松譯，生活・讀書・新知三聯書店，一九八七年版，第二六七、十一頁。

成了「話語研究」的基本對象，它主要是探討各種術語、概念和範疇的價值和意義，它們如何對我們的生活發生作用，如何對我們社會的建構發生作用，我們的生活是如何在言說自然、社會和思想的過程中發生改變的，語言又是如何塑造我們自身、如何塑造歷史、如何塑造我們的現實社會，或者說通過語言的想像我們是如何改變我們自身的。和「認識論」非常重視實踐性一樣，「語言論」也非常重視實踐性，但「認識論」所說的實踐主要是知識作為人的正確認識在實際生活中的運用，而「語言論」的實踐則是「話語實踐」，即話語具有力量，和人的思想和行為極為緊密地聯繫在一起，從而對人對社會特別是對人的行為和社會活動具有制約性，即福科所說的「權力」。「實踐性」是「話語」的重要品性。

事實上，「語言研究」給二十世紀的學術帶來了深刻的革命。哲學上，語言觀念的根本性變革使語言成為哲學關注的焦點，對語言的反思和分析使哲學發生了「語言轉向」，整個二十世紀哲學最顯著的特色就是語言哲學，所以被稱為「語言哲學」的時代。「語言轉向」對傳統哲學從思維方式到學術範式都具有顛覆性，被稱為「哥白尼式的革命」。當然，「語言哲學」其內涵是豐富的，而「話語研究」則是其最重要的內容之一。特別是福科的《知識考古學》、《性史》、《詞與物》等著作，對二十世紀哲學以及其他學科中的話語範式研究，具有重大的影響。可以說，二十世紀每一學術領域都有「話語」範式研究的成功範例，比如歷史學中的以海頓·懷特為代表的「新歷史主義」、社會學中的諾曼·費爾克拉夫的「話語分析」等都是典型的「話語」範式研究。文學中的結構主義、解構主義、闡釋學以及中國學者所提出的「文論失語症」和「話語重建」也具有一定的「話語」範式的特點。這裏，我特別以英國思想家昆廷·斯金納的政治思想研究來說明「話語」範式研究的特點及其價值和意義。

斯金納是當代英國著名的思想家，在思想史研究方面做出了傑出的貢獻，特別是在研究方法和研究範式上，具有突破和創新，被稱為「斯金納式的革命」。斯金納在思想史研究方面貢獻當然是多方面的，並且前後具有很大的變化，但我認為他最具有「革命」性的貢獻就是實現了思想史研究從「觀念史」向「概念史」的轉變。在《霍布斯哲學思想中的理性和修辭》一書中，斯金納認為霍布斯「關於公民哲學的觀點，大半是由文藝復興時期討論道德科學性質的語言表達形式形成的」[1]，這種觀念已經顯示了「概念史」的端倪。斯金納的成名作是《近代政治思想的基礎》，這本書的「一個主要目標是論述近代國家概念形成的概念史」[2]，作者特別解釋說：「在考慮了引起這種概念變化的歷史發展之後，我在結論中擱下了歷史，轉而對歷史語義進行了短暫的討論——從國家的概念轉到了『國家』一詞。我認為，說明一個社會開始自覺地掌握一種新概念的最明確的跡象是：一套新的辭彙開始出現，然後據此表現和議論這一概念。」[3]強調「國家」概念以及相應的辭彙系統及其它們對人的意識的影響，這明顯是「話語研究」方式。而在《自由主義之前的自由》一書中，斯金納基本是按照福科的「知識考古學」或者「譜系學」的模式對十九世紀之前的「自由」以及相關概念進行了考證，是正統的「話語研究」範式。

追溯概念，通過語言和概念的變化來研究思想史，這在普通的思想史研究中也是通行的，斯金納的不同就在於，他的語言觀發生了根本性變化，語言在斯金納那裏不再是承載思想的工具，而是思想本體，不是透過概念來研究思想，而是研究概念從而研究思想。更重要的是，斯金納既研究概念從而研究思想，又研究概念、話語對社會建構的作用和對社會進程的影響，即強調語言和概念的實踐性，斯金納接受了奧斯丁的「以言行事」和維特根斯坦的「語言就是行為」的思想，強調語言對於行為特別是思想行為的意義，這就使他的研究不是普通的語言研究和概念追溯，而具有規範的「話語研究」的性質。比如對於現代「國家」概念的形成，斯金納說：「這次概念革命的直接後果，是要在西歐國家更廣泛的政治辭彙中建起一系列的反響手段。一旦『國家』

1 斯金納：《霍布斯哲學思想中的理性和修辭》，王加豐、鄭崧譯，華東師範大學出版社，二〇〇五年版，第十頁。
2 帕羅內：《昆廷・斯金納思想研究——歷史・政治・修辭》，李宏圖、胡傳勝譯，華東師範大學出版社，二〇〇五年版，第八十頁。
3 斯金納：《近代政治思想的基礎》（上卷），奚瑞森、亞方譯，商務印書館，二〇〇二年版，第三頁。

開始被接受為支配政治爭論的名詞，有關分析主權的許多其他概念和假設就必須加以重組或在某些情況下被摒棄。」[1]就是說，一旦「國家」作為概念建立起來，它就會反過來影響我們的思想觀念，進而影響我們對於國家現實形態的建構，我們可以把這稱之為「國家話語實踐」。

那麼，與傳統的「本體論」和「認識論」學術範式相比，「話語」範式具有什麼特點呢？概括起來，我認為「話語」範式有這樣三個最重要的特點：

第一，在「本體論」那裏，不論是自然還是社會，以及思想和歷史，都具有物質客觀性，我們的任務就是通過研究把這種物質客觀性呈現出來，所呈現的符合客觀存在就是「正確」的，反之就是「錯誤」的。但在「話語論」中，自然和社會是兩種根本不同的對象，對它們的研究也應該區別對待，研究自然主要是科學，研究社會和思想則是「話語論」。在「話語論」中，絕對的客觀性、絕對的「真實」都是不重要的，重要的是我們表述了什麼樣的思想？又是如何表述的？我們敘述了什麼樣的歷史？我們又是如何敘述歷史的？我們的社會在語言表述中是什麼樣的？我們對社會的言說又是如何影響社會進程的？「正確」與「錯誤」之分在「話語論」中仍然是有效的，但並不重要，變得邊緣化了，或者說在以一種不被言說的方式中被「消解」了。對於現實的思想和歷史包括社會現實，我們可以反省，可以進行合理、有效性等評價，但卻很難作「正確」與「錯誤」的判斷，也不需要作這種判斷。

第二，以「本體論」為前提，「認識論」強調人對客觀存在的認識，其認識的最終結果就是關於「規律」的「知識」。而「知識」又反過來幫助我們利用自然，改造自然和社會，從而為人類服務，人類社會就是在這種從認識到實踐再到認識的反覆過程向前發展的。「話語論」並不否認「規律」與「知識」，但並不從這一角

1 轉引自帕羅內：《昆廷・斯金納思想研究——歷史・政治・修辭》，李宏圖、胡傳勝譯，華東師範大學出版社，二〇〇五年版，第八十八頁。

度言說問題，也不按照這種標準來談論問題。「話語論」主要關注人類的思想和精神形態，比如哲學、倫理、歷史、政治等，它並不把人類迄今為止的精神財富比如哲學、歷史、文學理論、政治學等看作是關於自然、社會、思想現象的規律的總結，即「知識」，而把它們看作是人類自身成長和建構的歷史。「規律」和「知識」在言說自然現象時是非常有效的，但用它們來言說人文的精神和思想問題，則並不適用，或者說不太適用。自然具有「規律性」，我們可以根據這些「規律」建立自然的「知識」系統，但人類的精神和思想則很難說有「規律」，即使有規律，社會科學中的「規律」也不同於自然科學中的「規律」。

在「話語論」中，哲學、歷史、文學理論、政治學等本質上都是人類的一種言說，都是一種「話語體系」，而且，語言體系不同，言說方式就會不同因而「話語體系」也會不同。當然，哲學、歷史、政治學等都與現實包括自然有關係，但如何言說，用什麼術語、概念、範疇和話語方式來言說，沒有必然性，並不完全是由現實決定的。比如同樣是對於文學現象的言說，中國古代和西方在術語、概念、範疇和言說方式上就有巨大的差別。對於同樣的現象，在言說上有多種「可能性」，可以這樣言說，也可以另外方式的言說，而究竟如何言說，與「語境」有很大的關係。但是，一旦言說發生，它就不再是「可能性」而是「現實」，就構成了歷史性的東西，構成了人類文化精神的一個組成部分，就會構成未來言說的基礎從而深深地影響未來。自然科學在進程上，如果發現錯了，可以重頭再來，重新開始，但人類的精神文化發展則不能反覆、不能捨棄、不能割斷歷史，不能重新出發。我們可以對過去進行反思，總結經驗教訓，但過去的東西不能被抹去，過去的言說就像遺傳一樣深深地流淌在現實生活的血液中。

第三，正是建立在這種不再追求「正確」和「規律」的基礎上，「話語論」主要是在思想和社會實踐的意義上討論語言問題，討論思想作為話語言說的歷史過程，以及這種歷史過程與社會過程的關係，「話語論」更關注實踐性。在「話語論」中，「現實」、「歷史」、「意義」、「價值」、「未來」、「生存」、「發展」等仍然是關注的問題，仍然是問題的歸結，但「話語」的建構而不是「真實」、「科學性」、「規律性」、

「知識」等構成了它的核心和關鍵。今天看來，五四新文化運動和社會變革在理論上是有很多「錯誤」的，我們對於西方的「科學」、「民主」、「自由」等的言說也存在著「錯誤」，但這些「錯誤」不是給中國社會的向前發展帶來了災難，恰恰相反，在中國社會和思想文化的「現代轉型」中，這些「錯誤」起了積極的作用。在「本體論」和「認識論」中，「錯誤」的理論和知識往往會帶來「錯誤」的後果，但在思想文化領域，情況往往並非如此。「話語論」並不按照「錯誤的理論必然帶來錯誤的結果」這樣一種因果思路模式來研究問題，它主要研究各種「話語」是如何形成的，「話語」是如何通過言說改變人們的觀念和思想從而如何影響歷史的進程和現實的進程，一句話，言說是如何改變現實包括改變我們自身的。在這一意義上，「話語論」研究範式與「本體論」和「認識論」研究範式相比，具有更具體、更直接，更現實的意味，更能實際性地解決問題。

第二章　「現代性」作為話語與中國現代文學研究

第一節　論「現代性」作為話語方式的言說性及其特點

在當代中國學術研究中，「現代性」作為言說可以說無處不在，也無所不包，某種意義上說，一部中國現代思想史或者中國現代學術史就是一部中國「現代性」史。在學術領域，迴避「現代性」似乎很難開口說話。因此，「現代性」可以說是當代思想學術名副其實的「關鍵字」，把握了「現代性」就可以說把握了中國現代思想和學術的「關鍵」，在「現代性」問題上突破就可以說在學術的「關鍵」問題上突破。

反思當代「現代性」研究，我認為，我們的「現代性」研究在學術範式、學術方法、學術思維和具體觀念上都還是非常傳統的，基本還是傳統的「現象—本質」、「實踐—認識」方式。無數人在談論「現代性」現象和觀念，但少有人對它進行哲學原理上的深入追問。本節將充分借鑒和運用「語言論轉向」的學術成果，從話語的角度對「現代性」進行重新審視，從而改進中文語境中的「現代性」問題研究，對「現代性」從性質、特點到作用和意義等多方面進行新的探索。

我認為，「現代性」從根本上是一種話語方式，從根本上是對現代社會現象和現代文化現象的一種言說。話語是一種權力，話語言說具有實踐性，「現代性」作為一種話語，不僅僅只是社會發展的產物，更重要的是它參與了社會「現代化」的進程，世界正是在這種言說中發生了深刻的變化。

一般認為，西方哲學發展經歷了兩次「轉向」，也可以說經歷了三個「階段」。古希臘時期，哲學的中心問題是「世界的本質」是什麼，世界是由什麼構成的。而笛卡爾則把哲學的中心問題從「本體論」轉變到「認識論」，這時哲學更關注「我們知道世界的什麼」、「我們如何認識世界的本質」，這就是所謂「認識論轉向」。到了弗雷格、維特根斯坦時期，哲學的中心問題則從「認識論」轉向「語言論」，哲學更關注「我們如何表述我們知道的世界的本質」，按照阿佩爾的說法，「『語言分析』乃是現代哲學的『第一哲學』範式」[1]，這就是所謂「語言論轉向」[2]。「語言論轉向」被稱為「哥白尼式的革命」，對二十世紀的思想和學術發生了深刻的影響。但「現代性」研究似乎是一個例外。對於中國二十世紀的學術和思想來說尤其這樣，我們的學術和思想至今也沒有發生這種「語言論轉向」，西方學術的「語言論轉向」只停留在我們的哲學史著作中，主要是「知識」層面的東西，對我們的學術思維、學術方法並沒有發生根本性的影響，對於「現代性」研究尤其如此。

縱觀「現代性」研究，我們看到，不論西方還是中國，其學術範式和思維方式仍然是傳統的，可以說總體上還停留在上述「第一階段」或「第二階段」，即「本體論」階段和「認識論」階段。表現為，在我們的談

1 阿佩爾：《哲學的改造》，上海譯文出版社，一九九七年版，孫周興、陸興華譯，「譯者的話」第四頁。

2 關於兩次「轉向」或「三個階段」，中文著述中，可參見以下四本著作的相關部分：陳嘉映《語言哲學》，北京大學出版社，二〇〇三年版，第一章第五節；徐友漁《「哥白尼式」的革命——哲學中的語言轉向》，上海三聯書店，一九九四年版，第一章第一節；范明生《西方美學通史》第一卷，上海文藝出版社，一九九九年版，〈導論〉；朱立元主編《當代西方文藝理論》，華東師範大學出版社，一九九七年版，〈導論〉。

論中，似乎有一個近似於物質存在的客觀的「現代性」存在，而我們的任務就是找出這種「客觀存在」並對它進行「本質」歸納，或者說，「現代性」是一種歷史現象或歷史過程，我們的任務就是把這種歷史現象或歷史過程「呈現」出來。於是我們歸納和總結出了無數的「現代性」：各種形象、各種範圍、各種學科、各種品性、各個國家或地域的「現代性」。有英雄形象（即正面形象），有破壞形象（即負面形象）；在時間上，有所謂「早期現代性」、「晚期現代性」，有「完成的現代性」，有「未完成的現代性」，還有「未開始的現代性」；有社會學的「現代性」，有「文學現代性」、「美學現代性」，有歷史學的「現代性」，有倫理學的「現代性」，有哲學的「現代性」；有「西方現代性」，有「日本現代性」，有「中國現代性」，有「東亞現代性」。有人認為「現代性」是一種制度；有人認為「現代性」是一種精神；有人認為「現代性」是一種心理範疇；有人認為「現代性」是一種結構……不知凡幾。有人從時間上對它進行定義；有人從空間上對它進行定義；有人從特點和性質上對它進行定義。對於「現代性」的品性，更是有無限豐富的概括，有人強調它的理性、啟蒙性；有人強調它的個人主義；有人強調它的過程性，變化性；有人強調它的反思性；有人強調它的批判性；有人強調它的矛盾性或悖論；有人強調它的積極性即它對於現代社會的建設意義；有人強調它的消極性或者說缺憾即它對於現代社會的負面影響……不勝枚舉。但是，仔細研究這些「現代性」的定義，我們看到，「理性」也好，「結構」也好，「精神」也好，「流動性」也好，「悖論」也好，「矛盾性」也好，「五副面孔」也好，一個共同的特點就是從內部構成即品性的角度來研究現代性，從根本上是把「現代性」當作一種「不以人的意志為轉移的客觀存在」來進行解剖和分析的。研究「現代性」是由什麼組成的，和研究「世界」是由什麼組成的，遵循的是同一理路，從根本上都是「本體論」的。

與這種「本體論」思路不同，「現代性」研究的另一基本思路是「認識論」，這可以說是當今「現代性」研究的主流範式。與「本體論」研究不同，在「認識論」研究中，「現代性」不再是物質形態的，不再是社會的屬性，而是「知識」。與「本體論」把「現代性」當作一種客觀屬性不同，「知識論」強調「現代性」的主客觀性，因為「知識」從根本上是人的知識，是人對自然、社會包括人自身的認識，所以具有主觀性。既然知識是人的認識，具有主觀性，它就有「正確」與「錯誤」之分。由此我們看到，當代「現代性」研究最重要的特點就是尋找「正確」的「現代性」，在我們的觀念中，似乎有一個唯一的、絕對正確的「現代性」，我們的任務就是把它找出來。所以，我們的現代性研究總是排它性的，每個人都想尋找和建立作為絕對基礎的「現代性」定義，每個人都認為自己認識的「現代性」是正確的，其他的「現代性」定義或者從根本上錯誤，或者不夠準確、片面，或者有所遺漏，需要修正。有各種各樣的「現代性」，而且每一種「現代性」都是以「救世主」的形態出現。各種「現代性」之間當然有互相補充、互相映證的，但更多的是相互矛盾、相互衝突甚至於勢不兩立。如果把這些現代性綜合起來，那麼可以說，「現代性」是無所不包的，充滿著內在的緊張。

我們看到，當今「現代性」研究遵循的基本上是以黑格爾和培根為代表的認識論方式，也即理性主義和經驗主義以及二者的有機結合。在「認識論」的思維模式中，「現代性」是一種思想形態，或者說是一種觀念，作為一種思想或觀念，它來源於現實生活。這樣，按照馬克思存在決定意識的基本觀念，我們的現代性研究首先就是尋找「現代性」的現實基礎，其基本結論是：「現代性」作為品性，是現代社會的基本屬性，也就是說，「現代性」從根本上來源於現代社會，包括工業化以及由此造成的各種社會現象，來源於現代文學藝術等各種文化以及相應的各種思想，由此我們總結出「兩種現代性」：「社會現代性」與「審美現代性」或者「歷史現代性」與「藝術現代性」[1]，前者主要是社會經驗層面上的，後者主要是思想文化層面上的。所以，當代「現代性」問題研究最大的特點就是圍繞上述兩方面，採用黑格爾的思想模式來建構邏輯嚴密的關於「現代性」知識系統，在理性的統攝中，社會、自然和思想高度知識化，也高度形而上學化。不同在於，由於對現實

---

[1] 關於「兩種現代性」，有各種各樣的表述。參見卡林內斯庫《現代性的五副面孔》，顧愛彬、李端華譯，商務印書館，二〇〇二年版；伊夫・瓦岱《文學與現代性》，田慶生譯，北京大學出版社，二〇〇一年版；李歐梵《未完成的現代性》，北京大學出版社，二〇〇五年版。

的觀察不同、理解不同，對「現代性」的總結和概括也不同，因而就有了不同的「現代性」。在歷史的層面上是這樣，在理論的層面上也是這樣。

在筆者閱讀的西方現代性研究著作中，哈貝馬斯是唯一從話語的角度來研究「現代性」的學者。哈貝馬斯在他的名著《現代性的哲學話語》[1]一書中，主要從概念的形成這一角度對西方自康德以來的現代性思想進行了清理和評述，其思維方式上的轉變有點近似於英國思想家斯金納的從「觀念史」向「概念史」的轉變[2]。聯繫哈貝馬斯關於「語言轉向」的基本觀點[3]，我認為，哈貝馬斯是有意識地從話語的角度來研究「現代性」，在他那裏，「話語」其實就是以語言形態存在的思想，所以，「現代性」作為話語，它不是語言形式，不是思想的工具，而是思想本體，具有福科和巴赫金所說的實踐性。但是，哈貝馬斯在哲學思維方式上，畢竟不屬於「語言哲學」派，也與語言學沒有多少淵源，不論是與弗雷格、羅素、奧斯丁、蒯因、克里普克、胡塞爾、海德格爾、伽達默爾、福科，還是與洪堡特、索緒爾、薩皮爾、沃爾夫、雅格布森等，他都缺乏充分的理論承繼。所以，哈貝馬斯對「現代性」作為話語的研究在語言學的層面上是不充分的，在《現代性的哲學話語》一書中，他對自己的研究範圍具有嚴格的限定，他所說的「現代性」作為話語，主要是哲學層面上的，即觀念上的，而對社會中的現代性問題、美學和藝術上的現代性問題，他則並沒有把它們納入「話語」範疇。而在其他著作中，他對這些問題的研究或談論，仍然是傳統的，即「本體論」的或「認識論」的，而不是「語言論」的。

---

[1] 哈貝馬斯：《現代性的哲學話語》，曹衛東譯，譯林出版社，二〇〇四年版。

[2] 關於斯金納的學術方法，參見帕羅內著《昆廷・斯金納思想研究》，李宏圖、胡傳勝譯，華東師範大學出版社，二〇〇五年版；斯金納著《近代政治思想的基礎》（上下卷），奚瑞森、亞方譯，商務印書館，二〇〇二年版；斯金納著《霍布斯哲學思想中的理性和修辭》，王加豐、鄭崧譯，華東師範大學出版社，二〇〇五年版。

[3] 參見章國鋒：〈西方人文科學的新範式——哈貝馬斯論「語言學轉向」〉，《作為未來的過去——與著名哲學家哈貝馬斯對話》，浙江人民出版社，二〇〇一年版。

在漢語著述中，很多人都在「現代性」之後加上詞綴「話語」，從而對「現代性」進行了一定程度上的「語言性」限定。[1]但是，筆者從沒有看到有人對加這個詞綴進行論述，從沒有看到有人認真地解釋為什麼要加這個詞綴。所以，我認為這些「話語」對於「現代性」來說更多地是修飾性的，與筆者所說的「語言論」的現代性話語還有相當的距離。

在「現代性」研究中，從語言的角度來談論問題，鮑曼的《現代性與矛盾性》一書是非常深刻的，著作開首第一句話就是：「矛盾性，即那種將某一客體或事件歸類於一種以上範疇的可能，是一種語言特有的無序，是語言應該發揮的命名（分隔）功能的喪失。」鮑曼所說的「矛盾性」即「現代性」的「矛盾性」，「矛盾性並不是語言或言語病變的產物。確切地說，它是語言實踐的一個正常方面。它產生於語言的一個主要功能：命名和分類功能。」命名和分類本質上是追求「秩序」，但「秩序」和「混亂」是孿生兄弟，伴隨著「秩序」，必然出現「混亂」，並且「秩序」越多，「混亂」越多。鮑曼的基本結論是：「秩序意識的特徵」，「亦即現代性的特徵」，「只要存在分為秩序和混亂，它便具有了現代性。只要存在包含了秩序和混亂之抉擇，它便具有了現代性。」我不同意鮑曼的這一結論，因為，語言從根本上起源於命名，語言成熟之後就開始了思想上的分類，而語言在文明之初就開始了，語言的成熟也非常早，不能說人類文明之初就有了現代性，或者說在人類語言成熟的時候就有了現代性。鮑曼把「現代性」之前的社會稱為「原存在」：「即未遭干涉的存在、未秩序化的存在或秩序化了的存在的邊緣。」[2]按照這種標準，亞里斯多德時代顯然不屬於「原存在」，這樣，鮑曼就把「現代性」無限地前移了，把通常所說的「傳統」省略掉了，明顯有悖於「現代性」的日常言說。

---

1 比如這樣一些論著：沈語冰《透支的想像——現代性哲學引論》，學林出版社，二〇〇三年版；徐岱〈現代性話語與美學問題——論當代文化批評的思想語境〉，《社會科學戰線》二〇〇二年第一期。李怡：《現代性：批判的批判——中國現代文學研究的核心問題》，人民文學出版社，二〇〇六年版。

2 鮑曼：《現代性與矛盾性》，商務印書館，邵迎生譯，二〇〇三年版，第一、八、十一、十二頁。

雖然鮑曼的研究很難說是「語言論」的，但是他從語言的角度來研究「現代性」問題這是值得充分注意的，他的研究應該得到充分的展開。他的結論如果加以限定，是非常有意義的。不能說「矛盾性」就是「現代性」，從而把語言的命名和分類說成是「現代性」的原因，但是說「現代性」中的矛盾就是由這種命名和分類造成的，卻是成立的。對事物進行命名和分類本質上是對事物的一種言說，把「現代性」分為「兩種現代性」實際上就是一種命名和分類，這種命名和分類實際上是我們對現代社會中社會和文化兩種現象從品質上的一種言說。在言說的意義上，不只是「現代性」的「矛盾性」是話語問題，「現代性」的很多問題都是話語問題。

從話語的角度，我對「現代性」的定義是：現代性是我們對現代社會和現代思想的一種言說，一種不同於傳統的言說。「現代性」一方面來源於現代社會和現代思想的發展，但另一方面又在言說中深刻地影響現代思想和現代社會的發展，即在「現代性」言說中把社會和思想的進程納入「現代性」之中。「現代性」既是一種社會和文化的品質或因素，但更是思想對社會和文化的預設。「現代性」與其說是思想體系，還不如說是話語體系，在術語、概念、範疇和言說方式上，它是一個「家族相似」[1]體系。「現代性」作為話語，它不是語言形式即「現代性」作為存在的承載工具，而是一種思想，本身具有力量，積極地參與社會的進程。

從話語的角度來定義「現代性」，本質上屬於「語言論」。在學術範式上，「語言論」不同於「本體論」和「認識論」。在「本體論」的視角下，「現代性」是物質形態的社會「存在」，在「認識論」的視角下，「現代性」是我們對現代社會存在的認識的「知識」，而在「語言論」視角下，「現代性」從根本上是「話語」，是我們對現代社會和現代思想的言說，主要是談論、表述、命名、命題及意義的問題，這樣，有關「現代性」的術語、概念和範疇就成了「現代性」最核心的內容，它探討的中心不再是「現代性」的構成和我們關

[1] 此概念源於維特根斯坦，周憲用它來描述「現代性」，本文從此說。見周憲《審美現代性批判》，商務印書館，二〇〇五年版，第五十三頁。

於「現代性」的知識，而是我們對「現代性」命名的各種術語、概念和範疇的價值和意義，以及它們如何對我們的生活發生作用，如何對我們社會的建構發生作用。它探討的是我們如何在言說自然、社會和思想的過程中改變社會生活，它探討語言是如何塑造我們自身、如何塑造歷史、如何塑造我們的現實社會，或者說通過語言的想像我們是如何改變我們自身的。在「語言論」中，語言構成了本體，自然、社會、歷史、人的思想以及對未來的設想等都集中體現在語言中，都是經過人的言說而成為人的對象，套用笛卡爾的話：「我說故我在」。世界是什麼樣的？社會是什麼樣的？歷史是什麼樣的？未來是什麼樣的？我們不知道，我們只知道我們所言說的「世界」、「社會」、「歷史」和「未來」。所以，語言已經深深地控制住了我們，關注語言實際上就是關注我們自身，關注「現代性」作為話語就是關注「現代性」本身。

「知識就是力量」，這是一個典型的「認識論」命題，其實質是強調「實踐」，強調人對客觀存在的正確認識對於人自身的意義。其實，「語言論」也非常強調實踐，但是，「語言論」的實踐性不同於「認識論」的實踐性。在福科、巴赫金的著作中，「話語」始終是和「實踐」聯繫在一起的，「話語」「作為特殊的實踐」，它不是由封閉的系統所「擁有的成分」構成，而由「連續的事件」構成。[1]所以，「話語」不是純粹的語言形式，而始終與話語實踐聯繫在一起，具有人文力量與實踐力量的二重性。具體於「現代性」來說，「本體論」和「認識論」認為「現代性」是現代社會的本質屬性，是社會表象的深層的精神內涵，是客觀存在，人類通過理性以及其他各種途徑認識了它，發現了它，而人類的這種認識和發現又反過來幫助人類改造社會，社會就是這樣向前發展的。在「認識論」這裏，「現代性」依附於現代社會而存在，從存在到認識再到實踐，這是線性發展的。而「語言論」則認為「現代性」從根本上是一種言說，「現代性」與現代社會有密切的關係，但很難說「現代性」就是我們對現代社會特殊品性的認識，「現代性」又是脫離於現代社會從而在語言和思想

[1] 福科：《知識考古學》，生活・讀書・新知三聯書店，一九九八年版，謝強、馬月譯，第九十五、二五六頁。

上構成自己獨立的體系。「現代性」通過言說積極參與了現代社會進程，「現代性」言說在現代社會進程中以「知識」的面目呈現實際上具有「表達」和「宣傳」的作用，其目的在於促進或影響社會向現代化的「預設」方向發展。在這一意義上，「現代性」作為話語又對現代社會起了「建構」的作用。我們永遠不能把「現代性」言說和現代社會之間的因果關係清楚地劃分開來，毋寧說，它們之間任何時候都互為因果，並且因果互動任何時候都處於過程之中。

在「本體論」中，「現代性」作為精神和物質一樣是現代社會中的客觀性存在，具有「唯一存在性」。在「認識論」中，「現代性」是我們對現代社會精神品性的認識，既然是認識就有「正確」和「錯誤」之分，所以，在「認識論」中，「現代性」具有「唯一正確性」，只是由於認識能力、認識方法等原因我們現在沒有找到這唯一正確的「現代性」。但在「語言論」中，「現代性」則沒有「正確」與「錯誤」之分，作為對未來的社會和思想的言說，它具有實踐性，具有預設性；作為對歷史和現實的言說，它具有理論性，具有構建性。「現代性」的歷史既是社會生產和物質層面上的現代化的歷史，也是「現代性」話語的歷史，也就是說，在人類社會的現代化進程中，「現代性」言說起了極其重要的作用。

現在看來，我們對「現代性」的言說在歷史和理解的層面上，從認識論上來說，是存在著誤會或誤解的，或者說，是不正確的。但「不正確」的「現代性」話語對現代社會的影響並不一定就是負面的或導致惡果、災難，「現代性」話語的「正確性」與社會發展的「合理性」之間並不是一定成正比例的，也就是說，理論上「正確」的「現代性」話語不一定導致社會現代性的合理性發展；反過來，理論上不「正確」（諸如片面、偏激）的「現代性」話語不一定導致社會向「反現代性」和「非現代性」方向發展，有時恰恰導致社會向現代性方向巨大的發展，或者導致現代性社會的合理性發展。在這一點上，「現代性」作為社會性因素和思想形態與自然科學中的物質性因素和物理形態具有根本性的不同，在自然科學中，正確的理論必然導致正確的結果，否則就不是科學。但「現代性」作為話語對社會的影響遠比這複雜，絕非簡單的因果關係。

回顧近代以來中國社會的發展，我們看到，從理論上說，張之洞為代表的調和的晚清「中體西用」思想明顯要比陳獨秀、胡適為代表的激進的五四「新文化運動」思想合理，但歷史事實卻是，就中國社會現代化進程來說，五四新文化運動明顯比以「中體西用」為思想基礎的「洋務運動」作用更大；同樣，就中國的社會體制來說，康有為、梁啟超溫和的「改良」思想明顯要比孫中山激進的「革命」思想合理，但歷史事實卻是，戊戌變法失敗了，辛亥革命成功了。也許我們要說這是「歷史錯位」的比較，不能說明問題，但實際上，同一歷史時期的直接交鋒的「現代性」理論也有這種情況，比如，五四時期，「學衡派」與「新文化派」構成了尖銳的對立，「新文化派」主張破壞舊文化、學習西方文化，其中尤其以胡適的「全盤西化」（或者「充分世界化」）[1]和吳虞的「打孔家店」為代表，而「學衡派」主張「論究學術，闡求真理，昌明國粹，融化新知。以中正眼光，行批評之職事。無偏無黨，不激不隨」[2]。就合理性來說，「新文化派」的理論明顯偏激、片面，「學衡派」的理論則中正、融合，也切合中國的實際，但事實上，對於中國社會影響巨大而深遠的不是「學衡派」的「正確」理論，而是「新文化派」的「錯誤」理論，而「新文化運動」所造成的社會現實卻又恰恰是「學衡派」的理想或預設，即「中西融合」的社會，這似乎是陰差陽錯。同樣，現在看來，陳獨秀對「科學」和「民主」顯然存在著很大的誤解，但這並沒有從根本上限制「科學」、「民主」在中國的推行以及對中國現代社會的巨大影響；胡適提倡白話文的理由在語言學理論上是很有問題的，但這並沒有從根本上阻礙「白話文」在現代中國的通行以及對中國現代文學的巨大貢獻和成就。

正是因為如此，從「認識論」的「正確」與「錯誤」的角度來反思歷史上的「現代性」理論是沒有多大意義的，因為中國社會現代化的歷史並不是按照「現代性」理論行進的，中國現代化歷史進程中的「成功」並

1 胡適：〈充分世界化與全盤西化〉，《胡適文集》第五卷，北京大學出版社，一九九八年版，第四五四頁。

2 〈學衡派雜誌簡章〉，孫尚揚、郭蘭芳編《國故新知論——學衡派文化論著輯要》，中國廣播電視出版社，一九九五年版，第四九四頁。

不是因為其理論「正確」，反之，其「失誤」也不是因為其理論「錯誤」。「現代性」理論的「正確」與「錯誤」對於中國現代性社會發展來說是一個極其無關緊要的因素，所以從這個角度來反思歷史也是極其無關緊要的。而「話語論」則不從認識論和本體論的角度來思考和研究「現代性」問題，不從深層的哲學理論的所謂根本問題、本質問題上來研究「現代性」，而是從話語內涵及其實踐的角度來研究「現代性」，不研究它的社會物質根源問題、思想根源問題，而是研究「現代性」話語的歷史緣起、建構的過程以及這種建構過程對社會歷史的實踐性。「現代性」理論上的「正確」與「不正確」不是「話語論」關心的問題，「話語論」更關心的是「現代性」作為話語是如何影響社會的，社會歷史是如何在「現代性」話語的言說中向前進行的。

歷史當然應該反思，但「話語論」不是籠統地反思歷史，不進行那種玄虛的、形而上的、永遠充滿爭議的本體論、認識論的理論反思，而是從話語的角度梳理歷史過程，研究人的思想與實踐之間的關係以及這種關係是如何促進歷史發展的。在「話語論」中，沒有抽象的思想，思想的本體即語言，人的活動即有意識的行為則受制於語言或思想。話語具有實踐性，就是說，話語具有行動的意義，具有付諸實踐的意義，至於這種行動和實踐從哲學的角度來講是否正確，不是話語的提問。所以，從話語的角度，「現代性」始終是具體的問題，比如話語是如何導致和決定人的行動的從而又是如何導致社會發展的。

與上面的不從「正確」與「錯誤」的角度來談論「現代性」一樣，「話語論」也不從「規律」的角度來談論「現代性」。「本體論」主要是研究「現代性」的構成，並在「構成論」的基礎上從「認識論」的角度研究它的本質，比如，在「現代性」中，哪些成分或因素具有根本性、決定性、永恆性？哪些因素或成分是次要的、派生的、暫時的？「現代性」內部的各因素或成分是如何作用的？特別是它們之間的因果關係。研究的目的是找出「現代性」的本質規律和邏輯預設，發現具有必然性的法則、定律，以便為現實服務並預測未來。「話語論」並不否定「規律」，正如不否定理論的「正確」與「錯誤」一樣，只是不從「規律」的角度來研究「現代性」。它認為「規律」只是理論上存在，深不可測，現有的所謂「規律」都只是我們對過去「現代性」

經驗的一種言說，本質上仍然是「話語」策略。這些似是而非的、充滿爭議的、在邏輯上和事實上都不周延的所謂「規律」，比如歷史進步觀、因果線性發展規律、理性、個人主義、工業化社會、世俗性等，對於我們談論「現代性」來說，是沒有什麼意義的。首先，它們都極度抽象，以致抽象得空洞，對於談論問題來說大而無當；其次，即使極度抽象，但仍然不能籠括一切，仍然充滿了事實上的遺漏和邏輯上的不能自圓其說。

所以，「話語論」不再採用這種「本體論」和「認識論」的「形而上」的方式來研究問題。「話語論」只是研究人們是如何言說「現代性」的，研究「現代性」言說對現代化社會進程的意義，並且強調「現代性」言說與現代化社會進程之間的不可分割性。「話語論」非常看重語言在人類和整個社會中的地位，看重語言實際上是看重人的思想，也是看重社會的人文性，因而也就不象自然科學一樣相信並尋找「規律」。因而「話語論」不追求關於「現代性」的高度抽象、宏觀的結論、準則等，不求為人類制定一個永恆的關於「現代性」的法則，也不追求為人們制定一種可以用之四海皆準的「現代性」運用工具。它只是研究「現代性」在話語的層面上是如何形成，它如何影響過去的社會，如何改變和制約人的思想、社會風尚等，我們現在又是正在如何言說「現代性」，這種言說對未來社會發展會有什麼影響。「話語論」更認同「在言說中改變世界」，而不是「社會按照自己的規律向前發展」。

對於歷史，「話語論」不強調規律，只是強調話語實踐對於歷史的意義。在「話語論」看來，「現代性」就是一場話語實踐，其話語的形成以及實踐結果都具有偶然性。今天，我們仍然用「現代性」來言說，並且賦予「現代性」以特殊的內涵，其實是一種策略，意在推動歷史向我們想像的方向發展。這種言說肯定會對歷史造成影響，不管未來證明我們的這些言說是否正確，即是否符合客觀事實，是否符合歷史。「現代性」話語可以說沒有規律，有的只是歷史的積沉以及在這積沉上的新的發展，新的言說又會作為歷史對現實和未來發生深刻的影響。

回顧近現代以來的西方哲學，我們看到，「心」與「物」、「主觀」與「客觀」的分裂問題一直是哲學在尋求解決的問題。我認為，只要是「本體論」和「認識論」的，主客體之間的矛盾就不可能解決。在這一意義上，「話語論」與其實踐性以及不再尋求構成及其主體對構成的認識從而可以說真正解決了主客體之間的二元分裂問題，更準確地說，不如說迴避或消解了這一問題。

「現代性」作為話語具有「言說性」。正是在言說中，「現代性」作為話語體系得以建立，正是在言說中，社會發展呈現出一種「現代性」的特徵，並向「現代性」邏輯預設方向發展。

「本體論」和「認識論」從根本上是都是「單向度」的，即強調「現代性」思想（話語形態）來源於「現代性」存在，雖然也承認「現代性」思想對「現代性」社會發展的反作用，但在認識論的「本質主義」思維中，「現代性」思想從根本上是由「現代性」現實決定的，它始終是「第二性」的，具有附屬性。在認識論中，「現代性」始終是我們對現代性社會的總結和歸納。因此，「現代性」作為認識論對象，是唯一的，也就是說，只有一個「正確」的現代性，它來源於現代性社會。雖然「現代性」在內涵上可以是複雜的，在「複雜性」的意義上也可以說是多元的，但作為存在的「現代性」，本質上只有一個。

而「話語論」的「現代性」則完全不同，因為是言說，所以可以是多樣或多元的，也就是說，我們可以這樣言說，也可以換一種方式言說；我們可以把有些現象和品性納入「現代性」的範疇，也可以把它們排斥出去。「現代性」言說當然不能脫離現代社會，但現代社會存在並不必然性地規定我們一定要如何言說，對於同樣的社會現象，我們可以進行不同的言說，都具有合理性，就像同樣是對於人和社會現象，中西方在語言、術語、概念、範疇和思維方式上都存在著巨大的差異一樣。作為話語其言說性決定了「現代性」不具有物質存在的「客觀性」，而具有「主觀建構性」，在「主觀建構」的意義上，或者說在沒有客觀標準的意義上，「現代性」可以是多種多樣的，不同的人賦予「現代性」以不同的含義、不同的時間範圍和現象範圍。

只有在話語的層面上，「現代性」才可能是多元的，也只有在話語的層面上，「現代性」的多元性才能夠成立。「本體論」和「認識論」都堅信只有一個正確的「現代性」，目前各種不重複的「現代性」理論只有一種是正確的，或者沒有一種是正確的，如果它們有什麼合理性的話，那是「片面的真理」，即它們在某些方面是正確的。但「話語論」則不同，「話語論」承認每一種關於「現代性」的言說都具有合理性，包括「認識論」和「本體論」的高度形而上的言說方式，差別僅在認同的範圍和對社會實踐影響的大小不同上。各種言說可以是矛盾的、衝突的，但這並不意味著要排斥某種理論，每一種「現代性」理論都有它存在的權力，它的生命與「正確」或「錯誤」無關，而取決於它的被人接受的狀況和實踐意義。

綜觀西方各種關於「現代性」的研究，我們看到，西方「現代性」並沒有統一性，在不同的人那裏，「現代性」具有不同的內涵甚至完全相反的內涵。反思這些「現代性」內涵，我們看到，西方主要是從三個方面對「現代性」進行定義：時間、空間和品性。

在時間上，筆者所見，把「現代性」追溯得最遠的是匈牙利學者赫勒，他把「現代性」區分為兩種成分：「現代性動力」和「現代性的社會格局」，他認為，「現代性的動力首先是在一個擁有傳統和固定信念的世界裏開始動搖傳統和信念的」，所以，「現代性的動力首先出現在民主鼎盛時期雅典城邦的歐洲自傳裏。」[1]也就是說，「現代性」在蘇格拉底和柏拉圖那裏就開始了。卡林內斯庫認為時間觀念是衡量「現代性」的一個重要尺度，而時間觀念在文藝復興時發生了很大的變化，「有令人信服的證據表明，西方歷史的三個時代劃分——古代中世紀和現代——始於文藝復興早期。」[2]就是說，現代社會是從文藝復興初期開始的。但大多數人都認為「現代性」始於十六世紀，始於宗教改革和啟蒙運動。也有人人認為，「現代性」與工業化直接相關，所以應該始於十八世紀。

在時間上，研究「現代性」還有一個很重要的途徑，就是考證它的詞源。據卡林內斯庫考證，在拉丁語中，「現代」指的是「在我們時代的、新的、當前的」，「全歐洲在中世紀拉丁語中廣泛使用『現代』一詞並

1 阿格尼絲・赫勒：《現代性理論》，商務印書館，二〇〇五年版，李瑞華譯，第六十五、六十四頁。
2 卡林內斯庫：《現代性的五副面孔》，商務印書館，二〇〇五年版，顧愛彬、李瑞華譯，第二十五頁。

非始於六世紀，而是始於五世紀後期。」[1]在英國，「現代性」這個詞在十七世紀就很流行，而法國人十九世紀才開始使用這個詞。但非常明顯，二十世紀，世界範圍內都廣泛地使用「現代性」這一詞，並且成為各個思想和學術領域的一個「關鍵字」。

在空間上，「現代性」主要源於歐美，特別是源於歐美等發達的資本主義國家，英、美、法、德、意，這些國家通常被認為是世界「現代性」的發源地，不僅是現代性社會上的發源地，也是「現代性」理論上的發源地。它們的社會現實，它們對現實的解釋，它們關於現代經濟、政治、宗教、哲學、文學藝術等的理論，常常被解釋成是「現代性」的現實源泉和理論資源，也成為世界其他國家學習模仿的對象和理論的源頭。但在這些國家，「現代性」的側重點也是各不相同的，他們在現代化進程上不一樣，在理論上的貢獻也不一樣。貢巴尼翁說，「在法國，現代是在以波德賴爾和尼采為發端的現代性的意義上來理解的，當然也就包括虛無主義；從一開始，它與現代化，尤其是與歷史的關係以及對進步的懷疑都是雙重的；在本質上，它是美學的。……而在德國，與之相反，現代是以啟蒙運動為發端的，而如今放棄了啟蒙，便放棄了啟蒙的理想。」[2]而在美國，「現代性」主要與工業化有關。

在空間上，除了歐美的「現代性」以外，其他國家和地區都存在著各自不同的「現代性」。比如蘇聯的「現代性」，拉丁美洲的「現代性」、非洲的「現代性」，亞洲的「現代性」。在亞洲，又有「東亞現代性」、印度的「現代性」、日本的「現代性」，中國的「現代性」等，各不相同。

但「現代性」最重要的還是品性上的認證，這也是「現代性」最為複雜的問題。在品性上，西方主要從三個方面來言說「現代性」：一是「現代性」的理論資源。總體上，西方自笛卡爾以來，幾乎所有重要的思想

1 卡林內斯庫：《現代性的五副面孔》，商務印書館，二〇〇五年版，顧愛彬、李瑞華譯，第十九、二十頁。
2 安托瓦納・貢巴尼翁：《現代性的五個悖論》，商務印書館，二〇〇五年版，許鈞譯，第一四九頁。

文化理論、幾乎所有重要的理論家都被納入了「現代性」的理論資源。從早期的啟蒙主義運動，到德國古典哲學，到二十世紀的各種現代主義、後現代主義，它們的理論核心都是「現代性」的基本內涵。笛卡爾、盧梭、伏爾泰、狄德羅、斯賓諾莎、萊布尼茨、培根、洛克、休謨、尼采、波德賴爾、康德、黑格爾、馬克思、韋伯、阿多諾、索緒爾、佛洛伊德、維特根斯坦、胡塞爾、海德格爾、德里達、加達默爾、薩特、福科、哈貝馬斯、盧曼等，這些人都是「現代性」理論大師，他們的觀點經常被認為是「現代性」理論的經典表述。這些人中，有的人曾經明確地談到「現代性」，有的人則根本就沒有用「現代性」這個詞。哈貝馬斯自己研究「現代性」問題，但他的理論和觀點又被看作是「現代性」的一家之言本身又構成了「現代性」的理論資源。

二是現象和問題範圍。總體來看，西方「現代性」在內容上可以說包容了十六世紀以來西方社會和思想問題的一切方面，包括政治、軍事、經濟、文化、宗教等社會生活和學術研究的各方面。而在具體的諸如經濟，文化等方面，其內容也是包羅萬象的。比如文化方面，哲學、文學藝術、倫理學、歷史學、語言學、心理學、政治學、社會學等，都具有「現代性」，又都是「現代性」的理論資源。縱觀西方「現代性」研究，給人的感覺是：十六世紀以來所有的社會現象、所有的思想問題，不管傳統社會延續下來的，還是新產生的，都是「現代性」的現象和問題範疇。

三是精神品格。這同樣有各種各樣的看法，比如詹姆遜認為：「現代性不是一個概念，無論是哲學的還是其他的，它是一種敘事類型。」[1]波德賴爾關於「現代性」的定義經常被人引用，他說：「現代性就是過渡、短暫、偶然。」[2]福科則認為「現代性」是一種態度，「所謂『態度』，我指的是與當代現實相聯繫的模式；一種由特定人民所做的自願的選擇；最後，一種思想和感覺的方式，也是一種行為和舉止的方式，在一個和相同

1 詹姆遜：〈單一的現代性〉，王麗亞譯，王逢振主編《詹姆遜文集》第四卷，中國人民大學出版社，二〇〇四年版，第三十一頁。

2 波德賴爾：〈現代生活的畫家〉，《波德賴爾美學論文選》，郭宏安譯，人民文學出版社，一九八七年版，第四八五頁。

的時刻，這種方式標誌著一種歸屬的關係並把它表述為一種任務。無疑，它有點像希臘人所稱的社會的精神氣質。」[1]歸納起來，西方「現代性」主要有這樣一些品性：理性、自由主義、個人主義、人道主義、工業化、主體性、知識、合法性、批判性、反思性、意識形態、邏輯預設、虛無主義、非理性主義、資本主義、矛盾性、結構、解構、本質主義、反本質主義、二元論、多元論、宏大敘事、中心、去中心、元敘事、解元敘事、同一性、非同一性等，不勝枚舉。

從內涵上，把西方所有的概括「彙集」起來，「現代性」品質和原則可以說無所不包。西方社會的品性和思想的原則無不是「現代性」的內涵。在十六到十九世紀，「現代」社會明顯與「傳統」社會對立，特別是和中世紀相對立，「現代之於傳統，很可以一般社會學者所設的雙元觀念來表明：即『世俗對神聖』，『契約對身份』，『社會對區社』，『工業對農業』，『次級團體對原級團體』等等。」[2]「現代性」就是在和「傳統性」相對照中確立的，所以，那個時候，「現代性」具有排它性，「理性」是「現代性」的，非理性或反理性就不是「現代性」；自由主義是「現代性」的，專制主義就不是「現代性」的；世俗性是「現代性」的，宗教作為政治就不是「現代性」的，工業化社會模式是「現代性」的，農業社會模式就不是「現代性」的。但是，隨著二十世紀哲學觀念的變化，思維方式的變化，「現代性」的「矛盾性」、「悖論」、「五副面孔」、「流動性」、「兩種現代性」以及「反思性」等被認同以後，以反「現代性」或批判「現代性」面目出現的「後現代性」也被納入了「現代性」，這時，「現代性」就有巨大的包容性，不僅包容「後現代性」，也包容「傳統性」。理性是「現代性」，非理性也是「現代性」；自由是「現代性」，專制也是「現代性」；世俗性是「現代性」，宗教生活也是「現代性」。現代主義是「現代性」，後現代主義也是「現代性」，相應地，必然是

1 福科：〈什麼是啟蒙?〉，汪暉、陳燕谷主編《文化與公共性》，生活・讀書・新知三聯書店，二〇〇五年版，第四三〇頁。

2 金耀基：《從傳統到現代》，中國人民大學出版社，一九九九年版，第九十三頁。

「現代性」，偶然也是「現代性」；秩序是「現代性」，無序也是「現代性」；理解是「現代性」，誤解也是「現代性」；確定性是「現代性」，不確定性也是「現代性」；建構是「現代性」，解構也是「現代性」。現代社會的一切都被說成了是「現代性」，積極的東西是「現代性」，消極的東西也是「現代性」，比如戰爭是「現代性」、災難是「現代性」、失業是「現代性」、恐懼也是「現代性」。

通過上面對西方「現代性」研究的總結，我們可以得出這樣的結論：自啟蒙主義以來，西方所有社會現象和文化現象都是「現代性」現象，幾乎所有重要的思想諸如哲學理論、社會學理論、政治學理論等都是「現代性」理論。似乎現代社會的一切都是「現代性」的，當今似乎除了「現代性」理論以外就沒有其他理論。這樣一來，「現代性」就變得大而無當。如果承認這種「彙集」起來的西方「現代性」是正確的，那麼，「現代性」就是一個毫無意義的概念，因為它統括了一切。在理論上，我們似乎只要「現代性」就夠了，其他一切都沒有必要，諸如哲學、經濟學，都可以取消。

這裏，我絕沒有否定西方「現代性」研究的意思，恰恰相反，我們必須承認西方不論是在社會發展上，還是在理論研究上，都走在世界的前列。從笛卡爾到康德、黑格爾，到海德格爾、福科、德里達以及形形色色的後現代主義理論，每一種理論都有它的合理性。我只是想說明，「現代性」實際上是「想像」和「建構」起來的一個理論，是一種對歷史的言說和對未來的預設，沒有物質客觀性，作為話語和言說沒有必然性，我們可以用現在的「現代性」話語方式進行言說，也可以用另外一種話語方式進行言說。現在一般認為，「現代性」理論是由康德、黑格爾、馬克思等人創立的，他們都被認為是「現代性」的理論大師，但有意思的是，康德、黑格爾包括馬克思並不使用「現代性」概念。康德、黑格爾、馬克思的理論，並不因為我們的言說而發生改變，但當時不叫「現代性」理論，現在則叫「現代性」理論，這充分說明「現代性」其實是一種命名，一種言說，不是必然的，它具有主觀性、話語建構性。

在話語和言說的意義上，我認為，「現代性」是一種認定，它不改變過去，但改變對過去的言說，並通過這種言說影響從而改變未來。這一點從中國的「現代性」言說中看得更清楚。

在中國，「現代性」作為思想文化的一個範疇，作為命名或話語方式，九〇年代之後才流行起來，這除了深受西方影響以外，也應該與八〇年代開始的經濟現代化有很大的關係。但這並不是說中國的「現代性」九〇年代才開始有的。現在一般認為，中國的「現代性」早在洋務運動時期就開始了，而五四時期所確立的「科學」、「民主」觀念則是中國「現代性」最核心的內容。但那時這些內涵都不叫「現代性」，這很好地說明了中國的「現代性」是一種話語認定。同時，中國的「現代性」缺乏西方的「世俗性」、「非理性主義」、「意識形態性」等內涵，中國的「理性」、「科學」、「民主」、「自由主義」、「個人主義」、「人道主義」、「先鋒藝術」、「資本主義」、「工業化」等都明顯不同於西方的相關內涵，但我們仍然把這些內容納入中國的「現代性」範疇，這同樣說明了中國「現代性」的命名性、認定性。中國社會現象和理論形態中，哪些是「現代性」的？哪些是非「現代性」的？我們既不以西方的「現代性」為尺度，也不以社會存在作為客觀依據，而完全取決於我們的認定，這種認定的合理性不以理論為衡量標準，而取決於接受的程度，大家都認同這種言說並也按照這種話語方式言說，這種言說就是最合理的，也能夠對現實和未來造成深刻的影響。

在這一意義上，「現代性」沒有客觀性，不是某種固有的屬性，人言言殊。也正是在這一意義上，世界上不可能有一個統一的、大家均認同的、科學真理式的、可以通過社會實踐進行檢驗的「現代性」。如何定義或者說言說「現代性」取決於兩方面：一是個人的生活經驗，匈牙利學者赫勒就非常強調個人的生活經驗對於「現代性」理論建構的重要性，他明確地說他的「現代性本質的直覺」就是「建立在我自己的生活經驗之上」[1]。當然，個人經驗是複雜的，與個人所生活的時代、國家、民族以及具體環境有關，話語本身也影響個人的經驗。二是個人的知識儲備和理論水準，特別是個人的歷史知識、學科興趣深刻地影響個人對於「現代性」

1 阿格尼絲・赫勒：《現代性理論》，商務印書館，二〇〇五年版，李瑞華譯，第三頁。

的觀念。由於個人的經驗和知識結構存在著巨大的差異，因而關於「現代性」的言說也必然存在著巨大的差異，因而世界上具有多種多樣的「現代性」話語。在海德格爾和加達默爾「理解」作為本體的意義上，這些話語都有其合理性，都可以看作是「現代性」的合理內涵。

從話語的角度來研究「現代性」，這是一種全新的研究思路，它與傳統的「現代性」研究具有根本性的不同。總之，從「話語論」出發，我們將不再從社會的物質基礎上來研究「現代性」，也不再把它當作一種社會現象和我們對這種社會現象的認識。我們將更多地研究與「現代性」相關的術語、概念、範疇，研究它們的形成、衍變過程以及這種衍變在思想史上的意義，最後歸結到實踐上來，即「現代性」作為話語方式對物質層面的社會是如何造成影響的。「現代性」作為話語並不取決於社會存在，但這並不是說「現代性」與現實無關，只是我們更關注「現代性」作為思想範疇，它是如何通過語言關注現實，並在這關注的複雜過程中如何形成。言說能夠深刻地改變現實，近百年來，不論中國還是外國，很多重大的歷史事件的發生，都與言說有很大的關係，換一種言說，也許歷史就是另外一種樣子。「現代性」作為話語既有現實的品性，即現代社會的品性，又具有思想的品性，即思想性，它是在表述中逐漸形成的。

第二節　「現代性」作為話語方式對中國現代文學研究的意義及其限度

「現代性」作為一種性質或思想範疇，既與近現代以來的世界範圍的社會進程有關，但更與言說有關。在言說即話語的意義上，用「現代性」理論來研究中國現代文學，或者說對中國現代文學進行「現代性」的言說，有它的積極意義和合理性，但也有它的弊端和問題。本節就主要探討「現代性」作為話語方式對中國現代文學研究的意義、價值以及它的局限性。

我認為，從根本上，「現代性」是一種話語方式，是我們對現代社會現象和文化現象的一種言說。我們既可以這樣言說，也可以換一種方式言說，所以，「現代性」是多元的，有各種各樣在內涵和範圍上都不相同的「現代性」，且這些「現代性」沒有「正確」與「錯誤」之分，只有合理與不合理以及認同的程度不同。

「現代性」不是一種物質存在，不具有物質客觀性，它從根本上是一種抽象精神，而這種抽象精神也不是客觀存在的，而是我們的概括、歸納和總結。不論是在西方還是在中國，當初都沒有一種以「現代性」為明確目標的現代文化運動和文學運動，社會文化中只有科學、民主、自由、人權、革命、理性等具體的追求。西方「所說的」的「現代性」早在文藝復興時期就開始了，「所謂『現代』，按照後現代主義者和哈貝馬斯等人的共同理解，從歷史時期上講是從文藝復興開始，經啟蒙運動到二十世紀五〇年代，實際上就是指西方資本主義從產生、發展而走向現代化（modernization）的過程。」[1]但他們「說」「現代性」則是二十世紀中後期才開始的。「十九世紀，隨著社會學的發展，現代性的觀念——雖然不是概念——橫空出世，而現代性概念本身，只是到了最近才引人注目。『現代化』通常是一種與技術導向的經濟增長密切相關的社會政治演進方式的概括，但是，現代性——作為那些演進所累積的結果——這個術語在二十世紀七〇年代之前還未被廣泛使用。」[2]在中國也是這樣，我們「所說的」的「現代性」早在鴉片戰爭之後就開始了，但我們「說」「現代性」則是始於二十世紀九〇年代。這說明，「現代性」從根本上是一種話語，是一種命名。

不是先有「現代性」概念或理念然後才有現代性社會和文化，而是先有我們所說的現代社會和文化，然後才有對這種現代社會和文化的總結，「現代性」就是二十世紀中期以後西方對自文藝復興以來西方社會和文化的基本概括和總結，對於中國來說，「現代性」除了西方理念的輸入以外，還是九〇年代以來我們對自鴉片戰

1 馮俊等著《後現代主義哲學講演錄》，商務印書館，二〇〇三年版，第二頁。

2 大衛・萊昂：《後現代性》（第二版），吉林人民出版社，二〇〇四年版，第三十六頁。

爭以來中國社會和文化的基本概括和總結。人的期待與預設，當然對社會的發展有很大的影響，但總體來說，我們現在所說的「現代性」社會不是按照「現代性」理念設計出來的，而是社會和文化自然發展的結果。現代社會具有物質客觀性，但我們所說的「現代性」社會卻是主觀形態的，是我們從某種視角，根據某種觀念對現代社會的抽象概括。由於觀念不同，視角不同，所以對於「現代性」的概括，不論是在時間上還是現象上以及精神品質上，都各不相同。對於具體的人來說，「現代性」是明確的，不論是內涵上還是外延上，都具有相對的穩定性，但總體上，「現代性」是一個模糊不清的概念。所以，正如法國著名現代性學者伊無・瓦岱所說：「起初被視為一個新詞的抽象術語，正像它所表示的既複雜又矛盾的現實一樣，一直不明不白。……現代性並不屬於歷史學家在編年史中按照某種規約而劃分的某個界線分明的、可以打上相對精確日期的時期。」[1]

正是因為「現代性」是一個主觀概念，是我們對過去社會形態和社會精神的一種言說，所以人言言殊。既有國別、地域和時間的差別，又有學科的差別。文學、歷史、哲學、社會學、倫理學、語言學、經濟學、心理學，幾乎所有的學科都講「現代性」，但各學科所講的「現代性」不僅在內容上存在著很大的差異，而且在精神上也存在著巨大的差異。實際上，在不同的學科、不同的國別、不同的時期、不同的人那裏，「現代性」的精神內涵以及現象範圍都是不同的。

正是因為「現代性」是一個主觀概念，沒有客觀實在作為衡量的標準和尺度，所以，「現代性」是不確定的。在概念內涵上，「現代性」是流動的、游移的，而且，隨著社會的發展特別是思想觀念的發展，還會有更多「新的發現」、「新的想像」，還會有更多新的歸納和概括。「現代性」與它相反對的「傳統性」和「後現代性」之間並沒有決然的分界線，把迄今為止所有的我們所言說的「現代性」內容和精神品質綜合起來，「現代性」可以說是無所不包的，既包容了傳統性，也包容了後現代性。我們現在所說的「現代性」既是多樣的、

[1] 伊夫・瓦岱：《文學與現代性》，北京大學出版社，二〇〇一年版，第二頁。

複雜的，也是空洞的、矛盾的，用這個詞反映了我們試圖把現代以來的社會文化統一起來的形而上學思維模式。我們當然要尊重歷史，但歷史上並沒有「現代性」這樣一種社會文化思潮，「現代性」只是我們對歷史的一種言說，我們可以這樣言說，也可以換一種話語言說，任何人都可以用他自己所理解的「現代性」來言說過去，這是話語的特點和權力，但我們不能把我們的言說說成是歷史和事實本身。

對於文學來說，也是這樣。文學領域的「現代性」問題是更典型的話語，它不過對現代社會以來的文學的一種言說，更缺乏客觀性，如果說社會「現代性」，特別是諸如工業「現代性」還有一定的物質作為參照的話，那麼，文學的「現代性」完全是一種定性，一種理論。我們說中國現代文學是「現代性」的文學，完全是我們對中國現代文學的一種談論、一種言說，也可以說是一種命名。現在我們把「現代性」作為中國現代文學的品性看作是中國現代文學的事實，這其實是誤解，「現代性」對於中國現代文學來說，不是歷史層面的東西，而是認識層面的東西，也即是我們對中國現代文學品性和特徵的總結、歸納甚至於想像和賦予，即話語。

在話語的層面上，中國現代文學中的「現代性」與一般「現代性」既具有相同的一面，也有不同的一面，即既具有普遍性，又具有特殊性。普遍性表現在：首先，中國現代文學的「現代性」是中國「現代性」的一個組成部分，比如科學、民主、自由、救亡、個性解放、人道主義、反封建、反傳統等，這既是中國現代文學的特性，也是中國現代社會、文化的特性。其次，中國現代文學的「現代性」是世界「現代性」的一個組成部分，它是世界範圍的現代性在中國的合理延伸。比如理性、批判性、反思性、啟蒙等，這既是中國現代文學的基本精神品格，同時也是世界「現代性」的基本內涵。

特殊性表現在：首先，時間上的錯位造成中西方文學「現代性」在內涵上的差距，西方文學的「現代性」在時間上始於文藝復興時期，而其中的主要特徵比如理性、典型、性格以及非理性、象徵、荒誕等都是對十九世紀現實主義、浪漫主義以及現代主義文學特徵的歸納和總結。中國現代文學的「現代性」不僅晚於中國社會的「現代性」，而且遠遠晚於西方文學的「現代性」，嚴格意義上說，中國現代文學的「現代性」是「五四」

時期才開始的。更重要的是，中國現代文學的「現代性」主要是一個相對概念，在我們的使用中，凡是不同於中國傳統的，幾乎都可以稱之為「現代性」，某種程度上說，中國現代文學的「現代性」就等於「西方性」，所以，在中國現代文學這裏，不僅現代西方文學是「現代性」的，西方傳統文學比如古希臘羅馬文學，因為完全不同於中國傳統文學，是西方的，對於中國文學來說是新的，因而也具有「現代性」。其次，中國現代文學的「現代性」雖然來源於西方，並且我們也是按照西方文學理論的話語方式來言說它，但中國現代文學的「現代性」事實上不同於西方文學的「現代性」，西方文學以被學習的方式輸入中國之後，因為現實針對性、歷史語境、語言文化特別是傳統文學的影響而發生變異，所以，中國現代文學的「現代性」又具有中國性、民族性。再次，中國現代文學的「現代性」不同於中國現代哲學、歷史學、倫理學、教育學、社會學等學科的「現代性」，具有學科差異性。比如「審美現代性」就主要是從文學中派生而出，進而演變成「現代性」的一個重要維度。

正是在普遍性的意義上，中國現代文學與西方現代文學具有共通的地方，我們對中國現代文學的言說與西方對文學的言說具有共通的地方，所以我們說中國現代文學是「現代性」的文學，並把我們對中國現代文學的言說稱為「現代性」話語。而正是在特殊性的意義上，中國現代文學的「現代性」不同於西方現代文學的「現代性」，我們對中國現代文學的言說有別於西方對文學的言說，我們說中國現代文學具有「現代性」，實際上是一種約定俗成，具有規定性。我們可把這種言說命名為「現代性」，也可以給予其他的命名，這並不從根本上影響中國現代文學的性質。「現代性」在這裏實際上是一種統稱，一種言說的框架。

究竟什麼是中國現代文學的「現代性」，我們並不能確定。我們只知道中國現代文學是非常複雜的。就因素來說，既有對傳統中國文學的沿襲和承繼，又有對西方文學的輸入和學習。就文學類型來說，既有非常西化的文學比如象徵主義詩歌、新感覺派小說，也有非常傳統的文學比如舊體詩、通俗小說，而更多的中國現代文學則是中西交融、傳統與現代相容。如果把現代文學中的各種品性都歸納起來統稱之為「現代性」，那麼，中國現代文學的「現代性」就是一個「大雜燴」，具有巨大的包容性，在品格上甚至互相矛盾和衝突，既有傳統性，又有反傳統性，或者說，既有現代性，又有反現代性。正如楊洪承所說：「在不同的作家個體及每個個體賴以生存的社會環境、文化背景下同質化的『文學現代性』並不存在。」[1]實際上，在中國現代文學史上，沒有被命名為「現代性」的東西，只有具體的「科學」、「民主」、「自由」、「反封建」、「個性解放」、「國民性」等思想內容，只有具體的小說、詩歌、戲劇等文學體裁或文類，只有具體的現實主義、浪漫主義、象徵主義等創作方法。它們本身就構成獨立的話語，可以進行自足的言說。

所以，中國現代文學研究中的「現代性」實際上是一種言說方式或者說一種話語方式，並且是一個中國式的言說方式，它是從西方而來，但不能還原，「中國現代文學」不能還原為「中國摩登文學」。「現代」二字不能從字面和詞源上來理解。中國文學研究的「現代性」話語是逐漸建構起來的，它與歷史進程並不同步，而是事後對歷史的解釋和言說。它具有雙重性，既是經驗的，又是理論的，既是客觀歷史層面的，又是主觀認識性的，綜合起來就是話語的，和實踐緊密地聯繫在一起。但也必須承認，「現代性」話語的確改變了我們對中國現代文學的觀念和看法，也的確改變了中國現代文學的研究方式，從而中國現代文學在「現代性」的言說中發生了某種「變化」。

關於「現代性」作為理論對於中國現代文學研究的合理性，已經有學者進行過專門的研究，比如李怡認為：「正是這些新鮮的『現代性』知識體系極大地更新了我們固有的認識與思維，帶給我們分析既往的文學現象以新的視角新的方法以及新的結論。」[2]再比如俞兆平先生認為，現代文學研究中引入「現代性」理論具有三方面的作用和意義：「可突破意識形態概念性的框定」，「可消解二元對立的習慣性思維模式」，「可調整舊

[1] 楊洪承：〈全球化語境下中國現代文學研究的焦慮選擇〉，《學習與探索》二〇〇四年第三期。

[2] 李怡：《現代性：批判的批判——中國現代文學研究的核心問題》，人民文學出版社，二〇〇六年版，第十四頁。

有的價值判斷的標準」。[1]這是非常有道理的。但這還是非常具體的，具有具體的針對性，是在具體的操作層面上而言的。在話語的意義上，「現代性」作為理論視角和思維方式以及一種學術背景，它對中國現代文學研究的作用，遠非這些，我認為，用「現代性」來言說中國現代文學，還有以下一些根本性的作用和意義。

首先：「現代性」對於中國現代文學來說具有本體性，所以，「現代性」話語的中國現代文學言說對於中國現代文學研究來說也具有本體性。

中國現代文學是一種新的文學類型，它既與中國古典文學有深層的聯繫，但又不同於中國古典文學，既深受西方文學的影響，但又不同於西方文學，是一種新的文學類型，這種「新」，我們可以把它概括為「現代性」。具體地，這種「現代性」在內容上主要表現為理性、科學、自由、民主、革命等現代思想，在形式上主要表現為現代體裁、現代表現手法、現代創作方法以及現代的閱讀和欣賞方式等。或者在更抽象的意義上概括，中國現代文學的「現代性」在言說的層面上，就是「非傳統」和「反傳統」，而對於這種「非傳統性」或「反傳統性」，我們不能用傳統的方式來進行言說。對於「現代性」現象，「現代性」理論本身是最有效的言說工具，具體地，理論最能把握和理解理性、科學方式最能把握和理解科學、自由理論最能有效和準確地解釋自由現象。而現代體裁、現代創作方法、現代閱讀和欣賞方式都與現代思維和思想方式有最直接的關係，用中國傳統的思維和思想方式來言說它，在精神上是錯誤的，其誤解與誤讀就在所難免。對於中國現代文學的現代精神和現代方式，「現代性」話語是最佳的言說方式，可以說是用「現代性」理論來言說或研究「現代性」現象。在這一意義上，「現代性」話語對於中國現代文學研究來說具有本體性。

其次，用「現代性」來言說和表述中國現代文學，實際上是一種新的問題意識，即我們不再是內視角地看問題，而是把中國現代文學放在世界文化和世界文學的背景之下來研究。所謂「內視角」地看問題，即以中國

1 俞兆平：〈再論「現代性」與中國現代文學研究〉，《南京大學學報》二〇〇四年第三期。

文化和文學為本位，從本土性、民族性、中國性的角度來研究問題。而「現代性」作為一種視角或背景最大的意義就在於超越中國中心論，使我們既看到中國現代文學中的傳統性因素，同時也看到它的世界性因素，既看到傳統因素對中國現代文學的制約性，更看到外來因素對於中國現代文學發展的積極作用，特別是在中國文學現代轉型中的作用。在「現代性」視角中，我們仍然強調本土性、民族性、中國性等，但這時的「本土性」、「民族性」、「中國性」已經不再是純粹的傳統性，而是傳統性與西方性的融合，西方的文學精神和文學形式經過中國化之後，為我們所有，成為我們的血液。與九〇年代之後的中國文學相比，我們也可以把現代文學的某些突出的品格和特徵稱作「傳統」，但這是一種新的傳統，一種不同於古代文學傳統的傳統。

所以，「現代性」視角實際上反映了現代文學研究的一種開放意識，一種新的、時代的、發展的、改革的、世界而非中國的意識，這種開放意識對於現代文學研究的作用是巨大的，它不僅僅只是使我們的研究回歸本位，更重要的是它為現代文學的多重解讀提供了理論上的支援，因為「現代性」作為話語本身具有開放性。「現代性」作為一種精神抽象，它沒有客觀的、對應的對象作為參照，所以作為話語其內涵非常寬泛，正是因為如此，我們不斷地賦予它以新的涵義。在這一意義上，「現代性」是一個不斷更新的、包容的、並向未來開放的概念，所以，相應地，用這種「現代性」理論來研究中國現代文學，中國現代文學研究也具有不斷更新的、包容的、並向未來開放的特點。在中國，「現代性」的一個重要品性就是「反思性」，「反思性」作為精神品格，對中國現代文學的研究是非常重要的，正是在不斷的反思中，中國現代文學研究取得了長足的進步。

第三，在學術範式上，「現代性」是對中國現代文學的一種新的言說。按照福科的觀點，話語具有實踐性，具有權力。「現代性」作為話語也是這樣，「現代性」作為話語引入中國現代文學研究之後，實際上是引入了一種新的言說的參照，這種參照最重要的意義就是把很多過去我們忽略、視而不見的文學現象和問題突顯出來了，也使我們從一個更宏觀的理論角度來看待我們過去重視的文學現象和問題，這樣，「現代性」理論就改變了我們的視野、改變了我們的觀念、改變了問題範圍、改變了研究的路向，並進而在言說的意義上改變了中國現代文學史。

回顧中國現代文學的過程及其相應的研究歷程，我們可以看到，從「五四」時期到一九四九年，我們主要是強調中國現代文學的「新文學」性質，我們的參照對象主要是中國古代文學，所以，「中」與「西」構成了我們的基本視角，我們的理論主要是進化論、革命論，特別強調反封建、批判、救亡、啟蒙等。一九四九年以後，由於受「新民主主義」理論的影響，我們把「新文學」稱為中國現代文學，但這裏的「現代」主要是一個時間概念，即與「近代」和「當代」相區別，主要是強調中國現代文學作為中國文學從古代向當代發展的一個階段。在研究上，「近代文學」和「當代文學」始終構成了其重要的參照，這種參照既是時間上的，也是特徵上的，也即包含著「現代文學」不同於「當代文學」這樣一種基本結論。而在理論上，一九四九年以後的中國現代文學研究主要是唯物論、反映論、辯證法、革命論、階級論等，特別強調中國現代文學的政治意識形態性質。

而八〇年代中期中國現代文學研究開始引入「現代性」這一概念，九〇年代之後這一概念則被廣泛地使用。在「現代性」視角下，中國現代文學的「現代」不僅僅只是一個時間概念，更是一個性質概念，也就是說，在「現代性」視角下，中國現代文學也是「現代性」的文學。而且，不僅「五四」時期到一九四九年的「現代文學」是「現代性」的文學，一九四九年以後的「當代文學」也是「現代性」的文學，現當代文學具有一體性。以「現代性」作為背景或理論的深層基礎，我們通常把「五四」以後的中國文學稱為「二十世紀中國文學」、「中國現當代文學」或者就叫「中國現代文學」。在「現代性」視角之下，不僅「現代文學」的科學、革命、自由、民主、反帝反封建等是「現代性」的，「當代文學」的革命、階級鬥爭、改革、反思、英雄主義、「躲避崇高」、世俗性等同樣也是「現代性」的。「現代文學」與「當代文學」雖然政治和意識形態的背景完全不同，但在文學精神上卻是一脈相承的，在思維方式、精神原則、思想基礎以及文體上都具有共同性，這種共同性就是「現代性」。

正是因為「現代性」上述的理論深層上的作用和意義，所以，「現代性」給中國現代文學研究帶來了很多積極的影響，並開闢了中國現代文學研究的新的局面。回顧九〇年代之後中國現代文學研究，我們可以說，每一次文學現象上新的發現與理論價值上大的突破都與「現代性」有關，對「人」的重視、對審美的重視、對現代意識以及非理性主義的重視，這與「現代性」理論有關；錢鍾書的發現、沈從文的發現、張愛玲的發現、現代主義的發現、女權主義的發現、敘事的發現等，這同樣與「現代性」話語有關。

在歷史的層面上，在具體內容上，「現代性」觀念使中國現代文學研究發生了很大的改變，主要表現在：它突破了舊有的政治模式，而回歸到文學本體研究；它讓我們以一種更開闊的視野、更包容的態度、更開放的意識來看視中國現代文學，所以「中西比較」研究、「古今演變」研究在九〇年代之後成為中國現代文學研究的基本方法和基本思路；它使我們從一種新的角度來重新審視過去重視的「人的文學」、「個人主義」，「自由」、「民主」、「科學」、「階級」、「革命」等，也使我們重新審視過去不被重視的文學現象，比如通俗文學、舊體文學、都市文學、女性文學等。所以，不僅「新月派」、「現代評論派」、「海派」、「京派」等這些過去被意識形態遮蔽的文學現象等得到了重新評價和定位，「學衡派」、「甲寅派」、「鴛鴦蝴蝶派」等這些過去被批判和否定的文學現象也得到了重新研究、重新認識。正是因為「現代性」的介入，所以文學上的「保守主義」也具「現代性」，這樣，中國現代文學史上的「保守主義」就和「自由主義」、「激進主義」一樣，具有同等的價值和意義，並且它們構成了中國現代文學的不同側面和取向。在這一意義上，我們應該充分肯定「現代性」理論對中國現代文學研究的作用和意義。

關於「現代性」理論在中國現代文學研究中的局限性，已經有很多質疑，比如逄增玉認為：「追求現代性是中國現代文學的主流，但在這主流之下還存在著『質疑現代性』的文學支流。」[1]楊春時、宋劍華認為：「二十世紀中國文學的本質特徵，是完成由古典形態向現代形態的過渡、轉型，它屬於世界近代文學的範圍，

---

1 逄增玉：〈論中國現代文學中的質疑現代性主題與敘事〉，《江漢論壇》二〇〇二年第二期。

進主義是現代性的，保守主義也具有現代性；西方性具有現代性，中國性、本土性也具有現代性。當一種現象與主流現象，與我們通常所說的「現代性」不相符合時，我們便稱它為「另類的現代性」。這樣一來，「現代性」對於中國現代文學研究來說就是空洞的，就是大而無當，並沒有針對性，沒有實際意義，任何研究似乎都可以冠以「現代性」。所以正如袁國興所說：「這除了能滿足我們對現代性追求的熱情而外，能在學理上和智慧上給我們帶來什麼呢？」[1]理論的根本是解決具體的問題，能夠幫助我們認識事物，更具體地說能夠幫助我們把一種事物與另一種事物、一種品格和另一種品格區別開來，但「現代性」對於中國現代文學研究來說似乎很難做到這一點。

總結以往的中國現代文學「現代性」研究，我們看到，「現代性」其實都只有變化的內容，屬於變化的範圍，似乎只要是「新」的、是變化的，就是「現代性」的。但問題是，中國古代文學也有衍變發展，「現在」總是不同於過去，難道說中國古代文學也有「現代性」嗎？「審美現代性」最大的特徵是批判性、反思性，其實，任何時候的文學都具有反思性和批判性，正如馬爾庫塞所說，批判性、批判性是文學的本性。中國古代文學也有反思性和批判性，但我們不能說中國古代文學也具有「審美現代性」。

中國現代文學具有「現代性」，但不只是「現代性」。「現代性」理論主要適用於研究「現代性」文學，而對於「非現代性」和「反現代性」文學則未必適用或未必完全適用。回顧中國現代文學研究，我們看到，「現代性」理論一方面的確極大地促進和拓展了中國現代文學的研究，給現代文學研究帶來了新的局面，特別是對於打破傳統的政治學模式起了重要的作用。但另一方面，它也給現代文學研究帶來很多問題，比如研究範圍的問題、研究方法的問題、觀念的問題。我們總是極主觀地簡單地把中國現代文學和西方文學相比附，並按照西方的「現代性」文學的模式來研究中國現代文學。在「現代性」理論觀照之下，中國現代文學似乎早就定

1 袁國興：〈中國現代文學研究中的「現代性」話語質疑〉，《文藝爭鳴》二〇〇二年第四期。

好了一個「現代性」的目標，然後就是向這個目標邁進。中國現代文學的發展似乎是高度形而上的，似乎是高度統一的，因此我們總是在尋求高度概括性的「性質」比如「現代性」來把中國現代文學史上的各種現象統括起來，不能統括的文學史現象似乎就是有問題的，就被排斥在中國現代文學史範圍之外。我們總是先入為主地對現代文學進行某種性質的認定，進行某種範圍的限定，從而極大地妨礙了中國現代文學的研究。中國現代文學史上的很多文學現象，我們的研究還非常薄弱，這與「現代性」的觀念局限應該說有很大的關係。

第三章 古代漢語的「詩性」與中國古代文學的「文學性」

第一節 〈關雎〉為什麼不能「今譯」

文學是語言的藝術，這是公認的結論，但更是事實。海德格爾認為「語言是存在之家」[1]，「語言才是人的主人」[2]，「人詩意地棲居」[3]在語言之中，就是說，語言對於人來說具有本體性，人不可能脫離語言而社會性地存在，語言已經成了人類社會的深層結構。事實上，不僅文學不能脫離語言、思想文化的各個領域，諸如哲學、歷史、倫理學等，以及音樂、繪畫等其他藝術，都不可能脫離語言，所謂「思想」本質上就是語言。但我

1 海德格爾：〈語言的本質〉，《海德格爾選集》（下），上海三聯書店，一九九六年版，第一〇六八頁。這句話在海德格爾的多種著作被說到。

2 海德格爾：〈築・居・思〉，《海德格爾選集》（下），上海三聯書店，一九九六年版，第一一八九頁。

3 海德格爾：〈……人詩意地棲居……〉，《海德格爾選集》（上），上海三聯書店，一九九六年版，第四六三頁。

們說「文學是語言的藝術」，並不是在文學不能脫離語言而獨立存在這一意義上而言的，而是說，文學的「文學性」就存在於語言之中，文學是一種藝術，其藝術性就體現在語言的表達上，語言具有藝術性，因而構成文學。正是因為如此，所以我們把那些在語言上富於藝術性的歷史著作（比如司馬遷的《史記》）、哲學著作（比如莊子的〈逍遙遊〉）等也視作文學作品。

每一種語言都有它特殊的「詩性」，每一種語言的文學其文學性都與它的「詩性」有著內在的關係。具體地，英語文學其文學性與英語本身具有內在的關係，如果不能真正理解英語及其「詩性」，就不可能真正欣賞英語的文學。中國現代文學的文學性與現代漢語具有內在的關係，不能把握現代漢語「詩性」就不能真正理解中國現代文學的文學性。中國古代文學的文學性與古代漢語有著內在的關係，不能把握古代漢語「詩性」就不可能真正理解中國古代文學的文學性。有些語言中的特殊概念或思想，用其他語言是很難完全理解的，比如日語中的「粹」、「言葉」（Koto ba）用德語就很難完全理解。[1]霍布斯鮑姆也曾舉過一個例子：「你很難用威爾士語言來表達政治或科學論述，即使是非常簡單平常的論點也不太可能。要是不懂英文的話，即使是再聰明的威爾士讀者，光靠威爾士語也無法完全瞭解其涵義。」[2]思想是這樣，文學更是這樣。某一種語言的文學其文學性是和這種語言以及相應的「詩性」緊密地聯繫在一起的，不能感受這種語言的詩性，就很難理解這種語言的文學。語言對於文學來說具有本體性，改變語言方式也就從根本上改變了文學的性質，因而也改變了其文學性。所以，嚴格意義上來說，文學作品是不能翻譯的，迄今為止所有的文學翻譯都是不同程度上的「改寫」。

語言之間的差異性以及相應的「詩性」之間的差異性遠比我們想像的要大。但至今對這一問題卻缺乏深入的研究。「語言」已經被我們的語言學所塑造並定格，說到語言，我們總是想到語言學所說的語音、語法、辭

---

[1] 參見海德格爾：〈從一次關於語言的對話而來——在一位日本人與一位探問者之間〉，《海德格爾選集》（下），上海三聯書店，一九九六年版。

[2] 霍布斯鮑姆：《民族與民族主義》，上海人民出版社，二〇〇〇年版，第六十五頁。

彙、方言等，文學的語言藝術研究一旦陷入語言學的窠臼，便只有兩條路可走，或者走語言學的語言研究的套路並最終走向語言學，或者沉默，即無言或失語。所以我們看到，長期以來，我們的文學研究總是重內容輕形式，而內容又具有抽象性，似乎可以脫離具體的語言而存在。我們總是把語言看作是文學的一種形式，而按照傳統的馬克思或黑格爾的內容與形式的關係，形式是附屬性的，是由內容決定並為內容服務的，這樣，我們的文學語言研究就從邏輯性上被邊緣化。事實上，我們一直是在技術的層面上研究文學語言，一直是在研究文學語言的技術性而不是藝術性。所以，我們今天的文學語言研究總體上是文學語言風格學，而不是文學語言「詩學」，本質上是語言研究而不是藝術研究。

語言學主要研究語言的技術問題，研究語言作為人類交際和表達工具的規則。語言學哲學主要研究語言的思想性或思維性，研究語言與「權力」之間的關係，研究語言與人類文化結構之間的關係。但實際上，語言還有另外一個特徵，就是它的「詩性」，筆者把這種研究稱為「語言詩學」。文學作品的文學性就與語言的「詩性」有著密切的關係。「文學性」當然包括文學的內容，主要是指文學作品所反映的社會生活內容，所表達的思想、情感、情緒以及所表現的藝術趣味等，但這些內容都只能通過具體的語言表現出來。社會生活內容以及人的思想情感，並不為文學所專有，社會科學對這些問題的反映在表述上更準確、更清楚、更明白，也更簡明扼要。而文學與社會科學的不同以及它的優勢就在於它是「詩性」地表現生活和表達情感，如果沒有這種「詩性」，文學便一錢不值。而文學的文學性始終是和語言的「詩性」聯繫在一起的，對於有的文學體裁來說，比如詩歌，可以說完全就是語言的藝術，脫離了具體的語言，其文學性就完全變了。比如中國古代的漢大賦、六朝的駢文，脫離了特定的語言它們還能剩下什麼呢？它們的文學性主要依賴於其華麗的辭藻，假如其語言得不到欣賞，其文學性就很難得到欣賞。

本節主要以〈關雎〉的「今譯」為例來說明古代漢語的「詩性」與中國古代文學的「文學性」之間的關係，從而在一定程度上展開對語言的「詩性」研究。

兩千多年來，對〈關雎〉的注解多不勝數，真可謂汗牛充棟。但「今譯」則是在五四之後才開始的，並且在短短的幾十年裏，已經有了近五十種（筆者所見）。所謂「今譯」，即把〈關雎〉翻譯成現代漢語。而現代漢語則是五四之後的事，所以，本質上，「今譯」是一個現代問題，也可以說是現代漢語產生的問題。「今」作為時間的「當下性」概念在任何時候都是有的，但歷史上從來沒有「今譯」。〈關雎〉在語言上是古代漢語，古代漢語是古代人通用的語言，所以對於古代中國人來說，不存在「今譯」的問題，因為不存在把古代漢語翻譯成古代漢語的問題。中國古代的〈關雎〉「注」從根本上屬於意義闡釋和史實考證的範圍，即從根本上是對〈關雎〉進行意義和價值的解釋，同時對其字義（詞義）、歷史背景、歷史事實以及所涉及的知識進行考證和研究，我們通常所說的「小學」和「經學」在其中佔有極大的比重。而「今譯」雖然也仍然具有闡釋和考證的成份，但從根本上是翻譯，是語言轉換。

但問題是，〈關雎〉的文學性不可能脫離其具體的語言而赤裸裸地存在，〈關雎〉作為文學作品，其形態和性質都是由它特定的語言決定的，把〈關雎〉翻譯成現代漢語，不僅僅只是改變了其語言形態，而且也從根本上改變了其性質。在傳統的文學觀中，文學作品可以區分為內容與形式兩部分，內容是內涵，主要指作品所反映的社會生活和作者所要表達的思想情感；形式是器具，包括語言、結構、體裁等。內容是獨立而客觀存在的，它既可以裝在這種器具中，也可以裝在另外一種器具中。〈關雎〉「今譯」，就是基於這樣一種內容與形式關係的理念。但現代語言學已經充分證明，語言根本就不只是一種工具，一種用來裝載思想的容器，語言具有思想性，就是思想本身。對於文學來說，不是語言表現了內容而具有文學性，而是語言本身具有內容性而具有文學性，文學性不是在語言「之後」，而是在語言「之中」，語言在文學作品中不是仲介，而恰恰就是文學性本身，具有文學的本體性。〈關雎〉的文學性就在〈關雎〉的具體的語言表達之中，〈關雎〉翻譯成現代漢語之後，就不再是〈關雎〉，而是另外一種文學。

魯迅先生在《門外文談》中有這樣一句話：「就是周朝的什麼『關關雎鳩，在河之洲，窈窕淑女，君子好逑』罷，它是《詩經》裏的頭一篇，所以嚇得我們只好磕頭佩服，假如先前未曾有過這樣的一篇詩，現在的新詩人用這意思做一首白話詩，到無論什麼副刊上投稿試試罷，我看十分之九是要被編輯者塞進字紙簍去的。『漂亮的好小姐呵，是少爺的好一對兒！』什麼話呢？」[1]這段話並不為人們所重視，魯迅把「窈窕淑女，君子好逑」二句譯為「漂亮的好小姐呵，是少爺的好一對兒」也被看作具有調侃性。其實魯迅這段話含有很深的文學語言學與文學翻譯學的意義。《詩經》是中國古代文學的「經」，所謂「經」，在中國古代不僅指具有文學上的創制性、「原典」性，而且還指具有高度的文學價值，並且這種文學價值具有恆常性（「經」的反義詞是「權」），是其他文學的源頭和楷模，所以有「文章者，原出五經」（顏之推《顏氏家訓》）之說。而《詩經》中「國風」被普遍認為是文學價值最高的。〈關雎〉則是「國風」的代表作，「冠三百篇首」，相當於我們今天所說的「頭條」，可見其地位之高。在中國古代文學中，〈關雎〉具有無窮的文學魅力，具有文學的神聖性，就是魯迅所說的「嚇得我們只好磕頭佩服」。但就是這樣一首讓我們的古人佩服得「磕頭」的詩，「意思」不變，換成現代漢語方式，則發表都成了問題。為什麼原來是神聖的文學，翻譯成現代漢語之後則變得令人好笑？「神聖性」到哪裡去了？「神聖」是如何變成「滑稽」的？這都值得深入地追問。魯迅把「窈窕淑女，君子好逑」二句譯為「漂亮的好小姐呵，是少爺的好一對兒」，這具有詼諧性、滑稽性，但魯迅正是通過這種詼諧和揶揄對翻譯本身提出了質疑。滑稽性不是翻譯的技術性造成的，而是翻譯本身造成的。

五四時，文學開始使用現代白話，北洋政府教育部一九二〇年一月十二日正式確立白話文作為國語[2]，這是現代漢語作為現代中國標準語的標誌。自從現代漢語作為「國語」確立之後，對《詩經》的「今譯」就從來沒有間斷過。筆者所見到，最早「今譯」《詩經》的是郭沫若，他一九二二出版《卷耳集》，其中翻譯《詩經》四十首，用的是「新詩體」，但沒有〈關雎〉這一首，其中的原因可能是當時覺得不好翻譯，因為他在「序」

---

1 魯迅：〈門外文談〉，《魯迅全集》第六卷，人民文學出版社，一九八一年版，第九十四頁。

2 見〈小學改用國語之部咨〉，《晨報》一九二〇年一月十四日。

中曾這樣說過：「有些不能譯，有些譯不好的緣故，所以我便多所割愛了」[1]。但到了一九二八年，他翻譯了這首詩，這是筆者所見到的最早的〈關雎〉「今譯」，其譯文如下：

夜怕已經深了吧？深了吧？深了吧？
那淒切的水鳥兒還在河心的沙洲上哀叫。
在那兒我遇見過一位美好的少女呀，
她，她使我無晝無夜地日日為她顛倒。

我遇見她在那沙洲邊上採集荇菜，
那青青的荇菜參差不齊地長在洲邊。
她或左或右地弓起背兒採了，
她採了，採了那荇菜的嫩巔。

她採了，又把那荇菜來在河水中沖洗，
在那涓潔的河水中她洗得真是如意。
我很想把我的琴和我的瑟為她彈奏呀，
或者是搖我的鐘擊我的鼓請她跳舞。

1 郭沫若：《卷耳集》〈序〉，《郭沫若全集》文學編，第五卷，人民文學出版社，一九八四年版，第一五七頁。

我自從遇見她，我便想她，想她，想她呀，
沙洲上我不知道一天要去多少回；
但我遇見她一次後，便再也不能見她了，
我不知道她住在何處，她真是有去無歸。

啊！這夜深真是長呀，長呀，長呀，
我翻來覆去地再也不能睡熟。
河中的水鳥喲，你仍然在不斷地哀叫，
你是不是也在追求愛人，和我一樣地孤獨。[1]

這與其說是翻譯，還不如說是「改寫」，或者說是以原詩為基礎的生發，是現代人的想像，更是郭沫若個人化的想像。比如「夜深」、「哀叫」、「弓起背」、「嫩巔」、「跳舞」、「孤獨」等這都是原詩中所沒有的意思。從譯詩中我們讀不出原詩的思想與意味，原詩在譯詩中僅留下了模糊的影子或印記。也許正是這一原因，郭沫若雖然把它標識為「翻譯」，其實更看作是自己的創作，所以把它收集在自己的創作集《恢復》中。

之後，對於《詩經》的「今譯」便源源不斷。具體於〈關雎〉，筆者收集到各種「今譯」約四十種。這約四十種譯文總體上表現出非常複雜的情況，有新詩體（即自由詩體），有散文體，有民歌體，有韻文體。有的譯文儘量口語化、通俗化，有的則相對雅化。有的完全整齊並嚴格押韻，有的則大致整齊並有一定的韻律。譯者情況也比較複雜，有文學家，有詩人，有語言學家，有文學理論家，有一般性的古典文學研究者。但不論是

[1] 郭沫若：〈〈關雎〉的翻譯〉，《郭沫若全集》文學編，第一卷，人民文學出版社，一九八四年版，第三六〇——三六一頁。

哪一種情況，筆者的判斷，沒有一種譯文可以達到魯迅所說的「發表」的程度。

下面我首先從文體的角度，選錄一種或幾種有代表性的譯文，對它們的翻譯實際以及背後的翻譯理念進行翻譯和語言學的質疑。然後再分析為什麼〈關雎〉不能「今譯」，從而從一個特殊的層面切入問題，一定程度上論證古代漢語的「詩性」與中國古代文學的「文學性」之間的內在關係。

一、「新詩體」（即自由詩體）翻譯及其問題。

黃惟庸譯文：

看啊！那一雙雙的水鳥，
在那河中的淺渚上關關地和鳴著。
他們多麼歡暢呀！
他們多麼美滿呀！
我那溫和可愛的人兒，
她真是我理想中的良伴。
但我何能和她在一處景物幽閒的地方，
此唱彼和；
也如那河中的水鳥一般，
公鳴公處呢？

看啊！那長短不齊的荇菜，
他們隨著河中的流水，
左邊在流，
右邊也在流。
我那溫和可愛的人兒，
我迫著我內心的需要，
醒中在求，
夢中也在求。

我知道，我這樣的空自求著是求不到的。
可憐我除了一日十二時，
時時不能去懷外，
哪有旁的法子呢？
呀！相思無極，
竟令我坐臥難安不能自主了！

那長短不齊的荇菜，
我何必眼看著它流著呢？
我將駕我的小舟，
往河的左邊右邊去採它，

我那溫和可愛的人兒，
我何必只自徒求苦思呢？
她必定喜聽音樂，
我將攜我的琴瑟去親近她。

那長短不齊的荇菜，
不定是莖莖都可用的；
我將在河的左邊右邊，
細細地選它採它。
我那溫和可愛的人兒，
她必定喜聽音樂；
但我那琴瑟的聲音，也許不是她所好的，
我將用我的鐘鼓去娛樂她。[1]

筆者所見，在所有的譯文中，這篇譯文是非常現代性的，很具有「今」的性質，採取的是自由詩的形式，不押韻，不求字句的整齊，是標準的現代漢語。站在現代語言的角度，這是最需要也是最好的翻譯。但這最好的翻譯卻也是最遠離文本的翻譯，不僅遠離〈關雎〉的外在形態，而且遠離〈關雎〉的表現手法，遠離〈關雎〉的文學精神。兩相對照，我們可以看到，對原詩的每一句話，譯者都增加了意象，從而增加和改變了原詩

[1] 引自朱自清〈詩名著箋〉，《朱自清全集》第七卷，江蘇教育出版社，一九九二年版，第七十一—七十三頁。

的意思，也從根本上改變了原詩的意味、韻味。把「關關雎鳩，在河之洲」翻譯成「看啊！那一雙雙的水鳥，在那河中的淺渚上關關地和鳴著」，在意思上還可以算勉強，而所謂「他們多麼歡暢呀！他們多麼美滿呀！我那溫和可愛的人兒，她真是我理想中的良伴。」則全是「無中生有」。原詩中只有關關叫的雎鳥，何來「雙雙」呢？也許「雎鳩」在這裏只是女性的象徵（這樣其實也是說得通的），如若是這樣，那麼憑空加上「雙雙」就把意思完全弄反了。當然，我們可以作「雙雙」、「歡暢」、「美滿」、「溫和可愛」、「良伴」等這樣的理解，這在閱讀和欣賞中是合理的，但作為翻譯，它就把原詩在意義上的豐富可能性給排除了。〈關雎〉作為中國古代詩歌經典最重要的特點就在於它的語言具有很大的空隙，因而其最重要的價值之一恰恰在於它可以作多種闡釋和閱讀，翻譯之後的〈關雎〉則大大降低了這種可能性。

上述翻譯不僅改變了〈關雎〉文本的意義，所謂「改變」主要是指一方面增加了一些意義，另一方面又減少了一些意義，一加一減就使翻譯文本與原文本之間相距甚遠，翻譯之後的〈關雎〉與原文本相比已經變得面目全非。用不著仔細分析，直觀上我們就能很明顯地判斷二者在價值上的巨大差異。文學的欣賞在一定意義上就是感覺，讀原作與讀譯作可以說是兩種完全不同的感覺，這種感覺的不同從根本上是由語言或表述的不同造成的。同時，上述翻譯還改變了〈關雎〉文本的藝術性。開頭「看啊」一語，同樣是憑空加進來的，但這兩字一加就完全改變了〈關雎〉的藝術性質。對於「關關雎鳩，在河之洲」一語究竟使用了什麼藝術手法，歷來都有爭論，有人說是「賦」的手法，有人說是「興」的手法，有人說是「比」的手法，還有的人認為是「興起卻兼比意」[1]。對於「賦」、「比」、「興」，歷來也有不同的解釋，其中最權威的解釋是朱熹和劉勰，朱熹的解釋是：「直指其名，直敘其事者，賦也；本要言其事，而虛用兩句釣起，因而接續去者，興也；引物為況者，

[1] ［清］方玉潤：《詩經原始》（上），中華書局，一九八六年版，第七十一頁。

比也。」「興之為言起也，言興物而起其意。」[1]又說：「賦者，敷陳其事而直言之者也。」「比者，以彼物比此物也。」「興者，先言他物以引起所詠之詞也。」[2]劉勰的解釋是：「故比者，附也；興者，起也。」[3]程顥、程頤兄弟的解釋是：「興便有一興喻之意；比則直比之而已，……賦則賦陳其事。」[4]按照這樣一種觀點，「關關雎鳩，在河之洲」一語創作手法上屬於「興」，至少可以作「興」的理解，和〈古詩為焦仲卿妻作〉中的「孔雀東南飛，五裏一徘徊」一語運用的是同樣的手法。但加上「看啊」一語就把「關關雎鳩，在河之洲」一語完全變成了「賦」，變成了鋪陳其事，變成了所敘事的內容而不是所敘事的藝術手法，這樣就把從「興」和「比」的角度來閱讀和欣賞〈關雎〉的可能性給排斥了，從而也大大降低了〈關雎〉的文學性。

由於篇幅的關係，我不能對上面譯文中的每一句話都作詳細的分析。但事實上，上述譯文在翻譯的意義上幾乎每一個話都是有疑問的。總體上，這種翻譯與其說是翻譯，還不如說改寫，還不如說是創作，〈關雎〉的原詩不過被當作了創作的題材。作為理解和闡釋，作為一種個人化的欣賞這是允許的，但作為翻譯，這裏面有太多的疑問。

1 朱熹：《朱子語類》卷八十，「詩一」，中華書局，一九八六年版，第二〇六七、二〇九四頁。
2 朱熹：《詩集傳》，嶽麓書社，一九九四年版，第三、五、二頁。
3 劉勰：《文心雕龍•比興》。
4 《河南程氏遺書》卷二上，《二程集》第一冊，中華書局，一九八一年版，第四十頁。

二、「散文體」翻譯及其問題。

江陰香譯文：

> 一聲聲啼叫的雄雌雎鳩鳥，在河水中的陸地上，它們也知道互相戀愛的呢！如今有一個幽閒貞靜的美女子，那才德兼備的男人，一定願意去求她做夫妻的。長短不齊的荇草，浮在水面上，忽左忽右的流動著，好比這個幽閒貞靜的美女子，合了男人的意，不論醒時睡時都想去尋訪她哩！如果尋訪她不到，那就醒時睡時心裏牽掛著她，想得長久啊！長久啊！身子在床上翻來覆去，再也睡不安穩了！長短不齊的荇草，在那水的左右，有人去採它下來；好比一個幽閒貞靜的美女子，男人把她娶到家裏來，像琴瑟彈著同樣的聲調，相親相愛的住在一處！長短不齊的荇草，已從水的左右取到家裏，可以煮做菜吃了；好比一個幽閒貞靜的美女子，男人和她做了夫妻，像鐘鼓一般的聲聲相應，過那快樂的日子呢！[1]

準確地說，這不是翻譯而是「注解」，譯者稱之「白話解」，書名也叫《國語注解詩經》。作者深知「白話解」的局限性，在譯「凡例」中說：「詩中有音韻，與尋常唱歌相似，故當以叶韻為重，若唯讀字之本音，除去叶韻，殊失古人音注之精意，而與歌謠不合矣。」〈關雎〉作為中國古代詩歌經典在文學性上，除了它充分的解讀空間以及詩歌意韻以外，還有一個很重要的方面就是它的節奏和韻律美，把〈關雎〉翻譯成散文，其

1 江陰香：《國語注解詩經》，廣益書局，一九三四年版，第三—四頁。原文「它」、「他」、「她」不分，這裏按照現代規範予以改正。

節奏和韻律就完全喪失了，其形式美也就喪失了。可以想見，唐詩和宋詞，如果沒有了節奏和韻律，還能叫唐詩、宋詞嗎？還能有那樣高的藝術性嗎？〈關雎〉也是如此，沒有在形式上的整齊，沒有節奏和韻律，沒有了在朗讀上的悅耳的效果，〈關雎〉就不再是〈關雎〉。所以，「白話解」永遠只能作為原文的一種閱讀和欣賞，而不能作為翻譯，即不能作為對應文本。

在意義上，上面的「白話解」也是大有疑問的。理論上，用散文的方式來解釋〈關雎〉，由於不受語言形式的限制特別是音韻上的束縛，更能準確有傳達其詩的原義。但情況卻恰恰相反，筆者所見到的「今注」、「今譯」中，上面這段文字是最偏離常義的。作者把「窈窕淑女，琴瑟友之」解釋成「好比一個幽閒貞靜的美女子，男人把她娶到家裏來，像琴瑟彈著同樣的聲調，相親相愛的住在一處！」把「窈窕淑女，鐘鼓樂之」解釋成「好比一個幽閒貞靜的美女子，男人和她做了夫妻，像鐘鼓一般的聲聲相應，過那快樂的日子呢！」我認為這是站在現代某種情景上對〈關雎〉的一種理解，並且是一種很個人化的理解，不僅有違〈關雎〉的本義，而且大大降低了〈關雎〉的藝術性。按照一般的理解，〈關雎〉「第四章」、「第五章」在文學手法上屬於「興」，根據上面「興者，先言他物以引起所詠之詞也」等定義，「參差荇菜，左右採之」屬於「他物」，作用在於「起意」，而「窈窕淑女，琴瑟友之」則屬於「所詠」，是真正所要表達的意思。同樣，「參差荇菜，左右芼之」屬於「他物」，作用在於「起意」，而「窈窕淑女，鐘鼓樂之」則屬於「所詠」，是真正所要表達的意思。也有人認為「第四章」、「第五章」在文學手法上屬於「比」，其實也說得通。如果是「比」，那麼，按照朱熹的「比者，以彼物比此物也」，「參差荇菜，左右採之」是「彼」，「窈窕淑女，琴瑟友之」是「此」；「參差荇菜，左右芼之」是「彼」，「窈窕淑女，鐘鼓樂之」是「此」，原詩真正所要表達的是「此」而不是「彼」，真正要表達的是「求愛」而不是「採荇菜」、「芼荇菜」，「採荇菜」、「芼荇菜」只是一種表現手法，是為愛情的表達服務的。但譯者卻恰恰把這二者的關係搞顛倒了。當然作為一種理解這樣也是可以的，但非常明顯，如果這樣解釋，〈關雎〉就不再是一篇好作品。

三、「民歌體」翻譯及其問題。

倪海曙譯文：

河裏有塊綠洲，
水鴨勒軋朋友；
阿姐身體一扭，
阿哥跟勒後頭。

河裏長短水草，
順水左右飄浮；
為仔格位阿姐，
日夜歎氣搖頭；

實在無法接近，
困勒床浪發愁；
一夜賽過一年，
眼淚好比屋漏。

河裏長短水草，
總算用手採到；
心裏格位阿姐，
咪哩嗎啦上轎。

河裏長短水草，
總算用手採到；
今朝伲討阿姐，
三班吹打洋號。[1]

《詩經》裏的「國風」主要採自民間，多屬於民間歌謠，這是公認的事實。〈關雎〉作為民歌，有兩點特別應該引起我們的留意，第一，〈關雎〉在最初應該是很容易理解的，屬於通俗易懂、易於朗誦的詩歌。後來之所以變得難懂甚至於晦澀，一方面與詩歌本身的多義性有關，另一方面也與語言的變化、語境的變化有關，所以才有各種各樣的「注解」。「注解」主要包括兩方面，一是關於意義的注解，主要是針對語言的，二是歷史掌故之注，主要是針對語境的。第二，作為民歌，原詩中的一些詞語在當時可能是方言。只是後來《詩經》成為經典之後，成為語言典範之後，方言才從地方語言變成全國語言，變成「普通話」。但對於這種方言性，由於語境的原因，不論是古人（《詩經》之後的古人）還是今人，都是很難分辨的，當然更難在文學上有所感覺。在這一意義上，倪海曙用方言來翻譯〈關雎〉一定程度上說是把握了〈關雎〉精義的。譯者解釋他這樣翻

[1] 倪海曙：《蘇州話詩經》，方言出版社（上海），一九四九年版，第一—三頁。題為〈阿姐身體一扭〉。

譯的原因，一是基於「國風也不過是古代的民歌」，所以嘗試用現代民歌體翻譯〈關雎〉。二是基於〈關雎〉作為民歌的朗誦性，口語流傳性，譯者稱之為「聲音的詩歌，即聽的詩歌」：「不但使人聽得懂，而且使人聽得親切，有味。」[1]應該說，這是非常有道理的，也是切合〈關雎〉特點的。

但問題是，民歌具有更加豐富多彩和多變的特點，不論是內容上還是風格上，更具有獨特性。用現代民歌體來翻譯〈關雎〉，二者之間更難尋求語言上的對應性。這樣，倪海曙的蘇州話翻譯雖然在民歌這一點上把握了〈關雎〉，但在內容和文學性上則可以說更遠離了〈關雎〉。筆者所見到的譯文中，這篇譯文是最遠離原文的，不論是意思上還是文學品性上，它都變得面目全非，如果根據譯文「回溯」原文，一般人很難想到它是〈關雎〉的譯文。讀起來，譯文也不失為一首不錯的民歌，但與〈關雎〉相比，它完全是另外一種文學。

根據〈關雎〉民歌體風格以及特點和語篇來推斷，「雎鳩」在當時至少在當時的當地可能是一種很普遍的水鳥，是一種大家都很熟悉的水鳥，其普遍的程度相當於今天的水鴨。但「雎鳩」就是「雎鳩」，而不是水鴨，把「雎鳩」翻譯成水鴨，某種程度上說就是一種錯誤，也從根本上改變了原詩的詩意。「雎鳩」在原詩中同時也應該是一種很美的水鳥，具有女性的意味，所以用它作「比」來「起意」，並從而與後面的「窈窕淑女，君子好逑」具有順承性。如果用水鴨來「起意」，就一點「興」味也沒有，也缺乏詩意。其他如「阿姐身體一扭，阿哥跟勒後頭」、「實在無法接近，困勒床浪發愁」、「一夜賽過一年，眼淚好比屋漏」、「心裏格位阿姐，咪哩嗎啦上轎」、「今朝伲討阿姐，三班吹打洋號」等作為翻譯其實都沒有原文根據。

但筆者更關心的是譯者為什麼要這麼翻譯。這可能涉及到翻譯的理念問題。在一般意義上，所謂翻譯，即「換言之」，在英語中叫「in other words」，或者在意思不變的情況下，換一種說法或表述。但這是不可能的，因為有些詞比如「淑女」根本就沒法換成另外一個詞，說法和表述變化了，文學性也會發生相應的變化。

[1] 倪海曙：《蘇州話詩經》，方言出版社〔上海〕，一九四九年版，第一七九頁〈後記〉。

也許正是意識到這種不可能，所以譯者在「比擬」的意義進行翻譯，但這種翻譯理念存在著更大的問題。讀上面的譯詩，我們不感到是對原詩的翻譯，而更感覺到是對原詩的「解構」，原詩的經典性、神聖性，在譯詩中蕩然無存，相反，我們感到有一種搞笑、調侃的意味。

四、「韻文體」翻譯及其問題。

李長之譯文：

關關叫著大水鷹，
河裏小洲來停留，
苗條善良小姑娘，
正是人家好配偶。

水裏荇菜像飄帶，
左邊搖來右邊擺，
苗條善良小姑娘，
睡裏夢裏叫人愛。

尋來尋去沒尋到，
起來躺下睡不著，

黑夜怎麼這麼長？
翻來覆去到天亮。

水裏荇菜不整齊，
左邊倣來右邊倣，
苗條善良小姑娘，
彈琴鼓瑟好朋友。

水裏荇菜長又短，
左邊選了右邊選，
苗條善良小姑娘，
鐘鼓迎來好喜歡。[1]

陳子展譯文：

關關地唱和的雎鳩，
正在大河的沙洲，
幽閒深居的好閨女，

[1] 李長之：《詩經試譯》，古典文學出版社，一九五六年版，第一—二頁。

是君子的好配偶！

參差不齊的荇絲菜，
或左或右漂流它。
幽閒深居的好閨女，
醒呀睡呀追求她。

追求她不得，
醒呀睡呀相思更切。
老想喲！老想喲！
翻來覆去可睡不得。

參差不齊的荇絲菜，
或左或右採摘它。
幽閒深居的好閨女，
用琴瑟來親悅她。

參差不齊的荇絲菜，
或左或右撥著它。
幽閒深居的好閨女，

用鐘鼓來歡樂她。[1]

金開誠譯文：

河邊水鳥鬧嚷嚷，
雙雙對對小洲上。
姑娘苗條人又好，
正是哥兒好對象。

長短不齊水荇菜，
一把一把左右採。
苗苗條條好姑娘，
夢中也要把她追。

追求不能如我願，
睜眼閉眼想不斷。
漫漫長夜過不完，
翻來覆去把天看。

---

1 陳子展：《詩經直解》（上），復旦大學出版社，一九八三年版，第二—四頁。

長長短短水荇菜，
左邊採來右邊採。
姑娘苗條人又好，
有朝奏樂迎過來。[1]

在現有的〈關雎〉「今譯」，這類譯文是最多的，最普遍的，所以，我這裏引錄了三種。

與前面所例舉譯文不同，這種譯文有一個共同的特點：講求形式上的大致整齊，注意押韻，所以屬於「韻文」。但與中國古代格律詩相比，不論是平仄規律上，還是韻腳上，它們都不嚴格，所以屬於「準格律」體。

整齊和韻律是中國古典詩歌的最顯著的形式特點，也是文學性的最重要的內容之一，在這一點上，上面譯詩再現了〈關雎〉的某種古代特色。但總體上上面譯詩都不免「掛一漏萬」。由於篇幅的問題，我不可能對每一篇譯文所存在的問題都進行詳細的分析。概言之，上面每一種譯文，不論是在內容上還是在文學性上，都沒法和原詩相吻合，或增益，或減損，在文學價值上根本就沒法和原詩相提並論。

翻譯各不相同，每一種翻譯的背後都有一種翻譯理念在支撐著。但這每一種翻譯理念都值得懷疑。于再春是這樣翻譯的：

一雙魚鷹嘰嘰呱呱，
在那河心的綠州旮旯。

1 金開誠，《詩經》，中華書局，一九六三年版。第五十二頁。原文未譯完。

那位幽靜的好姑娘，
公子哥兒正好匹配她。

水邊的荇菜有長有短，
左邊右邊順水像在淌。
那位幽靜的好姑娘，
白天黑夜都把她苦想。

追求她好久總是徒勞，
白天黑夜受盡了煎熬，
天長地久可又怎麼辦，
翻來覆去只是睡不著。

長長短短的大片荇菜，
左邊右邊採它個新鮮。
幽幽靜靜的那位好姑娘。
彈琴鼓瑟把她來親近。

長長短短的大片荇菜，
左邊右邊忙著揀挑它，

幽幽靜靜的那位好姑娘，
敲鐘打鼓忙著討好她。[1]

他自己對翻譯的要求是：「做到原作的思想、藝術的準確再表現，盡可能地使原文文字在譯文裏全有著落。盡可能使原文藝術匠心也得到適當的傳達。」[2]事實上，這裏的每一種設想都沒有可能性，最根本的原因是沒有赤裸裸的所謂「思想」和「藝術」，文學作品的思想和藝術性就在文學作品的語言之中，脫離原作語言的任何複述和表達都只是一種閱讀，一種理解，都不能替代原作。托爾斯泰曾說：「如果我想用詞句來說出我原想用一部長篇小說去表現的那一切思想，那麼，我就應當從頭去寫我已經寫完的那部小說。」[3]過去我們多從「表現」的角度來理解托爾斯泰這段話，其實這段話也可以從語言的角度進行理解，所謂「表現」（與「反映」相對）就是用語言來進行表現。所以，換一種語言進行表述，對於文學來說，就是寫作另外一部作品。「相同」（所謂思想層面上的「相同」，也是一個值得追問的術語，所以，這裏打引號。）的內容，用不同的語言進行表述和言說，其文學性不同。小說「提要」不等於小說本身，這是誰都知道的。把文學的故事用敘述的方式進行複述，這和小說本身是不同的，根本原因就在於複述改變了語言方式，因而也改變了作品形式。哲學與文學的不同，歷史與文學的不同，不在於內容的不同，而在於形式的不同，正是形式把文學與哲學和歷史區分開來。脫離了文學形式，文學性就不存在了。翻譯其實具有複述的特點，在「複述」的意義上，翻譯永遠不能和原作相提並論，二者具有不同的文學性。

1 于再春：《〈國風〉的普通話翻譯》，中州書畫社，一九八二年版，第一—二頁。
2 于再春：《〈國風〉的普通話翻譯》，中州書畫社，一九八二年版，〈前言〉。
3 托爾斯泰：〈致尼・尼・斯特拉霍夫〉（一八七六年四月二三日），《文藝理論譯叢》一九五七年第一期，第二三一頁。

金啟華說：「對原詩忠實，應當力求符合原義，不必在原來詩句的意義以外，有所增加或者減少。因為那樣會節外生枝，顧此失彼，反而失去原詩的意義。所以我的譯詩是力求符合原來詩句的本義，很少補充或減少。」[1]這和上面于再春所說的「盡可能地使原文文字在譯文裏全有著落。盡可能使原文藝術匠心也得到適當的傳達」，具有相同的意思。但這也只能是一種主觀願望，事實上沒有做到，也不可能做到。不妨把譯文引錄在這裏：

王睢兒關關地對唱，
在那河中小洲上。
美麗善良的姑娘，
哥兒想和她配成雙。

長長短短的荇菜，
這邊那邊來撈它。
美麗善良的姑娘，
睡夢裏都追求她。

追求她呀追不上，
睡夢裏都把她想。
想她呀想她呀，

1 金啟華：《國風今譯》，江蘇人民出版社，一九六三年版，〈前言〉第十一——十二頁。

翻來覆去不能忘。
長長短短的荇菜，
這邊那邊來採它，
美麗善良的姑娘，
彈著琴瑟來親近她。

長長短短的荇菜，
這邊那邊來揀它，
美麗善良的姑娘，
敲著鐘鼓來歡迎她。[1]

最簡單地，「雎鳩」就是「雎鳩」，把「雎鳩」翻譯成「魚鷹」或「水鷹」以及其他，就是失去「本義」。文學作品是一個整體，其「藝術匠心」是通過其整體表現出來的，語言則是這整體的最重要的部分，翻譯改變了作品的語言，也就從根本上破壞了作品藝術的整體性，還談何傳達「藝術匠心」。海德格爾說：「詞語破碎處，無物存在」，「某物破碎處，就出現了一個裂口，一種損害。對某事物造成損害意味著：從某事物那裏取走什麼，讓某事物缺失什麼。破碎即缺失。」[2]翻譯對原語言的改變，就是一種「破碎」，就會造成對原作的損害。詞與詞之間不可能完全對等，語句與語句之間不可能完全對等，所以，只要是翻譯，就會增加或減

1 金啟華：《國風今譯》，江蘇人民出版社，一九六三年版，第三—四頁。
2 海德格爾：〈語言的本質〉，《海德格爾選集》（下），上海三聯書店，一九九六年版，第一〇六五頁。

少意義，就會增加或減少文學性，即「缺失」。「窈窕淑女，君子好逑」和「苗條善良小姑娘，正是人家好配偶」，不論意思上還是文學性上，都不具有對等性，它們之間有重疊的地方，但更多地則是相異。

與上面強調內容「忠實」的翻譯理念不同，李長之則強調形式的「忠實」：「為了保存《詩經》的民族形式和民間形式，這裏儘量採取了較整齊的形式。」[1] 呂恢文說：「原詩是很整齊的四言句式，就堅持以整齊的七言句譯出。若原詩句子的字數少於四言或多於四言，譯文就相應地在七言句基礎上減少或增加幾個字，使之像原詩一樣地呈現著長短句。原詩句子特別長或特別短的，譯詩句子也特別長或特別短，以保持原作風貌。」[2] 兩者的不同在於，前者比較籠統，後者比較具體。但這樣一種翻譯理念，以及具體的翻譯實際，同樣存在著問題，而且是更明顯的問題。「四言」就是「四言」，改成「七言」就是改變了形式，至於是否按照某種規律（比如按比例擴大字數）改變形式，這無關緊要，只要是改變形式，「七言」的方式和散文的方式並沒有實質性的差別。而且，過分追求字數的整齊，還會妨礙思想和藝術性的表達，即「因文害意」。

余冠英是現代著名的《詩經》研究專家，他對〈關雎〉是這樣翻譯的：

關雎鳥關關和唱，
在河心小小洲上。
好姑娘苗苗條條，
哥兒想和她成雙。
水荇菜長短不齊，

1 李長之：《詩經試譯》，古典文學出版社，一九五六年版，〈後記〉。
2 呂恢文：《詩經國風今譯》，人民文學出版社，一九八七年，〈前言〉。

採荇菜左右東西。
好姑娘苗苗條條，
追求她直到夢裏。

追求她成了空想，
睜眼想閉眼也想。
夜長長相思不斷，
盡翻身直到天光。

長和短水邊荇菜，
採荇人左採右採。
好姑娘苗苗條條，
彈琴瑟迎她過來。

水荇菜長長短短，
採荇人左撿右揀。
好姑娘苗苗條條，
娶它來鐘鼓喧喧。[1]

1 余冠英：《詩經選》，人民文學出版社，一九五六年版，第五頁。

與前面的翻譯一樣，余冠英也特別注意翻譯的形式問題：「對自己的翻譯提出幾點要求：一、原作如果是格律詩，譯文也要是格律詩。二、原作如果是歌謠，譯文要盡可能保存歌謠的風格。三、逐句扣緊原詩的意思，而不是逐字硬譯。四，譯文要讀得上口，聽得順耳。五、辭彙和句法要有口語的根據。這五條規定說明，除了符合自己所理解的原詩的意思這一基本要求而外，我還要求語言流暢可讀，並且多少傳達一些原詩的風味情調。」[1]這是一種更嚴格的要求，但也更不可能實現，因為翻譯的實際往往是照顧到這裏照顧不到那裏，除非碰到極端巧合的情況才可能各方面都照顧到。同時，余冠英的翻譯理念也是有疑問的，「原作如果是格律詩，譯文也是要是格律詩。」這種翻譯實際上是沒有意義的，不是「今譯」而是「改寫」，實際上還是在古代漢語內部打轉。所謂「緊扣原詩的意思」，也是一種理想，原詩的意思究竟是什麼？這有爭論。「詩無達詁」，〈關雎〉在意義上本來就具有多種可能性，翻譯究竟「緊扣」哪一種意思呢？〈關雎〉最初是歌謠，具有民歌的風格，但隨著《詩經》的經典化，以及語言的典範化，〈關雎〉在漫長的中國古代社會，一直是以一種雅化的方式存在的，歷史在〈關雎〉的文本中具有深厚的沉積，在這一意義上，「雅」也是〈關雎〉的文類特徵。把〈關雎〉翻譯成民歌的風格，這實際上只是把握了〈關雎〉的某些歷史時期的特點，事實上是以犧牲〈關雎〉的另外一些特點為代價的，同時也忽略了〈關雎〉作為文本的歷史過程。

上面筆者似乎更多地是在找翻譯技術問題，找翻譯理念問題，但從根本上，造成〈關雎〉「今譯」之後出現魯迅所說的在今天連發表都成問題這種狀況，並不是翻譯的技巧問題，也不是翻譯的理念問題，而是翻譯本身的問題，〈關雎〉本來不能「今譯」，硬性「今譯」，所以其文學性就遭到了破壞。上面譯者中不乏文學研究的大家和名家，對古代詞詩他們都有很好的理解和感悟，在閱讀和理解的意義上，他們的翻譯也不失為一家之言，但終究也只是一家之言。翻譯永遠只能抓住原詩的某一方面、某一局部甚至只是皮毛，照顧到了這裏

[1] 余冠英：《詩經選》，人民文學出版社，一九五六年版，〈後記〉。

照顧不到那裏，所以總是「顧此失彼」。就〈關雎〉的「今譯」來說，筆者所見到的任何一種翻譯文本以及背後的翻譯「理念」都有這樣或那樣的問題。當然，對於我的質疑，還可以進一步質疑和反質疑，而這無限的質疑恰恰說明了翻譯的不可能。事實上，已經有譯者注意到了這一問題，比如葛培嶺說：「譯詩，頗難。嚴格地說，詩是不能翻譯的。……譯詩與譯散文的明顯不同，是譯詩含有更多的再創作成分。只把意思照直譯出還遠遠不行，你還得把它譯成詩，譯出情味；而要如此，又幾乎無法與原文完全契合。」[1]所以，譯文永遠只是一種闡釋和解讀，而不能替代原作。

這裏我當然不是想簡單地探討翻譯的問題，而是想探討翻譯背後的語言問題。不是探討古代文學的「今譯」問題，不是探討古代漢語如何轉化為現代漢語的問題，而是探討在文學中，古代漢語能否轉化為現代漢語的問題。我認為古代文學是不能翻譯成現代漢語的，翻譯之後其「文學性」就變了，或者說喪失了。反過來也是這樣，現代漢語的文學不能翻譯成古代漢語的文學，翻譯之後就會發生「文學」性質的變化。徐志摩的詩句「最是那一低頭的溫柔，像一朵水蓮花不勝涼風的嬌羞」如何翻譯成古代漢語？卞之琳的詩句「明月裝飾了你的窗子，你裝飾了別人的夢」如何翻譯成古代漢語？魯迅的文句「深藍的天空中掛著一輪金黃的圓月」如何翻譯成古代漢語？勉強翻譯之後，其「文學性」必將大大地降低。胡適曾舉過一個例子：「例如《水滸傳》上石秀說的：你這與奴才做奴才的奴才！我們若把這句話改作古文，『汝奴之奴！』或他種譯法，總不能有原文的力量。」[2]中國古代文學與中國現代文學是兩種完全不同類型的文學，其中構成這種不同的實質性差別的最重要的因素就是語言，中國古代文學是古代漢語的文學，中國現代文學是現代漢語的文學。兩種語言各有自己的「詩性」特點，所以，就文學性來說，現代文學有現代文學的標準，古代文學有古代文學的標準，古代經典文

[1] 葛培嶺：《五經全譯——詩經》，中州古籍出版社，一九九一年版，〈引言〉。
[2] 胡適：〈逼上梁山——文學革命的開始〉，《胡適文集》第一卷，北京大學出版社，一九九八年版，第一四六頁。

學作品不能用現代漢語的「詩性」標準來衡量，反過來，現代經典文學作品不能用古代漢語的「詩性」標準來衡量。古典詩詞如果在格律上不嚴格，就很難成為經典，但格律不再是現代自由詩所遵循的基本原則。

正是在這一意義上，中國古代文學不能翻譯成現代漢語，硬性翻譯便會造成意義的缺失和意義的增加，就會造成文學「整體性」的「破碎」從而損害其文學性。古代文學不能翻譯成現代漢語主要有這樣三個基本的理由。

第一，詩經「意旨宏遠」，這是沒法翻譯的。所謂「意旨宏遠」，是指其意義和文學性深刻而又深藏，不易發現，而「意旨宏遠」主要是由語言的模糊性和不確定性造成的，表現為，詞與詞之間、語句與語句之間空隙很大，從而給人留下充分的發揮和想像的空間，可以作多種解讀。對於〈關雎〉，《毛亨傳》說：「後妃說樂君子之德，無不和諧，又不淫其色；慎固幽深，若雎鳩之有別焉，然後可以風化天下；夫婦有別，則父子親，則君臣敬，則朝廷正；朝廷正，則王化成。」《朱熹集傳》說：「女者，未嫁之稱，蓋指文王之妃太姒為處子時而言也。君子，指文王也。……周之文王，生有聖德；又得聖女姒氏以為之配。宮中之人，於其始至，見其有幽閒貞靜之德，故作是詩。」《列女傳》一：「《詩》曰：『窈窕淑女，君子好逑』，言賢女能為君子和好眾妾也。」姚際恒《詩經通論》卷一：「此詩只是當時詩人美世子娶妃初婚之作。以見嘉耦之合，初非偶然，為周家發祥之兆。自此可以正邦國，風天下。」崔述《讀風偶識》：「細玩此篇，乃君子自求良配，而他人代寫其哀樂之情耳。」歷來對於〈關雎〉的解讀，究竟有多少，可以說不勝列舉。並且，〈關雎〉在解讀上向未來是無限開放的，因為隨著時代和觀念的發展變化，對〈關雎〉不論是在方法上，還是在具體的藝術特點上、思想特點上都會有新的解讀，

從閱讀的角度來說，對〈關雎〉的每一種解讀都有它的合理性。所以清代方玉潤說：「竊謂風者，皆採自民間者也，若君妃，則以頌體為宜。此詩蓋周邑之詠初婚者，故以為房中樂，用之鄉人，用之邦國，而無不宜焉。然非文王、大姒之德之盛，有以化民成俗，使之咸歸於正，則民間歌謠亦何從得此中正和平之音也耶？聖人取之，以冠三百篇首，非獨以其為夫婦之始，可以風天下而厚人倫也，蓋將見周家發祥之兆，未嘗自宮闈

始耳。故讀是詩者，以為詠文王、太姒也可，即以為文王、太姒之德化及民，而因以成此翔洽之風也，亦無不可。」[1]但我這裏更關心的已不是〈關雎〉是否可以作多種解讀，而是〈關雎〉為什麼可以作多種解讀？而且每種解讀哪怕是相互矛盾但卻都有其合理性。我認為這是由〈關雎〉本身的不確定性造成的，而這種不確定性，首先源自於詞義的不確定性。比如「淑女」一詞，現在仍然通行，但此「淑女」恐怕非彼「淑女」。〈關雎〉中的「淑女」一詞意義豐富而複雜，感情色彩也很微妙，既有本義，同時還有歷史附著意義，現代「淑女」一詞就是從中衍生出來，用「幽閒貞靜的美女子」、「幽靜的好姑娘」、「苗條善良小姑娘」、「秀美純潔黃花女」[2]、「溫柔美麗好姑娘」[3]等來翻譯它，都不能囊括「淑女」的本義和附著意義。同時，把「淑女」翻譯成「秀美純潔黃花女」等，原詩的意義和情感色彩的豐富性、複雜性、微妙性等都沒有了，這樣就大大限制了對原詩的多重解讀。嚴格意義上說，〈關雎〉中「淑女」沒法「換言之」，現代漢語詞語中，沒有能夠替代它的相對應的詞。所以，「淑女」是不能翻譯的，任何翻譯都是換一種說法，也就是換一種表現，而換一種表現，原詩的意思和形式都會發生變化，其文學性也自然而然地會發生變化。其他如「悠哉悠哉，輾轉反側」等，都是不能翻譯的，不論是從詞義上來說，還是從音韻節奏來說，〈關雎〉最好的表達就是它自己，翻譯之後就會大大降低其表現力和文學性。

而有些詞語，根本就沒有定解。而沒有定解，恰恰意味著其意義的多種可能性，這正是〈關雎〉意義模糊的一個很重要的原因。比如「思服」究竟是什麼意思，就很難絕對肯定。為什麼《詩經》中的有些詞語今天沒法準確地理解，王國維曾有很精到的分析，他說：「《詩》、《書》為人人誦習之書，然於六藝中最難讀。以弟子之愚闇，於《書》所不能解者殆十之五，於《詩》亦十之一二。此非獨弟所不能解也，漢魏以來諸大師

[1] 方玉潤：《詩經原始》（上），中華書局，一九八六年版，第七十一——七十二頁。
[2] 葛培嶺注譯：《五經全譯——詩經》，中州古籍出版社，一九九一年版，第二頁。
[3] 呂恢文：《詩經國風今譯》，人民文學出版社，一九八七年，第一頁。

未嘗不強為之說，然其說終不可通，以是知先儒亦不能解也。其難解之故有三：訛闕一也（此以《尚書》為甚）。古語與今語不同，二也。古人頗用成語，其成語之意義與其中單語分別之意義又不同，三也。唐宋之成語，吾得由漢魏六朝人書解之。漢魏之成語，吾得由周秦人書解之。至於《詩》《書》，則《書》更無古於是者。其成語之數數見者，得比校之而求其相沿之意義，否則不能贊一辭。若但合其中之單語解之，未有不齟齬者。」[1]「訛闕」我們且不管它，而後兩種情況在《詩經》中則是非常普遍的情況。有些詞，古代漢語中是常用詞，而在現代漢語中則非常生僻，有些詞，古今漢語中都常用，但意義和情感色彩不同。而成語具有豐富的文化內涵，是不能完全從字義上來解釋的。不論是哪種情況，都說明《詩經》是不能翻譯的，「硬性」翻譯就會對原作造成損害，就會破壞原作的情感色彩、文化內涵以及藝術表現。

詞語與詩句的「詩意」還與文化語境有關。有些表達作為事實，古今並沒有實質性差別，但其意義和文學性則有巨大的差別，甚至完全相反。聞一多曾舉過一個例子：「一位公孫是何等的尊嚴，被比作一條野獸，不嫌褻瀆嗎？這又是你現代人過慮了。比方我說，有一位女郎，居然美到這樣：脖子細長細長的，像一條某種白色的幼蟲，或是頭髮的式樣像蠍子尾巴似的往上鉤著，這不是把你嚇得連汗毛都豎起來？可是，當詩人唱著『領如蝤蠐』（《衛・碩人》）或『捲髮如蠆』（《小雅・都人士》）的時候，你知道，他是在用著他最得意的語言來歌頌他所愛慕的女子。這種隔離式的思維習慣，似乎也是一件遺失了的傳統，而為現代人所缺乏的。在『詩人』看來，以蠍尾比婦人的髮，所講的本只是蠍尾與髮的形狀，為什麼要牽連的問到婦人的德行與蠍的德行有無相似之處呢？同樣的，以狼比公孫的步態，也絕不會牽涉到狼的德行上頭去，而因此發生污衊公孫的人格的嫌疑。」[2]由此可見，對於中國古代文學，並不能完全按照我們今天的方式進行解讀，也不能用今天的文

---

[1] 王國維：〈與友人論《詩》、《書》中成語書〉，《王國維文集》第四卷，中國文史出版社，一九九七年版，第一四三—一四四頁。

[2] 聞一多：〈匡齋尺牘〉，《聞一多全集》第三卷，湖北人民出版社，一九九三年版，第二一八頁。

化標準和文學標準來進行衡量。《詩經》「原始」，不僅包括詞義的「原始」，還包括語境的「原始」，對於《詩經》詩義的解讀，必須要把握住這兩方面的「原始」。

聞一多主張用兩種方法「縮短時間距離」：一是「用語體文將《詩經》移至讀者的時代」；二是用考古學、語言學、民俗學的方法「帶讀者到《詩經》的時代」。[1] 能否「帶讀者到《詩經》的時代」，這有很大的疑問。但「用語體文將《詩經》移至讀者的時代」，則肯定行不通，因為《詩經》的語境是古代漢語以及相應的中國古代文化，我們可以設身處地地去理解《詩經》，但卻無法改變歷史語境事實，也無法改變現實語境事實，這是歷史問題，也是現實問題。翻譯的根本問題在於當把古人的表述翻譯成現代漢語的時候，同時也把古代人的觀點改變成了現代人的觀點，在翻譯的過程中實際上不自覺地把現代價值判斷滲入了文本，這就是所謂「翻譯的政治」[2]。「翻譯的政治」是由語境和語言本身的思想性決定的。仍然以上面聞一多所舉的《都人士》為例，當我們把「捲髮如蠆」翻譯成「鬈髮捲上如蠍尾」[3]時，就加上了道德的評價，因為在現代漢語語境中，「蠍」用來「狀人」特別是描述婦女時是有明顯道德暗示的。同樣，在現代漢語語境中，用「狼」來形容人特別是形容男人也包含著明顯的道德評價。這裏，翻譯之後的文學性大變還暫且不論，問題的關鍵在於，當《詩經》沒有被翻譯的時候，它其實還是在古代漢語的語境氛圍中，我們感到是古人在說話，感到是在說古代的話，所以我們能理解它的一些特殊的表達，而翻譯成現代漢語之後，我們感到是現代人在說話，現代人說這樣一些話就難以理解了。具體於〈關雎〉來說，對於所謂「后妃之德」，以現在的〈關雎〉「愛情」觀來看，似乎很荒謬，但在中國古代的文化背景和語言背景中，它是合理的，所以，在中國古代它被廣泛地認同。

---

[1] 聞一多：〈風詩類鈔〉，《聞一多全集》第四卷，湖北人民出版社，一九九三年版，第四五七頁。

[2] 參見斯皮瓦克：〈翻譯的政治〉，《語言與翻譯的政治》，中央編譯出版社，二〇〇一年版。

[3] 黄典誠：《詩經通譯新詮》，華東師範大學出版社，一九九二年版，第三三二頁。

〈關雎〉在意義上的不確定性，其次是由詩義的不確定性決定的。所謂「詩義」的不確定性，主要是指詞義的模糊性和詩義的跳躍性從而造成詩句與詩篇意義的不確定性。每個詩句的具體涵義是什麼？詩句與詩句之間的意思是如何轉承的？詩章與詩章之間的意義是如何轉承的？從上面的翻譯來看，其實都是有爭議的。比如「關關雎鳩」究竟是什麼意思，「關關」究竟是「擬聲」還是「狀貌」，其實並不能絕對肯定。「窈窕淑女」具體涵義是什麼？「窈窕」指什麼？什麼樣的女性是「淑女」？這其實都很難確定。同時，「關關雎鳩，在河之洲」與「窈窕淑女，君子好逑」在意義上是如何關聯的？這也可以有不同的解讀。「第四章」和「第五章」的關鍵詩句是「琴瑟友之」和「鐘鼓樂之」，那麼，「友」是什麼意思？「樂」是什麼意思？「琴瑟」在當時有什麼文化涵義？在詩中又有什麼特殊涵義？「鐘鼓」在當時有什麼文化涵義？在詩中又有什麼特殊的涵義？最重要的是「琴瑟友之」和「鐘鼓樂之」在意義上是如何順承的？這些問題其實都非常微妙。每個人都認為自己把握了詩經「原始」，但不同的人的把握是不同的，這種不同正好說明了〈關雎〉在意義上的複雜性、多重性、多義性以及開放性，說明了〈關雎〉可以作多種解讀。而翻譯的問題就在於它實際上消解了這種複雜性、多重性、多義性以及開放性。不確定性是「詩藝」的一個很重要的特徵，翻譯之後，意義的不確定性就被確定了，這種被確定其實是意義的一種喪失，當然也是詩意的一種喪失。

第二，中國古代文學在語言上的形式美是沒法翻譯的，而這恰恰是古代文學在藝術上非常重要的特點。啟功先生在分析了〈關雎〉的平仄規律之後總結說：「這裏律句的運用和非律句的配搭，都很自然。抑揚轉換，收到和諧效果。」[1]平仄規律以及相應的藝術性是中國古代文學所特有的，是不能用其他語言傳達的，所以現代漢語對古典詩詞的格律在翻譯上無能為力。中國古典詩詞的藝術性永遠存在於其語言之中，語言不僅僅只是其外在形態，同時也是其「文學性」的一個重要組成部分，其中由音韻、節奏所構成的音樂美就是一個很重要的

[1] 啟功：《詩文聲律論稿》，中華書局，一九七七年版，第一三二頁。

方面。文學作品是一個有機的整體，改變任何一個方面都會破壞其有機性、整體性。把〈關雎〉翻譯成現代漢語，就從根本上改變了〈關雎〉的文學表現或表達方式，最後不過是留下某種意義的「蹤跡」，從翻譯那裏，我們永遠只能知道〈關雎〉說了什麼，而不知道〈關雎〉是如何說的。而「如何說的」（即表現），對於藝術來說恰恰是更為本質的。試問，沒有格律的〈關雎〉還是〈關雎〉嗎？

第三，中國古代詩歌總體上屬於「意境詩」，而「意境」是沒法翻譯的。對於什麼是「意境」，現代一般的解釋是，意境包括「意」和「境」兩部分，「意」是作者的情感，「境」是指作者所描述的社會生活內容，包括自然景物。對於詩歌來說，二者有機結合，情中有景，景中有情，水乳交融、渾然一體，就是有意境。但實際上，意境是一個龐雜的理論體系，它的內涵非常豐富。所謂「書不盡言，言不盡意」（《周易・繫辭》）、所謂「興象高妙」（方東樹《昭昧詹言》）、所謂「不即不離」（劉熙載《藝概》）、所謂「咫尺有萬里之勢」（王夫之《薑齋詩話》）、所謂「語簡意遠」（陳岩肖《庚溪詩話》）、所謂「言近而旨遠」（劉知幾《史通》）、所謂「韻外之致」（司空圖《與李生論詩書》）、所謂「氣韻生動」（謝赫《古畫品錄》）、所謂「耐人尋味」（余成教《石園詩話》）、所謂「含蓄不露」（何汶《竹莊詩話》）、所謂「意在言外」（司馬光《溫公續詩話》）、所謂「言有盡而意無窮」（姜夔《白石道人詩話》）、所謂「詩外有詩，詞外有詞」（陳廷焯《白雨齋詞話》），等等，都屬於意境的範圍。意境理論主要適用於詩歌，但同時也適用於其他文類，比如小說、散文和戲劇，王國維說：「然元劇之最佳之處，不在其思想結構，而在其文章。其文章之妙，亦一言以蔽之，曰：有意境而已矣。何以謂之有意境？曰：寫情則沁人心脾，寫景則在人耳目，述事則如其口出是也。古詩詞之佳者，無不如是。元曲亦然。」[1]就是說，戲曲也有意境。

---

[1] 王國維：《宋元戲曲考》，《王國維文集》第一卷，中國文史出版社，一九九七年版，第三八九頁。

但筆者這裏更關心的不是意境的具體內涵和適用範圍，而是中國古代文學為什麼有意境？和反過來，中國現代文學為什麼難以產生意境。我認為，中國古代文學的意境與古代漢語的詩性特點有密切的關係，意境本質上是古代漢語的產物，它特別適宜於在古代漢語語境中生長，也只有在古代漢語語境中才能夠被廣泛地理解和接受。而現代漢語深受西方語言的影響，具有很強的邏輯性，即具有明晰性或者說科學性，它特別適宜於敘事和說理，這其實也是新詩在文學性上明顯不同古典詩詞的一個很重要的原因。正是因為意境與古代漢語之間的內在聯繫，所以意境是不能用現代漢語進行翻譯的。中國古典詩詞的「韻」、「味」、「意」、「氣」、「趣」等都是通過古代漢語的「言」而體現出來的，一定程度上說是因「言」而生，試想想，把古代漢語的「言」改換成現代漢語的「言」，這些所謂「韻」、「味」、「意」、「氣」、「趣」等還能存在嗎？正是在對原詩從字詞句篇章各個方面的感受、品味中我們才感到「耐人尋味」等，試想想，翻譯成一覽無遺的大白話之後，我們還感到「言不盡意」、「不即不離」、「語簡意遠」、「言近而旨遠」、「耐人尋味」、「含蓄不露」、「意在言外」、「言有盡而意無窮」嗎？這至少在〈關雎〉的翻譯中沒有成功的例子。

從以上對〈關雎〉「今譯」的分析中我們看到，現實的把古代文學翻譯成現代漢語，在理論上是經不起深入追問的。現在的翻譯實際上是一種建構意義上的翻譯，翻譯與被翻譯之間並不具有對等性，即不「等值」或「等效」。我們把它們「看作」是對等的東西，但事實上它們是兩種不同的文學。所以把中國古代文學翻譯成現代漢語作為一種文學行為裏面包含著很深的對於語言「詩性」的誤解。翻譯與被翻譯之間當然具有聯繫，但這種聯繫對於翻譯作品的藝術性與被翻譯作品的藝術性之間的聯繫沒有多大意義，所以從根本上，這種聯繫構不成把中國古代文學翻譯成現代漢語的理由。

文學是語言的藝術，中國古代文學就是古代漢語的藝術，但對於古代漢語與中國古代文學的「文學性」之間的深層關係，我們今天研究得還非常不夠。這當然與我們對於語言的誤解有很大的關係。說到語言，我們就想到語言學家們所說的語言，就從這一角度來研究文學的語言，結果便陷入了困境，落入了語言學的窠臼。語言既有技術性的一面，又有思想性的一面，還有詩性的一面。語言學家主要研究語言的技術性問題，哲學家主要研究語言的思想性問題，而文學家則應該強調對語言的詩性的研究。但目前的狀況是，語言的技術性問題研究得比較透徹。語言的思想性和思維性研究在二十世紀取得了長足的進步，並且導致了哲學思想的巨大突破，這就是所謂的「語言學轉向」。而對於語言的詩性研究，則是最為缺乏的，現在還沒有這樣一種意識，連最基本的話語方式都還沒有建立起來。語言的「詩性」是一個非常複雜的問題，有大量的理論問題和具體的實踐問題亟待解決。本節從〈關雎〉的「今譯」這一問題切入來探討古代漢語的「詩性」與中國古代文學的「文學性」之間的內在關係則是這諸多研究中的一種嘗試。

第二節　古詩詞「今譯」作為「翻譯」的質疑

上一節筆者主要是對〈關雎〉的各種「今譯」進行細讀和分析，以此為例來分析和研究古代漢語的「詩性」與古代文學的「文學性」之間的關係。本節則主要從理論上探討古詩詞「今譯」問題，並進而探討古代漢語的「詩性」與古代文學的「文學性」之間的關係問題。

為什麼要「今譯」？「今譯」的作用和性質是什麼？這是我們首先要追問的。學術界對這個問題其實並沒有進行深入的研究。

古詩詞「今譯」實際上是為了緩解或消除文學上的「時間差」，這種「時間差」首先是語言上的，其次是與語言密切相關的文學觀念和文學風尚上的。由於時間的變化，物事以及文化的變化，特別是古代漢語作為一種語言體系成為歷史語言之後，屬於古代漢語體系的中國古代文學對於生活在現代漢語中的人來說，已經有了理解上的障礙，特別是對於一般讀者來說，這種語言上的障礙已經構成了古代文學普及、接受和欣賞的一個關鍵性因素。同時，由於政治、經濟和文化等方面的巨大變化，語言體系的變化，特別是西方對中國的影響，文學不論是在內容上還是形式上以及文學觀念和審美觀念上都有了很大的變化，現代人對古代文學在「文學性」方面也感到很生疏。「今譯」首先就是解決語言上的障礙問題，其次是解決文學上的陌生感問題。所以，相應地，古詩詞「今譯」有兩種作用和價值，首先是意思上的注解，其次是文學方式的轉換。在前一個層面上，「今譯」和「今注」沒有實質的區別，只是在形式和完整性上有所不同；在後一層面上，古詩詞「今譯」和把漢語詩歌譯成外語或把外語詩歌譯成漢語，也即一般意義上的「翻譯」具有同樣的性質。

我認為，在「今注」的意義上，古詩詞「今譯」是必要的，也是合理的。在「今注」的意義上，「今譯」實際上是對古詩詞的一種解讀，是一家之言，可以為我們理解和欣賞古典詩詞提供一種參考。在這一點上，它和古代的各種「注」、「解」、「疏」等沒有實質性的區別，是「注」、「解」、「疏」在現代的合理延伸。但是，當今的「今譯」多表現出一種「翻譯」的意向，也是以「翻譯」形式存在和通行的。「今譯」就是「相當於」、「換一種說法」、「用現代的話說就是」等，就是「語言轉換」，就是我們通常對「翻譯」的定義：「把一種語言文字的意義用另一種語言文字表達出來（也指方言與民族共同語、方言與方言、古代語與現代語之間一種用另一種表達）。」[1]「把一種語言的話語在保持其內容意義不變的情況下（即等值）改變成另外一種語言的話語的過程。」[2]「文學的翻譯是用另一種語言，把原作的藝術意境傳達出來，使讀者在讀譯文的時候能夠像讀原作一樣得到啟發、感動和美的感受。」[3]由此，在「翻譯」的意義上，我認為「今譯」是不適宜的，也是不必要的，它並沒有解決（事實上也不需要解決）由於語言的變化所造成的母語文學陌生感的問題。它不僅

1 中國社會科學院語言研究所詞典編輯室編：《現代漢語詞典》，商務印書館，一九八三年版，第二九九頁。
2 廖其一：《當代西方翻譯理論探討》，譯林出版社，二〇〇〇年版，第一四五頁。
3 茅盾：〈為發展文學翻譯事業和提高翻譯品質而奮鬥——一九五四年八月十九日在全國文學翻譯工作會議上的報告〉，《茅盾全集》第二三卷，人民文學出版社，一九九六年版，第三一一頁。

不能達到推廣和普及古代詩詞的作用，相反還會對古典詩詞造成傷害，有損於古詩詞的藝術性和形象，招致一些誤解。

在西方，有一個很普遍的觀點：詩歌是不能翻譯的。這個觀點對於中國古詩詞的「語內翻譯」同樣適用。我們可以說，古詩詞是不能「今譯」的。根據茅盾關於文學「翻譯」的定義，把古詩詞翻譯成現代漢語，不可能「把原作的藝術意境傳達出來」，也不可能「使讀者在讀譯文的時候能夠像讀原作一樣得到啟發、感動和美的感受」。任何「今譯」都是解讀，都會改變它，都會在意義和文學性上有所增加或減少。古詩詞就是它自己，就是古漢語的，翻譯成任何一種語言都不可能保持其意義內容的不變，都不可能「等值」或「等效」。

現在見到的最早把古詩詞翻譯成現代漢語的是郭沫若先生，早在新文學作為一種文學類型確立還沒幾年，在新文學還是屬於「嬰兒」的時期，他就開始「今譯」詩經。到一九二二年時，他「今譯」了《詩經・國風》中的四十首詩，取名《卷耳集》，並於第二年出版。一九五三年時，他又出版了《〈屈原賦〉今譯》，把中國早期的另一經典文學「楚辭」翻譯成現代漢語。從郭沫若翻譯《詩經》到現在，已經有八十多年的時間了，在這八十多年的時間裏，究竟有多少古詩詞「今譯」，多得沒法統計。從《詩經》到清詩，都有「今譯」，《詩經》、「楚辭」、「漢魏樂府詩」、「漢賦」、「唐詩」、「宋詞」、「元曲」「今譯」尤其多，筆者所見，《詩經》的「今譯」就有四十多種。譯者中，詩人、學者均有，且不乏名家，諸如，李長之、張光年、余冠英、姜亮夫、陸侃如、金開誠、陳子展、文懷沙、陶文鵬、弘徵、楊光治等。但是，我們可以說，在這些「今譯」中，沒有一首譯詩能夠達到等同或替代原詩的程度，沒有一首譯詩能夠達到上述茅盾對文學翻譯的要求。

對於《詩經》，郭沫若為什麼只「今譯」了其中四十首，他解釋道：「《國風》中除了這幾十首詩外，還盡有好詩；有些不能譯，有些譯不好的緣故，所以我便多所割愛了。」[1] 但我要說，豈只是有些詩不能譯，所有

---

1 郭沫若：《卷耳集、〈屈原賦〉今譯》，人民文學出版社，一九八一年版，〈序〉。

的詩都「不能譯」，所有的詩都「譯不好」。郭沫若的這句話有一個弦外之音，似乎這四十首就譯好了。但事實如何呢？我們且看一首，比如〈蒹葭〉，郭沫若是這樣「今譯」的：

我昨晚一夜沒有睡覺，
清早往河邊上去散步。
水邊的蘆草依然青青地，
已經凝成霜了，草上的白露。

我的愛人呀，啊，
你明明是住在河那邊！

我想從上渡頭去趕她，
路難走，又太遠了。
我想從下渡頭去趕她，
她又好像站在河當中了——

啊！我的愛人呀，
你畢竟只是個幻影嗎？[1]

1 郭沫若：《卷耳集、〈屈原賦〉今譯》，人民文學出版社，一九八一年版，第四十一頁。

讀完譯詩，對於熟悉且能夠欣賞原詩的人來說，這簡直是「後現代」，感覺是在惡意地搞笑。沒有美可言，只有「小品」的幽默。所謂「我昨晚一夜沒有睡覺，清早往河邊上去散步」，所謂「渡頭」，所謂「幻影」，不知從何而來？[1]

也許是我個人的閱讀經驗，我認為，〈蒹葭〉的藝術就在於它特殊的表達、它的意境以及給人語感和想像上的審美快樂。「在水一方」就是「在水一方」，它的藝術韻味就是從它本身生發的，而「你明明是住在河那邊」就不可能生發出這種意韻。欣賞古詩詞就是在它的字、句中以及字句的組合中品味意境，如果我們老是用現代漢語來思考，那就難得體味其中的真味。外語學到一定程度的人都知道，要把外語真正學好，特別是達到能體味其語言的微妙的程度，必須用外語思考。對於古詩詞來說，就要始終不脫離原句來欣賞和品味。老是把外語換成漢語來思考，外語就學不好，老是用現代的語言和思想來理解古詩詞，就不能真正進入古詩詞，不能真正欣賞它。

對於郭沫若《詩經》的「今譯」，也許我們可以說是初期的古詩詞「今譯」不成熟，還與他的「今譯」不正宗有關係，因為他曾說，「我對於各詩的解釋是很大膽的。所有一切古代的傳統的解釋，除略供參考之外，我是純依我一人的直觀，直接在各詩中去追求它的生命。」「我譯述的方法，不是純粹逐字逐句的直譯。我譯得非常自由，我也不相信譯詩定要限於直譯。」[2]這和後來的「今譯」觀有一定的距離。三十年之後的郭沫若明顯成熟了，「今譯」也正統多了，但是否就避免了問題呢？我們且看他「今譯」的《離騷》：

> 我本是古帝高陽氏的後裔，
> 號叫伯庸的是我已故的父親。

---

[1] 原詩為：蒹葭蒼蒼／白露為霜／所謂伊人／在水一方／溯洄從之／道阻且長／溯遊從之／宛在水中央。

[2] 郭沫若：《卷耳集、〈屈原賦〉今譯》，人民文學出版社，一九八一年版，〈序〉。

太歲在寅的那一年的正月，
庚寅的那一天便是我的生辰。
先父看見了我有這樣的生日，
他便替我取下了相應的美名。
替我取下的大名是叫著正則，
替我取下的別號是叫著靈均。[1]

在《離騷》中，這四句詩因為是敘述自己的身世、生辰、姓名，所以相對具有客觀性和實在性，應該說是最容易「今譯」的。但對照原詩與郭沫若的譯詩，我們仍然感到譯詩未必契合了原詩。「古帝」是秦以後的概念，是相對「皇帝」而言的。「古帝」是今人對「皇帝」之前的「帝」的尊稱。屈原時代，還沒有「皇帝」的概念，因而也沒有「古帝」的概念，所以，把「帝」翻譯為「皇帝」是不準確的，翻譯成「古帝」，不符合屈原的身份。「帝」就是「帝」。「嘉名」簡單地就是「好名」，未必是「美名」，正如今天我們說某人的名字「很好」，但未必意味著此人的名字就「很美」一樣。屈原時代，已經有了「美」的概念，而且很通行，用「嘉」而不用「美」，屈原是有他自己的分寸的。作為「皇考」的伯庸未必是父親[2]。今天我們讀這句詩時，感到屈原流露出的是一種高貴和自矜的口氣，而「今譯」則很難體現出來。譯詩第四句用同樣的句式，讓人感到單調、重複和累贅。更根本的是，「楚辭」最重要的特徵就在它的語氣詞「兮」字，「今譯」沒有了這個

1　郭沫若：《卷耳集、〈屈原賦〉今譯》，人民文學出版社，一九八一年版，第一一〇頁。
2　黃靈庚說：「皇考，古來聚訟紛紜，未有確論。」劉向、洪興祖都認為是先祖或遠祖。見黃靈庚：《離騷校詁》，中州古籍出版社，一九九六年版，第二十四頁。本節有關《離騷》詞句上的釋訓來源，多參考此書。

「詞」，整個詩的節奏、韻律以及相應的語言上的韻味都沒有了。

事實上，楚辭的韻讀也是非常講究的，在王力先生《楚辭韻讀》中，這幾行詩的韻讀是這樣的：

帝高陽之苗裔兮，朕皇考曰伯庸（jiong）。
攝提貞於孟陬兮，惟庚寅吾以降（heung）。（東冬合韻）
皇覽揆余初度兮，肇錫余以嘉名（mieng）。
名余曰正則兮，字余曰靈均（kiuen）。（耕真合韻）[1]

整個《離騷》是兩句一節，每節都符合古韻。每一句中間都用語氣詞「兮」進行停頓，使詩句在語氣上有所舒緩，同時又避免了全詩押韻所造成的語感上的單調。但「今譯」之後，這種節奏、韻律和語感上的講究以及藝術性全沒有了，相應地，在書寫上，詩句被拆開，詩節也體現不出來。楚辭的特殊的藝術形式都沒有了，哪裡還能叫楚辭呢？

但這不是郭沫若的過錯，這是所有古詩「今譯」固有的問題。具體於《離騷》，我們還可以看看其他的「今譯」，比如張光年（即光未然，《黃河大合唱》的詞作者）的「今譯」：

我是顓頊皇帝的後代，
先父是忠貞的伯庸。

1 王力：《楚辭韻讀》，上海古籍出版社，一九八〇年版，第一頁。

我誕生在寅年寅月的庚寅日，
當時北斗星指向東方的天空。
為了我光榮的生日，
先父讚賞我為我命名：
我的名，代表蒼天的公正；
我的字，顯示大地的豐盈。[1]

作者在「今譯」的理念上很複雜，一方面強調「直譯」：「經過多次的考慮，我仍然選擇了一行對一行的近乎直譯的步法。」另一方面，「某些地方，我有我自己大膽的解釋和處理。」「我的譯文隨時隨地都想遷就那個在我的理解所能夠觸到的範圍之內的作者當時的創作意欲。」[2]但這不過是一種主觀願望罷了。從「譯詩」來看，事實上也是充滿了主觀性，與原詩不僅只是在形式上差距甚遠，內容上也有很大的差距。「高陽」是「顓頊」有天下時的稱號，二者可以說是同一對象，但之間具有細微的情感上的差別，「顓頊」比較中性，而「高陽」則具有感情色彩，這正如叫爸爸和叫爸爸的名字，其色彩意味不同一樣。「忠貞」則是憑空加上去的。「當時北斗星指向東方的天空」，這有天文學上的根據，但這是後人的演繹和推算，原詩中根本就沒有這種內容，也沒有這種意味。讀這種譯文，我們很容易就想到「貴人出，有祥瑞」的中國傳統文化邏輯，因而具有封建主義的庸俗氣。此外，「光榮」何來？「讚賞」何來？「取名」和「命名」這在今天是兩回事，「取

1 張光年：《〈離騷〉今譯》，《張光年文集》第五卷，人民文學出版社，二〇〇一年版，第一九五—一九六頁。
2 張光年：《〈離騷〉今譯》，《張光年文集》第五卷，人民文學出版社，二〇〇一年版，第一九四—一九五頁。

名」用於人，「命名」用於「事」與「物」，現代漢語的日常習慣中，如果我們說「魯迅的父親給魯迅命名為周樹人」，這可以說是不通的。最有意思的是，屈原的「名」和「字」經過這樣一「今譯」之後，沒有了。這與其說是「翻譯」，還不如說是創作，因而其「文學性」根本就是另外一種樣子的。作為個人化的解讀絕對是可以的，但作為「文學翻譯」，是嚴重地違背了文本，它連最基本的「保持內容不變」這一要求都沒有達到，更不要說傳達原作的藝術意境了。

相比較而言，作為學者的姜亮夫則嚴肅多了，他是這樣「今譯」的：

咱家是始祖高陽氏的後代子孫，
伯庸是我父親。
屬寅的那年當著正月的時侯呵，
我在庚寅的那天降生。

先父研究審度了我初生的氣度，
始賜給我一個美名。
名我叫正則，
後來我成人了，又為我起了一個字——靈均。[1]

[1] 姜亮夫：《屈原賦今譯》，北京出版社，一九八七年版，第二——三頁。

但它同樣值得追問，除了上述涉及到的一些問題之外，還一些新的疑問，比如，把「帝」譯為「始祖」，是否合適，值得商榷，「始祖」是後人對顓頊的尊稱，包含很濃的後人的情感色彩，站在今人的角度，我們可以把顓頊稱作「始祖」，但屈原未必可以這樣稱呼，也未必願意這樣稱呼。把「初度」譯為「初生的氣度」，看起來倒蠻像，但未必不是臆測，事實上，姜先生後來訂正了這一想法，在《重訂屈原賦校注》中，他這樣說：「初度王逸注：『觀我始生年時，度其日月皆合天地之正』云云、此說至確。余舊說從戴震以為初生之器宇，空疏不與上下文義相會，非也。」[1]而最後的一句則完全是根據中國文化的一般特徵進行的揣度，也許「字」的確是屈原成人之後「又」起的，但從原詩本身我們看不出來。

《離騷》的開頭兩節四句，內容相對客觀，經過歷代學者的考證和闡釋，意思和文脈也大致清楚。從翻譯的角度來說，這是相對可譯的。但為什麼三位名家的「今譯」都有很多疑問？經不起追問？我認為，這不是技術的問題，而是「今譯」本身的問題。不論是對於新詩還是對古詩，郭沫若的感覺和內修都是一般人所難以企及的。作為解讀，郭沫若的「今譯」具有獨特的價值，並且在新詩史上具有特殊的地位，但作為「翻譯」，它是失敗的，根本原因就在於詩歌翻譯屬於「不可為」，「不可為而為之」，自然是失敗。姜亮夫先生也深切地感受到古詩「今譯」的「不討好」，他譯完《屈原賦》之後感歎道：「翻譯實在是件極難的事，尤其是譯詩歌。」「為了一字一句的翻譯，往往成天去搜尋合乎普通語句的標準辭彙，至於韻我也想找到人人能讀得準的那些。這時遇到的困難真是千千萬萬，不可言語。這說明，三代到現在，語言的結構習慣與興廢變化是很大的。翻譯古籍的確是非常困難的事。」[2]對於「今譯」，姜亮夫先生是潛心地研究過的，對於楚辭今譯，他是非常嚴肅的，花了很多時間和功夫，比如文體、語法、辭彙、韻律等，他都有自己的思考。他的楚辭校注非常有影響，但「今譯」

[1] 姜亮夫：《重訂屈原賦校注》，天津古籍出版社，一九八七年版，第七頁。

[2] 姜亮夫：《屈原賦今譯》，北京出版社，一九八七年版，「序例」。作者初譯於三〇年代，一直到一九五六年才定稿。

並不成功，這與學問無關，也與技術無關，根本原因在於古詩詞不能「翻譯」。「今譯」的困難「千千萬萬」（姜亮夫語），照顧了這裏，照顧不到那裏，解決了這個問題，又會連帶出新的問題，有些根本性問題是沒法解決的。在這一意義上，我認為古詩詞「今譯」作為「翻譯」從根本上就是一種錯誤的理念。

古詩詞之所以不能「今譯」？這是由文學的特點以及古詩詞的特殊性所決定的。文學作品是一種客觀存在，但它不具有物質性。語言對物質性的東西只是符號或工具，是附屬性的，重新命名或者換一種語言符號不會改變它的客觀性和實在性。文學中當然也有工具性的語言，也有物質性的事物，比如物質名詞、地名、時間、方位、稱謂、親屬關係等，這些內容都可以翻譯，但文學總體上不是這樣。文學本質上是一種主觀創造，它既具有內容上的客觀性，同時又具有開放性，它的作用、價值和意義都是讀者在與文本的對話中完成的，文本實際上給讀者實現價值和創造價值提供了基礎和平臺，讀者的想像和創造都是建立在文本的基礎上，改變文本，這一切都會發生改變。

中國古典詩詞尤其特殊。一定意義上，古詩詞是古代漢語的產物，它在文體、節奏、韻律、詞法、語法、格式等方面都與古漢語密切相關，古漢語是古詩詞深厚的土壤，脫離了這一土壤，它就沒法生長。古詩詞乃至整個中國古代文學還有廣泛的影響，還能得到中國人廣泛的喜愛，與古漢語對我們來說還不十分陌生有關，畢竟現代漢語是在古代漢語的基礎上發展而來，在語音、辭彙、詞義乃至語法等方面都有著千絲萬縷的聯繫，如果有一天，古漢語對我們來說完全陌生，那古詩詞的接受就到了非常艱難的地步。不懂古漢語，是不能真正理解和欣賞中國古典詩詞的。而把古詩詞翻譯成現代漢語，則是從根本上改變了古詩詞。改變語言方式，古詩詞的一切，從內容到形式到它的藝術性到它能夠給我們提供的想像空間，一切都改變了。

真正創造性的文學都是獨一無二的。對於中國古典詩詞來說，每一首詩就是一個整體，這個整體是由特殊的字、詞、句構造而成，特殊的字、詞、句不僅表達出一定的思想、情感，構建一定的文體形式和結構，組織出一定的音韻旋律，同時還營造出一種特殊的情緒氛圍、意境。好的詩，不僅有詩內的東西，還有詩外的東西，既有可以言說的東西，也有不可以言說的東西，比如有一種「空靈」、這種空靈的東西瀰漫在語言的縫隙之間，是無法用語言表達出來的。每首詩就是一個獨立的系統，其中每個字、詞都發揮著它獨特的功能，而且這種功能的東西是不能進行「解剖學」分析的。詩的意義和藝術既表現在內容上，也表現在形式上，「形式」也具有「意味」。絕對精妙的詩一字不移，絕對精妙的句子也是一字不移，「春風又綠江南岸」中的「綠」字，至今還沒有人找出一個可以替代它的「字」。現在的「今譯」把整個語言「移」掉了，整個形式都變化了，形式的「意味」沒有了，「旋律」沒有了，詩外不可言說的「空靈」失去了依託，哪裡還能有精妙可言呢？一句話：一譯就俗。

文學是語言的藝術，其創造性就體現在它語言的獨一無二性，也就是說，在語言形式上它是它自己，而不是別的。如果它可以輕易地進行語言置換，那麼它獨一無二性就值得懷疑了。古詩詞的「文學性」就表現在它的表述之中，換一種語言就是換一種表述，新的表述應該仍然有「文學性」，但那是另外一種「文學性」，已經不屬於原詩所有。

縱觀當今的各種古詩詞「今譯」，我感覺到「今譯」實際上是從三個方面損害原詩的：一是改變內容，二是增加內容，三是減少內容。比如白居易的名詩《長相思》[1]，我比較隨意地挑了兩種「今譯」。

徐榮街、朱宏恢今譯：

汴水奔流，泗水奔流，
流呀，流到長江邊上古老的渡口

---

[1] 原詩是這樣的：汴水流，泗水流，／流到瓜州古渡頭。／吳山點點愁。／／思悠悠，恨悠悠，／恨到歸時方始休。／月明人倚樓。

南方的遠山望去又多又小，
山山嶺嶺都凝聚著無限哀愁。

想念沒個盡頭，怨恨沒個盡頭，
愛人回來心頭的煩惱才會甘休。
一輪明月照在高樓，
她含愁遠望，倚在窗口。[1]

楊光治今譯：

汴水不停地流，泗水不停地流，
流呵，流到這瓜州的古老渡口。
江南的點點山巒都凝聚著哀愁。

思念沒有盡頭，怨恨沒有盡頭，
直到愛人回來時煩惱才會甘休。
明月當空照，她獨個兒倚高樓。[2]

1 徐榮街、朱宏恢：《唐宋詞選譯》，江蘇人民出版社，一九八〇年版，第二十二頁。
2 楊光治：《唐宋詞今譯》，廣西人民出版社，一九八七年版，第八頁。

在中國古代詩歌史上，白居易一向以通俗易懂著稱，應該說，這首詩在意思上也沒有什麼難解的。但從譯詩來看，即使是在詩意上也仍然不能說契合了原詩。「詞」在中國古代是有嚴格格式規定的，包括句式、音韻等，所以中國古代詞的寫作又叫「填詞」。但「今譯」之後，除了在某些意思上有所保留之外，哪裡還有「詞」的樣子呢？哪裡還有「詞」的味道呢？一點「詞」的語感都沒有了。

「流」，也可能是急速地流，也可能是緩慢地流，「奔流」就把「流」的意義縮小了。「汴水流，泗水流」，簡潔而流暢，加上的「不停地」完全是廢話，難道還停一下再流？「瓜州」是具體的地方，把「瓜州」譯成「長江邊上」就把範圍擴大了。「瓜州」古代屬吳國，所以叫「吳山」，叫「吳山」而不叫「南方的山」，屬於「用典」，這是中國古典詩詞慣用的寫作技巧，具有文化和風尚的意味。這裏「吳山」可能泛指南方的山，也可能具體指「瓜州」一帶的山，把「吳山」譯為「江南」的山或者「南方」的山，就把詞義的模糊性去掉了。同樣，「愁」、「思」、「恨」都是內涵非常豐富的詞語，包容了許多與「愁」、「思」、「恨」相關的意思，具有模糊性，現在把它們譯為「哀愁」、「思念」、「怨恨」，詞義的微妙性就沒有了，而微妙性和模糊性恰恰是古代詩詞藝術韻味產生的重要來源。

「悠悠」就是「悠悠」，現代漢語中沒有相對應的詞，無法描述它的狀況，也無法對它進行情感範圍的限定。在這首詩中，「思悠悠」，「恨悠悠」，這是非常美的詩句，對於它，我們只能想像，不能解釋，一解釋便沒有了味道。「點點」比「又多又小」含義豐富和模糊，它既是修飾「吳山」的，又是修飾「愁」的，「點點愁」絕對不能分開。「遠山」這裏不通。把「吳山點點愁」譯成「南方的遠山望去又多又小，山山嶺嶺都凝聚著無限哀愁」或「江南的點點山巒都凝聚著哀愁」，不僅詩味索然，且完全改變了原詩的詩意。

「月」在古代是一個很特殊的意象，它特別具有「思念」的意味，所以，「月明」在這裏既是詩歌中的景象，又具有象徵的作用，而這是沒法翻譯的，因為現代文學中已經不再這樣使用「月」的意象。此外，「樓」未必是「高樓」，「倚樓」未必是倚在樓的「窗口」，未必是「獨個兒」，而「含愁遠望」更是憑空想像。

伏爾泰說：「凡妙語的注解者總是個蠢人。」[1]我想這特別適用於古詩詞的「今譯」。如果撇開原詩，單看「今譯」，我們可以說，絕大多數「今譯」都不能說是好詩，放在古代文學中不是好詩，放在現代文學中也不是好詩。

古詩詞中不論是內容還是形式很多都不能「今譯」。

首先，格式不能「今譯」。比如律詩、絕句、詞、曲，它們都有非常嚴格的形式限定，詩句的長短、音韻都比較固定。「今譯」因為換一種語言，必然會改變詩句的長短，改變詩句的音韻，從而改變詩的節奏和韻律。「今譯」之後中國古典詩詞就不再是律詩、絕句、詞、曲等，而是新詩，自由詩，或者「新格律詩」。

其次，意境不能翻譯。中國古典詩詞特別講究味、氣、韻、境、悟、興、神、意、妙、趣、道等，這些在現代人看來是非常玄虛的文學觀念和審美理想，是古代漢語特殊的產物，非常微妙，用現代漢語很難把它們傳達出來。比如「空靈」，即一種空寂虛靈的藝術境界，特別表現在無字處，清劉熙載說：「律詩之妙，全在無字處。每上句與下句轉關接縫，皆機竅所在也。」[2]「無字」的情思，「無字」的機巧，古代人都把握不住，我們現在如何翻譯？中國古典詩詞特別追求「意境」，所謂「意境」，指的是作者所描寫的景物與作者所要表達的思想情感完全地融合在一起，「情」和「景」都表現到極致，就是王國維所說的「寫情則沁人心脾，寫景則在人耳目，述事則如其口出是也」[3]。比較代表性的作品就是馬致遠的《天淨沙・秋思》[4]，我們且看一首「今譯」：

1 伏爾泰：《哲學通信》，上海世紀出版集團、上海人民出版社，二〇〇五年版，第一一八頁。
2 劉熙載：《藝概・詩概》，《中國歷代美學文庫・近代卷（上）》，高等教育出版社，二〇〇三年版，第三一三頁。
3 王國維：《宋元戲曲考》，《王國維文集》第一卷，中國文史出版社，一九九七年版，第三八九頁。
4 原詩是：枯藤老樹昏鴉，／小橋流水人家，／古道西風瘦馬。／夕陽西下，／斷腸人在天涯。

深秋傍晚枯藤纏繞的老樹棲息著烏鴉，
小橋下流水潺潺橋對岸出現一戶人家，
荒涼的古道上冒著凜冽西風騎著瘦馬。
顛簸中寒冷的夕陽慢慢地向西山落下，
斷腸的遊子仍漫無目標地流浪在天涯。[1]

在思想上，這首詩並沒有什麼特色，它表達的不過傳統的「遊子思鄉」的主題。它最大的特點是寫作方式上的，全詩四個畫面，十種景物，無一不具有強烈的主觀情思色調，即哀愁、淒涼、衰憊、淒婉、沉重，從而有效地表現了思鄉的哀婉。[2]十種景物就是十種意象，每一種意象都具有相同的色調，從而從總體上構成一種特殊的氛圍。這種氛圍與詩歌的每一個字有關，但又不能在某一個字、詞和句子中找到，它是一種組合。「今譯」破壞了這種組合，從而也就破壞詩的氛圍。

就詩的形式和技巧上來說，這首詩最大的特點就是除了一個「在」字以外，其他都是名詞。語法關係，景物與景物之間的關聯，動作都是隱含的，且具有模糊性，需要讀者去填充，正是因為如此，所以它給讀者留下了充分的想像空間。但「今譯」卻滿是動詞、副詞，主語、謂語、賓語、狀語、定語齊全，原詩的虛空完全被填實了。不妨用括弧和字體做一個分析：

1 張國榮編著《元曲三百首譯解》，中國文聯出版公司，二〇〇〇年版，第一五一頁。
2 參見拙文〈化景為情，情景交融——淺析馬致遠〈秋思〉的意境美〉，《名作欣賞》二〇〇二年第四期。

（深秋傍晚）枯藤（纏繞的）老樹（棲息著）（烏）〔昏〕鴉，
小橋（下）流水（潺潺）（橋對岸出現一戶）人家，
（荒涼的）古道（上）（冒著凜冽）西風（騎著）瘦馬。
（顛簸中）（寒冷的）夕陽（慢慢地）（向）西（山）（落）下，
斷腸（的遊子）〔人〕（仍漫無目標地）（流浪）在天涯。

可以看到，這裏的「今譯」基本上是把原詩句進行了擴充，附加了一些語法成分。但這樣一擴充，一附加，原詩最精華的表達方式就沒有了，精煉沒有了，「空靈」沒有了，語感也沒有了，哪裡還是「曲」呢？更重要的是，譯者所填充的內容不過是一些廢話，不僅畫蛇添足，且有違原意。「荒涼的」修飾「古道」不妥；「寒冷的」修飾「夕陽」不通；「鴉」是否就是「烏鴉」，尚有爭議，「昏」在原詩中非常重要，但翻譯卻被遺漏了；詩中最需要翻譯的是「斷腸」二字，因為這個詞現代人已經很陌生，但「今譯」恰恰沒有譯這個詞。「斷腸的遊子」在現代漢語語境中，很容易被人坐實為「斷了腸子的遊子」，而不是「極度悲哀的遊子」。「今譯」中唯一的翻譯是把「人」譯為「遊子」，但這恰恰是最不需要翻譯的，除了「人」這個詞古今一樣以外，最重要的是「人」在本詩中未必是「遊子」，「斷腸人」也可以理解為「我極度思念的人」。

詩歌與其他文體最大的不同就在於它往往是選取生活中最富於表現力的片斷和景象來表達情感，而捨棄或省略平庸與雜蕪，留下精髓。所以，詩歌尤其以簡煉著稱。譯詩實際上還原了這些平庸與雜蕪，因而原詩語言上的簡潔現在變得囉嗦，原詩的意境蕩然無存，全篇譯詩可以說俗不可耐，不僅不能幫助我們欣賞原詩，反而會妨礙對原詩的欣賞。

再次，古詩詞特別具有多義性，而多義性是無法翻譯的。所有的文學作品都有多義性，而詩歌由於思維具有「跳躍性」等特徵，多義性尤其突出。而中國古典詩詞，由於用詞單字化、詞義的模糊，再加上用典、修辭、意象等廣泛的使用，所以多義性更是比比皆是。多義性存在著多種情況，有的是整首詩具有多義性，或者意義的多重性；有的是句子多義；有的是詞多義。事實上，即使是最清楚明白的詩也有進行其他解釋的可能，比如李白的《靜夜思》，有人認為「床」應該是「井臺」，這其實很有道理。如果這一觀點成立，整首詩的情景、意象以及我們想像的方式都要發生很大的變化，那麼，這時我們應該如何「今譯」呢？選擇一種就會使詩的意義失去另外一種可能性。再比如，李商隱的詩一向以晦澀難懂著稱，他的許多詩至今仍然歧見重重。對於這樣的詩，原詩都沒有搞清楚，翻譯又何以為據？強行翻譯勢必會損害原詩的複雜性。雙關語是所有翻譯中迄今都沒有解決的問題，古詩詞中的詞語很多都有雙關性，我們又如何今譯？

詩歌的多義性是由詩歌文本決定的，是詩歌文本引發的讀者對於詩歌的多重理解，具有合理性。文本具有開放性，任何解釋，只要言之成理，就可以看作是詩的本義。向讀者開放，向未來開放，這是文學作品的應有之義，所以「理解」對於文學作品來說具有本體性，這有「新批評」理論和「解釋學」理論為證。而翻譯就把詩歌向讀者開放、向未來開放的門給堵住了，把潛文本磨滅了，把其他解讀的可能性都給清除了。

此外，有的古詩詞根本就不需要翻譯，都是一般的詞語，語法也不複雜，在意思上既淺顯又通俗，清楚明白，婦孺皆知。對於這樣的詩，我不知道為什麼還要翻譯。比如李白的〈靜夜思〉，即使「床」作「井臺」解，意思也是清清楚楚的，比我們現在的一些新詩不知好懂到哪裡去了。不翻譯，意思是清楚的，簡潔的，主題集中，但翻譯之後反而歧義叢生，旁逸出很多「俗氣」來，甚至喧賓奪主。我們不妨選兩種「今譯」：

耿建華等人譯：

井欄前灑滿皎潔的月光，
疑心是地上凝出的寒霜。

抬頭看見天上那輪明月，
低頭不禁思念我的故鄉。[1]

陶文鵬等人譯：

月光如水靜靜在床前流淌，
好似鋪在地面的皚皚秋霜。
抬首仰望遙遠天邊的明月，
低頭思念我那可愛的故鄉。[2]

「灑滿」、「皎潔」、「疑心」、「凝出」、「不禁」等根本就是原詩所沒有的意思，但在譯詩中，它們卻是很醒目的字眼，很容易轉移讀者的注意力和欣賞點。特別是第二首「今譯」，陶先生還是當今知名的古代文學學者，他們的「今譯」以及如此「今譯」，實在讓人費解。魯迅有詩句「月光如水照緇衣」[3]，但李白這裏顯然沒有「月光如水」的意思。月光「靜靜地在床前流淌」，無論從原詩來說，還是從譯詩來說，都令人匪夷所思。月光何以能「流淌」？「鋪」具有人為性，而地上霜顯然不是人為的。「霜」無論有多厚，也不可能達到「皚皚」的地步。「抬首」比「舉頭」更具有文言性。既然是「舉頭」望明月，月亮就不應該是在「天邊」，而且月亮雖然事實上遙遠，但看起來並不遙遠。「故鄉」未必「可愛」。讀這樣的「今譯」反而讓我們

1 耿建華等人譯：《唐宋詩詞精譯（詩卷）》，黃河出版社，一九九六年版，第一五四—一五五頁。
2 陶文鵬、吳坤定、張厚感：《唐詩三百首新譯》，北京出版社，一九九三年版，第四八九頁。
3 魯迅：〈為了忘卻的紀念〉，《魯迅全集》第四卷，人民文學出版社，一九八一年版，第四八七頁。

如蒙霧水，並疑心李白是否是低能兒。

古詩詞是古代漢語的文學，「今譯」之後就變成了新詩或自由詩，屬於現代漢語的文學，性質發生了根本性的變化，歸屬也不同了。新詩與舊詩之間存在著巨大的差異，我們應該充分尊重這種差異，充分尊重古詩詞的歷史文體。對於古詩詞，由於文化環境、文學觀念特別是語言方式的不同，今人與古人可能有不同的閱讀，這是合理的，古詩詞正是在不同的閱讀中延續生命的。我們為什麼一定要把古詩詞變成現代的方式呢？

在理解、闡釋的意義上，筆者充分承認「今譯」的價值和作用。但在「翻譯」的意義上，「今譯」在理論上不成立，因而不應該提倡。古詩詞一旦「翻譯」成現代漢語之後，就變成了現代人的作品，就脫離了古人，也脫離古代語境，它的文學價值雖然與原詩有淵源關係，但主要體現在翻譯者的創造上。當然，也有人脫離原詩而僅讀翻譯的，並且從中讀出很多藝術的趣味來，但這與原詩沒有直接的關係，它的藝術趣味是由譯詩與讀者的關係產生的，而不是從原詩與讀者的關係中產生的。

「翻譯」具有建構性，現在的翻譯標準都是在翻譯實踐中逐漸建構起來的，但實際上未必具有等同性，比如古代漢語中的「社稷」與現代漢語中的「國家」；古代漢語中的「己」與現代漢語中的「個人」；西方的「democracy」與現代漢語中的「民主」；西方的「liberty」與現代漢語中的「自由」等，在內涵上並不相同，但我們在翻譯中卻把它們當作對等詞。同樣，現代翻譯實踐又在建構未來。作為「錯誤」的古詩詞「今譯」經過一代一代的閱讀和潛移默化的教育，會逐漸被認同，既認同這種「今譯」理念，也認同翻譯中的內容，慢慢地，翻譯中的「不對等」內容在接受的意義上就成了「對等」，這樣，古詩詞在意義上和文學性上就會發生「衍誤」，從而被「異化」。這對古詩詞作為一種特殊的詩歌是非常危險的。所以，「今譯」作為古詩詞的一種教育方式，它的負面作用要大於正面作用。正是在這一意義上，本人反對古詩詞「今譯」。

第四章　重審文學「翻譯」作為話語及其對文學研究的意義

第一節　「忠實」作為文學翻譯範疇的倫理性

關於翻譯，傳統的觀點認為，翻譯就是把一種語言所具有的內容用另一種語言傳達出來。西方比較著名的翻譯理論家如泰特勒、費道羅夫、巴爾胡達羅夫、奈達、紐馬克等人總體上都是持這樣一種觀點。比如巴爾胡達羅夫說：「翻譯是把一種語言的言語產物在保持內容方面（也就是意義）不變的情況下改變為另外一種語言的言語產物的過程。」[1]奈達說：「翻譯就是在譯入語中再現與原語的訊息最切近的自然對等物。」[2]中國古代以及近代，也基本上是這樣一種翻譯觀，不過表述不同而已，其核心概念就是「信」，最為知名的就是嚴復的

1　加達默爾：《真理與方法——哲學詮釋學的基本特徵》下卷，上海譯文出版社，一九九九年版，第四九四頁。
2　轉引自沈儒蘇：《論信達雅——嚴復翻譯理論研究》，商務印書館，一九九八年版，第一三一頁。

「信」、「達」、「雅」說。對於「信」、「達」、「雅」這三個概念的含義，歷來有很大的爭論，我認為，「信」和「達」其實是同一意思，只不過強調的側面不同，是同一問題站在雙語立場上的兩種意識，前者強調的是對原文理解上的忠實，後者強調的是對譯文表達上的忠實，本質上都是強調忠實。嚴復的翻譯理論對中國近現代翻譯造成了深刻而深遠的影響，直到今天，嚴復的「信達雅」標準仍然是翻譯界普遍信守的準則。因此可以說，不論是西方還是中國，「忠實」都是翻譯的核心概念，是翻譯必須遵守的基本原則。

但事實上，在忠實這一問題上，翻譯不具有這樣一種形而上學的統一性和純粹性。翻譯是複雜的，呈現出紛繁的情況，但大致而言，我認為翻譯可以根據語言的性質而劃分為兩個層面，即技術的層面與文化的層面，與語言的工具性層面相對應，翻譯相應地表現為技術性；與語言的思想性相對應，翻譯相應地表現為文化性。翻譯在技術的層面上，可以等值或等效，是同一內容的語言轉換；翻譯在文化的層面上，不能等值或等效，是語言轉換，但不具有內容的同一性。[1]在翻譯的兩個層面上，「忠實」不能構成一個統一的標準，也就是說，在翻譯的技術層面上，翻譯能夠忠實，也應該忠實，忠實是目的，也是最高原則。但是在翻譯的文化層面上，翻譯不可能忠實，也不應該忠實，忠實是翻譯應該追求的目標，但永遠只是一種理想。翻譯在技術的層面上是語言轉換，所以能夠忠實，也必須忠實。翻譯在文化的層面上本質是兩種文化之間的交流、對話，因而沒法忠實，也不可能忠實，如果忠實，恰恰有悖於文化之間的交流和對話。所以，對於不同性質的翻譯來說，忠實作為範疇，其內涵有很大的不同。

文學翻譯本質上屬於文化翻譯。文學具有日常性，在內容上，它與我們的世界和社會密切相關，涉及到日常生活內容，具有物質性，所以，文學翻譯當然具有技術性，但從根本上，文學屬於意識形態，屬於思想範疇，所以文學翻譯從根本上歸屬於文化或者說文化的交流。在文學翻譯的文化層面上，忠實構不成翻譯的準

[1] 參見拙文〈翻譯本質「二層次」論〉，《外語學刊》二〇〇二年第二期。

則，忠實作為文學翻譯的一個範疇，其實是一個虛偽的概念。這裏，「虛偽」不是在倫理意義上而言，而是在哲學意義上而言，就是說，從翻譯的科學性上來說，忠實對於文學翻譯是虛擬的概念，是一個偽概念。忠實在文學翻譯中本質上是一個倫理概念，即一種對翻譯作為文化藝術活動的道德規範，是翻譯者應該遵循的精神原則而不是科學原則，它更應該看作是翻譯者的職業道德而不是職業技能，從概念上說，它只具有倫理性和道德性而不具有科學性和技術性。文學翻譯，沒有所謂終極的忠實標準。今天文學翻譯實踐中的一些標準，其實具有約定俗成性，本質上它是歷史地建構起來的，它是在中西文化交流過程中逐漸建立起來的一套語言交流和對話的規範，具有人文性。這些所謂標準當然具有客觀性，但這種客觀性本質上屬於語言性質的客觀性，它與物質的客觀性，與物質實在的自然存在不同，它是社會的客觀性，遵循的是社會原則而不是自然原則，也就是說，它是社會規範而不是自然規律。為什麼要把英文的「democracy」翻譯為漢語的「民主」？「democracy」與「天惟時求民主」（《書・多方》）以及「民主，天子也」（蔡邕注《文選：班固〈典引〉》中的「民主」有多大的區別？現代語境中「民主」究竟多大程度上傳達了「democracy」的意思，這些都是可疑的。把「democracy」翻譯為「民主」沒有物質反映意義上的必然性，它從根本上是語言的約定俗成，不論是在當時的意義還是在現在的意義，都具有約定性。

把翻譯簡單地定性為語言轉換，這是造成對文學翻譯誤解的根本原因。而這種誤解的深層根源則是對語言的誤解。傳統的觀點認為，語言不過是對現實的命名，是物質和思想的符號，是人們交流思想和感情的工具。但這樣一種傳統的語言觀念是值得懷疑的。語言並不具有形而上學的統一性，也就是說，語言不具有一種終極性本質。人的本位性並不是一開始就存在的，它有一個漫長的積極演變和建構的過程，本質上，人的進化表現出一種從物質形態向精神形態即物質的人向意識的人的進化的過程，語言也是這樣，它有一個從物質形態向精神形態的進化過程，從起源上說，語言肇始於對物或者存在的命名，在初始意義上，語言的價值和意義存在於詞與物的關係之中，即對事物的命名和表徵構成了語言的最重要的本質，語言的初始本質從根本上是建立在人的原始性特別是意識的原始性的基礎上的。語言的不成熟與意識的不成熟具有一體性或者同步性，就漢語來說，早期的辭彙主要是動植物以及農牧等日常生活辭彙，這反映了早期中國人在意識和思想上的不發達。[1]從語言的起源上來說，語言本質上是詞與物的關係，語言具有工具性。但隨著人的意識與語言的一體化發展，語言的本質則超越了詞與物的對應關係，也就是說，語言不再是人作為主體與對象之間的仲介，語言既是對象，同時又構成人的主體本身。在語言是人或者人類社會的所有物、人對語言具有主動性的意義上，語言是人的對象；在人的意識即是人的語言、人的意識離不開人的語言的意義上，語言是人的主體性的重要組成部分。

所以，語言在初始意義上是工具和符號，並且，工具和符號始終是語言的價值和功能之一，現代語言仍然具有這種功能，不論是從理論上還是從現實上這是不能否定的。在語言的工具的層面上，各種不同的語言只有符號形式的不同，沒有實質的不同，是用「樹」來命名樹還是用「tree」來命名樹或者用其他符號來表示樹，並沒有本質的區別。但另一方面，語言又不僅僅只是工具和符號，同時它還是思想本體。也就是說，思想即語言，語言即思想，沒有語言以外的思想，思想不能脫離語言而抽象地存在。在語言的思想層面上，各種不同的語言具有實質性的區別，不同的語言即不同的思想、不同的思維方式、不同的文化。也正是在語言的思想層面上，語言不是對存在或者實在的一種命名，語言與現實的關係不單純是詞與物的關係。

傳統的語言工具觀深層上根源於傳統的認知觀。這種認知觀認為，有某種可以獨立於人的知識，這種知識屬於物質形態，它可以脫離於人的語言而存在。人的認識活動即發現這種知識並用一定的形式主要是語言形式把它表達出來，所以，語言不過是知識的外殼。但事實上，知識並不純粹具有這樣一種客觀性，有關物質的知識是這樣，但有關思想的知識並不是這樣，語言不只是對現實的再現，人對客觀知識的認識是通過語言作為仲介完成的，而思想的獲得則是通過對語言本身的習得和把握而完成的，思想或者思維的過程也即語言的過程。

---

[1] 可參見王紹新〈甲骨刻辭時代的辭彙〉，程湘清主編《先秦漢語研究》，山東教育出版社，一九九二年版，第一——二一頁。

薩皮爾說：「語言和我們的思路不可分解地交織在一起，從某種意義上說，它們是同一回事。……所以語言形式的無限變異，也就是思維的實在過程的無限變異。」[1]也就是說，語言決定思維，思維相對於語言而存在，語言不同的人，思維也不同。「所有較高層次的思維都依賴於語言。人們習慣使用的語言的結構影響人們理解周圍環境的方式。宇宙的圖像隨著語言的不同而不同。」「未經語言表述的靈感在寫作中不會有任何結果。」[2]在沃爾夫看來，不存在抽象的普遍的人類思維，思維相對於人所掌握的語言而定，語言不同，所看到的宇宙不同，對它的評價也不同。洪堡特、海德格爾、伽達默爾、德里達等都有與相類似的觀點並有充分的論證。[3]在這一意義上，也是在深層意義上，語言隱含著人的思想和思維方式，語言是世界觀，具有意識性。文化體系的不同最終可以歸結為語言體系的不同。

語言的思想本體性觀念在翻譯理論中並沒有得到有效的運用，現代翻譯理論仍然是以傳統的語言工具觀作為語言學理論基礎。不論是傳統翻譯觀還是現代翻譯觀，實際上都把翻譯的技術層面和翻譯的文化層面混同了，把文化翻譯、文學翻譯、學術思想翻譯等同於科學技術和日常交際翻譯，認為語言不過是一種傳達思想的符號，在語言之外，有一種客觀的無形的思想或現實，語言就是把它們表現出來，使其有形化。世界在物質上具有同一性，在思想上也具有同一性，只不過呈現形式不同而已。所謂「心同理同」，這在中國古代是一種廣泛的信念，陸象山說：「東海有聖人出焉，此心同也，此理同也；西海有聖人出焉，此心同也，此理同也；南海、北海有聖人出焉，此心同也，此理同也。千百世之上有聖人出焉，此心同也，此理同也；千百世之下有聖人出焉，此心同也，此理同也。」[4]世界「心」「理」同一，差別只是「心」「理」的表象和形式，語言就是這

1 薩丕爾：《語言論》，商務印書館，一九八五年版，第一九五頁。

2 斯圖爾特・蔡斯：《論語言、思維和現實——沃爾夫文集・序》，湖南教育出版社，二〇〇一年版，第二、三頁。

3 關於語言本質的詳細論述，可參見拙文〈語言本質「道器」論〉，《四川外語學院學報》二〇〇一年第二期。

4 楊簡：〈象山先生行狀〉，《陸九淵集》卷三三，中華書局，一九八〇年版，第三八八頁。

種表象和形式的最重要的內容。翻譯作為語言之間的對等轉換，可以消弭這樣一種差異。錢鍾書也是持這樣一種觀點，他說：「東海西海，心理攸同；南學北學，道術未裂。」[1]在錢鍾書看來，中西方在思想文化上並沒有實質性的差異，有的只是形式上的不同。

以這樣一種世界的「心」「理」同一觀念作為基礎，自然地，翻譯本質上就是語言形式的轉換，本質上屬於技術和科學。奈達說：「因為任何用語言表達的意義，都取決於它所代表的語言以外的實體、行為、特徵和關係，所以言語和釋譯之間的關係在很大程度上取決於它所涉及的同形原理的程度。」[2]在奈達看來，意義不取決於語言，而取決於語言之外的實體、行為、特徵和關係，而語言之外的實體、行為、特徵和關係，中西方以及各民族各地域之間並沒有本質的差別，所以，世界的差異和隔絕可以通過翻譯進行解決。這同時也從根本上把翻譯簡化了。

必須承認，人、人類社會有某種共同性，人的心理、生理、社會結構、習俗、文化包括語言有某種共同性，這是世界具有統一性或者說一體性的根本原因。但是，這種共同性只是構成人類各民族、各地域、不同國家之間交流、對話的基礎，對於文化、思想、思維的差異性來說，這種共同性是非常不夠的。相對於人與動物之間的差異性來說，人與人、種族與種族之間的差異非常小，但這種比較只有生物學的意義，對於人類的思想文化研究來說，並沒有多大價值。從思想的角度來說，人與人、種族與種族之間的差異卻是巨大的鴻溝，對於人類的思想文化來說，人性和人類社會的共同性實際上只是一個非常遙遠的背景。當人類的共同性虛化為一種非常遙遠的背景的時候，人類的差異性就突顯出來。事實上，就人類文化而言，人們更看重的是文化之間的差異性而不是共同性，就思想文化而言，世界的本質就在於差異性，正是思想文化的差異構築了人類社會的豐富與複雜。中西

[1] 錢鍾書：《談藝錄・序》，《談藝錄》，中華書局，一九八四年版，第一頁。
[2] 奈達：《語言文化與翻譯》，內蒙古大學出版社，一九九八年版，第一一七頁。

思想文化存在著巨大的差異，這種差異既是思想文化的差異，也是語言的差異。在語言的思想本體的意義上，語言之間的差異具有根本性，而不只是形式的不同。語言積極地介入到意義的創造過程中。語言不單是現實之鏡，它還促成現實。洪堡特認為，語言不單是表達手段，同時語言還參與了觀念的構成：「在觀念活動中，語言所起的不只是某種形而上的、限定著概念實體的作用，而是也影響著概念的形成，並且將自身的特徵鑄入了概念。儘管概念具有種種客觀的差異，語言卻始終以自身獨有的特性對概念產生影響，將一種與觀念相維繫的、均衡和諧的形態賦予了全部觀念。同時，在內在或外在的言語中，語言也起著組織思想的作用，並由此決定著觀念的聯結方式，而這種聯結方式又在所有的方面對人產生著反作用。從中可以看出，不同語言的運作方法是不一樣的；此外，採用什麼樣的運作方法，也遠不是無關緊要的，至少在智力活動的領域裏關係很大，因為在那裏，哪怕是一處極微小的觸碰也會引起所有成分的震動。」[1]正是語言體系的差異性構成了人類思想文化體系的差異性。

在這一意義上，文學翻譯從根本上不同於科技翻譯和日常交際翻譯，它不是簡單的語言轉換，而是思想文化和文學的交流與對話。並不存在一種脫離特定語言之外的文學的實在，文學翻譯並不是把這樣一種客觀實在用另外一種語言把它表達出來。文學翻譯與其說是「翻譯」，還不如說是文學引進或者文學再創造。謝天振引用了大量中外譯學實踐和譯學理論證據充分論證了文學翻譯的創造性。[2]文學翻譯固有的創造性實際上從另一個角度說明了「忠實」作為文學翻譯範疇的虛偽性。韋斯坦因說：「在翻譯中，創造性叛逆幾乎是不可避免的。」[3]謝莉・西蒙認為，翻譯本質上屬於寫作實踐，「翻譯的過程與其他種類的寫作相似，必須被視為一種意義的流動生產。寫作角色的等級制就像性別身份一樣，要日益被認為是變動的和述行性的。間隙現在成為研究的焦點，兩極化的端

1 洪堡特：《洪堡特語言哲學文集》，湖南教育出版社，二〇〇一年版，第二三五頁。
2 參見謝天振《譯介學》，上海外語教育出版社，一九九九年版。
3 韋斯坦因：《比較文學與文學理論》，遼寧人民出版社，一九八七年版，第三十六頁。

點已被廢棄了。」[1]所謂「兩極化」，即把原作和譯作視為兩極，這可以說是一種傳統的二元對立翻譯觀，現代翻譯則把翻譯視為一項與文化系統充分結合的動態過程，這就是西蒙所說的「兩極化的端點已被廢棄」的含義。

從根本上說，文學翻譯不是技藝，而是一種創造性的藝術活動。中西文學絕不只是形式的不同，而有實質性的不同，這種實質性的不同某種程度上也可以歸結為語言的不同。文學翻譯作為一種跨文化交際和語言意義上的對話，翻譯不可能做到通常意義上的忠實。把一種語言的文學轉換為另一種語言的文學而不改變其性質根本就是不可能的。把俄文原著的《戰爭與和平》等同於中文譯文的《戰爭與和平》，或者把英語原著的《哈姆雷特》等同於中文譯文的《哈姆雷特》，這是一種很深的誤解，是由於翻譯觀念的錯誤而歷史地建構起來的誤會。從語言、文化和文學的角度來說，文學翻譯不可能忠實，也不應該忠實。

文學是語言的藝術，這是公認的事實，其深刻的含義在於，一部文學作品的藝術價值與這部作品特定的語言有密切的關係，某種意義上說，文學作品的語言和文學作品的藝術價值是一體的。文學作品的藝術性就存在於其語言之中，沒有語言之外的所謂藝術性。文學的形式存在於它的語言之中，文學的內容同樣存在於它的語言之中，文學獨特的文學性和藝術性不能脫離其特有的語言，中國文學的價值不能脫離中文，西方文學的價值同樣不能脫離其具體的語言。所以，文學翻譯就不僅僅只是改變其文學的載體，而同時在文學性質上有根本的改變。正是在這一意義上，我認為原語外國文學和譯語外國文學是兩種不同的外國文學，它們在性質上具有質的差別，這種質的區別就在於它們是兩種不同語言的藝術。具體對於中國來說，它們實際上是英語文學、法語文學、德語文學、俄語文學等和漢語文學的區別，雖然譯語外國文學來源於原語外國文學，但文學翻譯在語言轉換的過程中，由於語言的變化，語言所潛藏的深層的文化也被賦予在文學中，由於語境的變化以及更為深層的文化背景的變化，原語外國文學脫離了具體的語境，脫離了其具體的文化的根而進入了漢語的語境以及更為

[1] 謝莉・西蒙：〈翻譯理論中的性別〉，《語言與翻譯的政治》，中央編譯出版社，二〇〇一年版，第三二三頁。

深層的漢語的文化背景，其意義和價值則與漢語體系和漢文化體系有著緊密的聯繫，漢語體系和漢文化背景從根本上制約著譯語外國文學的藝術價值和社會價值。中國人讀翻譯外國文學與外國人讀原著從審美經驗的角度來說是有根本不同的，讀外國文學，我們雖然能時時意識到所讀作品的外國性，但我們總是感到外國作家好像是在用中文寫作。[1]語言變化了，相應的話語方式、表述方式、相應的修辭以及所表現出來的藝術性都發生了變化，所以，翻譯文學的藝術價值與譯語密切相關，我們總是用我們自己的文化信念、藝術方式去閱讀外國文學作品、去欣賞外國文學作品，所以譯語外國文學雖然稱之為「外國文學」，其實具有民族性、本土性。

語言差異的背後其實是廣闊的文化體系的差異。語言背後隱藏著豐富的民族文化的內涵，民族的思維方式、思想方式從根本上是由民族的語言規定的，有什麼樣的語言體系就有什麼樣的相應的文化思想體系，民族的文化不能脫離於民族語言而存在。語言、文化以及二者之間的關係，遠比人們想像的要複雜。民族的思想或思維主要體現在術語、概念、範疇和話語方式上，而術語、概念、範疇和話語方式具有整體性，和語言的體系性緊密地聯繫在一起，其功能即意義和系統聯繫在一起。脫離了體系，把某一語言體系中的術語、概念、範疇和話語方式移植到另一語言體系中去，其意義就會發生變化，就會和另一體系的術語、概念、範疇和話語方式發生關聯，相互影響，生成新的意義。橘生淮南而為枳，語言也是這樣，術語、概念、範疇和話語方式不可能原封不動地進入另一種語境而意義不發生變化。所以劉禾說：翻譯「形式是借取，選擇，合併和重組別一語言裏的字眼，範疇及話語，將它們重新創造成本國語言。」「知識從本源語進入譯體語言時，不可避免地要在譯體語言的歷史環境中發生新的意義。譯文與原文之間的關係往往只剩下隱喻層面的對應，其餘的意義則服從於譯體語言使用者的實踐需要。」「當概念從一種語言進入另一種語言時，意義與其說發生了『轉型』，不如說在後者的地域環境中得到了（再）創造。在這個意義上，翻譯已不是一種中性的，遠離政治及意識形態鬥爭和利益

[1] 關於兩種外國文學的區別，可參見拙文〈論兩種外國文學〉，《外國文學研究》二〇〇一年第四期。

衝突的行為。相反，它成了這場衝突的場所，在這裏被譯語言不得不與譯體語言對面遭逢，為它們之間不可簡約之差別決一雌雄，這裏有對權威的引用和對權威的挑戰，對曖昧性的消解或對曖昧的創造，直到新詞或新意義在譯體語言中出現。」「跨文化的語言實踐活動不能不使西方理論失去它原有的意義；而在新的語境中生發出新的意義；這就意味著，西方的文化霸權可能通過某種仲介產生出新的知識和權力的關係來。」[1] 由於人們對語言的本質還存在著某些誤解，人們對語言的異質性還遠沒有充分的認識，人們顯然過分地誇大了語言的相同性。

正是在語言異質性的基礎上，翻譯不具有透明性，也就是說，翻譯不是清晰明瞭的，不具有絕對的可操作性，不論是原語還是譯語，都不具有一目了然的特徵。翻譯透明性觀點實際上建立在語言透明性的觀念基礎之上，其深層的理論前提則是認為語言在本質上具有同一性，具體地說，就是語言工具觀。在語言工具觀看來，人類的語言在內涵上並沒有實質性差別，有的不過是外表或形式上的不同。這一觀念的必然性邏輯推論是，既然語言是工具，那麼它就具有可塑性，可以表達所有的思想。在這樣一種思路之下，語言被簡化了，相應地，翻譯也被簡化了，翻譯成了具有透明性的技術問題。但問題在於，語言不是事物的某種本質，而是它本身。在思想的層面上，語言不是用來再現某種本質的透明材料。比如「國民性」問題，我認它本質是創造出來的一種話語，後來人們普遍地沿用了這個話語，所以它成了一個普遍的問題，並不是說在語言之外有一個所謂的「國民性」問題。國民性作為思想和方法以及武器都在「國民性」這個概念之中，當我們用這個概念來言說問題時，「國民性」不僅體現為一種語言方式，更體現為一種思想和思維方式。

語言具有工具性，但不只是工具，它還具有思想本體性，對於思想文化和意識形態來說，思想本體性尤其具有關鍵性。相應地，語言具有信號性，但不只是具有信號性，也就是說，語言具有符號性，但某些語言或者說語

---

[1] 劉禾：《語際書寫——現代思想史寫作批判綱要》，上海三聯書店，一九九九年版，第三十三、八十一、三十五——三十六、十六頁。

言的某些方面作為符號本身又具有特定的文化和思想含義。與語言的這種二重性相一致，翻譯也具有二重性，一方面，它具有信號性，另一方面，它又不只具有信號性。原文包含著某種資訊，譯文則通過語言的轉換把這些資訊用另一種語言傳達出來，但這樣一種信號性的翻譯並不能包容一切翻譯，物質實在、技術、日常生活等翻譯具有這樣一種信號的特點，但文化、學術和文學等具有意識形態性質的精神存在則不是這種簡單的信號。文學在本質上不具有這樣一種單純的信號性，文學翻譯作為文化交流和對話活動要比簡單的信號傳達複雜得多。比如在信號中，「紅」即表示危險，紅的程度不影響其表達的意義，不是說特別紅就表示特別危險，或者淡紅就表示有點危險。但文學則不同，不論是從作品本身來說，還是從社會接受來說，它都不具有信號那樣的清晰性，它的物理意義和技術意義對於整個文學來說，可以說是微不足道的，對於文學來說，詞語的更為根本性的意義是它的文化意義和文學意義，而這是不能和信號一樣進行簡單傳達的。同樣以「紅」為例，文學中的「紅」除了簡單地表示顏色以外，它還有更多的文化的意義，不同的文化背景中，「紅」的意義是不同的，不同的語境中，「紅」的意義不同的文學翻譯之所以不能等值或等效，一個重要的原因就在於，原語文學不像信號那樣明瞭清晰，譯語文學也不是像信號那樣明瞭清晰。文學本身的含義不明確，讀者可以作多種解讀。翻譯文學同樣存在著這些問題。原作在作家本人和原語種的讀者中其真正的涵義都模糊不定，翻譯怎麼能忠實呢？「當事關意識的不確定狀態時，還能有衡量忠實的標準嗎？」「如果沒有一種原初的意義有待發現，如果翻譯不是受制於一個深遠的真實，那麼忠實何以為據？」所以「忠實」在文學翻譯中具有「虛偽」性。「傳統的翻譯觀設想了一個積極的原作和消極的譯本；創作在先，被動的傳遞在後。但如果承認再現總是一個積極的過程，原作與它的原創意圖也有一段距離，話語中根本沒有說話主體的完全在場，進而把寫作和翻譯視為彼此密切相關和相互依賴的話，那又會怎樣呢？」[1]西方把文學翻譯稱為雜交產品，如果說文學原著創作是「生產」的話，那麼翻譯原著文學則是「再生產」，「再

1 謝莉・西蒙：〈翻譯理論中的性別〉，《語言與翻譯的政治》，中央編譯出版社，二〇〇一年版，第三二二、三二一頁。

生產」既包含了原生產的因素，同時又融進了再生產作為二度創造的新的因素，它實際上是兩種文學精神以及更深層的兩種文化精神的融合，這就是所謂「雜交產品」的含義。正是在文學翻譯的「雜交」的意義上，文學翻譯不可能做到哲學意義上的忠實。事實上，民族文學因為文學和文化精神的獨特性因而是不能翻譯的，比如中國古典詩詞，任何形式的翻譯都會造成其藝術價值的損害，因為中國古典詩詞的藝術價值就存在於它的格律、音韻等語言形式之中。奈達主張用給翻譯加「注」的方法來彌補翻譯在傳達原意上的缺陷，但「注」是有限度的，「注」本質上是研究範疇而不屬於翻譯範疇，戲劇文學因為特有的舞臺性就不能加「注」。

語言具有思想性和意識形態性，所以翻譯不是簡單的知識轉換。當英漢或其他雙語詞典編好之後，翻譯似乎變得可以機械化，所以有「快譯通」之類的機械性翻譯工具。當具有不斷豐富詳盡完備的詞典作為無可置疑的基礎之後，翻譯的確變成了技術，忠與不忠的確變成了翻譯的最基本問題，並且能夠具有一種「客觀科學」的解決辦法。但哲學上，更深入地追根求源，我們發現，詞典是歷史性的，充滿了歷史的偶然和機遇，所謂「對等詞」，其實是人文規定的或者約定俗成的。「英文中的self和中文裏的『己』等詞的等同關係只是在近世的翻譯過程中才確立的，而後來翻譯時選擇的詞義又是現代中英字典給定的。」[1]正是這種給定，文本才變得「可譯」。現在我們在思維定式上就認為「democracy」是「民主」，但為什麼要用「民主」翻譯「democracy」，「民主」究竟在多大程度上傳達了「democracy」的含義，這樣一深入地追問，問題便變得可疑起來。雙語詞典的假設是，語言是由對等的同義詞組成的。但這是一個未經證實的假設。中西語言在詞語上具有對等的一面，也有不對等的一面，所謂的「對等」其實是一個歷史的生成過程。因此，在深層次上，翻譯具有複雜的歷史內涵，具有很深厚的歷史積澱。這樣，當把歷史的因素考慮進去之後，翻譯就變得模糊、複雜，具有話語權力意義上的政治性、思想性和意識形態性。

---

1 劉禾：《語際書寫——現代思想史寫作批判綱要》，上海三聯書店，一九九九年版，第三十六—三十七頁。

文學翻譯中的「忠實」本質上不是一個哲學概念，而是一個倫理概念，它更強調的是作者翻譯的道德意識，而不是科學意識。「忠與不忠、自由與奴役、忠誠與背叛之間的對立」「表明的是在關於『實在』與『知識』之間摹仿關係的經典思想下所產生的一個『文本』和『釋義』觀。」「從傳統上講，翻譯是建立在西方哲學有關實在、再現以及知識的觀念之上的。實在被視為是毫無疑問『存在那裏』的東西，知識是關於這實在的再現，而再現則可不經仲介，直達透明的實在。」[1]但文學作為一種存在它與世界作為存在之間的關係不是「知識」與「實在」之間的關係，文學不是有關世界的「知識」。文學與世界具有緊密的聯繫，一方面，文學具有自足性，文學的意義和價值就在於它的內容與形式的統一過程中，脫離了具體文學形式的文學內容或者脫離了具體的文學內容的文學形式都不能構成獨立的文學作品，改變文學內容或者改變文學的形式都會從根本上改變文學作品的性質。另一方面，文學具有它律性，文學的意義和價值同時又與時代背景、特殊的文化背景以及具體的語境有著密切的關係，具體的文學作品脫離了其具體的語境，置換了文化和時代背景，其價值和意義都會發生變化，就是說，文學作品的意義和價值又不完全在其本身，同時存在於文學作品被接受的過程中，存在於文學作品與它的時代、文化和語言的關係中，存在於文學與讀者的交流和對話的過程中，因此，文學沒有所謂客觀價值或終極價值。在這一意義上，文學不是哲學意義上的知識範疇，它具一般實在的外在形式，但與一般的實在有根本的不同，它不具有一般實在的純粹客觀性，而具有主觀性和人文性。

既然文學不具有哲學意義上的知識性，不是哲學意義上的客觀存在；既然文學就是其內容與形式的統一體和運動過程；既然文學的價值和意義與它的語境、文化背景等有著密切的關係，那麼，文學就是不能翻譯的，或者說就是不能等值或等效翻譯的，因為，翻譯作為語言轉換，必然破壞文學的內容與形式的統一性，翻譯實際上是把一種語境和文化背景中的文學移植到另一種語境和文化背景中去，這樣必然會改變文學最初的意義和價值。因

[1] 尼南賈納：〈為翻譯定位〉，《語言與翻譯的政治》，中央編譯出版社，二〇〇一年版，第一六二、一一七頁。

此，文學翻譯不是知識的語言轉換，不是用一種語言再現另一種語言的文學，而是文學的再創造。所以，這裏就不存在所謂忠實與不忠實的問題，因為本來就不存在純粹客觀的文學實在。因為無忠實的對象，沒法忠實，所以「忠實」不是一個哲學概念，而是一個倫理概念，也就是說，當我們要求翻譯家在翻譯文學作品過程中遵循忠實的原則的時候，我們並不是要求翻譯家把一種文學用另一種語言等同性地表達出來，因為如上所說這是根本就不可能的，而是說，翻譯家應該講究職業道德，忠於職責，要求他盡可能多傳達出原作的資訊，盡最大可能在語境和文化背景不變的情況下尋找相似或相近的語詞以傳達原作的意味和價值，要求譯者嚴肅地對待他的翻譯工作，對他所面對的文本有深入的瞭解與深刻的理解，並且在翻譯中不隨心所欲。嚴復描述他的翻譯「一名之立，旬月踟躕」，這本質上是一種倫理和道德的精神，而不是科學的精神。漫說「旬月」，就是「年餘」，也不可能找到對應的詞，「新理踵出，名目紛繁，索之中文，渺不可得，即有牽合，終嫌參差」[1]，因為本來就沒有客觀存在的「對應詞」，這不是能通過努力和探索可以解決的問題。姚小平說：「譯事本無止境，惟求放心而已。」[2]這是翻譯家的一種歎喟，其實也深刻說明了「忠實」在翻譯中的倫理性。

第二節　論兩種外國文學

所謂「兩種外國文學」，指的是原語外國文學和譯語外國文學。長期以來，我們都把「外國文學」作為一個「元」概念即不可再分的概念，中文學科的外國文學和外語學科的外國文學，我們都籠統稱之為「外國文

[1] 嚴復：《天演論・譯例言》，王栻編《嚴復集》第五冊，中華書局，一九八六年版，第一三二二頁。
[2] 姚小平：《洪堡特語言哲學文集・序言》，《洪堡特語言哲學文集》，湖南教育出版社，二〇〇一年版。

學」。這明顯存在著對「外國文學」作為概念、範疇和學科及其性質的某種誤解，並且這種誤解是造成外國文學學界某些矛盾和隔閡的一個重要的根源。中文學科的外國文學和外語學科的外國文學長期以來為爭奪外國文學研究的「合法性」而矛盾，這可以說是毋庸諱言的事實。造成這種格局的深層原因之一就在於沒有把兩種外國文學區別開來並從根本上認識它們作為學科的性質，我們過去只看到了它們相同的一面而沒有看到它們相異的一面。我認為，原語外國文學和譯語外國文學是有根本性差別的，兩種外國文學研究都有其「合法性」。本節即從深層的語言思想本體論以及相應的翻譯文化性的角度來論述這一問題。

譯語外國文學，嚴格意義上應該稱為翻譯文學，它之所以不同於原語外國文學，這是由翻譯的本質特點和更為深層的語言的本質特點所決定的。在精神的層面上，在語言的思想層面上，由於語言的不對等性以及由此而造成的思想和思維的巨大差異性，翻譯不可能等值或等效。在文化的層面上，翻譯不具有對等性、透明性，本質上是一種文化交流，具有再生產性質。加達默爾說：「所有翻譯者都是解釋者。」[1]翻譯文學本質上是一種西方文學的中文讀本而不是西方文學本身。我們讀翻譯文學時總感覺像是在讀中國文學，覺得外國作家就是在用中文寫作，就是在用中文進行表述。事實上，翻譯文學的思想內容以及藝術性也是通過中文表現出來的。不論是就文本本身來說還是就文本的接受來說，翻譯文學都不同於原本文學，很多語言上的機智和奇妙都是來自中文，通過語言和文字，我們看到的更多的是中國文化而不是外國文化。翻譯形式「是借取，選擇，合併和重組別一語言裏的字眼，範疇及話語，將它們重新創造成本國語言」，「知識從本源語進入譯體語言時，不可避免地要在譯體語言的歷史環境中發生新的意義。譯文與原文之間的關係往往只剩下隱喻層面的對應，其餘的意義則服從於譯體語言使用者的實踐需要」。[2]正是由於語言體系以及相應的文化背景和接受對象的根本變化，翻

[1] 加達默爾：《真理與方法——哲學詮釋學的基本特徵》下卷，上海譯文出版社，一九九九年版，第四九四頁。
[2] 劉禾：《語際書寫——現代思想史寫作批判綱要》，上海三聯書店，一九九九年版，第三十三、八十一頁。

譯作品的最後性質不再是由原作品以及構成原作品意義的文化知識所決定，而取決於翻譯者和翻譯接受者的固有文化理念本身的框架。

在西方，歷來有「翻譯即叛逆」的說法，歌德把翻譯家稱為「下流的職業媒人」。現在則有更流行的說法，叫「不忠的美人」，「所有的翻譯，因為必然都『有缺陷』，所以『一般被認為是女性』。」[1]我們姑且不管這些說法所包含的褒揚和貶損的含義，但翻譯與原文之間在性質和內涵上存在著巨大的距離，這卻是事實。翻譯不是物質性的搬運，而是文化交流。翻譯總是有所增益和缺失，這是由語言的本性決定的。語言當然具有一定的信號性，特別是在物質實在的層面上，語言具有指示性，但語言作為人的思想思維方式，它從根本上是符號。從認識論上來說，與信號和符號相對應的是識別和理解，理解顯然包括詮釋，它與主體的文化知識背景有內在的聯繫。在這一意義上，翻譯是交流、理解、詮釋，是文化類型轉換，是文學模式更新，如果把原作寫作稱為生產，翻譯則是再生產，它仍然是一種寫作實踐，充滿了創造性。

翻譯文學的中國化不僅與翻譯的主體性有關，還與翻譯接受的主體性有密切的關係。對於翻譯來說，原作是出發點，譯作是目的地，翻譯最後要歸結為翻譯作品，因此翻譯者的語言以及隱含在語言背後的更為寬廣的文化知識必然對翻譯作品的性質有深刻的影響。翻譯作品的閱讀對象是漢語讀者而不是原語讀者，翻譯的目的就是為了給中國人看的，所以，翻譯始終是站在譯語的立場和角度，譯語的文化在這裏構成了最為基礎的東西，翻譯處處受制於這樣一種文化的制約。而更重要的是，翻譯作品的性質並不僅僅取決於譯者和翻譯文本，同時還在一個更廣泛的程度上取決於讀者和時代背景。很多外來詞語後來的意義發生衍化，內涵或增或減，與原義相去甚遠甚至相反，並不是譯者有意為之，而是讀者本土化的閱讀行為造成的。在主觀上，譯者大多數都企圖忠實原義並且也以為忠實了原義，但讀者卻並不是按照譯者的主觀意圖閱讀的，而是按照自己的方式解

1 謝莉・西蒙：〈翻譯理論中的性別〉，《語言與翻譯的政治》，中央編譯出版社，二〇〇一年版，第三〇九頁。

讀，這樣就造成了誤讀。讀者的誤讀也不是讀者有意歪解或曲解，而是讀者所持的語言體系和根深蒂固的文化模式所制約。

翻譯者根據原語理解原作，但卻是用漢語進行傳達。譯者總是按照自己所認同和接受的中國文學的方式去比附、翻譯外國文學，因此，不論是體式上，還是藝術方法、藝術技巧乃至思想內容上，翻譯文學都更像中國文學，即中國化了，也就是魯迅所說的「歸化」了。翻譯當然有「異化」的一面，但「異化」是有限度的，對於翻譯的這一方來說，「異化」本質上是一種創制，不論是從翻譯本身來說，還是從接受來說，它都具有巨大的難度。翻譯的對象是中國讀者，更具體地說主要是不懂原文的中國讀者，還需要限定的是，這些讀者是文學讀者，而且所接受的文學教育和訓練都是中國傳統的，所以，為讀者和接受計，翻譯也必須中國化。因此，「歸化」不只是主觀願望的問題，也是客觀使然，具有必然性。回顧中國自近代以來的翻譯，我們看到，中國翻譯文學的性質，似乎與外國文學本身無關，而更關涉於中國文學的類型。中國文學的發展與中國翻譯文學的發展具有同步性，站在中國文學的本位立場上來看，中國近代翻譯文學具有「古代」性，中國現代翻譯文學具有「現代」性，「古代」性和「現代」性不取決外國文學本身的古代性與現代性而更取決於中國文學的古代性與現代性。作為籠統的外國文學本來因時間和國別的不同而豐富多彩，但翻譯過來卻似乎沒有時間和國別的差別。翻譯文學的性質似乎更取決於翻譯的時間，同一時間同一國家的文學因翻譯的時間不同，我們讀起來卻有天壤之別。因翻譯時間的錯位，外國現代作品，翻譯過來我們讀起來更像是外國古代作品，外國古代作品，翻譯過來我們讀起來更像是外國現代作品。

正是在歷史和邏輯這兩個層面上，翻譯文學作為「外國文學」與原語外國文學在性質上存在著根本差異，它們是兩種不同的外國文學。

當我們把法國文學或者英國文學等原語言的文學稱為「原語外國文學」的時候，我們其實已經暗含了兩個基本原則或者說前提，那就是：一，對於研究的對象來說，我們是「他者」，原語種的人不會把我們稱之為

「外國文學」的文學即指稱的對象稱為外國文學，對他們來說，它恰恰是本土文學。反過來，對於研究的主體來說，我們是站在中國文化的本位立場，對象則是「他者」。這裏，「內」「外」關係其實已經表明了我們的研究視角、立場以及一定程度上的方法論。二、「原語」一詞表明我們充分尊重和理解原語言的外表形式以及深層的表述、話語方式、思想和思維的特點，表明我們充分尊重和理解原語言的語境以及隱含在語言背後的更為深廣的文化傳統、知識背景和社會基礎，表明我們充分尊重和理解原語言的體系性以及相應的政治經濟文化的一體性。這種種尊重與理解說明了原語外國文學研究具有「外國性」。在這一意義上，「原語外國文學」研究本質上是跨語言、跨文化研究，具有雙語性。可以說，原語外國文學研究作為學科的性質、特點、內涵、價值和意義都與這種「雙語性」有著密切的關係，雙語性實際上構成了原語外國文學研究最為深刻的基礎。

雙語性使原語外國文學研究具有雙重性，即既有外國性，又具有中國性。但這裏的「外國性」與「中國性」不是二元對立的範疇。所謂「外國性」，是指研究對象的真正的外國性，是在歷史和真實的層面上而言的。也就是說，研究者能夠進入原語言，能夠設身處地地思考、理解原語言及其文學性、藝術性以及相關的文化性、社會性等，在這裏，「外國文學」是實在的，具有真實的身份。而所謂「中國性」則更多地是就研究者的立場、視角和觀念而言的。也就是說，研究的對象雖然是外國的，但研究的終極目標卻是中國本位文化，現代漢語和中國文化構成了研究者的知識背景和立場基礎，是「中國人看外國文學」，是用中國的文化和文學觀念去審視外國文學，它當然對外國的本國文學研究有啟發性，但它的出發點和回歸點都是中國或者中國文化與文學，它的意義和價值最終指向中國文化和文學本身。所以，原語外國文學研究本質上是比較文學研究。

「比較」始終是原語外國文學研究潛在的方法。研究者穿行於兩種語言之間，始終以一種語言作為另一種語言的背景，一種文化、文學現象和觀念始終是另一種文化、文學現象和觀念的參照系。術語、概念、範疇和話語方式及其所表現出來的思想與觀念在一種有意識和無意識的對比中更加彰顯並產生新意義。從語言學上說，現代漢語的許多新詞正是在中西語言的比較中產生的。比如「他」、「她」和「它」，從字形上來說，三字都是古已有之，但在詞義和相應的思想文化內涵上，它們和今天的三字具有天壤之別。「它」在古漢語中有二訓，一是「蛇」的本字，二是「他」的古字。「她」在古漢語中為「姐」的異體字。古漢語中，「他」為常用字，而「她」和「它」都是生僻字。在意義上，它們不是同一個範疇，三者構不成相對應的概念，「她」與「他」可以說風馬牛不相及。賦予這三個字以全新的意義並且構成獨立的概念，則是五四時期的事，其根源則與中西語言與文化的對比有極大的關係。正是在與英法語言的打交道過程中，在兩種語言及其相應的思想思維的交互運作因而所造成的對比過程中，人們發現漢語中沒有人稱指稱的性別區分。劉半農創造性發明「她」用來指稱第三人稱單數陰性。同時，用「它」專指人以外的事物，也是這一時期這種比較的產物。這樣，五四時期，「他」、「她」和「它」作為三個新詞和相互關聯且對應的獨立的概念就產生了。現代漢語中許多新詞作為獨立的術語、概念和範疇都是在這種比較中產生的。

新的術語、概念、範疇的產生對現代漢語作為語言體系的形成具有根本性，在語言的思想思維本體的意義上，它對於中國現代文化、現代文學作為類型的形成及其穩定其作用是巨大的。「文化」、「文學」、「小說」、「詩歌」、「哲學」、「美學」、「政治」以及更為深廣的「科學」、「民主」、「人權」、「自由」、「平等」、「人道」等都是以一種深層的語言和文化的比較作為基礎的。這些概念和範疇當然可以看作是對西方語言中相對應的術語、概念、範疇的翻譯，但這種翻譯並不是把西方的內容原封不動地搬移到中國來，翻譯什麼不翻譯什麼？如何翻譯？翻譯在多大程度上傳遞了原詞的詞義以及隱含在詞義背後的深層的文化和思想內涵？古代漢語思想有多少附麗於這些辭彙？這些術語、概念、範疇怎樣被接受？意義在漢語語境中如何衍變？如何生發？如何轉移？如何誤解與曲解？如何創造？都在深層上受制於譯者所操持的語言系統。翻譯具有雙語性，既具有原語性，又具有譯語性，既受制於原語體系，又受制於譯語體系，以兩種語言系統作為背景，實際上是在兩種語言體系之間最大限度地尋找契合。中西語言比較以及在比較基礎上的對西方新的術語、概念、範疇的吸收和對中國傳統術語、概念、範疇的改造、詮釋是五四時期新詞語產生的基礎和來源。正是在大量新的術語、概念、範疇的基礎上，中國語言在五四時期發生了變革，即從古代漢語體系轉變為現代漢語體系。現代漢語體系與古代漢語體系有聯繫但又不是從古代漢語中蛻變而來，與西方語言具有親和性但又具有差異性，現代漢語是一種新的語言體系，一種既不同於古代漢語又不同於西方語言的新的語言系統，它的現代性、民族性、中國性等都與此有關。中國現代文化和文學的現代性、民族性、中國性等都可以追溯到這裏，都可以從現代漢語的角度得到深刻的闡釋。

在這一意義上，作為真正比較文學的原語外國文學研究具有它獨特的價值。它是一種跨文化、跨語言的研究，不論是在視野上還是在知識背景上，它的優越性都是任何一種單語研究所無法比擬的。它的對象是外在的，但是內視角的，即從本土或者說中國文化和文學本位的立場來審視對象，其意義也主要是指向內部的，即建設本土或民族文化與文學，這從它的語言表達和話語方式就可以看得很清楚，它最終是針對漢語讀者的。回顧五四以來新文學的發生與發展，我們看到，原語外國文學通過翻譯的仲介對中國文學的現代轉型其作用是巨大的。它實際上給中國文學提供了一種新的範式參照，一種新的思想思維方式，提供了新的形式借鑑，新的創作方法和表現手法。從語言上說，新的術語、概念、範疇和話語方式對中國現代文學的現代精神和現代言說的確立具有決定性意義，中國文學正是在深受西方文學的影響下發生現代轉型的，中國現代文學與西方文學更具有一種親和性。今天，原語外國文學研究和翻譯文學已失去了五四時的顯赫與輝煌，但它的作用仍然是巨大的，在防止思想、創作方法、寫作技巧的僵化，保持文學的創造性活力方面，它仍然是一種強大的外力。

從研究者的立場和視角以及價值和意義出發，與異域的外國文學研究和本土的翻譯文學相比，原語外國文學研究具有其特殊性，正是其特殊性使它作為一門學科具有特殊的功能和作用。它比本土的翻譯文學研究具有優越性，它是雙語的，它始終不脫離原語，始終不脫離原來的知識背景和文化社會背景，因而能夠更好地理解和詮釋原文本。它比異域的外國文學研究具有優越性，同樣是因為它是雙語的。單語研究本質上屬於內部研究，語言便是它的界線，單語研究無論怎樣超越都不能超越語言所規定的極限，語言是一個網，它只能在網內左衝右突。而雙語研究本質上是外部研究，但它包容內部研究，它實際上是站在一種更為寬廣的知識範圍內，站在一種更為開闊的視野立場上研究外語文學，它突破了單語研究的語言局限，能發現單語研究所不能發現的新內涵和意義。所以，完全外國化的外國文學研究不能稱為外國文學研究，因為它缺少比較，缺乏獨特的立場基礎，它不過是尾隨外國人。真正的外國文學研究必須是雙語的，真正地理解外國文學，但同時又是內視角的，是以民族立場為出發點和歸結點，是從一種新的角度對外國文學的一種新的審視，其價值和意義都具有雙重性。外國文學研究與身分或者國籍無關，只與立場有關，深層上是由研究者所持語言決定的。把中國文學和翻譯文學作比較不是真正的比較文學，原語外國文學研究才是真正的比較文學。「外」在這裏更是對主體身分的標明，具有實質性，它決定這種研究不同於一般的文學研究，也從根本上決定了它的學科性質。

當我們強調原語外國文學作為外國文學其特殊的地位以及研究的特殊價值的時候，我們同樣強調譯語外國文學在外國文學中的地位以及研究的特殊價值。必須承認翻譯文學的二重性，即一方面它由於中國固有文化的「歸化」力量而具有中國性，另一方面，它畢竟來源於另一語言和文化傳統因而又具有外國性。所以，翻譯文學是一種既不同於外國文學又不同於本國傳統文學的第三種文學。譯語外國文學研究作為外國文學研究具有強烈的現實性。

與原語外國文學研究的比較性質不同，譯語外國文學研究更是一種內部研究，具有本土性。原語外國文學研究是雙語研究，本質上是跨文化的語際研究，而譯語文學研究則是文化體制內的單語研究，是站在中國文化的立場以中國文化作為知識背景和理論基礎的研究，所謂「外國文學」其實是漢語語境中的翻譯文學。翻譯文學研究的作用和意義主要在於，由於中國近現代文學與相應的中國近現代翻譯文學之間存在著深層的聯繫，因此，研究中國近現代翻譯文學對研究中國近現代文學具有比附性，也就是說，研究翻譯文學與其說是研究外國文學，還不如說是研究中國文學，它的價值和意義更是指向中國文學的。具體地說，主要表現在以下三個方面：

一、通過研究翻譯文學研究中國近代文學和中國現代文學的理論根據和知識來源。中國近代文學在總體上屬於中國古代文學類型，但與純正的中國古代文學如唐詩、宋詞、明清小說不同，它是一種已有異質成分的中國古代文學，這「異質成分」就是西方文學，包括內容與形式的諸方面。中國近代文學已顯示出了中國文學從古代向現代轉型的端倪。中國近代文學是受西方文學影響的中國古代文學，它走的是中國近代翻譯文學的路子，它所固守的正是中國近代翻譯文學中「歸化」的內容，它的「異質」成分正是中國近代翻譯文學中「異化」的內容，二者同質同構，並且來源於同樣一種知識結構和理論依據，都是以中國傳統文化為本位，所不同的是，中國近代翻譯文學的異質成分多，且是以異域文本的身份存在，而中國近代文學的異質成分少，是以傳統本土文本的身分而存在。從認識論上來說，理解了中國近代翻譯文學也就在一定程度上理解了中國近代文學，在這一意義上，研究中國近代翻譯文學對於我們認識中國近代文學的理論基礎、結構模式和知識來源具有參照價值。因此，過去從「忠誠」翻譯觀出發，以現代翻譯標準為準則，認為中國近代翻譯充滿了誤讀與誤譯，因而沒有什麼價值，並進而把它排斥在「外國文學」研究範圍之外（當然也排斥在中國文學研究範圍之外），從根本上是錯誤的。

中國現代文學本質上是西化的文學，不論是在文學思想內容上還是在文學形式上它都深受西方的影響，它和中國古代文學是兩種不同類型的文學，二者之間是一種斷裂的關係，中國現代文學雖然是中國古代文學在時間上的延續，但它不是從中國古代文學中蛻變出來。現代小說不是中國古代「街談巷語」的「野史」性質的小說，也不是傳奇故事和章回小說；現代詩歌即新詩從根本上不同於中國古代的樂府、格律詩等古典詩詞；現代戲劇也不同於中國古代的說唱文學和戲曲。但必須承認二者之間千絲萬縷的聯繫，也就是說，傳統的文學觀念又通過各種途徑和方式浸入現代文學從而深層地影響現代文學。在邏輯過程和結構方式上，中國現代文學和中國現代翻譯文學有著驚人的相似，中國現代翻譯文學一方面是輸入的西方文學，另一方面，西方文學在輸入的過程中又深受中國古代文學觀念的影響，從而有所「歸化」即中國化，例如我們一方面從外國輸入小說，另一方面，我們又總是根據我們所接受的中國傳統小說的觀念對外國小說有意或無意誤讀、曲解、改造、創新從而賦予新的意義和形式。中國現代翻譯文學的操作過程可以說就是中國現代文學形成過程的一個縮影。和近代文學與近代翻譯文學一樣，中國現代文學與中國現代翻譯文學也是同質同構。在這一意義上，研究中國現代翻譯文學對於我們從理論上認識中國現代文學具有重要的參照價值。

二、通過研究翻譯文學研究中國近代文學和中國現代文學的心理歷程。歷史的表象和歷史的本質並非必然性地是同一的，目的和結果總是存在著某種錯位。自近代以來，翻譯家一直堅信不疑地追求「忠實」，但現在看來，從技術和科學的角度來看，這種追求相當虛幻，翻譯中的「忠實」本質上不是一個技術概念而是一個倫理概念。翻譯家總是自認為他們的翻譯是忠實的，但實際上，誰都不可能做到純粹的忠實也不可能純粹忠實，因為翻譯中本來就不存在純粹的忠實，翻譯不可能是把一種語言的內容原本地搬移到另一種語言中去，內容即語言本身，不存在語言之外的所謂內容，所謂「互譯性」和「對等性」標準和原則不過是歷史地建構起來的。創作也是這樣，為什麼在文學上要學習西方，是中國文學「落後」嗎？是中國文學缺乏藝術性和審美性嗎？當時把文學和政治、經濟和軍事生硬地比附起來，其實缺乏足夠的學理基礎，即使現在看來，仍然缺乏充分的邏輯依據。中國文學的歷史就是在這種匆忙做出選擇後而發生了巨大的變化。胡適本來只是在文學語言工具的層面提倡白話文，本來只是想在文學形式上進行「改良」，但它卻意外地起到了思想革命的作用。中國文學從近代向現代轉型，在認識上充滿誤解，其中最多的是對西方文學的誤解，這些誤解在文學翻譯中得到了最為鮮明的反映，中國翻譯標準的變化實際上反映了文學觀念的變化。這樣，研究翻譯文學的心理過程也就可以在一定程度上研究中國文學現代轉型的心理過程。

三、通過研究翻譯文學研究中國近代文學和中國現代文學的生成過程和邏輯進程。勞倫斯・韋努蒂（Lawrence Venuti）認為，「翻譯項目不僅構建著獨特的異域文化的本土再現，而且因為這些項目針對的是特定的文化群體，它們同時也就參與了本土身份的塑造過程。」「翻譯通過為『映照』或自我認識過程創造條件來塑造本土主體。」[1]這就是說，翻譯一方面總是按照本土的語言和文化再現異域語言和文化，使異域文學本土化，也即以「歸化」的方式重新構建異域文學形態，另一方面，這重新構建的異域文學又反過來深刻地影響著本土文學，在「異化」的意義上構建著本土文學的主體。中國現代文學作為類型就是在翻譯的「西化」與「歸化」的雙重作用下建構起來的。把中國現代翻譯文學和中國現代文學進行比較，我們可以看到，二者在結構、形態以及品格上具有驚人的一致。現代翻譯文學的選擇實際上也是現代文學的選擇，現代翻譯文學的語言實際上也是中國現代文學的語言，現代翻譯的矛盾與困惑實際上也中國現代文學的矛盾與困惑，中國翻譯文學從近代向現代的範式轉變過程實際上也是中國文學從近代向現代的範式轉變過程。二者交互影響，是一種複雜的關係，一方面現代文學影響現代翻譯文學，另一方面，現代翻譯文學又反過來建構中國現代文學，二者難解難分。在這一意義上，研究中國現代翻譯文學的生成過程和邏輯理路實際上也是研究中國現代文學的生成過程和邏輯理路。

綜上所述，我們看到，我們今天通常所說的外國文學實際上是一個綜合性的概念，它由原語外國文學和譯語外國文學兩種性質不同的外國文學組成。現實中，相應地表現為外語學科的外國文學和中文學科的外國文學。在西方文學通向中國文學的道路中，它們處於不同的位置。站在中國文化的本位立場上，它們各有其特殊的價值和意義。它們在性質上具有本質的差別，但又緊密聯繫，難以決然分開，可以說「異質」而「同構」。從一種研究的視角來說，它們並存而互補，對於現實它們各有其作用和貢獻。在這一意義上，任何輕視或者貶損中文學科的外國研究或者外語學科的外國文學研究都是錯誤的，任何抬高一方貶低另一方都是偏見，都是知其一不知其二。

---

[1] 勞倫斯・韋努蒂：〈翻譯與文化身份的塑造〉，《語言與翻譯的政治》，中央編譯出版社，二〇〇一年版，第三七〇、三七三頁。

第三節　翻譯文學在西方文學對中國現代文學影響關係中的中介性

對於二十世紀的中國文學來說，中西方關係構成了其深層的背景，中國現代文學深受西方政治、經濟、軍事、文化和文學的全面影響，這是公認的事實。所以，以一種比較的意識來研究西方文學對中國現代文學的影響，不論是從歷史的層面上來說還是從現實的層面上來說，都有特別的意義，它對於我們認識中國現代文學的歷史淵源和現實品格都具有關鍵性。在這一意義上，我認為從影響的角度研究外國文學與二十世紀中國文學之間的關係，這是中國現代文學研究向深度拓展的一種表現。中國現代文學是深受西方從政治到經濟到文化到文學全方位影響的文學，從西方輸入的科學、民主、自由等精神以及小說、詩歌、戲劇等文體構成了中國現代文學思想資源和藝術資源，中國現代文學的現代性很多方面都必須從中西關係中才能得到深刻的闡釋，中與西、傳統與現代，這是研究中國現代文學排解不開的困擾，又是必須面對的問題。迴避「比較研究」和「影響研究」，中國現代文學研究就存在著某種缺陷。所以，近年來，從比較和影響的角度研究中國現代文學，取得了豐碩的成果，這應該給予充分的肯定。

但同時也必須承認，中國現代文學研究在比較和影響研究方面取得豐碩成果的同時，對比較和影響本身卻缺乏向深度的拓展，表現為過分集中在「事實的聯繫」上，而對「事實的聯繫」是如何實現的，通過什麼方式和途徑實現的，卻缺乏理論上的探討。或者說，我們目前對中國現代文學的比較研究主要限於對影響作為歷史現象的描述，而缺乏對這種現象作深入的追問。但對於中國現代文學比較研究來說，更重要的不是中國現代文學是否有受了西方文學的影響以及受了哪些影響，而是西方文學是如何影響中國文學的？是通過什麼方式實現這種影響的？西方文學本身是一個歷史的過程，內涵非常豐富而複雜，是一個非常龐雜的體系，並沒有內在的統一性。中國文學向西方學習顯然是有選擇地接受，但為什麼要向西方學習？選擇的內在邏輯理路是什麼？如何接受，通過什麼方式和途徑接受，接受到什麼程度？接受的效果是什麼樣的？西方文學在輸入中國的過程中為什麼會發生變異？變異的個人原因以及更為深廣的文化原因是什麼？這才是中國現代文學比較研究的關鍵，才是更為深層的問題。我認為，西方文學對中國文學的影響是通過翻譯文學作為仲介而實現的，中國現代所接受的是翻譯文學即中文化的外國文學而不是原生形態的外國文學，翻譯的過程其實就反映了影響的過程。梵・第根說：「在兩個民族文學交流的方式中，『媒介』應給予重要的地位。媒介為外國文學在一個國家中的擴散，為一個民族文學吸收採納外國文學中的思想、形式提供了便利。」[1]研究中國近現代翻譯文學作為西方文學對中國近現代文學影響的仲介，對於我們認識中國近現代文學的品格以及中國文學的現代轉型等重大問題都具有重要的意義。

翻譯文學作為仲介既體現為一種形態，又體現為一種精神的方式。前者指具體的作品，即外國文學進入中文語境之後表現為翻譯文學的形態，「仲介」的意思是指，西方文學對中國文學的影響不是通過原語外國文學直接實現的，而是通過翻譯文學間接實現的。後者指意識，即內在的心理過程，就是說，西方文學在進入中國語境之後，不僅外在形態上發生了變異，而且在精神上也發生了變異，即西方文學精神中國化了，伴隨著西方文學的中文化過程即翻譯，中文的精神也被賦予在西方文學中。中國現代文學就是在翻譯文學這種外在形態與內在精神的雙重影響下發生現代轉型的。中國現代文學是在中國從政治到經濟到文化全面地向西方學習這樣一個大的背景下發生的，中國現代文學不論是在文學形式上還是在文學精神上都深受西方文學的影響，但中國現代文學不論是在文學形式上還是在文學精神上都與西方文學具有本質的區別，中國現代文學既具有西方性，又具有中國性，既具有世界性，又具有民族性，既具有異質性，又具有本土性，這裏，翻譯文學在這種變異中顯

[1] 烏爾利希・韋斯坦因：《比較文學與文學理論》，遼寧人民出版社，一九八七年版，第六十頁。

然起了重要的媒介作用。中國現代文學的民族性、本土性、中國性以及現代性等其實都可以從這裏找到根源，可以通過翻譯文學的品性及其翻譯過程得到深刻的闡釋。

中國現代文學深受西方文學的影響，主要是指中國向西方學習，從外在形式上和內在精神上借鑒和模仿西方文學。但不論是借鑒還是模仿，直接面對的都不是原語外國文學，而是翻譯文學。究竟是原語外國文學對中國現代文學發生影響還是譯語外國文學即翻譯文學對中國現代文學發生影響，這是有本質性區別的。從根本上，原語外國文學不同於譯語外國文學。翻譯雖然根源於原語外國文學，沒有外國文學就沒有翻譯文學，譯語外國文學依賴於原語外國文學，但翻譯文學有新的根，即譯語以及深藏或者說積澱在語言中的本土文學傳統和文化背景。文學翻譯在語言的轉換過程中，語言背後所潛藏的藝術精神、文化精神以及文學意味、思想觀念、思維方式等也同語言一道潛移到外國文學中去，所以，文學翻譯從根本上不同於科技翻譯和日常交際翻譯[1]，它不是「等值」或「等效」性質的語言轉換，而從根本上是兩種文化之間的對話，兩種藝術之間的對話，是一種創造性活動。

關於翻譯，傳統的觀點認為，翻譯就是把一種語言所具有的內容用另一種語言傳達出來。現代翻譯學已經充分證明，文學翻譯不是原封不動地把一種語言的文學內容搬移到另一種語言中去，翻譯文學必然有所「歸化」即本土化、民族化。具體於中國近現代翻譯文學來說，外國文學一經翻譯便脫離了原語的語境以及相應的文化背景而進入了漢語語境以及相應的中國文化背景，這樣，翻譯文學就不再是純粹的外國文學，不論是在語言的性質上還是在文學的性質上以及文化的性質上都發生了根本性變化，具有漢語性和中國性或者說民族性。從文本的角度來說，它是漢語形態，從外在形式上來看，翻譯文學更像是中國文學而不是外國文學。從文學接受的角度來說，深層的漢語言以及漢文化、漢文學深深地影響我們對翻譯文學的理解和欣賞。我們總是用我們

1 關於文學翻譯與科技翻譯之間的本質區別，參見拙文〈翻譯本質「二層次」論〉，《外語學刊》二〇〇二年第二期。

的思維方式和文學經驗去理解它，閱讀它，我們時時都能意識到翻譯文學作品是外國文學，但同時我們又感覺到它像中國文學，好像外國人就是在用漢語寫作，就是在用漢語進行表達。從閱讀的角度來說，我們更多地是接受中文所傳達的資訊，我們覺得好或者不好常常與中文的表達有著更為密切的關係。

陳平原曾詳細地考察了晚清科普讀物和科學小說中有關「飛車」的形象和觀念。[1]現在看來，晚清的這些描述和評論簡直令人啼笑皆非，但當時，這些介紹和議論卻是「一本正經」的，讀的人也絲毫不覺得好笑。我們覺得好笑，是因為我們站在今天的科學和文化本位立場來看，這些描述充滿了誤解，而議論則多為臆測且缺乏應有的文化警惕性。但這些誤解和臆測具有它自身的歷史和文化根據，「飛車」作為一種全新事物是中國從未有過的，在當時的知識和文化背景下，人們自然會聯想到中國古代的「騰雲駕霧」、「列子御風而行」、「奇肱國飛車」並作相應的比附。西方的科學傳進中國而變成了神話甚至於迷信，是已有的文化從根本上限制了人們的接受能力和理解能力。夏曉虹詳細考察了斯托夫人的《黑奴籲天錄》在晚清的誤讀過程，認為：「因誤譯而造成的誤讀，得到的卻是正解與正果。」[2]其實，所謂「誤譯」和「誤讀」，本質上是文化使然，是觀念使然，是有意為之。今天看來是誤譯與誤讀，但當時的譯者和讀者卻並不這樣認為，支持他們的是另一種翻譯觀和翻譯標準。錢鍾書曾談到林紓翻譯小說的「訛誤」問題，[3]分析非常精彩。雖然錢先生百般為林紓辯解，但從我們有關翻譯本質觀的反省的立場來看，錢先生對林紓恐怕還是過於苛求了。中國現代翻譯是從晚清走過來的，晚清還沒有形成統一的翻譯標準，翻譯呈現出非常複雜的局面，具有豐富的可能性。在中國近現代翻譯剛

1 參見陳平原〈從科普讀物到科學小說——以「飛車」為中心的考察〉，《文學史的形成與建構》，廣西教育出版社，一九九九年版。
2 夏曉虹：〈斯托夫人與批茶女士——晚清翻譯文學誤讀之一例〉，王宏志編《翻譯與創作——中國近代翻譯小說論》，北京大學出版社，二〇〇〇年版，第二四五頁。
3 錢鍾書：〈林紓的翻譯〉，《七綴集》，上海古籍出版社，一九九四年版。

剛起步，翻譯向何處去，如何建立起翻譯的標準等一切都還未定時，林紓的翻譯恐怕更體現了一種對翻譯及翻譯標準的探索。用現代的翻譯觀和翻譯標準去衡量，林紓的翻譯的確「訛誤」很多，但問題是現代翻譯觀和翻譯標準本質上也是假設和歷史建構，並沒有充分的學理根據。換一種翻譯觀和翻譯標準，林紓的「訛誤」可能恰恰是「正解」。也許在後人看來，我們今天的非常標準和「準確」的翻譯同樣充滿了誤解與誤譯。所以，在文化、知識的差異性和翻譯的對等性與互譯性難以成立的意義上，「訛誤」恐怕是翻譯的固有特徵，是翻譯作為概念的題中應有之意。這樣，把外國詩歌翻譯成中國的唐詩、宋詞和漢樂府，把外國的小說翻譯成中國古代的說書、傳奇和章回小說，就不能看作是不適當。

由於跨時間、跨空間、跨文化、跨語言，對於文學來說，翻譯和原文在價值和功能上存在著巨大的差異，這一點，中外翻譯實踐和翻譯理論已經予以充分的證明。從系統論的角度來看，不同的語言體系形成相應的文化系統，整個民族和國家文學作為一個系統構成了文化系統的子系統，其功能和價值與整個文化系統有密切的關係，把某一部作品從其文學系統或者更為寬廣的文化系統中獨立出來而置於另一文學和文化系統中，其性質和意義都會發生變化。結構主義認為，作品中每一個詞都與同一作品中其他語言成分發生共時性聯繫，又與體現同一文學標準的其他作品中的詞發生歷時性關係。具體對於中國現代翻譯文學來說，把西方文學作品翻譯成漢語，實際上是割斷了外國語言之間的詞與詞、詞與語篇之間的聯繫，割斷了其語言與其文化之間的內在的聯繫，打破了具體作品語言和文學的整體性，打破了具體作品的語言和整個民族語言以及具體文學作品和整個民族文學作品之間的統一性。同時，外國文學作品翻譯成漢語時，由於語言的變化，它有了新的具體作品中的詞與詞、詞與語篇、具體翻譯作品的語言與整個漢語體系、具體翻譯文學與整個中國文學類型之間的整體性和統一性。龐德認為思想幾乎不能翻譯，或者不能照譯，因為如果你真正搞清楚了原作者的思想狀況，你可能就找不到相應的詞語來翻譯了。圖里認為：「沒有哪篇譯文能完全被目標文化接受，因為譯文總會給系統帶來新的資訊以及陌生的形式；也沒有哪篇譯文能跟原文完全一致，因為文化準則總會使原文文本結構發生遷移。」[1]波波維奇認為，「由於兩種文化在思維方式、審美價值上的內在差異，翻譯過程中意義丟失、增加或變化都是不可避免的。」[2]韋斯坦因說：「在翻譯的過程中，一些重要的（甚至可以說決定性的）因素——我們不妨稱之為『真實性』、『氣氛』或『情調』——總是幾乎要失掉。」[3]所以美國翻譯家弗羅斯特說：「詩就是在翻譯時從散文和韻文中消失的東西。」[4]解構主義則認為，文本是一個開放的，不完整的體系，沒有終極意義，對原作也沒有一個絕對的理解，所謂把原作完全弄清楚根本就是不可能的。就是在原語內也存在著多重意義，多種解讀，翻譯之後其意義更加豐富，任何對原文的理解和翻譯都不可能窮盡其可能的意義。

在這一意義上，翻譯文學與原語文學有質的區別，翻譯文學實際上具有雙重性，即原語性與譯語性，具體對於中國翻譯文學來說，它既具有外國文學性，又具有中國文學性。而於「中國性」來說，又由於時間的不同，性質也存在著差別，總體上來說，中國近代翻譯文學具有「古代性」，中國現代翻譯文學具有「現代性」。[5]所以，文學翻譯與科技翻譯和日常交際翻譯具有根本的不同，它不是技術，不能通過技術的方式予以解決，而本質上是跨文化性質的文學交流、文化交流，具有強烈的人文性。翻譯文學作為文學，具有一般文學的普遍性，其中一個很重要的特徵就是創造性。文學翻譯和文學創作一樣，也是一種創造，郭沫若說：「翻譯是一種創造性的工作，好的翻譯等於創作，甚至還可能超過創作。這不是一件平庸的工作，有時候翻譯比創作還

---

1 廖七一編著《當代西方翻譯理論探索》，譯林出版社，二〇〇〇年版，第六十九頁。
2 廖七一編著《當代西方翻譯理論探索》，譯林出版社，二〇〇〇年版，第五十三頁。
3 烏爾利希・韋斯坦因：《比較文學與文學理論》，遼寧人民出版社，一九八七年版，第五十八頁。
4 弗羅斯特：〈關於詩藝的對話〉，《中外詩歌研究》二〇〇一年三、四期。
5 參見拙文〈論中國近代翻譯文學的「古代性」〉，《華中師範大學學報》二〇〇〇年第四期。

要難。」[1]費爾斯蒂納認為，真正譯詩是不可能的，詩歌翻譯實際上是用第二種語言創作一首新詩，「詩歌翻譯是雙重性的活動——既是批評性的，也是創造性的」[2]斯坦納說：「所有的理解同時也是誤解，所有的思維與情感上的共識也同樣只是歧見。」[3]所謂「誤解」、「歧見」，其實是傳統翻譯工具觀的一種觀念，從現代翻譯文化觀的角度來看，所謂「誤解」、「歧見」，恰恰是一種創造。謝天振從文化交流學、詮釋學、接受學等不同的角度，列舉了大量的翻譯事實和理論根據，證明文學翻譯是一種創造性叛逆。「文學翻譯與文學創作已經取得了相同的意義，文學翻譯也已顯而易見不再是簡單的語言文字的轉換，而是一種創造性的工作。」「文學翻譯家所考慮的問題已經超出了原作文本的語言問題的框框，他所思考的很多問題許多已經進入了作家的創作領域。」「翻譯的創造性質還是有所不同，它屬於二度創造，即再創造。」[4]正是在翻譯文學的創造性更準確地說是二度創造的性質上，翻譯文學在中西文學交流主要是在西方文學對中國現代文學的影響關係中具有中介性的作用。

根據這樣一種對於文學翻譯的性質以及中國近現代翻譯文學的性質的基本認識，我認為，西方文學對中國現代文學的影響是一個非常複雜的過程。從根本上說，所謂西方文學對中國現代文學的影響其實是翻譯文學對中國現代文學的影響。翻譯文學的複雜性既是西方文學對中國現代文學影響複雜性的原因，又是表徵，中國現代文學在特徵、品格和性質上都與中國現代翻譯文學在「忠實」與「變異」、傳達與創造的雙重運作中對中國文學的影響有關。所謂中國現代文學受西方文學的影響，根本上是指中國現代文學接受西方文學，但中國人接受的不是原語的西方文學，而是漢語的西方文學即翻譯文學，在這裏，就接受而言，翻譯文學實際上扮演的

---

1 陳福康：《中國譯學理論史稿》，上海外語教育出版社，一九九二年版，第二七二頁。
2 郭建中編著《當代美國翻譯理論》，湖北教育出版社，二〇〇〇年版，第五十一頁。
3 廖七一等編著《當代英國翻譯理論》，湖北教育出版社，二〇〇〇年版，第八十一頁。
4 謝天振：《譯介學》，上海外語教育出版社，一九九九年版，第一三一、一三五、一三四頁。

是中介者的角色，中國文學向西方文學學習，就是通過這種中介而發生了質的變化，從而既西化、現代化，又中國化、民族化。中國文學受西方文學的影響是通過翻譯文學作為仲介而實現的，是通過接受翻譯文學而實現的。正如謝天振說：「在任何國家裏都有一個能閱讀原文作品的讀者群，然而，外國文學的影響卻不是通過這批讀者產生的，也不是通過其本身直接產生的，在大多數情況下它仍然需要借助翻譯才能產生。」[1]翻譯文學的影響包括兩個方面，即對讀者的影響與對作者的影響，也就是說，讀者主要是通過翻譯文學而瞭解和接受外國文學，作家主要是通過翻譯文學而瞭解和接受外國文學並在創作中表現出來。

不論是從作家創作的角度來說還是從一般讀者的接受的角度來說，影響都是一個複雜的過程，涉及到文化背景、語言體系等深層次的問題。在讀者這一層面，對於中國現代文學來說，影響的複雜性主要表現在讀者選擇和接受的主動性以及潛藏在這種個體主動性後面的中國文化和中國文學的主動性。讀者的閱讀是整個文學活動的一個非常重要的環節，文學閱讀和接受對文學創作具有很大的制約性，這是現代閱讀學的基本理論。具體於中國近現代來說，中國讀者對西方文學的接受有一個逐漸適應的過程，也有一個逐漸改造其性質的過程，也就是說，從接受的角度來說，西方文學在中國實際上是在一種「中國化」與「西方化」的雙向價值取向中運作的。對於長期浸染在中國文化和中國文學中的中國讀者來說，對於完全陌生化的西方文學，大多數人都難以理解，即使能夠理解，也難以接受。所以，魯迅和周作人早年譯的《域外小說集》，在今天看來，明顯比同時期的文學翻譯要準確，更接近西方的文學形式與文學精神，但這部上下兩冊的翻譯短篇小說集最初卻只銷售了二十多冊。林紓本人不懂外文，但他卻翻譯了大量的西方小說，並且紅極一時，廣受歡迎，影響了整整一個時代，對中國現代文學也具有深遠的影響。嚴復的名譯《天演論》現在看來有很多問題，僅從翻譯的準確性和科學性來說，遠不及他後來翻譯的《群學肄言》、《原富》、《群己權界論》等，但就影響來說，《群學肄

---

[1] 謝天振：《譯介學》，上海外語教育出版社，一九九九年版，第十八頁。

言》、《原富》、《群己權界論》等根本沒法和《天演論》相提並論。這裏，我們可以看到，一方面，西方文學是一種與中國傳統文學完全不同的文學，即異質的文學，中國讀者對西方文化和文學的瞭解與理解有一個過程，在這種瞭解與理解的過程中逐漸適應其精神方式和表達方式。另一方面，中國讀者由於根深蒂固的中國文化和文學的思維習慣，又總是用中國的方式去選擇、理解和欣賞西方文學，西方文學在中國語境中的西方性又不完全由西方文學本身決定，接受的因素在其中也起了同樣重要的作用。

中國文學接受西方文學是通過翻譯文學作為仲介實現的，但這並不是說中國人包括一般讀者和作家就不閱讀原文，不直接受原語外國文學的影響，恰恰相反，任何時候都有一批能夠讀原著的讀者和作家，並且這種閱讀對於外來文學的傳播和對本土文學的影響都具有直接性。但問題的關鍵在於，中國人閱讀原語外國文學作品與外國人閱讀原語外國文學作品是有本質不同的，不同的根源就在於語言、文化身份、文學意識和知識背景的不同，中國人總是以漢語的思維方式，以中國文化和文學的習慣去理解和解讀外國文學，所以，翻譯文學始終以一種無形的方式起著潛在的作用。對於一般讀者來說，他們閱讀原文，以最直接的方式感受和理解外國文學，但在漢語語境中，外國文學作為一種形態，它的接受最終要以有形或無形的中文和中國文學的方式而存在。就創作的現實而言，作家閱讀原語外國文學，直接受原語文學的影響，但作家要把他所接受的影響在創作上表達出來，他必須把他所接受的外國文學方式在寫作過程中轉化為中國文學的方式，作家的接受意識在深層上仍然是中國文學的。所以，直接讀原著並不意味著不受翻譯的影響，語境以及文化背景等從深層上規定了影響和接受是以翻譯作為仲介而實現的，接受的中文方式或者表述的中文方式始終是隱在的。

在這一意義上，外國文學是否能對中國文學發生影響以及如何影響，這與本國的文學狀況有密切的關係。佐哈爾認為，「翻譯作品與多元體系的關係不能簡單地分為或主或次，而是可變的，這取決於在文學系統內部運作的特定條件」，他認為有三種使翻譯處於主要地位的社會條件，「第一，當一種文學還處於『幼稚期』或處於建立過程中時；第二，當一種文學處於『週邊』狀態或處於『弱小』狀態時；第三，當一種文學正經歷某種『危機』或轉折時」。[1]相比較而言，當今中國文學在類型和特徵上都保持相對的穩定，外國文學對中國文學的影響相對就小些；而近現代，中國社會文化和文學都處於轉型時期，外國文學對中國文學的影響相對就大些。事實上，西方文學的影響對中國文學的現代轉型起了非常重大的作用。就中國近現代翻譯文學史的情況來[2]看，西方文學對中國文學的影響，中國的接受始終具有主動性，在西方影響大的作品在中國不一定就影響大，在西方是經典的作品在中國不一定就是經典；翻譯得好不一定就影響大，翻譯得不好不一定影響就小，翻譯的品質與影響之間往往並不構成比例關係。

這樣，接受和影響就表現為一種複雜的關係。過去，我們只重視西方文學對中國文學的影響而忽視中國文學對西方文學的接受，這是相當偏頗的。其實，所謂「影響研究」的「影響」只是一個視角，在「影響」一詞的背後潛藏著某種目的和價值取向，但就過程而言，「影響」其實仍然是一個雙向的對話活動，一方面是西方文學的輸出，一方面是中國文學對西方文學的接受，並且這兩個方面是複雜地糾合在一起的，如何輸出影響如何接受，如何接受影響如何輸出。翻譯文學對中國文學的影響具有雙重性，即一方面西方文學作為異質文學對中國文學的影響，其結果是造成中國文學的西化或者「異化」；另一方面則中國文學以一種強大的力量對西方文學在性質上的影響，其結果是造成西方文學的同化或者「歸化」。而不論是「異化」還是「歸化」，它都是通過翻譯文學實現的，也是在翻譯的過程中完成的。所以，研究翻譯文學，對於研究中國現代文學特別是其形成的過程以及內在的精神品質，具有認識論上的比附性。

就西方文學與中國現代文學之間的關係來說，影響是非常內在的。是否受影響，不能從表面上的相像或者不相像來進行判斷。有的中國現代作家的作品在表現形式、創作方法、風格以及藝術精神上和西方的某個作

---

1 廖七一編著《當代西方翻譯理論探索》，譯林出版社，二〇〇〇年版，第六十五—六十六頁。

2 參見拙文〈「異化」與「歸化」——論翻譯文學對中國現代文學發生的影響及其限度〉，《江漢論壇》二〇〇一年第一期。

家的作品都非常相似，但實際上二者之間並不存在影響與被影響的關係，或者至少沒有明顯的影響或被影響的關係；相反，有的中國現代作家的作品在表現形式、創作方法、風格以及藝術精神上和西方的某個作家的作品相距很遠，但從寫作的實際情況來看，直接影響卻很深。同時，影響又是非常深層的。西方文學對中國現代文學的影響，既表現在直接的對藝術手法、創作方法以及結構、情節等的模仿、借鑒、學習等方面，又表現在深層的文學精神的影響上。精神的東西很多時候是不露痕跡的，有時連作家本人也未必意識到了。我們常常說某作家受了某作家或某思潮的影響，大多是根據作品的比較而得出的結論，相像就說是受了影響。其實這是非常膚淺的，並且很不準確。只有三流的作家才會在學習和借鑒中留下非常相像的痕跡，大作家的影響常常是無跡可求的。有的非常相像，但並不存在借鑒關係，有的受影響很深，但卻一點也不相像。真正研究影響關係，作家受教育的情況、閱讀的情況是重要的根據，要利用傳記材料才能弄得比較清楚。當今的比較研究在這方面存在著相當大的缺陷。所以，根據作品的表象來研究影響關係，其實是不得要領的，也是困難的，其中有很多假相。在這一意義上，我們非常強調現代文學研究的比較意識，強調從中國近現代文學的角度去研究中國近現代翻譯文學，強調「比較研究」、「影響研究」和「中介研究」。

但比較、影響和中介本身並不是目的，「比較研究」、「影響研究」和「中介研究」的目的是為了更深刻地認識中國現代文學。所以，簡單的確立中國現代文學與西方文學之間的「事實聯繫」還是遠遠不夠的，還必須研究中國文學受西方文學影響的這一事實的邏輯關係和歷史過程。但目前的中西文學關係史研究對中國現代文學的品格認識似乎並沒有多大的幫助。所有的影響和比較研究似乎就是在證明一個論題：中國現代文學是深受西方文學影響的文學。這種對於中國現代文學的基本定性當然是重要的，但僅有這種定位卻是遠遠不夠的。更重要的不是確定和證明這一事實，而是從深層上研究中國現代文學是如何受西方文學的影響從而形成現代性文學的。並且，從這樣一種中國現代文學與西方文學聯繫的事實中並不能從根本上證明中國現代文學是現代性的文學，至少並不能從深層上證明，因為，這無論如何只是從一個側面看問題，材料再多也不能說明中國現代文學與中國古代文學之間的關係。中國現代文學與西方文學之間的關係，這是一個複雜的關係，僅依靠事實是不能把問題從根本上論證清楚的。外國文學的影響對中國現代文學作為類型的形成具有決定性作用，這可以說是公論。但外國文學如何影響中國文學？影響到什麼程度？影響是通過什麼途徑和方式實現的？中國現代文學學界對這些問題卻缺乏應有深度的研究。現代文學研究總是千篇一律地考證中國現代文學的某一文學觀念和創作方法以及藝術手法的外國文學來源，總是千篇一律地把中國某一作家的某種文學觀點和創作現象與外國某一作家的某種文學觀點和創作現象作比較研究，找出他們之間的共同處從而證明二者之間的影響關係，而對過程則缺乏具體的解剖。本質上，不管這種淵源研究和比較研究有多麼仔細和具體，對於影響研究來說，它都是粗糙的，都屬於外部研究，屬於功能研究。外國文學以什麼形態和方式進入中國？中外文學如何相遇？是否有衝突？如果有，在什麼意義上構成衝突以及衝突的程度和如何衝突？是否有融合？如果有，在什麼意義上構成融合以及融合的程度和如何融合？外國文學是否被誤譯以及如何被誤譯？是否被誤讀以及如何被誤讀？外國文學資源如何被借用？如何被挪用？如何被賦予新的意義？如何轉化和生發？現代文學是如何從這種複雜的局面中衍生出來的？這些問題恰恰構成了中國現代文學生成過程中最重要的步驟，也是最重要的課題。但我們卻只研究中國現代文學是從哪裡來的，而不研究是如何來的，以為從西方借鑒而來的，就是西方的，很少研究轉化的過程以及這種轉化對中國文學的影響。

而所有這些問題都可以從作為中介性質的翻譯文學中部分地找到答案。所以，中介視角或者中介意識的翻譯文學研究對於研究中國現代文學具有重大的價值和意義。通過作為西方文學影響中國現代文學的中介的翻譯文學，我們可以看到，所謂一種文學對另一種文學的影響，其關係並不是直接的，就是說，原語文學不能直接對本土文學發生影響，而要通過一定的中介來實現。具體於中國近現代來說，翻譯文學本質上是中西兩種文學和構成文學背景的更為廣泛的兩種文化知識以及構成文學和文化的更為深層的兩種語言體系的交通、互補、契合、融匯的產物，本質上是一種以漢語和中國文學的方式對西方文學的閱讀和詮釋，是西方文學的中國化或者說中國文化本位化。翻譯文學反映了站在中國文學的立場上對西方文學的一種理解，這個理解實際上反映了西方文學對中國文學的影響關係。如何受影響，我們現在沒有心理資料，沒有直接的過程材料，翻譯文學可以作這種資料。通過翻譯文學，我們可以看到外國文學是如何傳播進來的，如何實現影響的，可以看到其中哪些中國性的因素對這種影響具有關鍵性。

事實上，從迄今為止的中國近現代文學歷史來看，外國文學對中國文學的影響主要是通過翻譯的仲介來實現的。中國現代文學史上重要的作家中很多人的外語程度都非常好，他們有很多人都有國外留學的經歷，很多人同時又是重要的翻譯家，還有很多人是雙語寫作。他們的翻譯其實也反映了他們站在漢語和中國文學立場上對外國文學的一種理解，中國文學、外國文學、衝突、矛盾、融合、創造、轉化、生發等其實都可以在他們的翻譯中找到痕跡。這樣，從翻譯觀、翻譯標準、翻譯過程和翻譯史的角度來研究「外國文學」並進而研究它對中國文學的影響就具有一種癥結性和特別的意義。中國現代文學和中國現代文化以及現代政治、經濟一樣，走的是學習西方的道路，但是，如何學習西方文學？學習什麼與不學習什麼？如何選擇？西方文學如何進入中國？以何種方式和形態進入？西方文學以漢語的方式進入中國以後，在漢語語境中如何再生產和流通？如何評論和閱讀以「外國文學」形態存在的翻譯文學？這些都深受中國文化和語言的影響。這樣，學習西方文學的理論在實踐中就要大打折扣。中國現代文學實際上就是在激進的學習西方文學的理論主張與傳統文學強大的實踐惰性的雙重作用下生成的。所以，中國現代文學實際上是在中西文化的激烈衝突和矛盾下的一種文學選擇，是中西差異下的一種文學折中，它既不同於西方文學，也不同於中國傳統文學即古代文學，而是一種與二者有著千絲萬縷聯繫的新文學類型。

翻譯的標準是歷史地建構起來的，建構翻譯標準的過程在一定程度上也反映了中國現代文學建構的過程，或者至少反映了影響的過程。翻譯文學可以說是影響研究在資料上的「活」的證據，在其中保留了很多接受和影響的具體的細節。翻譯文學反映了兩種不同文化背景，更準確地說是兩種語言體系在翻譯的過程中其中的文化資訊如何失落、變形、擴展、增生等，某種意義上說，一部翻譯文學史，同時也是一部文學交流史、文學關係史和一部文學影響史。因此，我們強調翻譯文學在西方文學對中國文學影響關係中的中介性，強調從中介的角度對中國現代文學進行研究。

第四節　論翻譯文學的「二重性」

目前我們把翻譯文學[1]簡單地看成是「外國文學」，我認為這是有問題的。翻譯文學究竟屬於中國文學還是屬於外國文學？究竟如何對它進行定位或定性？這是一個值得深入追問的文學理論問題。本節主要通過重新審視翻譯文學的「構成」來對這一問題展開論述。我的基本觀點是：翻譯文學具有「二重性」，既具有外國文學性，又具有中國文學性。

在二十世紀之前，文學理論基本上是實證主義和浪漫主義的，強調文學是作家對社會生活的反映和表現，作家是整個文學的中心，所以，作家的生平、心理、個性、天才、想像、激情、靈感等個人因素構成了文學研究的中心問題。文學研究也研究社會、政治、歷史、經濟等外在因素對文學的影響，但文學研究中對這些因素的重視，仍然是圍繞作家展開的，也就是說，主要是研究這些因素是如何影響作家從而又如何表現在作品中的。到了二十世紀，俄國形式主義率先把文學研究的重心從作家轉移到作品。俄國形式主義認為，文學的研究中心應該是作品本身，包括作品的語言、形式、結構等。這種轉變在法國結構主義和英美新批評那裏達到高峰。新批評最大的特點就是把文學研究從作者中心轉移作品中心。他們認為作品是自足的，文學批評主要的任

[1] 外國也有翻譯文學，但本文所說的「翻譯文學」均指稱中國的翻譯文學，行文中不再一一限定。

務就是客觀科學地對作品進行研究，主要是對作品的文學形式進行研究。

而隨著存在主義、現象學和解釋學的興起，西方文學理論開始從作品中心論向讀者中心論轉移，這種轉移在接受美學那裏達到完善，而在後現代主義那裏被推到極端。伽達默爾認為，「理解」並非方法論解釋學所說的那樣是一種達到類似於科學認識的方法，而是真理發生的方式。藝術作品不是一個擺在那兒的東西，它存在於意義的顯現和理解活動之中。作品所顯現的意義並不是作者的意圖而是讀者所理解到的作品的意義。正是在這一意義上，對於作品的存在來說，更重要的是讀者的理解，讀者的理解使作品的存在變成現實。姚斯正是以「解釋學」為哲學基礎創立「接受美學」的，他認為，文學作品就是在理解過程中作為審美對象而存在的，文學作品的存在展示為向未來的理解無限開放的效果史。文學作品的存在方式不僅與作家與作品、作品與一般社會歷史相關聯，而且也與讀者的接受有關。文學作品從根本上就是為讀者的閱讀而創作的。讀者實質性地參與了作品的存在，甚至決定作品的存在。離開了讀者的閱讀，作品只是文本，還不是作品。在這一意義上，作品不是純客觀，作品的意義也不是絕對客觀的，根據讀者的接受不同而不同。

由此我們可以說，在構成上，文學作為活動，它不僅僅只是作家寫出了作品，它還包括讀者的閱讀。如何對作品進行定位和定性，不僅要根據作者的寫作意圖、寫作背景和寫作過程，根據文本構成諸如語言、結構等，還要充分考慮讀者的參與因素。作品作為文本是固定不變的，屬於物質形態，但它的精神品格，也即意義、價值等，卻是動態的，具有歷史性，因讀者的不同閱讀而「游移」。而把作者、文本和讀者聯繫起來的紐帶就是社會生活。所以美國學者艾布拉姆斯認為，「每一件藝術品總要涉及四個要點」，即「作品」、「藝術家」、「世界」和「欣賞者」[1]，它們構成完整的文學活動過程。

[1] 艾布拉姆斯：《鏡與燈：浪漫主義文論及批評傳統》，北京大學出版社，一九八九年版，第五頁。

根據這四個因素來重新審視翻譯文學，我們很難說翻譯文學就是「外國文學」。根據這四個構成因素來看翻譯文學，我們也可以說翻譯文學是中國文學，或者說更具有中國文學性。

首先，在作者上，翻譯文學當然也是外國作家的作品，但它同時也是翻譯家的作品。既然也是翻譯家的作品，也就是中國人的作品，我們就很難簡單地把它歸入到外國文學中去。說《Das Schloss》的作者是卡夫卡，這是沒有任何疑問的，但說《城堡》的作者是卡夫卡，我們就要猶豫了。翻譯文學實際上有兩個作者，一是原作者，一是譯作者，而且很難籠統地說哪個更重要或者哪個不重要。原著是原作者創作的，沒有原作者當然不行，但沒有譯者，翻譯文學就不存在。站在譯入語的立場上來說，譯者更重要，因為讀者面對的是譯著，也是根據譯著來判斷作品的藝術性的。事實上，我們看到，今天規範的翻譯文學作品在「圖書在版編目（CIP）資料」中，都是兩個層面的作者，一是原作者，一是譯者。比如上海譯文出版社一九九七年版《城堡》，署「卡夫卡著，湯永寬譯」；上海譯文出版社二〇〇二年版《卡夫卡文集》第一卷《城堡》署「高年生譯」；安徽文藝出版社一九九七年版《卡夫卡文集》第一卷（即《城堡》）署「卡夫卡著，馬慶發、計美娟、李小宛譯，林驤華校」；譯林出版社二〇〇三年版《城堡》署「卡夫卡著，米尚志譯」；河北教育出版社二〇〇一年《卡夫卡全集》第三卷（即《城堡》）署「趙蓉恒譯」。外國文學作品在翻譯之前，版權為原著作者所有，但一旦得到翻譯授權，一旦翻譯成中文之後，翻譯作品的版權就為翻譯者所有，就是翻譯者的作品。

既然翻譯文學是雙重作者，既然翻譯者對翻譯作品具有知識產權，那麼，我們還把翻譯文學稱為「外國文學」，並實質性地把它看成是外國作家的作品，是否還合適呢？翻譯文學在創作主體上，實際上是由原作者和譯作者共同構成的，這時我們仍然把翻譯文學稱為「外國文學」，本質上就是取消了譯者的著作權，等於不承認譯者的勞動，這顯然是不合適的。進一步來說，文學翻譯家也是文學家，如果把翻譯文學歸屬於外國文學，翻譯文學家如傅雷包括魯迅等，豈不也成了外國作家？

對於英國人乃至英語國家的人來說，莎士比亞的作品指的就是莎士比亞的原著，這沒有什麼異議，儘管英語也有古英語翻譯成現代英語的問題，也有「語內」翻譯的問題，但翻譯的作品不屬於莎士比亞的作品。而對於中國人來說，情況就複雜多了，當我們說「莎士比亞戲劇」的時候，其對象不僅指莎士比亞戲劇原著，也可以指莎士比亞戲劇的中譯本。而且對於不同的人來說又呈現為不同的情況，對於非常專業的研究人員來說，「莎士比亞戲劇」就是指莎士比亞的戲劇原著，雖然他們也閱讀各種翻譯本。對於一般讀者來說，他們的「莎士比亞戲劇」事實上或者指朱生豪翻譯的《莎士比亞全集》，或者指梁實秋翻譯的《莎士比亞戲劇全集》，或者指方平翻譯的《新莎士比亞全集》，還可以指曹未風的翻譯甚至更早的林紓、魏易的翻譯，雖然他們也清醒地意識到這些都是翻譯。把翻譯文學等同於原著，更有甚者，把從翻譯作品中讀出來的作品的優劣算在原作者的頭上，這當然是一種誤解，但這種誤解也從另一方面說明了我們所說的「外國文學」的複雜性，翻譯文學絕不能簡單地算作「外國文學」，在版權的意義上，翻譯文學既屬於外國文學，也屬於中國文學。

其次，在文本的性質上，翻譯文學是漢語文本，遵循漢語文學的規則，其思想意義和藝術性都與漢語的表達有關，因而具有中國性。

這深刻地涉及到文學翻譯的性質問題。什麼是翻譯？傳統的基本觀點是：把一種文字的意義用另外一種文字表達出來，或者說，在保持意義不變的情況下把一種語言轉化成另外一種語言。對於科技翻譯來說，這可以說是沒有錯的。翻譯在物質的層面上和日常生活交際的層面上的確可以做到保持意義不變，因為語言在形而下的物質層面和日常生活層面上本質上是命名，是符號，也即工具。而語言在工具的層面上是可以進行等值或等效轉換的，比如「樹」就是「tree」；「英語」就是「English」；「USA（United States of America）」就是「美國」；「Ship」就是「船」。它們都是符號，它們之間的差別僅僅是形式上的，並沒有實質性的差別。它們可以進行反覆的「回譯」。但文學作為思想意識形態，作為文化，作為藝術，其翻譯就沒有這麼簡單。

文學由於其情感和思想的微妙性，由於其表達的特殊性和極度創造性，翻譯不可能等值或等效，不可能在語言變化的情況仍然保持文學內涵的不變。在日常交際的意義上，把「中國」翻譯成「China」，在指稱和習慣上都沒有問題。但一旦「中國」變成一個文化、情感表達的詞語時，即變成文學詞語時，這種翻譯就有疑問了。在漢語裏，「中國」有「中央之國」的意思，有一種自大、自豪甚至於唯我獨尊的情感因素。而在英語裏，「中國」不過是盛產陶瓷的國家。再比如說「您好」，日常翻譯是沒有問題的，但細細地追求表達和微妙的情感時，就經不起推敲了。金隄先生曾舉了一個例子：普通英文信開頭的「Dear Mr. Wang」應該如何翻譯？翻譯成「親愛的王先生」、「王先生台鑒」、「王先生」、「王先生：您好！」等，作為日常交際，這是沒有問題的。但如果從文化和文學上來細細追究，那就有問題了。「原文是一種一般性禮貌、客套，可是譯文有的太親熱，有的太生疏，有的略嫌突兀，有的又似乎增添了原文沒有的成分。」金先生的結論是：「和原文效果完全相同的翻譯，即使在簡單的文字中也是很難辦到的，甚至往往是不可能的。」[1]對於這一結論，我有保留地贊同。在科技領域、在物質層面上、在日常生活的層面上，等效翻譯在理論上是成立的，在實踐上也是可行的。但在文學中，等效翻譯在理論上難以成立，在實踐上也沒有成功的範例。在迄今為止的中國文學翻譯中，我們還不能找到一部完全等同於原著的翻譯文學作品。

文學翻譯之所以不可能等效或等值，這是由文學的特點決定的。文學講求創造性，在表述上特別是在修辭性的表述上，文學是獨一無二的，就是它自己，翻譯之後，其表述的修辭性就沒有了，或者變成了另外一種修辭，其藝術的獨一無二性就沒有了。文學的情感非常複雜而微妙，並且有很多言外之意，這種言外之意撒播在特殊的字裏行間，本國語言都難以表達，何況是外語，硬性翻譯之後其意蘊往往消失得無影無蹤。茅盾對「文學翻譯」的定義是：「用另一種語言，把原作的藝術意境傳達出來，使讀者在讀譯文的時候能夠像讀原作一樣得到啟發、感動和美的感受。」[2]「原作的藝術意境」是什麼樣的，我們在理論上都概括不清楚，談何「傳

[1] 金隄：《等效翻譯探索》，中國對外翻譯出版公司，一九九八年版，第四十三頁。

[2] 茅盾：〈為發展文學翻譯事業和提高翻譯品質而奮鬥——一九五四年八月一九日在全國文學翻譯工作會議上的報告〉，《茅盾全集》第二十三卷，人民文學出版社，一九九六年版，第三一一頁。

達」？所以我認為茅盾的「文學翻譯」不過是一個理想，根本就不可能做到。把一種語言的文學轉換為另一種語言的文學而不改變其性質根本就是不可能的。文學翻譯不可能像科技翻譯那樣「忠實」，文學翻譯中的「忠實」本質上是一個倫理概念。[1]

文學是語言的藝術，文學的「文學性」就表現在它具體的語言之中，脫離了具體的語言，其「文學性」就會發生變化。所以，出於對藝術的尊重，文學是沒有必要翻譯的，也是不能翻譯的。但為什麼還有文學翻譯，還要文學翻譯，原作者允許翻譯，讀者需要翻譯，並且文學翻譯的事業今天可以說仍然興旺發達。奈達說：「翻譯工作就是不顧歌德、施萊艾爾巴頓、馬赫和奧爾特加—加塞特這樣一些名家的反對意見，將不可能做的事情做好。他們雖然認為翻譯是不可能的，但卻毫不猶豫地讓別人把他們的作品翻譯出來。」[2]我認為奈達的話一定程度上對此進行了解釋。這裏，歌德等人反對和贊成的實際上是兩種不同的翻譯：在等值、等效和原文「替代物」的意義上，翻譯是不可能的，歌德等人反對的是這種意義上的翻譯；但在理解、闡釋、介紹和原文「輔助物」的意義上，翻譯是被允許的，也是需要的和可行的，歌德等人贊成的是這種意義上的翻譯。應該說，只要不把翻譯看作是對等的，而把它看作是一種「二度創造」，那麼，翻譯的存在就是合理的。事實上，至今為止的翻譯都是屬於後一種翻譯。

正是在理解、闡釋甚至「重寫」的意義上，翻譯對於原作來說不過是一種權宜之計，我們能夠從翻譯中得到原作的某些資訊，它能一定程度上滿足一般不能讀原文但又希望讀這些作品的讀者的需求，但翻譯絕不能替代原文。正是在理解、闡釋甚至「重寫」的意義上，「翻譯不可能有定本」[3]，因為理解和闡釋是向未來無限開放的。正是在理解、闡釋甚至「重寫」的意義上，翻譯是一種新的創造，具體地說，是在原作基礎上的「二度

1 參見拙文：〈論「忠實」作為文學翻譯範疇的倫理性〉，《外國文學》二〇〇四年第二期。
2 奈達：《語言文化與翻譯》，內蒙古大學出版社，一九九八年版，第二頁。
3 許鈞：〈翻譯不可能有定本〉，《譯事探索與譯學思考》，外語教學與研究出版社，二〇〇二年版，第二十八頁。

創造」。所以，郭沫若說：「翻譯是一種創造性的工作，好的翻譯等於創作，甚至還可能超過創作。」[1]意思是說，翻譯和創作一樣具有創造性，其創造性甚至超過創作。許淵沖先生認為文學翻譯是「1＋1＝3」，或者「3－2＝2」[2]，這多出來的內涵就是翻譯的創造。只要翻譯，只要進行語言轉換，就必然會有所保留，有所增刪，有所創造，這不是主觀的問題，不是技術的問題，而是語言、文化和文學使然。

就像中國古代文學翻譯成現代漢語之後，不能再算作古代文學而只能算是現代文學一樣，我們也可以稱翻譯文學為「外國文學」，但它是不同於原語外國文學的新的外國文學，即具有「中國性」的外國文學。反過來，我們也可以稱之為「中國文學」。當然，它又與本土的中國文學有很大的不同，它畢竟不是從本土自然生長出來，而是從外國文學脫胎而來。由此可見，翻譯文學雖然源於外國文學，但它是另外一種文本，它具有自己的文學價值，具有自己的文本獨立性。它更具有中國本土性，在形式上更接近於漢語文學。

在所有的藝術中，翻譯文學最接近於書法。書法不同於繪畫，它必須在漢字的框架內進行創作，無論你多麼富於想像性，不能超越漢字本身，你不能把「日」寫成「月」、把「虎」寫成「羊」。翻譯也是這樣，它不能脫離原作，必須在原作的框架內進行。既然書法是一門獨立的藝術，我們可以把它稱為創作，那文學翻譯為什麼不是一門獨立的藝術呢？為什麼不能是創作或者具有創作的性質呢？

第三，在讀者上，翻譯文學的閱讀對象是本土讀者，中國讀者隱含性地決定了翻譯文學本質上是一種中國性的文學存在。

從根本上來說，我們實際上是把翻譯文學當作中國文學、當作漢語文學來閱讀和理解的。在功能上，它也是本土化或中國化的，也即對中國現實、中國文學發生作用和意義。所以，在讀者的層面上，從閱讀到理解

[1] 郭沫若：〈談文學翻譯工作〉，《郭沫若論創作》，上海文藝出版社，一九八三年版，第六五〇頁。
[2] 許淵沖：〈文學翻譯：一＋一＝三〉，《文學與翻譯》，北京大學出版社，二〇〇三年版，第一〇八頁。

到效果，翻譯文學都是扮演「中國文學」的角色，並且實質上與「中國文學」無異。王向遠曾提到一種現象，「長期以來，中學語文課本中的外國文學的課文，很少註明翻譯者，至多是將譯者放在小字型大小的注釋中，而不讓他與原作家並肩署名，給學生的印象似乎是《海燕》、《套中人》、《歐也妮・葛朗台》、《員警與讚美詩》等等，都是外國人直接寫漢語寫成似的。」[1]豈只是中學語文課本不注重譯者，一般選本也很不注重譯者；豈只是學生感覺讀翻譯作品是在讀外國作家用漢語寫的作品，一般讀者也是這種感覺。不重視譯者當然是造成「誤讀」的一個重要原因，但「誤讀」的根本原因還在於翻譯本身，文學翻譯本身就是一種「誤」，「誤讀」對於翻譯文學的接受來說，可以說是正常的。「誤讀」於翻譯文學的性質來說，具有「本體」性。

外國文學在通向中國的「旅途」中，從選擇到翻譯到接受，都有「預設」性，即為中國的社會現實服務，為中國的文學發展服務，為中國的讀者服務。文學翻譯，一方面當然是輸入新的文學以便改造中國文學，為中國文學發展提供借鑒，但另一方面更要契合甚至迎合中國讀者，因而必然會中國化、本土化。事實上，漢語語境以及本土文學經驗對於翻譯文學始終具有制約性，或者說，翻譯在讀者接受的層面上始終是在漢語語境和本土經驗的範圍內運作，不能超越也不可能超越這一範圍。比如，翻譯文學在語體風格、敘事方式、故事類型等方面都必須充分照顧中國讀者，否則的話就很難為中國讀者所接受。縱觀自近代以來的中國翻譯文學史，我們看到，「外國文學」在中國的影響和地位，並不完全取決於它自身的特點和藝術價值，也與它本身的文學史地位沒有必然的關係。很多外國作品在「本國」文學史上非常有地位，藝術價值很高，影響也很大，但在中國卻並沒有什麼影響，評價也不高；相反，有些外國作品在「本國」文學史上地位並不高、藝術性也不強，並不是經典，但在中國卻廣為人知，並對中國文學發生了深刻的影響。有的外國文學作品，在原文上很難懂，很晦澀，母語讀者都難以卒讀，但翻譯之後中國讀者讀起來卻感到很順暢，很輕鬆；相反，有的外國文學作品，原

[1] 王向遠：《翻譯文學導論》，北京師範大學出版社，二〇〇四年版，第十一頁。

文通俗易懂，但翻譯之後卻讓人覺得詰屈聱牙。這當然與翻譯的技術有關，但同樣也與中國人的文學習慣和接受心理有關。

正是從接受的角度，文學翻譯必須充分考慮讀者的閱讀習慣和接受能力。在中國近代，林紓那種翻譯，即文言的、古雅的、中國古典文學式的翻譯，最受歡迎，最能為中國讀者所接受，所以，「林譯」在當時影響巨大。相反，白話口語方式的翻譯比如魏易的翻譯，雖然可能更準確，但卻是不入流的，難登大雅之堂，連面世的機會都沒有。而直譯的、高度西方化的、更符合原作藝術形式和藝術精神的翻譯，比如魯迅和周作人合譯的《域外小說集》則是不合時宜的，因而不能通行。相反，五四新文化運動以後，文學發生了改朝換代，新文學成為主流文學，林紓那種翻譯不僅不能再通行，甚至是否還是翻譯都成了問題。站在新文學的本位立場上，林紓的翻譯只能算作「編譯」或「改寫」，或者是「錯誤」的翻譯。

在讀翻譯文學時，我們雖然意識到它是外國作家的作品，但我們事實上是在讀中文作品，我們對作品的感受、體會都是以中文方式進行的，我們所得到的作品的藝術價值也是來自於中文的表達。我們感到外國文學作品是在用中文表達，我們欣賞其表達。我們總是把翻譯文學當成中國文學來閱讀，我們總是按照我們自己對生活的理解，按照我們自己的生活習慣，按照我們自己的邏輯思維方式，按照我們的社會和個人需求來閱讀翻譯文學，所以，從閱讀的角度來說，翻譯文學具有中國文學性。可以說，翻譯文學的性質在閱讀中悄悄發生了改變。

第四，在社會生活方面，翻譯文學是在漢語語境下運作，是在中國社會生活和文學生活中運行，它的意義和價值以及作用方式都深受中國社會和中國文學的制約，從而具有中國性。

人具有共同性，世界具有相通性，人的生活具有相通性，思想文化具有相通性，這就是陸九淵所說的「心同理同」。正是在「通約」的基礎上，外國文學能為中國人所理解、所接受、所喜好，並引起共鳴。但另一方面，人也好，生活也好，文化也好，又存在著巨大的差距，這種差距不僅深刻地影響文學翻譯，而且深刻地影響翻譯文學在中國的運行、作用和意義。外國文學在原語中，受它自己的文化傳統、文學傳統和現實語境的制約，有它自己的意義體系。但外國文學一旦翻譯成中文之後，它就脫離了原來的語境，就被置於漢語語境之下，就被納入到漢語文學的體制之中，從出版到消費到批評和定位，都是按照中國文學活動的規則來進行。它的意義不僅與翻譯文本有關，同時還深深地受制於中國文化和文學傳統，中國現實的政治、經濟以及具體的時代氛圍等因素，它的意義實際上是在翻譯文本與中國社會現實的對話中重新生成的。這樣，翻譯文學就在傳播的過程中發生了衍變，變成中國文學文本，所謂「橘生淮南則為枳」是也。

以蘇聯作家奧斯特洛夫斯基的《鋼鐵是怎樣煉成的》為例。以一種更為宏觀的眼光來看，在世界文學史上，奧斯特洛夫斯基並不是一位非常突出的作家，其代表作《鋼鐵是怎樣煉成的》也並非世界公認的傑作。但翻譯成中文之後，卻受到異乎尋常的歡迎，其影響和地位遠遠超出很多世界經典名著，甚至超越了它在蘇聯的影響和地位。《鋼鐵是怎樣煉成的》在蘇聯是一九三四年出版，首次翻譯成中文是一九三七年，在至今約七十年的時間內，翻譯加上各種「縮寫」、「改寫」不少於三十種，僅上世紀九〇年代到本世紀初，就有二十多個版本。[1]發行量更是驚人，我們可摘錄一些資料：「以一九九四年灕江出版社出版的《鋼鐵》為例，在短短的半年時間，就印刷了三次，多達十八萬冊。」[2]「僅在我國，一九四二——一九九五年間，共印刷五十七次，發生量兩百五十萬冊。」[3]「中華人民共和國成立頭五年中，這本書再版了兩百四十六次，發行量超過一千萬冊。」六〇——七〇年代，「此書再版了二十五次」，「在改革的二十年中《鋼鐵是怎樣煉成的》在中國又再版了三十二次，發行量近一百五十萬冊。」[4]梅益、劉遼逸譯本，「一九五二年一次就出過五十萬本」，「到一九六五年，

1 張中鋒：〈近年來學術界有關《鋼鐵是怎樣煉成的》爭論述評〉，《河南師範大學學報》二〇〇二年第五期。
2 張中鋒：〈近年來學術界有關《鋼鐵是怎樣煉成的》爭論述評〉，《河南師範大學學報》二〇〇二年第五期。
3 郭瑩：〈精品的啟示——由《鋼鐵是怎樣煉成的》熱銷所想到的〉，《中國圖書評論》二〇〇〇年第四期。
4 奧克薩娜‧卡薩特金娜：〈保爾‧柯察金依然是偶像，但僅僅是中國青年的偶像——難道《鋼鐵是怎樣煉成的》將成為外國文化，而小是俄羅斯文化的寶貴財富了？〉，《俄語學習》二〇〇〇年第四期。

該書共印四十六次，印數達一百三十六點九萬冊。」[1]當然，這些資料不一定準確，比如新中國頭五年，就再版了兩百四十六次，這個數字肯定有誤。另外，有些「印刷」的次數顯然當成了「出版」的次數。但《鋼鐵是怎樣煉成的》在中國影響巨大、地位崇高，這卻是不爭的事實。

為什麼？這顯然與中國的社會現實有關，與政治意識形態特別時代精神有關，更與生活哲理有關。方長安、盧松芳認為：「主流意識形態的宣導是該書暢銷的重要原因。《鋼鐵是怎樣煉成的》在情節安排上將個人命運與現代革命相結合，以個人成長表現民族歷史，歌頌無產階級思想，這種結構方式與思想主題，與新中國對於民族現代革命歷史的表述邏輯、敘事傾向相吻合，有助於生產新的社會主義話語。」[2]這是很有道理的。正是因為如此，翻譯《鋼鐵是怎樣煉成的》充滿了政治色彩，比如梅益在一九三八年翻譯它實際上是當時八路軍上海辦事處負責同志劉少文代表黨交給他的一項任務。但中國的革命和政治生活環境顯然只是其在中國進行意義重新生成的一個方面，而它在中國獲得廣泛的認同，其深層的原因則是中國人的生活態度和價值追求，追求進步，通過社會貢獻達到自我價值的實現，通過「大我」實現「小我」，這是二十世紀中國社會的主流觀念。正是因為這樣，在中國社會現實語境中，《鋼鐵是怎樣煉成的》不僅是一部具有濃厚政治色彩的小說，同時也是一部普通的生活哲理小說。很多人把它當成了個人奮鬥、個人成長，實現個人價值的生活教科書。小說主人公的名言：「一個人的生命是應當這樣度過的：當他回首往事的時候，他不會因為虛度年華而悔恨，也不會因為碌碌無為而羞恥；這樣，在臨死的時候，他就能夠說：『我整個的生命和全部的精力，都已獻給世界上最壯麗的事業——為人類的解放而鬥爭。』」既可以進行政治的解讀，也可以作一般生活意義的解讀。對於所有不願意虛度年華的人來說，這句話都有啟迪意義。

---

[1] 方長安、盧松芳：〈《鋼鐵是怎樣煉成的》在新中國「十七年」的傳播研究〉，《廣東社會科學》二〇〇六年第四期。

[2] 方長安、盧松芳：〈《鋼鐵是怎樣煉成的》在新中國「十七年」的傳播研究〉，《廣東社會科學》二〇〇六年第四期。

正是因為社會生活不同，中國的《鋼鐵是怎樣煉成的》不同於蘇聯的《鋼鐵是怎樣煉成的》，在語境、傳播、運作機制的意義上，它的性質發生了變化。它超出了原著在蘇聯語境中的意義，而有了新的意義、作用和價值。這種新的意義、作用和價值，與其說是文本本身所固有的，還不如說是中國的社會生活所「賦予」的，我們看到，經過多次的翻譯、改寫、縮編、改編以及評論，《鋼鐵是怎樣煉成的》附著了太多中國社會的政治內涵和時代精神，附著了太多中國文化和文學品格，積澱了太多中國人的情感和思想。可以說，正是中國社會生活重新塑造了《鋼鐵是怎樣煉成的》，使他變得中國化，具有中國現代文學的特徵。

綜上所述，我的基本觀點是：翻譯文學雖然源於外國文學，但它更是譯者的作品。與原語外國文學相比，翻譯文學是漢語文本，更具有中國文學特性。讀者對象也發生了根本性的變化，它不再是給外國人看的，而是給中國人看的。外國文學一旦被譯成中文之後，就在中文語境中運行，它的意義和價值以及作用，都深受中國社會現實生活的影響，從而變得中國化。所以，翻譯文學具有「二重性」，既是外國文學，也是中國文學。站在中國文學的立場上來說，我們可以說，翻譯文學也屬於中國文學。

第五節　重審中國現代翻譯文學的性質和地位

反思文學史，尋找現代文學研究新的「生長點」，一直近二十年來中國現代文學研究的熱門話題。從理論上來說，現代文學研究的突破主要在兩方面：一是觀念上的突破、思維方式和方法上的突破、學術範式的突破，這種突破往往導致對中國現代文學現象進行重新研究和定位，對作品進行重新解讀和認識。二是材料上的突破，比如發現新的文學史料，發掘出新的文學現象從而拓展研究領域。當然，這兩個方面常常是緊密地聯繫在一起的，擴大研究範圍、開掘新的研究領域往往是以新的理論和觀念作為基礎的。

回顧近二十年中國現代文學研究，我們看到，「現代性」，中西文學關係，錢理群等人提出的「二十世紀中國文學」，陳思和、王曉明發起的「重寫文學史」，陳思和提出的「新文學整體觀」等研究，都可以說是反思文學史重要的成果。而近年來，現代文學的研究範圍則取得了重要的突破，比如關於舊體文學、通俗文學、文學期刊的研究，成績突出，突破了中國現代文學研究的舊有思路和格局，大大拓展了中國現代文學的研究範圍。正是這些觀念和範圍的突破，深刻地改變了中國現代文學史的面貌，推動著中國現代文學研究向前發展。

就中國現代文學史的對象和範圍來說，我認為還有一個領域被忽略了，這就是翻譯文學。這同樣深刻地涉及到文學觀念和文學史觀念的問題。翻譯文學究竟應不應該入中國現代文學史？這是一個值得深入探討的問題。我認為，翻譯文學雖然有別於創作，但從文學活動構成的「四因素」[1]來看，它具有中國文學性，我們可以稱之為「外國文學」，但它與原語和原語境的外國文學有根本的區別。就中國現代文學活動來說，它與創作深深地交融在一起，具有一體性，它是中國現代文學的一種特殊形態，一種不同於創作和批評的形態，所以它應該入中國現代文學史。

在當代，文學翻譯已經變成了一種專業，一個「學科」，一個具有相對獨立的學科，不再是純粹的文學事業，同時也是學術事業。文學翻譯或翻譯文學已經越來越脫離於中國當代文學創作，人們已經習慣於翻譯外國文學，而忘記了最初翻譯外國文學的意義的目的。翻譯文學對當前的文學現實有多大作用？對當今的文學創作有什麼意義？對當代中國社會現實有什麼實際價值？怎樣翻譯才能讓中國的讀者接受？這些已經不是當代文學翻譯重點考慮的問題。當代文學翻譯重點考慮的是如何翻譯，怎樣翻譯才更忠實於原著，更多地是考慮被翻譯的對象在外國文學史上及至整個世界文學史上的地位，也就是說，更多地是從外國文學學科這一角度來考慮問

[1] 即「作品」、「藝術家」、「世界」和「欣賞者」四因素。參見艾布拉姆斯：《鏡與燈：浪漫主義文論及批評傳統》，北京大學出版社，一九八九年版，第五頁。

題的。「純粹性」、「經典性」可以說成了當代文學翻譯選擇的最高標準。但中國現代的文學翻譯不是這樣。

中國現代翻譯文學總體上依附於中國現代文學，不具有獨立性。在現代時期，文學翻譯與文學創作之間的關係要比現在緊密得多，很深地糾纏在一起，互相滲透。外國文學始終是推動文學創作的重要動力，而外國文學對中國文學的影響就是對過翻譯文學的中介來完成的，並且如何影響、影響的程度以及影響的方式等都與翻譯有著直接的關係。在那時，學習外國文學是普遍的風氣，學習是革命的象徵，是進步、光榮的事情。正是在向西方文學學習的過程中，中國文學發生了現代轉型，才有了既與西方文學有著深刻的聯繫又不乏自己特色的中國現代文學。也正是學習和借鑒這一根本目的決定了中國現代翻譯文學不具有主體性，因為翻譯外國文學，輸入外國文學從根本上是為了現代文學的發展，而不是為外國文學本身。鄭振鐸曾引日本文藝批評家小泉八雲的話：「外國文學的研究的惟一價值乃在於他們的對於你用本國文字發表文學的能力的影響。」[1]這其實也很好地概括了中國現代翻譯文學的特點。

一般認為，新文學最早是從新詩開始的，而最早的新詩是胡適的《嘗試集》，在《嘗試集》中，按照胡適自己所說的，〈關不住了〉是他「新詩成立的紀元」[2]，但實際上，這首詩本質上是譯自「美國Sara Teasdale的Over the Roofs」[3]。作為中國現代詩歌的「紀元」性作品，竟然是翻譯作品，作為「事件」這具有象徵意義，它深刻地說明了中國現代文學創作與文學翻譯之間的淵源關係。實際上，現代文學史上的「譯」、「作」不分，胡適並不是個別現象，直到三〇年代的馮至仍然存在這種現象，比如《北遊及其他》（一九二九年出版）是馮至的一本詩集，不論是馮至本人編的「選集」還是後人編的「全集」，它都是歸類於馮至的創作，但其中卻收

1 鄭振鐸：〈翻譯與創作〉，《鄭振鐸全集》第一五卷，花山文藝出版社，一九九八年版，第一九二頁。
2 胡適：《嘗試集・再版自序》，《胡適文集》第九卷，北京大學出版社，一九九八年版，第八十四頁。
3 胡適：〈關不住了〉，《胡適文集》第九卷，北京大學出版社，一九九八年版，第一三五頁。關於胡適詩歌翻譯及與創作之間的關係，廖七一先生有詳盡的研究，參見《胡適詩歌翻譯研究》，清華大學出版社，二〇〇六年版。

錄了五首譯詩。[1]現代翻譯文學雖然不像近代翻譯文學一樣普遍地「譯」、「作」不分，但在總體上，創作與翻譯深層地糾纏在一起，具有一體性，二者是互動的關係，其影響與滲透難解難分。脫離了創作，我們不能很好地理解翻譯文學；反過來也是這樣，脫離了翻譯文學，我們不能很好地理解和研究現代文學創作。

在中國現代時期，文學創作與外國文學「近」而與中國文學「遠」，或者說，在性質和關係上，文學創作更親近於外國文學而更疏離於中國文學，原因很簡單：當時的文學創作主要是學習西方文學，不論是從精神上還是藝術形式上，都與西方文學的中國表述——翻譯文學——更接近。而當時的「中國文學」主要是指中國古典文學，它恰恰是中國現代文學所反抗和叛逆的，所以，文學創作與它更疏遠。有一則逸事：一九二五年，李健吾考上清華大學國文系，第一天上課，朱自清點名點到李健吾，問他是不是那位經常在報紙上發表作品的李健吾，李健吾回答是，然後朱自清對他說：「看來你是有志於文學創作嘍，那你最好去讀西語系，你轉系吧。」[2]這個故事同樣具有象徵性，它深刻地說明了中國現代文學創作與外國文學（主要表現為翻譯文學）之間的緊密關係：文學創作與文學翻譯具有一體性。

中國現代文學創作與文學翻譯的一體性突出性地表現在作家和翻譯家的一體上。我們看到，中國現代文學史上重要作家，他們大多同時也是翻譯家，魯迅、郭沫若、茅盾、巴金、冰心、馮至、周作人、梁實秋、戴望舒、穆旦、瞿秋白、卞之琳、蕭乾、徐志摩、朱光潛、梁宗岱、夏衍、周揚、周立波等，都可以稱得上是翻譯

[1] 關於現代文學中作家「創作集」中收入譯文的現象，秦弓〈論翻譯文學在現代文學史上的地位——以五四時期為例〉一文的「結論」中有所論述，他引周作人的解釋很能說明問題，不妨轉引如下：「我相信翻譯是半創作，也能表示譯者的個性，因為真的翻譯之製作動機應當完全由於譯者與作者之共鳴，所以我就把譯文也收入集中。」《文學評論》二〇〇七年第二期。

[2] 這則材料來自於韓石山：〈縱橫誰是李健吾〉，《韓石山文學批評選》，書海出版社，二〇〇四年版，第一〇九頁。又見〈在外國文學裏乞食〉一文（第二六九頁）。本人沒有找到原出處，如有出入或不準，敬請批評指正。

大家。很多作家的翻譯都可以和創作相提並論甚至在成就和數量上都超過創作，比如魯迅、卞之琳、蕭乾、梁實秋等人的翻譯和創作在字數上大致相當，成就上也可以說不相上下。而戴望舒、穆旦等人的翻譯在字數上要遠遠超過創作，在成就上也很高。比如戴望舒的詩歌翻譯是他詩歌創作的四倍，小說翻譯約有一百五十萬字，而他自己的小說創作，《戴望舒全集・小說卷》收錄的僅三篇，不足五千字。而傅雷、曹靖華、汝龍、羅念生等人在文學史上的地位則主要是因為他們的文學翻譯。

而更重要的是，文學翻譯對這些作家的文學創作造成了最直接也是最深刻的影響。魯迅受果戈理的影響、郭沫若受歌德和惠特曼的影響、冰心受泰戈爾的影響、馮至受里爾克的影響，等等，這都是公認的事實。而在這種影響中，翻譯具有中介性。翻譯可以說是最直接、最實在的影響，也是最深層的影響。作家翻譯的過程也可以說是全方位學習和訓練的過程，正如卞之琳評論戴望舒的翻譯所說：「他翻譯外國詩，不只是為了開拓藝術欣賞和借鑒的領域，也是為了磨煉自己的詩傳導利器。」[1] 蹇先艾說：「翻譯倒正是一個休養與培養創作力的好機會，不惟可以不至於使自己的寫作的技術變得很生疏，而且還能多少學到一些名家的巧妙手法。」[2] 文學翻譯，不僅要對原著從內容到形式進行反覆的體味、琢磨，體驗其文學性，還要仔細斟酌如何用中文進行有效的表達，對於中國現代文學中的許多作家來說，這種文學體驗和表達實際上就是創作的模仿和準備，它會對作家的創作從思想觀念到思維方式到藝術表現等各方面都發生潛移默化的影響。

縱觀中國現代文學史，我們可以看到，很多作家的文學翻譯和文學創作是互動的，同步調的。比如戴望舒，對他有相當瞭解和理解的施蟄存說：「戴望舒的譯外國詩，和他的創作新詩，幾乎是同時開始。」「望舒譯詩的過程，正是他創作詩的過程。」[3] 其重要的依據就是：「初期的戴望舒，從翻譯英國頹廢派詩人道生和法

1 卞之琳：〈翻譯對於中國現代詩的功過〉，《卞之琳文集》中卷，安徽教育出版社，二〇〇二年版，第五五一頁。

2 蹇先艾：〈翻譯的嘗試〉，《蹇先艾文集》第三卷，貴州人民出版社，二〇〇四年版，第二八六頁。

3 施蟄存：《戴望舒詩全編・引言》，梁仁編《戴望舒詩全編》，浙江文藝出版社，一九八九年版。

國浪漫派詩人雨果開始，他的創作也有些道生和雨果的味道。中期的戴望舒，偏愛了法國的象徵詩派，他的創作就有些保爾・福爾和耶麥的風格。後期的譯詩，以西班牙的反法西斯詩人為主，尤其熱愛洛爾迦的謠曲，我們也可以在《災難的歲月》中，看到某些詩篇具有西班牙詩人的情緒和氣質。」[1]卞之琳也表達過大致相同的意見，他更加具體，說法稍有不同：「就成果看，他在詩創作的正與內容相應的形式上的變化過程和他譯詩的變化過程確是恰好一致。他用有韻半格律體寫他的少作詩，截至〈雨巷〉為止，正是他用類似的體式譯陶孫和魏爾倫的時期，他用圓熟的自由體表現更多的現代感性而寫以《望舒草》一集為主的大部分詩，正是他譯法國後期象徵派果爾蒙、耶麥等人的時候；後來他用多半有韻的半自由體選擇西班牙詩人、『抗戰謠曲』、特別是洛爾迦的時候，他自己也就這樣寫了一些抗戰詩。」[2]有意思的是，卞之琳本人也這樣，他自己承認，他的文學創作和他的文學翻譯是「同步」[3]的。

事實上，比較中國現代作家的作品和他們的文學翻譯，我們可以找到大量相似性的文本，在很多作家的作品中，我們能夠看到他們的翻譯作品的影子和痕跡，當然這種影子和痕跡是多方面的，可能是思想觀念上的，也可能是結構上的，也可能是意象上的，等等。我們可以找到大量翻譯與創作相似的例子。比如馮至的《十四行集》第二首有這樣的詩句：

我們安排我們在這時代
像秋日的樹木，一棵棵

1 施蟄存：《戴望舒譯詩集・序》，《戴望舒譯詩集》，湖南人民出版社，一九八三年版。
2 卞之琳：〈翻譯對於中國現代詩的功過〉，《卞之琳文集》中卷，安徽教育出版社，二〇〇二年版，第五五〇—五五一頁。
3 卞之琳：〈從《西窗集》到《西窗小書》〉，《卞之琳文集》下卷，安徽教育出版社，二〇〇二年版，第六〇四頁。

把樹葉和些過遲的花朵
都交給秋風，好舒開樹身
伸入嚴冬；……[1]

而他早些翻譯的里爾克的〈秋日〉中，有這樣的詩句：

把你的陰影落在日規上，
讓秋風颳過田野。

讓最後的果實長得豐滿，
再給它們兩天南方的氣候，
迫使它們成熟，
把最後的甘甜釀入濃酒。[2]

把兩首詩作一比較，我們看到，馮至的詩在語句、筆法上，在結構立意上，在意象上都與里爾克的詩有某種相似，我們甚至忍不住聯想馮至的〈什麼能從我身上脫落〉整首詩就是從里爾克〈秋日〉脫胎而來，當然，馮至的這首詩比里爾克的〈秋日〉主題更集中，更精粹，不論是在思想上還是在藝術上都有很大的提升。對於

[1] 馮至：《十四行集》，《馮至全集》第一卷，河北教育出版社，一九九九年版，第二一七頁。
[2] 里爾克：〈秋日〉，馮至譯，《馮至全集》第九卷，河北教育出版社，一九九九年版，第四三一頁。

馮至來說，他也許並沒有有意識地學習里爾克，但馮至非常推崇里爾克，里爾克的詩對他有很深的影響，從而在創作中潛意識地表現出來，這卻是很自然的。

穆旦深受現代英語詩人的影響，這也是公認的事實。江弱水曾詳細考察了穆旦詩歌與現代英語詩歌特別是與奧登詩歌的關係，他的結論是：「在穆旦的詩集裏，觸目皆是奧登留下的痕跡，且經常不加掩飾。」「穆旦的詩思經常並不享有獨立自主的知識產權。好多在我們認為是原創的地方，他卻是在移譯，或者說，是在『用事』，也就是化用他人的成句。」[1]江弱水並具體對比了穆旦的《饑餓的中國》（三）和穆旦翻譯的奧登的《西班牙》兩首詩來說明他的觀點。三〇年代末期穆旦在西南聯大外語系讀書時，對英國現代詩歌發生了強烈的興趣與愛好，反覆研讀和揣摩，自然，艾略特、葉芝、奧登等人的詩歌對他發生了潛移默化的影響，這種影響通過中文創作表達出來時就表現出一種翻譯的形態，這大概就是江弱水所說的「移譯」和「模仿」。事實上，把穆旦四〇年代寫作的詩歌和他七〇年代翻譯的《英國現代詩選》進行對讀，我們感覺二者的確有太多的相似性。對於穆旦來說，翻譯與創作是相互影響的關係，它們深深地糾纏在一起，具有一體性，很難決然地分別開來。當然，學習和借鑑在中國現代文學史上是非常普遍的，也是很正常的，中國現代文學就是在學習和借鑑西方文學的過程中發展並逐漸成熟起來的，發現了穆旦與現代英語詩歌之間的淵源關係，這絲毫構不成對穆旦的否定。

事實上，魯迅也是這樣。把魯迅的作品和他翻譯的作品進行對讀，我們總是感到有很多似曾相識，語句上的、語勢上的、意象上的、結構上的，思想和觀念上的，等等。當然，這種相似性同樣也是相互的，就是說，魯迅的文學翻譯影響了他的文學創作，反過來，他的文學創作又會影響他的文學翻譯，二者交互在一起。對於魯迅來說，他的文學活動從來都是兩方面的，一方面是文學創作，一方面是文學翻譯，我們今天把這二者區分

1 江弱水：《中西同步與位移——現代詩人叢論》，安徽教育出版社，二〇〇三年版，第一三二、一二九頁。

得很開，魯迅的翻譯甚至連進《魯迅全集》的資格後來都被「剝奪」了，但對於魯迅本人來說，分別卻並不像今天這樣明顯，它是有機地融合在一起的，外國文學對於魯迅來說可能已經變成了潛意識和無意識，他自己恐怕也說不清楚哪些因素是學習和借鑒而來，哪些因素是獨創。同樣我們也應該為魯迅的學習和借鑒進行辯護，我們說魯迅受到了西方文學的影響，比如魯迅的《狂人日記》借鑒了果戈理《狂人日記》，這絲毫不損魯迅的偉大。世界上任何一個偉大的作家都要學習和借鑒前人與別人的創作，並且，學習和借鑒與他本人的成就通常是成正比例的。魯迅的偉大就在於，他一方面大膽地向西方文學學習，這種學習使他站在一個很高的基礎上；另一方面他又充分吸收民族文學遺產，在匯通中外文學的基礎上創新，從而開一代新風，開闢了中國文學新的道路，即現代文學的道路。

翻譯文學在現代時期實際上扮演著新文學的先鋒作用，它深刻地影響創作。魯迅、馮至等人在翻譯中學習外國文學，這可以說是直接受外國文學的影響，而直接閱讀翻譯文學，間接地接受外國文學的影響就更普遍，正如馮至所說：「中國新詩人能夠直接讀外國詩的只是一部分，有成就的詩人中通過譯詩，或通過理論的介紹，間接受到外國詩影響的也不在少數。」[1]而且，翻譯的方式以及翻譯的好壞直接影響新詩的方式以及新詩的好壞，卞之琳也說：「『五四』以來，我們用白話譯西方詩，除了把原來的內容、意義，大致傳達過來以外，極少能在中文裏保持原來面貌。不能讀西方詩原文的讀者就往往認為西方詩都是自由詩，或者大都是長短不齊，隨便押韻或一韻到底的半格律詩，或相反，也就是『方塊詩』，有些寫詩的也就依樣畫葫蘆，輾轉影響，流弊可知。」[2]翻譯不僅導致新詩的產生，還制約著新詩的發展，卞之琳說：「西方詩，通過模仿與翻譯嘗試，在『五四』時期促成了白話新詩的產生。在此以後，譯詩，以其選題的傾向性和傳導的成功率，在一定程度

[1] 馮至：〈中國新詩和外國詩的影響〉，《馮至全集》第五卷，河北教育出版社，一九九九年版，第一八二頁。

[2] 卞之琳：〈新詩和西方詩〉，《卞之琳文集》中卷，安徽教育出版社，二〇〇二年版，第五〇三頁。

上，更多地介入了新詩創作發展中的幾重轉折。」[1]新詩的發生與譯詩有關，新詩的發展與譯詩有關，新詩的優長與譯詩有關，新詩的弊端同樣與譯詩有關，由此可見翻譯文學與中國現代文學之間的密切關係。西渡詳細考察了現代中國詩歌翻譯與創作之間的關係，他的判斷是：「創作與翻譯的關係，翻譯是先導性的，對創作起著引領的作用，而創作是被翻譯所引導和推動的。」[2]我認為這是非常有道理的。

中國現代文學翻譯與創作深深地糾纏在一起，不僅表現在作家與翻譯家的一體性上，還表現在整個文學活動的一體性上。在中國現代時期，文學還不具有現代意義上的分科，文學創作、文學翻譯、文學批評、文學研究包括文學史研究和文學理論研究，它們是一體的，其聯繫是自然性的，是有機的。其中文學創作是核心，其他都可以說是文學創作的衍生，甚至於為創作服務的。正是因為如此，所以那時候很多文學翻譯家、文學批評家以及一部分文學研究學者都是從作家中產生的，或者說具有創作的背景。比如魯迅、郭沫若、茅盾都可以說是「四位一體」，並且在四個方面都卓有建樹。而大多數作家都是身兼三職。不像今天，作家是自然產生的，而學者和翻譯家是大學專業訓練出來的，並且，文學創作、文學研究和文學翻譯，「三權分立」，相互隔絕，互不聯繫。

中國現代文學活動的一體性尤其表現在期刊上。在中國現代文學史上，期刊是最重要的文學陣地，期刊最能集中地反映當時的文學整體狀況，從期刊上可以我們看到當時文學活動的基本情形。與現在不同，當時文學各學科分工不明顯，沒有嚴格的「文學創作界」、文學研究「學術界」、「文學翻譯界」、「文學評論界」，只有籠統的「文學界」。就筆者所見到的，沒有專門的文學研究雜誌[3]，沒有專門的文學批評雜誌，只有一家專

1 卞之琳：〈翻譯對於中國現代詩的功過〉，《卞之琳文集》中卷，安徽教育出版社，二〇〇二年版，第五五一頁。
2 西渡：〈翻譯・創作・民族性〉，《文學前沿》第五輯，首都師範大學出版社，二〇〇二年版，第一一七頁。
3 俞伯平曾計畫創辦一份《紅樓夢》研究雜誌，但未實現。詳見俞平伯〈與顧頡剛討論《紅樓夢》的通信〉（第十五），《俞平伯全集》第五卷，花山文藝出版社，一九九七年版，第五十五頁。

門性的文學翻譯雜誌，即《譯文》，是由魯迅於一九三四年創辦的。中國現代文學時期，文學期刊多是綜合性，既發表文學創作作品，也發表文學翻譯作品，還發文學評論文章和文學理論批評文章，還有各種文學史介紹，比如外國作家、作品和流派的介紹等。綜合性期刊也有文學欄目，而文學欄目也多是綜合性的。具體於翻譯文學與創作，我們不妨通過幾種雜誌來作一些具體的分析。

筆者統計：《新青年》從第一卷第一號到第八卷第六號共四十八期，共發表文學作品一百四十八篇次，其中翻譯文學八十篇次，文學創作六十八篇次。[1]另外，《新青年》從第二卷第二號開始斷斷續續連載劉半農的《靈霞館筆記》，這本著作不論是在當時還是在現在都屬於外國文學論著，但其中有大量的外國詩歌的翻譯，比如其中就翻譯了著名的《馬賽曲》。《新青年》對於中國現代文學的影響這是無庸置疑的，這個簡單的統計說明，翻譯文學在整個新文學產生的過程中具有重要的地位，在當時，它與創作具有「共生」性。它既是新文學的範本，催生著中國新文學的誕生，同時它也是新文學的依託，新文學家們通過以一種新的方式翻譯外國文學來培養和建設新文學，也為新文學找到了西方的根據，並擴大了自己的影響，可以說，它們具有共通性，並且相互作用，「共生共榮」，共同推動中國新文學的產生和發展。

對於翻譯的性質，《新青年》沒有特別的說明，但非常明顯，在《新青年》那裏，翻譯文學顯然並不就等於「外國文學」，這既表現在文本的巨大差異上，也表現在作品的「版權」形式上。《新青年》第一卷共發表六篇翻譯文學作品，其中四篇是雙語文本，即「英漢對照」。但這種「英漢對照」顯然不同於今天英語學習中的「英漢對照」，它屬於兩種文本，即英語文本與中文文本，《新青年》把兩種文本並置，實際上表明了這是兩種不同的文學作品，英語原文屬於外國文學，而翻譯文學則屬於中國文學。這種把翻譯文學區別於外國文學的做法還可以從目錄「版權」上反映出來，從第一卷第一號直到第五卷第二號，目錄上的翻譯文學作品的署

1 這裏按照目錄上的一級標題統計，所以用「篇次」計而不用「篇」計。

名，都只有作為作者的譯者而沒有標「譯」字樣。比如第一卷第一號，（小說）《春潮》，署名陳嘏；第一卷第二號，《讚歌》，署名陳獨秀；第二卷第三號，《歐洲花園》，署名劉半農。不看原文，僅從目錄上來看，還以為這些作品都是創作呢。但實際上，它們都是翻譯作品，這在正文處有明確的說明，比如《春潮》，正文處署俄國屠爾格涅甫原著，陳嘏譯；《讚歌》，正文處署達噶爾作，陳獨秀譯；《歐洲花園》，正文處署葡萄牙當代文豪爾窪原著，劉半農譯。

目錄與正文在著作權上的不統一，在今天看來，這是不規範，但這種不規範隱隱透漏出《新青年》當時對翻譯作品在性質上的矛盾心態。在目錄上不署「譯」字樣，似乎表明翻譯文學作為漢語文本，它應該屬於翻譯者所有，屬於中國文學。所以，胡適的《嘗試集》和《嘗試後集》中收錄了大量的譯詩，比如〈關不住了〉、〈哀希臘歌〉、〈清晨的分別〉等。而一直到第五卷第二號，《新青年》始在目錄上標「譯」字樣。比如，前一期〈國民之敵〉目錄上署名是陶履恭，這一期則改為「易卜生著、陶履恭譯」。再比如〈tagore詩二首〉，署劉半農譯。周作人譯了二篇短篇小說，署名為：「瑞典August Strindberg著、周作人譯」。這似乎又表明《新青年》開始重視翻譯文學的獨特性，強調它的雙作者性。但不管如何署名，這種翻譯文學與創作的「共棲」性都說明，翻譯文學在新文學的初期與新文學具有一體性，它實際上是新文學運動的一個組成部分，而不是一種脫離新文學的獨立的文學活動。

《新青年》上的創作與翻譯是並置的，中國現代文學史上大多數期刊都是這樣的。綜合性的雜誌比如《新潮》、《現代評論》、《東方雜誌》等是這樣，文學期刊比如《新月》、《小說月報》、《現代》、《創造週報》、《幻洲》、《莽原》以及《禮拜六》等也是這樣。《東方雜誌》「光緒三十年正月」（即一九〇五年）創刊，首期就設有小說欄，所刊小說就是翻譯作品，「美國樂林司朗治原著」的偵探小說《毒美人》，連載十多期。這一傳統後來一直被承襲，「小說欄」後來改為「文藝欄」，但仍以發表小說為主，包括創作的小說和翻譯的小說。

在中國現代文學史上，文學期刊眾多，生存的時間或短或長。翻檢這些雜誌，我們看到，其中大多數雜誌都刊載翻譯作品。在這些期刊中，除了《譯文》專載翻譯作品以外，還有不少雜誌大量發表翻譯文學作品。比如《大眾文藝》，第一卷共七期（一九二八年九月至一九二九年十一月）中，共刊載作品六十五篇次（即按一級目錄統計），其中翻譯文學三十八篇次，約占總數的百分之五十八。再比如改版後的《小說月報》，其翻譯文學在整個雜誌中也佔有很大的比重，一九二一年共十二期，其中「譯叢」欄發表翻譯文學八十六篇次，而「創作欄」發表的作品只有五十四篇次。這充分說明，在中國現代文學史上，翻譯文學不具有獨立性，它完全納入了中國現代文學的運行機制，文學翻譯活動屬於整個文學活動的一個有機組成部分，它不同於創作，但也不脫離創作。

中國現代翻譯文學與創作始終聯結在一起，這與當時學科不成熟有關，但也不完全如此，最根本的原因還在於它們本來就是統一的，本來就是相互聯繫相互影響的。對於《大眾文藝》為什麼要刊載大量的翻譯文學作品，郁達夫在實際上是「發刊詞」的〈大眾文藝釋名〉一文解釋說：「我國的文藝，還趕不上東西各先進國的文藝遠甚，所以介紹翻譯，當然也是我們這月刊裏的一件重要工作。」[1]翻譯外國文學，不僅是豐富我們的文學，給讀者提供精神食糧，同時更是為我們的創作提供借鑒，提高和發展我們自己的文藝。《小說月報》改版周年時，茅盾寫了一篇總結性的文章，在這篇文章中，他用了很多篇幅談文學翻譯的問題，他說：「我覺得翻譯文學作品和創作一般地重要，而在尚未有成熟的『人的文學』之邦像現在的我國，翻譯尤為重要；否則，將以何者療救靈魂的貧乏、修補人性的缺陷呢？」又說：「我又覺得當今之時，翻譯的重要實不亞於創作。西洋人研究文學技術所得的成績，我相信，我們很可以，或者一定要採用。採用別人的方法——技巧——和徒事仿效不同。我們用了別人的方法，加上自己的想像情緒……結果可得自己的好的創作。在這意義上看來，翻譯就

1 郁達夫：〈大眾文藝釋名〉，《大眾文藝》第一期（一九二八年九月）。

像是『手段』，由這手段可以達到我們的目的——自己的新文學。」[1]在類別上，翻譯文學具有獨立性，但從意義、價值以及運作上，它不脫離中國現實和中國文學。在思想上，它幫助我們完成「人的文學」的目標，提高中國人的精神素養；在藝術上，它給我們提供技術上的支援，幫助中國文學完成現代轉型。所以，翻譯文學在存在和運作的深層上淵於我們自己的創作。

正是因為這樣，所以，翻譯什麼，如何翻譯等都深刻地受制於我們的創作。正是在這一意義上，也即在一種寬泛的意義上，我們可以把翻譯文學看作創作的一個組成部分。正如有人所說：「『翻譯文學』甚至不僅僅是一個客觀的參照系，也可以被看作是能融入中國本土的具有一種擴張與實踐意義的生長性文本。」[2]我認為這是非常有道理的。對於中國現代文學中的很多作家來說，把翻譯和創作分別開來是沒有多大意義的，翻譯文學與創作之間的差距並不大於小說與詩歌或散文之間的差距，創作並不一定比翻譯更有價值或更有創造性，翻譯也不比創作更容易，它們同等重要。正是因為翻譯與創作之間具有深層的內在聯繫，所以，在中國現代文學史上，翻譯與創作如影隨形，在各種文學活動中都是「並置」性地「出場」。實際上，對於一般讀者來說，特別是五四時期，新文學是一種完全陌生的文學，翻譯文學也是一種完全陌生的文學，它們之間並沒有什麼實質性的不同，它們對讀者的意義和價值並沒有什麼不同。它們之間的差距遠小於新文學與舊文學之間的差距。對於作者來說，文學翻譯和文學創作在語言、文體、寫作技術、表現手法上都具有「同構性」，具有內在的聯繫，翻譯創作「相長」。所以，無論從哪一方面來說，翻譯文學都是新文學的「同盟軍」。在文學活動上，事實上也是這樣，翻譯文學不僅是新文學的學習榜樣，同時也是新文學反抗傳統文學的「武器」，它們之間互相「佐證」。

1　記者（即茅盾）：〈一年來的感想與明年的計畫〉，《小說月報》第十二卷第十二號（一九二一年十二月）。

2　董麗敏：〈想像現代性——革新時期的《小說月報》研究〉，廣西師範大學出版社，二〇〇六年版，第一三二頁。

翻譯文學後來越來越具有獨立性，並且演變到當今的與創作的隔膜狀況，這與外國文學作為學科的發展有關，與翻譯文學的發展有關，更與中國現代文學的發展有關，當中國現代文學越來越具有自己的特色，越來越走上獨立之路，越來越遠離西方文學時，翻譯文學便真正地與中國文學分道揚鑣，也開始走自己的路，從而成為一種獨立於中國文學的學科和文學領域。但翻譯文學在現代時期還不是這樣，那時，翻譯文學的運作始終是圍繞著創作展開的，始終不具有獨立性。

中國現代翻譯文學之所以應該納入中國現代文學史，重要的原因還在於，中國現代翻譯文學從「生產」到「消費」的全過程始終不脫離中國現實語境和中國文學語境，所以具有中國性、本土性。它是外國作家的作品，這是沒有疑問的，但它更是中國翻譯家的作品，是翻譯家的「創作」。它的讀者對象是中國現代讀者，中國的社會現實和中國讀者的文學欣賞習慣以及文學需求始終潛在地影響和制約它的選擇和運作，從而深層地決定它的意義和價值。它是中國現代時期的文學作品，主要是現代漢語形態的作品，是在中國現代文學體制下運行，所以本質上屬於中國現代文學，應該納入中國現代文學史的「書寫」。

外國文學史作為已經發生的過去，有它的客觀性，但面對浩瀚無邊的外國文學，翻譯什麼，如何翻譯，就具有很大的主觀性。不同在於，不同的歷史階段其選擇和翻譯的主觀性有很大的差異，而中國現代文學翻譯其主觀性就非常強烈，具有鮮明的時代性。外國文學本身的藝術價值以及它在文學上的地位等當然也是我們選擇它予以翻譯的一個重要因素，甚至也不能排除某些偶然的因素，但選擇哪些外國作品進行翻譯從根本上還是取決於中國的社會現實和文學現實，還是取決於中國現代文學的需要和發展。比如，為什麼蘇聯文學在二〇年代中期之後被大量地翻譯過來，特別是蘇聯衛國戰爭題材的作品在四〇年代的中國非常通行，這顯然與中國的革命和戰爭有關係，李今說：「他們介紹蘇聯文學的最根本的目的是為了中國革命，而不僅僅是文學。」[1]魯迅則

[1] 李今：《三四十年代蘇俄漢譯文學論》，人民文學出版社，二〇〇六年版，第十五頁。

是一語中的：「而對於中國，現在也還是戰鬥的作品更為緊要。」[1]中國的革命和戰爭與蘇聯的革命和戰爭有著驚人的相似，所以，他們的同類題材作品特別能引起我們的興趣，也對我們具有現實意義和借鑒意義。

正是因為如此，在三四十年代，高爾基在中國受到特別的歡迎。在蘇俄，優秀的作家很多，為什麼唯獨高爾基在我們的翻譯中具有特殊性乃至高高在上，這與高爾基文學成就本身有關係，但政治的因素則是更重要的。高爾基本來是複雜而豐富的，但翻譯過來的高爾基卻是單純的，這當然與蘇聯把高爾基解釋和刻畫得單一有關，但更深層的原因則是我們需求的單純。我們並不是對高爾基及其作品感興趣，我們真正感興趣的是我們自己，是我們的社會現實與文學現實。與高爾基形成鮮明對比的是，深受俄羅斯人喜愛的普希金最初不受歡迎，這顯然與他的浪漫主義藝術觀念與我們的政治文化現實相距甚遠有很大的關係。後來普希金被接受，與其說是他的藝術成就被我們認識了，還不如是我們對他成功地進行了闡釋，從「語言」和「人民」這裏我們找到了普希金與中國的契合點，普希金被解釋成學習民間語言的典範，被解釋成「為人民服務」的革命英雄。特別是普希金的文學可以用來解釋和印證毛澤東文藝思想時，他便在中國獲得了空前的地位。

所以，本土需要和本土經驗對於文學翻譯來說具有決定性。在中國現代文學史上，說某某作家有地位和影響、藝術成就很高，作為翻譯的理由，這是蒼白的。我們必須從被翻譯的對象中找到某種對我們的社會現實和文學現實非常有用的東西，否則就沒有翻譯的必要，勉強翻譯過來也不會發生什麼影響。魯迅曾說他「敬服」但丁和陀斯妥耶夫斯基，但「不能愛」。為什麼？根本原因就在於他們的思想對於魯迅來說太隔，他們所表達的思想和問題，在中國缺乏語境，缺乏文化基礎和現實基礎，所以接受不了，實際是用不上。比如對於陀斯妥耶夫斯基的「忍從」思想，魯迅說：「不過作為中國的讀者的我，卻還不能熟悉陀斯妥夫斯基式的忍從——對於橫逆之來的真正的忍從。在中國，沒有俄國的基督。在中國，君臨的是『禮』，不是神。百分之百的忍從，

[1] 魯迅：〈答國際文學社問〉，《魯迅全集》第六卷，人民文學出版社，一九八一年版，第十八頁。

在未嫁就死了訂婚的丈夫，堅苦的一直硬活到八十歲的所謂節婦身上，也許偶然可以發現罷，但在一般的人們，卻沒有。」[1]正是因為如此，陀斯妥耶夫斯基很難為中國讀者所接受，其作品自然要受到翻譯家的冷落，即使他「太偉大」（魯迅語）了，也沒有用。

中國現代翻譯文學的本土性、中國性，不僅僅是因為它是中國需求和認同的產物，更表現在它的文本上。中國現代翻譯文學是現代翻譯家翻譯的，現代的知識結構、文學制度、文學風尚等深深制約作者及作者的翻譯，所以翻譯出來的文本具有深刻的時代性、民族性，從而具有中國現代文學性。翻譯就是背叛，翻譯就是「不忠」，翻譯就是闡釋，翻譯就是「游移」，翻譯具有「政治性」，對於中國現代文學翻譯來說尤其這樣，很多翻譯家都承認這一點。比如以翻譯托爾斯泰《戰爭與和平》著名的董秋斯就明確提出「翻譯就是創作」的觀點，趙景深則認為，「譯得順不順」比「譯得錯不錯」更重要。[2]按照現在的觀點來看，中國現代文學翻譯有很多錯誤，有很多漏譯、誤譯以及增譯等，錯誤當然是難免的，但很多我們認為的「錯誤」未必是錯誤，它可能是有意為之，屬於翻譯限度內的「創作」。

真錯誤也好，假錯誤也好，這都說明，翻譯與原著之間存在著很大的差距。我們當然承認翻譯文學與原著之間的聯繫，但翻譯文學不等於原語文學。文學作品一經翻譯之後，它就變成了譯語的文學，就與原作脫離了關係，成為另外一種文學。外國文學一旦被翻譯成漢語之後，它就不再是純粹的外國文學，而同時也是漢語文學，就被置於漢語語境之中，其性質和歸屬就要根據它特定的語言、體制和時代等綜合因素來決定。我認為，中國近代翻譯文學在語言上主要是古代漢語的，在體式上主要是古代文學方式的，是在近代社會體制和近代文學體制下運行，所以它總體上屬於中國古代文學。而到了現代，翻譯文學在語言上主要是現代漢語的，在體式上主要是現代文學方式的，

---

[1] 魯迅：〈陀斯妥夫斯基的事——為日本三笠書房《陀斯妥夫斯基全集》普及本作〉，《魯迅全集》第六卷，人民文學出版社，一九八一年版，第四一二頁。

[2] 轉引自李今《三四十年代蘇俄漢譯文學論》，人民文學出版社，二〇〇六年版，第三〇一；三二五頁。

它是在中國現代社會體制和現代文學體制下運行，所以它總體上屬於中國現代文學。比如西方詩歌，近代無一例外地都翻譯成格律體，或者古體、或者近體，少數還翻譯成賦體、詞等。而到了現代，絕大多數西方詩歌都被翻譯成新詩體即自由體。所以，在文學形式上，中國現代翻譯文學更接近中國現代文學文本，而不是外國文學文本。

中國現代翻譯文學不僅在作者的層面上、在文本的層面上應該屬於中國現代文學，在讀者和閱讀的層面上，它更應該屬於中國現代文學。讀者是構成整個文學活動的一個非常重要的環節，文學作品的意義與價值並不完全取決於文本，同時還取決於讀者的閱讀，在「消費」的意義上，讀者潛在性地也是深層地影響作品的性質。伽達默爾說：「理解從來就不是一種對於某個被給定的『對象』的主觀行為，而是屬於效果歷史，這就是說，理解是屬於被理解東西的存在。」[1]這樣，「理解」就不再是一種方法，而是文學的本體，也就是說，理解的意義就是文學本身的意義。翻譯文學雖然來源於外國文學，但在讀者的層面上，它與外國文學具有完全不同的歸屬，外國文學其原語就決定了他的讀者對象主要是「外國人」，而翻譯文學其譯語則決定了它的讀者對象主要是「本國人」。就中國現代翻譯文學來說，它是給中國現代讀者看的，它的性質、它的意義和價值同時也取決於現代中國社會和中國文學的語境。事實上，中國現代翻譯文學更多地是扮演著中國現代文學的角色而不是外國文學的角色，郭沫若在談到屠格涅夫的《處女地》時說：「我們假如把這書裏面的人名地名，改成中國的，把雪茄改成鴉片，把弗加酒（即伏特加）改成花雕，把撲克牌改成麻將（其實，這一項不改也不要緊），你看那俄國的官僚不就像我們中國的官僚，俄國的百姓不就像我們中國的百姓嗎？這書裏面的青年，都是我們周圍的朋友，諸君，你們不要以為屠格涅甫這部書是寫的俄羅斯的事情，你們盡可以說他是把我們中國的事情去改頭換面地做過一遍的呢！」[2]所謂俄羅斯的事情就是我們自己的事情，俄羅斯的青年就是我們周圍的朋友，

---

1 伽達默爾：《真理與方法》（上卷），上海譯文出版社，一九九九年版，〈第二版序言〉第八頁。
2 郭沫若：《新時代・序》，《新時代》上冊，上海商務印書館，一九二五年版，第四頁。

就是在閱讀意義上而言的。也正是這種閱讀的意義上，《處女地》被郭沫若翻譯成中文以後，變得中國化了，具有了中國現代文學的功能。

文學作品在閱讀中發生改變，這種改變不僅僅表現在內容上，更表現在形式和藝術性上。把讀者及其閱讀納入翻譯文學的研究視野，中國現代翻譯文學就變成了中國文學，變成了漢語文學，變成了中國人所專屬的文學，就與原作者沒有了關係，就與原語言沒有了關係，就脫離了原語境而進入中國語境，就脫離了原運作機制而進入了中國文學的運作機制，一句話，就變成了中國現代文學。

正是因為中國現代翻譯文學在完整的文學活動構成上從作者到文本到讀者到語境都具有中國性，所以，它與外國文學有根本的區別，更屬於中國現代文學。也正是在「作者」、「文本」、「讀者」和「現實語境」這四個維度上，中國現代翻譯文學具有自己的體系，構成了一種獨特的「外國文學史」，一種不同於外國「本國」文學史的「外國」文學史。外國文學經過漢譯之後，是否有地位和影響，不僅僅取決於原作的藝術價值，更取決於中國，取決於它對中國社會和文學是否具有針對性，取決於翻譯是否能為中國讀者所接受。就中國現代翻譯文學來說，翻譯過來的作品在外國未必就是最優秀、最有影響和在文學史很有地位的作品，有很多外國經典作品都沒有翻譯過來，或者翻譯過來也沒有什麼影響和地位。

比較翻譯意義上的「外國文學史」和一般意義上的外國文學史（也即世界文學史）或者原語國的本國文學史，我們看到，二者之間存在著很大的差距。有些作家，在「本國」文學史上和在專業的外國文學史上，地位很高，但在中國現代翻譯文學史上，卻影響很小甚至於不見蹤影，比如英國女作家艾略特，在英國文學史非常有地位，但在中國，不僅在中國現代文學時期，少有人知道，就是在當代文學界，知道她的人也很少。相反，有些作家，在一般意義的世界文學史上，地位並不高，影響也非常有限，但在中國，卻非常有地位，作品不斷地被翻譯，影響一代又一代的中國人。比如果戈理、莫泊桑、法捷耶夫、龐德、奧斯特洛夫斯基、阿・托爾斯泰、屠格涅夫、高乃依、狄德羅、萊蒙托夫、席勒、薩特等人，他們的作品被大量翻譯成中文，深受中國讀者的喜愛，在中國人的印象中，他們都是可以位列前五十位的世界文學大師。受中國史傳傳統的影響，中國人一直有一種「排座次」的情結，文學史也是這樣，中國人編的「外國文學史」也很深地具有這種「排座次」的特點。但把中國的「排座次」和外國的「排名」進行比較，我們感到這中間存在著巨大的差距。比如在美國學者伯特所編的《世界一〇〇位文學大師排行榜》[1]中，「神聖」的高爾基竟然沒有進入這個名單，中國人所推崇的巴爾扎克在這個「排行榜」中僅位列第四十一。為什麼會這樣？當然有政治的因素，但另一方面也說明，我們的翻譯文學有自己的獨立性，自成體系，它與外國文學史有共通的一面，也有其特殊性的一面。對於中國現代翻譯文學來說，並不是翻譯得越準確就越好，就越能得到讀者的認同，就越能流行並發揮作用，就越經典。中國現代翻譯文學從選擇對象，到具體的翻譯過程到消費和運作，都有自己的規則，即中國現代文學規則。所以，中國現代翻譯文學屬於中國現代文學的範疇，更應該納入中國現代文學史的體系。

當然，如何在中國現代文學史中書寫翻譯文學這一「章」，這是一個複雜的問題。一方面，我們應該承認中國現代翻譯文學的中國性、現代性以及創造性等，承認它是中國現代文學的一個重要組成部分，另一方面，我們又應該把它和本土文學創作區別開來，承認它與外國文學之間的不可割裂的聯繫，因為它畢竟是從外國輸入來的，不論是在作者上，還是內容上，都具有異域性。不能簡單地把它等同於中國現代文學。早在八〇年代初，謝天振先生就提出了中國現代翻譯文學是中國現代文學一個組成部分的觀念，他認為：「既然翻譯文學是文學作品的一種獨立存在形式，既然它不是外國文學，那麼它就應該是民族文學或國別文學的一部分，對我們來說，翻譯文學就是中國文學的一個組成部分。」[2]又說：「我們一方面應該承認翻譯文學在民族文學或國別文學中的地位，但另一方面，也不應該把它完全混同於民族文學或國別文學。比較妥當的做法是，把翻譯文學看

[1] 伯特：《世界一〇〇位文學大師排行榜》，海南出版社、三環出版社，二〇〇五年版。
[2] 謝天振：〈為「棄兒」尋找歸屬——論翻譯文學在中國現代文學史上的地位〉，《上海文化》一九八九年第六期。

作民族文學或國別文學中相對獨立的一個組成部分。」[1]不能否認翻譯文學的外國文學性，但翻譯文學的確又具有中國文學性。不能把文學翻譯等同於文學創作，但文學翻譯的確又具有創作性。所以，在「大現代文學」的意義上，中國現代階段的翻譯文學是中國現代文學的一個組成部分，它和文學創作、文學批評、文學流派和社團是並列的，又是一體的。就像我們「書寫」中國現代文學不能不「書寫」文學思潮、文學流派和社團、文學批評一樣，我們也必須「書寫」翻譯文學。

反省當下的中國現代文學研究，我們看到，中國現代翻譯文學在現有的學科分類中是相當尷尬的，它既不屬於外國文學，也不屬於中國文學，中國現代文學不研究它，外國文學也不研究它，雖然它在中國人的文學生活中佔據著極重要的地位，其作用和意義絲毫不在創作之下。我們看到，在目前的中國現代文學史「書寫」中，一些二流、三流甚至不入流的作家都會被提到，而對中國現代文學的產生和發展做出了巨大貢獻的翻譯家，比如傅雷、朱生豪、戈寶權、曹靖華、汝龍、趙景深、羅念生等卻連被提到的資格也沒有。魯迅、郭沫若、茅盾、巴金、胡適、陳獨秀、徐志摩、馮至、穆旦、卞之琳、戴望舒、蕭乾這些作家雖然在文學史上有很高的地位，但他們的文學翻譯成就及其文學翻譯對中國現代文學的作用卻沒有得到應有的「書寫」。我認為這是不客觀的，也是不公平的，沒有全面而準確地反映中國現代文學的歷史事實。這種狀況應該改變，而改變的前提就是我們必須對中國現代翻譯文學進行重新認識和定位。當下，中國現代翻譯文學已經得到學術界特別是翻譯學術界的重視，已經有了一些綜合和專題性的研究，但我認為，最重要的是，我們應該從中國現代文學這一角度來重新研究中國現代翻譯文學。

[1] 謝天振：《譯介學》，上海外語教育出版社，一九九九年版，第二四五頁。

第五章　超越與比較
——中西文論話語比較研究意識論

第一節　中西比較詩學的「超越」意識

在日常生活中，「比較」是一個基本詞語，其詞典意義是：把兩種或兩種以上的同類事物進行比較。其目的是為了更清楚地認識事物，因為比較實際上是為認識事物提供某種參照，從而使事物的特點和性質更加彰顯，同時也是使事物的異同以及相關的優劣高下從人的實用的角度予以分明。文學研究中，「比較」也是一個常用術語，但文學研究中「比較」的涵義基本上是日常「比較」語義的延伸，比較在一般文學研究中主要是作為一種方法，即通過比較達到對文學問題的一般性認識，通過比較從而達到對所要研究的文學現象和問題進行更為清晰、有效和明確的認識與表述。

而「比較文學」和「比較詩學」特別是「中西比較詩學」中的「比較」，其意義則具有特殊性，即專業性。實際上，「比較」在語義上具有三個層次：日常的、半專業的和專業的。「半」在這裏有兩層含義：一是文學研究中一般的比較，其內涵和語義主要是從「比較」作為日常術語中衍延而來，所以其意義具有一般性；二是文學研究中一般的「比較」，它不僅具有一般的語義和指述，同時還有文學研究方法論意義，但「比較」作為方法又不屬於文學研究所專有，其他學科比如歷史學、哲學、倫理學、經濟學、教育學等都廣泛地使用比較的方法。而「比較文學」和「比較詩學」中的「比較」則有更為特殊的涵義，其語義超出了字面，比如翻譯、對話、聯繫、闡發、影響、接受以及平行研究、跨學科研究等都屬於比較詩學中「比較」的基本內涵，但它們在詞典意義上卻很難與「比較」直接關聯。當然，對於翻譯、對話、影響、闡發等這些概念，比較文學和比較詩學學術界還存著諸多分歧和爭議，應該說，這些都是非常複雜的問題，還有待更進一步的深入研究。但我認為，對於中西比較詩學來說，翻譯、對話、影響、闡發等內容還是直接和表面的，而中西比較詩學更為深層和隱秘的內容則是跨文明的意識，即超越意識。

比較文學和比較詩學作為學科，它的範圍和邊界如何確定，過去一直存在著爭論，「危機」之聲不絕於耳，不論是中國還是西方，都有對比較文學和比較詩學作為學科提出質疑的。克羅齊認為，比較的方法並不只是比較文學所獨有，所以「比較」並不能構成一門獨立學科的基石，「看不出比較文學有成為一門專業的可能。」韋勒克說：「比較的方法並不是比較文學所特有的，而是普遍應用於一切文學研究、一切社會科學和自然科學。」[1]把「比較文學」和「比較詩學」的「比較」看作是簡單的對比和對比的方法論，這是非常有代表性的觀點。這既是目前比較文學和比較詩學氾濫成災的重要原因，又是很多比較文學和比較詩學研究停留在淺層次上的重要原因，還是很多人對比較文學和比較詩學持否定和懷疑態度的重要原因。

但我這裏特別要論證的是，「比較文學」和「中西比較詩學」中的「比較」不是俗常的比較，它具有跨文化、跨文明性，因而具有超越性。簡單地把兩個作品進行文學形式與內容的異同比較這不是比較文學；簡單地

1 轉引自曹順慶《中外比較文論史（上古時期）》，山東教育出版社，一九九八年版，第一八一頁。

用中國古代文論來闡釋西方文論或者用西方文論來闡釋中國古代文論並不是中西比較詩學。比較文學本質上是世界文學，一八二七年歌德首先提出「世界文學」這一概念：「世界文學的時代已經快來臨了。」[1]二十年後，馬克思、恩格斯重提「世界文學」這一概念：「民族的片面性和局限性日益成為不可能，於是由許多種民族的和地方的文學形成了一種世界的文學。」[2]過去我們對「世界」這一詞重視不夠，其實，「世界」是對「比較」的深刻限定和解釋，「世界」即超越國別和具體的文化或文明，所以，「世界」本質上具有全球意識性，具體對於中西方來說，都具有超越性。同樣，中西比較詩學是一種跨文明的文論研究，「『中西比較詩學』正是從理論的高度來辨析中國文藝的不同美學品格並深探其根源的嘗試。」[3]它是以全球文明作為本位而不是以某一具體的文明作為本位，它本質上是一種具有雙語背景和雙語意識的跨語際文論研究，在這一意義上，德國學者科赫把「翻譯」劃歸到比較文學的範疇是很有道理的，因為翻譯本質上是跨語際實踐。

中西比較詩學具有一種平等意識。也就是說，它需要我們既不妄自菲薄、崇洋媚外，又不盲目排外與民族自大。但這種平等意識不是國家和民族倫理意識，不是情感性質的，而是學理性的，它是理論和知識達到一定高度和深度之後的一種視界、眼光和學術意識。它表明研究者在知識結構上具有更為宏大的維度，在認識論上具有新的理論和思維，也即世界意識。而這並不是一般人所能夠做到的。所以，中西比較詩學對於研究者在知識結構和思維能力上有非常高的要求。在這一意義上，過去我們的中西文論比較研究值得反思的地方很多，特別是西方漢學範疇的中國古代文論研究，更是存在著重大的弊端和缺陷。總體表現為：比較的日常情理化和方法論層面以及相應的平面性；視界和立足點的以西方為中心因而表現出理論的局限性。

1　《歌德談話錄》，人民文學出版社，一九七八年版，第一一三頁。
2　馬克思、恩格斯：〈共產黨宣言〉，《馬克思恩格斯選集》第一卷，人民出版社，一九七二年版，第二五五頁。
3　曹順慶：《中西比較詩學》，北京出版社，一九八八年版，第二頁。

對於中西文論比較研究來說，同樣是「比較」，俗常性的比較、作為方法論的比較與專業性的比較是有本質區別的，前者是平面性的，後者則具有深度。把牛和馬進行比較與把牛和牛進行比較外表上非常相似，但就意識來說是有很大不同的。把牛和牛進行比較，其比較的平臺是牛本身，這種比較可以在「牛」的知識範圍內完成。而把牛和馬進行比較，其比較的平臺則是畜牲或者更為寬泛的動物，能夠把牛和馬統一在同一範疇之內的意識比如動物意識則構成了把二者進行比較的知識和思維的背景，只有「牛」的概念和「馬」的概念而缺乏把這二者統一起來的更為深層的理念，牛馬比較便會流於形式。中西文論比較研究其實也是這樣，只有中國文論的知識和西方文論的知識，而缺乏超越中西方文論的更為寬廣的文學理論知識；只是中國意識或者西方意識而缺乏超越中西方意識的全球意識，中西方文論比較研究最終會流於形式的平面化而沒有深度。在這種比較中，中西方文論不過是以交錯和相加的方式集會在一起，它和中西方文論的分別研究並沒有實質的差別。

十五世紀德國哲學家、神學家尼古拉・庫薩有一個非常有趣的認識的層次論觀點，對我們這裏論述問題具有啟發性。他認為。顏色本身並不能識別顏色，「顏色並不是由自身，而是由一個更高的原因，例如視覺，來區分和認識的。」但顏色中沒有視覺，視覺隱藏在顏色的背後並構成了其深層的意識背景，視覺制約著我們對顏色的認識，所以視覺是顏色的「國王」。同樣，知性本身並不能確證知性，知性的「國王」是理性，「理性置身於一切理性的事物之上，而後者又置身於一切知性的事物之上。知性的事物雖然可以借助理性來把握，但在知性事物的領域裏卻找不到理性。因為，理性與知性事物的關係就像眼睛與顏色的關係。」[1]理性也是如此，理性不能確證理性本身，理性的「國王」是上帝，而上帝是「絕對的極大」，是不可認識、不可理解、不可言說的，人只能在上帝的光的照耀下生活。尼古拉・庫薩最後走入了神秘主義，其具體觀點很難令人苟同。但我認為他所提出的認識論的意識背景這一問題卻是非常重要的。

---

[1] 尼古拉・庫薩：《論隱秘的上帝》，生活・讀書・新知三聯書店，一九九六年版，第十六、十七頁。

從哲學上來說，「比較」具有意識的自動升級性質。當把植物和動物進行比較的時候，背後所隱含的知識論基礎是生物學。當我們把人的物質和精神進行區分的時候，背後深層的意識則是哲學認識論。美國著名國際政治專家亨廷頓談到普世文明時曾舉了一個例子。一個法國人和一個德國人在一起時，他們會把自己看成是德國人或法國人，但加進一個沙烏地阿拉伯人和一個埃及人之後，法國人和德國人就會把自己看成是歐洲人，而把沙特人和埃及人看成是阿拉伯人。[1]亨廷頓的意思當然是說，人總是根據文明來確認自己的身份。但這個例子具有更為深層的哲學認識論意味，那就是「比較」背後的跨越性知識論和認識論背景。當法國人或德國人把他們自己作國別區分的時候，其背後的身份意識是歐洲；當法國人或德國人把他自己確定為歐洲人以示和阿拉伯人區別的時候，其背後的身份意識是全球。當問題範圍擴大時，人的知識背景和認識論背景也相應地擴大。比較不僅使雙方的特點突顯出來，更重要的是使問題達到某種超越，而使問題超越的前提條件和原因就是知識背景和意識的超越。

縱觀當今的中西文論比較研究，我認為最為缺乏的就是超越意識，中西文論比較研究存在的很多問題都與此有關。我們看到，「西方中心主義」或「中國中心論」始終潛在地存在於我們的意識深處，並深深地制約著我們的比較研究。美國學者安哲樂曾把中西方「文化中心主義」作過區分：「中國的種族中心主義並不否認西方文化的存在，而是否認它對中國現實的價值和相關性。中國式的自我文化中心論基本上根植於一種文化自足的認識，即中國不需要西方。而西方的自我文化中心論建立在普適主義的信仰之上。」[2]對於中國「文化中心論」，安哲爾的看法是很獨特的，但我這裏更關心的是他對西方「文化中心論」的觀點，他認為西方「文化中心論」的本質是「普適主義」，我認為這是學理性質的，非常準確。所謂「普適主義」，即認為西方的文化比

1 撒母耳・亨廷頓：《文明的衝突與世界秩序的重建》，新華出版社，一九九九年版，第五十八頁。
2 安哲樂：《和而不同：比較哲學與中西會通》，北京大學出版社，二〇〇二年版，第十二頁。

如科學、進化論等具有普遍適應性，是「放之四海皆準」的真理，可以涵蓋或概括其他文化。所以，應該用西方的文化標準來言說和闡釋其他文化。因此，「普適主義」既是西方中心論，同時又是西方優越論，潛藏著對於其他文化的歧視，並預設了對非西方文化的話語霸權。

中西文論是兩種不同的話語體系，之間存在著巨大的差異性。如何進行比較研究和綜合研究，這是一個非常複雜的問題。但在這諸多問題中，有一點是非常重要的，那就是，我們既不能用中國文論的標準來衡量西方文論，也不能用西方文論的標準來衡量中國文論，而要超越中西方兩種文論視界，達到視域融合，從而使文學理論總體性昇華。正如樂黛雲所說：「如果第三世界只用這套話語所構成的模式和規則來衡量和詮釋本土文化，那麼，大量最具本土特色和獨創性的活的文化就有可能因不符合這套話語的準則而被摒除在外。況且，若果真如此，則第三世界與發達世界的對話仍然只是同一話語，同一語調，仍然只是一個聲音的獨白，無非補充了一些異域的資料，而不是能夠達致理解和溝通的兩種不同的聲音」[1]曹順慶先生說：「不是將一方理論去闡釋另一方，也不是僅僅比較一下異同就了事。」「比較文學的基本方法之一應是對話法。」[2]但事實卻是，缺乏對話的平等性、用一方理論去要求和闡釋另一方理論，並且比較的缺乏深度流於平面化，這在當今的中西文論比較研究中是相當普遍的現象。我們看到，不論是中國還是西方，都或明顯或隱秘地表現出「西方中心主義」的理論偏見，無法擺脫西方文論的文藝理論本位觀，總是用西方的術語、概念、範疇和話語方式來言說中國古代文論，脫離了西方文論話語，在言說上中國古代文論似乎就會陷入歷史的沉默。

這裏我可以舉一些具體的例子來說明、分析和論證。比如林理彰（Richard John Lynn）對中國詩學有一段描述：「在中國歷史中，詩歌本質的界定傾向於自我表述——詩人內心世界的展示，它有時強調其思想、情感，

1 樂黛雲：〈中西詩學對話中的話語問題〉，《跨文化之橋》，北京大學出版社，二〇〇二年版，第八十五頁。
2 曹順慶等：《中國古代文論話語》，巴蜀書社，二〇〇一年版，第二頁。

有時強調個性或特性。而有時這種強調又在於明確的，更為細膩的情感——心境、語氣和氣氛。在這種情況下，就存在著某種與強調宇宙和作家相互作用理論的趨同現象，因而有時很難斷定詩人與外在世界作用的意識在這一融合、過濾的過程中應被視為是認知的還是表現的。事實上，一些批評家主張將兩種過程加以合併，形成『認知—表現主義理論』。」[1]今天，我們生活在「翻譯體」的現代漢語中，具有西化特徵的現代漢語已經構成了我們的民族集體無意識，它從深層次上規定和制約著我們的思維和思想方式。現代漢語是二十世紀初受西方影響而形成的新的漢民族語言體系，它當然具有民族性，能夠反映和表述我們的生存體驗，但它與西方語言以及相應的西方文化精神具有親和性，所以，西方語言和文化精神已經以一種變形的方式深植於我們的感覺、經驗、生活和文化之中，我們已經習慣於用現代漢語方式的西方語言來談論我們自己的歷史與現實。具體對於文藝理論來說，我們已經習慣於用現代漢語方式的西方文論話語來理解、言說、轉述、翻譯中國古代文論，我們已經習慣於在中西方文論之間進行等式轉換，而無意性地抹平了歷史的鴻溝，完全忽略了翻譯標準的歷史性建構過程。

事實上，中西方文論在精神上存在深刻的差異性，林理彰這段文字通篇都是西方話語方式以及相應的西方精神方式，中國古代根本就沒有這樣一種邏輯性的話語以及二元對立思維模式。中國古代沒有他這裏所說的「自我表述」、「內心世界」、「個性」、「宇宙」、「認知」、「表現」等概念，因而也沒有這樣的文論觀念。比如，中國古代只有「己」的概念，而沒有「自我（self）」的概念，它們的語義和它們各自的話語體系緊密地聯繫在一起，除了在物理的指涉層面上有某種共同之處以外，作為精神性辭彙，它們的文化涵義其實相距甚遠，旅美學者劉禾對這一問題有專門研究，她的結論是：「英文中的self和中文時的『己』等詞的等同關係只

---

[1] Richard John Lynn. "Chinese Poetics". in A Preminger and T. Brogan,eds.The New Princeton Encyclopedia of Poetry and Poetics. Princeton University Press.1993. 譯文採自王曉路《中西詩學對話——英語世界的中國古代文論研究》，巴蜀書社，二〇〇〇年版，第一〇五頁。

是在近世的翻譯過程中才確立的，而後來翻譯時選擇的詞義又是現代中英文字典給定的。因此，這兩個詞之間的任何聯繫都是歷史機緣的產物，其意義依跨語際實踐的特定因素而定。」[1]這是非常有道理的。從根本上，雙語詞典上詞的對應性不是自然的過程而是歷史的過程。因此我認為，林理彰這段描述本質上不過是他作為個體和代表站在西方文論立場對中國古代文論的一種解讀，中國古代文論在這裏其實虛有其表，從根本上是他用來表達某種文藝思想的一種工具或載體。

再比如美國學者余寶琳（Pauling Yu）評論《詩大序》：「《詩大序》在此得以斷言，內在的東西（情）可以自然地發現某些外在相應的形式或行為，詩可以反映、影響並達到政治和宇宙秩序。換言之，個人與世界之間天衣無縫的聯繫使詩歌得以同時揭示情感，提供政權穩定的標準並成為說教的工具。而且，主客體之間或客體之間的聯繫，這些西方大體歸於詩人創作獨創性的東西，在中國則被視為是先前業已建立的東西；詩人最基本的成就往往在於超越他自己的個性以及與世界各種因素中的不同之處，而非是對這種個性和差異加以斷言。」[2]古漢語原文是這樣的：「……所以風天下而正夫婦也。故用之鄉人焉，用之邦國焉。『風』，風也，教也；風以動之，教以化之。詩者，志之所之也，在心為志，發言為詩。情動於中而形於言……」兩相比較，我們可以看到，余寶琳其實是用西方文論的方式來談論中國古代文論，其術語、概念、範疇和話語方式都是西方的。中國古代文論在這樣一種新的談論和言說中其內涵其實發生了實質性的變化。「內在」、「外在」、「形式」、「反映」、「政治」、「宇宙」、「個人」、「情感」、「主體」、「客體」這些西方的術語、概念和範疇不能完全涵納「風」、「天下」、「鄉人」、「邦國」、「教化」、「志」、「心」、「情」、「形」等

---

[1] 劉禾：《跨語際實踐——文學，民族文化與被譯介的現代性（中國，一九〇〇——一九三七）》，生活・讀書・新知三聯書店，二〇〇二年版，第一一六頁。

[2] Pauling Yu.The Reading of Imagery in Chinese Poetic Tradition.Princeton University Press.1987 .pp.32-33. 譯文採自王曉路《中西詩學對話——英語世界的中國古代文論研究》，巴蜀書社，二〇〇〇年版，第八十五頁。

這些中國古代的術語、概念和範疇。同時，西方「影響」等概念和範疇其意義又溢出了中國古代的「教」等概念和範疇的意義。

更為根本的是，詞語的周圍到處都是詞語，詞的意義是由它與其他詞的關係來決定的，任何一個詞的意義都是詞的系統，「內在」、「外在」這些西方詞語的背後是更為深層的理性、科學、邏輯等精神，而「風」、「教化」等中國古代詞語的背後則是更為深層的道、氣、禮、仁等精神。話語作為一個整體的迥異使中西方文論在整體上存在著根本性差異。所以，當以西方的術語、概念、範疇和話語方式來轉述、言說、翻譯和闡釋中國古代文論的時候，中國古代文論的意義就在這不經意的一「少」與一「多」的錯位中以及體系的巨大差異中發生了質變，並且通過言說的方式把中國古代文論納入了西方文論體系，從而使中國古代文論成為被認為是具有「普適性」的西方文論的注腳。

這裏，我特別強調「言說」，我認為這是一個非常重要的概念。思想即言說，問題即言說，中國古代的儒家思想是通過具體的孔孟程朱的言說體現出來的，上帝的問題就是「上帝」這個概念的問題。中國古代沒有「內在」、「外在」、「主體」、「客體」、「內容」、「形式」這樣的概念，因此也就沒有物質與精神二元分離和矛盾這樣的問題。中國古代沒有「上帝」這個概念，因此也就沒有上帝的問題，「鬼」、「神」、「天」這是不同的概念因而也就是不同的問題。現代語言學已經充分證明，思想和意義並不外在於語言的表述，思想和意義不是某種實在的指稱，而就是語言本身。上述「內在」、「形式」、「反映」、「政治」、「宇宙」等詞語既是一種言說的工具，但更是一種思想本身，中國古代沒有這些概念，也就相應地沒有這些思想。《詩大序》的文論思想就是它自己的言說。因為話語具有體系性，詞的意義互相關聯，所以《詩大序》的思想在中國古代可能會以另外方式進行延伸，但絕不會超出古代文論的言說。余寶琳所解說的《詩大序》的思想只是名義上的中國古代文論，而實質上是西方文論。

總之，筆者主張從話語體系的角度對中西比較詩學進行意識上的反思，主張對中西比較詩學中的諸多「關鍵字」進行話語清理和語義分析，從而揭示出中西兩種文學理論體系差異的實質，並且為真正的中西文論「比較」即超越性的比較奠定理論基礎。

第二節 「精確」作為中西比較詩學批評話語的語義分析

我們常常在一些論著中看到關於中國古代文論和西方文論的概括以及相應的評價，這其實就是「比較詩學」。不同在於，這些概括和評價有的很專業，有的則比較直觀和隨意，存在著深刻與淺表之間的差異。但不論是專業的還是非專業的，這些概括和評價，其中疑問都很多，不僅僅只是許多觀點值得商榷和重新探討，更重要的是這些具體觀點背後的理念值得深入的追問。

「比較」在文學研究中是一種非常廣泛地使用的方法，其目的就是把比較作為一種工具和手段，通過比較從而達到對所要研究的文學現象和問題進行更為清晰、有效和明確的認識與表述。但具體於「比較詩學」時，我們必須對「比較」持一種小心謹慎的態度，「比較詩學」中的「比較」具有翻譯、對話、聯繫、闡發、影響、接受以及平行研究、跨學科研究等特殊的涵義。所以，「比較詩學」所涉及的問題以及知識面都是非常寬泛的。事實上，要想對西方文論和中國古代文論作一個總體性的概括，這並不是一件容易的事，它對專業和知識結構有相當高的要求。站在西方文論的立場，以一種內視角來觀察西方文論，很難對它進行概括。從西方文論內部來看，西方文論是無限豐富多樣的，沒有總體性。我們說西方文論有某種總體的特徵，實際上是站在和中國古代文論的比較的視角而言的。反過來也是這樣，站在中國古代文論的立場上，以一種內視角的視野來看視中國古代文論，也不可能對中國古代文論進行總體的概括和優劣分析，所以，我們看到，中國古代文論本身沒有對中國古代文論的總體概括。

如何概括和評價中西方文論之間的差異性，以及各自的優劣，這是一個非常複雜的問題。我認為，要對中國古代文論和西方文論進行比較，必須既要超越中國古代文論，又要超越西方文論，必須站在一個能夠統攝中西方文論的理論基礎上，必須有一個更為廣闊的視野和更為寬容的胸懷。不能以中國古代文論為本位立場，以中國古代文論的標準來評價西方文論；也不能以西方文論為本位立場，以西方文論的標準來評價中國古代文論。但當今中西比較詩學恰恰缺乏超越性，恰恰是或站在中國古代文論立場，或站在西方文論立場。我們看到，中國本土的古代文論學者常常從中國古代文論的立場出發來研究和批評西方文論，而西方的漢學領域中的中國古代文論學者則常常站在西方文論的立場來研究和批評中國古代文論。因為所持的標準不同，經常出現這種情況，對於同一文論觀點和現象中西方學者具有相同的描述，但評價卻完全相反。

對於中國古代文論與西方文論的比較，我們經常看到這樣的概括和評價：中國古代文論是感性的詩學，西方文論是理性的詩學；中國古代文論具有意會性，西方文論則是邏輯化的；中國古代文論是詩化的，意義模糊，而西方文論則具有高度的抽象性，術語、概念和範疇都有明確的規定，因而意義是精確的。並且以此判斷為基礎展開對中西方文論進行優劣評價。這種觀點以及批評方法在海外漢學中國古代文論批評家中尤有代表性。但這種描述真的是準確的吧？對於文學理論來說，抽象、理性真的絕對優於意會、詩化嗎？進一步追問，西方文論真的精確嗎？我們在什麼意義上界定「精確」？筆者試圖對「精確」以及相關的「抽象」作為中西比較詩學批評話語進行語義分析，從而以此為例來深入剖析當代中西比較詩學所面臨的問題，並對中西文論話語體系、比較詩學批評話語進行語言和意識的深入追問。

關於中國古代文論的「精確」性問題的論述，下面兩段話語的觀點具有代表性。

中國的思維方式還有一個特徵，那便是重視個別的具象的事物而忽略抽象的普遍的法則。中國人喜歡從個別的事例來觀察思索，而不喜歡從多數個別者之間去觀察其秩序與關係以建立抽象的法則，所以中國的詩話詞話便大多乃是對於一個詩人的一首詩或一句話甚至一個字的品評，或者竟然只是一些與作品無關的對詩人的軼事瑣聞的記述，而卻從來不願將所有作品中的個別現象歸納出一個抽象的理論或法則。甚至在觸及到極抽象的問題時也仍然只予以具體的形象化的說明。（葉嘉瑩）[1]

中國文學批評語言往往由於缺乏有用的界定而令人難以滿意，即便對於關鍵性的術語也是這樣。古代批評家在採納術語前從不費神將某個詞或術語加以界定，他們對這一事實視而不見，即這一辭彙或術語可能已經用濫而失去了可靠、精確的定義。由於缺乏精確的定義所引起的語言的不確定，致使中國批評寫作難以理解。（顏婉雲）[2]

我認為，這種概括，貌似客觀公允，其實隱含著偏見，但這種偏見並不是作者主觀意圖上的，而是由話語本身決定的，當作者用西方的文藝理論話語來言說、闡釋中國古代文論的時候，言說作為「事件」其實已經預設了評論的標準和評論的結論。以西方文論標準為標準，站在西方文論的本位立場，中國古代文論當然是不符合其標準的，因而自然也就是有缺陷甚或是落後的。

當我們仔細對葉嘉瑩的描述作語義分析時，我們發現，葉教授的這段話其實暗含了某種先決前提，即對「抽象」原則無庸置疑的信仰，也就是說，在葉教授這裏，「抽象」原則作為理論基礎具有先驗性，是無需證明的。應該說，葉嘉瑩的評論並不帶感情色彩，並沒有貶低中國古代文論的意圖。但問題是，中國古代本無所謂「抽象」的問題，而葉嘉瑩把中國古代文論納入這一言說體系中，這本身就是不平等的。當他以「抽象」為

1 葉嘉瑩：《王國維及其文學批評》，河北教育出版社，一九九七年版，第一一五頁。

2 Yuen-wan Ngan. "Some Characteristics Ochinese Literary Criticism" in East Asian Culture, 18.August 1966.譯文採自王曉路《中西詩學對話——英語世界的中國古代文論研究》，巴蜀書社，二〇〇〇年版，第八十五頁。

普遍法則的時候，中國古代文論因為不符合這一法則而事實上是被批評的。進一步追問，「抽象」作為普遍法則也是值得懷疑的。抽象有它的優越性，特別是理論上言說的方便以及表述的清晰，這是形象沒法相提並論的。但抽象也有它的缺陷，抽象具有強烈的人文精神性，隱含著人的偏見。並且，抽象屬於「本質主義」，任何抽象都是以漏掉一些現象作為代價的，所以，抽象又具有片面性。當今後現代主義哲學對「抽象」作為形而上學的批判是不無道理的。在這一意義上，中國古代文論的現象描述和形象性表述有它的合理性。「形象大於思維」，中國古代文論的現象性描述在意義上給人留下了更多的發揮和創造的空間。

顏婉雲這裏所說的「精確」和葉嘉瑩所說的「抽象」其實是同一問題的不同表現方面，因為在西方，「抽象」即理論，而「精確」則是來自理論。這裏，「精確」與「抽象」既有聯繫更有相似性，本質上仍然是一種西方的話語方式，是西方文論的概念，也是西方文論的標準。站在西方文論的立場，包括中國現代文論的立場，我們承認這種陳述和評論在一定程度上的公正、客觀和正確性。把話語方式限定在邏輯範圍內，相比較而言，西方文論的確比較精確，術語都有嚴格的限定，表達也富於邏輯性。而中國古代文論的很多術語包括關鍵字都是在意會的意義上使用的，所以，其意義相當含糊，可以作多種理解，因此中國古代文論更具有主觀性。

但問題的關鍵是，為什麼一定要用西方的話語方式來言說中國古代文論呢？為什麼要用「精確」作為評判中國古代文論的標準呢？「精確」具有普遍的合法性嗎？站在西方文論的立場，這種研究具有合法性，且不失公正客觀，但以一種更為寬廣的視野，站在超越西方的立場上，這種研究還具有合法性嗎？它還是公正和客觀的嗎？這裏，選擇的基點就有疑問。

所謂精確與不精確，其實是相對而言的，「精確」本身就是一個很意會的概念。中國古代文論的不精確，是相對於西方文論和中國現代文論而言。而西方文論和中國現代文化之所以被認為是精確的，又與現代語境有關係。現代漢語是現時代的語言，所以它構成了現代中國思想文化以及一切知識的廣闊背景，而現代漢語是中國向西方學習在語言上的表現，在思想的層面上它是西化的語言，與西方語言更具有親和性，因此它也構成了漢語西方文論的深層語境。以現代漢語為語境，以現代知識為背景，現代文論構成了我們時代文藝理論的思維和思想方式，我們對現代文論概念和話語方式無需解釋就能理解，所以，我們認為它是精確的。而古代文論作為話語方式已經不再使用從而進入了知識領域，現代人由於知識背景和語境的緣故對它已經很陌生，它的術語、概念、範疇以及話語方式對於今天的人來說已經變得不能理解或不容易理解，即使專家，要理解它也必須求助語內翻譯和現代解釋，還需要重構古代文論的知識背景。現代人把這種理解上的困難看作是由於詞語在意義上的缺乏限定造成的，這當然是一種誤解。

現代語言學表明，所有的語言都具有隱喻性、象徵性，也就是說，意義不是直接的，而要通過在人的頭腦中喚起一定的意象來完成。即使以邏輯的嚴密性著稱的哲學語言也是這樣。尼采說：「語言本身就是純粹的修辭詭計與手法所產生的結果。……語言就是修辭，因為，它的意圖只是傳達一種觀點，而不是一個真理。」又說：「〔真理是〕一支運動著的隱喻、轉喻和擬人手法的大軍。」[1]德．曼接受了尼采這一觀點，他認為，「語言的典型結構不像傳統語言學所說的那樣是表現或指稱表達（意義）的結構，而是一種修辭的結構；一切語言都有修辭（隱喻、象徵等）的特性，因而一切語言都有欺騙性、不可靠性、不確定性；語言的修辭性將邏輯性懸置起來，因而語言的指稱或意義變得變化莫測、難以確定。」[2]另一位美國解構主義文論家哈特曼認為，語言具有複雜多變性和不確定性：「一切語言必定是隱喻式的，如果以為任何語言都是從字面上體現本意，那就大錯特錯了。即使以謹嚴著稱的哲學、法律等方面的著作也與詩歌一樣，深深地依賴隱喻。隱喻從本質上看是『無依據的』，只是用一套符號取代另一套符號的虛構。因此，語言恰好在那些它試圖表現得最具說服力的地方顯露出自己的虛構和武斷的本質。……象徵是語言的基本特性。由於象徵，語言的字面意義就與它的

---

1 轉引自德．曼〈論尼采的轉義修辭學〉，《解構之圖》，中國社會科學出版社，一九九八年版，第一四七；一五二頁。
2 朱立元主編《當代西方文藝理論》，華東師範大學出版社，一九九七年版，第三一三—三一四頁。

實際含義相分離，從而使語言變得不確定」[1]法國哲學家利奧塔把知識劃分為「科學知識」和「敘述知識」兩種類型，「敘述知識」是一種古老的知識，「科學知識」則是從「敘述知識」中分離出來。「科學知識是一種話語」[2]，本質上，「科學知識」和「敘述知識」也是兩種話語方式，兩種語言方式。科學語言講求符號與實在之間的對應關係，注重術語、概念和範疇的嚴格性，具有邏輯性或理性；敘述語言講求生動的敘述和描寫，注重象徵、隱喻、擬人等廣義的修辭性，具有形象性和情感性。從語言的發展來說，人類最早的語言是敘述語言，科學語言則是比較晚近的事，它是從敘述語言中分離出來。在這一意義上，隱喻性才構成了語言的普遍特性和深層的本質，而科學性、邏輯性、精確性不過是語言發展的階段性特性，是從隱喻性中衍化出來，並不具有普遍性。

西方文論和中國現代文論未必就是精確的，其術語和概念未必就是嚴格限定的。正如王曉路所說：「我們很難認定，文學批評術語就必須是清晰界定的。精確界定的術語與模糊未定的術語在不同的傳統中均有所表現，只是在不同時期．不同傳統中有所側重。……術語的界定只是相對而言，界定的科學性往往在於其開放性，而非是封閉性，絕對清晰的文學術語實際上是不存在的。」[3]這是非常深刻的論述。術語和概念的缺乏嚴格的界定這是所有語言的共通特性，只不過古代漢語在現代語境中其語義模糊的特性更突顯一些。精確沒有絕對性，仔細作語義分析，西方文論的術語和概念也具有模糊性。從根本上，精確是一個很人文的標準，往往是理解就是精確，不理解就是不精確。而懂與不懂涉及到人的知識背景和語境的問題。

漢語方式的西方文論和中國現代文論的術語、概念其實並沒有客觀的限定，只不過是在現代語境中，我們能夠理解並對它們進行有效的區別，所以我們認為它們是嚴格限定的。對於現代文論中的每一個術語和概念，

1 朱立元主編《當代西方文藝理論》，華東師範大學出版社，一九九七年版，第三二〇—三二一頁。
2 利奧塔爾：《後現代狀況——關於知識的報告》，生活．讀書．新知三聯書店，一九九七年版，第一頁。
3 王曉路：《中西詩學對話——英語世界的中國古代文論研究》，巴蜀書社，二〇〇〇年版，第一八三—一八四頁。

我們作為個體都有對它明確的界定，也就是說，它對於個體來說具有語言習得和語言意義選擇的限定，誤解在於，我們以為這種對於術語、概念習得和選擇意義上的理解就是術語和概念的客觀意義。實際上，對於西方文論和中國現代文論的術語和概念特別是一些「關鍵字」，我們每個人的理解是不同的。對於「文學」、「現實主義」、「典型」、「風格」等這些概念，不同的人有不同的理解，人言言殊，對這些概念長期以來爭論不休就是明證。詞的使用，每個人都有他自己的意思，因此每個人都覺得自己懂得了詞的意義。

詞的意義是由整個語言體系決定的，是由詞與詞的關係來確定的，詞不能脫離其語言體系而單獨構成意義，詞正是在相互的關係中劃定意義邊界。所以，詞作為一種語言存在與物質實在的存在不一樣，它的意義沒有絕對的客觀性。詞的意義有限定，具體地，是由具體的語境和更為抽象和無形的語言體系限定，因此這種限定是無法絕對嚴格的。在這一意義上，語境和語言體系是決定我們對術語和概念理解的最重要的條件，術語和概念的精確性與語言背景和語境有關。「道」、「性」、「氣」、「風」、「骨」、「神」這些術語在中國古代文論中是「元」概念，在古代漢語背景和古代文論語境中，它們的意義是不言自明的，就像今天的「人」、「自然」、「文學」這些術語一樣，在現代語境中，這些術語是自明的，用不著解釋和限定大家都能明白。「道」、「性」、「氣」這些古代文論術語之所以在今天需要解釋即限定才能被人理解，根本原因就在於語言體系和文論語境變化了。《尚書》在殷周時是清楚明白的，但漢語由「古文」變成「今文」之後，就變得難懂了，變得如韓愈所說的「周誥殷盤，詰屈聱牙」。古代文論的許多術語在現代漢語語言背景和現代文論語境中變得難懂，同樣，現代文論的許多術語在未來的新語言背景和新文論語境中也會變得難懂，若干年後，人們也許會對我們今天對一些術語在使用的過程中不加限定而感到不解。

把「語境」這一概念引入到中國古代文論的研究中，我認為是非常重要的。我們看到，中國古代文論的術語並非完全沒有限制，只是限制的方式與西方文論和現代文論不同。中國古代文論的術語也有某種精確性，但這種精確性不是通過下定義的方式來實現的，而是由語境來控制的，這種控制包括兩個層面：一是概念在文本中生成，其意義根據上下文來確定，而不是先在性地給予。同時，概念又在不同的文本中其意義有所變化，這就導致概念的發展以及相應的思想的發展。所以，不能孤立地理解古代文論術語，而要根據具體的語境界來定其意義；二是文本的意義與更大範圍的語言體系及文化系統聯繫在一起，所以，古代文論術語的涵義又與語言背景和相應的文化背景密切相關，概念脫離了具體的語言背景和文化背景就會發生意義歧變。把很多論述和談論彙集起來，進行理論上的歸納和總結並進行重新的邏輯表述，這不是中國古代人的做法，而是西方人或現代中國人的一種思維方式。與西方文論和現代文論不同，中國古代文論對術語並不作詳細的介紹和解釋，許多意義都在會心之中，但「會心」並不意味術語意義的漫無邊際。精確不是中國古代文論的價值取向，但這並不說明中國古代文論在思想上缺乏明確性，中國古代文論在中國古代人那裏是明晰的，這種明晰性是通過具體的語境以及獨特的語言體系來實現的，只不過由於語境和語言體系的時過境遷，我們今天難以直接感受這種明晰性。

我認為，美國比較文學教授宇文所安對中西方文論在思維上的比較概括是很準確的，雖然由於文論語境、語言背景以及文化對人深層控制的原因，他仍然是站在西方立場以一種西方的話語方式進行表述，但他並不以西方文論為標準，他對中國古代文論可以說有一種同情的理解，這裏面體現了某種超越的意識。他說：「在西方文學傳統中，對於定義有一種極大的文化渴求，即希望將意義加以穩定並由此對辭彙加以控制。……（而中國不同）簡略的，且往往是對中心術語經典式的界定或許會被附帶地提及；然而系統地解釋術語的嘗試卻極為罕見。……在中國的傳統中，概念的精確性並非是一種價值……就西方讀者所認定的『情節』、『悲劇』、『摹仿』以及『表現』而言，中國讀者未必能講明『虛』、『文』或『志』是什麼，然而他一讀到就會明白。其差異是，西方傳統一方面總是力求定義的精確，而另一方面又力求文學術語得以『意會』或『聯想』（即將文學術語運用於各種參照系中，而這又與精確定義相左），這兩者之間存在著某種張力。但在中國傳統中，只有『意會』，即言外之意，才有價值。」[1]古代漢語有它自己的語言規則，中國古代文論有它自己的話語方式，這種語言規則和話語方式就是一種限定，所以，古代文論在中國古代其意義是明確的。在這一意義上，精確是主觀的、是歷史性的，是認識論問題，是語境和語言問題。

中國古代文論和西方文論是兩種不同的文論體系，表現在術語、概念、範疇和話語方式的不同以及文化知識背景、文學現實語境的不同。「抽象」以及相應的嚴密的邏輯性本質上是西方文論的話語方式和思維方式。從抽象出發，以「精確」作為標準來評價中國古代文論，這是不公平的，也是沒有充分理論根據的，本質上是「西方中心主義」。以西方文論的話語來言說中國古代文論，在言說之前，中國古代文論實際就已經等而下之了。在這一意義上，筆者主張對中西比較詩學進行意識的反省，主張從話語體系的角度對中西方文論進行比較研究，主張「比較」即「超越」。

第三節　當代比較詩學話語困境及其解決路徑

無法脫離現代文論語境，不能超越現代語言背景，因而總是用西方文論和現代文論去理解和想像中國古代文論，這是目前國內外研究中國古代文論最大的語言困境。

在海外中西文學理論比較研究著作中，劉若愚的《中國文學理論》是一部影響非常大的書，被廣泛引用。但仔細對它進行話語的審視，我們發現劉若愚不過是把艾布拉姆斯的「四要素」說應用到中國文學理論研究，不過是以一種西方文論的視角對中國古代文論進行了重新梳理，他總結的六種理論：「形而上的理論」、「決

[1] Stephen Owen.1992.Readings in Chinese Literary Thought. Harvard University Press.pp.5-6.

定的理論」、「表現的理論」、「技巧的理論」、「審美的理論」、「實用的理論」，本質上都不是中國文論，不過是西方理論觀照下的一種對中國古代文論的描述，中國文論實際上被作為材料而納入了西方文論的框架，表面上是言說中國古代文論，實質上是言說西方文論，中國古代文論在這裏實際上是「賓」，西方文論在這裏才是「主」。所持的理論價值觀仍然是「西方中心主義」，雖然劉若愚在觀念上明確反對「西方中心主義」。劉若愚不把艾布拉姆斯的理論看作是一種西方文藝理論，而是看作是具有普適性的一般性文學理論，這種觀念實際上隱含著西方文論高於並涵蓋中國古代文論的結論，這才是問題的根源。

「西方中心主義」的本質就是普適性觀念，即把西方價值觀、知識體系、對世界的言說和觀測當作放之四海皆準的絕對真理。它潛藏的觀點是：西方不僅代表西方，同時代表全人類；西方的知識譜系來源於西方，但同時也能夠解釋世界所有民族和區域的文化。這實際上是不承認西方文化與其他文化之間的平等性，認為西方文化高於其他文化並能涵蓋其他文化。出於這樣一種文化信仰、理論偏執和語言牢籠的限制，西方總是用他們的言說方式和思維方式來想像、理解、闡釋、表述其他文化，從而把西方的價值觀和認識論以潛移的方式強加到其他文化上面。在「西方中心主義」觀之下，異質文化不是另一種合理的文化，而是同一文化（即人類文化）中的落後部分。所以，西方文論和更為廣泛的西方文化構成了當今中國古代文論研究的深層邏輯基礎，中國古代文論就是在西方文論的誤讀、闡釋、理解、體驗的仲介作用下變成了現代文論。薩義德描述「東方學」：「東方學的一切都置身於東方之外：東方學的意義更多地依賴於西方而不是東方，這一意義直接來源於西方的許多表述技巧，正是這些技巧使東方可見、可感，使東方在關於東方的話語中『存在』。」[1]中國古代文論目前就處於這樣一種狀況，變得依賴於西方文論而存在。沒有西方文論的清理和表述，中國古代文論似乎只能處於一種遊蕩、播撒、不能言說的狀態，沒有中心、沒有體系、沒有限定，難以理解、難以把握。

1 薩義德：《東方學》，生活・讀書・新知三聯書店，一九九九年版，第二十九頁。

現代語言體系和現代文論語境深深地控制著我們對中國古代文論的研究，西方文論和中國現代文論正在以一種無形但卻是強大的力量吞噬中國古代文論。美國學者安哲樂曾描述中國古代哲學的現代研究狀況：「那些繼續使用西方超越語言，用他們熟悉的概念方式重塑中國古典哲學的學者似乎已不會用其他方式看世界了。……最具諷刺意味的是，那些由於把某種『基礎主義』的東西強加於中國古典哲學而引起的扭曲，在當代中國哲學家的合作努力下正得以長期保存。」[1]安哲樂在這裏所表達的兩層意思都非常重要：一、就西方來說，西方的語言以及相應的思維方式從深層上規定了西方學者的視野，他們只能用他們的語言來言說世界，這從根本上限制了他們對中國哲學的思考和看法。二、就中國本身來說，中國古代哲學的研究狀況令人堪憂，我們實際上走的是西方的道路和方式，「來自我們形而上學和認識論上的先入為主的偏見是我們詮釋中國古代哲學的障礙。正是形而上學和認識論使我們的哲學用語偏離到理性主義的方向上去了。」[2]我們自己正在從根本上即從語言上對我們的哲學進行誤解，並且這種誤解正變得根深蒂固以至演變成我們的生存體驗方式。文論也是這種狀況，可以說，西方文論和現代文論以一種無孔不入的滲透性已經和正在構成我們對中國古代文論研究的最大障礙。

西方文論的普適性不過是一種神話，文論上的「西方中心主義」本質上是一種「話語霸權主義」和「文論殖民主義」。我們應該反對任何形式的「西方中心主義」，但這不是情感的問題，而是理論問題。我們一再強調學術上要有寬容的胸懷，要有開闊的視野，要排除民族和地域的偏見，但這只是倫理上的、情感上的，並不具有根本的制約性。有的西方學者比如李約瑟很同情地理解中國的文化，有的西方學者比如白璧德對中國文化很嚮往很友好，但話語和思維本身從根本上限制了他們不可能不歧視地談論問題。安哲樂說：「西方哲學界一

[1] 安哲樂：《和而不同：比較哲學與中西會通》，北京大學出版社，二〇〇二年版，第三十二頁。

[2] 安哲樂：《和而不同：比較哲學與中西會通》，北京大學出版社，二〇〇二年版，第二十二頁。

直『無視』中國哲學，而且是純粹意義上的『無視』，至今仍然如此。其中一個重要的原因就是『哲學』一詞在中國和西方含義不同。」[1]我理解，安哲樂這裏所說的「純粹」即指不是政治偏見，也不是文化歧視之類的，而是學理上的，是根深蒂固的觀念。西方學者主觀上並沒有歧視中國文化的意圖，但談論本身卻表現出了這種歧視的效果。另一種情況，中國人雖然對西方持強烈的排斥情緒，但當我們用西方話語方式來言說問題時，話語權力本身使我們事實上又認同了西方理論的偏見，客觀上認同了西方文化的優越性，也就是說，話語本身使我們實際上又陷進了「西方中心主義」的陷阱。因此，「西方中心主義」包括相反的「中國中心論」本質上是福科和薩義德等人所說的「話語」及「權力」問題。

反「西方中心主義」不是用「中國中心主義」取代它，而是超越它，超越「西方中心主義」同時也是超越「中國中心主義」。但超越是理論上的而不是情感上的，必須從話語理論上根本性地解決問題。就文論來說，「比較」是超越的重要途徑，但「比較」不是「闡發」，「『闡發』不是兩種話語之間的平等對話，而是一種話語從其統治地位發出的『獨白』。」[2]站在西方的立場上，用西方文論的話語方式來解釋中國古代文論，這不是真正的「比較」，這種「比較」實際上是以中國古代文論附會西方文論，必然造成對中國古代文論的誤解以及相應的貶損。王曉路說：「由於中國文論傳統與西方文論傳統之間存在著巨大的差異，因而若不採納系統性的消化與借鑒的方式，而只是進行話語表層認定，即簡單套用這些源於完全不同的歷史、哲學及文論傳統的方法及術語，簡單地將中國文學文本置於西方文論的框架中進行重新定位和剖析，這不僅難以對中國文學文本作出有效的闡釋和理論建構，而且有可能割裂中國文學及文論內在整體性和固有的生命力。」[3]這是非常有道理的。安哲樂對中國文化有比較深的理解，他發現，中西方文化在很多相似性的背後實際上存在著實質性差別，

1 安哲樂：《和而不同：比較哲學與中西會通》，北京大學出版社，二〇〇二年版，第一頁。
2 曹順慶：《中外比較文論史（上古時期）》，山東教育出版社，一九九八年版，第六頁。
3 王曉路：《中西詩學對話——英語世界的中國古代文論研究》，巴蜀書社，二〇〇〇年版，第七頁。

比如中國有人性的內容，但「『人性』並不解釋為某種神授本質，而是來自對某一具體社會環境中的人群的歷史和文化的概括。」「中國也有理性的東西，但「中國式的『理性』無法用那種超越歷史、超文化的人類本能語言，或諸如此類的一套概念範疇來解釋。」「許多有關中國婦女的論著都存在一種未加審視的假設，即以為中國的性別偏見與我們所理解的西方社會環境中的性別歧視是同樣的。」他的結論是，「移植當代西方模式、語言、以及事實標準來解釋和評價中國人的經驗。這種移植雖說是無意的，卻是拙劣的。」[1]這些論據非常有說服力。

不幸的是，這種「拙劣」是目前中國古代文論研究的普遍現實。西方用他們的文論話語和價值標準來言說和評判中國古代文論，中國自己也用西方文論話語和價值標準來研究和闡釋中國古代文論，這樣，中國古代文論一方面博大精深，另一方面則又晦澀難懂，存在著嚴重的理論缺陷。這裏，所謂西方價值標準，簡單地概括就是科學、理性，它要求具有嚴格限定的術語、概念和範疇，要求嚴格的同一性以及嚴密的分析和論證。以這樣一種標準，在中國古代文論中，《文心雕龍》的地位是最高的，它遠高於儒家的經典以及各種詩話、詞話，也就是說，用西方的眼光來看，它代表了中國古代文論的最高成就，達到了顛峰，只有晚清的受西方思想方式影響的王國維才差強和它相提並論。比如葉嘉瑩說：「《文心雕龍》的出現，在中國的文學批評史上說起來乃是一部並無先例的空前巨著。而且不僅如此，在《文心雕龍》以後歷唐宋以迄明清，也更無一部如此體大思精的文學批評作品可以為繼響。」[2]中國古代文論是一個非常複雜的混雜體，既包括論文，也包括點評、文選；既有理論的方式，也有其他的方式，比如注釋、吟、誦等。應該說，就倫理精神和思想基礎來說，儒家經典是更為本質的中國古代文論，就藝術精神和思維方式來說，詩話、詞話是最有特色的中國古代文論。《文心雕

1 安哲樂：《和而不同：比較哲學與中西會通》，北京大學出版社，二〇〇二年版，第十五；一四八頁。
2 葉嘉瑩：《王國維及其文學批評》，河北教育出版社，一九九七年版，第一一七頁。

龍》在西方人的眼光中之所以有這麼高的地位，根本原因在於它西方化，在於它符合西方的體系標準。相反，詩話、詞話之所以不被西方青睞，一個重要的原因就是詩話、詞話不符合西方「論文」的標準，而重感悟、體驗，呈現出一種不言而喻的方式，這對於西方人來說顯然難以理解，也難以述說。美國學者費維廉說：「詩話的記述特點從精闢簡練到相當隨意乃至離題甚遠的題外話。這些論著儘管完全反映了作者個人的見解，然而卻極少有連貫的主題或理論。」[1]費維廉承認詩話有見解和思想，但同時他又認為詩話缺乏「連貫的主題或理論」，因而是一種缺陷。

但問題是，有見解和思想難道還不夠嗎？為什麼一定要思想和見解具有「連貫的主題或理論」呢？難道其他方式的思想就沒有合法性？西方思想方式的合法性具有充分的根據嗎？以自己的話語為唯一的合法而排斥其他思想方式，這是典型的西方話語霸權。事實上，中國古代文論的「理」、「情」、「韻」、「氣」等具有豐富的內涵，也是一種話語方式，只不過它們不是嚴格西方意義上的術語、概念和範疇，因為它們的內涵缺乏規定性，與西方的概念方式有很大的不同。中國古代文論具有它的語言學以及相應的文化基礎，有它的文學史根據，有它自己的話語體系，因此，它具有自己的合法性。所以，用西方文論的話語方式和價值標準來表述和評價中國古代文論是一種學術片面。余虹說：「無論是中國文論還是西方詩學都不是比較研究的立足點與座標，對兩者進行比較研究意味著雙方都是被比較研究的對象，其中任何一方都無權成為闡說對方的標準而獨佔這個之間。」「適當的研究姿態與策略是在承認雙方的結構性差異的前提下，既不從中國古代『文論』入手，也不從西方『詩學』入手，而是站在兩者之間去進行比較研究。」[2]不能以中國文論和西方詩學作為比較研究的立足

---

[1] Craig Fist. "Chinese Literary Criticism" in W.H.Nienhauser,Jr.ed. 1986.The Indiana Companion to Traditional Chinese Literature. Indiana University Press. 轉引自王曉路《中西詩學對話——英語世界的中國古代文論研究》，巴蜀書社，二〇〇〇年版，第七十四頁。

[2] 余虹：《中國文論與西方詩學》，生活・讀書・新知三聯書店，一九九九年版，第六頁。

點和座標，這是正確的，但「站在兩者之間」卻是值得疑問的，僅僅不偏不倚還是遠遠不夠的，中西文論比較研究更需要的是超越，即「跨文明」和「全球意識」。

那麼，中西文論比較研究的「跨文明」和「全球意識」的具體內涵是什麼？或者說，如何超越呢？我認為，有兩種基本的超越模式：一是尋求更大範圍的抽象和概括，以獲得更高度的形而上學結論，從而使文學的定義和相關概括具有包容性，目的是建立更為一般性的文學理論。另一種方式是後現代主義的，即解構主義的模式，其特點是消解文學理論的形而上學性，不再尋求文學以及相關問題的終極性定義，承認各種理論和觀點的合理性與合法性。

所謂形而上學，就是科學、理性、抽象、概括、分析、真理、本質、二元對立、辯證法、統一性等。形而上學是西方傳統思想文化的最為深層的基礎，是自柏拉圖、亞里斯多德到康德、黑格爾、馬克思時代的傳統。形而上學在文論上表現為，文學理論是對文學現象的理論總結，通過對各種文學現象進行綜合、歸納、分析、分類研究，從而達到對文學規律和本質的認識與把握。對於什麼是文學？什麼是小說？什麼是悲劇？什麼是創作方法？什麼是現實主義？什麼是文學批評？等等，從宏觀的文學問題到微觀的文學問題，形而上學的文論體系總是尋找絕對的、終極的、能夠概括一切文學現象的定義。因為形而上學的理念就是相信存在著這樣一種絕對的、終極的能夠概括一切事物性質的定義，它的理想就是找到這種終極性定義，即發現真理，比如柏拉圖和黑格爾都一再表示，事物的現象不過是表象，在這表象的背後還存在著深層的看不見的絕對的「理念」。

過去，由於世界的地理自然分隔以及相應的文化的隔絕，西方文論雖然以形而上學的形態呈現，但實際上它是國別和區域的文學理論，也就是說，它主要適用於解釋西方文學現象。中西交通特別是二十世紀中西方文化交流頻繁和普及以後，文學和文論都世界化。這樣，西方文論要進一步保持它的形而上學品性，就必須有更高的抽象和概括。就是說，它必須擴大理論的範圍，兼顧更為廣泛的文學經驗，必須充分研究西方以外的國家和民族的文學創作，同時也要更多地吸收其他國家和民族的文學理論成果。對於具有形而上學品性的中國現代文論來說，其實也是這樣，這是中西比較文學、比較文論在二十世紀興起並逐漸走向繁榮的深層原因。事實上，二十世紀，不論是中國的比較詩學還是西方的中西比較詩學，如果想有所超越的話，基本上都是這樣一種模式。比如海陶韋（James R.Hightower）主張西方學者應該研究中國文學及其理論，原因在於：「這方面的發現可以幫助我們替文學找到定義，而這定義當然比以前一小部分人的文學經驗更令人滿意。」[1]在海陶韋看來，研究中國古典文學和文學理論，可以瀰補西方文論的缺陷，從而使西方文論在理論的抽象性和概括性上達到提升。這是站在西方文論立場上的一種超越努力。劉若愚認為，建構一種「普遍的世界性文學理論」是可能的，而建構這種世界性文學理論的一個重要前提是「不再僅僅以西方的文學經驗為基礎去建構一般文學理論。」[2]也就是說，世界性文學理論應該以全世界的文學經驗和文學理論為基礎，這表現出「全球意識」，是典型的「超文學理論」或「跨文學理論」，屬於利奧塔所說的「宏大敘事」。葉維廉認為比較詩學的旨意在於尋求世界文學發展的異同，最終達到對文學規律、文學本質的尋求：「我們在中西比較文學的研究中，要尋求共同的文學規律、共同的美學據點。」[3]葉維廉看到了中西方文學以及文學理論的差異性，並且看到了這種差異性的某種不可調和的矛盾，他採取的辦法是「求同存異」，這是形而上學解決矛盾和紛爭的最為常用的方法，當然也是一種妥協和權宜之計的方法。

但問題也恰恰在這裏。「求同存異」式的抽象是以損失文學理論的豐富性作為代價的。哪為「同」？哪為「異」？這其實是很人文的概念。「同」「異」以什麼作為標準？沒有明顯的分界線。我認為，中西方文論是兩種根本不同的話語體系和思想體系，每一具體的思想都與其整體思想以及整個語境聯繫在一起，割裂開來進行比較是沒有充分理論根據的，至少不適宜於中國古代文論，它必然會導致思想的零散性從而使思想變得混亂

1　海陶韋：《英美學人論中國古典文學》，香港中文大學出版社，一九七三年版，第二六四頁。
2　劉若愚：《中國的文學理論》，四川人民出版社，一九八七年版，第四頁。
3　葉維廉：《比較詩學》，臺灣東大圖書公司，一九八三年版，第十六頁。

和不可理解。話語具有體系性，具體的文學理論思想是和具體的話語緊密地聯成一體的，中西方文學理論話語具有根本的不同，術語、概念和範疇置換語境就會發生思想的變異。中西方文論術語、概念和範疇的翻譯的對等性本質上是一個歷史的建構過程，所以，「同」和「異」本質上是一個歷史範疇，是一種人的認同。同時，「異」是一個比較概念，「同」固然能夠說明其規律性、本質性，但「異」對於其具體的文論來說未必不具有本質性。詩歌的抒情性這是中西方文論都強調的，這可以看作是詩歌的本質和規律，而「意境」是西方文論所沒有的，但「意境」未必不是詩歌的本質和規律，至少它對於中國古典詩詞來說具有本質性。

同樣，能否建立一種「普遍的世界性文學理論」也是值得懷疑的。這裏涉及到概括的局限性問題。正如厄爾・邁納所說：「沒有任何一種詩學可以包容一切。包容一切的詩學體系的設計者必須通曉世界上——過去、現在以及將來——所有文學體系中所有的術語和假說。既然已知的不同類型的詩學體系之間實際上矛盾重重，那麼只有神仙才能做到這一點。每種詩學體系不可避免地都只是局部的、不完整的，因為可供利用的材料受到了限制。」厄爾・邁納在這裏至少表達了三層非常重要的思想：第一、中西方的文論體系都是有缺陷的，能夠解說一部分文學現象，但未必能解釋所有的文學現象，不能解釋本土的所有文學現象，更不能解釋外來的所有文學現象。同時，理論本身也存在著不完備，並且不可能完美。第二、建構更大範圍即比較範圍的更具有包容性的文學理論體系，這是相對的，「更大」和「包容」都是相對概念，即相對於西方文論、中國古代文論和其他具體的文論而言。超越對於人來說是有限度的，文學理論作為資源雖然向人類無限地敞開，但每個人的能力是有限的，所以，事實上，任何人都不可能窮盡各種理論，因此，任何宏觀的建構都是有限度的，都存在著概括上的疏漏。「我們對某個方面的強調同時就隱含著對其他方面的忽略。我們獲益的性質決定著我們受損的性質」。第三、各種體系之間存在著矛盾，建構形而上學文論體系存在理論上的巨大困難。這種困難是多方面的，比如時代、語言、文明等的巨大差異和不可通約性。「比較同一時代的作家以及在同一種語言的範圍內進行比較不會出現範疇上的錯誤」[1]，但超出了時代和語言範圍，比較就會出現術語、概念和範疇上的混亂，就會陷入言說的語無倫次。

西方的形而上學文論其實並不具有絕對的形而上學性，因為它所依據的文學現象僅限於西方，所以，它所概括、總結出來的文學理論的規律、本質等也主要適合於西方，雖然西方的一些學者聲稱他們的理論具有普適性，但即使用西方的「現象—本質」原理來證明，普適性也是難以成立的，這樣，西方文論超出了西方的範圍就存在著局限，它某種程度上可以概括西方一定時間範圍內的文學現象，但並不能概括所有的文學現象，比如中國古代文學現象、印度古代文學現象，甚至也不能完全概括西方自己的文學現象，這除了文學本身的複雜性因而概括難以窮盡以外，更重要的是任何文學都是發展變化的，文學理論會不斷地受到文學創作的挑戰。在這一意義上，西方文論永恆地具有片面性，而片面性正是形而上學的忌諱。這樣，西方形而上學文論實際上又具有自我解構性。

正是因為形而上學存在著這些缺陷以及難以克服的困難，所以形而上學模式的中西比較詩學至今並沒有達到真正的超越，或者以中國古代文論為本位，「以中釋西」；或者以西方文論為本位，「以西釋中」，比較詩學最終不免是「中國詩學」或者「西方詩學」。「中國詩學」和「西方詩學」始終處於對抗和矛盾的狀態，而沒有納入某種統一的視野。不論是西方中西比較詩學研究還是中國比較詩學研究，都期望並試圖超越，但就是沒有超越，不是沒有追求超越，而是形而上學局限從根本上制約了各種努力和嘗試。

所以，我們主張另一種超越，即後現代主義模式的中西比較詩學。

後現代模式的中西比較詩學最大的特點就在於它反形而上學。過去，我們對中西比較詩學「超越」的理解是，超越即建立更大範圍的，更為抽象的，更為宏觀的世界性、超級性文學理論體系，但當這種種努力都

---

1 厄爾・邁納：《比較詩學——文學理論的跨文化研究札記》，中央編譯出版社，一九九八年版，第二十五；二十七；二十九頁。

失敗以後，後現代主義文論開始對這種思維方式本身表示懷疑，即對宏大敘事表示懷疑。後現代模式的中西比較詩學不再對科學、理性、二元對立、本質、規律等具有先驗性的思想基礎表示無可質疑的信任。隨著世界交流的廣泛性以及世界在自然、經濟、政治上的一體性，全球時代正在到來，我們承認當今世界正在形成一種更為隱秘的意識和文化，即全球意識和全球文化。但全球意識不是全球思維的同一，全球文化也不是全球文化的同一。對於全球化來說，經濟是「趨同」，而文化則是「求異」。全球意識不是全世界走上一種思維和意識，而是全世界各民族各地區的思維和意識不再是封閉的以致不為其他民族和地域所知曉，而是廣泛交流並能為其他民族所理解。全球時代的全世界文化具有統一性，但這種統一不是秦始皇的「書同文」、「車同軌」，也不是西漢的「罷黜百家，獨尊儒術」，而是矛盾與衝突達到某種均衡，即一種充滿內在緊張的統一。是「和而不同」。晏子說：「和如羹焉，水火醯醢鹽梅以烹魚肉，燀之以薪。宰夫和之，齊之以味，濟其不及，以泄其過。」「同」則猶「以水濟水」，「君所謂可，據亦曰可。君所謂否，據亦曰否。」在晏子看來，音樂是典型的「和」：「聲亦如味，一氣，二體，三類，四物，五聲，六律，七音，八風，九歌，以相成也。清濁，小大，短長，疾徐、哀樂，剛柔，遲速，高下，出入，周疏，以相濟也。」（《左傳・昭公二十年》，《國語・鄭語》說：「和實生物，同則不濟。以他平他謂之和，故能豐長而物歸之；若以同裨同，盡能棄矣。」韋昭注：「和，謂可否相濟。」「和」和「同」都具有統一性，但「同」是單純性，它以清除異已和雜質而具有統一性。「和」具有多元性、複雜性，它以各種因素的相濟相成而具統一性。中西比較詩學其實也存在著「和」與「同」這樣兩種模式的區別，孔子說：「君子和而不同，小人同而不和」（《論語・子路》），套用這句話，可以說，形而上學模式的中西比較詩學是「同而不和」，後現代模式的中西比較詩學則是「和而不同」。

如果說形而上學中西文論比較研究是「求同」的話，那麼，後現代中西文論比較研究則是「求異」。如果說形而上學中西文論比較研究是本質主義的話，那麼，後現代中西文論比較研究則是反本質主義，就是美國著名科學哲學家費耶阿本德所說的「怎麼都行」。在後現代中西比較詩學看來，中西方文論只是話語方式的不同，並沒有先進與落後之分。當人類千百年來苦苦探尋也沒有能夠找到文學的終極定義時，當中西文學和文論交流更加劇了這種文學定義的散漫性時，後現代主義文論和比較詩學不再尋求新的終極性文學定義，而是對文學能否有一個終極性定義這種思維方式本身表示懷疑，後現代主義文論和比較詩學認為文學不可定義，任何文學定義都不可能囊括所有的文學，文學的特徵從理論上說是不可能窮盡的。同時，極其抽象的文學定義即大而無當的文學定義是沒有任何意義的。對於具體的文學理論比如現實主義，當各種與現實有關的文學特徵都被歸結到現實主義名下的時候，後現代主義文論和比較詩學承認現實主義的無邊性。後現代主義文論和比較詩學反對「排他性」，承認中西方文論體系之間存在著巨大的差異以及不可通約性，但同時也認為兩種文論體系之間不存在著絕對的對抗，不是你死我活，它們可以並存、互補，並且在一定程度上可以轉化。不是非此即彼，而是亦此亦彼。後現代主義文論和比較詩學主張「對話」而不是獨白。後現代主義文論和比較詩學也承認形而上學文論模式的某種合理性，並不反對形而上學文論在一定區域和一定範圍內的存在，但同時也承認非形而上學文論的合理性。既承認西方文論嚴格的概念限定和嚴密的邏輯體系的方式，也承認中國古代文論的點評、感悟的方式。後現代主義文論和比較詩學主張在反本質主義的超越過程中達到非本質主義的超越，即一種新的超越。

第四節　重建中國現代詩學話語體系

本節題目中的「重建」其實已經表明了一定的態度，那就是對中國現代詩學狀況的不滿。那麼，中國現代詩學的現狀是什麼樣的？有什麼缺陷以及這些缺陷是如何造成的？我們又應該如何「重建」？筆者試圖回答這些問題。同時，我認為，術語、概念、範疇和言說方式對於詩學來說具有根本性，詩學體系在深層上就是詩學話語體系。中國現代詩學體系的重建在根本上是話語重建，所謂詩學觀念重建、詩學方法論重建、詩學文體重建等都具有表象性，都淵源於詩學話語重建。

「中國現代詩學」有廣義和狹義之分，廣義的「中國現代詩學」，其中的「詩學」是借用亞歷士多德的「詩學」概念，就是指中國現代文學理論。狹義的「中國現代詩學」專指中國現代詩歌理論。本節的「中國現代詩學」就是狹義的概念，指的是五四以來，伴隨著文學革命特別是詩歌革命以及思想革命而建立起來的與新詩創作相一致、不同於中國傳統詩學話語方式的新的詩歌理論體系。

新詩是中國現代詩學最重要的實踐根據，所以，新詩理論構成了中國現代詩學的主體，但現代學術背景則構成了中國現代詩學更為深層的理論基礎，因此，非新詩理論比如中國現代的舊體詩論、外國詩論等都屬於中國現代詩學的範疇。解志熙認為，中國新詩理論不同於中國現代詩學，「中國新詩理論所指稱的只是關於中國現代新詩的理論批評，而中國現代詩學則涵蓋了發生在現代中國的所有從現代觀點出發的、富於詩學理論意義的詩歌批評和研究。」[1]這是正確的，這種區分也是非常重要的。是否屬於中國現代詩學，這與研究的對象沒有必然的聯繫，而取決於這種研究的方式，從根本上取決於它所屬的話語體系。新詩理論固然屬於中國現代詩學的範圍，但用現代話語方式來言說和研究中國古典詩詞、外國詩歌，同樣屬於中國現代詩學。

中國現代詩學究竟是一種什麼樣的話語體系？或者說，從話語的角度來說，中國現代詩學理論體系究竟應該如何定位或定性？文學理論界和詩學理論界有不同的看法。曹順慶先生認為，「長期以來，中國現當代文藝理論基本上是借用西方的一整套話語，長期處於文論表達、溝通和解讀的『失語』狀態。」「所謂『失語』，並非指現當代文論沒有一套話語規則，而是指她沒有一套自己的而是用別人的話語規則。」「我們一旦離開了

1 解志熙：〈視野・文獻・問題・方法——關於中國現代詩學研究的一點感想〉，《河南大學學報》二〇〇五年第一期。

西方文論話語，就幾乎沒有辦法說話。」[1]曹順慶先生所說的「詩學」是廣義的詩學，即文學理論，但它也包括狹義的「詩學」。既然中國現當代文學理論在總體上是「失語」的，屬於中國現當代文學理論的一個重要部分的中國現代詩學自然也是「失語」的。

對於中國文論「失語症」問題，學術界有很大的爭議，也有很多深入的討論。就中國現代詩學來說，我們的術語、概念、範疇和言說方式的確與西方文學理論有著直接而深刻的淵源關係。一九一七年五月，劉半農在《新青年》第三卷第三號上發表〈我之文學改良觀〉一文，其中說：「欲定文學之界說，當取法於西文，分一切作物為文字 language 與文學 literature 二類。」同時引西文「The class writings distinguished for beauty of style，as poetry，essays，history，fictions，or belles-letters」[2]為文學（Literature）的定義，並以此立論。這很能說明現代文學概念的西源性。事實上，五四新文化運動的一個根本特徵或者說根本途徑就是通過輸入西方思想和文化來進行中國思想文化變革，所以，中國現代思想文化中最重要的術語、概念、範疇都是取法於西方，「哲學」、「歷史」、「法學」、「倫理」、「文學」等都是如此。「詩歌」也是如此，它的含義實際上是在和「小說」、「散文」、「戲劇」等概念的相互關係中確立的，而「小說」、「散文」、「戲劇」等都不是中國古代文論的主流概念。而正是西方的「文學」以及相應的「詩歌」、「小說」、「散文」、「戲劇」導致我們把文學從中國古代文獻中分離出來並進一步進行內部分類。

我們當然不能說「詩歌」這一概念就不是我們自己的，這有兩個最基本的原因：首先，西方的「poetry」輸入中國變成漢語「詩歌」之後，由於漢語語境特別是中國文學語境的制約，已經變得漢語化了，它已經不再是西方文學理論概念，而是中國文學理論概念，它的內涵是在和「小說」、「戲劇」等漢語文論概念以及更為廣

1 曹順慶：〈文論失語症與文化病態〉，《跨文化比較詩學論稿》，廣西師範大學出版社，二〇〇四年版，第一七九、一八四、一八一頁。

2 劉半農：〈我之文學改良觀〉，《新青年》第三卷第三號（一九一七年五月）。

闊的「理性」、「真理」等漢語哲學、倫理學等概念的關係中確定的。它實際上整合了中西方詩歌概念，概括了中西方詩歌特徵，從而既超越了中國古代詩歌概念，又超越了西方詩歌概念。其次，漢語「詩歌」概念並不完全是我們對中西方詩歌概念在理論上的整合，同時，它也是我們對古今漢語詩歌創作實踐的總結和概括，特別是新詩的產生與發展，為「詩歌」作為一種新的概念的通行以及這種新的概念在勾通中西詩歌橋樑作用方面奠定了實踐的基礎。在實踐的意義上，「詩歌」包含著豐富的我們自己關於詩歌的體驗，已經深深地根植於我們的思維之中。所以，僅就「詩歌」這一概念來說，它雖然來自西方，但已經中國化，成了我們自己的概念。它既不同於西方的「poetry」，也不同於中國古代的「詩」，而具有自己的獨立性

但另一方面，我們也必須承認，中國現代詩學話語體系具有濃厚的西方色彩。在中國現代詩學的建構過程中，西方文論話語以及具有一體性的思想話語起了關鍵性的作用，沒有西方文學話語和思想話語的輸入，就沒有中國現代詩學。抽去了西方的話語方式，中國現代詩學就不再具有體系和形態。龍泉明、趙小琪說：「中國現代詩學在幾十年的發展歷程中，每向前行進一步都籠罩著西方話語的巨大影響。在西方話語的巨大影響下，中國現代詩學的基本觀念、方法和範疇大都是以西方詩學的觀念、方法和範疇等為主幹的。……在這種謀求現代化的過程中，西方話語不僅作為一種體現了某種先在的強勢理論話語形態成為中國現代詩學顛覆古典詩學的內在動力，而且隨著西方話語在中國現代詩學領域的逐漸深入，這種強勢話語也成為了中國現代詩學自覺建構的體系化結構中的軀體和血肉。」[1]我認為這個定位是非常準確的。正是因為如此，中國現代詩學是一種新的詩學體系，它在外在形態、思維方式、具體內涵、話語方式以及精神品格上都與中國傳統詩學有很大的不同。關於這一點，已經有很多論述，比如周曉風、荀學鋒說：「與中國傳統的文言詩學的神秘的感悟性思維方式相比，現代漢語詩學思維方式的基本特點可以說是知性的和發散性的，就是說它首先是用清楚明白的現代白話語

[1] 龍泉明、趙小琪：〈中國現代詩學與西方話語〉，《文學評論》二〇〇三年第六期。

言說話，其次它是以概念、判斷和推理的邏輯思維方式說話。但與拼音的語言文字基礎上的西方詩學的較為嚴密的知性思維方式相比，現代漢語詩學的思維方式則又是內斂性的和簡潔的。」[1]譚桂林說：「中國現代詩學突破了傳統詩學在表達方式上的局限性，在白話寫作的方式上顯示出了重邏輯、重分析的思維特徵，使中國詩學真正完整地實現了內涵與形式的現代化轉型。」[2]這一點，隨便拿一篇現代「詩評」或「詩論」與中國古代「詩話」作一個比較就可以看得很清楚。比如，許霆認為，整個「二十世紀中國現代詩學發展史，就是『詩體解放』論、『為詩而詩』論、『大眾詩歌』論、『綜合傳統』論、『服務政治』論、『個人寫作』論六大核心觀念演進嬗變的歷史，它內在地制約著百年漢詩趨向現代化的發展道路。」[3]中國傳統詩學沒有這樣的概念，也不這樣表述或言說。

由於漢語性，中國現代詩學體系當然也與西方詩學體系有很大的不同，但相比較而言，它更遠離中國傳統詩學，而與西方詩學具有親和性。龍泉明曾對中國現代詩學譜系有一個基本的概括：「現代詩學家們對各種詩學領域如詩的本質特徵、詩的創作法則、詩的審美形態、詩的主體與客體、詩的審美價值標準等都進行了自由的探索，對各種詩學問題都展開了較為深入的討論。對詩與生活、詩與時代、詩與政治、詩的內容與形式、詩的大眾化等的探討，貫穿在詩學理論的各個方面，並且一次比一次深入，從而推動了詩歌創作的深入發展。對各種詩歌形態的探討是詩學理論的重要方面，促使浪漫主義、現實主義、象徵主義、現代主義等詩歌形態有了較大的發展，並基本形成了較為完整的詩學體系。」[4]這裏，所謂「本質」、「創作法則」、「審美形態」、「主體」、「客體」、「審美價值」、「內容與形式」、「形態」、「浪漫主義」、「現實主義」、「象徵主

1 周曉風、苟學鋒：〈現代漢語詩學的傳統與現代性問題〉，《詩探索》二〇〇四年春夏卷。
2 譚桂林：〈論現代中國詩學的現代性建構〉，《理論與創作》二〇〇四年第五期。
3 許霆：〈二〇世紀中國現代詩學觀念演進論〉，《西南師範大學學報》二〇〇五年第五期。
4 龍泉明：〈中國現代詩學歷史發展論〉，《文學評論》二〇〇二年第一期。

義」、「現代主義」等其實都是西方概念，都是西方話語方式。當然，這些概念經過翻譯、改造、重新闡釋之後，再加上自然的發展與衍變，特別是受中國文化語境與時代語境的制約，必然會發生魯迅所說的「歸化」，即中國化。比如，「現實主義」這一概念不僅僅是對西方現實主義文學的概括，同時也是對《詩經》、杜甫、白居易等中國古典現實主義文學的概括。就詩歌來說，「浪漫主義」不僅僅是對拜倫、雪萊、華茲華斯、濟慈等西方浪漫主義文學的概括，同時也是對屈原、李白、李賀等中國古典浪漫主義文學的概括。正是在這一意義上，中國現代詩學體系具有濃郁的西方性，但也具有中國性、民族性。

在從話語的角度描述了中國現代詩學體系之後，緊接著要問的就是：為什麼會形成這樣一種體系？以及這種體系在今天看來有什麼缺陷和弊端？

中國現代詩學體系的形成，有兩個基本的原因：一是五四新文化運動。五四新文化運動是一次徹底的思想革命，它以激進的方式反傳統，破壞傳統，其基本途徑就是輸入西方思想文化，而且是全方位地輸入。所以，五四新文化運動使整個中國思想文化都發生了根本的變化，整個知識譜系發生了根本性的轉型。詩學作為文學理論的一個組成部分自然也不例外。二是新詩運動。新詩運動是整個新文化運動和新文學運動的急先鋒，它不僅為中國現代詩學奠定了實踐的基礎，也為整個新文學理論提供了可靠的實踐依據。中國現代詩學固然深受西方詩學的影響，但是，西方詩學如果沒有現實的新詩作為實踐基礎，它是不可能被中國人接受的，因而也就不可能深刻地影響中國現代詩學。在這一意義上，新詩構成了中國現代詩學實踐上的支撐。

但問題也主要由此而產生。談到中國新文學，魯迅曾說過：「新的事物，都是從外面侵入的。」[1]「新文學是在外國文學潮流的推動下發生的，從中國古代文學方面，幾乎一點遺產也沒攝取。」[2]「現在的新文學是外來

[1] 魯迅：〈現今的新文學的概觀——五月二十二日在燕京大學國文學會講〉，《魯迅全集》第四卷，人民文學出版社，一九八一年版，第一三三頁。

[2] 魯迅：〈「中國傑作小說」小引〉，《魯迅全集》第八卷，人民文學出版社，一九八一年版，第三九九頁。

的新興的潮流。」[1]中國現代詩學和新詩在總體上也是這樣。中國現代詩學和新詩都具有濃重的西方色彩，並且二者相互支持，互為因果，循環論證，現代西方詩歌觀念導致具有西方特徵的新詩的產生，反過來具有西方特徵的新詩創作又從實踐上強有力地支援具有西化特徵的中國現代詩學。這樣，從中國現代詩學到新詩就構成了一個完整的循環系統，具有自足性和封閉性。正是這種自足性、封閉性導致了中國現代詩學對中國傳統詩學的拒絕，從而不僅使中國現代詩學與傳統詩學體系斷裂，也使中國現代詩學與傳統詩歌經驗相脫節。

我們絕不能說中國現代詩學與中國古典詩學和詩詞一點關係都沒有，中國古典詩學和詩詞作為知識結構已經深深地根植於中國現代詩學家的頭腦之中，作為「前理解」它們必然會對中國現代詩學的建構起潛移默化的作用。讓中國現代詩學家們把中國古典詩詞和詩學從知識體系和生命體驗中徹底祛除這是不可能的。正如上面所說，事實上，中國現代詩學也的確把中國古代詩歌納入了現象範圍，也的確吸收了某些概念或範疇比如意境理論。但另一方面，我們也必須承認，中國傳統詩學和古典詩詞在中國現代詩學中的作用、分量、地位、構成因素等都是非常有限的。龍泉明認為，中國傳統詩學觀念顯然也對現代詩學發生了影響，不過它是潛在的：「中國現代詩學家們所擁有的深厚的傳統詩學修養和文化資源，不會不對他們的詩學建構發生影響，只不過在當時這種影響往往是以一種潛在的或間接的方式，發生在一些更隱秘更深刻的思想層面。」[2]李凱說：「西方詩學對中國現代詩學的影響是顯在、直接、占主流地位的，而中國古典詩學則較為間接、隱伏、占非主流地位。」[3]我認為，這個定位是正確的。

正是因為如此，在對待中國傳統詩學和詩歌上，中國現代詩學存在著嚴重的缺陷和弊端。主要表現在：中國現代詩學也好，新詩也好，都是「革命」的產物，也就是說，中國現代詩學並不是中國傳統詩學的合理延

---

1 魯迅：〈關於《小說世界》〉，《魯迅全集》第八卷，人民文學出版社，一九八一年版，第一一二頁。
2 龍泉明：〈中國現代詩學歷史發展論〉，《文學評論》二〇〇二年第一期。
3 李凱：〈中國古典詩學在現代詩學中的傳承和變異〉，《文學評論》二〇〇五年第一期。

伸，不是在承繼中國傳統詩學的基礎上發展起來的，不是產生於內部，而是另起爐灶，在外部力量的推動下發生、發展起來的。中國現代詩學不僅不承傳中國古典詩學，而且恰恰相反，它以顛覆、打倒從而取代中國古典詩學為目標。這樣，中國古典詩學的思想資源和話語方式以及更為深層的中國古代文化思想資源和話語方式就從總體上被排斥在現代詩學範圍之外。中國古典詩學在今天完全成了一種知識範疇，一種與現實詩歌創作和詩歌批評無關的「學術」領域。

中國現代詩學在建構的過程中主要是以西方話語方式為主體，在詩歌材料上主要是以外國詩以及具有外國自由體詩特徵的新詩為主。當然，中國現代詩學也適當吸收中國古典詩學資源，也把古典詩歌納入其現象範圍，對中國古典詩詞也具有一定的實用性，但總體上，中國現代詩學對中國古代詩歌和詩學資源的借鑒和利用是實用主義的，當觀念和材料和西方詩學相契合的時候就被吸收，當觀念和材料與西方詩學相矛盾和衝突時就被摒棄。看起來，中國古典詩學觀念更多地是用來證明西方詩學和中國現代詩學的正確性才被留存下來。所以，在現代詩學體系中，中國古代詩學的譜系不存在了，整體不存在了，只留下一些觀念和材料性的東西。中國古典詩學只有極少數完整性觀念被保存在中國現代詩學體系之中，但那不過是對西方詩學體系的某種適當補充、完善。

過分依賴於西方詩學資源，過分集中和適用於新詩，使中國現代詩學話語和思想體系總體上局促、狹隘和封閉，中國現代詩學變成了主要是新詩理論。我們當然也可以用現代詩學來對中國古代詩歌進行言說，但這種言說總讓人覺得隔膜，不得要領，有違古人的寫作初衷，也不符合中國古代詩詞的欣賞習慣，造成錯位的評價。我認為，中國古典詩詞中的那些比較獨異的詩歌，根本就不能用現代詩學來進行解釋，或者說現代解釋根本就是無效的。正因為如此，中國古代詩歌的一些最基本的問題在中國現代詩學中並沒有得到有效的研究和深入的追問，比如古典詩歌的格律問題、分類問題、欣賞問題。這並不完全是民族性的問題，而是充分尊重中國詩歌創作的問題，充分尊重我們古人對於詩歌的感受和體驗的問題，同時還涉及重新恢復已經逝去的詩歌藝術精神以及相應的文化精神的問題。

所以，重建中國現代詩學，首先需要解決的就是整合古代詩學資源的問題。有人反對中國現代詩學的「一元性」，所謂「一元性」，即「建立包容古典和現代詩歌的詩學理論」。[1]如果是在評價的「標準」意義上說的，這種反對是正確的，因為中國古典詩詞和新詩是「異質性」的詩歌，文化背景、語言方式、追求的藝術目標等都不同，所以評價的標準也不同，不能用古典詩詞的標準來要求新詩，也不能用新詩的價值尺度來評價古典詩詞。但這並不意味著不能對新詩和古典詩詞進行統一的言說。新詩和古典詩詞，無論它們有多大的差異，它們畢竟都是「詩」，且都是漢語詩歌。所以呂進先生說：「作為現代形態的中國詩學，中國現代詩學要實現與中國傳統詩學的對話。這一對話之所以成為可能，是因為，雖然中國現代詩學與傳統詩學的範疇、概念、術語都不盡相同，但是二者同為中國詩學，它們對人的終極關懷是相同的，它們的詩學形態的感悟性是相同的。」[2]中外也好，古今也好，「詩心」具有某種相通性，也即「心同理同」。

整合中國現代詩學資源與中國古典詩學資源，這是可行的。至今之所以沒有成功的範例，主要是我們的觀念存在問題。中國現代詩學建構一開始就是與古典詩學為敵，就是走古典詩學的對立路線，這在五四時期激進地反傳統、反封建的語境中，作為一種「策略」有它的合理性，但現在我們仍然堅持這樣一種思路就是偏執與保守，就違背了思想的基本原則。今天我們總是強調中國現代詩學與中國古典詩學之間的差別以及衝突，不願意進行整合的探討和嘗試，這從根本上是錯誤的。同時，我認為，我們必須調整我們的思維方式。過去，我們的思維模式可以說高度形而上學的，總是把思想高度邏輯體系化，在詩學上，把分類一元化，把欣賞一元化，似乎只能有一種分類方式，只能有一種欣賞方式，容不得內部的矛盾和衝突。

---

1 鮑昌寶：〈錯位的新詩評價標準——對新詩合法化的文化反思〉，《江漢大學學報》二〇〇四年第五期。

2 呂進：〈論中國現代詩學的三大重建〉，《文藝研究》二〇〇三年第二期。

當然，中國現代詩學也不能是一個大雜燴，重建現代詩學話語並不是要把古今兩種詩學話語彙集在一起，而是要充分尊重古代詩學傳統，平等地對待中國傳統詩學體系，充分吸收古代詩學話語，從而建立一種新的話語體系。曹順慶說：「所謂古文論的現代轉換，並不是說一定要將古漢語、古文論中的某些概念、範疇生硬地搬到現代來使用，或將其『翻譯』成現代漢語，而是試求以傳統詩學的言路言詩。所謂重建中國文論話語也不是要復古，而是在西方詩學全面取代中國傳統詩學並已出現『失語』危機的情形下，試求傳統詩學與現代詩學這兩種知識形態的互相校正、融合與互補。」[1]曹先生這裏所說的「現代詩學」是廣義的，狹義的「現代詩學」話語重建也應該這樣。

中國現代詩學的自足性和封閉性以及保守性，使它不僅拒斥傳統詩學理論和詩歌現象，同時也對當代先鋒詩歌具有拒斥性。這是中國現代詩學的另一大弊端和缺陷，也是另一個需要重建的地方，或者說在重建中需要特別解決的問題。

新詩在八〇年代之後發生了很大的變化，出現了「新生代」、「後朦朧」、「後崛起」、「後新詩潮」、「後現代」、「實驗詩」等各種新詩流派和思潮，有「八〇年代後」、「中間代」、「女性詩人群」等各種各樣的命名。這些詩歌與傳統詩歌相比，不論是在詩歌觀念上，還是在詩體形式上，都出現了新的取向，我把這種不同於傳統的詩歌統稱之為「當代先鋒詩」。先鋒詩有各種各樣的特徵，互相之間也存在著巨大的差異甚至於想到攻訐，互不認同，很難對他們進行籠統的概括。但與傳統詩歌相比，它們共同的特徵就是反傳統，不再遵守「五四」時所確立的新詩的基本原則和價值標準。比如產生於八〇年代中期的「非非主義」，其詩歌理想，這裏不妨從其「宣言」中摘錄一些：

[1] 曹順慶：〈從「失語症」、「話語重建」到「異質性」〉，《跨文化比較詩學論稿》，廣西師範大學出版社，二〇〇四年版，第三〇七頁。

「一首詩，應當肆無忌憚地攪亂詞類的界線。」
「一首詩，應當逍遙於語言的諸法之外——逍遙於詞法、句法、語法、文法等法之外。」
「一首詩，作為對文化語言的凌駕和組織，應當把文化語言的三大原始基本要素——音、形、義——推入背離文化的迷亂。」
「一首詩，作為語言事件的集合體，應當盡可能充滿盲區語言事件（尤其是超語義事件）。」
「詩人應當引導語言，用語言，把語言，把人，把世界——引入對語言的絕望。」
「詩人應當引導語言，用語言，把語言，把人，把世界——引入對語言的希望。」[1]

我們說「文學是語言的藝術」，主要是指文學對語言的精巧運用和建構。詩歌尤其如此。但從這個「宣言」中，我們看到的卻是詩歌對語言的破壞，在這裏，詩歌變成了「反語言的藝術」。正是因為如此，所以在「非非主義」詩歌中出現了諸如「石頭在石頭上」、「水在水上」、「帆在帆上」、「鴿子／在鴿子之上」這樣按傳統的語言習慣無法理解的詩句。

應該說，「非非主義」的這種「超語義」詩歌觀這還是相對平和和穩重的，能夠為很大一部分人理解和接受。但到了九〇年代，特別是後現代主義被廣泛地輸入中國之後，詩歌的反叛更為激進與極端。不僅反語言，還反理性、反邏輯、反理解、反懂、反文體、反思想、反意象、反情感、反英雄、反崇高、反優美、反生活、反現實、反史詩、反審美、反人道主義、反理想主義……除了某些政治上的禁區以外，屬於詩歌自然上的屬性

1 藍馬執筆：〈非非主義第二號宣言〉，洪子誠、程光煒編選《第三代詩新編》，長江文藝出版社，二〇〇六年版，第三二〇——三二四頁。

與藝術上的屬性，當代詩歌都有探索性的反叛。正是因為如此，所以，先鋒詩與傳統的經典性詩歌有著巨大的差異。比如個人化寫作、「下半身寫作」、「私人化寫作」、口語化寫作、跨文體寫作、「詞語寫作」等，完全不同於傳統的經典化寫作。有些探索性的詩歌，用傳統詩學觀念來看，是否還是「詩」都值得疑問。

與這種詩歌創作的變化相適應，九〇年代之後的詩歌言說也發生了很大的變化。術語變了、概念變了、範疇變了、言說方式變了，評價的尺度和標準都不同。比如一位先鋒詩評家這樣評論當代詩歌：「敏銳的詩人會感到，近年大量的先鋒詩歌從調性到具體的個人語型，都發生了大規模遷徙。歷史的錯位似乎在一夜間造成巨大缺口，尖新緊張地楔入當代生存的詩已不多見，代之以成批生產的頌體調性的農耕式慶典。」[1]其中「頌體調性的農耕式慶典」這幾個字還特別加上著重號。我相信對於詩評家本人來說，這段話是非常清楚明白的，他的思維和表述本來就是這樣的，用傳統話語方式來表述對他可能反而是不清楚的。

對於先鋒詩歌以及先鋒詩論，詩學界是兩種完全不同的態度和評價，有的人激賞，有的人鄙棄。我認為，我們應該充分理解當代先鋒詩歌，特別是理解他們試圖「改變中國新詩被動接受世界文化思潮影響的局面」的努力。[2]我們也應該充分理解先鋒詩論，它與先鋒詩歌具有一體性。先鋒詩論的某些言說和表述對於習慣於傳統詩學話語的人來說，簡直具有諷刺性。但如果我們以一種平和的心情、以一種同情的態度去讀，讀多了也就慢慢能理解了。先鋒詩論中有大量的新的術語、概念和新的表述方式，這些術語、概念和表達方式，有外來的，也有生造的。之所以要借用外來術語和生造術語，這與中國現代詩學不能有效地表達和言說先鋒詩歌有很大的關係。

當代先鋒詩具有新的思想方式、情感方式、體驗方式、寫作方式、傳播方式、欣賞方式以及在詩歌觀念、在整個文學和文化生活中的作用和地位等都不同於傳統詩歌，對於這種種不同，不僅傳統的現實主義、浪漫主

1 陳超：〈求真意志：先鋒詩的困境和可能前景〉，陳超編《最新先鋒詩論選》，河北教育出版社，二〇〇三年版，第一頁。

2 周倫佑：〈「第三浪潮」與第三代詩人〉，楊曉民主編《中國當代青年詩人詩選》，河北教育出版社，二〇〇四年版，第五五二頁。

義詩歌理論不能有效地言說，而且現代主義也不能有效地言說。如果一定硬性地用現代詩學來表述和解說當代先鋒詩歌，必然造成對先鋒詩歌的誤讀和誤解。表現在：首先，按照現代的詩學觀念來言說和表述先鋒詩歌，實際上是按照現代的詩歌形態來想像先鋒詩歌，其結果必然和實際情況相距甚遠，這種言說和評價並不能真正進入先鋒詩歌，更不要說理解它了。第二，按照現代詩學話語方式來言說先鋒詩歌，實際上是把先鋒詩歌納入現代詩歌體系，納入現代詩歌框架，實際上也是把先鋒詩歌納入現代詩學價值體系，這樣對先鋒詩歌的評價其「好」「壞」恰恰可能是錯位的。因為，先鋒詩歌和現代新詩在藝術追求和藝術標準上很不一樣，現代新詩所追求和看重的，恰恰可能是先鋒詩歌所淡漠和輕視的，在評價上，現代詩學所肯定的恰恰可能是先鋒詩歌自我否定的，現代詩學所否定的恰恰可能是先鋒詩歌自我肯定的。

新詩在發展，詩學也要發展，我們應該充分肯定新詩潮和新詩論作為「發展」的合理性。先鋒詩論中新的術語、新的概念、新的範疇和新的話語方式其實是一種新的思維方式，其中包含著新的詩學思想。回顧晚清以來中國思想的發展變化，我們看到，新名詞「大爆炸」時期，也是思想最為活躍的時期，每當思想發生大的轉變時，都會伴隨著產生大量的新的術語、概念、範疇和話語方式。新的術語、概念、範疇和話語方式的流行和接受也就意味著新的思想的流行和接受，新的術語、概念、範疇和話語方式固定下來並進入語言體系也就意味著新的思想固定下來並融入「當前」的思想體系。從理論上來說，術語、概念、範疇和話語的變化其實就是思想的變化，或者說必然引起思想的變化。劉泉曾詳細考察了王國維語言與他的學術之間的關係，她認為，正是「新學語」造成了王國維的「新學術」，「準確化、科學化的話語方式，使王國維擺脫了傳統學術研究類屬混雜、過分隨意的窠臼，開始自覺地條分縷析地梳理學術研究的門類屬性。」[1]這是非常有道理的。在這一意義上，先鋒詩論新的術語、概念、範疇和話語方式一方面顯示了它與現代詩學的不同，另一方面我們更願意把它

1 劉泉：〈論王國維的「新學語」與新學術〉，《文學評論》二〇〇七年第一期。

看作是對中國現代詩學的巨大的發展和貢獻。也正是在這一意義上，我認為，我們不僅要充分理解當代先鋒詩論，還要充分吸收它，把它整合到中國現代詩學中來，從而使中國現代詩學具有更大的包容性，更有韌性，在理論上更完善、更合理。

研究中國現代詩學，我們看到，「五四」所確立的現代詩學話語和當代先鋒詩學話語之間存在著巨大的差異，相互對立和衝突，其尖銳的程度甚至不亞於中國現代詩學與中國古代詩學之間的對立與衝突。對於詩歌的評價其差距遠遠超出了「仁者智者」的範圍，一方認為是最好的作品在另一方卻被認為是最不好的，反之亦然。先鋒詩人所激賞的作品，傳統派根本就不以為然，反過來，傳統派認為厚重的，先鋒則不屑。同一作品在兩種話語的不同言說中，其藝術高下簡直就是兩重天。當今，先鋒詩學與現代詩學之間事實上缺乏交流，也無法交流，其隔膜甚至超過很多學科之間。在中國現代詩學這一學科領域，過去是個人的「自說自話」，現在是集體性的「自說自話」。我更願意把這看作是中國現代詩學的不成熟。

當然，我們說重建中國現代詩學，整合現代詩學話語和當代先鋒詩論，並不是說要統一詩歌的評價標準，而是說現代詩論和當代先鋒詩論之間要交流、對話，在交流和對話中達到相互理解，並在理解的基礎上吸納、融合從而建構新的中國現代詩學。呂進先生認為，「現代詩學的重建需要在三個領域繼續推進。這三個領域是：在中國跨入現代以後的觀念重建，在實現『詩體大解放』以後的詩體重建，以及在現代傳媒條件下的詩歌傳播方式重建。」[1]這三大重建中，我認為最根本的是觀念重建，而觀念重建的深層則是話語重建。過去，我們一直不重視語言問題。其實，新詩是從語言變革開始的，中國現代詩學也是從話語方面開始突破的，話語對於中國現代詩學來說具有根本性，中國現代詩學本質上是一個言說和表述的問題，術語、概念、範疇和話語方式

[1] 呂進：〈論中國現代詩學的三大重建〉，《文藝研究》二〇〇三年第二期。

不同，言說和表述就不同，因而觀念體系也就不同。所以，站在現代詩學的立場上，我們應該充分吸收、改造先鋒詩學話語，把先鋒詩論納入中國現代詩學體系，從而重建中國現代詩學。

第六章　論「懂」作為文學欣賞理論話語

第一節　論中國古代文學欣賞的非「懂」性

「懂」是現代文學的欣賞方式，而中國古代文學的欣賞方式則是「讀」與「解」，二者在具體內涵、品質、話語體系、理論範疇、文學實踐基礎和哲學思想基礎等方面均有根本性的不同。本節試圖對「讀」「解」作為中國古代文學欣賞方式的非「懂」性這一問題展開論述。

懂，即理解，即明白，「理解」指理解作品的意義，是在解讀的意義上而言的；「明白」即明白作者的意圖，是在歷史的意義上而言的。但不論是理解還是明白，深層理念上都認同作品的客觀意義和價值，都強調科學的分析和解剖，在這一意義上，懂本質上是理性主義或科學主義的產物。所以，在中國，懂作為文學理論範疇本質上是現代文學理論的產物，是伴隨著五四新文化模式的確立而確立的，它以現代學術語境及其理性思維方式為背景和基礎。

懂不是中國古代文論的範疇，查各種古代文論工具書，不見使用「懂」這個概念。在一般文獻中也見不到這個「字」。《詞源》和《漢語大字典》都只有一個例句，出自《古今小說》四十：「老門公故意道：『你說的是什麼說話，我一些不懂。』」「懂」在這裏是「明白」的意思，即領會對方的表達。《古今小說》為白話小說，「懂」只見於《古今小說》，這說明它在古代是民間口語。現代漢語與白話有著深層的淵源關係，白話即現代漢語的語言形式來源，但白話詞語進入現代漢語體系之後發生了意義的衍變從而變成現代漢語詞語。「懂」就是這樣，在古代漢語中，它是民間口語，具有日常性，即主要用於日常交際，並且不是「常用詞」。在現代漢語中，它一方面具有原初的「明白」、「領會」的意思，另一方面又進入思想領域，成為一個文學理論範疇，一個思想概念，延伸出「理解」的意思。所謂「理解」，含有通過理論進行分析、研究，達到認識的目的的意味，含有現代的「分析」和「研究」的成分，所以，在現代漢語語境中，「懂」具有現代理性思維的特點。

在中國古代文學理論範疇體系中，與現代文學批評中的「懂」在程式上比較接近的概念是「解」、「詁」。「解」即分析、理解、曉悟、知道等，比如「解析」、「解經」、「解詁」、「解悟」等。「詁」即「以今言解釋古代語言文字或方言字義」（《詞源》），比如「詩無達詁」、「訓詁」等。中國古代文論中的「解」、「詁」當然有現代「懂」的含義，但它更多地是屬於釋訓的範圍，比如考證、字義、文義、音韻、釋典、作者生平研究、道德研究、地理研究、社會風俗研究等，而按照「新批評」理論家蘭色姆的觀點，這些都屬於「非本體論批評」。應該說，文字釋訓和背景研究這些對於文學欣賞來說當然也是很重要的，但它們並不直接關涉「文學性」，所以只是文學欣賞的前提條件，而不是文學欣賞本身，即不屬於「本體性」的文學批評。中國古代文學欣賞最核心的內容是感悟。感悟強調感覺、直覺、體驗、頓悟、享受等，這和「懂」的欣賞方式的理性分析、研究從而得出某種結論具有根本性的不同。中國傳統文論的「感悟」和現代文論的「懂」是兩個完全不同的文學批評範疇，也可以說，中國古代感悟的文學欣賞方式和現代懂的文學欣賞方式是兩種完全不同的文學欣賞方式。

中國古代文學講求韻、味、氣、趣、含蓄、蘊藉、言外之旨、弦外之音、意在言外、言有盡而意無窮、含不盡之意，等等，這和現代重模仿、重現實的主流文學的寫作信念具有很大的不同，相應地，中國古代文學作品在品性上與現代文學也有很大的不同。因為寫作理念不同，作品品性不同，其欣賞當然也有很大的差異。對於中國古代文學的欣賞，我們很難用「懂」來概括。中國古代文學作品的「韻」、「味」、「氣」、「趣」、「含蓄」、「蘊藉」、「言外之旨」等等，實際上具有非理性的特點，具有模糊朦朧性，對於它們我們今天也很難用理性進行精確的分析和理解，對於中國古人來說，它更多地是通過直觀進行把握的，並且這把握因人而異，具有很大的主觀和隨意性。更何況，中國古代在文學觀念上根本上就不具有「懂」性，「懂」從根本上是一個現代文學批評範疇，它是以現代文學理念、文學創作以及現代文學作品作為實踐基礎的。現代文學強調反映生活、強調文學與現實之間的呈現關係，因此現代文學欣賞也相應地強調對作品的理性分析和研究，強調對作品固有藝術價值的呈現，強調文學品味建立在科學結論的基礎之上。

中國古代文學欣賞重感悟，輕理論分析，這與中國文化的深層思維有關係。對於意義的表述和把握，中西方之間存在著巨大的差異。西方文學理論和批評運用嚴格限定的術語、概念和範疇進行嚴密的邏輯表述，而中國古代思想文化的術語、概念和範疇則缺乏嚴格的限定，其意義往往與具體的語境密切相關，相對比較模糊，缺乏嚴密性，缺乏邏輯體系性。老子說：「古之善為士者，微妙玄通，深不可識。」（《老子》第十五章）「善為士」（「士」又作「道」）是這樣，善為文學者也是這樣。「微妙玄通」是非常典型的中國古代的表述方式。而且「微妙玄通」這個表述本身就有「微妙玄通」的特點，意思不確定，可以作多種解釋，大略來說，「微」：精微；「妙」：巧妙；「玄」：意義深奧；「通」：意義深遠，四字合起來，有點接近於今天所說的「晦澀」，但中國古代的「晦澀」不完全是理論上的，即不完全是理論的深奧難懂，所以一般人難以把握和明白。中國古代思想的「晦澀」主要是表述上的，即語言問題。

古代漢語在思維上的特點可以概括為「字思維」[1]，字與字進行組合，意義無限衍生和蔓延，總體上表現出意義的模糊和不確定性的特點。「子曰：書不盡言，言不盡意。然則，聖人之意，其不可見乎？子曰：聖人立象以盡意，設卦以盡情偽，繫辭焉以盡其言，變而通之以盡利，鼓之舞之以盡神。」（《周易・繫辭上》）「立象以盡意」，這是古代漢語的一個非常重要的特點，也是中國古代思維的一個很重要的特點，非常接近現代西方所說的語言的「隱喻性」。這裏，不管是用「象性」概括也好，還是用「隱喻性」概括也好，它都說明，在古代漢語的表達中，語言與思想之間不是直接的，而具有間接性。語言與思想關係的間接性就決定了中國古代文學文本意義的不確定性，就決定了其留有很多空白從而具有多種解讀性，唐司空圖說：「象外之象，景外之景，豈容易可譚哉？」（司空圖《司空表聖文集・與極浦書》，據《四部叢刊》本）。具體地，古代漢語的詩性特點決定了中國古代思想文本意義的模糊性以及多重解讀性，揚雄說：「聖人矢口而成言，肆筆而成書，言可聞而不可殫，書可觀而不可盡。」（揚雄《法言・五百》，《諸子集成》本）唐權德輿說：「上人心冥空無而跡寄文字，故語甚夷易，如不出常境，而諸生思慮，終不可至。」（權德輿〈送靈澈上人廬山回歸沃洲序〉，《全唐文》卷四九三。）特別是那些經典著作，其意義千百年來一直被人反覆解讀，並且這種解讀還將長期下去，永無窮盡。其根本原因就在於古代漢語在意義上的詩性。

司馬遷評論《離騷》：「其文約，其辭微，其志潔，其行廉，其稱文小而其指極大，舉類邇而見義遠。」（司馬遷：《史記・屈原賈生列傳》）劉勰則用「隱」這個概念來描述文學中的這種現狀：「隱也者，文外之重旨者也。……夫隱之為體，義主文外，秘響傍通，伏采潛發，譬爻象之變互體，川瀆之韞珠玉也。」（劉勰《文心雕龍・隱秀》）歐陽修談創作：「必能狀難寫之景，如在目前，含不盡之意，見於言外，然後為至

1　「字思維」這一概念最早是由畫家石虎先生提出來的，後來引起詩歌理論界廣泛的討論，討論的部分文章結集為《字思維與中國現代詩學》，天津社會科學院出版社，二〇〇二年版。

矣。」（歐陽修《六一詩話》，《歷代詩話》本。）意義必須依附於文本，反過來說，文本的意義只能存在於文本之內而不能存在於文本之外，所謂「義主文外」、「不盡之意，見於言外」，都不能從字面上理解，都是「舉類邇而見義遠」或「言有盡而意無窮」的一種誇張的表述，都是強調文本在意義上可以無限衍生，就是劉禹錫說的「片言可以明百意」（劉禹錫《劉賓客集・董氏武陵集紀》，據《四部叢刊》本）。「百意」即多義，所謂「片言可以明百意」，是說可以用很少的文字表達豐富而複雜的含義。「片言」為什麼可以明「百意」，並不是說「片言」中包含著「百意」，或者說，「百意」客觀存在於「片言」之中，而是說，「片言」可以引發「百意」、可以衍生「百意」，可以作多方面的闡釋和解讀，這裏既涉及到語言的思維特點，還涉及到語境、主體的知識結構等方面的原因。

正是由於古代漢語詩性思維的特點以及相應的中國古代文學文本客觀上存在多種解讀的可能性等特點，所以中國古代的文學批評和文學欣賞不承認文學作品意義的所謂客觀性，董仲舒說：「《詩》無達詁，《易》無達占，《春秋》無達辭。」（董仲舒《春秋繁露・精華》）所謂「《詩》無達詁」，即是說對於《詩經》，不可能達到一致的解釋。而事實上，不僅僅《詩經》是這樣，一切優秀的文學作品都是這樣，不同的人因生活經歷、思想方式和知識結構的不同，對同一作品有不同的解釋。明謝榛提出：「詩有可解、不可解、不必解，若水月鏡花，勿泥其跡可也。」（謝榛：《四溟詩話》卷一，《歷代詩話續編》本。）這段話含有很深刻的文學欣賞學的思想。有的文學作品可以通過分析搞清楚它的意義，並且這種分析和理解有助於對其藝術性進行欣賞，至於如何分析，分析的意見是否可以一致，達到所謂「定解」，這是另外一個問題。而有的作品則根本就不能分析，硬性分析和解剖就會妨礙對其藝術性的感受和把握，就會破壞其藝術的整體性。還有的作品沒有必要進行分析，其原因則可能是這類作品的藝術性與其所要表達的思想之間並沒有多大的關係，比如一些遊戲之作，其藝術性主要體現在其文字的結構機巧之中，主要在其形式上，而至於它表達了什麼樣的思想內涵，這其實是無關緊要的。謝榛的「可解」、「不可解」和「不必解」的區分實際上反映出中國古人把文學欣賞和對文學作品的思想性分析區分來的觀念。在今天看來，如果想真正地欣賞一部文學作品，而這部作品不可理解或者根本就不對作品進行分析和理解，這是不可思議的。從這裏也可以看出中國古代的文學欣賞與現代文學欣賞之間的根本性差異。

清薛雪也認為有的詩只可讀而不可解：「杜少陵詩，止可讀，不可解。何也？公詩如溟渤，無流不納；如日月，無幽不燭；如大圓鏡，無物不現，如何可解？小而言之，如《陰符》、《道德》，兵家讀之為兵，道家讀之為道，治天下國家者讀之為政，無往不可。所以解之者不下數百餘家，總無全璧。……余又謂：可讀，不可解。夫讀之既熟，思之既久，神將通之，不落言詮，自明妙理，何必斷斷然論今道古？」（薛雪：《一瓢詩話》）這段話在中國古代文學欣賞中具有相當的代表性。包含這樣一些非常重要的思想：

第一、文學欣賞包含著「讀」與「解」這兩種在性質和特點上都不同的行為，「讀」主要是對作品的感受，其特點是在感受的過程中體味，這種體味是綜合的，有時很難用語言進行準確的表述，或者說，欣賞的過程和結果不是語言形態而是身體形態，即「不落言詮」。「解」主要是對作品的理解，其特點是在「理」的基礎上的分析，也就是「懂」，其結果能夠用語言進行準確的描述和表述。二者之間具有聯繫性，但又具有相對的獨立性。「解」屬於理性活動，而「讀」則屬於感性活動。在這裏，「感性」並不構成「理性」的基礎。

第二，文學作品之所以不可解，根本原因就在於作品具有整體性、複雜性，包含著無限豐富的內涵，並且這內涵具有模糊性，隱含性，面對這種豐富性和複雜性，理性活動表現出某種限定性或無能為力。「解」永遠只能是部分的，某一方面的，是建立在文本基礎上的，是由文本延伸出來的，它永遠只能小於文本，永遠是第二性的，也就是今天所說的「形象大於思維」。

第三，「讀」和「解」都屬於文學欣賞活動，但在中國古代文學欣賞中，「讀」比「解」對於文學欣賞來說顯然更具有根本性，沒有「解」仍然具有欣賞性，並且不影響欣賞的性質，但如果只有「解」而沒有「讀」即對文學作品的感受和體味，那就構不成欣賞。張懷瓘說：「評先賢之書，必不能盡其深意。」（張懷瓘《議書》，《法書要錄》卷四）「不能盡深意」或者沒有「盡深意」，這在今天看來是沒有真正讀懂作品，因而其「欣賞」在性質上就值得懷疑，因為現代文學建立在理解的基礎上，如果沒有真正理解作品也就談不上真正欣賞作品。但中國古代的文學欣賞並不是這樣，「不能盡深意」並不影響對作品的欣賞，沒有讀懂作品仍然可以欣賞作品，並且是「本體」性的文學欣賞。

由此可見，在中國古代，文學欣賞並不等於懂，文學欣賞可以是「懂」的，也可以是「不懂」的，「讀」和「解」可以相互關聯，即「讀」建立在「解」的基礎上，但也可以相互獨立，即「讀」是一種獨立的活動，而「解」又是另一種獨立的活動，並不是所有的文學欣賞都一定要讀懂作品，沒有真正理解作品同樣可以從作品中得到高度的審美享受，並且這種享受並不比讀懂作品之後的審美享受要低等。

從理論上進行總結，我們看到，中國古代文學欣賞並不強調對作品的理性分析，而更強調通過閱讀作品得到一種體驗和感受，更具體地說是在閱讀的過程中得到一種文學意蘊的享受。作品在這裏似乎只具有「媒介」的性質，只是通向審美享受的工具，作品的客觀意義和價值是並不重要的，重要的是作品引發人的什麼樣的審美感受和體驗。作品只是前提或途徑，審美享受才是目的，「得魚」可以「忘筌」。所以，中國古代文學欣賞更強調讀者的主觀感受而不是作品的客觀價值和意義，更強調欣賞的身體形態而不是理性形態。這和二十世紀西方的「讀者—反映」批評以及後現代主義的文學欣賞有某種相似性，但中國古代文學欣賞是一種自發的文學欣賞，它以一種非常純樸的方式把握了文學的真諦，而不具有理論上的自覺性。而二十世紀以後西方出現的「讀者—反映」批評和後現代主義批評則是重新發現了傳統西方文學批評和文學欣賞中被忽視的真諦，從而與中國古代文學批評和文學欣賞在某一點上具有暗合性。它們只是在極抽象的觀念和現象上具有某種相似性，而在知識背景，邏輯理路上則具有根本的不同。

這裏就涉及到深層的對於藝術的理解、認識和追求的問題。中國古人相信「意之所隨者，不可以言傳也。」（《莊子・天道》）相信「言有盡而意無窮」（蘇軾語，宋姜夔《白石道人詩說》，《歷代詩話》

本），也就是說，在中國古人那裏，文學的形式是有限的，語言的表述是有限的，而形式自我生成意義的能力是無限的，語言自我生成意義的能力也是無限的，這樣，文學在意義上就不是固定的，而是超越語言本身，超越文本本身，可以作審美價值的無限意義生成。劉知幾說：「然章句之言，有顯有晦，顯也者，繁詞縟說，理盡於篇中；晦也者，省字約文，事溢於句外。然則晦之將顯，優劣不同，較可知矣。夫能略小存大，舉重若輕，一言而巨細咸該，片語而洪纖靡漏，此皆用晦之道也。」（劉知幾《史通·敘事》）這種區分特別適用於文學。中國古代承認有「顯」的類型的文學，所謂「顯」的文學，實際上是那種意思清清楚楚、明明白白的文學，這種文學在今天仍然廣泛地存在，並且並不被否定，但在中國古代，這種文學明顯是被輕賤的，按照中國古人特殊的文學「品第」觀，它是等而「下」之的。「詩以蘊藉為主」（清賀貽孫《詩筏》）、「詩貴含蓄忌淺露」（清賀裳《載酒園詩話》卷一）、「詩宜含蓄，不露論鋒」（清陸鎣《問花樓詩話》卷一）等，都說明了這一點。中國古代更追求「晦」的文學，所謂「晦」，並不是說作品的意義和文學意蘊隱藏得深，不能被人一眼看透，而是說作品的意義和文學意蘊比較模糊，可以作多種解讀。

中國古人在文學創作中本來就不追求那種絕對和唯一的意義。「學詩渾似學參禪」（宋吳可《學詩詩》）、宋龔相《學詩詩》，《詩人玉屑》卷一）、「詩文無定價」（薛雪：《一瓢詩話》）、「文章以氣韻為主」（陳善：《捫虱新話》上集卷一《文章以氣韻為主》）、「詩之所貴者，色與韻而已」（陸時雍《詩鏡總論》）、「詩以趣為主」（袁宏道：《西京稿序》）、「詞以意趣為主」（張炎《詞源·意趣》）、「文章當以趣為第一」（明容與堂刻本《李卓吾先生批忠義水滸傳》第五十二回回末），追求「韻」、「味」、「氣」、「趣」、「含蓄」、「蘊藉」、「言外之旨」等等，都說明中國古代文學在文學理念和文學品格上與現代文學有很大的不同，中國古代文學特別是主流的詩文雖然承認文學與現實之間的緊密聯繫，也追求「真」、「理」，但不像西方那樣強調文學的寫實性、模仿性，也不注重對社會生活的反映和本質規律的揭示。這樣，作為知識範疇的意義和具有歷史和社會價值的意義對於中國古代文學來說就不具有決定性。

既然文學作品並不追求「意義」，文學欣賞當然也就不追求文學作品的「意義」，所以中國古代文學欣賞更強調讀者的主觀感受和體驗，更強調讀者解讀的主觀性對於文學欣賞的本體性意義，「詩有妙悟，非關理也」（清王夫之《薑齋詩話》），並且把這種主觀性強調到原則的高度，「子曰：知之者不如好之者，好之者不如樂之者。」（《論語·雍也》）孔子這句話原本沒有什麼特別的限定，也適用於文學欣賞。對於文學欣賞來說，「知」就是理解，屬於知識範疇，具有客觀性，「好」和「樂」則是偏好和享樂，屬於心理學範疇，具有主觀性。孔子對於「知」、「好」、「樂」的這種排序，充分反映了中國古代文學欣賞對於主觀感受的重視與強調，這和亞歷士多德關於文學快感的觀點是有根本性不同的。亞歷士多德認為，人類最初的知識都是從模仿得來的，「人對於摹仿的知識總是感到快感」，「求知不僅對哲學家是最快樂的事，對一般人亦然」，「我們看見那些圖像所以感到快感，就因為我們一面在看，一面在求知」[1]。亞歷士多德把文學的求知和文學的快感緊密地聯繫在一起，並且作為統一性的範疇，這種觀念深刻地影響了西方的文學的發展，也一直是西方文學欣賞的理論傳統，西方長期以來都是從求知的角度來解釋文學的審美性。而中國的孔子則把這二者分離開來，並且強調它們在文學欣賞中的根本性不同，以及所表現出來的不同層次。

與意義直接有關的是「理」，因而也與「解」和「懂」有密切的關係。

「理」即「道理」，也是中國古代思想的一個非常重要範疇，「理學」是南宋時曾成為中國的主流思想，可見「理」作為範疇在中國古代思想中的地位。文學中，「理」主要是指文學作品所表現的內容，與「道」聯繫在一起，而與「情」相對，也與「辭」相對。與我們這裏的討論密切相關的是「理」與「辭」的關係問題，「理」和「辭」的關係接近於今天所說的內容與形式的關係，它是中國古代文論中一對非常重要的範疇。

[1] 亞歷士多德：《詩學》，人民文學出版社，一九六二年版，第十一頁。

但對於「理」與「詞」，中國古代文論主是在孰輕孰重的層面上討論，大致來說有三種基本的主張，一是主張「理」、「詞」並重，比如晉陸機提出「辭達而理舉」（陸機〈文賦〉）。嚴羽說：「詩有詞理意興，南朝人尚詞而病於理；本朝人尚理而病於意興；唐人尚意興而理在其中；漢魏之詩，詞理意興，無跡可求。」（嚴羽：《滄浪詩話・詩評》）唐李翱則提出「文、理、義三者兼併」之說：「故義雖深，理雖當，詞不工者不成文，宜不能傳也。文、理、義三者兼併，乃能獨立於一時，而不泯滅於後代，能必傳也。」（李翱〈答朱載言書〉）二是主張以「理」為重，比如宋濂說：「其為文詞，務以理勝，不暇如他文士馳騁葩藻以為工，而當時求者紛如也。」（宋濂〈甫田四如先生黃公後集序〉）明劉基說：「文以理為主，而氣以抒之。理不明，為虛文。氣不足，則理無所駕。」（劉基：〈蘇平仲文稿序〉）陸九淵說：「文以理為主，荀子於理有蔽，所以文不雅馴。」（陸九淵《語錄》）唐陸希聲說：「文以理為本，而辭質在所尚。元賓尚於辭，故辭勝其理。退之尚於質，故理勝其辭。」（陸希聲〈唐太子校書李觀文集序〉）曹丕則批評孔融「理不勝辭」（曹丕《典論・論文》）。三是主張以「詞」為重，比如清賀裳說：「子野《一叢花》末句云：『沉恨細思，不如桃杏，猶解嫁春風。』此皆無理之妙……愈無理而愈妙。」（賀裳：《皺水軒詞筌》），蕭子顯則從文學性的角度批評了「重理輕文」的傾向，認為「理過其辭，淡乎寡味。」（蕭子顯《南齊書・文學傳論》）

文學究竟是應該重「理」還是重「辭」，如何評價重「理」的文學與重「辭」的文學，這是一個複雜的問題，自古以來就存在著爭論，並且這種爭論在今天換了一種方式仍然在延續，毛澤東〈在延安文藝座談會上的講話〉中提出的「政治標準第一、藝術標準第二」的觀點其實就是這諸多觀點中的一種選擇。但不論是哪一種觀點，都說明，在中國古代的文學觀念中，「理」並不是文學之外的東西，而屬於文學的固有屬性。

這裏就涉及到一個需要追問的問題，既然「理」是文學作品的固有屬性，那麼，對於「理」的解讀就應該屬於文學欣賞的應有之義，包括對於「理」的一般性解讀即邏輯的解讀，和對於「理」在文學中的特殊的存在方式的解讀即文學性的解讀。但中國古代文學欣賞理論卻只有對「理」的一般性解讀，即「解」，並且

「解」是可以獨立於文學欣賞之外的，而對於「理」的文學性解讀則缺乏邏輯性展開。在這一意義上，中國文學欣賞也有「懂」，但它在內涵上比現代文學欣賞中的「懂」卻要簡單得多、單純得多，中國古代文學欣賞中的「懂」主要是指意義上的「懂」，而現代文學欣賞中的「懂」則不僅包括意義上的「懂」，還包括藝術上的「懂」。更重要的是，中國古代文學欣賞既承認「懂」，也承認「不懂」，既承認「可解」，也承認「不可解」，而現代文學欣賞中的「懂」則是對「不懂」持排斥態度的，即認為所有的真正的文學作品都是可以「懂」的，對於有些作品，我們現在沒有弄清楚它的意思，那是我們的方法不對或者暫時還沒有找到很好的辦法，只要方法得當，終究有一天是可以搞「懂」的，相應地，對於那些完全沒有辦法讀「懂」的文學作品，現代文學批評採取的是把它排斥在文學範圍之外，即不承認它是真正的文學作品。[1]

同時，我們看到，中國古代文學欣賞更關心的是「理」、「辭」孰輕孰重的問題，而不是「理」與「辭」的內在邏輯關係問題。我們要問的問題是：「理」是一種可以獨立於「辭」的客觀存在嗎？有純粹客觀存在的「理」嗎？有純粹的「辭」嗎？「理」與「辭」是否是簡單的對應關係，換一種說法，在文學作品中，「理」是否是固定不變的？它與「辭」是否是嚴格對應的？問題一旦轉入語言的層面，一旦轉入對語言與思想之間深層關係的追問，結論就不再是這麼簡單了，我們看到，中國古代文論在「理」與「辭」的層面上缺乏對這一問題的深入討論。由此可見，中國古代文學欣賞並沒有把「理」納入「文學性」的層面、納入文學「語言藝術」的層面進行思考，這樣，「理」在文學作品中就是簡單的，因而不屬於複雜的文學欣賞的一部分，所以，在中國古代，它作為「解」可以獨立於文學欣賞以外。

但事實上，「理」在文學作品中並不是「物質性」的客觀存在，「理」依附於「辭」而存在，同時它又與具體的語境和大的文化背景有密切的關係，所以，「理」在文學作品中既具有相對的穩定性，又充滿了「變」

1 當然，後現代主義產生之後，這種觀念發生了一些變化。

數，辭即理。用語言文字表達出來的文學作品只有外在形態的客觀性，但語言的意義則不具有這樣一種客觀性，它因人們對語言的理解不同而不同，所以，文學作品的意義和價值因人而異、因時而異，作為一種現象，這是不能否定的。中國古人觀察到了這一現象，並對這一現象進行了描述和思考。清薛雪說：「詩文無定價，一則眼力不齊，嗜好各別；一則阿私所好，愛而忘醜。」（清薛雪《一瓢詩話》）趙翼說：「同閱一卷書，各自領其奧。」（清趙翼《書懷》）《周易・繫辭上》所說的「仁者見仁，智者見智」也可以從語言的角度進行理解。在語言的層面上，對文學的理解沒有絕對的正確與錯誤，沒有客觀標準，因為文學不論是「理」還是「文學性」，都不具有物質客觀性，它具有客觀性，但屬於精神的客觀。文學欣賞中的發現從根本上不同於科學研究中的發現，文學的真理也不同於科學的真理。

對於文學語言是如何表達意義的？能否充分地表達意義？語言是否一定有意義？語言的意義是否可以窮盡？中國古代文論是有思考的，只是不是在「理」與「辭」的邏輯關係這一層面上來思考的，而是在獨立的辭的意義上思考的。比如「故言，心聲也」（揚雄《法言・問神》）、「言以載事」（歐陽修：〈代人上王樞密求先集序書〉）、「詩無達詁、易無達占。」（董仲舒《春秋繁露・精華》）、「詞達而已」（《論語・衛靈公》）、「書不盡言、言不盡意」（《周易・繫辭》）、「意深詞淺」（袁枚《續詩品》）、「詞貴意多」（況周頤《蕙風詞話》）、「辭豐意雄」（歐陽修〈答吳充秀才書〉）、「言之無物」（方東樹《昭昧詹言》）、「事辭相稱」（李軌《法言注》）、「文約而事豐」（劉知幾《史通・敘事》）、「言簡而意盡」（胡仔《苕溪漁隱叢話》前集卷四十二）、「先辭而後情」（陸雲〈與史平原書〉）、「事曲而文也曲」（毛宗崗《全圖繡像三國演義》第五十八回夾批）、「詩之厚，在意不在辭」（清查為仁《蓮坡詩話》）、「文以意為主，以言語為奴」（清趙執信《談龍錄》）、「志非言不形，言非詩不彰」（王士禛《師友詩傳錄》），等等，都在一定程度上表達了語言本質觀以及語言與文學及其文學性之間的關係。總體來說，中國古人始終相信理和詞可以獨立存在，即有一種獨立於詞的理，詞就是用來講理的工具。正是在這一意義上中國古人對文學欣賞有很多誤解。

文學的思想內容與與的語言之間究竟是一種什麼關係，文學的語言與其他語言之間究竟是一種什麼關係，這其實值得深入的追問。莊子說：「道不可言，言而非也。」（〈知北遊〉）「可以言之者，物之粗也。」（〈秋水〉）「可言可意，言而愈疏。」（〈則陽〉）在莊子這裏，似乎始終有一種語言之外的，不依賴於語言而存在的深不可測的、神秘的「道」，對於「道」，語言的能力是非常有限的。「道」是不可說的，只有「物之粗」即形而下之實體才可言說。這是對思想和語言以及二者之間關係的很大誤解。這種誤解對中國古代哲學思維方式和具體形態有很大的影響，對文學及文學欣賞也有很大的影響。中國古代文學欣賞的意會性和參禪式方式其實就是建立在這種語言學和相應的思想方式的基礎之上。其實，「道」即思想根本就不可能獨立於語言而存在，具體表現在文學上，文學的思想內容是和語言的表達緊密地聯繫在一起的，或者說，思想即是語言的表達，文學性就在語言表述之中，而不在語言表述之外。「得意忘言」，即穿過語言達到語言背後的文學性，不過是一種幻想。

同時，在中國古代，「辭」既然具有獨立性，可以獨立於「理」之外而存在，那麼，這獨立的東西究竟是什麼呢？康德認為文學類似於遊戲，而語言遊戲顯然是其中的一個重要方面，文學的文學性也體現在語言的遊戲方面。在這一意義上，文學有「理」，但還有「理」以外的東西，而這理以外的東西就不能用「理」來要求，也不一定能用「理」來進行解釋。對於非「理」的東西，中國古代文學欣賞的基本方式是「只可意會，不可言傳」。「只可意會，不可言傳」本質上是一種非「懂」的欣賞方式。索緒爾說：「從心理方面看，思想離開了詞的表達，只是一團沒有定形的、模糊不清的渾然之物。……思想本身好像一團星雲，其中沒有必然劃定的界限。預先確定的觀念是沒有的。在語言出現之前，一切都是模糊不清的。」[1]不能用語言進行表述的思維只能是一種模模糊糊的意識，一種很虛無縹緲的東西。所謂「虛無縹緲」，一是指原文本的，在語言的限度內，

[1] 索緒爾：《普通語言學教程》，商務印書館，一九八〇年版，第一五七頁。

原文本缺乏清晰的意義，缺乏明確的表達；二是閱讀上的，讀者閱讀文本之後，感覺到自己對文本的意義缺乏準確的把握，所獲得的意義處於瀰散的狀態，所以，難以用語言表達。在這一意義上，真正的「意會」實際上是一種感覺，一種具有聯想和想像性的感覺。也正是在這一意義上，意會性的中國古代文學欣賞不屬於「懂」的欣賞範疇。意會性的文學欣賞與「懂」的文學欣賞的根本不同在於，「懂」是在理性意義上而言的，所謂「懂」，即明白了作者所表達的，包括作者所表達的思想和所表現的藝術性，這種明白是理性之間的交流和匯通，是通過語言的方式完成的，如果這種明白不能用語言進行表述，那就不能稱之為「懂」。所以，「懂」本質上是對客觀存在的屬性的發現、理解，它更強調的是從讀者的閱讀這一角度的作者、作品和讀者三者之間的一致性，讀者閱讀作品之後由聯想所生發的不論是思想還是藝術性，都不屬於「懂」。所以，從根本上，「懂」屬於知識範疇。

文學在知識的層面上才涉及到「懂」和「不懂」的問題。當我們的知識結構不健全，存在著缺陷時，就會出現「不懂」的情況。孔子說：「中人以上，可以語上也；中人以下，不可以語上也。」（《論語・雍也》）就是說，如果一個人的知識只是中等，給他談深奧的道理是沒有用的，深奧的道理只有具備深奧的知識的人才能理解。魯迅也有這一意思，他認為應該區分兩種「不懂」：「現在最普通的對於翻譯的不滿，是說看了幾十行也還是不能懂。但這是應該加以區別的。倘是康德的《純粹理性批判》那樣的書，即使德國人來看原文，他如果並非一個專家，也還是一時看不懂。」[1]康德的理論，無論怎樣用簡明的語言來講，一般人也是弄不懂的。王充說：「當言事時，非務難知，使指閉隱也。後人不曉，世相離遠，此名曰語異，不名曰材鴻。淺文讀之難曉，名曰不巧，不名曰知明。」（王充《論衡・自紀》，《諸子集成》本）就是說，時代及相應的語境變化，也會造成理解上的困難。所以，有兩種不懂，一種是作品過於深奧，而讀者的知識水準達不到，所以看不懂，

1 魯迅：〈為翻譯辯護〉，《魯迅全集》第五卷，人民文學出版社，一九八一年版，第二五九頁。

或者由於一時的主觀和客觀上的障礙而造成暫時的不懂。二是根本就沒有意義，沒有懂，所以看不懂。在這一意義上，有些所謂「不懂」的確是知識和理解的問題，但並不是所有的「不懂」都是知識和理解的問題，有些文學作品，作者在寫作的時候根本就沒有明晰性，根本就沒有明確的邏輯性，根本就沒有意義和藝術的客觀性，也就根本就不存在「懂」的問題。

綜上所述，我們可以得出結論，中國古代文學欣賞中有「懂」的成分，表現為「解」。「解」與「理」有直接的關係，或者說是「理」的範疇，但這只是中國古代文學欣賞的一部分或一方面，並且不是最重要的部分或方面，因為，中國古代文學欣賞中的「解」主要是文字釋訓、詞語釋訓，歷史和掌故的考證，義理的分析等，也即主要是在弄清楚作品的思想的層面上。考據、義理、辭章對於文學欣賞來說，當然也是重要的，但它們都只是文學欣賞的條件或前提，它們都還只是為文學欣賞掃清障礙，還不是文學欣賞本身。中國古代文學欣賞的核心是建立在「讀」的基礎上的「品」、即玩味，玩味既可以是理性的，也可以是非理性的，既可以用語言予以清晰的表述，也可以是模糊朦朧而不能為語言予以清晰的表述。玩味承認作品的無定解以及相應的意義的無窮盡性，而這是很難用「懂」來進行概括的。所以，「懂」本質上是「理」的範疇，屬於「思想」和「知識」，而中國古代文學欣賞則超越了思想和知識。我們看到，中國古代文學理論非常複雜，即注重理解性，但同時也注重感受性，並且感受性更構成了中國古代文學的欣賞的特點。在這一意義上，中國古代文學欣賞從根本上不同於現代文學欣賞。

第二節　現代文學欣賞方式及其理論基礎

對於現代中國文學理論術語、概念、範疇、話語方式以及理論體系及其來源等，學術界研究比較多，但對於現代中國文學欣賞方式，學術界的研究卻相對薄弱。我認為，自「五四」之後現代文學確立以來，現代文學欣賞方式主要是兩種：一種是「懂」，另一種是「反懂」。「懂」從「五四」之後是現代中國文學理論的一個基本範疇，並且是一個很普及的範疇，我們在文學批評和文學欣賞中非常廣泛地使用這個概念，對於很多人來說，它已經成為一種文學意識，一種文學批評和文學欣賞的前提和標準。而「反懂」則是「懂」的衍生或者說反對，它建立在「反懂」的文學實踐的基礎上，但有自己的理論根據，事實上也廣泛存在於當代文學欣賞活動中，很多人讀文學作品，感覺很滿足也很有收穫但未必讀「懂」了，但沒有「懂」或者「不懂」，這並不構成對讀者閱讀欣賞的否定。而對於「懂」和「反懂」作為文學欣賞的基本方式以及理論基礎，文學理論界其實缺乏深入的追問。本節主要探討「懂」和「反懂」這兩種文學欣賞的基本模式及其理論基礎，以期更深刻地認識中國現當代文學的品格及其複雜性。

中國古代文學和西方文學之間的差距當然是巨大的，但更大的差異則是文學批評和文學欣賞。中西方在社會生活特別是日常層面上有很多共同點，因而以社會生活為反映對象的文學也有很多共通的地方，所以，雖然中西方在文化、地理環境、種族等方面存在巨大的差異，但在文學形態上，特別是在文學所反映和表現的內容上卻差別並不是很大，都是「四大文體」，都強調文學的情感性、現實性、詩性等，關於愛情、親情、友情、人性、生命意識等，中西方文學的描寫和抒寫很多都非常相似，有時驚人的一致，以至近於雷同。

但在文學批評和文學欣賞上，中西方文學卻存在巨大的差異，中西方完全是兩套不同的話語體系或者說範疇體系，西方用「悲劇」、「喜劇」、「形象」、「內容」、「形式」、「崇高」這些概念來言說文學，而中國古代則用「意」、「趣」、「味」、「道」、「氣」這些概念來言說文學。與此相應，中西方對文學的欣賞也是完全不同的，西方總體上可以說是理性分析的，而中國則總體上可以說感悟的。中國現代文學是在西方文學影響下形成的，整個中國現代社會包括文化、思想都深受西方的影響，從而中國現代文學表達話語、言說方式以及欣賞方式都深受西方的影響，變得理論化，或者說科學化。這種理論化或者說科學化在文學欣賞方面就表現為「懂」的方式和言說體系。

科學及其科學化在中國有一個漫長的過程，總體來說，「五四」新文化運動是一個重要的標誌，「五四」之後，不僅科學知識體系在中國建立起來，更重要的是科學觀念和科學思維方式在中國確立下來，社會思想文化各領域一切都科學化，各種社會、文化、思想現象除非不可言說而不言說，只要可以言說就可以進行科學的言說，包括概念、判斷、推理、歸納、演繹、分析、證據等，一整套嚴密的「程式」，科學成為一種「主義」、「信仰」，成為意識和思維。相應地，「五四」之後，伴隨著科學主義在中國的確立，以理性主義作為深層基礎的「懂」就成為中國文學批評和文學欣賞的基本方式。其具體的表現就是，任何一篇文學作品都可以進行內容與形式、主題思想、意義、價值、體裁、形象或者意象、結構、敘事、審美特色、創作方法、寫作技巧、細節等方面的分析和解剖，文學成了研究的對象，我們就像物理化學研究物質等自然現象一樣研究文學，文學中的思想和情感變成了可以進行定性或定量分析的近於物質的客觀存在。表現在中學語文教育中就是，所有的文章都是按照一種模式來解讀和欣賞，即介紹「寫作背景」、歸納「中心思想」、分析「段落大意」、總結「寫作特色」。對於任何一篇文章來說，把這四個問題把清楚了，也就是基本上把這篇文章讀「懂」了，於學生來說是完成了學習任務，於老師來說是完成了教學任務。反之，就是沒有讀「懂」，就是學習的失敗和教學的失敗。

中國古代文論中有「解詩」與「品詩」之說，涉及到文學作品欣賞中的理解、感受等根本性問題，也因而涉及到「懂」與「不懂」的現象，但中國古代文學理論不用「懂」這個範疇來對這些現象進行言說。中國古代文學的欣賞方式當然也是多種多樣的，特別是針對不同的文體其欣賞方式存在著巨大的差異，但總體上，中國古代文學欣賞可以說是整體性的，是體悟式的。中國古代文學欣賞包括文學批評，從來不把文學作品分解成諸如內容與形式、思想與藝術、反映與表現、繼承與革新等二元對立範疇，中國古代也講「文」與「質」、「理」與「趣」、「意」與「象」、「風」與「骨」、「道」與「氣」、「形」與「神」等，但在中國古代，它們並不是對立的，而是相互依存和有所側重，這些概念有時是獨立的，有時又可以合併而成為一個概念，比如「意象」、「風骨」、「理趣」等，其實，中國古代文論中很多概念或者術語都可以進行分合組織，比如「情景」、「興象」、「虛靜」、「烘托」、「氣味」、「虛實」、「氣韻」等，都可以作為一個獨立的概念使用，也可以拆開作為兩個獨立概念使用。更關鍵的是，中國古代文論的這些術語或者概念意義上並沒有嚴格的限定，在內涵和外延上都比較模糊，使用也比較意會，因而概念在意義上交匯有時甚至重複，所以，中國古代文論的概念並不像西方學術概念那樣構成嚴密的體系並且具有嚴格的分工和各司其職。與這種文學批評和言說相似，中國古代文學欣賞也是這樣，總體上主觀、模糊、隨意，同一部作品，不同的讀者在閱讀的感受上大相徑庭，有的人可能注重「理」，又的人可能注重「情」，還有的人注重「氣」、「韻」、「味」、「形」、「神」等，但從來沒有讀者把一部作品的「氣」、「韻」、「味」、「形」、「神」、「情」、「理」等分解開來，事實上也不可能這樣分解。所以，中國古代文學欣賞雖然由於個人興趣、愛好以及修養等各方面的差異從而不同的讀者有不同側重和追求，但作品在讀者那裏從來都是整體性的，這一點卻是共同的。

更重要的是，中國古代文學欣賞不是論證式的，不是分析式的，也即不是理論形態的。它也可以有結論，但結論不是思考的結果，而是一種感悟，它沒有經過嚴密的論證也不需要經過嚴密的論證，同樣也不可能進行嚴密的論證，因為中國古代本來就沒有這樣一套理論的、邏輯的論證體系和機制，也沒有這樣一種思維方式。同時，關於文學作品的結論也是並不是最重要的，中國古代文學欣賞包括文學批評也會得出一些簡單的結論諸如好壞、品級、風格特徵的基本定位或定性等，但這種結論於文學本體來說，並沒有多少意義和價值，不會在欣賞的層面上影響後人或他人。中國古代文學欣賞從根本上是體悟性的，在中國古代，文學作品的意義和價值不是獨立於人和現實之外的客觀存在，不是文學的固有屬性，而是文學與人的關係的生成，或者說，文學的價值和審美意義不是自足的。中國古代人讀文學作品，一方面是品文學作品，但更重要的是由作品而人生而社會，即作品是否能夠豐富人的情感，激發人的情感，是否能夠加深讀者對於人生和社會的感受與體驗，是否對生活有積極的意義，是否可以改善人生。也就是說，中國古代文學欣賞更重視文學對人生的意義和價值，而不是作品本身的意義和價值。

但「五四」新文化和新文學運動之後，中國文學方式發生了根本性變化，可以稱之為「轉型」，文學批評和文學欣賞也發生了現代轉型。其基本方式就是「懂」，即理解和明白，表現為邏輯性、可操作性、客觀性和規律性等，最後的結果是大家的閱讀經驗大致相同，對作品的藝術價值和思想價值的看法大致相同，當然深層的則是大家在思維方式和思想方式上的大致相同。所以，「懂」可以是中國現代文學理論的基本模式，是中國現代文學理論對文學欣賞的一種言說方式，其深層的背景或思想基礎是理性和科學。

理性和科學作為精神活動的基石、作為信念、作為主流的思維方式，在中國的確立是「五四」新文化運動時的事，更準確地說，理性和科學是「五四」新文化運動的產物。「五四」新文化運動的最大後果就是確立了科學觀和理性觀，「非理性」也是中國現代思想的一個基本範疇，但「非理性」不是來自於中國古代，而是來自西方，「理性」和「非理性」是一種二元對立的範疇，但二者並不是平等的。「非理性」作為「理性」的另一「元」，實際上是理性的衍生物，本質上屬於理性的範疇。理性和科學構成了中國現代精神文化和物質文化的基礎，也建構了中國現代文化和現代社會的基本類型，正是在理性和科學成為現代社會和文化的基本精神之後，中國現代文化和社會模式從根本上區別於中國古代文化和社會模式。中國現代社會的一切方面都與此有關，政治、文化、科學、技術、經濟、軍事、教育等無不在深層上以科學和理性作為根基。

文學和文學理論也是這樣。胡適的文學理論最重要的建樹是他提出的「文學改良」主張，「八條主張」實際上可以用一句話概括：「有什麼話，說什麼話；話怎麼說，就怎麼說。」[1]胡適的這個主張是建立在對傳統主義文學的判斷的基礎上的，他認為中國古代有三大弊端：「吾國文學大病有三：一曰無病而呻。……二曰摹仿古人。……三曰言之無物。」[2]有什麼話就說什麼話，言之有物，這實際上是以一種科學主義和實用主義的態度

1 胡適：〈建設的文學革命論〉，《胡適文集》第二卷，北京大學出版社，一九九八年版，第四五頁。
2 胡適：〈吾國文學三大病〉，《胡適留學日記》，海南出版社，海南國際新聞出版中心，一九九四年版，第二二七頁。

對待文學。陳獨秀的文學理論更是這樣，陳獨秀在「五四」時最大的貢獻就在於它一種決絕的態度提倡科學和民主，並最終使科學及其精神在中國取得完全的勝利。在著名的〈敬告青年〉一文中，他提倡「科學的而非想像的」，他對「科學」和「想像」的解釋是：「科學者何？吾人對於事物之概念，綜合客觀之現象，訴之主觀之理性而不矛盾之謂也。想像者何？既超脫客觀之現象，復拋棄主觀之理性，憑空構造，有假定而無實證，不可以人間已有之智靈，明其理由，道其法則者也。」中國古代大體是「想像的」，最典型的就是「氣」之說，「其說且通於力士羽流之術；試遍索宇宙間，誠不知此『氣』之果為何物也！」他認為西洋發達的最重要的原因就是科學之興，所以，「國人而欲脫蒙昧時代，羞為淺化之民也，則急起直追，當以科學與人權並重。」[1]在〈《新青年》罪案之答辯書〉一文中，他的態度更堅定：「西洋人因為擁護德、賽兩先生，鬧了多少事，流了多少血，德、賽兩先生才漸漸從黑暗中把他們救出，引到光明世界。我們現在認定只有這兩位先生，可以救治中國政治上道德上學術上思想上一切的黑暗。若因為擁護這兩位先生，一切政府的壓迫，社會的攻擊笑罵，就是斷頭流血，都不推辭。」[2]把這種科學和理性運用到文學上，就是「文學革命論」：「曰，推倒雕琢的阿諛的貴族文學，建設平易的抒情的國民文學；曰，推倒陳腐的鋪張的古典文學，建設新鮮的立誠的寫實文學；曰，推倒迂腐的艱澀的山林文學，建設明瞭的通俗的社會文學。」[3]「三大主義」歸結起來，其實就是要求文學像科學一樣面對現實、面對社會。

中國現代文學理論和文學評論深受這樣一種理性主義的影響。我們看到，「五四」之後的文學理論文章不再是簡單的敘述的、感想的、「說理」的，中國古代的所謂「說理」大多數情況下不過是講「人之常情」。在文體上，中國古代文論具有「散文化」的趨向，這裏所謂「散文化」不是字面意義上的，而是文體意義上的，

1 陳獨秀：〈敬告青年〉，《陳獨秀著作選編》第一卷，上海人民出版社，二〇〇九年版，第一六二、一六三頁。
2 陳獨秀：〈《新青年》罪案之答辯書〉，《陳獨秀著作選編》第一卷，上海人民出版社，二〇〇九年版，第十一頁。
3 陳獨秀：〈文學革命論〉，《陳獨秀著作選編》第一卷，上海人民出版社，二〇〇九年版，第二八九頁。

書信、作品序跋、詩話、小說點評、邊緣化的史傳，等等。但對於文學理論來說，這些都是附屬性的文體。中國古代文論一直到近代裘廷梁的〈論白話為維新之本〉、梁啟超的〈論小說與群治之關係〉、魯迅的〈摩羅詩力說〉等文章的出現，才開始了本體的文學理論文體。而且，中國古代文論文章篇幅多不長，而理論論證更有限，多是一些觀點，且多是感想式的觀點，缺乏應有的理論和事實的證據。提出觀點這是非常容易的，對於學術來說，重要的不在於提出了什麼觀點，而在於如何論證觀點和觀點論證的有效性。中國古代文論並不是不想寫厚重的文章，而是因為缺乏理性的邏輯分析和歸納論證因而文章根本寫不厚重。而中國現代文論則不同，文章有觀點，有事實的根據，有邏輯的分析，體現為純粹的理論方式。這顯然是受西方科學主義和理性主義影響的結果。我們當然也可以把這種現象看作是思想複雜的結果，但理性和科學正是造成中國現代思想複雜的一個重要的原因。可以說，科學和理性的輸入從根本上改變了中國現代思想模式，也從根本上改變了中國現代文學理論的模式。

在西方，理性精神在古希臘時期就確定了。「早在古希臘，人已被看作是理性的動物，人能認識和主宰世界的理性精神被看作人之為人、人高於動物的本質所在。文藝復興之後，中世紀人對神的依附、盲從、迷信被人對自身理性的發現和肯定所替代。自然科學的一系列新發現不但解放了人們的思想，提高了科學的地位，而且也無限增強了人對自身理性的信心，用理性原則來建立一個新世界成為十七、十八世紀西方先進思想家的共同理想。從笛卡爾到康德，再到黑格爾，理性主義始終佔據統治地位。那個時代，人本主義與科學或理性主義完全一致，理性原則可以說正是人本主義的核心尺度。」[1]文學和文學理論也是這樣。十九世紀之前的西方文學本質觀一直是以「模仿說」為主流，現實主義文學一直是西方文學的傳統，伴隨著科學和理性在十九世紀達到高峰，現實主義文學在十九世紀也達到高峰，成為主流的文學。現實主義強調反映、再現、典型、客觀、

[1] 朱立元主編《當代西方文藝理論》，華東師範大學出版社，一九九七年版，第五頁。

寫實，強調文學與現實之間的關係，其深層的理念就是理性與科學。西方文學理論一直以來的思路都是：試圖通過對各種文學現象進行歸納總結與分析從而一勞永逸地解決什麼是文學？什麼是小說？什麼是詩歌？文學的創作過程分哪些步驟、文學欣賞的心理圖式等問題，西方文學理論在十九世紀之前實際上一直在試圖建構一種無所不包的、放之四海皆準的具有內在統一的、沒有矛盾的、宏大的文學理論體系。西方文學理論一直有一個無需證明的前提，他們實際上把文學現象等同於自然現象，主張文學研究像自然科學剖析自然現象一樣剖析文學現象，通過對文學現象進行細緻的解剖最後達到對文學的徹底認識。這是一種非常典型的理性主義和科學主義。具體對於文學評論來說，古希臘時還非常重視對作品本身的解讀，但當解讀遇到障礙時，便傾向於求助作者，因為作品是作者寫出來的，在理性和科學的世界中，作者被當成了原因，而作品被當成了結果，所以文藝復興以來，作者的意圖在作品的解讀中地位越來越高，到十九世紀現實主義文學理論時達到頂峰，十九世紀的西方文學評論基本上在作者與作品之間做文章，直到二十世紀的俄國「形式主義」和英美「新批評」才開始擺脫作者的控制，專注於作品本身。

中國對西方思想的輸入總體上是滯後的。「五四」所輸入的西方文化主要是西方十九世紀的文化，正是因為如此，所以理性和科學成為中國現代文化和思維的基本方式。當然這有非常複雜的社會政治原因，但科學和理性對西方文明的作用作為顯著的事實這是最主要的原因。科學和理性作為中國現代文化和思維的基本模式對文學批評的深刻影響在於，我們不再以一種「道」、「氣」、「仁」、「韻」、「味」、「境」的眼光去審視文學作品，而是以「客觀」、「現實」、「反映」、「表現」、「內容」、「形式」、「典型」、「風格」、「體裁」的眼光去審視文學作品，這樣就導致與傳統完全不同的對文學作品的邏輯分析，理論研究和意義解析。在科學和理性的觀照中，作品一旦被創作出來，就是一種絕對的客觀，其意義和價值就是固定不變的，可以通過研究和分析給予永久性的揭示。在中國現代文學批評的理念中，文學作品是由作者創作出來的，所以文學作品所有的意義和價值都與作者有關，考證作者的寫作意圖或根據作品發掘出作者的意圖，就是文學評論的最根本的任務，從作品中明白了作者的意圖包括思想內容和藝術表現就是「懂」了，反之，沒有看出來或者看「錯」了看「偏」了，就是「沒懂」或「不懂」。所以，中國現代文學批評一直在作者和作品的二維的層面上做文章，在這一意義上，我們就不難理解為什麼《紅樓夢》研究中學者們一直熱衷於考證曹雪芹的生平。

所謂「懂」，大致來說就是理解或明白，包括理解作品的思想內容和藝術內容，而作品的思想內容和藝術內容通常被認為是作者通過作品表現的，它客觀性地存在於作品之中，所以，所謂「理解」就主要是指理解作者的表現，讀者閱讀和欣賞就是把作者在作品所表現的思想內容和藝術內容「發掘」出來，在「發現」中達到快樂即審美愉悅的目的。梁宗岱說：「一首好的詩最低限度要令我們感到作者的匠心，令我們驚佩他底藝術手腕。」[1]這其實就是對「懂」的一種定義。「懂」的反義詞是「不懂」，介於「懂」與「不懂」之間的是「難懂」或「晦澀」，朱光潛說：「我以為與其說明白與晦澀，不如說易懂與難懂。」[2]「晦澀」這是一個非常重要的概念，它認同「懂」，只是認為「懂」起來不是那麼容易，它實際上是在「不懂」的意義上討論「懂」。所以，正如「醜」屬於「審美」範疇一樣，「晦澀」從根本上屬於「懂」的範疇，其深層的意識基礎是理性，是從理性中衍生出來，仍然是現代理性言說的產物。臧棣在〈現代詩歌批評中的晦澀理論〉一文中認為：中國現代晦澀理論與「人們對『含蓄』風格的期待和對『純詩』觀念的宣導糾結在一起」，「和象徵主義詩歌藝術之間存在著一種內在的美學聯繫」。「晦澀理論的雛形實際上是從兩種批評意識中脫胎出來的：一是對中國古典詩學的懷念，二是對象徵主義詩學的共鳴。」[3]這是在具體的歷史的層面上而言的，實際上，晦澀理論還有更為深層的理論背景，就是科學的言說，理性的意識，是站在理性意識上對現代文學批評的一種反思。

1 梁宗岱：〈論詩〉，《梁宗岱批評文集》，珠海出版社，一九九八年版，第十七頁。
2 朱光潛：〈論晦澀〉，《朱光潛全集》第八卷，安徽教育出版社，一九九三年版，第五三三頁。
3 臧棣：〈現代詩歌批評中的晦澀理論〉，《文學評論》一九九五年第六期。

「懂」是一個現代文學理論範疇，是「五四」之後確立的，這一點從「五四」之後大量的文學批評著作中使用這一概念這一現象可以看出來。但有意思的是，翻檢「五四」時期的文學理論和文學批評文獻，我們找不到專門討論「懂」作為文學理論範疇的文章，哪怕只是提出一種觀點也沒有，也無從考證是誰最早在文學理論範疇的意義上使用這個概念的。顯然，在科學和理性作為思想和思維方式確立以後，「懂」作為文學理論似乎是不證自明的，很多人在文章中都使用「懂」這個詞，但對「懂」作為概念卻缺乏研究和討論。「懂」作為文學理論問題其內涵實際上是在反題的討論即關於「看不懂」以及相關的「晦澀」的討論中突顯出來的。

誰最早提出「看不懂」的問題，現在難以考證。筆者查到的文獻中，最早使用這一詞的是魯迅，一九二四年一月二十八日，魯迅寫作〈望勿「糾正」〉一文，在這篇文章的最後，魯迅說：「有些人攻擊譯本小說『看不懂』，但他們看中國人自作的舊小說，當真看得懂麼？」[1]魯迅在這裏實際上對「懂」提出了疑問。「懂」的標準是什麼？理解到什麼程度才叫「懂」？自以為「懂」了，其實未必「懂」了。這裏面值得追問的問題還很多。可惜魯迅沒有深入追問下去。二〇年代中期出現的「象徵派」詩歌以及三〇年代初期出現的「新感覺派」小說，則對傳統的現實主義和浪漫主義的欣賞方式提出了挑戰，也對文學的理性主義提出了挑戰，迫使文學理論探討一些新的問題，其中就深入地涉及到了「懂」和「晦澀」的問題。而一九三七年胡適主編的《獨立評論》發表的一組「通信」，則是對「懂」與「不懂」問題的一次比較集中的討論，它對於深入研究和探討文學欣賞和文學批評的深層次的問題顯然是有推動作用的，它提出了很多文學欣賞的重大問題和根本性問題，可惜的是在當時的理論水準和思維條件下，這些問題不可能得到有效的解決[2]。

1 魯迅：〈望勿「糾正」〉，《魯迅全集》第一卷，人民文學出版社，一九八一年版，四一〇頁。

2 中國現代文學史上關於「反懂」的討論，參見拙文〈中國現代文學史上關於「反懂」的討論及其理論反思〉，《學術月刊》二〇〇六年第七期。

但另一方面，我們也必須承認，「不懂」和「反懂」的問題提出來之後，中國現代文學批評和文學欣賞的科學、理性模式及其深層的理論基礎都或多或少開始受到懷疑，「懂」的絕對性一定程度上也可以說是露出了一絲破綻的縫隙。中國現代文學理論的科學主義雖然並沒有從根本上被動搖，但顯然不再那麼堅定和自信了，至少在使用的範圍上有所限定。事實上，我認為，對於現實義包括浪漫主義的文學作品，「懂」不論是批評還是欣賞都是適用的，因為現實義和浪漫主義文學在寫作理念上就是「懂」的，寫作就是一種表達或表現或反映，寫作的一切都是緊密圍繞著表達而展開的，具有嚴密的組織和體系，讀者可以對這種組織和體系進行解剖，從而理解和明白作者的表達。但現代主義文學就不一樣了。

現代主義文學當然也是各種各樣的，既有理性主義的現代主義文學，也有非理性主義和反理性主義的現代主義文學，相應地，從閱讀和欣賞的角度來說，則既有具有明確的思想意義並且以思想見長的現代主義文學比如存在主義作品，也有無明確思想意義的充滿了潛意識、無意識的感覺主義的作品，比如意識流小說、荒誕派戲劇等。特別二十世紀五〇年代之後產生的後現代主義文學，有些作品本來就沒有主題，沒有結構、沒有思想表達，沒有固定的意義，本來就不是「懂」的，我們又如何讀懂呢？比如艾略特的長詩《荒原》，作者自己都沒有明確的表達，讀者又怎麼能知道它表達了什麼意思呢？但不管是寫作上的「反懂」還是閱讀上的「反懂」都不影響它是世界上公認的傑作。中國現代文學自象徵主義詩歌之後也開始了「反懂」的寫作，只是它不像西方一樣具有明確的「反懂」意識，馮至曾說：「詩首先要讀得懂，可是有些詩不容易被理解。」[1]「不容易被理解」更進一步則是「不能被理解」，比如李金髮、何其芳的一些詩，它們不過是一種情緒或情感的表達，一種對生活、對生存的感受和體驗，有內容但沒有明確的思想或主題。對於讀者來說，閱讀它們不是以尋求對思想的理解和勾通乃至共鳴為目標，而是通過閱讀，啟動其藝術激情，從而達到以一種藝術的方式對人生、對生命

[1] 馮至：〈讀歌德詩的幾點體會〉，《馮至全集》第八卷，河北教育出版社，一九九九年版，第一二二頁。

進行感悟，對社會進行思索。讀者在這裏既是作品的欣賞者，又是作品的再創造者。

傳統文學欣賞中也有「非懂」現象，但傳統文學欣賞中的「非懂」性主要集中在兩方面，一是對遊戲文學的欣賞，比如對「寶塔詩」、「迴文詩」、「藏字詩」等遊戲之作的欣賞，主要是賞玩其形式，在把玩其形式的巧妙和機智中得到某種樂趣；二是對文學音韻旋律的欣賞，比如詩文的詠誦，它主要是在詞句的抑揚頓挫中得到一種聲音的快感。這兩種欣賞都不考慮文本本身的意義，具有「求樂」性、消遣性，因而是「非懂」的。但這種「非懂」不是自覺的，同時具有特殊性，並不從根本上對「懂」構成衝擊，「非懂」的文學欣賞就是陶淵明所說的「好讀書，不求甚解」（〈五柳先生傳〉）。現代主義文學在寫作上不像傳統主義文學那樣具有客觀性，不再以社會現實生活作為客觀的標準，在手法上多用象徵、意象、誇張、意識流、荒誕等，現代主義文學有些作品根本就沒有寫作意圖，有些作品的寫作意圖非常模糊和晦澀，再加上深刻至於深奧，因而具有多義性，可以作多種解讀。現代主義文學特別是後現代主義文學深刻地影響了中國現代文學批評模式和欣賞方式，其中最重要的改變就是使「反懂」成為一種和「懂」平等的方式。我們看到，當代中國實際上存在著兩種類型的文學，一種是「懂」的文學，古典主義、現實主義、浪漫主義、自然主義等創作方法的文學都是屬於這種類型的文學，其深層的理論基礎是理性，而欣賞這種文學的方式主要是「懂」的；另一種是「反懂」的文學，現代主義和後現代主義中的很多文學都是這種類型的，其深層的理論基礎是非理性，相應地其欣賞方式則主要是「反懂」的。「懂」即理解，而「反懂」則是感受。

「反懂」的文學欣賞對於文學解讀的意義是非常大的，事實上它大大解放了作品對讀者閱讀的束縛，也大大豐富了作品的時代和現實的意義，使文學作品變得更加自由。對於「反懂」的文學作品，我們可以對它進行邏輯分析和理性解讀，也即以「懂」的欣賞方式來欣賞「反懂」的文學作品。反過來，對於傳統的文學作品，我們也可以不按照它固有的意義來解讀，就是說，對於「懂」的作品，我們也可以按照「非懂」或「反懂」的方式來欣賞，這同樣具有欣賞的「合法性」。現在，欣賞的「懂」與「反懂」並不是完全由文本的特點及性質決定的，實際上與人的文學觀念和文學欣賞態度有很大的關係。而解構主義理論可以說為「反懂」的文學欣賞提供了理論的依據。我們既可以按照「懂」的方式欣賞傳統的「懂」的文學，也可以按照「反懂」的方式欣賞傳統「懂」的文學，也就是說，我們既可以按照作者的意圖來解讀傳統的意義明確的文學作品，也可以不按照作者的意圖來解讀傳統的意義明確的文學作品，即可以「曲解」、「誤讀」甚至於「戲讀」。說魯迅的小說《故事新編》是後現代主義的作品當然是非常牽強的，但以一種後現代主義的眼光和視角來讀《故事新編》，卻又未嘗不是一種新的讀法，具有合理性。

「反懂」的文學欣賞方式一旦產生，它又具有超越性，它不僅適用於現代主義和後現代主義文學作品，同時也適用於傳統主義的文學作品。對於文學欣賞來說，重要的不是解讀所獲得的意義是否與作品「本身」的意義相符合，而是我們在解讀文學作品的過程中是否能從其中得到某種思想的啟示和審美的快樂，因為文學欣賞的意義和價值從根本上說是對於讀者而言而不是對於作品而言的。在這一意義上，「反懂」的文學欣賞方式是在「懂」的文學欣賞方式的基礎上演變而來的，但它在當代越來越成為一種獨立的文學欣賞方式，對當代文學創作以及文學接受都具有深的影響。

第三節　中國現代文學史上關於「反懂」的討論及其理論反思

五四時期，伴隨著科學主義在中國的確立，以理性主義作為深層基礎的「懂」成為中國文學批評和文學欣賞的基本方式。但二〇年代中期現代主義文學在中國的產生，則對文學批評和文學欣賞中「懂」的方式以及這種方式背後的深層理論基礎提出了挑戰。一九三七年《獨立評論》關於「看不懂」的討論以及其他相關討論則從理論上對「懂」的文學欣賞方式進行了深入的探討。關於「懂」與「不懂」，不論是在歷史的層面上，還是在理論的層面上，我認為這都是一個非常重要的問題，涉及到文學本質觀念、文學欣賞觀念，中國現代文學史如何書寫等一系列重大問題。但它卻並沒有引起我們的文學史家和文學理論家的重視。

本節試圖對中國現代文學批評中有關「懂」的討論進行梳理，並在梳理的基礎上對中國現代文學欣賞方式及其理論基礎進行總結和反思，以期更深刻地認識中國現代文學的品格及其複雜性。

受西方傳統主義文學觀念的影響，認為文學是對社會現實的反映，文學具有認識作用、教育作用和審美作用，這是五四時期我們對文學的基本信念，相應地，在文學主潮上，五四時期是現實主義文學和浪漫主義文學。現實主義文學和浪漫主義文學一個共同的特點就是以現實為參照，強調文學的現實意義和客觀價值，因為特別強調思想和意義的表達，所以，主流的現實主義文學和浪漫主義文學都強調意義的清楚明白。與這種客觀性和現實性相一致，對現實主義文學和浪漫主義文學的批評和欣賞也主要集中在理解和分析意義以及意義的表現方面，而解讀出來的意義以及意義的表現通常被認為客觀存在於作品之中，它歸屬於作者，讀者只是「發現」了它。但二〇年代中期，現代主義文學在中國產生，則打破了這種文學理念和文學欣賞理念。現代主義文學在中國的產生，有兩大基本原因，一是中國現代文學自身的發展，文學的創造、現實生活中非理性因素的客觀存在、中國古代文學的遊戲傳統、現實主義文學和浪漫主義文學本身的局限，等等，都是現代主義文學產生的條件和基礎。二是受西方現代主義文學的影響。其中「象徵主義詩歌」最有代表性。

與五四初期的現實主義和浪漫主義詩歌相比，在文學精神上，象徵主義詩歌是一種完全不同的詩歌。初期新詩基本上走的是胡適的「有什麼話，說什麼話」的路子，坦白、直露、甚至於「說理」，俞平伯〈白話詩的三大條件〉，其中「第二條」就是「說理要深透、表情要切至、敘事要靈活。」[1]即使是自我表現，也是狂叫

[1] 俞平伯：〈白話詩的三大條件〉，《中國新文學大系・文學爭論集》（影印本），上海文藝出版社，二〇〇三年版，第二六四頁。

直說，周作人評價道：「中國的文學革命是古典主義（不是擬古主義）的影響，一切作品都像是一個玻璃球，晶瑩透澈得太厲害了，沒有一點兒朦朧。」[1]而象徵主義詩歌則有意反其道而為之，反對詩的主題和語言的明晰性，他們對五四初期的詩歌理論進行了激烈的批評，梁宗岱說：「所謂『有什麼話說什麼話』，——不僅是反舊詩的，簡直是反詩的；不僅是對於舊詩和舊詩體底流弊之洗刷和革除，簡直把一切純粹永久的詩底真元全盤誤解與抹煞了。」[2]這種反叛使象徵主義詩歌具有自己明顯的特色：「象徵派詩人大都排斥理性，強調表現變幻不定的內心情感、剎那間的感受情緒，表現夢幻和下意識的精神狀態，表現幻想和直覺。非理性的幻想和直覺，本來就很曖昧模糊，再加上象徵手法的朦朧含蓄，就必然導致意旨的撲朔迷離和晦澀難解，而象徵詩派不僅不認為這是一種缺陷，相反卻認為這是一種美學追求。」[3]象徵主義詩歌使文學的非理性主義問題突顯出來，這就對傳統的文學理念、文學理念背後的深層的思想基礎和思維方式、文學的內容與形式、文學的創作方法等提出了挑戰，也對文學批評和文學欣賞的方式以及這種方式背後的深層基礎提出了挑戰。其中一個最基本的問題就是「懂」的問題。曹萬生說：「李金髮以前的白話詩，沒有人不懂的，但能懂的詩中大多詩美索然；李金髮以後的白話詩，沒有人都懂的，但不懂的當中有不少詩美盎然。」[4]對於這種不懂，文學理論必須予以解決，正是在這種討論中「懂成了中國現代文學理論的一個範疇。

中國象徵詩派的開創者是李金髮，他也是象徵詩派最有名的詩人。當時對李金髮的詩抱怨最多的是「看不懂」，胡適稱之為「笨迷」[5]。而筆者看到的最早對這種「看不懂」進行系統論述的是蘇雪林，一九三三年，蘇

---

1 周作人：《揚鞭集．序》，《談龍集》，河北教育出版社，二〇〇二年版，第四十一頁。
2 梁宗岱〈新詩底十字路口〉，《梁宗岱批評文集》，珠海出版社，一九九八年版，第一二六頁。
3 龍泉明：《中國新詩流變論》，人民文學出版社，一九九九年版，第二六六頁。
4 曹萬生：《現代派詩學與中西詩學》，人民出版社，二〇〇三年版，第十八頁。
5 胡適：〈談談「胡適之體」的詩〉，《胡適學術文集．新文學運動》，中華書局，一九九三年版，第四六六頁。

雪林在《現代》上發表了〈論李金髮的詩〉一文，在這篇文章中，蘇雪林認為李金髮的詩「行文朦朧恍惚驟難瞭解」（三四六頁），「沒有一詩可以完全教人瞭解」（三四七頁）。而更重要的是，蘇雪林具體分析了難懂的原因：一是「觀念聯絡的奇特」，二是「善用『擬人法』」，三是「省略法」。對於「省略法」，蘇雪林特別進行了解釋，認為它是一種典型的「象徵文學」的手法，其特點是：「第一題目與詩不必有密切關係，即有關係也不必沾著做。行文時或於一章中省去數行，或於數行中省去數語，或於數語中省去數字，他們詩之曖昧難解，無非為此。」（第三五二頁）[1]她還特別以李金髮的〈題自寫像〉一詩為例來分析。原詩是這樣的：

即月眠江底，
還能與紫色之林微笑。
耶穌教徒之靈，
吁，太多情了。

感謝這手與足，
雖然尚少，
但既覺夠了。
昔日開武士被著甲，
力能搏虎！
我麼，害點羞。

1 蘇雪林：〈論李金髮的詩〉，《現代》三卷三期（一九三三年第七月號）。

熱如皎日，
灰白如新月在雲裏。
我有革履，僅能走世界之一角，
生羽麼，太多事了呵！

（按：此詩出自李金髮的第一本詩集《微雨》，一九二三年寫於巴黎。此處引自人民文學出版社二〇〇〇版《微雨》。蘇雪林誤為《自題畫像》，標點符號也與此大有不同。）

蘇雪林分析道：「第一節起二句寫景是容易使人明白的，忽然接下耶穌教徒太多情了云云又不知他的命所在了。或者中間省去一段過渡的文字，所以變成這樣款式。第二節意思是說我手足雖少力，比不上昔日搏虎的武士，但我自己很滿意。第三節『熱如皎日，灰白如新月在雲裏』想在形容自己的容貌。我有革履云云與第二節相同。大約是說穿著革履的腳走路雖不快但我並不引為缺憾而希望生羽。」（第三五二頁）最後的結論是：「因為省略太厲害，所以李氏文字常常不可通。」當然，對於蘇雪林對李金髮的總體評價，以及具體對這首的分析，我們還可以進一步商榷，比如詩的一二句未必是寫景，應該是對自己面容的一種描述。[1]「尚少」就是「尚少」，未必是「尚少力」。由此看來，有些不「瞭解」具有蘇雪林的個人性，不是作品的屬性，屬於讀者的問題，而不是作者在表達上的晦澀所致。但李金髮的詩的確有很多省略，再加上語言和意象等多方面的原因，這就給閱讀在理解上帶來難題，有些詩在意思上不連貫，有些詩句根本就不知道是何意，均可以作多種解釋。比如李金髮的這首詩，「即月眠江底，還能與紫色之林微笑」，「熱如皎日，灰白如新月在雲裏」，句法是清楚的，意象也是清楚

[1] 可參見王毅《中國現代主義詩歌史論》，西南師範大學出版社，一九九八年版，第四十—四十四頁。當然，王毅的分析也有值得商榷的地方。

的，但「命意」是什麼，究竟表達了一種什麼樣的意思和感覺，就不是清楚明白的，可以作無數的解釋。

蘇雪林的觀點可能偏激了點，或者說誇張了點，但李金髮的很多詩都讓人看不懂，這的確是事實。陸耀東先生認為：李金髮的詩，「近半數的詩，它與讀者之間，像有一道不可逾越的高牆，除非作者在高牆中開一個洞口，自己出面一一詳加解說，否則讀者只好望詩興歎。」[1]這種「不懂」就從事實上對文學理論的「懂」作為批評和欣賞的範疇提出了挑戰。既然「懂」從文學批評和文學欣賞作為範疇上遭到質疑，那麼，「不懂」就不單單屬於象徵詩派，也屬於整個詩歌，這樣，「不懂」就從象徵主義詩歌延及到整個新詩。李金髮的詩之所以讓人看不懂，是因為意義的「省略」、「觀念聯絡的奇特」等原因，但實際上，這些因素在其他詩歌中也廣泛地存在，事實上，所有的詩歌都有省略。這樣一來，所有的詩歌都有讓人看不懂的問題。所以李健吾說：「瞭解一個人雖說不容易，剖析一首詩才叫『難於上青天』。」（第一一七頁）對於晦澀的詩是這樣，對於清楚明白的詩同樣也是這樣。有些詩看起來是清楚的，但很難說我們就懂了。因為「一首詩喚起的經驗是繁複的，所以在認識上，便是最明白清楚的詩，也容易把讀者引入殊途。」（一二四頁）所以他認為，「不懂」不是個別的問題而是一個普遍的問題，「晦澀是表現當頭的一個難關。這在中國文學史上，久已成為一個不言而喻的重要問題。」[2]金克木說：「新詩不懂是難懂，竟是不能懂，而且幾乎所有情緒微妙思想深的詩都不可懂。」他認為新詩「除書齋大眾外誰又讀得到，讀得懂呢？」[3]「不懂」對於文學來說具有本體性，即，「不懂」屬於文學的固有屬性。

事實上，「不懂」不僅存在於李金髮的詩歌中，存在於象徵主義的詩歌中，存在於整個新詩中，散文和小說也是「不懂」的問題。廢名的小說特別是長篇小說《橋》，是當時比較公認的「晦澀」的作品。周作人說：「廢名君的文章近一二年來很被人稱為晦澀。據友人在河北某女校詢問學生的結果，廢名君的文章是第一名

---

1 陸耀東：《二十年代中國各流派詩人論》，中國社會科學出版社，一九八五年版，第二九〇頁。
2 李健吾：〈答《魚目集》作者〉，《李健吾批評文集》，珠海出版社，一九九八年版，第一一七、一二四、一二一頁。
3 轉引自臧棣：〈現代詩歌批評中的晦澀理論〉，《文學評論》一九九五年第六期。

的難懂。」[1]在《莫須有先生傳‧序》中說：「人人多說《莫須有先生傳》難懂。」[2]對於《橋》，周作人的評價是：「《橋》的文章彷彿是一首一首溫李的詩，又像是一幅一幅淡彩的畫，詩不大懂，畫是喜歡看的。」[3]在各種文體中，詩歌是相對難懂的，而溫庭筠、李商隱的詩在中國古代是有名的難解，把廢名的小說和「溫李」的詩相提並論，可見其難懂的程度。

如果說李金髮的詩、象徵派的詩其「不懂」主要來自於「歐化」，來自於外國現代主義文學的「輸入」，那麼，廢名小說的「不懂」則主要來自於新文學內部對於理性主義的反叛，來自於小說本身的探索，其重要的途徑就是借鑒中國古典文學，當然也深受宗教特別是「禪宗」的神秘主義的影響。在理性主義的思維模式中，文學總有一個意圖，總要表達某種思想，否則就沒有寫作的必要。在理性主義看來，一部文學作品是一個有機的整體，其中心是思想，所以叫「中心思想」或「主題」，其他一切都是為中心思想服務的，表現為「字」、「詞」、「句」、「段」、「章」、「篇」的「層疊式」的「網路性」結構，即「字」組成「詞」，「詞」組成「句」，「句」組成「段」，「段」組成「章」，「章」組成「篇」，最後歸結為主題思想。最為極端的觀點是，如果某一句話游離於主題之外，那就是多餘，應該刪去，魯迅所說的「寫完之後，竭力將可有可無的字、句、段刪去，毫不可惜」[4]這句話經常被從主題學的角度來進行解讀。這是典型的理性主義的文學觀。

但廢名的小說則不符合這樣一種文學觀，他的小說似乎是隨意寫來，很難說有一個主題。特別是《橋》，雖然標為「長篇小說」，實際上是由一個個短篇組成的，這些短篇在敘事上似斷似續。更重要的

1 周作人：〈棗和橋的序〉，《看雲集》，河北教育出版社，二〇〇二年版，第一〇七頁。
2 周作人：《莫須有先生傳‧序》，《苦雨齋序跋文》，河北教育出版社，二〇〇二年版，第一一〇頁。
3 周作人：《橋》，《書房一角》，河北教育出版社，二〇〇二年版，第二四八頁。
4 魯迅：〈答北斗雜誌社問——創作要怎樣才會好？〉，《魯迅全集》第四卷，人民文學出版社，一九八一年版，第三六四頁。

是，這些短篇與其說是小說，還不如說是散文更準確。整部小說很難說有什麼情節，單篇的短篇也很難說有什麼情節，它不過是一些描寫和敘述，即周作人所說的「一幅一幅淡彩的畫」。作者在「自序」中說，「上篇」本來還有三分之一沒有完成，卻「跳過去」了直接寫「下篇」，但這種「跳過去」對小說並沒有什麼大的影響。整個小說並沒有完成，但有沒有結尾是無所謂的，它同樣對小說沒有什麼大的影響。正是因為如此，它可以「跳躍著」來讀，也可以「顛倒著」來讀。這和傳統的理性主義文學的「邏輯性」或「分析性」閱讀是有很大不同的。《現代》雜誌上的一篇文章這樣評價它：「我們看了廢名先生的文章會說好，可是往往說不出所以然。勉強要說，我覺得好在一個『曲』字，一種令人捉摸不定的幻的境界。晦澀是不能免，因為不晦澀就不成其為廢名先生的文章。像這樣的文章頗耐人一遍遍地讀，可是讀過卻必然地會就忘記，正如豈明老人那樣。趣味就是在讀的一瞬間，但這趣味是太淡，太捉摸不定，因此要在你腦裏留下什麼深刻的印痕是不可能的。」（第五九七頁）[1] 現在看來，這是一種非常到位的閱讀，是真正地把握了廢名小說的藝術精髓，但這種閱讀很難歸入到「懂」的範圍。

讀完廢名的小說，一般人似乎只能得到了一些散亂的意象，對於小說究竟表達了一種什麼意思或思想，則難以肯定。這被定義為「不懂」或「晦澀」。為什麼會「晦澀」而讓人看不懂，現在看來，當時的分析其標準還是非常傳統的，即理性主義的文學觀和理性主義的文學欣賞觀，認為文學作品應該明確地表達一種思想，文學欣賞就是理解這種思想。比如灌嬰這樣評論《橋》：「作者文章晦澀的原因，一是由於上面所說的『簡』，有時省略太多的字，自然就不能一目了然，而作者不但愛省字，有時還省去太多的句子甚至者去一段意思。……另一個原因是由於『跳』，前面也說過，作者聯想多，感覺細，愛用比喻，而作者寫眼前事物到一個聯想，或從一個聯想到另一個聯想，或寫一個感覺到第二個感覺，或寫實物到比喻時，往往是跳來跳去的，

1 佚名：〈書評・橋〉，《現代》一卷四期（一九三二年八月號）。

使讀者來不及跟隨作者的筆。除此還有一個原因，就是文中常用作者自己口吻的插句，益發弄得頭緒紛繁。」[1]所謂「跳」，所謂「頭緒紛繁」，其實都是在邏輯的意義上而言的。

朱光潛基本上也是這種觀念，並例舉了三段文字：

> 蛇出乎草，——孩子捏了蛇尾巴。小小長條黑色的東西，兩位姑娘草意微驚。（《路上》）
>
> 漸漸放了兩點紅霞——可憐的孩子眼睛一閉：「我將永遠是一個瞎子。」頃刻之間無思無慮。「地球是有引力的。」莫明其妙的又一句，彷彿這一說蘋果就要掉了下來，他就在杰端的樹下。（《天井》）
>
> 小林站著那個臺階，為一棵松蔭所遮，回面認山門上的石刻「雞鳴寺」三字，剎時間，伽藍之名為他脫出空華，「花冠問上午牆啼，」於是一個意境中的動靜，大概是以山林為明境，羽毛自見了。（《荷葉》）

朱光潛最後的結論是：「這些都是『跳』，廢名所說的『因文生情』，而心理學家所說的聯想的飄忽幻變。《橋》的美妙在此，艱澀也在此。」[2]

但問題是，「懂」的合法性在什麼地方？理性的合法性又在什麼地方？我們為什麼一定要把文學納入到理性的範疇這樣並用理性來要求它呢？難道只有理解了作品之後才能欣賞作品嗎？除了「懂」以外，文學批評和文學欣賞是否還有其他的方式？欣賞傳統的現實主義文學和浪漫主義文學的方式是否也適用於欣賞現代主

1 灌嬰：〈評廢名著《橋》〉，《新月》第四卷第五期（一九三二年十一月）。按：此文載於《新月》「書報春秋」欄，目錄中有文章標題，正文中沒有文章名，只有原書名即《橋》。

2 朱光潛：〈橋〉，《朱光潛全集》第八卷，安徽教育出版社，一九九三年版，第五五四頁。

義文學？從「懂」的角度來說，《橋》是「艱澀」的，但僅從欣賞的角度來說，它又是「美妙」的，並且「晦澀」恰恰是美妙的根源。這裏實際上涉及到一系列的文學欣賞理論問題，什麼是「懂」？理解到什麼程度叫「懂」？「懂」在多大程度涉及到作者？多大程度上涉及到讀者？欣賞和「懂」是什麼關係？

與前述兩次關於具體作品的「不懂」的討論不同，一九三七年《獨立評論》關於「看不懂」的一組通信則是從理論上討論「懂」的問題，與此同時，朱光潛在《文學雜誌》、《大公報・文藝》、《文學雜誌》、《新詩》等刊物上發表〈心理上個別差異與詩的欣賞〉、〈論晦澀〉、〈詩的難與易〉等文章系統地討論「懂」的問題，從而形成了一次小有規模的關於「懂」的討論。雖然這次討論影響非常有限，許多問題都沒有在討論中得到解決，但我認為它提出的許多問題都是非常重要，涉及的文學作品範圍也有所擴大，不再是具體的作品「看不懂」的問題，而是整個「新文學」看不懂的問題。這對於認識中國現代文學的特徵和品性都有重要的意義，對於文學欣賞理論的建設也有重要的參考價值。

一九三七年《獨立評論》二三八期發表一篇通信，題為〈看不懂的新文藝〉，作者署名絮如，是一位中學國文教員。他說：「現在竟有一部分作家，走入了魔道，故意作出那種只有極少數人，也許竟會沒有人，能讀懂的詩與小品文。自然，人人有發表文字的自由，旁人是無法干涉的，可是因為刊物上流行了這種糊塗文字之後，一般學生，尤其是中學生，因而閱讀、模仿，於是一個清清楚楚的學生，竟會作出任何人不懂的糊塗文字。作教師的如果為他改正，他便說這是『象徵體』，這是某大作家的體裁。」（第十七頁）[1] 作者並引了卞之琳《第一盞燈》和何其芳《畫夢錄》中的兩段文字。可見作者所說的「看不懂」的新文藝，並不是指整個新文藝，而是指三〇年代開始的現代主義或具有現代主義傾向的新文學。過了兩周，第二四一期《獨立評論》，就發表了周作人的〈關於看不懂〉和沈從文的〈關於看不懂〉兩篇回應性文章。這兩篇文章都有很重要的思想。

1 絮如：〈看不懂的新文藝（通信）〉，《獨立評論》第二三八號（一九三七年）。

周作人對「懂」進行了類別和層次上的辨析，他說：「我想這問題有兩方面，應該分開來說，不可混合在一起，即一是文藝的，二是教育的。從文藝方面來說，所謂看不懂的東西可以有兩種原因，甲種由於思想的晦澀，乙種由於文章的晦澀。有些詩文讀下去時字認得，文法也都對，意思大抵講得通，然而還可以一點不懂。有如禪宗的語錄，西洋形而上學派或玄學的詩。這的確如世俗所云的隔教，恐怕沒有法子相通。有些詩文其內容不怎麼艱深，就只是寫的不好懂，這有如一部分如先生所說是表現能力太差，卻也有的是作風如此，他們也能寫很通達的文章，但是創作時覺得非如此不能充分表出他們的意思和情調。」[1]在這裏，周作人實際上區分了不同的「懂」，所謂「文藝方面」的不懂，即「作品的不懂」，也就是說，「不懂」的原因來自於作品本身，來自於客體；所謂「教育方面」的不懂，即「讀者的不懂」，也就是說，「不懂」的原因來自於讀者，來自於主體。

而「作品的不懂」又可以分為兩種情況：一是作品在語法、在表述、在敘述以及故事和意象方面，本身都是清楚的，但作者的意圖是什麼？作品究竟表達了什麼思想？卻不甚清楚，並且難以確定。比如卞之琳的〈斷章〉：

你站在橋上看風景，
看風景人在樓上看你。
明月裝飾了你的窗子，
你裝飾了別人的夢。

[1] 周作人：〈關於看不懂〉，《周作人文類編》卷三，湖南文藝出版社，一九九八年版，第二七一頁。

這中間的每一詩句的意思都是清楚的，敘述的邏輯是清楚的，整首詩所編織的意象也是清楚的，但整首究竟表達了一種什麼樣的思想和主題，卻很難確定，不同的人有不同的理解。而按照現實主義文學精神的解讀方式，這就很難說是「懂」了。《橋》的「晦澀」也是這種類型的「不懂」。

二是有些作品，作者根本就沒有表達清楚，比如用詞不當、語法不規範、語意模糊、整個作品在敘述上邏輯混亂、思想和情緒前後矛盾、意象破碎等。初學寫作的人所寫的作品、不成熟的作家所寫的不成熟的作品屬於這類作品。名作家或大作家的失敗之作也具有這其中的某些特徵。

周作人的這種區分雖然還顯得粗淺，邏輯上不周密，還缺乏必要的追問，特別是周作人把讀者方面的「不懂」追索到教育方式、教育體制、教學方法，這裏面有很多問題。但周作人首先對「不懂」進行分類，這對於深入地研究「懂」的問題是非常重要的。

與上面周作人主要從作者和作品的角度來追索「不懂」不同，沈從文則從文學理念的更深層的角度來追問「不懂」的問題。沈從文認為，一些新的作品之所以讓人看不懂，主要是因為寫作方式發生了變化的緣故：「當初文學革命作家寫作有個共同意識，是寫自己『所見到的』，二十年後作家一部分卻在創作自由條件下，寫自己『所感到的』。若一個保守著原有觀念，自然會覺得新來的越來越難懂，作品多『晦澀』，甚至於『不通』。」[1] 對於中學教師來說，他的知識結構、文學理念、文學欣賞習慣都還是中國現代傳統的，即沈從文所說的「寫自己所見到的」，主要是現實主義的文學和浪漫主義的文學，其深層的思想基礎是理性，其特點是清楚、明白、文學的主題思想和表現形式都非常理念化。而二十年中期以後，中國現代文學的文學理念開始出現了新的動向，這就是現代主義，現代主義當然是各種各樣的，其中強調感覺就是一個很重要的表現。「按照感覺寫作」，這是一種新的文學理念，相應的，按照這種文學理念所創作出來的文學作品，其形態、品格都會有

1 沈從文：〈關於看不懂〉，《沈從文全集》第十七卷，北嶽文藝出版社，二〇〇二年版，第一四二頁。

所不同，欣賞方式也會有所不同，如果仍然按照傳統的現實主義精神來看視它，當然就「不通」了；仍然以理性的知識基礎和理解的方式來欣賞它，當然就「不懂」了。

沈從文自己的創作與五四時期的文學創作有很大的不同，他從自己的創作經驗出發，對傳統主義文學欣賞的「懂」的方式提出了質疑，特別是從「文學理念」的角度進行追問，具有理論的深刻性。但沈從文的創作總體上以理性主義作為理論前提和基礎，總體上歸屬於理性主義，所以，他的文學理念只是對傳統的寫實主義文學理念構成了衝擊，並沒有對理性主義文學理念構成根本性的衝擊。沈從文的文學欣賞理念仍然屬於「懂」的範疇，他只是對寫實文學的「懂」的欣賞方式提出了懷疑，但並不質疑「懂」本身，他實際上只是提出了另一種「懂」的方式。

而在中國現代階段，我認為從欣賞的角度對「懂」的問題追問得最深的是朱光潛。

朱光潛首先把文學一分為二，一種是「懂」的文學，一種「不懂」的文學：「詩原來有兩種。一種是『明白清楚』的，一種是不甚『明白清楚』的，或者說『迷離隱約』的。這兩種詩都有存在的理由。」「第一個理由是很簡單的。詩是現實的反映。現實無論是內心的或是物界的……這兩種境界裏都有詩。進化論是創造詩或是欣賞詩，我們不能因為前一種境界太『明白清楚』，也不能因為後一種境界太不『清楚明白』，而把它排斥到詩的範圍之外。」「第二個理由是『心理原型』的差別。就大概說，人有偏向於『理解類』（intellectual type）的，也有偏向於『感官類』（sensorial type）的。……前一類人們心理活動是抽象化，他們永遠要求邏輯的清晰；後一類人們心理活動是具體化，他們永遠要求意象的豐富。」[1]就是說，文學的理念和形態是各種各樣的，有的文學偏重「理解」，這類作品多是「清楚明白」的，因而對這一類作品其欣賞的方式就應該是理解的方式即「懂」的方式；而有的文學偏重「感受」，這類作品的「感受」在思想上可能是「迷離隱約」的，因而

1 朱光潛：〈心理上個別差異與詩的欣賞〉，《朱光潛全集》第八卷，安徽教育出版社，一九九三年版，第四六四—四六五頁。

對這一類作品其欣賞的方式就應該是感受的方式，而感受的方式就很難說是「懂」的方式。在《詩的無限》一文他說：「懂得一個道理須憑理智。這種懂只是『知』或領會意義；懂得一種情致須憑情感，這種懂只領會意義還不夠，必須親領身受那一種情致。」[1]朱光潛認為這兩種類型的文學都有它存在的價值，因而兩種欣賞方式都有其合理性。但中國現代文學一律以「懂」來要求所有的文學，一律以「懂」的方式來欣賞所有的文學，這反映了我們對文學的某種誤解。

與此相關，朱光潛對於「懂」在概念上進行了追問：「把陶潛的『采菊東籬下，悠然見南山』或是辛棄疾的『眾裏尋他千百度，驀然回首，那人卻在燈火闌珊處』之類的詩詞念給一個對於詩詞無修養的人聽，略加解釋，他們都會懂得這些話所指的『事實』，但是你能說他們一定會懂這些話後面的『詩』麼？」[2]這裏所謂「懂」，實際上包涵著兩個方面的內容：一是意思的懂，即明白「事實」，這可以叫「懂」；二是藝術上的欣賞，即明白作者的藝術表現，切實地感受到作品的藝術性，這就很難用「懂」來命名，因為不同的人對作品理解和感受的程度不同，究竟理解和感受到什麼程度才能說是「理解」了呢，才能說是「感受」到了呢？才能叫「懂」呢？這沒有標準。「懂」的根本特徵是客觀，是發現客觀價值和意義並理解這種客觀價值和意義，當我們感受和品嘗文學作品時，我們的感受和品嘗根本就沒有客觀性可言，怎麼能叫「懂」呢？所以，朱光潛這裏實際上包涵了這樣的一種思想：「懂」只是藝術欣賞的一個組成部分，並且是初步的部分。只是明白了文學作品的「事實」，這是「懂」，但還不是文學欣賞，文學欣賞還有更重要的內容，那就是對文學的「文學性」的感受和品嘗。

這裏，朱光潛實際上區分出了兩種「懂」，一是懂意思和事實，這並不是文學欣賞的真正的懂，因為，明白事實和把意思弄清楚了，這並不能保證能對藝術真正欣賞。二是藝術上的感悟，這是真正的藝術欣賞，但

1 朱光潛：〈詩的無限〉，《朱光潛全集》第九卷，安徽教育出版社，一九九三年版，第五〇五頁。
2 朱光潛：〈心理上個別差異與詩的欣賞〉，《朱光潛全集》第八卷，第四六〇頁。

卻很難納入「懂」的範疇，即理解的範疇。相應地，「不懂」也可以區分為兩種：一種是文學意思即「事實」的不懂，這是真正的「不懂」，因為如果連意思或文學「事實」都沒有搞清楚，欣賞便根本就不可能，所以，這種「不懂」就是不能欣賞。另一種是藝術上的缺乏「感受」，這是與「懂」在精神上的錯位，並不是真正的「不懂」。可惜的是，朱光潛對第二種「懂」和「不懂」並沒有展開論述，他主要還是在理性主義的層面上討論第一種「懂」和「不懂」。

對於為什麼會「不懂」，朱光潛從作者、作品、讀者以及深層的文化語境等方面進行了詳細的分析和研究。朱光潛認為，在作者方面，「詩本身實在沒有難易的分別。就詩人來說，一首詩或是表現了他的情趣和意象，或是沒有。如果表現了，他心滿意足，他當然可以瞭解他自己的詩，無所謂難易；如果沒有表現，那就根本不成其為詩，最少是缺陷，那分別是好壞而不是難易。」[1]在朱光潛看來，「懂」本質上是讀者與作品之間的一種關係，所以，「懂」與讀者有關，與作品有關，而與作者沒有關係，作者或者是表現了他的思想，或者是沒有表現出他的思想，表現了就是「好」，沒有表現就是「壞」，所以，從作者這一方面來說，作品只有「好壞」，沒有「難易」，這樣朱光潛就把作者的因素排除在「懂」與「不懂」的範圍之外。這顯然是值得商榷的，朱光潛在這裏實際上把文學創作簡化、理想化了，把創作透明化了。事實上，文學創作中的「表現」，不論是藝術上的「表現」還是思想上的「表現」，都非常模糊，「表現」的好壞交織在一起，有時很難分別，這也影響讀者的理解和欣賞。同時，「表現」是非常複雜的，有的表現比較簡明，有的表現則相對複雜，這同樣影響讀者的理解和欣賞。在這一意義上，作者的表現並不是與「懂」無涉。

事實上，朱光潛在從作品的角度來探討「不懂」的原因時，並沒有完全排除作者的因素，他說：「詩在事物中所見到的關係條理與一般人所慣見的關係條理也不盡相符。詩人的意境難易即起於這兩層懸殊的大小。

[1] 朱光潛：〈詩的難與易〉，《朱光潛全集》第九卷，第二四五頁。

一般易懂的詩所用的選擇配合大半是人所習見的。選擇配合的方法愈不習見，愈使人難懂。依我個人的經驗來說，新詩使我覺得難懂，倒不在語言的晦澀，而在聯想的離奇。……難懂的原因是詩人在起甲與丁聯想時，其中所經過的乙與丙的聯鎖線也許只存在於潛意識中，也許他認為無揭出的必要而索性把他們省略去，在我們習慣由甲到乙，由乙到丙，再由丙到丁的聯想方式的人們，驟然看見由甲直接跳到丁，就未免覺得它離奇『晦澀』了。」[1]這和上述蘇雪林的看法完全一致。詩的結構與讀者的經驗結構在邏輯上具有差異性，詩在思維方式上具有跳躍性，省略了很多內容，所以讀者「看不懂」或覺得晦澀。但「詩的結構」以及如何跳躍和省略，這都是由作者完成的，具有作者的主觀意志，在這一意義上，作者和作品是緊密地聯繫在一起的，「看不懂」的是作品，但與作者有關。

但在朱光潛看來，「懂」與「不懂」最重要的原因還在於讀者。「『明白清楚』不僅是詩的本身問題，同時也是讀者瞭解程度的問題。凡是好詩對於能懂得的人大半是明白清楚的。這裏『能懂得』三個字最吃緊。『懂得』的程度隨人而異。好詩有時不能叫一切人都懂得，對於不懂得的人就是不明白清楚。所以離開讀者的瞭解程度而言，『明白清楚』不是批評詩的一個絕對的標準。」[2]朱光潛對這個意思大概非常喜愛，在〈論晦澀〉中引用了這段話，在〈詩的難與易〉中這個意思被再說了一遍。

讀者的「不懂」，主要有兩個方面的原因：一是讀者的藝術修養、藝術的感受能力不夠，當然，也與藝術的感受方式有關。就是上面所說的，對於一個不懂詩的人來說，陶淵明、辛棄疾的詩雖然是「清楚明白」的，但仍然不懂。朱自清概括得非常精煉：「要看出有機體，得有相當的修養與訓練。」[3]二是讀者的文化知識的儲蓄不夠，當然也與語境本身的變遷有關。朱光潛說：「當時產生那詩的情境，作者的身世性格與那詩的

1 朱光潛：〈論晦澀〉，《朱光潛全集》第八卷，第五三六頁。
2 朱光潛：〈心理上個別差異與詩的欣賞〉，《朱光潛全集》第八卷，第四五九頁。
3 朱自清：〈新詩的進步〉，《朱自清全集》第二卷，江蘇教育出版社，一九九六年版，第三二〇頁。

關係，詩中所涉及的一些典故和事實，以及詩所用的語言形式，都是瞭解那首詩所必須知道的，而我們因為時過境遷，對它們不能完全知道，就無從把那情趣意象語言混化體在想像中再造出來，這就是說，無從瞭解那首詩。」[1]事實上，文學欣賞中的很多「不懂」都是這種情況。

通過上面對中國現代文學理論關於「懂」的討論的歷史性回顧以及分析，我們可以看到，中國現代文學理論和批評對於「懂」的討論是非常細緻的，對於「不懂」進行了具體的分析，提出了三種「不懂」，即作者方面的不懂，作品方面的不懂和讀者方面的不懂。作者方面的不懂，主要指作者表達不清，即周作人所說的「表現能力太差」。作者根本就沒有表達清楚，讀者當然就看不懂。作品方面的不懂，主要是指作品意義的模糊、意義的跳躍，意義上和藝術上都可以作多種解讀，具有不確定性，在理性主義追求客觀的欣賞觀念中，這是「不懂」或「晦澀」。讀者方面的不懂，主要是指讀者由於知識結構和文學修養上的不足和偏差，從而不能理解作者在作品中所表達的思想和所表現的藝術性。應該說，這種概括是全面的，其分析也符合文學史的事實。

但問題是，中國現代文學批評與文學欣賞關於「懂」的討論是在理性主義思維的範圍內進行的，它以理性主義作為前提和基礎，就是說，它並不從根本上懷疑和否定理性主義，這樣，它雖然提出了很多重要的問題，也涉及到了很多重要的現象，但很多深層次的問題並沒有得到有效的討論。朱光潛雖然提出了「兩種詩」的概念（即「明白清楚」的詩和「迷離隱約」的詩），看出了「懂」的文學與「不懂」的文學作為兩種文學現象的客觀存在，但同時他又把「懂」的文學與「不懂」的文學都納入理性主義文學的範圍，從而在一定程度上又消弭了二者之間的本質性差別。他認為文學都是現實的反映，差別只是有的文學反映心理現實，有的文學反映物質性的客觀現實，這反映了他對於新的現實主義義特別是那些激烈反傳統的現代主義文學缺乏真正的理解，他實際上把現代主義也納入了理性主義的範疇，這是一種誤解，這種誤解也影響了他對現代主義文學的真正欣賞。

---

1 朱光潛：〈詩的難與易〉，《朱光潛全集》第九卷，第二四六—二四七頁。

朱光潛雖然提出了文學欣賞中存在著「理解類」與「感官類」兩種不同的類型，並且對這兩種類型進行了準確的界定，他認為「理解類」與人的知性有關，具有邏輯的特性，「感官類」與人的情致有關，具有意象的特性，這是正確的。但另一方面，朱光潛又把「情致」和「感受」納入懂的範疇，即納入理性的範疇，這樣就在一定程度上妨礙了對「感官類」文學欣賞的深入討論。因為「懂」的特徵是理解，而「情致」和「感受」在文學欣賞中屬於「感官」，可以有理解性，但也可以不需要理解，在這一意義上，它不屬於「懂」，它是和「懂」迥異的一種文學欣賞方式。但朱光潛顯然對這一問題缺乏展開。

朱光潛對讀者方面的「不懂」的原因的分析是深入的，他認為，由於語言、語境等發生了變化，由於作者的身世和情趣等我們現在無從知道，所以對作品我們不可能理解，至少不能完全理解。這符合現代解釋學的觀念。但另一方面，他又認為，「考古學，歷史，語言學等等往往可以把埋藏了的東西發掘出來，填補我們的知識的漏洞，於是本來不可瞭解的詩變成了可瞭解。這是克服難解的一個方式。」[1]這又回到了西方中世紀的「解經學」的老路上去了。通過這種「解經學」的觀念，我們看到，朱光潛實際上是認同所謂「唯一的解釋」或者「正確的解釋」的。而現代解釋學則認為，沒有「正確」或「唯一」的解釋，解釋是無限的，所以解釋對於作品來說具有本體性。在這一意義上，朱光潛的解釋學存在著缺陷。這是朱光潛的缺陷，也是整個現代文學批評和文學欣賞理論的缺陷。當然，這種缺陷與中國當時的理論水準有關，也與當時整個中國的文學狀況有關。也正是在這一意義上，中國現代關於「懂」的討論反映了中國現代文學欣賞理論的基本特徵，即理性主義的特徵。

中國現代文學批評和文學欣賞關於「懂」的討論從李金髮開始，進而延及象徵主義詩歌，再延及廢名的小說，最後純粹在理論上進行追問，這可以說是逐漸深入，逐漸把「看不懂」從一個具體的文學欣賞問題上升到文學理論的普遍問題，上升到文學批評和欣賞的範疇問題，不論是切入問題的途徑，還是討論問題的方法、進

---

1 朱光潛：〈詩的難與易〉，《朱光潛全集》第九卷，第二四六——二四七頁。

程，都是深得要害的。事實上，正是以李金髮為代表的現代主義首先並真正地對五四以來形成的理性主義的文學欣賞的「懂」的方式和理論體系構成了衝擊，從現代主義，人們再回頭，發現，不僅現代主義精神的文學存在「看不懂」的問題，傳統的現實主義精神的文學也存在「看不懂」的問題，中國古典文學精神的文學也存在「看不懂」的問題。不但李金髮的詩存在「看不懂」的問題，象徵主義詩歌存在「看不懂」的問題，整個新詩都存在「看不懂」的問題。不僅詩歌存在「看不懂」的問題，小說也存在「看不懂」的問題。應該說，中國現代文學關於「看不懂」的討論，提出了很多重要的文學批評和文學欣賞問題，但問題也很多。

沈從文從文學理念的角度對文學欣賞的「懂」進行了追問，他認為，二十年代以後的「文學方式」已經不同於文學革命時期的「文學方式」，前者寫「自己所感到的」，後者寫「自己所見到的」。寫「自己所見到的」和寫「自己所感到的」，既是兩種不同的文學方式，也是兩種不同的文學理念，表現在創作上就是兩種不同的文學類型，前者是現實主義的文學類型，後者則是現代主義的文學類型。對於這兩種類型的文學的欣賞也不同，對於現實主義的文學，主要是理解的，即「懂」的，對於現代主義文學，當然也可以是理解的，但也可以是感受的，而對於感受，可以是「懂」的，也可以是「不懂」的。沈從文認為不能用現實主義文學的標準來衡量現代主義的文學，當然也就不能用欣賞現實主義文學的方式來欣賞現代主義的文學。但對於如何欣賞現代主義的文學，對於「感受」在欣賞現代主義文學中的真正地位，沈從文並沒有展開論述。而這恰恰是問題的關鍵，這實際上是一個入口，從這裏進入，我們將會看到另外一個完全不同的文學天地，也會發現另一個完全不同的文學欣賞的天地。

當然，這不只是沈從文個人的缺陷，而是整個中國現代文學欣賞的缺陷。周作人說：「我不懂文學，但知道文章的好壞。」[1]周作人這裏所說的「知道」實際上就是感覺。我們不禁要問：什麼叫「不懂文學」？什麼叫

[1] 周作人：〈談文章〉，《周作人文類編》卷三，湖南文藝出版社，一九九八年版，第二八一頁。

「知道文章的好壞」，難道「知道文章的好壞」還叫「不懂文學」嗎？如果說「懂文學」是指理論上的，「知道文章的好壞」是指感覺上的，那麼，對於文學欣賞來說「知道文章的好壞」顯然比「懂文學」更重要，也因此，對於文學欣賞來說，「感覺」比「理解」更重要。周作人這裏實際上已經深層地涉及到了文學欣賞中的「非懂」的問題。「非懂」並不是「不懂」，而是「反懂」。但同樣可惜的是，周作人沒有對「非懂」展開研究。

在中國現代文學欣賞理論中，對於「非懂」的認同，我認為朱自清是走得最遠的，也表述得非常準確。他說：「吟誦詩文是為了欣賞，甚至於只是為了消遣，瀏覽或閱讀小說更只是為了消遣，他們要求的是趣味，是快感。這跟誦讀經典不一樣，誦讀經典是為了知識，為了教訓，得認真，嚴肅，正襟危坐的讀。」又說：「在筆者看來，詩文主要是靠了聲調，……過去一般讀者大概都會吟誦，他們吟誦詩文，從那吟誦的聲調或吟誦的音樂得到趣味或快感，意義的關係很少；只要懂得字面兒，全篇的意義弄不清楚也不要緊的。」[1]朱自清在這裏實際上區分了兩種不同的閱讀態度和方式，我把它概括為「求知」的閱讀與「求樂」的閱讀。「求知」的閱讀其主要目的是從文學作品中獲取知識，求得教益，它的特點是理解作品，在理解中求得知識，當然，求知也能給人帶來快樂，但這種快樂不同於消遣的快樂。「求樂」的閱讀其主要目的是為了消遣，其特點是感受，在感受中獲得趣味和生理、心理的快感。

「求知」的閱讀因為主要目的是求知，所以它以一種科學、客觀的態度對待文學作品，在這種閱讀中，作品是絕對的主體，讀者完全是被動的，他只有「發現」的主動性。而「求樂」的閱讀因為主要目的是消遣，所以它往往以一種休閒和娛樂的態度對待文學作品。在這種文學欣賞中，讀者的主觀性得到最大的張揚，它給讀者充分的想像和創造的自由。讀者所獲得的趣味、娛樂等享受當然與閱讀有關，但這種趣味可以是作品本身就存在的，但也可以是由作品所引發的。可以「正讀」，也可以「歪讀」、「曲讀」或者「誤讀」。可以「通

[1] 朱自清：〈論百讀不厭〉，《朱自清全集》第三卷，江蘇教育出版社，一九九六年版，第二二七—二二八、二二八頁。

讀」，也可以唯讀其中的一部分，甚至打亂作品本身的順序來讀。可以是理解的，也可以是不理解的，就是朱自清所說的「只要懂得字面兒，全篇的意義弄不清楚也不要緊的」。不管怎麼讀，只要得到了消遣和娛樂，就算達到了目的，對於欣賞來說就具有「合法性」。在這一意義上，「求樂」的閱讀可以是「懂」的，也可以是「非懂」的，而最根本的是，「非懂」仍然是正常的文學欣賞，就是說，欣賞不一定非要「懂」不可。「懂」從根本上是「作品與作者」的二維中心論，在這裏，「懂」雖然是讀者的「懂」，但讀者只是被動地接受，沒有任何主動性可言。但實際上，文學的欣賞還可以是「作品與讀者」的二維中心論，在這種欣賞方式中，讀者具有很大的能動性，可以參與作品價值和意義的創造，而這就很難說是「懂」。

這兩種閱讀方式大致與兩種文學觀念和相應的文學形態相對應，「求知」的閱讀大致對應於亞歷士多德所說的「模仿說」的文學本質觀，這種文學本質觀強調文學反映社會現實生活，其作品多具有豐富而深刻的社會生活內涵，嚴肅而沉重，傳統的經典作品多是這樣的作品。「求樂」的閱讀大致對應於康德的「遊戲說」的文學本質觀，這種文學本質觀強調文學的表現功能，其作品具有渾厚的趣味性，多輕鬆、活潑。一般來說，「求知」的閱讀大致會選擇「知識型」的作品去閱讀，而「求樂」的閱讀大致會選擇「遊戲型」的作品去閱讀。但「求知」的閱讀與「求樂」的閱讀作為兩種文學欣賞方式並不是由作品的形態和特徵決定的，而從根本上是由欣賞的態度決定的，以「求知」的態度去讀文學作品，在「遊戲型」的文學作品也能發現知識，以「求樂」的態度去讀文學作品，在「知識型」的作品中也能發現遊戲。其實，魯迅也說過，對於《紅樓夢》，「單是命意，就因讀者的眼光而有種種：經學家看見《易》，道學家看見淫，才子看見纏綿，革命家看見排滿，流言家看見宮闈秘事……」[1]問題的關鍵是，不論是魯迅，還是朱自清，他們對於讀者在文學欣賞中的主觀作用都沒有展開研究。

1 魯迅：《絳洞花主・小引》，《魯迅全集》第八卷，人民文學出版社，一九八一年版，第一四五頁。

事實上，讀者是整個文學活動的一個重要的組成部分，它不是游離於文學之外，而是存在於文學之中。讀者對作品的閱讀和理解對於文學來說具有本體性。現代解釋學認為，藝術的存在是向未來無限開放的，理解是永遠沒有完結的活動，因而理解是作品的存在方式，具有本體性。伽達默爾認為，藝術作品不是一個擺在那兒的東西，它存在於意義的顯現和理解活動之中。因此，作品所顯現的意義並不是作者的意圖而是讀者所理解到的作品的意義。正是在這一意義上，對於作品的存在來說，作者的創作並不重要，重要的是讀者的理解，讀者的理解使作品的存在變成現實。特別是對於現代主義以及後現代主義文學作品，作品的客觀意義更為模糊，讀者欣賞的隨意性也更大。朱自清所說的詩文主要是「從那吟誦的聲調或吟誦的音樂得到趣味或快感」，而與意義沒有多大關係，這是「非懂」的欣賞，它對文學欣賞一定要懂這樣一種傳統的觀點構成了根本性的衝擊。但朱自清這裏所說的聲調還是一個特例，對於傳統的以反映社會生活為主要旨歸的文學作品來說，這不具有普遍性。而對於現代主義以及後現代主義文學作品來說，「非懂」的文學欣賞就具有普遍性，這是由現代主義和後現代主義的文學理念和文學形態來決定的。

總的來說，中國現代文學理論並沒有把兩種不同文學理念的文學以及相應的文學欣賞區別開來。中國現代文學欣賞討論李金髮的詩，討論整個象徵主義，討論廢名的小說，實際上已經把問題歸結到現代主義的欣賞問題，也認識到文學欣賞中的「感受」問題，但都沒有深入地探討下去，其根本原因就在於五四根深蒂固的理性主義對於文學家和文學理論家思維的深深的束縛和限制。我們的思維方式是理性的，我們總是把文學看作是理性的產物。在理性主義的觀照中，文學被認為具有認知性，發行知識論範疇，而對作品的閱讀和欣賞就是對內在於作品中的作者意圖和知識進行認識，文學研究的目的就是發掘知識。用「晦澀」這個詞來文學欣賞中的「不懂」和「非懂」，反映了我們對於文學本質及文學欣賞的理性主義精神。「晦澀」不是「不能讀」，而是難懂，陸耀東先生評論李金髮的詩，「約占總數一半左右的詩，有些晦澀，如果對象徵派的理論和創作瞭解較多，經過仔細推敲，詩的主旨，尚能探知。」[1]就是說，「晦澀」從根本上是可以理解的，只是不容易理解。在這一意義上，「晦澀」從根本上屬於「懂」的範疇，屬於理性主義的範疇。中國現代文學欣賞雖然注意到了「不懂」作為現象的存在，但討論並沒有超出「懂」的範疇，實際上是在「懂」的範圍內討論「不懂」，這樣就表現出某種悖論，這與後現代主義文學欣賞理論認為有些作品根本就不可能理解，具有根本的區別。

第四節　文學的「非理性」與欣賞的「反懂」性

中國古典文學欣賞是非「懂」的，因為思想基礎不屬於理性的範疇，雖然有「懂」的因素，也有非「懂」和「反懂」的因素，但因為範疇不同，我們很說它是「懂」的或「反懂」的。現代文學是「懂」的，其理論基礎是理性。而現代主義和後現代主義文學則具有非理性和反理性，因此對現代主義和後現代主義文學的欣賞也具有「反懂」性。

所謂「反懂」的文學欣賞，即強調文學欣賞不再以分析和理解為旨歸，而強調讀者的感受、體驗和創造。「反懂」的文學欣賞不再以一種形而上學的思維看視文學，不再把文本看作是一個有機的統一體，不再把文本的意義看作是不變的，不再試圖從文本中尋找作者的意圖、尋找永恆不變的意義，不再把誤讀、誤解、誤釋看作是非法的，同時承認非理性、矛盾性作為文本的特性和解讀的特性的合法性。

現代主義和後現代主義文學欣賞的「反懂」性從根本上是由現代主義和後現代主義文學寫作理念和相應的文學形態決定的。有些現代主義文學作品，本來就沒有明確的意義，對於這樣的作品，欣賞當然不能以「懂」為標

[1] 陸耀東：《二十年代中國各流派詩人論》，中國社會科學出版社，一九八五年版，第二九〇頁。

準，可以是「反懂」的。而有些後現代主義文學作品，本來就是以「反懂」的方式寫作的，對其欣賞當然也應該是「反懂」的，至少可以是「反懂」的。本節即分別從這兩個方面對「反懂」的文學欣賞進行理論論證。

要表達某種意圖和思想並通過作品有效地傳達出來，這是傳統主義文學的最高原則和終極目標，傳統的文學也有「讀不懂」的情況，但這種讀不懂不是作者有意識為之。而現代主義文學則不再以意義的明確作為標準，所以現代主義文學的「讀不懂」則是由文學理念和寫作方式造成的，也就是說，現代主義文學的「讀不懂」是作者的有意為之，這樣，沒有明確的或固有的意義，不能理解或者說不能有定解就成為現代主義文學的一個非常重要的特徵。阿恩海姆說：「藝術已變得不可理解。也許沒有什麼比這一事實更能區別今天的藝術與過去任何地方、任何時代的藝術了。藝術歷來被認為是解釋世界的一種工具。但今天，藝術顯然已置身於人類所創造的最為令人迷惑的產品之列。現在，需要解釋的正是藝術本身。」[1]文學作為工具用來解釋世界，這是傳統主義文學的基本理念，這一文學理念就決定了文學必須有思想，有明確的意義，否則它就不能成為一種工具，就沒有解釋世界的效果。但現代主義文學不再堅持這樣一種文學理念，不再強調文學與現實的直接關聯，文學可以是人的一種純粹的創造物，可以是一種「物」而不是思想，這樣，文學就可以不再具有思想，就可以不必一定要表達某種思想，就可以不再是思考的產物。

文學的這種變化從根本上與現代思維方式的變化有密切的關係。在現代主義作家中，我認為米蘭・昆德拉是比較有代表性的，他的文學理念明顯不同於傳統的文學理念，他的創作體會深刻地說明了現代主義小說的變化。他認為，「在現代，笛卡爾的理性將從中世紀繼承下來的價值觀一個個全部腐蝕殆盡。但是，正當理性大獲全勝之際，純粹的非理性（也就是只想體現其意志的力量）佔據了世界的舞臺，因為再沒有任何被普遍接受的價值體系可以阻攔它。」（第十三頁）正是這種理論和思想基礎的不同，所以，現代文學與傳統主義文學

---

1 阿恩海姆：《走向藝術心理學》，黄河文藝出版社，一九九〇年版，第七頁。

在思想方式上有著根本的不同：「在荷馬那裏，在托爾斯泰那裏，戰爭具有一種完全可以理解的意義：打仗或是為了得到美麗的海倫，或是為了捍衛俄羅斯。帥克與他的夥伴向前線挺進，卻不知道是為著什麼，而且更不可思議的是，他們對此根本就不感興趣。」（第十二頁）米蘭・昆德拉描述現代小說的誕生：「一直統治著宇宙，為其劃定各種價值的秩序，區分善與惡，為每件事物賦予意義的上帝，漸漸離開了他的位置。……在最高審判官缺席的情況下，世界突然顯得具有某種可怕的曖昧性；惟一的、神聖的真理被分解為由人類分享的成百上千個相對真理。就這樣，現代世界誕生了，作為它的映象和表現模式的小說，也隨之誕生。」（第七頁）[1]當然，現代小說並不是從賽凡提斯開始，但米蘭・昆德拉的確道出了現代主義小說的很重要的特點。

王列生先生認為，與古典文學相比較，現代文學具有四個方面的特徵：首先是「話題」從「世界」走向「內心」；其次是「價值」從「承諾」走向「遊戲」；其三是「敘事方式」從「清晰」走向「模糊」；其四是「情緒」從「樂觀」走向「悲觀」。所謂「樂觀」，指的是：「每個民族的文學言說，普遍地洋溢著對世界理解和把握的興趣，言說本身總在追求著某種人類普遍精神，而且追求著完全相信這些普遍精神從根本上與人類幸福共同著生命。」所謂「悲觀」，指的是：「無論對文學意義的理解，還是文學對世界意義的把握，也都帶有較為濃厚的消極主義色彩，以至『詩人何為』一再成為批評家們追問窮究的話題。」[2]王列生這裏所說的「古典文學」實際上就是傳統的現實主義文學、浪漫主義文學，「現代文學」實際上就是現代主義文學。

文學理念不同，文學形態不同，對文學的欣賞當然也就不同。米蘭・昆德拉用「幽默」一詞來描述現代主義小說的欣賞。「幽默是一道神聖的閃光，它在它的道德含糊之中揭示了世界，它在它無法評判他人的無能中揭示了人；幽默是對人世之事之相對性的自覺迷醉，是來自於確信世上沒有確信之事的奇妙歡悅。」[3]米蘭・昆

1 米蘭・昆德拉：《小說的藝術》，上海譯文出版社，二〇〇四年版，第十三、十二、七頁。
2 王列生：《世界文學背景下的民族文學道路》，安徽教育出版社，二〇〇〇年版，第四十二—四十四、四十四、四十五頁。
3 米蘭・昆德拉：《被背叛的遺囑》，上海譯文出版社，二〇〇四年版，第三十三頁。

德拉這裏所說的「幽默」與我們日常所說的「幽默」有很大的差距，有無窮的含義，它實際上是指用一種喜劇的、樂趣的，意義空洞的方式來欣賞文學，其中最根本的就是感覺。

通過這種比較，我們看到，傳統的經典文學追求客觀、真實、確定性，強調文學對世界的理解和把握，可以說是理性主義的，對於這種理性主義的文學作品，欣賞當然具有「懂」的特點。而現代主義文學則不同，它具有「內心」化、「遊戲」化、「模糊」化的傾向，缺乏對意義的有效把握，具有非理性主義的特點。對於這種文學，很難像對待現實主義文學那樣確定其主題，確定其作者意圖，也很難像現實主義作品那樣進行精細的解剖，這種文學欣賞，根本就不再求其固有的意義，不再對作品進行細緻的解讀，而是求得一種感覺，一種聯想，所以具有反「懂」性。

比如「荒誕派戲劇」，「它沒有中心，沒有生活目的，沒有被普遍接受的整體原則，變成了破碎的，沒有目的的——荒誕的」（二七七頁）。「因為荒誕派戲劇並不關心傳遞資訊或者表現存在於作者內心世界之外的人物的問題或者命運，因為它並不闡釋一個論題或者論述意識形態命題，所以它並不關心表現事件，不關心敘述人物的命運或者經歷，而是表現一個個人的基本處境。這是一種處境的戲劇，而不是一種系列事件的戲劇，因此它使用了基於具體形象的語言，而不是論爭和推理的話語。因為它試圖表現一種存在的感覺，所以它既不能調查也不能解決行為或者道德的問題。」（二八〇）「荒誕派戲劇表現給觀眾的是一副分崩離析世界的圖畫，這個世界已經失去了它的結合原則、意義和目的——一個荒誕的世界。這個世界由於失去理性原則，已經真的瘋了。」（二八六）[1]傳統的文學多表現世界和人類理性的一面，當然傳統主義文學也表現世界和人類非理性的一面，但它是理性的方式來表現。而荒誕派文學則表現人類和世界荒誕的一面，同時用荒誕方式表現荒誕本身。這樣，荒誕派文學不論是就內容來說還是就藝術表現方式來說，都具有非理性的特點，而對於這種非理性

[1] 馬丁・艾斯林：《荒誕派戲劇》，河北教育出版社，二〇〇三年版，第二七七、二八〇、二八六頁。

文學的欣賞，其最本真的方式就是非理性，比如感受和聯想，在感受和聯想中獲得快感或啟示。當然，我們也可以用理性的方式對荒誕派文學進行細緻的解讀，對荒誕內容和荒誕手法進行非荒誕的理解和闡釋，但這只是荒誕派文學欣賞的合理的方式之一，並不是最好的方式，更不是唯一的方式，它不能代表荒誕派文學欣賞的全部。

我們當然可以說，荒誕是人站在理性的角度對非理性的一種概括，但這不過是哲學化的很空洞的話語，這還遠遠不是文學欣賞。深入到荒誕內部，荒誕則表現出一種散漫的狀態，對於具體的荒誕，我們是沒法進行理性說明的，闡釋永遠只是對荒誕的一種把握，一種部分的、局部的、選擇性的、附著了人的意識和理性的非本質的把握。所有的荒誕派文學都可以簡單地概括為荒誕性，如果用哲學的標準來要求，荒誕派有著太多的重複因而是浪費的。但文學的價值不同於哲學，文學的主題可以無限地重複，但文學並不因此而重複。荒誕派文學只有一個主題，那就是荒誕，但不同的荒誕文學在荒誕的具體形態上各不相同，作為文學其價值就在這些具體上面。對於具體的荒誕，這是理性以外的另一個世界，我們永遠不可能用理性來把它說清楚，理性的言說永遠都是理性對荒誕的一種觀照、一種把握，並且是一種皮毛的觀照和把握，否則它就不是真正的荒誕。

不僅荒誕派文學是這樣，很多現代主義文學都是這樣。有些文學作品，根本就沒有一個明確的主旨，它不過只是描述了一種現象、一種感覺，至於這種現象和感覺有什麼意義，作者本來就沒有寓意，讀者更沒有必要去發現什麼寓意。一部作品如果是說「理」的，我們當然可以通過分析，把「理」找出來並在發現的過程中欣賞作者說理的藝術。如果一部作品明確表達了一種思想，我們當然可以通過分析，理解其思想，並在理解的過程中欣賞其表達思想的藝術。但如果一部作品根本就沒有說理，根本就沒有一個明確的思想，而只是一種感覺或感受，只是一些好的句子，一些破碎的意象，那我們還能分析和理解嗎？還有必要去分析和理解嗎？對於這樣的作品，欣賞的本質就只能感受，在感受的過程中得到藝術的快感。這種欣賞本質上就是「反懂」的欣賞。當然，我們也可以以一種理性的方式來對這種作品進行解讀，我們也可以從這種作品的欣賞中得到啟示，得到真理，但這種啟示和真理不是來自於作品本身，而是來自於欣賞者的主體。而這更反過來說明了這種文學欣賞的「反懂」

性，因為所獲不是來自於對作品的理解，而是來自於對作品的想像和聯想。

後現代主義文學欣賞的「反懂」性則與後現代主義文學作品的形態有很大的關係。後現代主義文學在形態上也是非常複雜的，有些作品仍然沿襲了傳統的形態，對於這樣的作品，我們可以仍然按照傳統的「懂」的方式進行欣賞，而有些後現代主義文學作品，在形態上則發生了根本性的變化，作品完全是散亂的，其結構和思想都完全是開放的，甚至可以是未完成的，作者寫作時就有意給讀者充分的欣賞的自由，並且讀者可以直接參與完成作品。對於這樣作品的欣賞，傳統的懂的欣賞根本就派不上用場。

什麼是「後現代主義」，這是一個長期爭論不休的問題，「後現代是一個『語義不穩定』、學者間缺乏共識的概念，這一是因為『現代性』本身就是一個難以界定的『大字眼』，二者因為後現代內部支派繁多，共同邊界難以確定。但是，刪繁就簡，從精神上看，後現代一族的基本特徵無非是一種思想反叛，而當這種反叛同時又具有某種針對整個西方精神傳統的根本性與深遠性時，它就超出現代性進入了後現代的範疇。」[1]根據美國學者哈桑的總結，大致來說，後現代主義有這樣一些特點：不確定性、零亂性、非原則化、無我性、無深度性、卑瑣性、反諷、種類混雜、狂歡、行動、參與、構成主義、內在性等[2]，相應地，後現代主義文學則具有這樣一些特點：第一，非理性的本體性。第二，「自發式寫作」、「即興寫作」。第三、遊戲性。第四，不確定性。這可以說是後現代主義在文學上的最大特點，傳統文學的關鍵性因素諸如情節、人物、環境、意義、敘述方式等都不具有確定性。作者寫作沒有明確的意義，讀者對作品在意義上也很難把握。對於這種文學的欣賞，根本就不能「懂」，它根本就沒有遵循理性的原則，所以也不能理性地解釋它。

---

1 陳嘉明等著：《現代性與後現代性》，人民出版社，二〇〇一年版，第二九四頁。
2 伊哈布・哈桑：〈後現代景觀中的多元論〉，王岳川、尚水編《後現代主義文化與美學》，北京大學出版社，一九九二年版，第一二五——一三三頁。

鄭敏先生對美國的後現代主義詩歌進行了研究，她總結美國後現代主義詩歌主要有這樣一些特點：「一，反對超驗本體論。二，真理多元，或無結論。三，認為變是一切，不可能預先設計，事物生生滅滅，永不停止，應當抓住此時此刻此地的現實生活，給予表達。四，創作不必尋求雜亂現象的統一，更不必將其結構成有機的整體以傳達什麼固定的意義。五，強調創作要追隨多變的想像力的流動，沒有預定設想，可以自發地隨機創作。六，對文字、文學是否能如實的表達作者的意圖，持懷疑或否定的觀點。七，重視事物（包括詩歌）的特殊性、地域性。八，強調開放式詩歌形式。」[1]從這種概括中我們看到，後現代主義詩歌在藝術精神上從根本上不同於傳統主義詩歌，它不再信仰傳統的理性的世界，不再信賴傳統的關於世界的理性的解釋，因而其創作也不再遵循傳統的理性的原則，沒有明確的意圖，不是理性地設計的，而是隨機的，整個作品在結構和意思上都沒有統一性，其形式和意義都是向讀者開放的。對於這樣的作品，傳統的主題分析、結構分析、表現手法分析等都是無效的。對於這樣的作品，除非讀者參與到作品中去，否則便會無所適從，也會一無所獲。

與後現代主義詩歌相比，後現代主義戲劇更具有開放性，對於後現代主義戲劇的欣賞更需要參與。與傳統主義戲劇的精心籌畫、精心排練不同，後現代主義戲劇注重即興表演。「在後現代戲劇家眼裏，臨場發揮的即興表演是打破傳統觀演關係，把藝術與生活融為一體，讓觀眾參與舞臺實踐，突出劇情的虛實難辨的最佳藝術表現手法。」[2]比如美國劇作家傑克・蓋爾伯的《毒品販子》，該劇打破了固有的表演者與欣賞者之間的界限，整個演出插入了大量的令人驚異的即興表演，吸毒者直接參加演出，並且在幕間休息時走下舞臺向觀眾乞討。同時，後現代主義戲劇在語言上也表現出強烈的實驗性，臺詞顛三倒四，語無倫次，文不對題，不斷重複，缺乏意義，他們以語言遊戲的形式，進行戲劇遊戲。通常認為，語言是思想的直接現實，但在後現代主義戲劇這裏，語

1 鄭敏：《詩歌與哲學是近鄰——結構—解構詩論》，北京大學出版社，一九九九年版，第一四五頁。
2 劉象愚等主編《從現代主義到後現代主義》，高等教育出版社，二〇〇二年版，第三二二頁。

言與思想脫離了關係，語言變成了動作和行為。在傳統的戲劇中，語言作為臺詞是用來表達主題，刻畫人物，表現衝突，但在後現代主義戲劇中，語言的這些功能完全被瓦解了。現代主義戲劇無論怎樣「前衛」，但其作者、作品、讀者三者之間的界線還是分明的，這種界線的分明就為讀者作為獨立的欣賞活動提供了可能性。也就是說，在傳統的戲劇那裏，寫作活動和欣賞活動還是相對獨立的，但在後現代主義戲劇中，作者、作品、讀者三者之間的界線變得非常模糊，這樣，作為理解的欣賞活動實際上就在一定程度上被消解掉了，文學欣賞不再是理解和在理解的過程中創造，而是直接參與創造，「二度創造」變成了「一度創造」，對作為對象的作品的欣賞變成了對欣賞主體本身的自我肯定，或者說變成了「自我欣賞」，對作品的體驗變成了創作的體驗。傳統欣賞意義上的各種關係完全顛倒了，在這一意義上，我們說後現代主義戲劇的欣賞具有「反懂」性。

與後現代主義戲劇一樣，後現代主義小說也具有「隨意性」、「即興性」和「拼湊性」。這種反經典性和反現代性就使後現代主義小說在多方面表現出不確定性，意義的不確定、形象的不確定、語言的不確定，情節的不確定。所以後現代主義小說在情節上出現多種可能性，相應地在意義上也具有多種可能性。與此相關，後現代主義小說在藝術技巧上具有實驗性、探索性，既反傳統又反現代。藝術技巧上的後現代主義文學主要表現為：對形式的顛覆、元敘事、對深度描寫的消解、拼貼、戲仿、互文性、反體裁、迷宮手法、空洞化、語言實驗、語言遊戲等。比如卡爾維諾的小說《命運交叉的城堡》是一部由圖畫和文字組合的小說，小說以塔羅紙牌來建構小說的敘事結構。他的另一部小說《宇宙奇趣》的主人公是一個名叫「Qfwfq」的生物，他充滿神秘的色彩，他的名字誰也無法拼出。在小說中，他不斷地變化，最初出現的時候是人，隨後變為魚、爬蟲（恐龍），最後變成軟體動物。再比如博爾赫斯的小說就「具有獨特的開放性結構，它包括開頭缺失、結局的不可達、結尾缺失、多重結尾、過程化文本以及注釋、間斷、累贅手法的使用等多種形態」。[1]正是這種時間錯位、敘述方

---

1 王欽峰：《後現代主義小說論略》，中國社會科學出版社，二〇〇一年版，第六十頁。

式以及結構上的反邏輯性造成了後現代主義小說在思想內涵上的多重性和無限性。對於這種小說的欣賞，傳統的欣賞是不適宜的，也是無能為力的，如果硬性地進行傳統方式的欣賞，就會扭曲後現代主義小說，不能真正把握後現代主義小說的精髓，並且會大大降低後現代主義小說的藝術性。在傳統主義和現代主義的視角中，後現代主義小說只能是缺乏藝術精神從而是等而次之的，這樣，傳統的「懂」的文學欣賞就會使後現代主義小說的「後現代」喪失，從而失去應有的價值和意義。

當然，後現代主義文學的「反懂」欣賞，既與後現代主義文學作品的「反懂」品性有關，但更與「反懂」的文學欣賞觀念有關。「反懂」的文學欣賞觀念本質上是一種後現代主義思維方式在文學欣賞中的具體表現。

總之，二十世紀的文學欣賞及其理論表現為非常複雜的情況，既有傳統的尋找作者的意圖，追求作品客觀意義的「懂」的欣賞，也有強調主觀感覺和主觀想像，追求主觀創造和快感的「非懂」和「反懂」的文學欣賞，特別是後現代主義文學和後現代主義文學理論之後，「反懂」的文學欣賞更是具有了堅實的文學實踐的基礎和哲學理論的基礎。「懂」的文學欣賞有它的意義和價值，但「反懂」的文學欣賞也有它特殊的價值和意義，特別是後現代主義思維方式越來越廣泛地被人們接受之後，「反懂」的文學欣賞越來越成為一種基本的文學欣賞方式。

第五節　反「懂」的文學欣賞

對於「反懂」的文學，即具有「反理性」和「非理性」的現代主義和後現代主義文學，我們既可按照「反懂」的方式來欣賞，也可以按照「懂」的方式來欣賞。另一方面，對於「懂」的文學，即傳統主義的文學，我們既可以按照「懂」的方式來欣賞，也可以按照「反懂」的方式來欣賞。究竟是按照「懂」的方式還是按照「反懂」的方式來欣賞文學，並不完全是由作品的性質和形態來決定的，而與欣賞主體的文學觀念和欣賞態度有很大的關係。「反懂」的文學欣賞主要是後現代主義思維方式在文學欣賞中的產物，它是非理性主義在文學上的自覺意識和行為，是一種新的文學觀念和文學欣賞觀念。

所謂「懂」的欣賞，即強調文學欣賞的理性，強調文學欣賞建立在對文本的理解與分析的基礎之上，強調對文學價值和意義的客觀把握。而「反懂」的文學欣賞則不再以一種形而上學的思維方式看視文學，不再把文本看作是一個有機的統一體，不再把文本的意義看作是不變的，不再試圖從文本中尋找作者的意圖、尋找永恆不變的意義，不再把誤讀、誤解、誤釋看作是非法的，同時承認非理性、矛盾性作為文本的特性和解讀的特性的合法性。與「懂」的文學欣賞強調理解、分析以及客觀把握不同，「反懂」的文學欣賞更強調讀者的主觀感受、體驗、想像和創造。關於「反懂」的文學欣賞的歷史來源、具體特徵等，筆者在其他地方有詳細論述，本節主要論述「反懂」文學欣賞的理論根據。

「反懂」的文學欣賞，既有現代接受美學、現代解釋學的理論根據，又有後現代主義文學解讀學的理論根據。下面我就分別從這三個方面進行論述。

按照金元浦先生的總結，二十世紀的西方文學理論批評經歷了三次大的「範式」轉換：「在十九世紀風行的社會歷史批評之後，它經歷了以作者的創作為理解作品的根本依據的作者中心論範式時期，以本文自身的語言結構等為理解文學意義的根本依據的本文中心論範式時期，和以讀者的閱讀、反應、創造性理解為文學意義生成的主要根源的讀者中心論範式時期這樣三個前後相繼、在相互否定的轉換中交叉運作的歷史階段。」[1]。三次轉換之後的文論實際上可以區分為兩種類型，即傳統西方文論與現代西方文論。

在傳統的西方文論那裏，文學活動的根本是作家寫出作品，我們可以把這種文學理念稱之為「作家—文本二元中心論」。在這種傳統的文學理念中，文學創作是一種高度理性化的活動，文本的價值和意義就是作者寫

[1] 金元浦：《接受反應文論》，山東教育出版社，一九九八年版，第二頁。

作意圖的實現。同時，文本一旦寫作出來，就成為一種客觀存在，不僅作品形態是客觀不變的，作品的意義也是客觀不變的。「懂」的文學欣賞觀就是建立在這種傳統的「作者—文本二元中心論」的文學理論基礎上。在「懂」的文學欣賞觀念中，文本只能有一種真正的意義，批評和欣賞的任務就是找出這真正的意義。在「懂」的文學欣賞理念中，讀者是被動的，他唯一的任務就是發現作家的寫作意圖並完整地接受它，讀者對作品的解讀，對作品意義的分析，對作者寫作意圖的探尋，雖然事實上是一種主觀行為，具有主體性，但這種閱讀和理解始終是在客觀的名義下進行的，也就是說，我們一直以為我們從作品中所解讀出來的意義或理解的意義就是作品本身所固有的意義。

在傳統的文學理念中，讀者是無足輕重的，他完全是作者和作品的附屬物，讀者的價值和功能都是由作者和作品賦予的，都是從作者和作品中衍生出來的。作品的意義和價值是作者決定的，而通過作品體現出來，讀者只有被動地接受的權力。讀者很好地領會了作者的意圖就是讀「懂」了作品，否則就是「不懂」。「懂」了作品即理解了作品就是欣賞了作品，或者說具備了更進一步賞玩作品的前提，否則就不能算作欣賞，或者說不具備審美欣賞的條件。

而現代文學理念則發生了根本性變化，在現代文學觀念中，文學是一個複雜的過程，它不僅包括作家寫出文學作品，同時還包括讀者接受文學作品，還涉及到把作家、作品和讀者三者聯結起來的媒介和「場」的問題，艾布拉姆斯說：「每一件藝術品總要涉及四個要點，幾乎所有力求周密的理論總會在大體上對這四個要點加以區辨，使人一目了然。第一個要素是作品，即藝術產品本身。由於作品是人為的產品，所以第二個共同要素便是生產者，即藝術家。第三，一般認為作品總得有一個直接或間接地導源於現實事物的主題——總會涉及、表現、反映某種客觀狀態或者與此有關的東西。這第三個要素便可以認為是由人物和行動、思想和情感、物質和事情或者超越感覺的本質所構成，常常用『自然』這個通用詞來表示，我們卻不妨換用一個含義更廣的中性詞——世界。最後一個要素是欣賞者，即聽眾、觀眾、讀者。作品為他們而寫，或至少會引起他們的關注。」[1]在傳統主義文學理念中，讀者當然也是文學的因素之一，但在整個文學活動中它並不具有根本性。在傳統的文學理論中，讀者不過是作品的衍生物，是附屬性的。當然，艾布拉姆斯雖然提出了「四因素」說，但讀者在他的文學理論體系中並沒有得到真正的地位提升，也就是說，它並沒有達到與作者和作品並重的高度。

而把讀者提升到文學本體論高度的是現代接受美學或文學接受理論。「我們通常所理解的文學作品就是文學本文兩者是完全切合一致的。但在接受美學那裏，文學作品卻不同於文學本文，這兩個概念成了必須嚴格區分的概念。接受美學認為，任何文學本文都具有未定性，都不是決定性的或自足性的存在，而是一個多層面的未完成的圖式結構。它不是獨立的、自為的，而是相對的、為我的。它的存在本身並不能產生獨立的意義，而意義的實現則要靠讀者通過閱讀對之具體化，即以讀者的感覺和知覺經驗將作品中的空白處填充起來，使作品中的未定性得以確定，最終達致文學作品的實現。所以，接受美學關於文學作品的概念包括著這樣的兩極，一極是具有未定性的文學本文，一極是讀者閱讀過程中的具體化，這兩極的合璧才是完整的文學作品。」[2]接受美學認為，作家寫出來的作品只有潛在的文學價值，只能稱為文本，還不能叫文學作品，只有作品被讀者接受即其潛在的價值得到實現之後才能稱為嚴格意義上的文學作品，在這一意義上，文學作品不是由作家獨立完成的，讀者也參與了創造。

現代接受美學在文學觀念上的突破，絕不僅僅只是把讀者納入到整個文學活動之中，更重要的是由此造成文學本質觀、作品形態觀、文學欣賞觀都發生了根本性的變化。一旦把讀者的理解維度納入文學作品的概念範疇，作品的意義就因讀者理解的不確定性而變得具有動態性。「接受美學反對文學本文具有決定性的說法，不承認文學本文只有一種絕對的獨一無二的意義；認為文學本文是一個多層面的開放式的圖式結構，它的存在意

---

1 艾布拉姆斯：《鏡與燈——浪漫主義文論及批評傳統》，北京大學出版社，一九八九年版，第五頁。

2 姚斯等著《接受美學與接受理論》，遼寧人民出版社，一九八七年版，〈出版者前言〉第四——五頁。

義和價值僅僅在於人們可以對它作出不同的解釋，這些解釋既可以因人而異，也可以因時代的變化有所不同，但無論哪一種解釋都是有意義的，也是合理的。正因為這樣，所以接受美學認為作品的本質在於作品的效應史的永無完成中的展示。」[1]把讀者強調到文學本體的地位，這是現代文學理念與傳統主義文學理念最大的區別。

讀者既然具有文學本體性，讀者既然是整個文學活動的一個組成部分，讀者既然參與了作品的創造從而一定程度上決定作品的性質，那麼，文學的形態、文學和價值和意義等都會因為讀者的主體性而不再具有純粹的客觀性。這樣，讀者接受理論對於文學欣賞的重大意義就在於它實際上瓦解了傳統文學欣賞的分析和理解的客觀性的觀念。文學作品的意義不再單純是由文本決定的，讀者同時也參與了作品價值的生成，讀者不再是被動地接受，同時具有主動的創造性。讀者實際上可以根據自己的理解對作品進行新的解讀，其解讀出來的意義可以與作者的意圖相契合，也可以與作者的意圖不一致甚至相反。閱讀在一定程度上改變了作品的性質，作品因讀者的維度而在意義和價值上變得變動不居。這和傳統的「懂」的閱讀不論是在觀念上還是在具體形態上都是有著根本性不同的。

從這裏我們可以看到，接受美學實際上潛藏著這樣一個結論：文學欣賞未必真正理解了作品，文學欣賞未必一定要真正理解作品，不理解或者理解錯了也能欣賞文學作品，文學欣賞更重要的是以文學作品作為媒介而獲得某種精神上的享受，包括獲得某種知識的享受，至於這知識是否一定是作品所固有，這並不重要。這種欣賞當然還不能說就是「反懂」的，但它對於通向「反懂」顯然是極接近的一步。因為在接受美學這裏，從讀者的接受這一角度來說，作品在意義和價值上不再是封閉的，不再是固定不變的，讀者實際上可以充分發揮自己的主觀性，可以進行想像的閱讀。事實上，文學的「反懂」欣賞正是從這裏切入從而進入一片廣闊天地的。

[1] 姚斯等著《接受美學與接受理論》，遼寧人民出版社，一九八七年版，〈出版者前言〉第五—六頁。

與傳統的文學理念和文學欣賞理念相對應的哲學基礎是近代解釋學，與現代的文學理念和文學欣賞理念相對應的哲學基礎是現代解釋學。近代解釋學與現代解釋學的根本區別在於，近代解釋學屬於方法論，其基本的原則就是建立一套行之有效的方法，以達到在理解文本時消除誤解以達到客觀正確的解釋。而現代解釋學則是本體論解釋學，即認為文本不存在近代解釋學所假設的超越歷史和時間的純粹客觀和固有屬性，理解是一種在時間中發生的歷史性行為，理解對於文本來說具有本體性。海德格爾認為，理解是人存在的方式，而理解總是從人的既有知識結構出發的，這既有的知識結構就是「先入之見」或「先行結構」，既然人的理解受制於「先入之見」或「先行結構」，而「先入之見」或「先行結構」又是變動的，那麼理解也是變動的，具有歷史性和時間性，這樣，在現代解釋學的視角中，作品的存在在理解的意義上是向未來無限開放的。

洪漢鼎先生對詮釋學進行了很準確的總結，他認為近代解釋學和現代解釋學實際上是兩種詮釋學態度，也可以說兩種詮釋學類型，即「獨斷型詮釋學」和「探究型詮釋學」，「獨斷型詮釋學代表一種認為作品的意義是永遠固定不變和惟一的所謂客觀主義的詮釋學態度，按照這種態度，作品的意義只是作者的意圖，我們解釋作品的意義，只是發現作者的意圖。作品的意義是一義性，因為作者的意圖是固定不變的和惟一的。我們不斷對作品進行解釋，就是不斷趨近作者的惟一意圖。理解和解釋的方法就是重構或複製作者的意圖，而理解的本質就是『更好理解』，因為我們不斷趨近作者的意圖。」「探究型詮釋學則代表一種認為作品的意義只是構成物的所謂歷史主義的詮釋學態度。按照這種態度，作品的意義並不是作者的意圖，而是作品所說的事情本身，即它的真理內容，而這種真理內容隨著不同時代和不同人的理解而不斷進行改變。作品的真正意義並不存在於作品本身之中，而是存在於它的不斷再現和解釋之中。我們理解作品的意義，光發現作品的意義是不夠的，還需要發明。對作品意義的理解，或者說，作品的意義構成物，永遠具有一種不斷向未來開放的結構。……理解的方法是過去與現在的中介，或者說，作者視域與解釋者視域的融合，理解的本質不是更好理解，而是『不同理解』。」[1]兩種詮釋學態度，其實就是兩種文本的閱讀態度，對於文學來說，就是兩種欣賞的態度。「懂」的文學欣賞就是建立在傳統解釋學的理論基礎之上，而「反懂」的文學欣賞則建立在現代解釋學的理論基礎之上。

文學欣賞從根本上是讀者的解讀活動，如何解讀以及解讀者的知識結構、心理趨向等都會深刻地影響欣賞的性質。特別是現代主義的文學作品，由於其非理性和反理性的意識，再加上內容的荒誕性，描寫上的反現實性，以及運用象徵、隱喻等手法，作品更加模糊、朦朧，有更多的「空白點」和「未定性」，從而給讀者以充分的想像和創造的餘地和空間。對於這樣的作品，我們不可能就不可能進行傳統方式的客觀理解與分析，從而只能是很主觀隨意的，即是「反懂」的。

而更為根本的是，既然我們承認讀者的知識結構對於文學欣賞的根本性影響，那麼，現代讀者站在現代立場和知識基礎上來欣賞傳統的文學作品，從而使傳統主義的文學作品在欣賞的意義上具有現代性，這就有必然性。任何作品都具有它特點的語境，包括時代語境和具體的寫作語境，文本一旦完成就具有它的物質客觀性，而文本的意義則具有「未完成性」，它由讀者的閱讀來實現，而讀者和閱讀是永遠沒有完結的，在這一意義上，文學作品的價值向未來無限開放。這種「開放」不僅包括現代主義的文學作品，也包括傳統主義的現實主義、浪漫主義的文學作品。當「非理性」、「荒誕」、「反懂」、後現代主義的「消解」、「無中心」、「零散化」、「不確定性」等構成我們的知識結構或「前理解」的時候，我們的欣賞就具有了一種「非懂」的視角，在這種新的視角觀照下，傳統的文學便面向現代進行了新的開放，從而具有了現代的意義。

任何寫作都有它的寫作蹤跡，找出這蹤跡並沿著這蹤跡來欣賞當然不失為一種欣賞，但如果找不到蹤跡，則可以進行想像的欣賞，也不失為一種正確的欣賞。任何作品都有它的時代語境，都有它的時代意義，如果能夠還原語

[1] 洪漢鼎：《詮釋學——它的歷史和當代發展》，人民出版社，二〇〇一年版，二十、二十——二十一頁。

境，分析它特殊的時代意義和價值，當然不失為一種好的欣賞，但並不是每一個欣賞者都具有豐富的歷史知識，並不是每一個批評家都是歷史學家，所以，完全不顧歷史語境而純文本地欣賞也是合理的，也不失為一種正確的欣賞和批評。完全站在現在的立場，用一種當代的眼光來欣賞歷史文本，在歷史文本中發現當代意義和價值，這也是合理的。瓦爾特・比梅爾是對卡夫卡深有研究的德國學者，他對卡夫卡的短篇小說《在流放地》（洪天富譯為《在流刑營》）[1]的評論是：「這篇小說並不是一種病態幻想的畸形產物，而是預言了一個事件，一個後來在德國通過集中營及其毀滅機器而實現的事件，以及在蘇聯通過史達林的清洗運動而實現的事件。顯然，卡夫卡已經洞見到了我們往往引為驕傲的法律觀的反常化的可能性。」[2]卡夫卡生於一八八三年，一九二四去世，《在流放地》寫於一九一四年八月四日至十八日，而德國納粹集中營暴行和史達林大清洗運動作為歷史事件則發生三〇年代之後，小說在前，歷史事件在後，前面的小說怎麼可能有後面歷史事件的意義呢？但另一方面，我們又覺得比梅爾所說的「小說《在流放地》向我們展示了一種法律觀的徹底反常化」這一觀點是有道理的，是合乎邏輯的欣賞。這裏，不論是比梅爾對於小說的評論，還我們對於比梅爾評論的感覺，其實都是以現代歷史和知識作為背景的，也就是說，我們包括比梅爾實際上是站在現代立場、現代觀念上重新解讀《在流放地》，實際上賦予了小說以現代意義，我們所得出的結論實際上是現代觀念與小說文本的某種契合，就是加達默爾所說的「視域融合」。

正是因為「理解」從根本上決定了文學欣賞的「反懂」性。

加達默爾說：「理解就不只是一種複製的行為，而始終是一種創造性的行為。」（頁三八〇）「理解其實總是這樣一些被誤認為是獨自存在的視域的融合過程。」（頁三九三）而「視域概念本質上就屬於處境概念。視域就是看視的區域，這個區域囊括和包含了從某個立足點出發所能看到的一切」（頁三八八），在「處

1 見《卡夫卡全集》第一卷，河北教育出版社，二〇〇一年版，第七十八頁。
2 瓦爾特・比梅爾：《當代藝術的哲學分析》，商務印書館，一九九九年版，第二頁。

境」或「視域」的意義上，「真正的歷史對象根本就不是對象，而是自己和前者的統一體，或一種關係，在這種關係中同時存在著歷史的實在以及歷史理解的實在。一種名副其實的詮釋學必須在理解本身中顯示歷史的實在性。因此我就把所需要的這樣一種東西稱之為『效果歷史』。理解按其本性乃是一種效果歷史事件。」（頁三八四—三八五）「佔據解釋者意識的前見和前見解，並不是解釋者自身可以自由支配的。解釋者不可能事先就把那些使理解得以可能的生產性的前見與那些阻礙理解並導致誤解的前見區分開來。」（頁三七九）[1]就是說，理解不是純客觀的，而要受到理解者已有的知識和思維方式的影響，因而理解的結果永遠是一種「效果歷史」而不是歷史本身。海德格爾說：「把某某東西作為某某東西加以解釋，這在本質上是通過先行具有、先行見到與先行掌握來起作用的。解釋從來不是對先行給定的東西所作的無前提的把握。準確的經典注疏可以拿來當作解釋的一種特殊的具體化，它固然喜歡援引『有典可稽』的東西，然而最先的『有典可稽』的東西，原不過是解釋者的不言自明、無可爭議的先入之見。任何解釋工作之初都必然有這種先入之見，它作為隨著解釋就已經『設定了的』的東西是先行給定了的，這就是說，是在先行具有、先行見到和先行掌握中先行給定了的。」[2]正是因為理解深深受制於「處境」或「視域」，受制於「先行具有」、「先行見到」、「先行掌握」，所以我們的理解具有豐富性，既包括歷史與現在、客體與主體，又包括自我與他者，是一個複雜的統一體。

把這種理論具體運用於文學欣賞，我們可以說，對文學作品的理解，本質上是「視域融合」，是讀者與作品之間的一種對話。由於我們的「先入之見」不可避免地要滲透在理解活動中，所以，我們對作品進行解讀時所獲得的不再是作品本身所固有的知識，而是我們的一種理解，具有主觀性和當代性。也正是在這一意義上，站在現代思想和思維的立場上，充分發揮讀者的主觀和創造性，對傳統的文學作品進行現代性的解讀，對理性

1 加達默爾：《真理與方法》下卷，上海譯文出版社，一九九九年版，第　頁。

2 海德格爾：《存在與時間》，生活・讀書・新知三聯書店，一九八七年版，第一八四頁。

的作品作非理性的解讀，對「懂」的作品作「反懂」的解讀，有它的欣賞的合法性，也有它特殊的意義和價值。我們可以不再尋求作品的意義，而只是借作品的閱讀尋求某種感覺，只是借助作品進行幻想和想像，郁達夫小說《春風沉醉的晚上》有一段描寫讀文學作品的情形：「有時候我只用了想像在書的上一行與下一行中間的空白裏，填些奇異的模型進去。有時候我只把書裏邊的插畫翻開來看看，就了那些插畫演繹些不近人情的幻想出來。」這在傳統的文學觀念中，根本就不能算作欣賞，但在現代思想和思維下，在現代主義文學觀念中，這未嘗不是一種文學欣賞方式，並且未嘗不是一種很好的文學欣賞方式。

「反懂」的文學欣賞作為理論的產生與後現代主義文學作品的「反懂」品性有關，但更與「反懂」的欣賞觀念有關，也就是說，「反懂」的文學欣賞方式更是一種文學欣賞觀念，而這種觀念的形成，與後現代主義理論特別是解構主義（又稱「後結構主義」）對現代文學理論的影響有直接的關係。事實上，在後現代主義影響之下，文學閱讀方式發生了很大的變化，出現了所謂「解構主義的閱讀」，而「解構主義閱讀」實際上就是一種「反懂」的文學欣賞。

美國學者德・曼提出了一種所謂「修辭學閱讀」理論，他認為，「一切語言都有修辭（隱喻、象徵等）的特性，因而一切語言都有欺騙性、不可靠性、不確定性；語言的修辭性將邏輯懸置起來，因而語言的指稱或意義變得變化莫測、難以確定。……因此文學閱讀中完全可能存在著兩種無法調和、甚至相互消解的閱讀。」「在德・曼看來，由於文學文本語言的修辭性，造成它具有語法與修辭、字面義與比喻義、隱喻與換喻……之間的永恆的內在矛盾與張力，因而決定了文本自我解構性的特徵和對文本的讀解永遠處於意義的懸置不確定狀態，永遠只能是解構性閱讀。」[1]在這樣一種閱讀中，「文本不再給我們敞開一個確定的意義了，閱讀所產生的

[1] 朱立元主編《當代西方文藝理論》，華東師範大學出版社，一九九七年版，第三一三—三一四、三一四頁。

情感恰恰是因為對文本，對語言的不知所云而產生的焦慮和喜悅，而不是對文本具體所言的強烈反應。」[1]所謂「意義懸置」，所謂「解構的閱讀」，所謂「焦慮和喜悅」的體驗，還有所謂「閱讀的寓言」，都是與傳統閱讀方式迥異的閱讀，它不再追求意義的理解和邏輯的方式，這是非常典型的「反懂」的欣賞方式。

另一位耶魯學派的代表人物布魯姆則提出所謂「影響即誤讀」的理論，他認為，「每一首詩都是對一首親本詩的誤釋。一首詩不是對焦慮的克服，而是那焦慮本身。詩人的誤釋或詩尤甚於批評家的誤釋或批評，但這僅僅是程度上的差別，而不是類別之差。沒有解釋，只有誤釋；所以一切批評都是散文詩。」[2]布魯姆認為，「閱讀總是誤讀」，「閱讀總是一種異延行為，文學文本的意義是在閱讀過程中通過能指之間無止境的意義轉換、播撒、異延而不斷產生的與消失的，所以，尋找文本原始意義的閱讀根本不存在，也不可能存在。」[3]既然閱讀總是誤讀，既然尋找文本原始意義的閱讀根本就不可能，那麼，就根本不存在所謂「懂」，反過來，既然沒有客觀的理解意義上的「懂」，那麼，閱讀活動就是沒有準則的，在閱讀中所獲得的意義也是變幻莫測的，因而，文學欣賞從根本上就是「反懂」的。

而希利斯·米勒則提出「解構主義的閱讀」，它與「有機的統一體」的閱讀相對：「解構主義的閱讀方式可以是對特殊形式的非常具體的閱讀，比如一首特定的詩歌，就說葉芝的《一九一九》吧，解構閱讀就是要具體說明它並非連貫一致，它是異質性的，是向邏輯前提、邏各斯統一體的力量提出挑戰，而且並不因此創造一種有機統一的閱讀。這樣的閱讀方式並不意味著它對任何人都是開放的，一個人可以自由地對詩歌進行任何不管是什麼形式的閱讀。」「『解構主義』程式，把幽靈和寄生的關係顛倒，玩弄語言遊戲的遊戲，這樣就可以超越虛無主義通過形而上學以及形而上學通過虛無主義而產生的反覆增殖。」「解構論不能提供一條出路來

1 保羅·德曼：《解構之圖》，中國社會科學出版社，一九九八年版，「前言」第五頁。
2 哈樂德·布魯姆：《影響的焦慮》，生活·讀書·新知三聯書店，一九八九年版，第一〇〇頁。
3 朱立元主編《當代西方文藝理論》，華東師範大學出版社，一九九七年版，第三一五頁。

擺脫虛無主義或形而上學，也不能擺脫它們彼此間不可測度的固有屬性。這些都是無法擺脫的。但是，它卻能夠在這種固有屬性的範圍內往復運動，它能使這種固有屬性發生左右搖擺，其方式如同人們進入一個陌生的邊境地帶，一個似乎可以最大限度地看到另一國度（即「超越形而上學」）的邊疆地區。」「『解構』這個詞暗示，這種批評是把某種統一完整的東西還原成支離破碎的片段、或部件。它使人聯想起一個比喻，即一個孩子把父親的手錶拆開，把它拆成毫無用處的零件，根本無法重新安裝。解構論者並非寄生者，而是弒親者。他把西方形而上學的機器拆毀，使其沒有修復的希望，是個不肖之子。」[1]這裏，與傳統的文學欣賞相比，解構的閱讀具有反邏輯性，具有遊戲性，具有自由性，具有開放性，具有破壞性，既反形而上學，又反虛無主義，它不是把人帶向確定的領域而是把人帶向不確定的領域，這裏，解構的閱讀其實就是「反懂」的閱讀。

在這一意義上，解構的文學欣賞不完全是由文本的性質決定的，也是由文學欣賞的觀念決定的，某種程度上說，正是解構主義的思想方式從根本上導致了解構主義的文學欣賞方式。反過來，解構主義閱讀一旦作為一種文學欣賞方式得到確定，一旦成為一種文學欣賞的理論，它就具有方法論意義，它就不再僅僅局限於後現代主義文學的欣賞，同時也適用於現代主義和傳統主義的文學欣賞。也就是說，當我們以一種解構主義的視角和方式來看視傳統主義文學作品時，傳統的文學作品也具有了解構的性質，可以進行解構的閱讀，傳統的文學正是在這種解構的閱讀中性質發生了悄悄的變化。

事實上，當代西方解構主義的閱讀理論並不是完全建立在後現代主義的文學實踐的基礎上的，而恰恰是通過對經典的解構性重讀而建立起來的。德里達本人的文學解構批評其主要文本例子有卡夫卡的《審判》、莫里斯・布朗肖的《白日的瘋狂》、喬伊絲的《尤利西斯》、法蘭西斯・蓬若《心靈》等，[2]這些作家和作品在

---

1 希利斯・米勒：《重申解構主義》，中國社會科學出版社，一九九八年版，第二八三、一〇九、一一〇、一三一頁。

2 參見德里達：《文學行動》，中國社會科學出版社，一九九八年版。

文學上都屬於現代主義。德・曼解構批評實踐所依賴的作家和作品主要有：葉芝的《在小學生們中間》、普魯斯特的《追憶逝水年華》、雪萊的《生命的凱旋》、盧梭的《懺悔錄》、《社會契約論》，還有黑格爾的《美學》，這些文本，有的屬於現代主義，有的屬於傳統主義，還有的屬於學術著作。米勒的解構主義文學批評也主要是以傳統的文學作為依據，也主要是建立在對傳統主義文學的解讀的基礎之上的，這一點，從他的著作就可以大致看出。米勒的主要著作有：《狄更斯的小說世界》、《神的隱沒：五位十九世紀作家》、《現實的詩人：六位二十世紀作家》、《哈代：距離與欲望》、《小說與重複：七部英國長篇小說》。從這裏，我們也可以看到，解構主義文學理論本質上是文學閱讀或欣賞理論，而不是文學創作理論。

解構主義的文學批評實踐充分說明了解構主義的閱讀是一種文學觀念，是一種文學欣賞方式。解構主義的文學欣賞更看重閱讀的方式，而不是文本本身，我們看到，傳統的經典的文學作品，經過解構主義的閱讀之後，其性質和特點都發生了根本性的變化，它不再是統一的、具有固定不變意義的文學，而是充滿了修辭、破碎、矛盾、分裂、衝突等特性，作品的結構變得分崩離析，主題也具有不確定性，甚至於沒有了意義的內核。文學欣賞在解構主義的閱讀這裏變得極富隨意性，甚至非文學作品比如《夢的解析》、《聖經》、德里達的《喪鐘》等也可以當作文學作品來讀解，這和傳統的「懂」的閱讀完全不同，明顯是一種反「懂」的閱讀。

女權主義的文學欣賞則更為激進，它以女性的特殊經驗以及對男權的反叛作為先決條件，它試圖通過特殊的文學閱讀，不僅改變文本的性質，並且通過閱讀來改變世界。「女權主義閱讀是一種政治活動，其目標不僅僅是解釋世界，還是通過改變讀者意識和他們與被閱讀文本之間的關係，來改變世界。」[1] 因為，「閱讀，一方面是對自我的存在方式的表達，另一方面也是重新建構自己的有效途徑。」「而站在女性主義文學批評的立場，所有的男女作家的文本都因其「女性政治」眼光的掃描而呈現出一種前所未有的性別意義上的開放狀態：

[1] 費特莉：〈抵禦抗拒的讀者〉，轉引自喬納森・卡勒《論解構》，中國社會科學出版社，一九九八年版，第四十二頁。

被閱讀的文本因其所依賴的女性主義理論框架而產生新的意義，而閱讀者對本義意義的把握也就是女性對自身存在方式的領會。」[1]在女權主義的閱讀理論中，誤讀不僅是客觀存在的，而且是合理的，正是通過誤讀，女權主義文學批評在傳統的文本中重新發現了女性的歷史命運，正是通過誤讀，女性主義文學欣賞通過欣賞強化了婦性經驗、強化了性別意識，從而產生了婦女解放的政治意義。

綜上所述，我們看到，「反懂」的文學欣賞是一種新的文學欣賞方式，它有自己充分的理論根據和實踐根據。

第六節 中國當代先鋒小說中的「反懂」寫作

「讀不懂」是文學閱讀活動中的一個廣泛現象。為什麼「讀不懂」？過去我們總是簡單地把它看成是讀者的原因，比如讀者的文學感悟能力弱，知識修養不夠，對文學作品的背景和作家寫作的背景瞭解不深入等。「讀不懂」的原因當然是多種多樣的，有的是讀者的原因，有的則是作品和作家的原因。「讀不懂」的情況也是多種多樣的，有的是可以讀懂但讀者沒有讀懂，有的是根本就不能讀懂，所以讀不懂。中國現代文學自產生的時候起就存在一種晦澀的寫作，詩歌中有李金髮的象徵主義詩歌和「現代派」詩歌等，小說中有魯迅的《故事新編》和廢名的小說。而八〇年代中期產生的先鋒小說則比「晦澀」更進一步，產生了很多「反懂」的寫作，從而使「反懂」寫作成為一種普遍的現象。

中國文學總體上可以劃分為兩種類型，即中國古代文學與中國現代文學，當代文學不過是整個中國現代文學的一個發展階段。由於同屬於一種文學類型，所以當代文學與現代文學具有某種共同的品格。但與現代文學相

[1] 李蓉：〈在閱讀中改變世界——西方女性主義文學批評與現代解釋學〉，《外國外國研究》二〇〇〇年第一期。

比，當代文學在文學精神、文學形態等方面都出現了一些新的發展和變化，其中受西方後現代主義思想的影響，出現了後現代主義文學作品，或在文學中表現出了某種後現代主義的精神。後現代主義文學作為一種現象的出現，對中國傳統的文學欣賞方式構成了很大的衝擊。如果說傳統的中國古代文學在寫作上具有「非懂」的特徵，傳統的中國現代文學在寫作上是「懂」的方式，那麼，後現代主義文學在寫作上則出現了「反懂」的特徵。

中國當代文學總體上呈多重格局，既有傳統的現實主義、浪漫主義和「主旋律」的文學，也有各種現代主義和後現代主義的文學，既有嚴肅乃至沉重的文學，也有輕鬆不乏遊戲性的文學，相應地，在文學創作上，既有傳統的「懂」的、「非懂」的方式，也有「反懂」的方式。後現代主義思想對當代文學精神和文學寫作包括欣賞方式都構成了衝擊，但後現代主義文學也不是一種模式的，而是複雜的，比如就有建設的後現代主義和破壞的後現代主義之分。所以，對於後現代主義的文學作品的欣賞也不是單一的「反懂」的方式，還有「懂」的方式。這與後現代主義本身的複雜性有關，也與後現代主義在中國的變異或者說中國化有很大的關係。

理論上，現代主義文學寫作就具有「反懂」性，因為現代主義文學最重要的特徵之一就反理性。十九世紀八〇年代，尼采則喊出了「上帝死了」和「重估一切價值」的口號，從而開啟了現代思想。所謂「上帝」，其實就是「理性」，「上帝死了」即宣佈理性的破滅。非理性主義的基本觀點是：世界的理性結構、意義和目的並不存在，人的心理和本性主要是非理性的，社會的倫理道德並沒有客觀性，理性本身具有它的缺陷，通過它不可能真正認識這個世界，科學不是萬能的，科學也有缺陷，科學不能解決一切。非理性主義動搖了人們自文藝復興以來對人的信念，改變了人們對世界的看法，也改變了人們對世界的態度，人們逐漸對生活產生了異化感、危機感和荒誕感。而文學寫作「反懂」的思想基礎就是非理性主義，或者說，「反懂」就是非理性主義在文學創作上的具體體現。既然現代主義文學具有反理性的一面，對現代主義文學的欣賞當然就應該具有「反懂」的一面。

中國的現代主義文學雖然是受西方現代主義文學的影響而發生的，但中國的現代文學從一開始就具有變異性，其中一個很重要的變異就是西方現代主義文學的非理性或反理性精神被排斥、壓抑、弱化，以至於消失殆盡，從而中國現代主義文學在總體上被理性化。中國的現代主義文學主要是在社會思想上和文學形式上的現代主義，而在思維方式上仍然是理性主義的，仍然是傳統的。從現代文學中的象徵派詩歌、意象派詩歌、現代派詩歌、純詩、新感覺派小說，到八○年代的「朦朧詩」、王蒙等人的意識流小說、劉索拉、徐星等人的「感覺主義」小說等，我們看到，中國八○年代中期之前的各種現代主義文學都具理性的特點，在文學精神上總體上屬於理性主義。中國的現代主義文學雖然是學習西方現代文學而來，但由於語境以及文學傳統、哲學思想等因素的影響和制約，中國現代文學與西方現代主義文學具有根本的不同，中國現代主義文學既吸收了西方現代主義文學的因素，同時又揉和進了傳統現實主義、浪漫主義文學以及中國古典文學的精神和手法，這樣，中國現代主義文學實際上是西方現代主義文學、中國現代經典文學與中國古代文學三種文學的結合體。並且，中國現代主義文學主要是在文學表現手法和技巧方面學習西方的現代主義，而對於其文學精神和思想方式以及所表達的文學理念，我們學習得非常有限。

西方的現代主義是各種各樣的，但為什麼只有象徵主義等文學流派為中國現代主義所接受和借鑒，而表現主義、超現實主義、荒誕派戲劇、黑色幽默等更能代表現代主義精神的文學則基本上為我們所拒絕，或者說更具有反理性精神，能夠對我們的思想和思維造成根本性動搖的現代主義文學沒有引入，這其實與我們的思維方式、文化語境、社會現實和文學傳統有很大的關係。西方的理性自古希臘羅馬時期就開始了，到了二十世紀則發展到極致，從而表現出某種弊端和缺陷，特別是在人的精神方面，它有很多問題不能解決，這樣就出現了「非」理性和「反」理性的現代主義和後現代主義。而中國二十世紀初，科學才剛剛從西方引進，科學精神以及科學精神背後深層的理性主義思想基礎才剛剛在中國確立並生根，科學和理性精神對中國現代化進程起了巨大的推動作用，其對中國社會進步的貢獻是有目共睹的，科學和理性在當時被認為是反封建、改造國民性、促進社會進步的最先進、最強大的工具，而「非」理性和「反」理性恰恰是我們需要克服的弊端。在這樣一種語境中，中國的現代主義文學缺乏生存的土壤，並且相當的脆弱。在中國現代，社會的總體思維方式是理性主義的，主流的文學是現實主義的，這就決定了中國的現代主義文學必須適應這樣一種社會和文學語境才能被接受，因而才能生存。

正是因為如此，所以中國的現代主義文學力避反理性和非理性的精神，而主要在形式上和手法上學習西方現代主義，而且儘量選擇那些和中國傳統文化相近的文學流派，比如意象派、象徵主義。象徵主義重要的詩學原則就是非理性主義，「象徵」在西方象徵主義文學中不僅是藝術手法和藝術形式，同時還具有意識形態性，其意義的晦澀來自於非理性而不是「象徵」，但中國二〇年代的象徵主義文學其「象徵」主要是在藝術形式上的，與意識形態沒有關係，中國象徵主義詩歌在意義上的晦澀主要來自於「象徵」形式本身，即朱光潛所說的「跳」，而不是非理性的不可懂。西方意識流小說深受佛洛伊德精神分析的影響，它們大量描寫人的無意識、潛意識，寫人的夢、幻想，消解人文主義的「主體」和「客觀」觀念，表現出人的精神分裂和非理性的特點。但中國的意識流小說，「意識流」卻被理解成了純粹的藝術技巧和手法，「意識流」變成了一種敘事的手段，西方意識流小說所揭示的人類「無意識」的秘密並沒有在我們的作品中表現出來。三〇年代的「新感覺派」小說是這樣，八〇年代王蒙等人的意識流小說更是這樣。在西方，荒誕派戲劇、荒誕派小說是非常典型的現代主義文學，而中國八〇年代出現的宗璞、諶容等人的荒誕小說雖然明顯借鑒了西方荒誕派文學，但已經完全沒有西方荒誕派文學的反理性精神，「荒誕」在西方荒誕派文學中具有本體性，即認為荒誕是人的本質，世界就是荒誕的，因而其意義具有不確定性，而中國的荒誕小說，「荒誕」不過是一種表現手法、一種工具，而不具有本體性，它實際上是通過荒誕反映社會的某種病態和黑暗，從而與現實主義相契合。所以，中國的荒誕小說其意義一目了然，從而被納入了傳統的理性主義的文學範圍。「朦朧詩」被認為是當代文學中最早的現代主義文學，其主要的原因就在於它的「朦朧」性，即意義的晦澀，但與西方現代主義詩歌在意義上的晦澀相比，兩種晦澀實在是相距甚遠，西方現代主義文學的意義晦澀是意義的根本不可解，而我們的朦朧詩只有意義「朦朧」

罷了。正是因為如此，所以有人認為中國的現代主義文學是「偽現代派」[1]，這其實是非常有道理的。所以，中國的現代主義文學雖然在上世紀二〇年代就產生了，但真正的現代主義即有意識的反理性主義的現代主義卻是在八〇年代中期以後才開始的。

單從文學現象上，我們很難把八〇年代中期之前的現代主義文學和八〇年代中期之後的現代主義文學區別開來，而且，八〇年代中期之後的許多現代主義文學的確仍然具有八〇年代中期之前的現代主義文學的基本特徵，並且八〇年代中期之後中國現代主義文學的主體仍然是傳統中國現代主義的，即理性化的、注重藝術形式的現代主義。但另一方面，我們也看到，九〇年代之後中國現代主義文學出現了新的變化，表現出某種後現代主義傾向，這就是有意識的反理性。不只是在文學中表現非理性或者反理性，而是現代主義文學本身呈現為非理性和反理性的形態。其中，殘雪的作品、余華早期的作品，部分「新生代」作家的詩歌和小說是比較有代表性的作品。在這裏，文學不再遵循理性的原則進行敘事，不再遵循理性的原則寫人的精神和意識，不再遵循理性的原則進行語言表達，同時，文學中的時間、象徵、意象、抽象等也都可以不再是理性的方式，而具有反常規性或反日常性。相應地，文學欣賞也是這樣，總體上，當代文學欣賞的主流仍然是理性主義，即「懂」的，但也出現了有意識的反理性主義，即「反懂」性。

關於中國當代詩歌創作的「反懂」性，筆者曾有詳細的論述，這裏我主要討論當代小說中的「反懂」寫作問題。

中國古代有「非懂」的文學作品，中國現代也有「反懂」的文學作品，至少在有些文學作品中具有「反懂」的因素。但九〇年代之後的中國當代小說中的「反懂」小說與中國現代文學中的「反懂」小說根本的不同就在於，中國現代小說中的「反懂」具有自發性，沒有理論上的意識，不是非理性的衍生物，它可是說是反叛

[1] 參見黃子平的文章〈關於「偽現代派」及其批評〉，《北京文學》一九八八年第二期。

的產物。而當代文學中的「反懂」小說則是有意識的行為，是有意識的反傳統的「懂」的文學，可以說是後現代主義哲學思潮和文學思潮在當代中國文學中的反應，也可以說是西方後現代主義文學對中國當代文學影響的產物。

當代小說中「反懂」創作最有代表性的作家是殘雪，殘雪是八〇年代先鋒小說中最重要的作家之一，之後，當先鋒作家們紛紛轉向或者放棄小說的時候，殘雪堅守先鋒立場，進行艱苦的探索，大大推進了中國先鋒小說向縱深發展。殘雪對先鋒小說的貢獻不僅表現在創作了大量的、風格各異的先鋒小說文本，而且大量研讀西方先鋒作家比如卡夫卡、博爾赫斯、卡爾維諾等，寫了大量的讀書隨筆，同時還對傳統的經典文本比如魯迅的《野草》、《故事新編》，但丁的《神曲》、莎士比亞的戲劇以及聖經對進行了先鋒性的解讀，讓我們更深刻地理解了經典文本「現代性」甚至「後現代性」的一面，也認識到，文學的「現代性」和「後現代性」並不是始於現代時期和後現代時期。殘雪的小說和她的文學批評具有「互文性」，她的文學創作可以看作是她自己文學理論的實踐，她的文學批評又可以說是她文學創作的總結。關於殘雪「反懂」的文學觀，她的「反懂」的文學創作實踐以及對當代文學批評的意義，筆者另有文章專門論述，本節主要以其他作家為例來說明當代小說創作中的「反懂」現象。

並不是所有的先鋒文學都具有「反懂」性，但「反懂」寫作主要集中在先鋒小說創作之中。其中，孫甘露、馬原、格非八〇年代的先鋒小說是比較典型的「反懂」的小說，而呂新、邱華棟、潘軍、刁斗以及余華、蘇童早期的先鋒小說都具有「反懂」的傾向。

所謂「懂」，即理解和明白，理解作者的表達，明白作品的內容，特別是作品的思想意義。「懂」的理論基礎是理性，實踐形態則是傳統的現實主義、浪漫主義文學作品。在傳統的文學觀念中，作者和作品是文學的兩個決定性因素，作者有明確的意義表達，作品則有客觀的意義，讀者閱讀文學作品就是通過理性的方式把握作者的意義表達和作品的客觀意義，把握住了就是讀「懂」了，否則就是沒有讀「懂」。而「反懂」則是不能理解和明白，「反懂」不是「非懂」，不是沒有理解和明白，而是不能理解和明白。「反懂」包括「反懂」的寫作和「反懂」的閱讀兩個方面：「反懂」的寫作，即不是按照「懂」的方式來寫作，比如沒有主題思想，沒有邏輯結構、沒有故事、沒有人物形象、沒有時空秩序等，也即本來就沒有寫作意圖和客觀意義，因而按照傳統的方式來分析人物形象、中心思想、故事情節等自然就是沒有結果的；而「反懂」的文學欣賞則來源於「反懂」的文學寫作，但它更是一種閱讀的態度或者說方式，即不是強調理解，而是強調感受，不強調對作品的解讀和分析，而強調閱讀過程中讀者與作品的交流和對話，讀者在閱讀作品中所獲得的意義就是作品的「合法」意義。對於「反懂」的文學作品我們可以採用「反懂」的文學欣賞方式，對於「懂」的文學作品我們同樣可以採用「反懂」文學欣賞方式。

中國當代小說中的「反懂」寫作其表現當然是多方面的，而最典型、最突出的表現就則是隨意寫作，呈現出反理性或者非理性，無中心無主題，片斷、殘缺、拼貼等特徵。

寫作在傳統的文學觀念中是神聖的，但更是理性化的，寫作就是表達一種思想與觀念，圍繞著主題，作品是高度一體化的，人物、情節、結構包括議論、抒情等緊密圍繞著主題來展開，文學作品就是一個有機體。傳統的寫作中，寫作是一個理性思考的過程，也可以說是一個認識的過程，從構思到作品的最後完成，思維要進行無數次的循環往復，所謂「修正」或者修改，其實就是使作品趨於合理化，包括前後一致、前後照應、完整性、有機性等。但「反懂」的寫作則不一樣，它可以說是沒有構思的，也可以沒有主題思想，沒有故事設計，沒有人物形象，甚至沒有寫作的方向，只是隨意而寫。殘雪多次說到她的寫作是不需要構思的，寫作是隨意的，寫作中不知道自己究竟在表達什麼，甚至寫完之後很長一段時間也不明白其中的涵義。這從傳統的文學觀念來看簡直是匪夷所思的，不能想像，但在「反懂」的文學創作中，這是非常正常而又普遍的現象，刁斗說：「我的寫作是一種比較感性化的寫作，推著往前走，想到哪兒寫到哪兒。寫長篇也這樣，從來沒有過什麼提綱，寫完這一節不知道下一節是怎麼回事。」[1] 潘軍說：「我寫小說很大程度上依靠的是一種即興的狀態，大都沒有所謂的構思階段（我指的是寫什麼），也不會事先制定周密的提綱。我甚至不知道故事的走向和發展。通常的情況下我是一句接一句地往下蹭，憑藉的是故事本身的慣性。我相信恰當的敘述方式會使故事身輕如燕。有時我吃驚地感到，不是我在寫小說，而是小說在寫我，我處於極端被動的地位，讓小說牽著走。」[2] 這都是非常有代表性的表述。

不是所有的沒有事先設計、沒有事先思考的小說都是「反懂」的小說，因為小說寫作也可以在寫作中設計和思考，但沒有「事先」設計和思考的小說最容易成為「反懂」的小說，因為這種小說往往缺乏邏輯性，它雖然有心理的線索，但人的心理是瀰散的因而變化莫測，不僅不可逆，而且不可重述。這種小說往往是沒有中心，沒有集中的主題，沒有整體性，前後在內容上、語言風格上、寫作方式上不一致甚至矛盾。與傳統的反映社會生活、揭示生活的本質和意義的小說寫作不同，無主題的小說寫作更像是一個寫作消費過程和寫作消費行為，它消解了文本本身的意義，因而在思想上表現為一種「碎片」的形態。丁帆說：「用『意義碎片』一詞來概括晚生代作家的個人化寫作內容，可能比較準確。晚生代作家的小說並非完全沒有意義和價值判斷，只不過，這些意義呈零散化狀態，無法構成一個傳統眼光所習慣、認可的意義結構系統而已；價值判斷是隨機性、個人性的。也不構成某種明晰、一以貫之的價值系統。」[3] 我認為這個概括是非常準確的。現在的問題是，既然作者本意就是消解意義，寫作本來就沒有表達意義，我們又如何能夠理解它的意義呢。無主題的小說當然是有價值的，但它的價值不是傳統的「理解」意義上的。

---

1 張鈞：〈面對心靈的小說遊戲者——刁斗訪談錄〉，張鈞《小說的立場——新生代作家訪談錄》，廣西師範大學出版社，二〇〇二年版，第三〇七頁。
2 潘軍：〈形式的挑逗〉，潘軍《山水美人》，廣西師範大學出版社，二〇〇三年版，第二三一頁。
3 丁帆、王世城、賀仲明：〈個人化寫作：可能與極限〉，《鐘山》一九九六年第六期。

在傳統的文學體制中，小說總是寫社會性的事件，寫日常生活，但「反懂」的小說則重視寫內心世界，寫心靈中不可捉摸的東西，比如夢幻、潛意識、無意識，與此相關，則是寫生活中的偶思和隨心所欲的行為，還有所謂「絕對隱私」，即缺乏公共性的，甚至是別人不能理解的私人生活。刁斗說：「我一直喜歡那種比較模糊的、比較似是而非的和不確定的東西。小說如果能夠呈現出這些東西，我就非感興趣。」[1]相應地，傳統小說表現為一種社會形態，事件與事件之間具有時間的連續性、空間的連續性和邏輯的承接關係，因而有故事，有情節，有主題，小說的世界是一個完整的世界，是現實社會生活的影子和模本，是可以解釋的。而「反懂」的小說則表現為一種心理形態，小說中有細節，有生活場景，有心理活動，也有時間和空間，但它們通常構不成一個連續體，因而構不成情節，也因而沒有主題，無法解釋或者說不能進行客觀的解釋。這當然不是說內心世界就不是人的世界，心靈中不可捉摸的東西也是人的生活的一部分，潛意識、無意識和夢幻等都是人的世界的客觀存在，都可以說是「生活」和「現實」，但不是傳統意義上的生活和現實，它們最多只能說是生活的碎片，可以說是人的另一面，也可以說是世界的另一面，總體上具有非理性、非邏輯的特徵。這種現實和生活沒有規律，或者說我們現在還沒有找到有效的途徑來認識它的規律，我們只能感受它而不能理解它，它也可以引起我們的思考，但它本身並不是思考的結果。

已經有人提出當代先鋒小說寫作中的「空缺」問題[2]，「《迷舟》被認為是成功運用『空缺』的示範文本」[3]。正是因為「空缺」，所以我們不能按照常規的小說方式來對它進行理解，正如有學者所分析：「敘事中的『省略』，或者叫做『無敘述』，就造成了敘事的『空缺』。正是敘事的空缺給人以難解的謎團。」「小說

1 張鈞：〈面對心靈的小說遊戲者——刁斗訪談錄〉，張鈞《小說的立場——新生代作家訪談錄》，廣西師範大學出版社，二〇〇二年版，第三〇七頁。
2 比較早提出這一問題的是陳曉明，見〈空缺與重複：格非的敘事策略〉，《當代作家評論》一九九二年第五期。
3 崔潔：〈論格非小說的空缺藝術〉，《山東商業職業技術學院學報》二〇〇七年第六期。

的幾十個段落之間並沒有有機的聯繫，零散化的敘述以片斷的形式呈現。正如小說中所說：『我把沿途收集的趣聞軼事戲謔地編成可供行吟的斷章殘卷。』這些毫無聯繫的斷章殘卷，使人無法把握住內在的邏輯性和意義的明確性，而陷入迷惑之中。小說中說道：『在這迷宮裏，我的理性是無所作為的，我只能為我遐想的衝動所驅使，在悲觀的僥倖中擇路而行。』同樣，在閱讀這篇小說時，讀者的理性也是毫無作為的。」[1]因為「空缺」，所以事件之間不能有效聯接起來，人物的性格和命運也缺乏發展的方向，因而造成邏輯理解上的困難。

但另一方面，我們必須承認，「空缺」其實還是很傳統的說法，還是從傳統的邏輯的角度來看的，還是以傳統的小說觀念來看的，言外之意是，作者的寫作本來是有邏輯的，有序的，而為了追求某種效果，有意地省略，有意空缺，從而造成傳統「意義」的缺失。也許對於格非來說，的確是邏輯層面上的省略和空缺，的確是「故弄玄虛」，但也有另外一種可能，即他的寫作根本就是現代觀念的，根本就不是按照傳統的小說觀念在寫作，根本就不是邏輯性的寫作，根本就是無視故事的，本來就是追求片斷的。所以我覺得還是吳亮的說法更準確地表達了現代小說的精神，也更道出了現代小說的精神實質。他認為，「馬原的經驗方式是片斷性的、拼合的與互不相關的。他的許多小說都缺乏經驗在時間上的連貫性和在空間上的完整性。馬原的經驗非常忠實於它的日常原狀，馬原看起來並不刻意追究經驗背後的因果，而只是執意顯示並組裝這些經驗。」「所有這些組裝，都是邏輯不清的，只有表面前後相續的現象在透露若干蛛絲馬跡，人們可以照自己的方式去理線索，也可能百思不得其解。這都沒什麼，因為生活對我們來說多半是如此呈現的。馬原在進行他的故事組裝時，沒有一次不漏失大量的中間環節，他的想像力恰恰運用在這種漏失的場合。他彷彿是故意保持經驗的片斷性、此刻性、互不相關性和非邏輯性。這種經驗的原樣保持在馬原的小說裏幾乎成為刻意追求的效果，比如存心不寫原

[1] 張學軍：〈博爾赫斯與中國當代先鋒寫作〉，《文學評論》二〇〇四年第六期。

因，存心不寫令人滿意的結局，存心弄得沒頭沒尾，存心在情節當中抽取掉關鍵的部分。」[1]人的經驗本身具有非邏輯性，人的感覺也具有非連續性，所以寫日常生活的片斷、悖謬和荒誕，並不完全是反生活與反現實。馬原對於中國當代文學的重要貢獻在於，他不只是反映和呈現生活中的荒誕與悖謬，更重要的是把生活中的非邏輯性，非連續性、非因果聯繫等突顯出來，使拼貼、殘缺、不可理解變成小說的一種「常態」，這實際上是創造出了一種「反懂」的小說類型。小說的內容本身就是一種無序的存在，因而我們無法把它有序化。

「懂」或者「反懂」主要都是針對小說的內容而言，從寫作的角度來說，有效地表達了思想和主題，就是「懂」的，本來就沒有思想和主題，或者思想和主題沒有有效地表現出來，就是「反懂」的。從欣賞的角度來說，能夠理解的就是「懂」的，不能夠理解的就是「反懂」的。在這一意義上，內容上的空洞也是「反懂」的一個重要表現。當代小說寫作的「反懂」性的另一個重要特點就是小說在思想內容上的空洞，表現為語言只是表述而沒有內容，故事只是形式而構不成情節，我們無法從作品所講述的故事中、從作者的語言表達中看到作者或者作品的思想、觀念以及情感等，小說的思想、情感等已經不再重要，故事形式和語言形式本身成了小說的目的。馬原、格非、呂新的小說都具有這樣一些特點，而最典型的則是孫甘露的小說。

比如《信使之函》，近兩萬字，但通篇卻少有讓人讀得懂的句子和段落，每句話都符合句法，每一個字或詞我們都認識，但就是不能明白作者究竟說的是什麼意思。偶爾有一些「通」的句子和段落，則猶如花朵散落在原野裏，不能有效地構成情節和生活場景。比如小說的開頭是這樣寫的：「詩人在狹長的地帶說道：在那裏，一枚針用淨水縫著時間……」「信風攜帶修女般的惱怒歎息著掠過這候鳥的天宇，信使的旅程平靜了，沉睡著的是信使的記憶。我的愛欲在信使們的情感的慢跑中徒然甦醒。和信使交談的是一個黑與白的世界，五彩的愉悅是後來歲月的事情。」所有的語言都沒有現實的對應，語言是詩性化的，但卻超過了詩性的限度，都是

1 吳亮：〈馬原的敘事圈套〉，《當代作家評論》一九八七年第三期。

用隱喻來表示隱喻；每一句話之間不管是用句號還是用逗號，都缺乏承續性，比詩句更富於跳躍性。

《信使之函》的寫作實際上是有結構的，全篇可以分為五十多個小節，絕大多數的小節都是以「信是……」開頭，比如：

> 信是私下裏對典籍的公開模仿。
>
> 信使反覆傾聽環境的喁語，信使驚恐地在內心獲得一種血腥的節奏一種龜裂的韻律。通過它們，我得以維持內在的故鄉感和對棄我而去的幼稚經歷的眷戀以及對街景的審美意義上的迷信。

形式上，「信是……」作為判斷句，是表達一種命題或者觀念，而後面的敘述就是對這個命題或者觀念的解說或者證明。但實際上，二者之間並沒有任何實質性的關聯，它們之間的關聯僅僅是形式上的。就此小節而言，命題在意思上是矛盾的，既然是「公開模仿」，就不應該是「私下」的，這裏「私下」和「公開」實際上構成一種互為消解，從而使意義陷入虛無，整句話最後實際上只剩下「典籍」的空洞。「節奏」與「韻律」似乎構成了一種連接，但「血腥」修飾「節奏」、「龜裂」修飾「韻律」則不合現實的常規，這樣「血腥」與「龜裂」的實質性不相關聯就把「節奏」和「韻律」的聯繫變成了一種純粹形式上的聯繫，意義被抽空了。而「內在的故鄉感」、「對棄我而去的幼稚經歷的眷戀」和「對街景的審美意義上的迷信」則是完全風馬牛不相干的東西，作者卻不加標點地把它們並連在一起，讀者完全不知所云，且不說「內在的故鄉感」是一種什麼「感」。有人說：「孫甘露的作品拒絕提供連續性，行文語無倫次，甚至雜亂無章。學究式的精確事實與毫無節制的泛泛而談和誇大其辭隨處可見。」「從孫甘露的小說中汲取意義相當困難，文本的無窮意味在語詞遊戲的嘲諷之下往往變成了一個無所不包卻又一無所有的空洞。孫甘露把小說敘事的動機全部交付給語詞，喋喋不休的描寫，誇誇其談的言論，似是而非的抒情，模棱兩可的哲理，以及沒有故事的『故事』，皆是語言全面錯位的堆砌。後現代文本的許多特徵，如不確定性、零亂性、非原則化、無我性、反諷、種類混雜、狂歡、參與、構成主義、內在性等都在孫甘露的小說中得到充分的體現。」[1]《信使之函》根本就不是按照傳統的思想和情感的表達的方式來寫作的，它只有語言，沒有表達，只有生活的碎片，沒有生活的意義，所以我們無法進行傳統的「字」、「詞」、「句」、「章」的分析與理解。陳曉明對這篇小說的評價是：「既沒有明確的人物，也沒有時間、地點，更談不上故事，它把毫無節制的誇誇其談與東方智者的沉思默想相結合，把一些日常行為與超越性生存的形而上闡發混為一體，把摧毀語言規則的任意行徑改變為神秘莫測的優雅理趣。如果把孫甘露的《信使之函》稱為小說的話，那麼這是迄今為止當代文學中最放肆的一次小說寫作。」[2]

《信使之函》是這樣，《訪問夢境》也是這樣，有學者分析這篇小說：「當然它是敘述的，有一個第一人稱的敘述者，正是這一點它能勉強進人小說，然而這種敘述又是反敘述的。所謂『反敘述』，就是說徒有敘述的形式與書面進程的過程，卻無敘述的實質，即敘述無所謂開頭與結尾，敘述所負載的情節也沒有起源，更沒有發展。小說分割成幾十個段落，讀者完全可以從中間任何一個段落開始閱讀，周而復始地循環；或者像玩撲克牌那樣將幾十個段落的秩序打亂，按新的組合重新閱讀；這都不會改變你的閱讀感受和接受效果。因為小說敘述的內容是零散化的和精神分裂式的，是夢意識的片斷呈示與敘述語言的自律之流，讀者可以感受到敘述正在進行，卻始終無法捕捉到敘述的時空運行法則與敘述內容的關聯性。人物、情節、環境，一切都處於不確定之中。人物缺乏可以辨認的面目、身份與性格，情節喪失了時間、地點、現實、歷史以至神話的提示與參照，環境則逃離現實的記憶而躲藏在夢境的深處。」[3]《訪問夢境》不僅是反敘事的，也是反小說的、反傳統的情節、閱讀、人物形象、時間、地點、環境等，因而是不能分析和理解的。

---

1 紅拂：〈深度生存與遊戲空間——論孫甘露的小說（一九八六—一九九三）〉，《當代文壇》一九九五年第一期。

2 陳曉明：《中國當代文學主潮》，北京大學出版社，二〇〇九年版，第三四八頁。

3 方克強：〈孫甘露與小說文體實驗〉，《文藝理論研究》一九九九年第四期。

《信使之函》、《訪問夢境》是「反懂」的，孫甘露早期小說基本上都是「反懂」的，比如《請女人猜謎》、《夜晚的語言》、《邊境》、《憶秦娥》以及長篇小說《呼吸》等，只不過反懂的方式各有不同和側重。但總體上可以說都是看不懂的，表現為，意義的模糊和不確定，語義的歧異，故事的空洞和不完整性，無中心，無本源，文本的支離破碎、文體的混雜、遊戲、悖論、荒誕等，小說變成了語言的狂歡，現實生活的經驗和邏輯完全構不成閱讀小說的參照，閱讀似乎是在詞語和細節中遨遊。

孫甘露的小說在先鋒小說中是非常「先鋒」的，語言的遊戲和狂歡可以說是比較極端的例子，這種小說不具有普遍性，所以孫甘露本人也難以為繼，後來的小說有很大的變化。但「反懂」寫作在當代小說中卻是普遍的現象，表現為，重形式而輕內容，「如何寫」比「寫什麼」更重要，於是就有了吳亮所說的「敘事圈套」：「馬原的小說主要意義不是敘述了一個（或幾個片斷的）故事，而是敘述了一個（或幾個片斷的）故事。」[1]以《岡底斯的誘惑》為例，這篇小說根本就沒有確切的時間和地點，也可以說幾個「故事」發生的時間和空間各不相同，卻被置於同一時空座標之中。故事完全是由一些碎片拼貼起來，因而缺乏有效的因果關係。關於這篇小說的結構和線索，作者在第十五節有直接的說明：「關於結構。這似乎是三個單獨成立的故事，其中很少內在聯繫。」「關於線索。頓月截止第一部分，後來就莫名其妙地斷線，沒戲了，他到底為什麼沒給尼姆寫信？為什麼沒有出現在後面的情節當中？」敘述成了迷宮，小說的意義完全泯滅於敘事的相互消解之中。有人評價馬原的小說：「我們很難概括他的某部作品的所謂『主題』，甚至無法表述他的某部作品的『內容』是什麼。我們只能說，它是作為一件語言藝術品，存在著。」[2]這認為這個概括非常準確。

1 吳亮：〈馬原的敘事圈套〉，《當代作家評論》一九八七年第三期。
2 楊小濱：〈意義嫡：拼貼術與敘述之舞——馬原小說中的後現代主義〉，《文藝爭鳴》一九八七年第六期。

在小說中直接和讀者對話，直接對小說的寫作進行交代和議論，這是西方「元小說」最基本的手法。其作用是提醒讀者小說的虛構性，實際上也是消解小說的現實意義。「元小說的情節結構的框架往往是移動的。在不同的框架中，同一個故事情節會呈現出不同的而貌，還會有開放式的結尾。以至於在對小說的解讀過程中，由於情節轉換的突然，讀者時時地要被迫返回去重讀前面的段落，方能使自己的閱讀得以繼續。元小說常包含大量的文字遊戲，以顯示其由字片語成的世界與現象世界的相互關係和不同。」[1]《岡底斯的誘惑》在這一意義上可以說是「元小說」，在情節結構的游移中，在故事的不同呈現中，在語言和敘述的遊戲中，在現實意義的消解中，我們無法按照傳統的方式對馬原的小說進行理解、分析。

上世紀八〇年代，先鋒小說曾經非常興盛，並且形成一股文學潮流，產生了殘雪、余華、馬原、孫甘露、蘇童、格非、呂新、洪峰、北村等一批重要的作家和一批重要的作品。九〇年代，先鋒小說開始式微，不再像從前一樣具有轟動性，余華、蘇童的小說創作也發生了向傳統轉身的趨勢，但先鋒小說特別是「實驗小說」仍然是小說中的一個重要類型，先鋒作家仍然是當代中國小說中的一支重要的力量。新世紀以來，八〇後小說興起，八〇後小說主要是「青春小說」、「校園小說」，但八〇後小說中也有很多先鋒「實驗」，也有「反懂」的寫作探索，比如小飯的小說《我的禿頭老師》、《愛近殺》，其敘事圈套、遊戲的前衛性甚至不在馬原、孫甘露之下。再比如蔣峰的《維以不永傷》，全書分為四個部分，都是圍繞一樁命案來寫，但語言風格、人物、故事、結構、寫作方式根本不具有連續性，小說根本就不是一個整體。「整部長篇被肢解為五個不同文體的中篇」[2]，讀者可以從任何一部讀起。有意思的是，第二部分兩個中篇交織在一起，每篇有十節，分別用中文數位和阿拉伯數字並列標示，可以分別來讀，也可以混合來讀。不同的讀法其感覺完全不同，但不管怎麼讀，讀者

1　鄧華：〈元小說的特點及危機——兼談馬原的元小說創作〉，《湘潭大學學報》二〇〇六年第四期。
2　蔣峰：〈序：never end, never hurt〉，《維以不永傷》，春風文藝出版社，二〇〇四年版，第三頁。

都很難勾勒出一個完整的故事。小說從不同的人物的視角來敘述或者講述同一個故事，偶有交叉，但更多的則是不相關，或者矛盾，如果不是說明，讀者很難想像不同的部分是在敘述同一個故事。如果唯讀一部分，讀者似乎還有些明白，但把四部分讀完，讀者則似乎什麼都不知道了。

總之，「反懂」寫作是當代中國小說寫作的一個重要現象，它們對於推動中國當代小說的發展具有重要的意義，只是由於文學觀念、批評話語等傳統的限制，我們至今對這些現象缺乏深入的研究。

第七節　當代詩歌寫作及欣賞中的「反懂」性

「懂」是中國現代文學欣賞的基本方式，它是伴隨著五四時期現實主義和浪漫主義文學作為主流文學的確立而確立的，而深層的哲學和思維基礎則是科學主義和理性主義。「懂」的文學欣賞方式其最大特點就是強調對作品進行理性的分析、解剖，文學本質「反映論」是其文學理念。在理性主義文學觀看來，文學的價值和意義具有客觀性，這客觀性就存在於作品之中，並且具有「唯一正確性」。文學欣賞主要是正確解釋作品的客觀意義，其中作者的意圖是解釋作品的重要參考。

而二〇年代以李金髮為代表的象徵主義詩歌的產生則對這種文學理念和相應的文學欣賞方式構成了衝擊。但不論是在文學理論的意義上，還是在文學史的意義上，這種衝擊都不具有根本性。在詩歌領域，真正對「懂」構成衝擊的是八〇年代之後的朦朧詩和九〇年代的「先鋒詩」，特別是九〇年代之後，由於受後現代主義思維方式的影響以及西方現代主義詩歌的影響，中國的詩歌觀念發生了很大的變化，詩歌的形態和相應的詩歌欣賞方式也發生了很大的變化，出現了「反懂」的詩歌創作和「反懂」的詩歌欣賞。本節主要討論當代詩歌創作和欣賞中的反懂性，以期對文學的本質、文學欣賞的本質以及中國當代文學史有一個更深刻、更全面的認識。

與現代主義的詩歌相比，傳統主義的詩歌明顯具有說明性，用詩來說明和圖解的背後則是作者清醒的現實意識。相應地，與這種說明的文學理念相適應的則是一套「懂」的閱讀體制，唐曉渡先生把這種閱讀體制中的讀者形象地稱為「詩歌監護人」：「這位監護人樂於追隨他被賦予的權力幻象；他採用所有「文獻式閱讀」中最糟糕的一種來閱讀詩歌：他總是希望從中讀到一些像當年的「革命」一樣具有「轟動效應」的「大事」、大排場，以便證明他那褊狹的、封閉的、被扭曲成一團的閱讀期待的正當性。對凡是使這種閱讀期待落空的詩歌他或者滿腹狐疑或者憂心忡忡，因為他既擔心失職又惟恐受到愚弄。」[1]這種監護式的閱讀實際上是一種「懂」的閱讀，只不過這種「懂」比較褊狹，或者說具有特殊的時代性，附著了太多的時代的內涵。

而朦朧詩的出現，則使這種「懂」的閱讀特別是這種具有時代特徵的「懂」的閱讀理念受到深刻的懷疑，並且使閱讀問題突顯出來，成為當時文學理論的一個關鍵問題。事實上，從閱讀和欣賞這一角度來說，朦朧詩當時最大的問題就是「讀不懂」的問題。「叫人讀了幾遍也得不到一個明確印象、似懂非懂、半懂不懂、甚至完全看不懂、百思不得其解。」[2]這可以說是當時一種非常普遍的抱怨。應該說，這種抱怨是真誠的，但正是這種真誠，迫使人們對我們傳統的文學理念進行反思，反思的最大結果就是「三個崛起」，孫紹振先生認為：朦朧詩的崛起，「與其說是新人的崛起，不如說是一種新的美學原則的崛起」[3]，謝冕先生一九八五年為《朦朧詩選》寫序時，也是從美學的角度對朦朧詩進行辯護：「一首難以理解的詩，並不等同於不好的或失敗的詩，除非它是不可感的。一些人在這些詩面前的焦躁，多半是由於他們的不能適應。他們習慣於一覽無遺的明白暢

---

1 唐曉渡：〈九〇年代先鋒詩的若干問題〉，《唐曉渡詩學論集》，中國社會科學出版社，二〇〇一年版，第一二〇頁。

2 章明：〈令人氣悶的「朦朧」〉，《詩刊》一九八〇年第八期。

3 孫紹振：〈新的美學原則在崛起〉，《詩刊》一九八一年第三期。

曉的抒寫。他們的欣賞心理是被動的接受。他們並不瞭解，好的藝術是詩人與讀者的共同創造，它們總是期待著欣賞者對於作品的加入。它們把自身未完成的開放式的（而不是封閉式）的存在付予欣賞者。此即屬於可謂『未完成美學』的範疇。此類詩的創造，從一定意義上說，是最大可能地調動欣賞者的創造慾望，吸引他們的參與。這是一種雙向的有一定規範性的自由活動。可惜不少詩歌的批評者和欣賞者，對此缺乏諒解。」[1]也就是說，朦朧詩最大的特點是它向讀者的開放，因為朦朧，所以讀者的閱讀就具有充分的想像和發揮的餘地，從而具有創造性。從讀者創造和參與的角度來說，朦朧有它的美學價值。

但把「朦朧」從根本上上升到一種美學原則，這只是承認了朦朧詩作為文學的合理性、合法性，並沒有具體地解決「朦朧詩」的閱讀問題，什麼是「懂」？為什麼「讀不懂」？為什麼要讀懂？「懂」的理論基礎是什麼？在欣賞的意義上，「讀不懂」有沒有合法性？「讀不懂」有沒有它的理論根據？對這些問題，當時的文學理論界和詩歌界都缺乏深入的追問，更談不上解決問題。這當然與當時的普遍的理論水準有關，也與普遍的接受承受能力有關。事實上，朦朧詩的出現並最終得到認同，並沒有對文學欣賞的「懂」的方式構成根本性的衝擊，並沒有從根本上動搖「懂」的解讀方式及其文學理念。謝冕先生說：「我也是不贊成詩不讓人讀懂的，但我主張應當允許有一部分詩讓人讀不太懂。」[2]在這裏，「讀不太懂」是極勉強的，它與其說是一種文學觀念，還不如說是一個對待年青人和對於詩歌探索的一種寬容的態度，一種道義上的支持。因為在當時的政治文化狀況下，「讀不懂」在藝術具有冒險性，卞之琳說：「長久以來，在國內，『難懂』二字，對於一位詩人壓力很大，所以不要因為易用而隨便濫用。」[3]我們看到，在謝冕先生這裏，哪怕是後來，對於為什麼「應當允許有一部分詩讓人讀不太懂」，並沒有文學理論上的原因。

---

1 謝冕：〈歷史將證明價值——《朦朧詩選》序〉，閻月君等人編《朦朧詩選》，春風文藝出版社，一九八五年版。

2 謝冕：〈在新的崛起面前〉，《光明日報》一九八〇年五月七日。

3 卞之琳：〈今日新詩面臨的藝術問題〉，《卞之琳文集》中卷，安徽教育出版社，二〇〇二年版，第四九〇頁。

從文學欣賞或閱讀的角度來說，對於朦朧詩，當時的基本結論可以概括為：朦朧詩不好理解，但並不是不能理解。所以，朦朧詩的「看不懂」從根本上被認為是「晦澀」的範疇，而與「非理性」和「反理性」無關。也就是說，「朦朧」被認為是表現對象的模糊和表現手法的複雜性造成的：「它意蘊甚深卻不求顯露；它適應當代人的複雜意識而擯棄單純；它改變詩的單一層次的情感內涵而為立體的和多層的建構。模糊性使詩歌的錯綜複雜的內涵的展現成為可能。急速的節奏，斷續的跳躍，以及貫通藝術諸門類手法的引用與融匯如電影蒙太奇的剪接與疊加，雕塑的立體感，音樂的抽象，繪畫的線條與色彩。這些『引進』，都使新詩藝術有一個突進的擴展。」[1]正是從這樣一種理性主義的觀念出發，很多難解的、晦澀的、「看不懂」的、「不知所云」的朦朧詩最後達成了某種「懂」的協定，或者說，某些「權威」的解釋因為「很有道理」最後得到了普遍的認可，以致被認為其解釋的意義就是詩文本「本來」的意義，就是其固有的意義，就是其終極意義。

比如北島的〈回答〉，第一節：「卑鄙是卑鄙者的通行證，／高尚是高尚者的墓誌銘。／看吧，在那鍍金的天空中，／飄滿了死者彎曲的倒影。」被普遍地認為是表現了顛倒的世界，揭示了現實的荒謬和虛偽。再比如顧城的〈一代人〉：「黑夜給了我黑色的眼睛／我卻用它尋找光明」。被普遍認為是表現了歷史的處境，並表達了一代人的精神狀況，他們雖處黑夜之中，但卻堅定地追求真理，追求光明。朦朧詩的經典性就在這種有效的解釋和普遍的認同過程逐漸確定下來。

應該說，這些解釋的確很有道理，並且還可能具有作者的意圖根據。但這些詩是否還可以作其他的解釋，是否有必要作其他的解釋，我覺得這是值得深入追問的。我認為，朦朧詩中的很多篇章實際上都可以進行多重理解，這是由詩歌本身的「朦朧性」決定的，有些詩寫作時可能就沒有明確的意義，有些詩人寫作時雖然有明確的意義，但這種意義表達得並不明確，比如顧城的詩〈弧線〉：「鳥兒在疾風中／迅速轉向／／少年去

1 謝冕：〈歷史將證明價值——《朦朧詩選》序〉，閻月君等人編《朦朧詩選》，春風文藝出版社，一九八五年版。

撿拾／一枚分幣／／葡萄藤因幻想／而延伸的觸絲／／海浪因退縮／而聳起的背脊」，在形象和結構上，這首詩是清楚明白的，但它究竟表達了一種什麼思想，卻可以有各種解讀，並且不同的解讀都具有合理性。對於這樣的詩，如果我們再勉為其難地追索其「固定不變」的意義，顯然是枉然，實際上是沒有真正把握朦朧詩的精髓，或者說沒有真正理解朦朧詩。朦朧詩最大的藝術特點就是因為朦朧而具有多種解讀的可能性，如果在解讀上把它單純化或單一化，就會違背朦朧詩的藝術本性，朦朧詩就不再是「朦朧」詩。用非朦朧性的標準衡量朦朧詩，不僅僅只是大大降低了朦朧詩的藝術價值，更重要的是其前提本身就是有問題的。

我認為，朦朧詩對文學欣賞「懂」的方式實際上構成了衝擊，表現在兩方面：第一，對於具體的朦朧詩，不同的讀者有不同的理解，並且這理解之間還存在著相當大的差異，這在事實上證明了某些朦朧詩缺乏傳統主義文學的那種確定的意義，我們當然不能說這種文學欣賞的「眾聲喧嘩」具有反「懂」性，但可以說，這種「眾聲喧嘩」為文學欣賞從「懂」到非「懂」和反「懂」打開了一條思路。第二，朦朧詩在一定程度上改變了中國文學欣賞的方式。對於朦朧詩，追索作者的意圖，理解它的深刻含義，當然是一種讀法，但強調讀者作為個體的感受，強調讀者在感覺的基礎上進一步創造，這也是一種讀法。後一種讀法已經具有某種開放性，它不再是單向的讀者被動地接受作品的活動，同時讀者具有不受作品限制的主動性，讀者不再只是純粹的對作品的理解，同時還有自我生命形式的體驗。這實際上就有某種非「懂」和反「懂」的特點。但在當時的思想狀況、理論水準以及文學理論的條件下，批評界並沒有把這種欣賞方式上升到思維和理論的高度，並沒有對這種欣賞進行哲學上的追問。八〇年代的文學理論最終實際上把這種非「懂」和反「懂」非常牽強地歸入了「懂」。

沈奇先生九〇年代寫作的一篇文章仍然是這樣。在這篇文章中，作者已經深刻地認識到了欣賞現代詩與欣賞傳統詩之間的不同，「在現代詩以及後現代詩文本中，語言能指增大，多層面多向度展開，所指一再後移乃至脫逸於文本之外，留下更大的空間讓讀者自己去填補去參與去完成。」（頁三十二—三十三）「在包括現代詩在內的所有現代、後現代文學藝術面前，『懂』得越多，得到的越少！」（頁三十四）「先入為主，硬要從現代詩中逐句逐段地找出個什麼『意思』來，有如中學生順從老師的指教硬要從各種活生生的文章中總結出一個乾巴巴的『中心思想』一樣，那可就真的『不知所云』了。」（頁三十二）就是說，後現代主義包括現代主義的部分詩歌有它自己的特點，對其欣賞也應該有自己的特點，如果仍然按照傳統的「懂」的方式來欣賞它，那只能是「不知所云」即「看不懂」，其結果也只能是一無所獲。那麼，具體如何欣賞後現代主義的詩歌呢？作者描述其欣賞的狀況為「你激動了或沉浸了乃至只莫名地愣了一神」，當然還有脫離文本的想像、反「中心思想」等，這實際上就是反「懂」的。但另一方面，作者又把這種「反懂」歸屬於「懂」：「現代詩應該更好『懂』些，只是你必須要換一種『懂』法。」（頁三十二）「只要你激動了或沉浸了乃至只莫名地愣了一神，詩就應該也只能這樣認為你就是如人們常說的那樣——『懂了！』。」（頁三十一）[1]也就是說，「反懂」是另一種「懂」。這當然不失為一種表述，但它不符合理論的規則，不利於明瞭事物的特徵。這與其說是表述的不恰當，還不如說是觀念上的含混和理論上的不徹底。

真正衝擊傳統主義詩歌理念和欣賞理念的則是八〇年代中期以後的先鋒詩，包括後朦朧詩、探索詩、第三代詩、新生代詩、後現代詩、女性詩等[2]。這些詩歌當然各有特點，互相之間也存在著巨大的差異甚至矛盾和對抗，但與傳統主義詩歌相比，這些「新潮詩」在文學理念和形態上都具有異質性，表現為：越來越走向私人化，諸如私人化的情感、私人化的語言、私人化的生活內容。寫作不再追求深度，不再追求對社會的深刻的反映，不再具有改造社會的使命感、責任感、崇高感，相反，變得世俗化、瑣碎化、平面化。不再遵循傳統的思維邏輯，不再採用傳統的意象組合方式，語言遊戲因而導致意義缺失。內部寫作，即為寫作詩歌而寫作詩歌，因而詩歌的意義和價值最後返諸自身。不再堅持傳統的語言觀，不再遵循傳統的語言規則，包括語法規則、句

---

1 沈奇：〈說「懂」與「不懂」〉，《拒絕與再造》，西北大學出版社，一九九九年版，第三十一——三十四頁。

2 八〇年代中期以後的先鋒詩或新潮詩，理論界有各種各樣的命名，上述名稱有交叉和重疊的地方。

法規則、詞法規則等。王光明認為：「真正的詩歌探索恰恰在這個時候得到了相當程度的展開：有于堅、伊沙那樣涮洗性的詩，以調侃、遊戲甚至堆砌的方法，把生活的平面化、生命的分裂感以及心靈的破碎呈現出來，這些詩不追求深度的語言效果，但仍然企圖對應破碎的現代生存境遇。」[1]蕭開愚用「不及物的寫作」一語進行概括：「除個別詩人的寫作之外，八〇年代的詩歌寫作是不及物的寫作。由於寫作中敘事技巧的缺席，以事件和故事作為寫作條件的詩作也終止了文體同具體事物之間的聯繫，本來希望建立對事物的信心的辭令、語氣、請求，停留在貌似活躍、壅塞構成的空洞的形式的捆束之中，不能抵達它們應該抵達的事物。」[2]謝冕先生在八〇年代中期對朦朧詩進行總結時，曾從「看不懂」的角度對朦朧詩的某些方面有所批評：「例如某些詩篇過於誇大破碎形象的偶然拼湊，甚至浮表地滿足於淺層次的象徵和繁冗的裝飾，相當數量的詞語不合常規，無節制地使空茫的意象充斥詩中，而使作品的可感性達於低點。」[3]這是有些朦朧詩讓人「看不懂」的原因，也是朦朧詩的缺點，但正是這些缺點在八〇年代中期以後的「先鋒詩」或「探索詩」中得到了發揚光大，並成為中國詩歌中的非常顯赫的現象，因而，八〇年代中期以後的詩歌表現出普遍的「看不懂」。

而更為根本的是，「反懂」寫作在八〇年代中期以後的詩歌中是一種有意識的寫作行為，詩人們對於「反懂」的寫作具有清醒的理論認識。于堅有一篇很有名的文章，叫〈拒絕隱喻——一種作為方法的詩歌〉，提倡「回到語言的元隱喻本身」（頁一三二）認為「詩是一種消滅隱喻的語言遊戲。對隱喻破壞得越徹底，詩越顯出自身」（頁一三一），「拒絕隱喻是一種專業寫作，……拒絕隱喻，從而改變漢語世界既成的結構，使其重新能指。」（頁一三一）為什麼要拒絕隱喻，于堅有它自己的理論，即對於詞語的基本看法，他舉例說：「一

1 王光明：〈個體承擔的詩歌〉，陳超編《最新先鋒詩論選》，河北教育出版社，二〇〇三年版，第二四六頁。

2 蕭開愚：〈九〇年代詩歌：抱負、特徵及資料〉，陳超編《最新先鋒詩論選》，河北教育出版社，二〇〇三年版，第三三四頁。于堅也曾使用「不及物」一詞，見〈拒絕隱喻——一種作為方法的詩歌〉一文。

3 謝冕：〈歷史將證明價值——《朦朧詩選》序〉，閻月君等人編《朦朧詩選》，春風文藝出版社，一九八五年版。

個聲音，它指一棵樹。這個聲音就是這棵樹。Shu!（樹）這個聲音說的是，這棵樹在。這個聲音並沒有「高大、雄偉、成長、茂盛、筆直……」之類的隱喻。在我們的時代，一個詩人，要說出樹是極為困難的。Shu 已經被隱喻遮蔽。他說『大樹』，第一個接受者理解他是男性生殖器。第二個接受者以為他暗示的是庇護，第三個接受者以為他的意思是棲息之地……第X個接受者，則根據他時代的工業化的程度，把樹作為自然的象徵……能指和所指已經分裂。」（頁一二六）[1]而拒絕隱喻的必然結果便是使詩歌中的一些文化詞語失去文化內涵，從而對一般人來說變得意義恍惚、飄浮，以至於「不通」、「不懂」。我這裏當然沒有否定「拒絕隱喻」的意思，我只是想通過這個例子說明，八〇年代中期以後，中國詩歌的寫作理念和寫作方式出現了新的變化。

事實上，八〇年代中期以後的中國先鋒詩與此前的朦朧詩最大的不同就在於，「非懂」和「反懂」變成了一種自覺，而不再是自發。詩人西渡明確地說：「我寫詩完全是因為寫詩本身的樂趣。」「我越來越把詩視為一種純私人的樂趣。它也是一種自我心智訓練，有點像是自己跟自己下棋。」（頁二八七）他認為詩歌批評和理解沒有客觀的標準，「標準就存在於每一個寫詩的人的心目中」（頁二八〇）[2]。而現實的情況卻是，詩人的寫詩標準和普通的閱讀標準之間存在著巨大的差距，這便是「晦澀」和「不懂」的原因。詩人西川的寫作理念尤其獨特，他說：「當一個人孤獨的時候，也就是一個人感到不為世人所理解的時候，也就是一個人『晦澀』的時候。應該從理解人的晦澀狀態開始向世人解釋中國當代詩歌，因為中國當代詩歌常常被指責為『晦澀難懂』。既然每個人都有他『晦澀難懂』的時候，何以詩歌就必須『通俗易懂』？在今天這樣一個充滿尷尬的時代，可以說『通俗易懂』的詩歌就是不道德的詩歌。」[3]與八〇年代之前相比，詩歌的價值和標準在這裏完

1 于堅：〈拒絕隱喻——一種作為方法的詩歌〉，《于堅集》卷五，雲南人民出版社，二〇〇四年版，第一三二、一三一頁。
2 西渡：〈思考與解釋〉，《守望與傾聽》，中央編譯出版社，二〇〇〇版，第二八七、二八〇頁。
3 西川：〈寫作處境與批評處境〉，陳超編《最新先鋒詩論選》，河北教育出版社，二〇〇三年版，第三一〇——三一一頁。

全是顛覆的，「好」與「壞」正好調了一個位置。于堅認為，「非非主義」也具有「拒絕隱喻」的傾向，他認為「非非主義」詩人「試圖通過直覺導向直覺體驗、通過感覺還原、意識還原、語言還原以及三逃避：逃避知識、逃避思想、逃避意義；三超越，超越邏輯、超越語法、超越理性來達到詩歌的創造還原。」[1]如果「非非詩派」真是懷著這樣一種理念寫作的話，那麼，「非非主義」顯然也是一種有意識的「反懂」寫作。

詩歌中的「反懂」寫作在理論和思維上，顯然與八〇年代中期以後哲學和文學理論領域的後現代主義、解構主義思潮的影響有很大關係，雖然大多數的先鋒派詩人都不承認他們直接受了後現代主義思想的影響，都不承認他們的創作具有後現代性，但從他們談論問題時廣泛使用後現代主義術語來看，至少他們是間接地受了後現代主義影響的。後現代主義思想在九〇年代的先鋒文學中可以說是無處不在，詩歌也未能倖免。正是這種「反懂」意識和具體「反懂」的寫作，使八〇年代之後的中國詩歌在形態、特徵以及性質等方面都出現了深刻的變化，一部分詩歌具有了與傳統主義詩歌完全相反的「反懂」性。

「反懂」主要表現在詞語、句法、語法、意象、意義等多方面，下面我們可以看一些具體的詩。有這樣一首短詩，題為〈劇情〉：

你在幹什麼
我在守衛瘋人院
你在幹什麼
我在守衛瘋人院

[1] 于堅：〈拒絕隱喻——一種作為方法的詩歌〉，《于堅集》卷五，雲南人民出版社，二〇〇四年版，第一三四頁。

你在幹什麼
我在守衛瘋人院
我寫詩，拔草，焚屍
數星星，化裝，流淚[1]

整首詩的語法、結構、敘述等都是清楚的，但究竟表達了一種什麼意思，卻不能肯定。「你在幹什麼」，「我在守衛瘋人院」，也許是一問一答。但這兩句為什麼要重複三次，也許是表示「劇情」的單調乏味、重複、雷同。不能有確切的答案。最後一節也許是對「我在守衛瘋人院」的解釋，即「我寫詩，拔草，焚屍，數星星，化裝，流淚」這種生活如同在「守衛瘋人院」；也許是寫「我」作為詩歌主體與前面「劇情」的對照，即我的生活和「劇情」的生活完全不同。但這同樣只能是猜測和想像。這首詩的邏輯和意義作者寫作時或許是明確的，但就詩歌本身來說卻是不清楚的。這樣，對這首詩的欣賞就不能像欣賞傳統詩歌那樣進行客觀的「理解」和「解釋」，因為它本來就沒有客觀性可言。而只能自己想像，並在想像的基礎上理解和體驗從而達到有所獲，或者在想像的過程中得到快樂和啟示，這就是欣賞了。

柏樺的一首詩，題為〈現實〉：

這是溫和，不是溫和的修辭學
這是厭煩，厭煩本身

1 余怒：〈劇情〉，楊曉民主編《中國當代青年詩人詩選》，河北教育出版社，二〇〇四年版，第三四二頁。

呵，前程、閱讀、轉身
一切都是慢的

長夜裏，收割並非出自必要
長夜裏，速度應該省掉

而冬天也可能正是春天
而魯迅也可能正是林語堂[1]

對於這首詩，詩評界有多種解讀，但多是對某一點的生發，比如為什麼「魯迅也可能正是林語堂」，就有很多分析。但對於整首詩的意思卻缺乏有效的解說。為什麼？顯然與詩意的邏輯和結構有很大的關係，程光煒說：「『這是』的意指是客觀的、含混不清的，在此之前，它在詩歌中所發揮的價值判斷作用，在這裏幾乎是蕩然無存的。柏樺以他特有的溫和和懶散的敘述態度，把名詞、動詞甚至指示副詞不加清理地塞給了讀者，實際上宣佈了對社會學意義的索引、分類以及辨析這一詩人職業性工作的『棄權』，是現代作者的出場與傳統作者的退場。」[2]也就是說，「這是」在這裏不能作俗常的理解，整首詩的敘述方式和語法都與傳統主義詩歌不同，它不再具有傳統意義上的索引、分類和辨析。根據「溫和」、「厭煩」、「前程」、「閱讀」、「長夜」這些詞，我們可以把這首詩想像成是詩人對自己個人生活狀況的一種描述，並在這種描述中表達了對生活的一

1 詩引自程光煒編《歲月的遺照》，社會科學文獻出版社，一九九八年版，第二五九—二六〇頁。
2 程光煒：〈九〇年代詩歌：另一意義的命名〉，《學術思想評論》一九九七年第一期。

種理解和態度，但這根本就不能坐實。

陳東東的詩〈生活〉：

春天度送燕子，低飛於銀行的另一重天
寬大半球的金色穹隆
盜火受難的喜劇形象又被勾勒

巨型玻璃燈沾染著石灰，斜掛
或直瀉，比白書更亮的光焰把身影
放大到青銅的長窗之上

翅膀，剪刀
被裁開的日子裏辦事員專注於數位和電腦
並沒有覺察燕尾服左胸一滴鳥糞

毀壞了儀容。在春風下
妄想的前程維持著生活
而一次飛翔就要結束[1]

---

1 詩引自程光煒編《歲月的遺照》，社會科學文獻出版社，一九九八年版，第一九六頁。

上述所引于堅和柏樺的詩，雖然意義不明確，但句法還是清楚的，詩意大致不失方向感。而陳東東的這首詩則句法也不清楚，開首第一句就讓人不知所云，這裏，「度」肯定不是《現代漢語詞典》中「度」的任何一個意思。「銀行的另一重天」不知是指何「天」，「另一重」也不知何意。「寬大半球的金色穹隆」大概是對銀行的某一設施或銀行的外貌的描寫，但這也不敢肯定，因為我們並不能肯定這首詩的地理背景就是銀行。「盜火受難」不知是否是「被縛的普羅米修士」，如果是，這個形象顯然不是喜劇的，而是悲劇的，所以，「喜劇」在這裏應該是作者的一種感受、一種主觀態度，或者另有意指。詩中唯一讓人似乎明白的句子是：「辦事員專注於數位和電腦，並沒有覺察燕尾服左胸一滴鳥糞毀壞了儀容」（「一滴鳥糞」大概是胸花之類的），但這個句子卻被詩歌的節奏隔斷，並且分屬在兩節中（當然，這種手法在傳統的詩歌中也很常見）。至於這個意象表達了一種什麼意義，它與前後詩句在邏輯上是如何聯繫，在詩的結構上又是如何聯繫，不得而知。整首詩甚至沒有意義的方向。對於這樣的詩，如果我們仍然按照傳統的理解的方式去欣賞，那只能被捉弄。

再比如有一首詩，題為〈瘋〉：

打個手勢，下午在陰霾裏停止
透過白蘭浮出稀薄的臉，疲倦
躺在眼底
我喜歡你華麗的嘴唇，含住黃金
閉上眼　從燦爛的門庭中進入
留下空白

我害怕浪費，在夜晚抱著自己痙攣的胃
聽煙火的交戰聲
透過白蘭浮出稀薄的臉，長滿牙齒
我想弄出點響聲，把睡覺的人都吵醒
我想用針刺自己，會不會放出一屋的黑色？
讓你們都回不去

候鳥和孩子，各自忙碌著
和我無關的凍瘡，在開放，紫色的背景下，
氣勢洶洶的尋找對手
你是不安全的
離開吧，聖誕樹下我已經吹了99個泡泡，
等第100個燈泡熄滅後，你藏好！
我開始提著菜刀，一遍一遍的拉門[1]

讀完詩後，我們大致能感到詩歌是敘述的，時間是從下午到晚上，大致寫個人的一種感受，「閉上眼」之後的部分則可能是夢境。但全詩的基本意思是什麼，情緒色調是什麼樣的，通過詩本身我們難以確切地知道，我們能夠理解的其實非常有限。整首詩詩句意義模糊，意象模糊，意象之間的聯絡模糊。

1 作者蘇瓷瓷，原載《新漢詩》（民間詩刊）第二集（二〇〇四年）。

當然，我這裏絲毫沒有否定這些詩的意思，恰恰相反，我是充分肯定先鋒詩對於中國當代詩歌發展的價值和意義的。我想說明的是，由於思維方式的變化，由於詩歌觀念的變化，現代詩歌在形態、特徵和性質等方面都發生了深刻的變化，具有「反懂」性，詩歌本身的「反懂」性也使詩歌欣賞的方式發生了變化，「首先是對閱讀的籲求——它籲求那種經過充分反思的、盡可能排除了先入為主的偏見或成見的閱讀，那種同樣經歷過『孤獨的成熟』、既不倚仗背後人數的多少，也不憑靠任何統計學意義上的市場尺度的閱讀，那種願意共同『追求現實』，並在此過程中與寫作形成創造性對話關係的閱讀，那種『一對一』的閱讀。」[1]這就是說，新的詩歌寫作對詩歌的欣賞提出了新的要求。

具體地，新的閱讀有哪些特點，這是一個非常複雜的問題，但一個很重要的方面就是「反懂」性，事實上，「反懂」的詩歌在當代已經不再是個別的文學現象，而具有普遍性，「反懂」的詩歌欣賞也成了一種基本的詩歌欣賞方式。

那麼，中國當代「反懂」的詩歌欣賞具體有哪些特徵呢？

與其他文體相比，詩歌本來就多空白點，在思維上具有跳躍性，再加上詩歌的語言特別具有修辭性，所以，詩歌在意思的表達上往往比較模糊，難以準確的把握。而「反懂」的詩歌更具有反傳統性。概括起來，它具有這樣一些明顯的特點：

第一、不再把詩歌文本看作是純粹客觀的，不再把作品的意義看作是作品所固有的屬性，不再把作品的意義等同於詩人的寫作意圖因而不再根據詩人的寫作意圖來解讀作品。承認寫作的無意識、非理性活動的合理性和合法性。在先鋒詩歌理念中，詩歌寫作不再是一種嚴密的經過精心籌畫的理性活動，而具有「隨意性」、「即興性」、「零亂性」和「拼湊性」，因而不論是在思想上還是在藝術特點上都有很多不確定性。因此，先

---

1 唐曉渡：〈九〇年代先鋒詩的若干問題〉，《唐曉渡詩學論集》，中國社會科學出版社，二〇〇一年版，第一二二頁。

鋒詩歌不論是在結構上還是在意義上，都不一定具有內在的統一性，都不一定是一個有機整體，可以是不完整的。在先鋒詩歌寫作那裏，「作者的意圖」，作品「永恆不變的意義」等都是非常可疑的。

「反懂」的詩歌欣賞並不絕對否定「懂」的文學欣賞方式對詩歌的傳統理解，但反對它的唯一性即專制性或絕對化。在「反懂」的詩歌欣賞那裏，我們可以對先鋒詩中的反理性主義、後現代主義等進行理解、闡釋、分析，但我們不能把自己的理解和闡釋當作真理，當作作品的終極意義，不能把我們的主觀理解看作是詩歌的固有屬性。也就是說，「反懂」的詩歌欣賞承認多樣解讀的可能性和這種可能性的合理性，這樣，「反懂」的詩歌欣賞就具有「開放」的品格。

第二、「反懂」的詩歌欣賞認同先鋒詩歌在藝術上的「空洞化」、「平面化」、「遊戲性」等特性，也即承認作品可以無意義。以此為前提，「反懂」的詩歌欣賞不再追求詩歌的客觀意義。在「反懂」的詩歌欣賞那裏，閱讀變成了對文本的一種態度，這態度可以是嚴肅的，也可以是遊戲的，可以是純粹而高雅的，也可以是世俗而商業化的，可以是沉重的思考的，也可以是輕鬆的娛樂的……各種態度與閱讀活動有關，但並不完全是由作品的性質和特點決定的。

第三、與傳統的「懂」的文學欣賞強調對作品的理解並在理解中品味不同，「反懂」的詩歌欣賞強調對作品進行感受、體驗和想像，並在感受、體驗和想像的基礎上進行再創造。所以，「反懂」的詩歌欣賞其活動的重心已經由作品轉向讀者，作品本身的價值和意義已經不再是最重要的，最重要的是讀者從作品中獲得了什麼和獲得了多少，文學欣賞的成功與否是與讀者的閱讀作為標準的，而不是以是否理解了作品作為衡量標準的。與傳統的「懂」的文學欣賞把文學欣賞局限於狹小的「理解」範圍內不同，「反懂」的詩歌欣賞其範圍要寬泛得多，凡是閱讀都是欣賞，所有閱讀所帶來的後果都屬於文學欣賞的積極成果。在傳統的「懂」的文學欣賞那裏，「誤讀」、「誤解」、「誤釋」都是屬於「錯誤」，是應該避免的，而在「反懂」的詩歌欣賞這裏，文學欣賞不是知識論的範疇，只有欣賞的方式的不同，只有感悟能力的差異，沒有「正確」與「錯誤」的區分，

「誤讀」、「誤解」、「誤釋」都具有它的合理性，都屬於「正常」的文學欣賞。

第四、「反懂」的詩歌欣賞具有反形而上學性，包括：反邏輯、反理解、反完整性、反元語言、反元意義、反形象等。這種反形而上學性在作品上就表現為不確定性、非原則化、無深度性、卑瑣性、種類混雜、內在性等，在欣賞上就表現為解構主義的閱讀，不再把作品看作是一個有機的統一體來閱讀，認為文本充滿了內在的矛盾，解構主義的閱讀就是突顯矛盾，其最後的結果是導致文本的分裂從而碎片化，導向不確定的領域。

「反懂」的詩歌欣賞不再是傳統的單向性的讀者對作品的接受，而具有雙向性，強調讀者與作品的對話。在「反懂」的詩歌欣賞這裏，讀者具有充分的主觀性，同時文本也在閱讀的過程中發生某種改變。在「反懂」的詩歌欣賞中，文本不是物質性的，而是文化性的，文本實際上沉澱了豐富的文化內涵。「反懂」的詩歌欣賞認為詩歌欣賞是向未來無限開放的，是向讀者無限開放的，對作品的欣賞不可能完結，對具體的欣賞主體來說其欣賞也不可能一次性完結。「反懂」的詩歌欣賞在欣賞過程中不求意義的完整性，也不求結果的統一性，它往往是「抓住一點不及其餘」。

第五、「反懂」的詩歌欣賞強調詩歌欣賞的個人性和私人性。這與先鋒詩歌的寫作本身有很大的關係，個人化寫作和私人化寫作是九〇年代詩歌寫作的一個基本事實。既然寫作是個人的，文學欣賞當然也應該是個人化的。在「反懂」的詩歌欣賞那裏，對每一首詩歌的欣賞以及每一次的具體欣賞都具有獨一無二性，所謂「不可能掉進同一條河裏」一語在「反懂」的詩歌欣賞這裏尤其適合。「反懂」的詩歌欣賞不認同理性主義的普遍性、規律性，所以不承認對先鋒詩歌的欣賞具有某種共同性，也不認為對先鋒詩的欣賞有某種標準，不認為先鋒詩的欣賞可以操作、策劃，這與先鋒詩寫作本身的狂歡性、行動性、意義的自我生成性等有密切的關係。所以，「反懂」的詩歌欣賞特別強調變化性，甚至於瞬間性。一種極至的、交歡似的欣賞快感只可能在特定的語言、特定的身體狀況、特定的閱讀心情之下才會出現，就像靈感的出現一樣，來無影去無蹤，並且只可能出現一次。

後現代主義、解構主義的思維方式對中國當代「反懂」的詩歌欣賞具有深刻的影響。正是因為如此，所以，「反懂」的詩歌欣賞具有反形而上學性，具有多元性。需要特別說明的是，當代詩壇的格局是複雜的，既有傳統的詩歌，包括古典詩詞，又有先鋒詩。具體於先鋒詩也是各種各樣的，「反懂」的詩歌只是先鋒詩歌中的一部分。筆者所綜合的上述諸特點，只是就總體情況而言，並非所有的先鋒詩歌都具有這些特點。所以，文章的最後我仍然要畫蛇添足地說一句：我並不是說當代先鋒詩歌就是「反懂」的，只是說，當代先鋒詩中出現了「反懂」的詩歌，並相應地出現了「反懂」的詩歌欣賞。我相信這對認識當代文學的複雜性是有幫助的。

第七章　「個人」與「自由」話語的形成及其對文學研究的意義

第一節　中國古代的「個人」話語及其本質

「人的發現」是五四新文化特別是新文學最大的成就之一，毫不誇張地說，中國現代社會就是建立在現代人的基礎上的。但是「人的發現」，即使從概念和話語的角度來說，也並不意味著中國古代沒有人的問題，沒有對人以及相關現象的言說。我認為，「人的發現」本質上是話語問題。所謂「發現了人」，本質上是發現了西方「人」的概念和話語方式，不是發現了物理的人，而是發現了對人的新的言說、新的表述、新的觀念，即發現了具有獨特精神內涵的社會的人。「覺悟」自近代以來一直是一個非常流行的詞語，「覺悟」即悟道，它和「發現」具有相同的意義，並且都具有話語霸權的意味，因為它暗含著對發現或覺悟以前的思想和觀念的否定，同時對「發現」的思想和觀點其正確性和真理性的絕對肯定。而在這諸多發現中，個人主義是最重要的發現，對於五四時確立的人的範疇和話語系統或者說觀念體系中，「個人主義」是最重要的概念、話語方式或思想方式。個人主義是現代人的最重要內涵，它引發了對人的觀念的根本性變革，同時也從深層上引發了中國現代政治思想、倫理思想、法律觀念、文學觀念等的根本性變革。

既然中國古代也有人作為物質實體的存在，並且存在著人的倫理和精神的問題，那麼，人作為物質實體是否存在著古代與現代的差別？在社會倫理和精神的層面上，中國古代的「人」與現代「人」究竟有什麼區別？我們在什麼意義上把現代對於人的新的認識稱作「人的發現」？這些都是值得深入追問的問題。本節站在現代「人」的基礎上，試圖從比較話語的角度重新審視中國古代「個人」話語及其本質。

我認為，人作為物質實體，在中國古代與在中國現代並沒有實質的差別。中國古代也有人的問題，並且人的社會、倫理、道德觀念對於中國古代社會也具有深層性，中國古代社會也是建立在人的基本觀念的基礎上的。但在倫理、道德觀念等精神的層面上，中國古代的人與現代的人具有實質性的差別，並且這種差別從根本上決定了社會在結構和類型上的不同。五四時期是在「人」的全新觀念的意義上把人的「重新」認識稱作「人的發現」的。

中國古代只有「民」的概念而沒有「人」的概念。從對象來說，中國古代的「民」和西方近代以來的「人」只是在範圍上略有不同，但在內涵上二者卻具有實質性的差別。這種差別導致人的觀念的根本性不同，導致對個人的態度根本性不同，導致個人在社會中地位的根本性不同，並最終導致社會結構的不同，導致社會在類型上的不同。當我們說中國古代沒有「人」的概念的時候，並不是說中國古代沒有人的問題，沒有對人的認識以及相關的言說，而是說相比較西方的「人」的概念來說，中國古代的人是不完整的，缺乏主體性，沒有合法的個人利益和權力保障，中國古代的人是工具性的、倫理性的、社會性的人，在強大的政體中，在嚴格的社會關係中，人作為主體是沒有位置的，個人是虛空的。語言具有整體性，話語具有系統性，中國古代關於人的言說和歷史狀況與中國古代的語言體系和話語系統有密切的關係。筆者更願意把中西關於人的觀念體系的不同看作是中西方關於人的話語方式的不同。從政治倫理的思想層面上來說，中國古代最為核心的概念是「三綱五常」，即君臣、父子、夫妻，仁、義、禮、智、信等，它可以說構成了一個嚴密的話語體系，而「民」則是這話語體系中的一個「子話語系統」。與西方的「人」與「個性」、「利益」、「權力」、「平等」、「自由」、「民主」、「發展」、「啟蒙」等概念密切相關，並且構成一個完整的話語體系不同，中國古代的「民」總是與「君」、「社稷」等概念緊密地聯繫在一起，從而構成另一種完整的話語體系。

在中國古代話語體系中，「民」作為概念和範疇其意義是在和「君」以及「社稷」的相互關係中確定的，也就是說，「民」的內涵和外延其疆界是以「君」和「社稷」作為參照而劃定的。《左傳・襄公二十五年》說：「君民者，豈以陵民，社稷是主；臣君者，豈為其口實，社稷是養。故君為社稷死，則死之，為社稷亡，則亡之。」《孟子・盡心上》說：「民為貴，社稷次之，君為輕。」直到十九世紀初的梁啟超還汲汲於在國家、民、君之間進行排序，他認為，社會的結構實際上是由「君」、「民」和「社稷」的關係構成的，「十八世紀以前，君為貴，社稷次之，民為輕。十八世紀末至十九世紀初，民為貴，社稷次之，君為輕。十九世紀末至二十世紀，社稷為貴，民次之，君為輕。」[1]中國古代沒有「人」的概念，沒有個人主義思想，應該說與這種話語方式有著深層的聯繫。同樣，中國近代輸入的西方人道主義、個人主義思想之所以會發生中國式的變異，也與這種語境及言說有著密切的聯繫。

與西方的「人」及相關的自由、民主相比較，中國古代的「民」完全是另一種範疇和話語方式。在西方，「人」是個體概念，它與「社會」是相對立的範疇，「個體」與「群體」構成二元對立範疇。而在中國古代，

[1] 梁啟超：〈國家思想變遷異同論〉，《飲冰室文集》之六，第二十二頁。《飲冰室合集》第一冊，中華書局，一九八九年版。

「民」雖然是由個體組成的，但「民」從本質上是一個群體概念，即「群眾」或者「百姓」。在這裏，「民」具有抽象性，「民」似乎到處都存在，但「民」又似乎看不見、摸不著，因為誰也不能代表「民」。從人的個性、獨立性、權力和利益的角度來說，「民」作為人實際上被抽空了內容。「民」作為一個整體性的概念，在中國古代實際上無所實指，「抽象」在這裏即意味「虛空」。所以，正如張明寶先生所說：「中國『民』之概念不是『人』的意念，它是一種群體的、整體的、抽象的概念；中國『人』之意念雖然與『民』有所不一，但在根本上與其『群體』性有統一性。可以這樣說，傳統中國『人』完全是『天』的有機契合，它也不是一個獨立的、自由的、具體的、個體的存在，而是滲透著天命的『整合』。」「『國民』，是一個在中國很少有個人承擔，只有群體、關係、抽象的道義承擔的辭彙。」[1]中國古代個人的權利和自由很多都是通過以「民」抽象化、群體化的方式而被剝奪的。

「君」本來也是人，但在中國古代，它卻被儀式化、形式化了，和「民」一樣，「君」作為人其內容同樣被抽空了，「君」成了權力的化身，成了國家的象徵，君作為人的身心要求和滿足都是以國家的名義來實現的。這樣，在政治倫理上，「君」和「民」就構成了二元對立範疇，「君」和「民」都是人但共同點卻很少，「君」和「民」作為人的聯繫的紐帶在中國古代的君臣社稷話語中根本就是無足輕重的。所以，有人根據中國古代的重「民」而認為中國古代也非常重視人的問題，又根據「修身養性」等認為中國古代也有個人主義，這其實是一種很大的誤解。中國古代只「民本主義」而沒有「人本主義」，是「民為重」而不是「人為重」。魯迅所描述的中國古代社會的「吃人」性也充分說明了「人」在中國古代社會的沒有地位。

中國古代儒家的確非常注重個人的修身養性，非常注重個人品德的培養。孟子說：「存其心，養其性，所以事天也。天壽不貳，修身以俟之，所以立命也。」（《孟子・盡心章句上》）「天將大任於斯人也，必先苦

1　張寶明：《自由神話的終結》，上海三聯書店，二〇〇二年版，第五、三十頁。

其心志，勞其筋骨，餓其體膚，空乏其身……」（《孟子・告子章句下》）但與西方的從個人出發的修身養性不同，中國古代修身養性是從國家出發，即孟子所說的「事天」和完成「天降大任」。因此，中國古代的「修身」從根本上是為了「成聖」，而聖人的特點是「聖人無我」。在這一意義上，中國古代的修身最終恰恰與西方個人主義的目標是相反的結果。「存天理，滅人欲。」「我是為惡成就。」（《朱子語類》卷三十六）「天只生得許多人物，與你許多道理。然天卻自做不得……蓋天做不得底，卻須聖人為他做也。」（《朱子語類》卷十四）（聖人）「心代天意，口代天言，手代天工，身代天事。」（邵雍：《觀物・內篇之二》）這些話都說明了中國古代的「聖人」是沒有自我或獨立個性的人，聖人從本質上是反個人主義的。

人在中國古代始終是第二位的。道家以自然為第一位，人在自然面前是渺小的、微不足道的，莊子說：「吾在天地之間，猶小石小木之在大山也。」（《莊子・秋水》）所以，在道家的學說中，人的個性可以說被自然壓抑了。儒家以社會為第一性，人是社會的構件，人的特點更多地體現在社會的特性之中，所以道德性構成了中國古代人的最重要的特點。荀子說：「水火有氣而無生，草木有生而無知，禽獸有知而無義，人有氣有生有知且有義，故最為天下貴也。」（《荀子・王制》）《禮記》中說：「凡人之所以為人者，禮義也。」（《禮記・冠義》）「禮」、「義」、「仁」、「孝」、「忠」這些概念構成了中國古代人的最重要的內涵。這樣，與道家的把人還給自然不同，儒家則是用社會包容了人，人的本質被道德化了，其結果是人的個性被道德或社會壓抑了。正如劉澤華先生所說：「『人之所以為人者，禮義也』的命題，與其說是揭示了人的本質，不如說是宣佈了一個限制人自身的根本律令。雖有益於維護人類社會的秩序性和整體性，卻又在一定程度上阻礙了人們向著解放和自由邁進。」[1]人的確具有社會性，但人的社會性本質上是人的自然本性的延伸，所以，個性對於人來說是更為根本的。西方的人與社會是對立統一的關係，即既矛盾又互補。而中國古代的人則是消融

1 劉澤華：《中國的王權主義》，上海人民出版社，二〇〇〇年版，第二九八頁。

在社會性中，這也決定了古代漢語語境缺乏產生個人主義的土壤。

因此，中國古代的「愛民」思想其實與個人主義相去甚遠，因為中國古代的「愛民」與「重民」始終是手段而不是目的本身。「民」只有對統治階級有用的時候，只有和統治者的利益相一致的時候，它才有被愛的資格，這個時候它才以一種抽象的形態而達到了最高的地位，所以，「愛民」、「重民」其實是以「忠君」、「愛君」作為先決條件的。所謂「民為重」，本質上是站在統治者的立場上而言的，是對於統治階級的統治而言，「民為重」。「民為重」作為一種話語隱含著以「君」為中心的霸權。「君子者，天地之參也，萬物之總也，民之父母也。無君子，則天地不理，禮義無統。」（《荀子・王制》）「普天之下，莫非王土；率土之濱，莫非王臣。」（《詩經・北山》）只要有「君」的概念和話語方式以及君王的事實存在，「民」就永遠不可能「為重」，「民」永遠只能是一種缺乏主體性的存在，因此，中國在古代漢語語境中不可能有獨立的個人主義。

中國古代的「民本主義」不是個人主義，也不是「群體主義」，本質上是「君主主義」。「三綱五常」，其核心內容就是「君臣」，「父子」和「夫妻」等倫常最終都可以統攝到君臣關係中去。中國古代的「人道」最大特點是強調犧牲個人，泯滅個性，這是對個性主義的根本性否定。這裏的「人道」主義之所以不是「群體主義」，其根本原因就在於犧牲個人最終是為了維護君主的利益及其統治。中國近代以來的個人主義也強調群體性，但這裏的「群體」主要指民族國家和社會。近代個人主義也強調犧牲個人，比如孫中山先生說：「個人不可太自由，國家要得到完全自由。到了國家能夠行動自由，中國便是強盛國家，要這麼做，便要大家犧牲自由。」個人「要用到國家身上去」。[1]但近代群體主義的犧牲個人是為國家、為民族、為社會，即「愛國主義」。愛國主義的犧牲更富於獻身精神，因為這種犧牲沒有具體的目的對象，常常無以回報。「愛國主義」也是中國古代最為

1　孫中山：〈三民主義・民權主義第二講〉，《孫中山選集》，人民出版社，一九八一年版，第七二二—七二三頁。

重要的價值準則和意識形態，但中國古代的「愛國」常常是和「忠君」聯繫在一起的，更多的時候「愛國」是抽象的，「忠君」才是實在的，「愛國」是通過「忠君」的方式表現出來的，「愛國」最終體現為「愛君」與「忠君」，比如文天祥、岳飛，他們都是民族英雄，但他們更是傳統意義上的「忠臣」。「留取丹心照汗青」，現代語境中我們當然可以對它作抽象的愛國主義解說，但它的本義卻是忠君。文天祥和岳飛都是「客觀愛國主義」，「主觀忠君主義」。當然，這涉及到中國古代另一個非常重要的關係：國家和「君」之間的關係。

在中國古代，國家即社稷是連接「民」與「君」之間的紐帶。但與西方現代民族國家的至高無上的地位不同，中國古代的「君」是至高無上的。所謂「家天下」、「打江山」以及「臣民」都說明了「君王」的絕對地位。所謂「亡國」，絕大多數情況下不是指民族國家的消亡，而是指王朝的崩潰。除了改朝換代的動亂給民眾從生活上帶來影響以外，大多數情況下，百姓並不以誰當皇帝為意。同族範圍內的朝代的更替只有王公大臣才有切身的「亡國奴」的感受，普通的百姓是沒有這種感覺的。相比較而言，民族則是一個與「民」的命運息息相關的實體概念，民族更具有穩定的內涵，它構成民眾更為重要的精神依託與文化根基。所以，「民」首先和「民族主義」緊密地聯繫在一起，然後才和國家緊密地聯繫在一起的。正是在民族國家的仲介下，「君」、「民」構成了現實關係和話語方式的統一性。但也正是這種統一性深刻地限制了中國古代個人主義思想的生長與發展。「君」與「民」的所屬關係以及人與人之間的等級秩序，使中國古代的人沒有主體性，沒有獨立意識，不僅下層的百姓沒有主體性和獨立意識，上層的王公大臣乃至皇帝也沒有主體性的獨立意識，魯迅用「奴性」來描述中國古代的人權狀況，是非常深刻的。正如劉澤華先生所說：「中國古代的人文思想從總體上不是把人引向個性解放和人格平等，而是引向個性泯滅，使大多數人不成其為人。造成這種結果的重要原因是王權至上和道德至上的理論及其相應的規定。」[1]中國古代的個人總體被納入了王權主義。

[1] 劉澤華：《中國的王權主義》，上海人民出版社，二〇〇〇年版，第二一六頁。

中國古代「人」的話語中，最接近西方個人概念的是「己」，但「己」與「個人」同樣存在著根本性差距。近代把西方的「self」翻譯成「己」，這本質上不是事實問題，而是話語問題。正如劉禾所說：「英文中的『self』和中文裏的『己』等詞的關係只是在近世的翻譯過程中才確立的，而後來翻譯時選擇的詞義又是現代中英字典給定的。因此，這兩個詞之間的任何聯繫都是歷史機緣的產物，其意義依跨語際實踐的特定因素而定。這類關係一旦建立，文本就變成『可譯的』。」[1]這就是說，我們雖然把「self」翻譯成中國古代的「己」，但這種翻譯本質上是歷史地建構起來的，二者並不是同一概念，而具有實質性區別。

中國古代的「己」不同於西方的個人（即「self」），個人與更為廣闊的自由、權力、民主相聯繫，因而構成一種話語體系。所以，西方有個人主義、自由主義和各種各樣的人權運動。中國古代的「己」則不可能產生個人主義的系列思想。正如錢滿素所說：「中國文化並非沒有個人主義的成分，但它們與現代個人主義顯然不能混為一談。很難說這些個人主義的成分或色彩是否會朝著個人主義的方向發展。」[2]考察中國古代思想體系，我們看到，不論是儒家、道家還是其他派別，它們關於人的觀念都不具有通向個人主義和自由主義的趨向。儒家關於自我的概念主要和自我修養聯繫在一起。「首先，儒家的自我是一個嚴格的道德概念，而不是政治或法律的概念。它關注的主要是一個人的人格或性格。……在儒家『修身齊家治國平天下』的公式中，個人是始點而不是最終目的。他甚至不屬於自己，故而不可能為自己的利益和權利辯護。」「其次，儒家的自我修養從本質上和內容上看，並不鼓勵個性。一個人修身是為了按照聖人的方式去求道，既然道只有一個，而聖人又都是符合道的人，那麼成功的修身就會產生出許多類似的性格，而不是獨特的個性。」[3]道家的自我則主要是一個自然的概念，它的結論恰恰是對人的否定。「道家側重於人和自然的關係，強調人的自然性而非人的社會性。」

1 劉禾：《語際書寫——現代思想史寫作批判綱要》，上海三聯書店，一九九九年版，第一一六頁。
2 錢滿素：《愛默生與中國——對個人主義的反思》，生活・讀書・新知三聯書店，一九九六年版，第二一二頁。
3 錢滿素：《愛默生與中國——對個人主義的反思》，生活・讀書・新知三聯書店，一九九六年版，第二一三頁。

「道家的思想和態度與現代個人主義也完全不同。……他們不想介入社會，在社會中實現自己，而是要逃離社會。」[1]在中國古代思想體系中，人始終只是出發點，而不是歸結點。人也是重要的，但並不是最重要的，人或讓位於社會、或讓位於自然、或讓位於宗教。

中國古代的個人觀念與西方的個人主義不是相近的而恰恰是相反的。因此，西方個人主義思想在最初輸入進中國的過程，可以說遭遇到了強烈的拒斥。魯迅曾說：「個人一語，入中國未三四年，號稱識時之士，多引以為大垢，苟被其諡，與民賊同。意者未遑深知明察，而迷誤為害人利己之義也歟。」[2]費正清說：「西方自由主義的兩個神聖名詞『freedom』（自由）和『individualism』（個人主義），翻譯時，正如在日本，保留了一種任性的無責任感的涵意，使為人人的學說去為個人自己服務。規規矩矩的儒家信仰者給嚇壞了。西方個人主義的美德變成沒有責任感的自顧自己的放縱。」[3]中國古代的語境及傳統的概念決定了站在傳統的立場和話語基礎上不可能真正理解個人主義，由於視野和話語範圍的局限，我們只能把它比附於中國古代的自私自利，並相應有貶損它。只有少數接受西方教育、並真正地接受西方思想的先知先覺者如魯迅才會真正地理解它，並認識它對於中國的價值。比如何啟、胡禮垣解釋從西方引進的「民主」、「人權」、「自由」等概念：「天下之權，唯民是主，然民亦不自為也，選立君上，以行其權，是謂長民。」（五編）「謂國而無民權，無異於謂天之無日月。」（六編）在他們看來，自由即「自主之權」（初編）「人人有權，又人人不能違乎眾」，因為「人人皆欲為利己益己之事，而又必須有利於眾人，否則亦須無損害於眾人，苟如是，則為人人之所悅而畀之以自主之權也。」（五編）[4]可以看到，這實際上是用中國古代的君臣等級觀念和「民」與「社稷」關係的

1 錢滿素：《愛默生與中國——對個人主義的反思》，生活•讀書•新知三聯書店，一九九六年版，第二一六頁。
2 魯迅：〈文化偏至論〉，《魯迅全集》第一卷，人民文學出版社，一九八一年版，第五十頁。
3 費正清編《劍橋中華民國史（一九一二——一九四九年）》，上冊，中國社會科學出版社，一九九四年版，第五——六頁。
4 何啟、胡禮垣：《新政真詮》，遼寧人民出版社，一九九四年版。

觀念來解釋西方個人主義、自由主義思想，其與原本思想之間的差距也是非常明顯的。我們可以把這稱作「誤解」，但這種誤解是不可避免的，它根源於傳統的語言體系及具體的語境，也就是說，何啟、胡禮垣等只能根據他們自己的知識基礎和話語方式來理解西方。

總體上，中國古代由「君」、「臣」、「民」、「社稷」等所構成的話語體系不可能衍生出現代個人主義思想。中國自近代以來的個人主義話語是從根本上是從西方引入的。當然，西方個人主義以及相關的自由、平等、人權等概念作為話語體系在引入的過程中，由於語言、文化等因素的影響而發生了某種歧變，從而具有中西二重性，即既與西方話語相聯繫又與中國傳統話語相聯繫，既不同於西方話語也不同於中國傳統話語，而是一種具有新質的個人主義話語，即中國現代個人主義話語。中國古代「個人」話語與中國現代個人主義話語是兩套不同的話語體系，它們在現象上有某種相似性，特別是在詞語上某些術語完全相同，但在內涵上二者有著實質性的差別，此「個人」非彼「個人」也。

第二節　嚴復的自由主義思想及其近代意義

中國古代的話語體系和話語方式不可能衍生出現代性的個人主義以及相關的自由主義思想。本質上，近代以來的個人主義和自由主義思想是從西方引進的。但個人主義以及相關話語引入中國時，又受漢語語境以及思想體系和話語方式的制約和影響，從而發生變異。這樣，中國近代以來的個人主義話語就既不同於中國古代的民本主義話語，又不同於西方的個人主義話語，而是具有中國現代特色的獨特的個人主義話語方式，屬於中國現代語言體系。並且，中國的個人主義也有一個在中西交流的過程中伴隨著中西兩種話語方式從衝突到融合的發展變化歷程。

而在建構中國現代自由主義話語的過程中，嚴復是一個關鍵性人物。本節主要通過研究嚴復自由主義思想的建構過程從而從一個特殊的角度來研究中國近代自由主義思想的建構過程，特別是研究西方自由主義思想在介紹和翻譯的過程中是如何被誤解從而中國化的，研究這種誤解對於中國近代自由主義思想建構的特殊意義。需要說明的是，我認為，個人主義是自由主義最重要的內容，所以本節主要在個人主義的層面上討論自由主義。

近代中國所接受的個人主義主要是英國的個人主義和歐洲大陸的個人主義，其中以嚴復和梁啟超的積極宣傳、譯介最有力。嚴復以譯介英國穆勒的自由主義著名，其中他所翻譯的《群己權界論》對中國近代的自由主義思想的發生和發展產生了重大的影響。梁啟超則主要宣傳法國特別是盧梭的平等、自由以及契約論思想，另外也介紹霍布士、斯賓諾莎等人的自由主義思想，並對它們大加發揮。

與梁啟超的自由思想不同，嚴復的自由主義思想除了直接的表述以外，更多是通過翻譯表達出來的，具體地說，是通過話語的選擇、意義的闡釋、思想的強調、詞句的增減等翻譯方式表達出來的。也就是說，嚴復實際上把他關於自由的思想和他對西方自由主義思想的理解有意識或無意識地滲透在翻譯之中，因此，嚴復對西方自由主義思想的翻譯絕不是簡單地把西方自由主義思想換一種語言進行表述，而在語言的轉換的過程中自覺或不自覺地對西方自由主義思想進行了改造、發揮、損益，從而使西方自由主義思想變得中國化。思想文化翻譯不具有對等性，這是翻譯的固有品性，但翻譯的這種品性在嚴復那裏尤其顯著。所以，如果我們把嚴復翻譯的西方自由主義思想和原本的西方自由主義進行比較、分析，我們就可以清楚地看到嚴復自由主義思想的建構過程，而這一過程對於整個中國近現代自由主義思想建構來說具有代表性。

本質上，中國近代自由主義話語體系是在輸入西方自由主義的過程中逐漸建構起來的，而在這建構的過程中，中國傳統的話語以及思維模式對西方自由思想體系具有制約性，中國傳統思想深刻地影響了西方自由主義思想在中國的表述，並且最終導致了它們的變異或者說中國化。受中國古代自私自利觀念的制約和影響，西方個人主義話語在最初的輸入時被理解和敘述成與國家和社會相對立的範疇和概念。嚴復、梁啟超等人看到了個人主義與自由主義、憲政社會制度之間的深層關係，看到了個人主義對西方社會積極作用的現象，他們也意識到了個人主義價值觀與西方經濟繁榮、政治強大之間的內在聯繫，但他們並沒有真正理解個人主義的實質和內涵，他們認為個人主義即強調個人的權力和利益，強調自我即自私自利，所以它與國家、民族和群體構成利益衝突。他們看到了自由主義與西方民主政體之間的關係，但他們並沒有真正認識自由的本質，他們認為個人自由太多必然會妨礙集體自由。因此，他們試圖以詮釋和敘述的方式來調諧個人與群體之間的衝突，並通過語境轉換所賦予個人的靈動性這種合法的途徑有意識或無意識地對西方的個人主義、自由主義概念進行修正。

把穆勒、盧梭的個人主義和自由主義思想與嚴復和梁啟超所譯介和宣傳的個人主義與自由主義思想進行比較，我們可以清晰地看到西方個人主義和自由主義是如何變成中國的個人主義和自由主義的，我們可以把這種變化看作是個人主義和自由主義的一種發展，也可以把它看作是西方個人主義和自由主義的中國化。同時，我們還可以清晰地看到中國傳統的個人話語體系是如何影響和制約我們對西方個人主義和自由主義話語的理解的，可以清晰地看到中國的國情以及特殊的歷史條件如何影響西方個人主義和自由主義的輸入的，又是如何修正西方個人主義和自由主義話語的。

穆勒的個人主義思想在自由主義史上被稱為功利主義。穆勒的自由主義學說主要是繼承和修正邊沁學說而來。邊沁的功利主義基本原則有二：一、判斷個人行為的正當和不正當的基本標準就是功利原則，即個人的幸福。二、每個人在自由追求功利的同時，全社會的功利也隨之增加。「公共利益是由個人利益組成的，離開了個人利益就沒有公共利益。個人利益是社會利益的基礎，損害個人利益也就是損害公共利益。……惟有個人利益是現實的利益，不能為了他人的幸福而犧牲個人自己的幸福。」可以看到，功利主義的個人主義強調個人的絕對利益，雖然它也認同公共利益，但它認為個人的利益是首要的，並且公共利益服從於個人利益。穆勒繼承了邊沁功利主義基本原則，他堅信：「社會的最終價值只能是個人的幸福和個性的自由發展，所有社會行為的最終目標都是為了確保一切人的行為完全獨立的自由。政府的根本目的是為了促進最大多數人的最大幸福，惟有通過最大限度地增進個人利益，才能達到最大多數人的利益。」他對邊沁自由主義的修正和發展在於，他在充分肯定個人優先原則和絕對地位的同時，又主張對個人的權利和自由加以適當的限制：「由於個人的利益經常是相互衝突的，如果絕對地放任個人的自由選擇行為，對個人的自由不加任何限制，那麼，社會的整體利益實際上很難實現，甚至社會的正常秩序也很難維持。所以他指出，雖然個人的思想必須絕對自由，但個人的行為自由必須加以限制，使之不損害社會的安全和他人的幸福，不妨礙政府履行其促進社會進步和最大多數人幸福的義務。總之，只有在不傷害他人的範圍內，個人才擁有充分的自由。」[1]也就是說，穆勒對邊沁功利主義的個人主義加上了一些限定性的條件。

而嚴復在翻譯和介紹穆勒的個人主義和自由主義思想時，則顛倒了其思想的主次，明顯地壓抑了個人優先原則這一前提，而張揚了個人自由應該受到限制這一附則。穆勒的原作題為On Liberty，現代最準確、最直接的翻譯即《論自由》，但嚴復的譯名卻是《群己權界論》，翻譯成現代白話則是「論群體與個人權利界線」，兩相比較，差距甚遠。在嚴復看來，穆勒的自由即講述個人與群體之間的關係，這明顯是對穆勒「自由」涵義的曲解。我們可以把這看作是語言轉換的問題即翻譯問題，但我們也可以把這看作是嚴復借翻譯表達自己的觀點，或者在翻譯的時候滲入自己的觀點。在《群己權界論》「譯者序」中他說：「學者必明乎己與群之權界，而後自繇之說乃可用耳。」[2]在「譯凡例」中他說：「中文自繇，常含放誕、恣睢、無忌憚諸劣義，然此自是後起附屬之詁，與初義無涉。初義但云不為外物拘牽而已，無勝義亦無劣義也。……但自入群而後，我自繇者人亦自繇，使無限制約束，便入強權世界，而相衝突。故曰人得自繇，而必以他人之自繇為界，此則《大學》絜矩之道，君子所恃以平天下者矣。穆勒此書，即為人分別何者必宜自繇，何者不可自繇也。」[3]在另外的地方他

1 俞可平：《社群主義》，中國社會科學出版社，一九九八年版，第八—九、十、十一頁。
2 嚴復：〈譯《群己權界論》自序〉，《嚴復集》第一冊，中華書局，一九八六年版，第一三二頁。
3 嚴復：〈《群己權界論》譯凡例〉，《嚴復集》第一冊，中華書局，一九八六年版，第一三二頁。

說：「特觀吾國今處之形，則小己自由，尚非所急，而所以去異族之侵橫，求有立於天地之間，斯真刻不容緩之事。故所急者，乃國群自由，非小己自由也。」「群己並生，則舍己為群。」「兩害相權；己輕群重。」[1]這樣的話在嚴復著作中還有一些，凡此種種都說明，「群」制約著嚴復對自由的理解，他實際上是把西方的「自由」、「個人」納入了中國古代思想體系，實際上是把西方的「自由」與「個人」概念置入了中國古代的語境，這樣，在漢語中的「自由」與「個人」就發生了深刻的變異。

作為翻譯家，嚴復看到了語境變化之後的詞義歧變，但嚴復自己也陷入了語義的歧變卻不覺。不同在於，嚴復在翻譯和詮釋的過程中所表現出來的語義歧變是深層上的，即思想層面的，而不是日常語義層面的。在嚴復那裏，西方個人主義和自由主義的最重要的衍變就是個人與群體的關係被納入了自由主義的核心範疇，嚴復始終從個人與群體的關係來解釋和定義自由主義。在穆勒及其它功利主義個人主義那裏，個人的權利和自由是第一位的，只有當個人的權利和自由妨礙他人的權利和自由時，群體才通過契約的方式來制衡個人。群體是第二位的，它只有對個人的自由和權力有益時才作為因素有積極的價值與意義。所以，在穆勒的自由主義學說中，群體服從並服務於個人。從論述上來說，穆勒自由主義的中心概念和範疇是「個人」，「群體」是「個人」衍生出的概念和範疇，因此它從根本上是次要和附屬的。而在嚴復這裏，群體始終是第一位的，個人只是群體的一個組成部分，只有當個人的自由和權力有利於群體的自由和利益時，個人的權利和自由才值得肯定並得到充分的尊重。在西方傳統自由主義話語體系中，個人與群體的關係是隱含的，嚴復之所以突顯個人與群體的關係在自由主義和個人主義話語中的重要地位，並且強調群體，其實是受了根深蒂固的中國傳統思想的影響和制約，在這裏，我們可以明顯看到「民」與「社稷」關係的深層結構在自由主義和個人主義言說上的影子。這與其說是誤解，還不如說是「歸化」，也就是說，嚴復未必是有意這樣曲解，而是漢語言及思維方式以一種

1　嚴復：〈《法意》按語〉之八十二，《嚴復集》第四冊，中華書局，一九八六年版，第九八一頁。

無形的強大力量規範著他這樣言說，從而在言說的意義上，西方自由主義思想悄然附著上了中國傳統的群體主義思想內涵。

正是由於「個人」與「群體」的維度關係作為話語始終潛在地制約和影響著嚴復的思想及言說，所以，在嚴復那裏，「自由」和「個人」始終具有社會功利性色彩。近代以來，中國向西方的學習一直具有社會功利性，中國始終是在「有用」特別是對國家、民族的繁榮富強有用的意義上向西方學習的。最初只是認為洋槍洋炮機械船隻有用，而社會制度還是中國的好，所以當初的學習主要停留在器物的層面上。後來發現，物理、化學、機械等還是表面的，西方的政治制度是更有用的東西，因而學習便上升到制度的層面上。再後來，發現器物和制度都是表面性的社會現象，而文化才是最為深層次的基礎，所以就有了五四學習西方文化的新文化和新文學運動。嚴復、梁啟超等人之所以引進西方的個人主義、自由主義思想，根本的原因還是認為這些思想對中國的強盛有用（這和王國維有很大的不同），在〈原強〉一文中，嚴復認為，西洋的發達（即「勝」），「推求其故，蓋彼以自由為體，以民主為用。」[1]他對「自由」的解釋是：「自其自由平等觀之，則捐忌諱，去煩苛，決壅敝，人人得以行其意，申其言，上下之勢不相懸，君不甚尊，民不甚賤，而聯若一體者，是無法之勝也。」[2]可以看到，嚴復這裏所說的「自由」主要是政治自由。西方的自由主要是一個涉及個人權力的概念，所以，自由的本質是權力，而不是地位的重新分配，但嚴復把它詮釋成主要是人與人之間的關係，即平等，這是意義的第一次滑動。同時，嚴復把政治上的平等與自由看作是「無法」，這是意義的第二次滑動。經過這「兩重」的意義滑動，嚴復的「自由」便與西方原初的「自由」在意義上相距甚遠。它實際上反映了嚴復以一種中國的眼光看待西方的自由。在西方，自由與「法」並不構成必然的衝突，自由並不意味著無

1 嚴復：〈原強〉，《嚴復集》第一冊，中華書局，一九八六年版，第十一頁。

2 嚴復：〈原強〉，《嚴復集》第一冊，中華書局，一九八六年版，第十一頁。

「法」，恰恰相反，「法」構成了自由的「平臺」，正是在「法」的基礎上，自由又具有約束性，從而具有群體的特點。

嚴復關於自由的介紹和闡釋其實也涉及到了人的問題，但嚴復所理解的人主要是中國古代的「民」，這樣，他就把「人」最終納入了中國古代的言說軌道，納入了國家和民族的範疇，其結果是必然從根本上削弱甚至否定個人。事實上，嚴復是從國家自強的角度來談論「民」的，「至於其本，則亦於民智、民力、民德三者加之意而已。果使民智開，民力日奮，民德日和，則上雖不治其標，而標將自立。」[1] 從「民」、「上」等概念來看，嚴復這裏明顯地受中國古代的君、民、社稷等話語方式和言說方式的限制。

「民」在中國古代的言說中實際上以抽象的方式而被抽空了內涵，或者說，「民」被定義為群體概念而最終被納入了社稷的範圍，所以，從人的權利和自由的角度來說，「民」在中國古代實際上是一個很虛空的概念。當把現代「人」的概念納入中國古代的「民」的範疇，即從個人與群體的關係來言說「人」，在言說中，人的權利和自由其實被大大地壓扁了，這是嚴復本人也沒有意識到的。嚴復上面所說的「民智、民力、民德」即後來所說的「德、智、體」，從根本上是從社會價值而非個人價值上來言說「人」，所以，嚴復雖然涉及到了人及權力和自由的問題，但由於言說的「權力」緣故，嚴復最終又以一種言說的方式而消解了人的權利和自由。正如有人所說：「嚴復仍然是不忘國家的生存問題。他攻擊的是韓愈的低估了民力、民智、民德的重要。舊中國的統治階級不能增進人民的能力，結果則是這些能力的萎縮。自由是解放這些能力的手段，這些能力則必須應用在國家富強這個目標上。因此，嚴復對於科學、自由、平等、民主的價值的信服盡可是真實的，但只是這一切作為富強手段的價值，而非其內在的價值，引起他的熱烈的反應。」[2] 也就是說，在嚴復這裏，個人、

---

[1] 嚴復：〈原強〉，《嚴復集》第一冊，中華書局，一九八六年版，第十四頁。

[2] 徐高阮：〈嚴復型的權威主義及其同時代人對此型思想之批評〉，《近代中國思想人物論——自由主義》，時報文化出版事業有限公司，一九五八年版，第一四三頁。

自由不具有本位性，他的立足點和終極點都是民族和國家，嚴復明顯也是強調個人的自由和權利的，但他充分肯定這些價值的前提是國家和民族原則，所以，當這些價值有礙於民族和國家利益時，它們便馬上遭到了限制甚至否定。「夫言自由而日趨放恣，言平等而在在反於事實之發生，此真無益，而智者之所不事也。自不佞言，今之所急者，非自由也，而在人人減損自由，而以利國善群為職志。至於平等，本法律而言之，誠為平國要素，而見於出占投票之時。然須知國有疑問，以多數定其從違，要亦出於法之不得已。福利與否，必視公民之程度為何如。往往一眾之專橫，其危險壓制，更甚於獨夫，而亦未必為專者之利。」[1]由此可見，在嚴復的思想體系中，個人的權力和自由其實並沒有地位。因此，可以說，與穆勒的個人主義的功利主義不同，嚴復的個人主義本質上是民族或國家功利主義。這是一種巨大的衍變，這種衍變對於中國近代自由主義的建構意義重大。

嚴復也講自利的問題，「今夫中國人與人之際，至難言矣。知損彼之為己利，而不知彼此之兩無所損而共利焉，然後為大利也。故其敝也，至於上下舉不能自由，皆無以自利；而富強之政，亦無以行於其中。」[2]嚴復在這裏把損人利己的「自利」和不損人的「自利」即「共利」區別開來，這是非常重要的區分。同時，他認為自由與「共利」意義上的「自利」以及更大範疇的國家富強之間存在著內在的聯繫，這一看法非常接近西方個人主義思想。這是傳統士大夫不可能有的思想，在這一意義上，我們對嚴復的自由主義思想予以高度的評價並強調它的近代意義。但另一方面我們也應該看到這兩個事實：其一，嚴復的利己主義思想在理論上還是很淺顯的，他時刻不忘記從人與人、人與社會的關係角度來思考個人、自由等問題，這說明他並沒有真正理解和把握西方個人主義和自由主義的精髓。嚴復的自由主義和個人主義不僅和西方的自由主義和個人主義有根本性的不同，也和五四時期的自由主義和個人主義有很大的差距，因為，只要從關係的角度來理解和把握個人及其自由

---

[1] 嚴復〈《民約》平議〉，《嚴復集》第二冊，中華書局，一九八六年版，第三三七頁。

[2] 嚴復〈原強〉，《嚴復集》第一冊，中華書局，一九八六年版，第十五頁。

問題，個人主義永遠不可能得到提升。其二，「自利」思想在嚴復的思想體系中並不具有根本性，總體來看，嚴復對自由和個人的理解具有明顯中國化的特點，與西方原本個人主義和自由主義還有很大的差距。

臺灣學者黃克武曾把穆勒的《論自由》原文和嚴復的譯文作過仔細的比較，他得出的結論是：穆勒自由主義和嚴復所譯穆勒自由主義之間存在著很大的差距，譯文和原著之間的差距主要表現在五個方面，而其中最重要的兩個方面是：「甲是嚴復無法翻譯一些與悲觀主義認識論密切相關的語彙；乙是嚴復在翻譯一些西方個人主義的基本詞彙時遭遇許多困難。」比如「will」、「wishes」、「individual spontaneity」、「self-interest」、「reason」、「human judgment」、「private life」、「private conduct」、「taste」等，「他找不到一些明確的中文，來翻譯這些與個人特質有關的觀念，缺乏上述這些字眼的適當翻譯，很難精確地表現出彌爾思想中個人之角色。」[1]比如穆勒《論自由》中有這樣一段話：

> In proportion to the development of his individuality, each person becomes more valuable to himself, and is, therefore, capable of being more valuable to others.

用現代漢語，這段話大略可以這樣翻譯：個性越發展，每個人對他自己來說就變得越有價值，因而對他人來說能夠變得更有價值。嚴復的譯文是：「故特操異撰者，兼成己成物之功，明德新民，胥由於此。吾之有以善吾生，與人之所以得吾生而益善者，必不以同流而合汙，而以獨行而特立也。」[2]兩相比較，我們可以看到，嚴復譯文所表達的意思與原文的意思之間存在著相當的距離，這種距離不完全是字面上的，更是深層的文化和

1 黃克武：〈自由的所以然——嚴復對約翰彌爾自由思想的認識與批判〉，上海書店出版社，二〇〇〇年版，第一二五、一五二頁。
2 穆勒：〈群己權界論〉，劉夢溪主編《中國現代學術經典・嚴復卷》，河北教育出版社，一九九六年版，第四九〇頁。

語言上的。嚴復把「個性」翻譯成「操異撰」，翻譯成特立獨行，不同流合污，這是一種扭曲；把利己同時利他翻譯成「成己成物」，翻譯成「善吾生」同時他者「得吾生而益善」，這同樣是一種扭曲。這裏，我們可以看到文化背景和知識背景以及語境變化後的思想在轉化或「旅行」時發生的微妙變化，明顯地，思想在「穿越」文化時不可避免地會附著上文化的沉積物。個性在中國古代的確具有獨特性的涵義，思想和行為的怪異的確是具有個性的最突出的表現，中國古代那些具有個性的知識份子的確在行為上和思想上具有放任、怪誕的特點，但西方自由主義的個性更是一個人性的範疇和概念，個性即本性，是人在性格和意志上的自由選擇，它與人的尊嚴、權力等概念具有一體性。利己同時利人是在價值觀上而言的，而不是在單純的物質意義上而言的，也就是說，只有尊重自己才能尊重別人，尊重自己也就是尊重別人，在這裏，尊重的是一種價值觀而不是具體的人。從「成己成物」以及「明德新民」等用語中，我們隱約感覺到嚴復實際上把自由社會化了，也就是說，西方的自由主義主要是強調自我本身，利他也是利己，所以自由主義本質上是個人主義，而嚴復在這裏則把「利己」與「利他」相提並論，實際上更強調自由主義的社群本質。聯繫嚴復的其他表述，這一點看得更清楚。

我這裏更關心的是，嚴復的翻譯為什麼會發生這樣的變異？英語的程度、理解的誤差、觀念的不同，這些都是非常重要的原因。但我認為，文化、知識背景和所操持的語言是造成理解的差異和翻譯在實質上變異的根本原因。沒有讀懂原著，或者說並沒有真正理解原著，這是不可避免的，這是嚴復翻譯中誤譯的一個方面，但我更願意把嚴復的誤譯看作是翻譯本身的問題，即很多在今天看來的誤譯並不是理解的問題，而從根本上是語言和文化的問題。中西方文化是兩種不同的文化，表現為相應的兩種語言系統。我們承認中西方文化有相通的一面，因為人和社會有某種共同性，但同時我們也必須承認中西方文化之間的深刻的差異性，這種差異不是形式的而是實質的，不是平行的而是互補的，是一方所有而另一方所無，所以對於嚴復來說，翻譯不是簡單的語言形式轉換，而是文化的輸入、語言的輸入。

文化和語言的差異性本身才是思想翻譯發生歧變的根本原因。嚴復時代，中西方文化交流在範圍和程度上都還非常有限，對西方文化思想的翻譯可以說還很不成熟，一切都在探索之中，翻譯的標準還沒有建構起來，如何翻譯其實存在多種選擇。文化作為精神形態，具有歷史性，它是由各種條件和機緣的偶合而成，所以又具有獨特性。西方文化的很多形態從形式到內容都是中國固有文化中所沒有的，中國古代沒有對等甚至相似的思想，所以找不到對應的表述和言說方式進行等價值或等值轉換。

中西方思想的不同，不是形式的不同，而是實質的不同，翻譯在這裏與其說是語言轉換，還不如說是輸入一種新思想或者在漢語語境中創造一種新思想。嚴復對穆勒的翻譯本質上是用新的概念、新的術語和新的範疇進行新的言說和新的表述。首先，他事實上是站在中國人的立場和文化背景上想像西方的自由主義思想。其次，為了使中國人能夠理解和明白自由主義和個人主義這種全新的思想，嚴復只能用中國古代的語言方式和思維習慣來表述和言說，所以他用大量運用中國古代典故、儒道的學說和術語來翻譯穆勒的自由學說。比如他曾說：「平生於《莊子》累讀不厭，因其說理，話語打破後璧，往往至今不能出其範圍……莊生在古，則言仁義，使生今日，則當言平等、自由、博愛、民權諸學矣。」[1]對於莊子的《應帝王》，他的評語是：「此篇言治國宜聽民之自由，自化……郭注云，夫無心而任乎自化者，應為帝王也。此解與晚近歐西言治者所主張合。」[2]在嚴復看來，莊子的「無為」與西方的「自由」只是表述的不同，二者本質上是相通的，並且莊子的「無為」涵納了西方的「自由」。在嚴復看來，西方的「個人」在中國古代也是早已有之：「為我之學，固原於老。孟子謂其拔一毛利天下而不為，固標其粗，與世俗不相知之語，以為詬厲，未必楊朱之真也。」[3]所以嚴復認為自由就是莊子的「在宥」和楊朱的「為我」。這樣，中國古代的「仁」、「義」、「利」、「民」、「無為」、

1 嚴復：〈與熊純如書三十九〉（一九一六年），《嚴復集》第三冊，中華書局，一九八六年版，第六四八頁。
2 嚴復：〈莊子評語〉，《嚴復集》第四冊，中華書局，一九八六年版，第一一一八頁。
3 嚴復：〈莊子評語〉，《嚴復集》第四冊，中華書局，一九八六年版，第一一四七頁。

「為我」等概念以及由這些概念所組成的總體思想體系就與近代以來的西方自由主義思想體系具有一致性，並且可以會通。現在看來，中國古代的「無為」和「為我」等概念和西方的自由主義從根本上就不是同一範疇，它們分別是兩套話語體系，也是兩種思想體系。

從這裏我們可以看到，翻譯在深層上具有比附性，即「將心比心」，此思想「相當於」或「接近於」彼思想，理解和詮釋對於翻譯來說具有本體性。事實上，知識背景、語境、語言本身深刻地制約著翻譯，並合法地改變原語的思想性質，其改變的程度取決於兩種知識背景和語境的差異的程度。中西方文化交流之初，我們對西方知之甚少，我們的語言體系是古代漢語，我們的知識基礎是中國傳統的，對於人的言說語境是「三綱五常」，這些都深刻地改變了對中國近代對西方自由主義思想的想像和翻譯，即使像嚴復這樣的對西學有很深的理解和瞭解的人，也不能超越。對比on liberty和《群己權界論》，以今天的翻譯標準，嚴復的翻譯可以說大大地走樣了，甚至可以說很不準確，但我們卻不能簡單地把這看作是沒有理解原意，也不能簡單地把這看作是誤解或有意篡改，我們更不能因此而貶損嚴復的翻譯。我認為，這是翻譯的固有本性，是現代翻譯標準還沒有建構起來時的翻譯的合法性選擇。

中國近代自由主義思想的內涵和品格都與翻譯密切相關，它既涉及到西方原本自由主義話語，又涉及到中國古代的民本主義話語。嚴復的翻譯與我們今天的翻譯有很大的不同，他是一個通常意義上的翻譯家，但更是一個通常意義上的思想家，不論在翻譯的技術層面上，還是在翻譯的思想層面上，嚴復都具有創制性，他的有關自由主義的翻譯實際上反映了中國古代民本主義與西方自由主義的對話、交流與融合，從根本上，中國近代自由主義和個人主義思想就是在這種對西方自由主義和個人主義思想中國化的言說中或者漢語化的言說中建構起來的，某種意義上，西方自由主義思想在中國近代的歧變過程也就是中國近代自由主義思想的建構過程。所以，嚴復的翻譯對中國近代自由主義話語的建構具有重大的作用和意義，其近代意義也主要表現在這裏。

第三節　從個體自由到群體自由
——梁啟超自由主義思想的中國化

在建構中國自由主義話語的過程中，梁啟超是一個重鎮人物，他一生中寫作了大量有關個人、自由以及與此相關的文章和著作，對中國的自由主義、個人主義思想的建構和傳播發生了深刻的影響。但與嚴復不同的是，梁啟超的西語程度並不高，在外語上，他主要以日語的方式瞭解和接受西方。所以他對西方的介紹更為中國化，更有自己的理解和想當然，也更能反映出西方文化特別是西方自由主義和個人主義思想的中國變異。

檢審梁啟超有關「個人」、「自由」的論述和觀點，我們可以看到，梁啟超的個人主義和自由主義思想直接來源於西方，其中對梁啟超影響比較大的有盧梭、邊沁、洛克、孟德斯鳩、穆勒、斯賓諾莎、斯賓塞、康德、達爾文、吉德、伯倫知理等。梁啟超深刻地認識到了西方自由主義、個人主義的本質以及它們對西方社會的巨大作用。他對個人、自由的理解和表述也具有真知卓見性，他認為人的本質就在於生命與權利：「號稱人類者，則以保生命保權利兩者相倚，然後此責任乃完。苟不爾者，則忽喪其所以為人之資格，而與禽獸立於同等之地位。」[1]而自由就是生命和權力的最重要的內容，「自由者，權利之表證也。凡人所以為人者有二大要件，一曰生命，二曰權利，二者缺一，時乃非人。故自由者亦精神界之生命也。……自由之德者，非他人所能予奪，乃我自得之而自享之者也。」[2]天賦人權，同時意味著天賦人的自由，人的權利既不是別人給予的，也不

1　梁啟超：〈新民說·論權利思想〉，《飲冰室專集》之四，中華書局，一九八九年版，第三十一頁。（按：以下凡引此書，不再一一注明出版社和出版年月。）

2　梁啟超：〈十種德性相反相成義·自由與制裁〉，《飲冰室專集》之五，第四十五頁。

能被人剝奪，這就是自由的本質。

生存是人的物質生命，而自由則是人的精神生命，並且，對於人來說，精神的生命更為重要，也更為本質。如果人只有生存的生命而沒有精神的權利，那不過是奴隸，所以，「自由者，奴隸之對待也。」[1]「何謂奴隸？曰：天使吾為民而卒不成其為民者也。故奴隸無權利，而國民有權利；奴隸無責任，而國民有責任；奴隸甘壓制，而國民尚自由；奴隸尚尊卑，而國民言平等；奴隸好依傍，而國民尚獨立。此奴隸與國民之別也。」[2]所謂「國民」即「自由民」，即近代以來的「人」，它具有權利、責任、反壓迫、尚尊卑、平等、獨立等品格，對於「自由」，這是比較全面的理解和解釋。這裏，「國民」與「奴隸」相對，而不是和「君」以及「社稷」相對，反映了梁啟超非常注重自由的個人內在品質，這是和中國古代的民本主義話語方式有著根本不同的。正如張寶明先生所說：「這種變化雖然有著很強的傳統尾巴，但洋溢著近代意義上的『現代性』卻是毫無疑義的。相對奴隸、奴才，『國民』是對生命個體的發現，是對個人價值的初步確認。」[3]對於個人價值的肯定和對於個性的尊重，這是中國近現代「人本主義」「自由」思想與傳統「民本主義」「個人」思想最重大的區別之一。

梁啟超深刻地認識到自由的個人本質，即精神的獨立性。「侵人」自由被認為是一種罪惡，但梁啟超認為，比侵人自由更大的罪惡則是放棄自由，原因在於「苟天下無放棄自由之人，則必無侵人自由之人，即之所侵者即彼之所放棄者。」[4]這實際上是從精神上對自由進行定義。在精神的層面上，我認為他提出的「心奴」這個概念是非常重要的，是對自由的最為精髓的認識：「是故人之奴隸我不足畏也，而莫痛於自奴隸於人，自奴

1 梁啟超：〈新民說‧論自由〉，《飲冰室專集》之四，第四十頁。
2 梁啟超：〈說國民〉，《國民報》第二期（一九〇一年六月十日）。
3 張寶明：《自由神話的終結》，上海三聯書店，二〇〇二年版，第二十頁。
4 梁啟超：〈自由書‧放棄自由之罪〉，《飲冰室專集》之二，第二十三頁。

隸於人猶不足畏也，而莫慘於我奴隸於我。……辱莫大於心奴，而身奴斯為末矣。夫人強迫我以為奴隸者，吾不樂焉，可以一旦起而脫其絆也。……若有欲求真自由者乎，其必自除心中之奴隸始。」[1]身體被囚禁、行動受限制，言論被壓制，這當然也是不自由的表現，但這種不自由還是非常表面的，即形式的，而真正的不自由則是精神上的，即沒有自由的意識，亦即並沒有意識到言論受到限制，並沒有意識到權利被剝奪，並不知道自己正在做奴隸。

梁啟超深刻地認識到了自由與自私自利之間的關係。從自由出發，他對中西方對於人的觀念的比較也是非常準確的：「大抵中國善言仁，而泰西善言義。仁者人也，我利人，人亦利我，是所重者常在人也。義者我也，我不害人，而亦不許人之害我，是所重者常在我也。此二德果孰為至乎？在千萬年後大同太平之世界，吾不敢言，若在今日，則義也者，誠救時之至德要道哉。」[2]梁啟超這裏所說的「人」「義」具有近代性，它與中國古代的「人」「義」和中國現代的「人」「義」都不同，它具有特殊的涵義，「人」即別人，「義」則「利」，他人與我的不同側重構成了二者之間的區別。中國古代的「仁」強調別人，即奉獻精神，而西方的「義」則強調自我，即個人功利性，這種描述是非常準確的。同時，他認為強調個人主義是匡時救世的最重要途徑，這是非常大膽的想法，比較切合西方功利個人主義的原意，也道出了西方資本主義的精神實質。梁啟超說：「數百年來世界之大事，何一非以自由二字為之原動力者耶。」[3]這種概括也是一針見血的，自由主義及相應的個人主義是現代西方社會的主流精神，正是自由主義及個人主義構成了西方現代社會的基礎，既西方現代社會繁榮和強大的結果，又是其原因。正是出於這種認識，他提倡自由，「『不自由者毋寧死』斯語也，實十八九兩世紀中，歐美諸國民所以立國之本原也。自由之義，適用於今日之中國乎？曰，自由者，天下之公

1 梁啟超：〈新民說・論自由〉，《飲冰室專集》之四，第四十七頁。
2 梁啟超：〈新民說・論權利思想〉，《飲冰室專集》之四，第三十五頁。
3 梁啟超：〈新民說・論自由〉，《飲冰室專集》之四，第四十四頁。

理，人生之要具，無往而不適用者也。」[1] 自由即獨立，作為人類一種非常美好的精神，自由是沒有國界的，也適用於中國。因此梁啟超認為：「故今日欲救精神界之中國，舍自由美德外，其道無由。」[2] 救中國這是一個非常複雜的問題，涉及到諸多方面，而建構自由精神顯然是一個非常重要的方面。

但另一方面，我們看到，傳統的儒家、道家和其他中國古代思想以及中國近代的語境又深深地羈絆了梁啟超對自由和個人的理解和言說。在梁啟超的思想體系中，自由及個人具有濃厚的中國特色，是典型的中國近代話語方式，一個最明顯的特徵就是在梁啟超那裏，自由從西方的具有個體性質的話語變成了具有集體性質的中國話語；由純粹的個人範疇變成了個人與群體的關係範疇；由主要是人道主義自由概念變成了主要是國家主義自由、民族主義自由和群體主義自由的概念。在西方，自由從根本上是個人的自由，自由從本質上起源於個人對社會、對國家、對政府、對宗教等外在限制力量的反抗，個人的自由是其他一切自由的基礎，與自由相關的民主、平等、權利在深層上都淵於個人，自由始終是和個人聯繫在一起的，所以自由主義又是一種人道主義，而其他諸如政治自由主義、經濟自由主義、民族自由主義、國家自由主義等都可以說是個人自由主義的延伸。在西方，個人和群體是天然性二元對立矛盾，個人自由始終和群體自由構成衝突，自由思想正是在這種衝突和矛盾中演進和發展的。但中國古代重群體主要是重社稷或國家的傳統思想以及相應的話語，再加上近代特殊的救亡壓倒一切的社會思潮，這對梁啟超對自由主義思想的理解和表述都深有影響，所以，西方自由和個人思想在梁啟超那裏發生了巨大的歧變從而變得中國化了，具體地說，變得中國近代化了。

「人人自由而以他人之自由為界」這是梁啟超經常掛在嘴邊的話。這句話絕對沒有錯，自由並不是為所欲為，自由並不是放任自流，自由是一種權利，是一種滿足，但權利和滿足並不是無邊的，這是自由的應有

1 梁啟超：〈新民說・論自由〉，《飲冰室專集》之四，第四十頁。
2 梁啟超：〈十種德性相反相成義・自由與制裁〉，《飲冰室文集》之五，第四十六頁。

之涵義，或者說是自由的起碼的限定。人類之所以孜孜追求自由，正是因為個人的權利受到社會和他人的侵犯和剝奪，所以自由一開始就試圖確立這種界線而不是反對這種界線，自由的界線是自由的本義而不是對自由的限制。梁啟超之所以反覆強調「人人自由而以他人之自由為界」這樣一種觀念，其實反映了當時的中國人包括梁啟超本人對西方自由觀念理解上的偏頗。自由概念在最初進入中國的時候，受中國傳統觀念和話語方式的影響，很多人以為自由就是放任，就是為所欲為即想做什麼就做什麼，梁啟超的「人人自由而以他人之自由為界」是對這種誤解或想當然的糾偏。

但另一方面，梁啟超的糾偏又包含著另一種誤解，一種深層的誤解，那就是，責任和限制本來是自由的應有之義，但他卻把它排斥在自由之外。實際上，梁啟超始終是在自由之外而不是自由之內來理解限制的，也就是說，他始終把限制理解為外在於自由的一種力量。梁啟超把自由區分為「團體自由」和「個人自由」兩義：「自由之界說曰：人人自由，而以不侵人之自由為界。夫既不許侵人自由，則其不自由亦甚矣。而顧謂此為自由之極則者何也。自由云者，團體之自由，非個人之自由也。野蠻時代，個人之自由勝，而團體之自由亡；文明時代，團體之自由強，而個人之自由滅。斯二者蓋有一定之比例，而分毫不容忒者焉。使其以個人之自由為自由也，則天下享自由之福者，宜莫今日之中國人若也。紳士武斷於鄉曲，受魚肉者莫能抗也，驅商逋債而不償，受欺騙者莫能責也……」[1]表面上看來，這似乎非常雄辯，但實際上這裏有很深的對於自由的誤解，因為自由從根本上是個人自由，團體自由不過是個人自由的一種延伸，所以，團體自由和個人自由並不是並列關係，它們並不是同一層次的，所以「二分」僅僅只是詞語上的而不是邏輯和事實上的。而更為重要的是，梁啟超雖然承認個人自由的合理性並且認為個人自由與群體自由人有同等的重要性，但是在他的言說中，個人自由明顯是次要的，他更多談論的還是團體自由，更注重的也是團體自由，「自由之義，竟不可以行於個人乎？曰惡，

1 梁啟超：〈新民說・論自由〉，《飲冰室專集》之四，第四十四—四十五頁。

是何言。團體自由者，個人自由之積也，人不能離團體而自生存，團體不保其自由，則將有他團焉自外而侵入壓之奪之，則個人之自由更何有也？」[1] 從這裏可以看到，對於個人自由的價值以及個人自由對群體自由的意義，梁啟超並沒有充分的認識，個人自由在梁啟超這裏其實是虛空的，有名無實。所以，梁啟超實際上顛倒了個人自由與群體自由之間的關係，他強調群體優先性而事實上削弱了自由的個人本質性。

那麼，什麼是團體自由呢？「團體」當然是一個涵義很豐富的概念，但對於梁啟超來說，團體自由主要是指民族自由或國家自由。所以從個人自由與團體自由這一理論出發，梁啟超衍生出另一個重要的自由主義話語，即民族或國家自由的話語。梁啟超非常獨特地對自由進行了劃分：自由有二端：「一曰君權之壓制，一曰外權之壓制。脫君權之壓制而一旦自由者，法國是也；脫外權之壓制而一旦自由者，美國是也。故凡受君權之壓制而不能為法國人之所為者，非國民也；凡受外國之壓制而不能為美國人之所為者，非國民也。」[2] 就自由主義的個人本義而言，自由即反抗任何壓迫和權利剝奪，這種反抗既包括反抗內權的壓迫，又包括反抗外權的壓迫。而就自由更為廣泛的關係而言，自由同樣是反抗任何侵犯和壓迫，但這種反抗則應該作另一種劃分，即個人作為主體對他人和社會性的壓制和侵犯的反抗，國家和民族作為主體對其他國家和民族的壓迫和侵犯的反抗。梁啟超實際上是把這二者糅合在一起進行表述的，這樣，自由概念就發生中國化的歧變，變成了比較典型的中國近代思想範疇。它與西方的自由範疇具有親緣關係，但同時附著了更多中國傳統和時代的內涵。這符合概念的演變發展規律。事實上，中國近代的自由範疇始終在這個兩個層面上展開。一方面，自由在個人層面上具有啟蒙性，另一方面，自由在群體層面上具有救亡性。也即梁啟超所說的自由作為理性工具具有反「君權」和反「外權」的雙重作用。並且，反對「外權」的民族或國家自由主義更為根本，它統馭個人自由主義，也即

[1] 梁啟超：〈新民說・論自由〉，《飲冰室專集》之四，第四十六頁。
[2] 梁啟超：〈說國民〉，《國民報》第二期（一九〇一年六月十日）。

李澤厚所說的「救亡」壓倒「啟蒙」。換一種說法，一方面，自由的概念淵源於西方，它始終具有西方性，西方的自由主義理論既是中國自由主義思想的來源，又是其理論基礎，所以中國的自由主義思想在發展和表述的過程中在詞源上不斷地追根溯源返歸西方。另一方面，西方的自由主義思想在中國特定的語境和現實環境中又不斷地變異，進行新的意義延伸，從而中國化。中國的自由主義始終在這樣一種雙向運動中生成和演變，這樣就生發出具有中國特色的中國近現代自由主義思想體系。

國家自由主義思想之所以自近代以來一直被強調並構成了中國自由主義思想體系最重要的內容，除了群體自由優先於個人自由這一中國式的自由主義理論因素以外，更為切實的原因則是中國自近代以來的救亡的現實。自由在任何社會可以說都是奢侈品，它是文明的標誌，更是文明的產物，它始終以社會的強大以及物質的繁榮作為前提條件。按照心理學家馬斯洛的人類需求觀點，物質的需求先於精神的需求，也可以說，在層次上，精神的需求高於物質的需求。對於社會來說，首先是物質的追求，然後才是精神的追求，所以，自由主義作為思想革命晚於經濟和社會革命。自由從根本上是精神性的，是人在個性上的自我滿足。自由的本質對社會的批判，是對政府作為強力形態的反抗，是人的物質需求得到滿足之後的進一步的精神的追求，所以，不是自由精神導致社會的強大和經濟的繁榮，恰恰相反，是物質的發達導致自由精神。當人們追求自由和社會具有普遍自由的時候，社會在物質上應該已經很發達。近代中國在引進西方自由主義思想時恰恰把這種關係顛倒了。事實上，中國並不是為了享受自由才引進自由的，中國引進自由的根本目的是為了國家的富強，就是說，中國輸入西方自由主義思想的根本目的不是為了啟蒙而是為了救亡。嚴復和梁啟超等人清楚地看到了自由在西方社會中精神的支柱性地位，以及它與西方社會繁榮之間的息息相關性，不過他們誤解了它們之間的因果關係，他們以為正是自由導致了西方社會的繁榮。這正是自由被作為工具理性被引進的深層邏輯。這一點對於我們理解和把握中國近代的自由主義是非常重要的。

正是因為強調國家和民族自由優先於個人自由，所以「服從」就構成了梁啟超「自由」概念的非常重要的內涵。「故真自由者必能服從，服從者何？服法律也。法律者，我所制定之，以保護我自由，而亦以箝束我自由者也。彼英人是已。天下民族中，最富於服從性質者莫如英人，其最享自由幸福者亦莫如英人。夫安知乎服從之即為自由母也。」[1]責任和限制是自由的內涵，但法律對人的約束卻不屬於自由的範疇。梁啟超把責任和限制排斥在自由之外，而把法律納入自由之內，這裏再一次表現他對自由主義的某種誤解。個人自由的確是和個人責任緊密地聯繫在一起的，個人權利和個人責任實際上是自由的正反兩面，責任不是外在於自由而恰恰是自由的本義。梁啟超說：「人人對於人而有當盡之責任，人人對於我而有當盡之責任。」[2]又說：「權利思想者，非徒我對於我應盡之義務而已，實亦一私人對於一公群應盡之義務也。」[3]強調權利與責任、權利與義務之間的相成關係，這是正確的，但「服從」和「責任」明顯是兩回事，服從是權利的對立面，它在根本上是反自由的；而責任則是權利的另一面，它屬於自由的應有之義。正如錢滿素所說：「一個人享受的自由和權利越多，要求於他的責任和自理能力也就越多。……一個在暴力統治下成長的民族如同一個在拳頭下長大的孩子，會習慣於服從暴力而不是服從真理。」[4]與專制和暴力相應的是服從，而個人主義恰恰具有責任感。缺乏個人主義便會產生純粹的「自私自利主義」，因為自私是人的本性，個人主義則把自私社會化，即以正常的方式解決自私的弊端，所以它與責任聯繫在一起，並以社會進步作為結果。如果個人的權力被否定，他便會對公共事務失去興趣，「他被迫退到保護自己，只關心自己的地步，整個外界對他來說是異己的，甚至是敵對的。」[5]這種自私自利的人本質上是非社會性的人。從這裏我們可以看到，梁啟超實際上把自由的責任和法律的服從混同了，而

1 梁啟超：〈新民說・論自由〉，《飲冰室專集》之四，第四十五頁。
2 梁啟超：〈新民說・論權利思想〉，《飲冰室專集》之四，第三十一頁。
3 梁啟超：〈新民說・論權利思想〉，《飲冰室專集》之四，第三十六頁。
4 錢滿素：〈愛默生與中國——對個人主義的反思〉，生活・讀書・新知三聯書店，一九九六年版，第二二三頁。
5 錢滿素：〈愛默生與中國——對個人主義的反思〉，生活・讀書・新知三聯書店，一九九六年版，第二二四頁。

混同的深層原因仍然在於群體自由主義的觀念，在於特殊的中國語境。但也正是在這裏，中國近代的自由主義和西方的自由主義開始分道揚鑣，從而走上自我理解、闡發和建構的過程。

梁啟超提出的「愛主義者」、「利主義者」和「樂主義者」的思想，很近於西方的個人主義本質。他對「利己主義」的辯護，遠遠超越於時人，「天下之道德法律，未有不自利己而立者也。對於禽獸而倡自貴知類之義，則利己而已。而人類之所以能主宰世界者賴是焉。對於他族而倡愛國保種之義，則利己而已。而國民之所以能進步繁榮者賴是焉。故人而無利己之思想者，則必放棄其權利，馳擲其責任而終至於無以自立。……其能利己者必優而勝，其不能利己者必劣而敗。此實有生之公例矣。西語曰：天助自助者，故生人之大患，莫甚於不自助而望人之助我；不自利而欲人之利我。」[1]「利己主義」本質上是一種個人主義，它具有權利意識，與人的自立、自強等品格聯繫在一起，延伸到國家和種族，它是一種愛國主義。所以梁啟超對中國古代楊朱所說的「人人不拔一毫，人人不利天下，天下治矣」這句長期被人詬病的話進行了辯解或者說重新解說：「夫人雖至鄙吝，至不肖，亦何至愛及一毫，而顧斷斷焉爭之者，非爭此一毫，爭夫人之損我一毫所有權也。是推權利思想充類至義之盡者也，一部分之權利，合之即為全體之權利。一私人之權利思想，積之即為一國家之權利思想，故欲養成此思想，必自個人始，人人皆不肯損一毫，則亦誰復敢攖他人之鋒而損其一毫者，故曰天下治矣，非虛言也。」[2]在另一個地方，他對自利性作了附會性的解說：「吾昔甚疑其言，甚惡其言，及解英德諸國哲學大家之書，其所標名義，與楊朱吻合者，不一而足。而其理論之完備，實有足以助人群之發達。進國民之文明者，蓋西國政治之基礎，在於民權，而民權之鞏固，由於國民競爭權利，寸步不肯稍讓，即以人人不拔一毫之心以自利者利天下。觀於此，然後知中國人號稱利己心重者，實則非真利己也，苟其真利己，何以他人

1 梁啟超：〈十種德性相反相成義・利己與愛他〉，《飲冰室文集》之五，第四十八頁。
2 梁啟超：〈新民說・論權利思想〉，《飲冰室專集》之四，第三十六頁。

剝奪己之權利，握制己之生命，而恬然安之，恬然讓之，曾不以為意也。」[1]「一毛不拔」在今天也是一個貶義詞，不願作絲毫的個人利益的犧牲，這在任何國家都是不被提倡的思想。梁啟超的辯解顯然很牽強。但透過辯解本身，我們看到，梁啟超在這裏其實是表達了另一種思想，即權利思想。每個人都自覺地維護自己的權益，權利意識得到張揚，人個的權利就不會輕易地被侵犯，推而廣之，團體和國家的權利就能得到保障。這和我們今天所說的「從我做起」是同一邏輯理路。所以，自利主義實際上包含了很深層的權利意識。利己實際上是對自我的看重，是對自我權利的維護，中國古代缺乏真正的利己主義。作為描述，應該說，這是正確的。

但另一方面，梁啟超同時又把利己主義以個人主義之名納入其「群」的總體範疇之中，也就是說，個人從根本上的屬於群體，個人不過是滿足群體利益的有效工具，個人在這裏實際上成了自私自利通向國家或民族利益的仲介。這樣，梁啟超實際上又以他特有的話語方式從根本上消解了個人和利己：「故善能利己者，必先利其群，而後己之利亦從而進焉。以一家論，則我之家興，我必蒙其福，我之家替，我必受其禍。」[2]利己最終是為了利群並且群體利益優先於個人利益，當集體利益得到保障的時候，個人利益也會相應地得到保障。當個人利益與群體利益相一致的時候，利己即利群，利群即利己。但問題是，當個人利益與群體利益相矛盾和衝突的時候，又如何處理二者之間的關係呢？這在西方是一個非常複雜而充滿爭議的問題，但在梁啟超這裏，它卻是簡明的，那就是，群體為重，個體為輕，個體服從於群體：「故凡古賢今哲之標一宗旨以易天下者，皆非為一私人計也。身與群校，群大身小，詘身伸群，人治之大經也。當其二者不兼之際，往往不愛己不利己不樂己，以達其愛群利群樂群之實者有焉矣。」[3]下面這句話同樣直接：「今世之言自由者，不務所以進其群其國於自由

---

1 梁啟超：〈十種德性相反相成義・利己與愛他〉，《飲冰室文集》之五，第四十九頁。
2 梁啟超：〈十種德性相反相成義・利己與愛他〉，《飲冰室文集》之五，第四十九頁。
3 梁啟超：〈新民說・論自由〉，《飲冰室專集》之四，第四十六頁。

之道，而惟於薄物細故日用飲食，斷斷然主張一己之自由，是何異簞豆見色。」[1]群體利益高於個體利益，群體自由高於個體自由，兩相衝突時，舍個體而保群體，這裏表現出非常明顯的群體優先原則，其觀點非常接近當代西方的社群主義思想。

從群體自由的觀念出發，梁啟超對自由與平等的關係表達了他獨特的看法，他認為自由和平等是矛盾的。「蓋人人自由，則各馳其聰明才力，所成就自有高下之殊，安能平等？人人平等，則智者應自儕於愚，強者應自屈於弱，豈復自由。故自由平等兩面大旗，在今日歐美已成陳跡。」[2]並且，「自由平等之功用，什九當求諸政治，政治以外之事，不能動引此為護符。即其功用之現於政治者，亦不過謂人人於法律內享有自由，法律之下人人皆平等，而斷不容更越此界以作別種之解釋。」[3]梁啟超這裏所說的自由、平等與西方原義的自由、平等差距甚遠，有想當然的意味，是他自己的一種理解和想像。自由的確也是平等，但平等不是齊平、相等，不是抹平人與人之間在地位、智力、體力強弱等方面的差距，如果是這樣，那恰恰是不平等。自由的本質是充分尊重人的權利包括聰明的權利、超越別人的權利，作為自由的平等是機會均等，比如教育機會均等、就業機會均等、政治機會均等等，而不是機會平均和利益相同。自由、平等在政治領域最為明顯和敏感，並且獲得了廣泛的運用，但自由、平等作為精神適用於一切領域，比如經濟領域、文化領域、外交領域等。自由平等從根本上是個人的自由平等，政治、經濟自由平等不過是個人自由平等在精神上的延伸，梁啟超認為自由、平等主要適用於政治，這反映了他對自由和作為自由的平等的誤解。對於十九世紀末二十世紀初的歐美來說，自由、平等不是已經過時，而是日益健全並深深地根植於社會生活的各方面。所以，梁啟超的「自由平等兩面大旗，在今日歐美已成陳跡」這個描述也是不正確的。

1　梁啟超：〈新民說・論自由〉，《飲冰室專集》之四，第四十六頁。
2　梁啟超：〈國民淺訓・自由平等真解〉，《飲冰室專集》之三十二，第十七頁。
3　梁啟超：〈國民淺訓・自由平等真解〉，《飲冰室專集》之三十二，第十七—十八頁。

總體上，梁啟超的自由主義思想來源於西方，但中國傳統的「仁」、「群」、「社稷」所構成的話語系統又對其思想具有深層的影響和潛在的制約。所以，西方自由主義和個人主義思想在梁啟超那裏，既有原義，又有變異，既有明顯的誤解，又有翻譯意義上的詮釋和闡發。換一種廉潔，就成分而言，梁啟超的自由主義思想既有輸入的原本的西方自由主義思想，又有他自己對於自由的想像、發揮、延伸、批評、糾偏和誤解。我們當然關注梁啟超自由主義和個人主義思想所表現出來的外在形態以及它對中國近代自由主義思想的影響或者說在中國近代自由主義思想史上的地位，但我們同樣關心梁啟超的自由主義思想是如何形成的。我們不禁要問：西方的自由主義思想在介紹和翻譯的過程中為什麼會發生這種歧變？我認為，語境和話語方式是至為重要的因素，正是傳統的話語方式、文化知識背景以及現實的語境使西方的自由主義、個人主義思想在通向中國的途中發生了變異，變異當然具有個人性和偶然性，但更具有文化性和必然性。

梁啟超曾說：「啟超生平最惡人引中國古事以證西政，謂彼之所長，皆我所有。」[1]但梁啟超在介紹西方自由主義思想時又不自覺地落入了這種窠臼。比如關於獨立的問題，這是西方自由主義和個人主義最重要的內涵，不論是對於自由主義還是對於個人主義，獨立都具有深層性。但獨立主要是一個精神範疇。而梁啟超所理解的獨立則淺表得多：「獨立者何？不依賴他力，而常昂然獨往獨來於世界者也，中庸所謂中立而不倚，是其義也。」[2]不依賴他人、不偏不倚等這只是獨立在外在形態上的表現之一，作為定義和限定這是遠遠不夠的。本質上，獨立即個性，即精神上的自由，即個人的行為不是出於強迫，而是出於理性的思索，出於對個人本性和品格的尊重。獨立意味著理性、意味著自由選擇，意味著個性，即使這種個性與其他性格相同。獨來獨往的人固然是獨立的人，但從自我思考出發所作出的隨大流的選擇未必不是自由的。獨立不是那些特異人的專利，一

1 梁啟超：〈與嚴又陵先生書〉，《飲冰室文集》之一，第一〇八頁。
2 梁啟超：〈十種德性相反相成義・獨立與合群〉，《飲冰室文集》之五，第四十三頁。

般人也是獨立的。社會就是一種複雜的關係，人與人、人與社會之間的互相依存並不意味著人不獨立。西方的「獨立」作為精神範疇和孟子的「中庸」作為精神範疇是風馬牛不相及的兩回事，中立和中庸只是獨立的一種或一種方式，偏激也是一種獨立，獨立的方式和形態多種多樣。

梁啟超說：「吾中國所以不成為獨立國者，以國民乏獨立之德而已。言學問，則依賴古人；言政術，則依賴外國。官吏依賴君主；君主依賴官吏。百姓依賴政府；政府依賴百姓。乃至一國之人，各各放棄其責任，而惟依賴之是務。究其極也，實則無一人之可依賴者也。……故今日欲言獨立，當先言個人之獨立，乃能言全體之獨立；先言道德上之獨立，乃能言形勢上之獨立。」[1] 個人獨立先於全體獨立，道德作為人的內在獨立先於人的外在形態獨立，這都是正確的。並且，國民在人生上缺乏獨立性的確是中國缺乏獨立性的一個重要表現和原因。但梁啟超所描述的缺乏獨立性的表現卻並非屬於不獨立。學問上向古人學習，政治上借鑒西方先進的經驗，這不能說是缺乏獨立性。官吏與君主、政府與人民既相互對立依存又相互對立，這也不能說是缺乏獨立性。官吏與君主、政府與人民是在哲學的二元對立的意義上相互依存，而各自的責任則是在倫理和社會實踐意義上而言的，這是兩種範疇，根本就不能混在同一平臺上進行言說。

但我們這裏絲毫沒有批評和貶低梁啟超的意味。「以中證西」實際上是站在中國固有的知識背景上，以中國特有的話語來理解和表述西方的思想。梁啟超反對「以中證西」，而他本人又恰恰落入這種模式，這不是他個人的過錯，而從根本上是由語言體系、知識體系以及文化傳統從深層上決定的。梁啟超可以避免某些表面性的用中國傳統來解說西方的思想，但在深層上他是不能超脫中國傳統文化的，這有充分的解釋學哲學根據。人都是生活在一定的語言中，生活在一定的文化中，生活在一定的時代語境中，人的思維、思想、包括具體觀點都深受這些因素的制約和控制，按照胡塞爾、海德格爾和伽達默爾等人的觀點，任何理解和解釋都不能脫離

1　梁啟超：〈十種德性相反相成義・獨立與合群〉，《飲冰室文集》之五，第四十四頁。

已有的知識，任何一種新的知識都是一種「視域融合」。梁啟超對西方自由主義和個人主義思想誤解也好、詮釋也好、糾偏也好、延伸也好，從根本上是知識背景、語言以及文化使然。是傳統話語以及現實語境從根本上限制了梁啟超對西方的理解和介紹。君、臣、父、子、仁、禮、孝、綱、常、己等概念是古代漢語的「關鍵字」，它們對於中國古代思想體系的建構具有關鍵性，當舊的話語體系還沒有被廢棄，而新的話語還構不成完整的體系且沒有被廣泛地認同和接受時，外來的概念被置於舊的話語體系之中就會發生意義歧變，自由、個人、權利等這些西方概念在中國近代就是這樣。「毋庸諱言，作為西方思想學術基本概念之一的『個人主義』，和其他不少概念一樣，在進入漢語語境之後，也發生了類似魯魚亥豕般的意義嬗變，其中既有對異質文化的誤讀，也有政治意識形態的曲解，以致它原有的價值指向最終萎縮成了一種似是而非的道德評價，這對我們思維方式的日常影響至今仍然如影隨形。」[1]這個概括是非常準確的，所謂「似是而非」是相對於西方和中國古代而言，個人主義以及其他西方話語進入中國語境之後便中國化，成為中國話語，其意義和價值都發生了變化，變得既不是純粹的西方話語，也不是純粹的中國傳統話語，而是中國現代話語方式。中國現代話語方式構成了現代中國人思想的深層基礎，所以其影響「如影隨形」。

「群」是中國古代的一個重要概念。近代嚴復首先把西方的「社會學」翻譯為「群學」，並把「自由」翻譯為「群己權界」，中國古代的「群」作為思想範疇開始和西方的社會、自由、個人、國家、民族等思想融合在一起，成為一個典型的中西合璧的概念，從而構成更大範圍和更為廣泛運用的範疇。所以，「群」也是中國近代最為重要的思想範疇之一。就關係而言，「群」在近代的語義變化具有雙向性，對於中國古代來說，它由比較單純的集體性內涵向個體性內涵擴展，個性、自由、利己這些內涵以不同的方式與它相關聯或附著，從而，「群」的內涵大大豐富並具有實用性。另一方面，相對於西方來說，西方的自由、個人、權利、利己這些

1 《個人主義》〈譯者前言〉，史蒂文・盧克斯《個人主義》，江蘇人民出版社，二〇〇一年版。

概念在輸入中國即翻譯和使用的過程中又因為中國古代「群」的話語體系影響而發生變異，從而具有更多的限制、責任甚至服從的意味，更多地與團體、國家、民族等聯繫在一起。西方的個人主義也承認個人權利與責任之間的依存關係，但西方的自由主義和個人主義更強調個人的權利，而中國近代的自由主義和個人主義則始終強調權力與責任的依存關係，更強調權利與責任的不可分離，甚至如梁啟超一樣把「責任」演繹為「服從」。西方的個人主義和自由主義主要產生於對專制制度的反抗，產生於對社會的批判，產生於對人性和人權的維護與尊重，所以自由主義更具有個人性，責任只是理論上的，在自由主義和人權運動中，它被實際性地撇開。但中國則相反，中國的自由主義和個人主義產生於對「群」的維護，個人主義、自由主義直接目的是為個人及其權利，但終極目的卻是為國家、民族。所以，中國近代的自由主義主要是群體自由主義，個人自由包容在群體自由之中。「時代話語的制約使我們看到的歷史真實卻是一種以『團體自由』為主要特徵的價值觀念。當時談論的自由也不過是在國破家亡心理遙控下的『群』、『國』、『族』、『社會』、『天下』之『類』的概念。」[1]在這一意義上，近代中國人的個人權利與自由並沒有真正得到認可。

正是在對待個人與群體、個人自由與群體自由的不同態度上，中國近代的自由主義、個人主義與西方的自由主義、個人主義有著根本的區別，中國的自由主義不是絕對的群體主義，西方的自由主義也不是絕對的個人主義。易竹賢先生說：「他們多以國家民族群體的自由來限制或否定個體的自由，這種以家國為本位的自由觀念，與西方以個人為本位的自由觀念顯然是大相徑庭的。」[2]中西方自由主義在形態和觀念上的不同最終可以歸結為話語體系的差異，話語體系的差異使中國近代的自由主義在言說上迥異於西方，正是在言說的不同上，中西方自由主義表現出根本的不同。梁啟超說：「自由之公例曰：人人自由，而以不侵人之自由為界。制裁者，

[1] 張明寶：《自由神話的終結》，上海三聯書店，二〇〇二年版，第二十一頁。
[2] 易竹賢：〈序《中國自由主義文學論稿》〉，劉川鄂《中國自由主義文學論稿》，武漢出版社，二〇〇〇年版。

制此界也。服從者，服此界也。……是故文明人最自由，野蠻人亦最自由，自由等也。而文野之別，全在其有制裁力與否，無制裁之自由，群之賊也，有制裁之自由，群之實也。」又說：「其一群之中，無一能侵他人自由之人，即無一被人侵我自由之人，是乃所謂真自由也。不然者，妄竊一二口頭禪語，暴戾恣睢，不服公律，不顧公益，而漫然號於眾曰：吾自由也。則自由之禍，將烈於洪水猛獸矣。」[1]從這裏我們可以看到，梁啟超所講的自由與西方人所講的自由始終有很大的距離，西方人不這樣表述，也沒有這樣的問題。西方的自由是從「群」中延伸出來，更多地是反抗作為「群」的政府專制和社會壓迫而來，即自由始終具啟蒙性，只有到了自由在取得反專制的勝利後，自由主義和個人主義極端化並暴露出毛病和缺陷之後，才有社群主義。而梁啟超則深受傳統話語及現實的救亡語境的制約，總是把啟蒙與救亡結合起來，並從根本上把啟蒙附屬於救亡，從而強調群體的作用和地位，總是希望最大限度地減少個人主義和自由主義的負面性，從而時時壓抑個人的自由與權利。這樣，個人主義和自由主義在近代中國並沒有像梁啟超、嚴復等人所設想的那樣起到救亡的作用，因為個人具有根本性，只有充分承認個人性，集體的權利才能得到充分的承認，壓抑和否定個人的自由與權利最終使個人的價值難以實現，個人的價值不能實現，集體的價值也不可能實現。道理在於：「個人是人類存在的最小的不可分割的單位，但每個個人又是一個小宇宙，代表了整個人類，也是社會進步的終極目的。個人身上包含著一切人類的價值：沒有個人的尊嚴，就無人類尊嚴可言；沒有個人權利，就無人權可言。個人的貶值也就是人的貶值，摧毀個人也就是摧毀人類的第一步。」[2]在這一意義上，中國近代的自由主義和個人主義可以說是雙重的失敗，即救亡與啟蒙的同時失敗。

經常有人批評中國近代的自由主義、個人主義不地道、不正宗或不正統，作為描述這是正確的，但這種描述並不深刻。所謂中國近代的自由主義、個人主義不地道，也即中國近代的自由主義、個人主義異於它的來源即西方的

[1] 梁啟超：〈十種德性相反相成義・自由與制裁〉，《飲冰室文集》之五，第四十六頁。
[2] 錢滿素：《愛默生與中國——對個人主義的反思》，生活・讀書・新知三聯書店，一九九六年版，第二三五頁。

自由主義、個人主義。但西方的自由主義和個人主義是什麼？這存在著理解的問題。西方的自由主義和個人主義也是非常複雜的，究竟哪種自由主義和個人主義是正宗或正統的，向來存在著爭論。由於文化知識背景的變化、語境的變化，西方的自由主義、個人主義學說在輸入中國之後，由於選擇、理解等原因，必然會發生某種變異，這有充分的語言學根據，所謂原本意義的西方自由主義、個人主義，不過是一種理想或神話。正如劉禾所批評的：「現在有許多研究新文化運動及中國思想啟蒙的歷史專著都把個人主義當作具有給定的價值和意義的概念來使用。比如李澤厚和維拉・施沃爾茲……兩位學者似乎都把歐洲啟蒙運動的大敘事當作一個固定的、毋庸置疑的意義所在，一個可以用來衡量中國啟蒙的程度及成敗的根據，而不是把中國啟蒙當作一個可以產生它自身意義及解釋術語的歷史過程去研究。其結果，他們只根據一套權威性的典則來解讀歷史，卻忽略了在歷史進程中意義與意義間的微妙差別，事件與事件間複雜錯綜的關聯，以及偶然性。」[1]西方自由主義、個人主義自身有一個變化的過程，輸入到中國以後更會發生變化，所以我們不能把西方的某些具有歷史性的標準當作絕對的標準來評價中國問題，這不是一個純粹的理論問題，更是一個歷史問題。「批評中國的個人觀不夠正宗本身就複製了『中國群體主義』與『西方個人主義』的簡單化的說法，它無法解釋為什麼西方個人觀或個人主義會被介紹到中國來的這個前提性的歷史問題。」[2]中國的自由主義不可能是正宗的自由主義，中國也不需要正宗的自由主義，中國有自己的語境，自由主義和個人主義雖然是從西方舶來，但在中國落根之後，有它自己的發展邏輯和話語規則，從而具有獨特性。

從社群主義的角度來看，梁啟超的自由主義思想暗合了西方當代自由主義對個人主義的反思。不論是以邊沁、穆勒為代表的古典自由主義，還是以羅爾斯為代表的新自由主義，都強調個人的絕對地位，他們都以個

1 劉禾：《跨語際實踐——文學，民族文化與被譯介的現代性（中國，一九〇〇——一九三七）》，生活・讀書・新知三聯書店，二〇〇二年版，第一二〇頁。

2 劉禾：《跨語際實踐——文學，民族文化與被譯介的現代性（中國，一九〇〇——一九三七）》，生活・讀書・新知三聯書店，二〇〇二年版，第一二一頁。

人權利為出發點，強調個人權利壓倒一切的優先性。但社群主義認為：「個人主義關於理性的個人可以自由地選擇的前提，是錯誤的或虛假的，理解人類行為的唯一正確的方式是把個人放到其社會的、文化的和歷史的背景中去考察。換言之，分析個人必須首先分析其所在的社群和社群關係。」[1]個人是社會的產物，任何人都不能脫離社群，社群主義認為：「作為一種無論性別、種族、地位、天資、宗教等條件而平等地賦予人類的全體成員的權利，在歷史上從來不曾存在過。」「權利就是一種由法律規定的人與人之間的社會關係，是一種保護個人正當利益的制度安排，離開了一定的社會規則或法律規範，個人的正當行為就無法轉變成不受他人干涉的權利。」[2]在社群主義看來，個人不是自足的，任何個人不能脫離社會，社會之外不可能存在真正的個人，不存在無條件的權利，權利總是伴隨著一定的義務。個人的自由是有限制的，沒有無限制的絕對自由，只有承認個人的義務才能真正實現個人的自由。同時，自我的價值和目的並不是先天形成的，而是由社會的歷史和文化決定的，「任何人都不能自由地選擇這些價值和目的，對於個人來說，這些價值和目的是構成性的，它規定這個人之所以為這個人，而不成為那個人。」[3]把社群主義和梁啟超的自由主義進行比較，我們看到，二者具有某種驚人的相似，這也從另一個角度說明了梁啟超自由主義思想的合理性。梁啟超的自由主義對某一種自由主義比如西方古典自由主義、新自由主義來說可能是誤解，但對於整個西方自由主義和更為廣泛的世界性自由主義來說，卻未必是誤解，而恰恰是正解。

從這裏我們也可以看到，中國近代自由主義作為話語，是在選擇、翻譯、闡釋、糾正、補充的過程中形成的，它實際上是中西兩種相關話語交匯、衝突、融合、對話的產物。它來源於西方，當然深受當時西方個人主義和自由主義話語的影響，但中國傳統的君、臣、群、社稷等構成的話語體系同樣對它有深刻的影響。換言

---

1 俞可平：《社群主義》，中國社會科學出版社，一九九八年版，第二十一頁。
2 俞可平：《社群主義》，中國社會科學出版社，一九九八年版，第八十、八十二頁。
3 俞可平：《社群主義》，中國社會科學出版社，一九九八年版，第四十七頁。

之，中國的自由主義在思想基礎和知識背景上具有雙重性，其影響也具有雙向性。不同的是，不同時期，中西話語作為兩種力量處於不同的均衡態勢，其影響和制約的程度也存在著差異，中國近代的自由主義思想深受中國傳統話語的影響和制約，也就是說，在中國近代，西方的自由主義在輸入中國後發生了很大的歧變，五四之後，由於漢語從整體上發生了變化，即由古代漢語向現代漢語轉變，由於現代漢語與西方語言的親和性，所以西方的自由主義思想保持了更多原本的色彩，即更西方化。正是因為這樣，中國近代自由和中國現代自由主義呈現出不同的形態。但任何時期，中國自由主義的思想來源都是兩方面的。在這一意義上，中國的自由主義話語既不同於西方的個人主義話語，也不同於中國古代的民本主義話語，而是第三種話語方式。所以，簡單地用西方的自由主義理論來衡量中國近代以來的自由主義話語從而對其進行否定是值得疑問的。中國古代「民」的範疇體系與西方「自由」範疇體系相結合，產生了近代意義上的中國個人主義和自由主義。中國近代自由主義對中國社會的影響及其影響的力度、影響的方式其實都可以從這裏得到深刻的說明。

第四節 選擇、吸取與衍變
——論中國現代「自由」話語的建構

中國現代自由主義直接來源於對西方自由主義的翻譯性輸入，翻譯性的輸入過程也就是中國現代自由主義的建構過程。翻譯涉及到語言體系、語境、文化間性、現實政治等一系列因素，而這些因素都對中國現代自由主義思想的建構具有重要的作用和意義。本節即從「翻譯性輸入」的角度對中國現代自由主義進行重新研究，從而重新認識中國現代自由主義的特點和品性。

我認為，從根本上，中國現代自由主義思想的形成，其實也就是自由主義話語的形成，也即西方語境中的

「個人」和「自由」轉移成漢語語境的言說和表述。而漢語語境又明顯存在著古代漢語語境與現代漢語語境的區分，所以，中國的自由主義也相應明顯地區分為中國近代自由主義和中國現代自由主義兩種類型。「個人」和「自由」都具有社會性因而具有某種客觀性，但「個人」和「自由」的客觀不同於物質實在的客觀，它不是物質形態的存在，而是精神性的存在即思想方式的存在，而思想方式從根本上是話語方式。所以，沒有脫離於「個人」和「自由」話語之外的所謂「個人」和「自由的」內涵，不是先有「個人」和「自由」的客觀內容然後才有對這種客觀內容的命名，「個人」與「自由」的內涵與話語之間的關係不是「物」與「詞」之間的關係，而從根本上就是一體的。個人主義和自由主義思想也就是個人主義和自由主義話語本身。自由主義和個人主義思想不是超越於話語之外的存在，而就是話語本身的存在，本質上是人對於自身的某種認識、規範和言說。

在話語的層面上，中國現代自由主義思想的建構深受兩大話語的影響，一是西方自由主義話語的影響，一是中國傳統有關人及其國家民族話語的影響。另外，中國近代以來的時代政治特別是國家獨立與民族強盛的主題對中國現代自由主義話語的形成也深有制約和影響，這樣，中國現代自由主義話語雖然來源於西方，但卻在穿越語境的時候悄然發生了地位、作用、意義和內涵等各方面的變異，從而中國化，中國現代自由主義話語就是在這種變異、中國化以及更進一步的詮釋、選擇、強調、吸取、揚棄、修正、補充和延伸中建構起來的。因此，中國現代自由話語具有獨立性，具有它自己的思想體系。

過去我們不重視從話語的角度來研究中國現代自由主義思想的形成和變異，因而造成很多誤解，在認識上某些問題甚至停留在表淺的層面。為什麼西方的自由主義和個人主義思想在引入中國之後會發生變異？變異是如何實現的？這其實是值得深入追問的問題。我認為，話語在這裏具有根本性，正是話語的悄悄變化引起了思想的悄悄變化，思想的變異從根本上是通過話語的變異來實現的。自由主義不是物質，不是實體，自由主義思想的引進不同於物質以及科學技術的引進，引進西方自由主義思想從根本上是引進西方自由主義話語。西方的話語輸入不是原語的輸入，而要轉變成漢語，也即通過翻譯的方式輸入。而在翻譯的過程中，固有的文化以及時代的政治便會以一種不見形的方式滲入其中，因此，翻譯從根本上在思想的層面上並不具有對等性，而具有「政治性」。

過去我們不重視翻譯對思想輸入的影響，在翻譯的透明性的理念上始終認為輸入西方的思想就是把英語或者其他語言表述的思想用漢語進行轉述，思想在兩種語言之間只有形式的不同而沒有內容的不同。我們並不重視話語變異與思想變異之間的關係，始終把翻譯和介紹過來的西方思想的走樣和變形看作是我們對西方思想的誤解，並認為這種變形和走樣的原因從根本上是由於我們認識上不夠深刻所致，相信隨著認識的深入，這種誤解最終會消除。認為有一個絕對的「正確的翻譯」，之所以翻譯中存在這樣那樣的問題，不是翻譯本身的問題，而是翻譯者的素質或技術問題，而不把「誤解」看作是文化翻譯的固有屬性。具體對於自由主義來說，我們始終按照西方的「自由」概念來理解中國五四時的自由主義，把中國的自由主義和西方的自由主義進行比附並作出相應的評價，認為中國的自由主義不正統，是「偽自由主義」，是對西方自由主義的誤讀和誤解，因而存在著問題。每當對中國現代自由主義和個人主義存在著內涵爭議的時候，我們總是通過溯源即通過研究中國自由主義和個人主義的西方來源來確定中國自由主義和個人主義概念的內涵，並把不符合這些內涵的附著性意義和價值排除在中國個人主義和自由主義的範圍之外。我們總是用西方的自由主義和個人主義價值標準來衡量和要求中國現代自由主義和個人主義，因而把民族解放和國家獨立這樣一些非個人性的內容完全排除在中國現代自由主義的範疇之外。我認為這是值得商榷的，這其實並沒有從根本上真正理解中國現代自由主義作為話語的本質。

我們承認中國現代自由主義來源於西方的自由主義並且自始至終深受西方自由主義思想的影響，但同時我們更需要看到，西方的自由主義在輸入中國的過程中和之後同樣自始至終地受中國傳統話語以及現實語境的制約從而發生歧變。我們當然承繼了西方自由主義的某些核心的內涵，但同時我們對西方自由主義又是有所選擇、有所揚棄的，站在中國的傳統觀念立場和現實的立場上，我們對西方的自由主義實際上是選擇、借鑒、挪用、損減、增益、衍生、啟迪、唯我所用、變異、改造、批判、吸收等各種方式交互在一起，因此，中國現代自由主義在建構上是一個異常複雜的過程，在成分上也異常複雜，既有中國性、又有西方性，既有中國傳統性，又有中國現代性，因而是一種具有自己特殊的內涵、價值體系、文化背景和現實語境的話語方式。

中國現代自由主義話語從根本上不同於西方自由主義話語，它的作用、意義、價值等和西方都不同。西方的自由主義其價值和意義有它特殊的現實和文化語境，當這語境發生變化時，其意義和價值也會相應地發生變化。中國現代自由主義本質上是現代漢語語境和相應的中現代政治、文化背景中的自由主義。殷海光說：「中國的自由主義者先天不足，後天失調。」[1] 撇開其情感態度不說，作為描述，在對「中國的自由主義」作一定範圍的限定條件下，我認為這是準確的。所謂「先天不足」，是指中國的自由主義是從西文輸入進來的，並非土生土長，中國傳統文化不可能衍生出自由主義的思想。所謂「後天失調」，指的是西方自由主義在中國缺乏生存的土壤，中國的文化傳統和中國近現代的社會現實都不利於西方自由主義在中國生長、發育乃至茁長壯大。所以，西方意義上的自由主義在中國特別軟弱，總體上是失敗的。美國學者格里德總結說：「自由主義在中國的失敗並不是因為自由主義者本身沒有抓住為他們提供了的機會，而是因為他們不能創造他們所需要的機會。自由主義之所以失敗，是因為中國那時正處在混亂之中，而自由主義所需要的是秩序。自由主義的失敗是因為，自由主義所假定應當存在的共同價值標準在中國卻不存在，而自由主義又不能提供任何可以產生這類價值標準的手段。它的失敗是因為中國人的生活是由武力來塑造的，而自由主義的要求是，人應靠理性來生活。簡言之，自由主義之所以會在中國失敗，乃因為中國人的生活是淹沒在暴力和革命之中的，而自由主義則不能為暴力與革命的重大問題提供什麼答案。」[2] 西方自由主義在中國的失敗既與中國傳統文化有關，又與中國的現實政治有關。中國現代的特殊語境深深地限制了西方自由主義在中國的發展。

[1] 殷海光：《中國文化的展望》，上海三聯書店，二〇〇二年版，第二五五頁。

[2] 格里德：《胡適與中國的文藝復興——中國革命中的自由主義（一九一七——一九五〇）》，江蘇人民出版社，一九八九年版，第三六八頁。

但問題在於，西方自由主義在中國的失敗並不意味著中國現代的自由主義一定是失敗的。正如上面所分析的，由於文化傳統和現實語境的關係，西方自由主義在中國的失敗可以說是情理之中的。這種失敗主要表現為中國並沒有最終建立起作為政體的自由社會體制，也即沒有最終建立起自由資本主義社會。但同樣正如上面所述，中國現代自由主義不同於西方自由主義，中國現代的自由不僅包括個人的自由與權利，同時還包括群體的自由與權利，即民族和國家獨立也屬於自由的範疇。這樣，中國現代自由主義實際就包含著兩個方面的內容，即個人主義的自由主義和民族國家主義的自由主義。歷史地來看，中國現代自由主義在這兩個層面上都不能說完全失敗了，即使從社會政體上來說，也是如此。總體來看，一九四九年以前的中國在政治體制上主要是個人主義的自由主義占統治地位，雖然中國的資本主義與西方的自由資本主義有很大的差別，但精神的主體還是非常接近的。一九四九年以後的政治體制則是群體主義的自由主義占統治地位，民族國家的富強一直這個社會的精神主體。在文化精神上，不論是個人主義的自由主義還是群體主義的自由主義，在中國現代思想史上都一直延綿不斷，只不過在不同的時期其主流思想略有不同。一九四九年以前是個人主義自由主義占統治地位，而群體主義的自由主義則相對邊緣化；一九四九年以後，群體主義的自由主義占統治地位，但個人主義的自由主義也並未中斷過。有人說：「浪漫主義是感情上的個人主義，自由主義是思想上的個人主義，多元化是社會領域的個人主義，放任主義是經濟領域的個人主義，民主則是政治上的個人主義。」[1] 以此來看，在強調集體精神的一九四九年以後，個人主義並沒有從根本上消滅。一九四九年以後，我們一次又一次次發動對資產階級自由主義特別是個人主義思想的清算，這恰恰從另一個方面證明了個人主義的長期存在。

因此，我們必須始終記住，「自由」雖然是一個外來詞，雖然是對英語「liberty」的漢譯，但它本身是漢語。「自由」和「liberty」雖然在傳統的翻譯觀上可以對等，可以互相轉化，但實際上，二者分屬於不同的語言

1　錢滿素：《愛默生與中國——對個人主義的反思》，生活‧讀書‧新知三聯書店，一九九六年版，第二二八頁。

體系，其意義也與各自的語言體系密切相關，並從根本上受制於各自的語境。從語言學的角度來說，按照索緒爾的語言系統論的觀點，詞義並不由詞本身來決定的，而是由詞與詞之間的關係來決定的。詞的周圍到處都是詞，「周圍的詞」在語境的意義上對詞的意義具有限定性。就「自由」和「liberty」的涵義來說，「liberty」的意義並不完全由「liberty」的詞典意義決定，同時還取決於與「liberty」相關的詞諸如「right」、「freedom」、「democracy」、「justice」、「will」、「authority」、「individualism」等，從而構成「liberty」的話語體系。我們看到，在西方文化和語境中，「liberty」主要強調個人的自由，在西方，認為脫離了個人就無所謂自由，個人以外的自由是「偽自由」，這可以說是至今仍然非常普遍的觀點。同樣，「自由」的含義也不完全由字義來決定，而同時還取決於與「自由」相關的漢語辭彙，諸如「個人」、「人權」、「民族」、「國家」、「民主」、「群體」、「解放」、「革命」、「平等」等，這些術語和概念與「自由」意義的關係或近或遠，從而使自由的意義既穩定而又富於彈性，如果沒有這些概念，「自由」的意義將是非常空洞的。正是在這一系列的術語和概念中，漢語「自由」構成了一個新的話語體系或者說話語方式。

我們承認「自由」在語義上與「liberty」有關，並且在話語上「liberty」是「自由」的直接來源，漢語「自由」的概念不是從本土產生的，而是從西方輸入的。但我們同時也應該看到，「liberty」翻譯成「自由」以後，其意義受漢文化和漢語語境的制約和影響從而發生了巨大的歧變。漢語的「自由」一方面保留了西語「liberty」的個人主義的核心內容，強調個人的尊嚴、權利和個性，政治上的開放和言論、出版、集會等方面的不受限制。中國現代文化、思想史上的「自由主義」流派主要是在這一層面上的。另一方面，「自由」在漢語語境中又發生了意義衍生，其中最大的衍生就是把在西方本屬於與「自由」對立的社會、群體、國家等內涵包容到自由之中來，這樣，自由主義在中國現代就分為兩個層面，即個人的層面與國家民族的層面，或者說兩種自由主義，即個人主義的自由主義和國家、民族自由主義。我們看到，中國現代思想文化包括文學在自由的主題上其實始終是在這兩個層面上展開的。李澤厚認為，中國現代思想史始終存在著「救亡」與「啟蒙」的主題變奏。

在西方，啟蒙從根本上體現為個體的解放，個人具有終極性。而中國引入的西方個人主義和自由主義，並不是為了爭個人的純然的權利，而最終目標仍然是國家、民族和社會。「啟蒙的目標，文化的改造，傳統的扔棄，仍是為了國家、民族，仍是為了改變中國的政局和社會的面貌。」「所以，當把這種本來建立在個體主義基礎上的西方文化介紹輸入以抨擊傳統打倒孔子時，卻不自覺地遇上自己本來就有的上述集體主義的意識和無意識，遇上這種仍然異常關懷國事民瘼的社會政治的意識和無意識的傳統。」[1]這裏所謂的「意識和無意識」，還失之空泛，具體地說，它實際上是話語和語境，即中國傳統對於國家、民族的表述和言說以及現實的政治和社會現實，正是這兩個方面從根本上決定了西方個體主義在輸入的過程中以及輸入之後發生衍變。

在介紹西方自由主義思想的過程中，嚴復是一個舉足輕重的人物。嚴復首先把「liberty」譯為「自繇」，即後來的「自由」。以目前一般的翻譯標準來看，嚴復的翻譯很難說是準確的，比如穆勒在《論自由》中明顯地強調個人主義，強調個人尊嚴與道德自由的最高價值，總體上認為「己重群輕」。但從嚴復翻譯的《群己權界論》中，我們看到的卻是「己輕群重」的基本傾向，至少二者同等重要。嚴復的翻譯既有直接的翻譯，同時又有很多詮釋的成分。對於「自由」也是這樣，穆勒《On Liberty》的一開頭這樣的：

> The subject of this essay is not the so-called「liberty of the will,」so unfortunately opposed to the misnamed doctrine of philosophical necessity; but civil, or social liberty; the nature and limits of the power which can be legitimately exercised by society over the individual.

[1] 李澤厚：《中國現代思想史論》，安徽文藝出版社，一九九四年版，第十六頁。

嚴復的翻譯是：

> 有心理之自繇，有群理之自繇，心理之自繇與前定對；群理之自繇，與節制對。今此篇所論釋，群理之自繇也。蓋國，合眾民言之曰國人（涵社會國家在內），舉一民而言之曰小己。今問國人範圍小己，小己受制國人，以正道大法言之，彼此權力界限，定於何所。[1]

兩相比較，我們看到，嚴復實際上把「liberty」概念中國化了，它首先按照中國的表述方式特別是當時中國人所能理解的方式即借用中國古代的「自由」一詞來翻譯「liberty」這一概念。所以當我們讀譯文時，我們感覺到穆勒好像是一個中國古人。其次，嚴復在翻譯的時候明顯地增刪了內容。第三，也是最重要的，他對西方的「自由」概念進行了自己的詮釋。我們看到，把「liberty of the will」譯為「心理自由」，把「civil liberty」或「social liberty」譯為「群理自由」，把「social」譯為「國人」並把它解釋成社會和國家，這都表明了嚴復對於「自由」的一種中國式的理解。把《On Liberty》和《群己權界論》進行總體比較，我們看到，嚴復正是通過翻譯，即通過新的表述和言說，以一種合法的方式對穆勒的自由主義學說進行了中國式的改造，以一種中國人所能接受和更願意接受的方式把自由的社會性、群體性進行了突出的表達。他把「自由」區分為「心理自由」、「群理自由」以及相應的「小己」自由與「國人」自由這兩個層面或兩種自由，這一區分後來一直被中國近現代所沿用，以一種話語的方式固定下來，深深地影響了中國近現代對於「自由」的言說。

過去我們不重視研究翻譯以及翻譯與中國現代自由主義話語建構之間的關係，這嚴重妨礙了我們對中國現代自由主義形成過程、內涵、品性等問題的認識。翻譯對中國現代自由主義思想有重大的影響，很多問題其

---

1 劉夢溪主編《中國現代學術經典・嚴復卷》，河北教育出版社，一九九六年版，第四二七頁。

實都可以從翻譯的角度進行研究，都可以從翻譯這裏找到答案。主觀上，嚴復並沒有想通過翻譯改變西方「自由」含義的意思，但客觀上，西方「自由」概念經過嚴復翻譯性的重新表述其內涵卻發生了變化，這可能是嚴復本人也沒有意識到的。這裏，不能簡單地說嚴復誤讀和誤解了西方的「自由」，以他對於中英兩種語言的修養以及兩種思想文化的素養，應該不存在理解上的障礙。嚴復在翻譯理念上最重要的觀念就是「信、達、雅」，「信、達、雅」說明了嚴復在主觀上是追求翻譯的等值或等效的。在翻譯道德上，嚴復也是非常嚴謹的，不論是對於原文的研讀，還是對於譯文詞句的斟酌，嚴復都是非常用心的，不應該存在弄不懂而胡亂翻譯的情況。但嚴復的翻譯與原著之間在思想上仍然存在著相當的距離，這不是翻譯技術的問題，而從根本上是翻譯本身的問題。是文化背景、知識體系、語言系統、話語方式、現實政治等從根本上限制和規約了嚴復對西方自由主義的理解和表述。

不僅翻譯是這樣，一般性理解（可以稱之為廣義的翻譯）其實也是這樣。我們看到，五四時期的胡適、魯迅、陳獨秀、周作人以及稍後的郭沫若、茅盾等人對於西方自由主義的理解和表述和西方自由主義原本之間都存在著相當的差距。可以說，由於語境的緣故，自由主義在從西方輸入中國的過程中一直充滿了誤讀和誤解。但另一方面，正是這種誤讀和誤解最終成就了中國現代自由主義。

「自由」在中西方的意義之間的差異首先是由兩種不同的現實語境決定的。西方的自由主義起源於個人對社會的反抗，因此它強調個人的權利、尊嚴、個性等，社會、國家和群體作為一種束縛個人權利和個性的力量是批判的對象，因此，西方的自由主義本質上是個人主義的自由主義，是反國家主義和群體主義的。而中國的現實語境恰恰相反，中國近現代輸入自由主義的根本原因在於社會的發展、國家的強大和民族的興盛，因此個人主義作為自由主義具有工具性和表層性，國家主義和集體主義則具有深層性。所以，西方自由主義所反抗和批判的社會性、民族國家性在中國恰恰是被維護的，並且具有終極性。在這一意義上，中國現代自由主義的國家主義其實是西方個人主義自由主義在中國特定現實語境中的衍生。

另一方面，傳統話語方式和話語體系也對「自由」這一概念的中國化具有深刻的影響。嚴復在把西方的自由理論翻譯進中國的時候，特別說明：「中文自繇，常含放誕、恣睢、無忌憚諸劣義。然此自是後起附屬之詁，與初義無涉。初義但云不為外物拘牽而已，無勝義亦無劣義也。」[1]魯迅和胡適在介紹西方個人主義思想時也特別強調，個人主義不同於中國古代的自私自利。但在中國文化和漢語語境中，自由主義和個人主義從來都不是一個好聽的詞，從來都沒有好名聲，即使五四時期也是這樣。不管我們如何申稱「自由」和「個人」沒有貶意，但「自由」和「個人」在使用中含有貶義，在整個現代漢語話語體系中具有貶義性，這是不以某些個人的使用和辯護為轉移的，這就是福科所說的「話語權力」。中國是一個講求秩序、講求禮義和尊卑、具有嚴格的家國倫理和君臣父子等級觀念的國度，這是一種文化傳統，它以話語的方式深置於人的無意識之中，它是不能通過思想家們的簡單申明可以改變的。所以，五〇年代集體主義很輕鬆地就取得了勝利，成為主流意識形態，經過幾代人艱難地建立起來的個人主義和自由主義思想體系在激烈的批判面前，毫無招架之功，作為思想體系迅速地崩潰，作為個人思想的「自由」意識必須小心謹慎地隱藏起來。

「群」、「社稷」、「君」這些概念雖然已不再是現代漢語的基本思想範疇，現代思想中已經不再使用這些概念進行表述。但中國古代的「群」、「社稷」、「君」、「臣」、「禮」、「仁」、「理」、「綱」等思想核心概念深深地影響了現代「種族」、「國家」、「階級」、「社會」等核心思想概念，使「國家」這些概念帶有很深的中國傳統思想文化的特點，從而構成了中國現代話語方式。這種中國性的話語既深刻地影響了自由主義，使在西方特別是美國本來具有肯定、褒義的自由主義在中國變得具有否定和貶義，也使中國現代民族國家概念不同於西方現代民族國家概念。在西方，自由主義和個人主義具有建設性，「個人主義作為平民百姓的自我肯定無疑是現代史上的里程碑，也是現代思維的重要特點。」「平民個人的崛起無疑是現代社會中一個

1 嚴復：〈群己權界論・譯凡例〉，王栻編《嚴復集》第一冊，中華書局，一九八六年版，第一三二頁。

最本質的特點，毫不誇張地說，現代文明就建立在這個基礎之上。自由企業、市場經濟和政治民主莫不以個人自由和個人權利作為它們存在的理由。」[1]人類的拯救是以個人為單位的，人類平等和個人自由的思想使美國社會逐漸走向世俗化、平民化和物質化。

但在中國，個人主義具有否定性，它的作用主要是工具，即作為批判封建專制的武器把人從封建桎梏下解放出來，而個人本身並不是目的，也不具有終極性。同樣，民族主義在西方具有否定性，在當今，它往往意味著保守、封閉、落後，在一些特殊的國家比如德國，它還有「極右」的意味，所以，總體上「民族主義」在西方語含貶義。相反，在中國，民族主義往往與「愛國」、「革命」這些概念聯繫在一起，具有褒義性。孫中山的「三民主義」首先就是「民族主義」。正是這種語境和語義的變化，中西方對於個人自由與群體自由表現出兩種完全相反的態度。我們雖然承認個人價值的合理性，但當個人利益與民族利益相衝突時，國家優先原則則是中國人的基本態度。孫中山說：「實行民族主義，就是為國家爭自由。」「歐洲當時是為了個人爭自由，到了今天，自由的用法便不同。在今天，自由這個名詞究竟要怎麼樣應用呢？如果用到個人，就成一片散沙，萬不可再用到個人上去，要用到國家上去，個人不可太自由，國家要得到完全自由。……便要大家犧牲自由。」[2]在中國，自由是否就不能應用到個人，個人自由與國家自由是否就是完全彼此消長的關係，這值得疑問。但孫中山深刻地認識到中西方文化背景不同、現實語境不同，自由的含義不同，因而自由在實際的運用中也不同，作為描述這是正確的。這樣，中國的個人主義自由從根本上就被納入了國家民族的範疇，從而事實上被消解。

自由主義在中國的情況是複雜的。當然也有極端自由主義，比如周作人的自由主義，可以稱之為「自由至上主義」或者「絕對個人主義」[3]。但中國現代自由主義作為思想流派則具有妥協性，可以稱之為「折衷的自由

---

1 錢滿素：《愛默生與中國——對個人主義的反思》，生活．讀書．新知三聯書店，一九九六年版，第二二一、一九六頁。
2 孫中山：〈三民主義．民權主義第二講〉，《孫中山選集》，人民出版社，一九八一年版，第七二二——七二三頁。
3 參見拙文〈對「自由」的誤解與周作人的人生悲劇〉，《社會科學研究》二〇〇二年第五期。

主義」，即一方面認同西方自由主義的個人主義價值觀，並且極力宣傳和推行西方的自由主義思想和自由主義政治，主張中國政治思想文化的「西化」或「全盤西化」。但另一方面，又認同國家主義，強調國家、民族和社會的優先原則與最高原則，在政治的層面上把個人自由主義從屬於國家自由主義。而更為重要的是，在歷史的層面上，個人與社會特別是與作為社會最為集中體現的國家是天然對立的，西方個人主義就是起源於個人反抗社會對個性的束縛和壓抑。所以，西方自由主義所賴以成立的基礎就是個人主義，自由主義最重要的特點是個人主義原則和平等原則。而中國現代自由主義則省去了西方自由主義的歷史過程這一文化背景，單從純理論上來研究問題，因而才會試圖消除個人與群體之間的對立，並且對二者進行理論層面和現實層面的整合，強調它們之間的辯證統一關係。中國現代自由主義在概念和範疇以及言說方式上似乎並沒有大的變化，但由於文化背景、現實語境的變化，因而在內涵上發生了根本性的變化。

在西方，自由主義在思想上與「國家主義」是對立的，也從根本上不同於「社群主義」。「自由主義強調個人的權利，最重要的是個人的自由權力，個人的自由選擇以及保證這種自由選擇在公正的環境中實現是自由主義的根本價值，它認為一旦個人能夠充分自由地實現其個人的價值，那麼個人所在的群體的價值和公共的利益也就隨之而自動實現。社群主義則強調普遍的善和公共的利益，認為個人的自由選擇能力以及建立在此基礎上的各種個人的權利都離不開個人所在的社群。個人權利既不能離開群體自發地實現，也不會自動導致公共利益的實現。反之，只有公共利益的實現才能使個人利益得到最充分的實現，所以，只有公共利益，而不是個人利益，才是人類最高的價值。」[1]自由主義強調個人、自我，強調個人權利的優先性。社群主義既承認個人的尊嚴，又承認人類存在的社會性，但強調社群的優先性。中國現代自由主義在「群」「己」的關係上比較接近西方二十世紀五十年代之後興起的「社群主義」，但在理論的淵源上中國現代自由主義與西方社群主義並沒有關係，它們在時間上也是錯位的。中國

[1] 俞可平：《社群主義》，中國社會科學出版社，一九九八年版，第三—四頁。

現代自由主義實際上是中國人站在中國的立場上對西方個人主義的一種理解、借用、改造和修正，它只是暗合了後來西方自身對於個人自由主義的反思，即暗合了「社群主義」。

總體上，中國現代自由主義具有雙重性，既具有西方性，又具有中國性，一方面保留了西方自由主義比如個人主義的某些基本內涵，另一方面，由於文化語境、翻譯以及現實政治的緣故，還由於中國固有的文化對外來文化所具有批判性和反思性，西方自由主義在中國又發生衍變、延伸，從而生成新的具有中國特色的自由主義思想。

事實上，「自由」的內涵在中國現代已經變得相當寬泛，自由的思想絕不僅僅限於自由主義作為思想和政治的派別。自由主義的對立派別比如保守主義、激進主義等也有自由的思想。它們雖然在不同程度上反個人主義的自由主義，但它們並不反對國家自由主義，恰恰相反，它們極力在自由的意義上鼓吹國家主義，即強調國家的獨立與自由以及民族尊嚴和民族在制度、宗教、文化價值觀等各方面的選擇的自由與個性。它們反對個人主義意義上的自由主義，但並不反對「自由」本身，「自由」同樣是他們的思想基礎和信念，不同在於，在保守主義、激進主義等思想派別中，自由不是針對個人的，而是針對民族國家的，通常表現為民族主義、愛國主義和集體主義。在這裏，「自由」實際上構成了民族主義、愛國主義和集體主義的深層基礎。有人說：「自由主義不僅僅是一種理論，一種意識形態，而且還是一種制度，一種政治運動或政黨的旗幟。由於自由主義內涵的複雜性，在現實中往往有這樣的情形，許多自稱為自由主義的派別或政黨也許全然與自由主義原則無關，而許多以保守甚至社會主義命名的派別或政黨在事實上奉行自由主義的某些原則。」[1]但這些不同，都還屬於同一範疇，即自由主義的範疇。

自由同時還是一個更大的範疇，即精神的範疇。「自由」不僅僅只是一種理論，一種意識形態，一種制度，一種政治運動或政黨的旗幟，還是一種精神和原則。「自由」作為概念具有二層面性，一方面是在意識形態的層

1 李強：《自由主義》，中國社會科學出版社，一九九八年版，第十四頁。

面上與激進主義、保守主義等相對抗，這時，自由主要體現為個人的自由與權利。另一方面，「自由」在精神的層面上是更高的範疇，它包容個人自由主義和國家自由主義，也就是說，它既是個人自由主義的信念，同時也是國家自由主義的信念，它同時是維護各種思想派別和政黨正常生存的前提和基礎，可以說，沒有自由作為精神的保障，便沒有保守主義或激進主義，「自由」在一種深層的基礎上保障了各種思想存在的權力。所以，正是在精神的意義上，許多反自由主義的思想派別和政黨事實上奉行了自由主義的某些原則。就中國現代文學來說，我們看到，左翼文學、保守主義的文學也有某種自由主義的思想。自由主義文學流派是一回事，而文學中的自由主義主題和思想則是另一回事。自由主義文學流派當然表現了自由的主題，而左翼文學也同樣表現了自由的主題。

總之，中國現代自由主義雖然來源於西方自由主義，但由於文化傳統、知識體系、現實語境等多方面因素的制約，西方自由主義在引進的時候發生了歧變從而中國化，西方自由主義在中國的歧變過程其實就是中國現代自由主義建構的過程。中國現代自由主義對於西方自由主義既有選擇和吸取，又有延伸和創造，因此，中國現代自由主義與西方自由主義既有聯繫又有區別，本質上是一種新的自由主義話語體系，具有自己的獨立性。

第五節　中國近現代個人主義話語及其比較

個人主義思想即個人主義話語，中國近現代個人主義思想的不同從根本上可以歸結為個人主義話語的不同。與中國近代相比，中國現代的「個人主義」話語發生了很大的變化，其中最大的變化就是「個人主義」話語在現代更西方化了，比較接近西方原本的個人主義或者某一種個人主義的原本。中國近代的個人主義話語在內涵上是中國傳統的成分多於西方的成分，而中國現代的個人主義話語在內涵上則是西方的成分多於中國傳統的成分。但在中國現代，西方個人主義話語在輸入中國之後同樣由於中西方衝突、碰撞、融合、選擇、誤解、曲解、延伸、發展等複雜的原因而具有變異性，也就是說，中國現代思想史上的「個人主義」雖然不是從中國古代承繼而來，但同樣也不是原本的西方話語，而具有中西合璧性。不論是中國近代還是中國現代，西方「個人主義」話語在翻譯、接受和實際應用的過程中，由於受漢語語境的規約都發生了變異。事實上，中國近代、現代「個人主義」話語都具有雙重性，即既具有中國傳統的因素，又具有西方的因素，都具有內在的緊張和衝突，不同在於，中國近代從西方輸入的「個人主義」由於受古代漢語的規約從而更多地具有中國傳統的色彩，而中國現代從西方輸入的「個人主義」則由於受現代漢語的規約從而具有中國現代性。

那麼，古代漢語是如何規約西方個人主義的？現代漢語又是如何規約西方自由主義？二者在總體上有什麼不同？本節試圖從話語的角度對中國近代個人主義和中國現代個人主義進行比較，以圖從深層上重新認識中國近現代個人主義話語的品格。

個人主義作為自由主義最重要的內容是西方社會和文化的基本精神。由於時間過程漫長以及地域跨度大，個人主義在西方呈現出複雜的情況。但西方個人主義的差異性和複雜性在中國卻被忽略了，我們總是以為我們所知道的西方的個人主義就是西方個人主義的全部，我們總是把西方個人主義看作一個整體，認為它是和諧統一的，而忽視了它在發展演變過程中的時間、性質、派別和國別之間的差異性。中國自近代開始輸入和接受西方的個人主義，總體來說，中國的個人主義在內涵上也表現出非常複雜的情況。我們承認，中國自近代以來的任何時候的個人主義思想都有它西方意識上的理論根源，但中國傳統的群體意識同樣也是其理論根據，並且中西方兩種意識在不同的時期表現出不同的均衡態勢，從而中國的個人主義也表現出複雜性的差異性。但這種差異性和複雜性同樣被忽略了。我們看到，中國不同時期的個人主義輸入者和傳播者都聲稱他們所表述的個人主義源於西方並且忠實於西方，但事實上，中國任何時期的個人主義都不是西方原本的個人主義，而是我們理解的個人主義。西方個人主義就在這種誤解和漢語表述中發生話語變異從而中國化的，這種西方個人主義話語變異的過程其實也就是中國個人主義話語的建構過程。

晚清時的嚴復、梁啟超等人構想的個人主義本質上是民族國家理論的一個組成部分。

在中國近代思想史上，對於西方自由主義學說的傳播、介紹和發揮、延伸，嚴復是最富盛名的。嚴復的自由主義思想主要通過翻譯及其詮釋表現出來的。美國著名漢學家史華茲曾對嚴復翻譯的《群己權界論》作過非常精彩的「文本」分析，他的結論是，嚴復所翻譯的穆勒的自由思想（即嚴譯漢語的穆勒的自由主義思想）和穆勒本身的自由思想（即原語的穆勒的自由主義思想）具有實質性的差別。「假如說穆勒常以個人自由作為目的本身，那麼，嚴復則把個人自由變成一個促進『民智民德』以及達到國家目的的手段。」「穆勒所論及的自由與嚴復所關心的自由是完全不同類型的自由。享樂主義的個人自由、『垮了的一代』的個人自由，以及各種各樣行為古怪的人的個人自由，看來對國家的富強幾乎並無實質的貢獻。」「他非常傾向於給予社會應有的報答，但他的主要目的是保護個人身上最獨特的價值不受社會干涉。」「穆勒所講的個人自由，似乎與個人本身密切相關，而與社會整體或者更無疑地與國家利益關係不大。」[1]也就是說，在穆勒那裏，自由主要是個人的自由，自由的本質是個人的權利，並且主要是從社會那裏爭取權利。但在嚴復的翻譯中，自由的具體內容並沒有很大的變化，但自由在整個社會中的作用、意義、價值和地位等，卻發生了向相反方向的滑動，也即從主要是個體的自由變成了主要是社會的自由。

臺灣學者黃克武說：「嚴復又受限於國家危亡的現實環境，而對社會失控以及可能導致的類似的險境，有更強烈的危機感，所以他瞭解『界』之觀念，與個人自由的重要性，但卻不像瀰爾那樣主張『界』內個人自由的範圍，尤其是思想自由的範圍，要盡可能地廣。」[2]所謂「界」，即界線或範圍，嚴復對自由範圍的群體性擴大實際上也意味著對個人主義的某種限制，他強調自由的「群己權界」的關係維度，這和穆勒的自由權力意義

[1] 本傑明·史華茲：《尋求富強：嚴復與西方》，江蘇人民出版社，一九九五年版，第一三三、一二五、一二八頁。

[2] 黃克武：《自由的所以然——嚴復對約翰瀰爾自由思想的認識與批判》，上海書店出版社，二〇〇〇年版，第四十四頁。

上的個人主義是有很大差別的。這也說明，正是中國社會的現實和中國文化的傳統以及嚴復本人的知識結構和情感傾向等因素使穆勒的自由學說在翻譯和詮釋的過程中發生了變異。

梁啟超關於自由和個人的觀點雖然和嚴復的觀點有相當的距離，但在強調國家和民族的優先作用和地位方面，二人卻驚人地相似。在最重要的《新民說》和《自由書》兩書中，梁啟超提出一系列二元概念，比如「民權與國權」、「公德與私德」、「自尊與合群」、「自由與服從」等，並對它們之間的關係進行了論證。比如關於「公德與私德」，他說：「人人獨善其身者謂之私德，人人相善其群者謂之公德，二者皆人生所不可缺之具也。無私德則不能立，合無量數卑污虛偽殘忍愚懦之人，無以為國也。無公德則不能團，雖有無量數束身自好廉謹良願之人，仍無以為國也。吾中國道德之發達，不可謂不早。雖然，偏於私德，而公德殆闕如。」[1]理論上，梁啟超認為私德公德並重，二者缺一不可，但在實際表述中，我們看到，梁啟超明顯強調公德，認為公德高於私德，並且從根本上把「私德」納入「公德」的範疇。張灝說：「梁認為私德絕非只是個人問題，它的首要價值仍在於有助於群體的集體利益。」[2]這個判斷是非常準確的。

梁啟超認為中國古代在道德上偏於「私德」而疏於「公德」，這個判斷並不準確。對於這種不準確，筆者更願意把它看作是梁啟超對於公德的過分強調而不是認識和描述上的偏差。對於其他關係，梁啟超也明顯輕個人重集體，強調「國權」高於「民權」、「合群」高於「自尊」、「服從」高於「自由」，這樣，在梁啟超那裏，國家和個人在概念上的對立就造成了個人自由和民族解放這兩個目的之間的衝突，而解決的辦法則是國家對個人具有絕對的優先權。在這一意義上，梁啟超的個人主義和自由主義仍然是傳統語境的，他實際上是站在中國傳統的立場上來理解和表述西方的個人主義和自由主義思想的。

---

1 梁啟超：〈新民說‧論公德〉，《飲冰室專集》之四，中華書局，一九八一年版，第十二頁。

2 張灝：《梁啟超與中國思想的過渡（一八九〇——一九〇七）》，江蘇人民出版社，一九九五年版，第一〇八頁。

中國的個人主義思想其內涵在五四時則發生了明顯的變化，最突出的表現就是個人的地位得到提升，個人不再絕對地服從或依賴於群體，「個人」與「國家」以一種特殊的方式整合在「自由」之中。

中國個人主義思想的這種變化首先可以從杜亞泉的個人主義思想的變化中得到一定程度的說明。在中國近現代個人主義思想史上，杜亞泉並不是一個非常重要的人物，但在中國近代個人主義思想向中國現代個人主義思想的過渡中，他是一個具有代表性的人物，他的個人主義思想的轉變一定程度上反映了中國個人主義思想從近代向現代的轉變。清末民初的杜亞泉在個人主義思想上已經與嚴復、梁啟超具有明顯的差異，與嚴復和梁啟超把國家與個人對立並且重國家輕個人不同，清末時的杜亞泉則試圖從傳統儒家思想立場出發對國家與個人二者進行整合[1]，並且是真正的不偏不倚，國家與個人並重，啟蒙與救亡並重。所以，「折中」、「調和」構成了杜亞泉清末思想的最重要的特點[2]。

而到了一九一七年的新文化運動時期，杜亞泉的思想則明顯地發生了變化，這時他主張「宜守定個人與國家之分際，毋使溢出範圍之外。」他認為，個人與國家分際在於：「第一，當先鞏固個人之地位。」「第二，個人對於國家，各有相當之責任。」「第三，毋強個人以沒入國家。」「第四，毋強國家以遷就個人。」[3]這裏，國家與個人再度表現出某種矛盾，但不同的是，杜亞泉主張嚴格地區分國家與個人這兩個範疇，強調個人價值的獨立性，表現出了他一貫的「調和而趨新」的特點。他指出國家與個人之間「有本末先後之不同」，並且明確主張「當先鞏固個人之地位」，這已經具有五四思想的某些特徵。但與陳獨秀、周作人等人的激進個人

---

1 參見劉禾：《跨語際實踐——文學，民族文化與被譯介的現代性（中國，一九〇〇——一九三七）》，生活・讀書・新知三聯書店，二〇〇二年版，第一二五頁。

2 參見劉潤忠〈杜亞泉的文化思想〉，《一溪集——杜亞泉的生平與思想》，生活・讀書・新知三聯書店，一九九九年版，第一六二——一八〇頁。

3 杜亞泉：〈個人與國家之界說〉，《杜亞泉文選》，華東師範大學出版社，一九九三年版，第二六二——二六四頁。

主義思想相比，杜亞泉的個人主義思想明顯具有調和中庸的特點，它明顯是中國傳統儒家民本主義和西方功利自由主義的折中，所以，他的個人主義思想一方面來源於西方，另一方面儒家傳統又構成了其深層的基礎。正是在這一意義上，我認為杜亞泉的個人主義思想在中國近現代個人主義思想史上具有過渡的性質。

五四新文化運動之後，中國個人主義思想發生了深刻的變化，其中最突出的標誌就是與現代漢語語言體系相一致，形成了中國現代的個人主義話語體系。中國近代個人主義話語雖然直接源於西方自由主義話語的影響，但它深受中國傳統話語的制約並最終被納入了古代漢語體系，所以，中國近代個人主義話語具有明顯的中國傳統性，與中國古代思想具有親和性，並且因為中國傳統民本主義與西方自由主義的矛盾而具有一種內在的衝突。中國現代個人主義話語則深受西方自由主義話語的影響，同時也受中國古代「社稷」、「群」、「己」、「自私自利」等觀念和思想的影響，並且二者達到了一定程度的融會和整合，從而表現出它自己的獨特性，即中國現代性。應該說，就形成的過程來說，中國現代個人主義話語仍然充滿了對中國傳統國家主義、民本主義思想與西方個人主義、自由主義思想的雙重誤解，但正是這種誤解成就了中國現代個人主義話語及其獨特性，所以，中國現代個人主義話語既不同於中國古代的「個人」主義話語，也不同於西方個人主義話語，而是一種新的個人主義話語，即中國現代個人主義話語。就成分而言，在中國現代個人主義話語中，西方的自由主義思想明顯地多於中國傳統的民本主義思想，因此，中國現代個人主義話語與西方個人主義更具有親和性。

劉禾曾從翻譯和「跨語際書寫」的角度對中國古代的「己」和西方的「self」進行比較，她認為二者具有根本的不同，翻譯過程中的二者對等關係本質上是一種歷史的建構。這是非常有道理的。「誤解」、詮釋、約定俗成、創造等是翻譯固有的品性，正是以此為前提，我們把中國古代的「己」和西方的「self」翻譯成「個人」，但深入地追問和反思翻譯的本質，我們發現，「個人」作為中國現代話語不同中國古代的「己」和西方的「self」，它們之間的「等值」關係本質上是一種翻譯形態，是在翻譯的過程中建構起來的。中國古代的「己」和西方的「self」在意義上是單純的，即中國古代性和西方性，而「個人」在意義上則是三重的，既有中國古代性，又有西方性，還具有時代性。「現代漢語對西語中的『individual』還有一組譯詞，如個人、個位、個體。這組詞時常與自我等詞交換使用。可以說，自我、我、個人、個位、個體、己等概念間的混雜不僅延續了英語裏 self 和 individual 間的意義間的滑動，而且反映了跨語際實踐及其政治運作在中國環境裏的複雜情景。」[1]也就是說，「個人」不僅延異了英語「self」和「individual」的意義，而且在漢語語境中意義有很大的延伸和擴展，中國的傳統文化以及現實政治都在不同程度上規約著「個人」的涵義。與原語的「self」和「individual」相比，漢語的「個人」在意義上實際有所變異、損遺、增補，具有理解、詮釋性，附著了更多的漢語文化和現實政治的意義。

所以，中國現代個人主義不僅是一個建構的過程，同時還是一個歷史的過程，它的內涵在「過去時」和「現在時」的意義上都是變動的。正如任劍濤所說：「漢語語境中的自由主義言述對理論移譯的準確性、完整性、邊際性失之輕慢，大致著眼於理論的本土適應性、需求性、有用性的問題，而且大致以『格義』的方式來進行自由主義的傳遞與詮釋。這就決定了漢語語境中的自由主義言述，在移譯自由主義的理論意圖上不是純粹的，相應地也就註定了移譯者對於自由主義的理論源流不會給予應有的注意。」[2]我不同意作者對中國現代自由主義的評價，但我認為作者對於中國現代自由主義現象及其形成過程的描述是非常準確的。個人主義在概念的意義上其實也是如此。因此，不論是從理論上還是歷史上尋找中國現代個人主義的終極意義都是不可能的。「任何尋找某種本質主義的、固定的『個人』及『個人主義』意義的努力都是徒然的。真正有意義的與其說是定義，不如說是圍繞『個人』、『自我』、『個人主義』等一些範疇展開的那些話語性實踐，以及這些實踐中

---

[1] 劉禾：《跨語際實踐——文學，民族文化與被譯介的現代性（中國，一九〇〇——一九三七）》，生活・讀書・新知三聯書店，二〇〇二年版，第一一七頁。

[2] 任劍濤：《自由主義的內在困境——漢語語境的論說》，《知識份子立場——自由主義之爭與中國思想界的分化》，時代文藝出版社，二〇〇〇年版，第四七二頁。

的政治運作。」[1]中國現代個人主義的內涵只能在個人主義話語的實踐中去尋找。而不能簡單地從詞面和語源中去尋找。

應該說，中國近代個人主義也具有這種中西二重性，但比較起來，中國近代個人主義話語更具有中國古代性，總體上屬於古代漢語話語體系，而中國現代個人主義話語則具有中國現代性，屬於現代漢語話語體系。受中國古代自私觀念的影響，中國近代個人主義一直被定義為與國家民族話語體系相衝突和對立的話語體系，「社稷」、「群」從深層上構成了中國近代個人主義的語境，並深深地制約和規定著對個人主義的理解和實際運用。我們看到，嚴復、梁啟超，直到晚清時的杜亞泉都是用傳統儒家思想來詮釋個人主義，這樣實際上是把個人主義話語納入中國古代的思想體系。而中國現代個人主義則是直接用西方的自由主義理論解釋和詮釋個人主義，個人主義不僅在歷史的層面上來源於西方，同時也在理論的層面上來源於西方，這樣，中國現代個人主義從根本上就具有西方性。所以，五四時期自由主義知識份子的代表人物如周作人、胡適等人談論個人主義都是大量引用西方的學說，並且大量使用西方的術語、概念和範疇來言說，傅斯年甚至直接用英語進行表述。伴隨著西方文化的大量輸入以及西方文化精神的廣泛接受，五四時期的中國個人主義話語因此發生了整體性的轉變。

在近代，個人主義思想與民族國家思想構成了激烈的衝突和矛盾，而衝突的根源就在於個人主義話語以一種誤解和附會的方式被從總體上納入了中國傳統的國家、民族話語體系，因此，個人主義精神與中國傳統的國家民族精神在統一體內部不相協調從而在話語上構成了內在的緊張。也就是說，中國近代個人主義話語內在的緊張從根本上根源於中國傳統國家倫理思想與西方個人主義思想的衝突。而中國現代個人主義仍然具有內在的緊張和衝突，但這種衝突和緊張是另一維度或層面的，它不是中西的衝突，不是現代與傳統的衝突，而是現代

1 劉禾：《跨語際實踐——文學，民族文化與被譯介的現代性（中國，一九〇〇——一九三七）》，生活·讀書·新知三聯書店，二〇〇二年版，第一二〇頁。

個人主義與現代民族、國家理論的衝突，其衝突根源於西方個人主義本身的矛盾。

在西方，個人主義思想正是產生於個人對集體、對社會的反抗，雖然在理論上，個人主義話語並不必然性地與國家民族話語構成衝突，但在實踐上，個人主義不僅起源於反抗社會權利，同時在現實的層面上，二者在價值觀上始終具有對立性，國家民族話語強調國家民族的利益高於一切，為了國家和民族的利益，應該犧牲個人利益；個人主義話語則強調個體的「元」價值，認為國家民族是由獨立的個體組成的，只有個人的權利和自由得到保障，國家和民族的利益才能得到根本的保障。相反，國家和民族作為集體和社會從根本上是為個體服務的。現實的事實是，國家和集體的權利加強，個人的自由和權力就會相應地削弱，二者在現實的層面上常常彼此消長。

而五四新文化運動時期的個人主義則試圖從另一個維度來整合二者之間的關係，那就是，把中國傳統的「社稷」、「群」等話語方式的民族國家理論現代化。

中國傳統的民族國家理論認為，國家即「天下」，本質上屬於「天子」即皇帝個人所有。人民則是國家的組成部分，因而是天子的「所屬物」，人作為個體其生殺大權掌握在皇帝手中，人的種種權利包括生存的權利、思想和言論的權利等等，不是天賦的，而是皇帝給予的。孟子所說的「民為重，社稷次之，君為輕」本質上是一種統治策略，實際上，在中國封建的皇權倫理中，三者的關係恰恰是顛倒的，是「君為重，社稷次之，民為輕」。錢滿素說：「中國社會的三大基本結構——高度中央集權的官僚機構，絕對君主制和宗法制，都是從本質上和個人主義水火不相容的。從文化上講，個人主義的思想基礎在中國也極不發展。中國人不重視個人的判斷，更習慣於統一的群體的思想，總是把『別人怎麼說』看得比『自己怎麼想』重要得多。中國政府歷來統管思想，中國文化中也沒有天賦人權和社會契約的學說，沒有民眾參政的傳統，大部分人也不認為自己有這個權利。……在西方，個人的渺小是對上帝而言。在中國，個人的渺小是對整個制度而言。中國人習慣於一個等級化的社會，等級化的人際關係，一個個很清楚自己的位置。從小長大，中國人受到的教育和訓練總是聽話、服從、迎合，說到底，忠孝所要求的就是無條件地聽話。」[1]也就是說，在中國傳統國家理論和儒家政治倫理中，個人從根本上是沒有地位的，從根本上是被輕視的。而現代民族國家理論則相反，它認為，民族、國家、個人之間具有平等性，國家是民主的產物，是社會契約的產物，而不是某些個人的征服對象和戰利品。個人的利益和權利高於國家的利益和權利，國家從根本上是為國家中的個體服務的。個體的權利和利益是天賦的，而不是某些人給予的。歐洲自洛克、盧梭、康德、黑格爾、羅爾斯、哈耶克到最近的桑德爾、麥金太爾，對於個人自由與國家權利之間的關係一直存在著激烈的爭論，但自由、民主、人權這些基本價值一直得到尊重，從來沒有被動搖過，個體一直被強調和重視。

五四對於個人主義話語與民族國家話語的整合主要是強調個人以及個人的自由和權利等在民族國家中的重要性，強調二者共通的一面和一體性從而消弭二者之間的裂隙和對立。所以在五四時，個人主義不僅是人的解放的工具，同時也是民族和國家解放的工具，並且個人具有終極性。陳獨秀說：「國家利益，社會利益，名與個人主義相衝突，實以鞏固個人利益為本因也。」[2]陳獨秀認為，「西洋民族以個人為本位，東洋民族以家族為本位」，二者皆有缺點，他主張「以鞏固個人利益為本因」，並不是否認或拋棄國家、民族利益，恰恰相反，陳獨秀的真正意思是想通過維護個人的自由權利來從深層上維護國家和民族的權利，在陳獨秀那裏，個人作為民族、國家的基本單位或組成部分而與國家、民族具有一體性。傅斯年的觀點最能反映五四時期中國個人主義對於個人與民族國家的整合：「為公眾的福利發展個人。」[3]發展個人是直接的目標，但終極目的卻是為公眾謀福利，這裏，「個人」既是目的，又是工具，二者在共同的「發展」的目標上具有一致性。

1 錢滿素：《愛默生與中國——對個人主義的反思》，生活•讀書•新知三聯書店，一九九六年版，第二一二頁。
2 陳獨秀：〈東西民族根本思想之差異〉，《陳獨秀著作選》第一卷，上海人民出版社，一九九三年版，第一六六頁。
3 傅斯年：〈人生問題發端〉，《人生問題發端——傅斯年學術散論》，學林出版社，一九九七年版，第十三頁。傅斯年擔心中文會引起誤解，還特別附上英文表達：「The free development of the individuals for the Common Welfare.」。

在這一意義上，五四時的個人主義實際上扮演著雙重解放的角色，既解放個人，也通過解放個人而解放國家和民族。劉禾說：「這場運動成功地把中國傳統及其經典構造成了個人主義和人道主義的對立面，而個人主義的另一個對立面民族國家反倒在很大程度上被接受，成為個人主義話語的一個合法部分。」[1]這的確是一種洞見，但需要解釋的是，我認為這個結論是在歷史的層面上而言的，也即相對於中國近代個人主義而言。理論上，西方個人主義思想與中國傳統個體主義思想是相對立的，但中國近代則以種種解釋包括曲解的方式試圖調和二者的對立，實際上是通過詮釋掩蓋了這種對立。五四時期，隨著對西方認識的深入，特別是語言系統的轉化，我們對西方個人主義的認識和理解相對而言比較接近原本，中國現代的個人主義話語則可以說恢復了這種對立。這就是劉禾所說的「這場運動成功地把中國傳統及其經典構造成了個人主義和人道主義的對立面」這句話的涵義。但同時，五四新文化運動又通過對民族國家理論現代話語方式的轉化，對國家民族進行了新的言說和表述，使國家和民族概念發生了實質性的轉變，從而對個人主義具有包容性，中國現代個人主義話語這樣就在另一個層面或維度上一定程度消解了國家與個人的二元對立。這是我對劉禾所說的「而個人主義的另一個對立面民族國家反倒在很大程度上被接受，成為個人主義話語的一個合法部分」這句話的理解。

但問題是，個人與國家在權利分配上的矛盾和衝突，這不完全是話語的問題，同時也是事實的問題。現實的矛盾是不能簡單地通過話語方式來進行消解的。我們看到，在中國現代，個人主義思想和民族國家思想仍然充滿了內在的緊張，國家優先原則在大數人和大多數時候仍然得到強調。翻譯和詮釋並不是解決問題的根本方式，無論我們怎樣曲解西方的個人主義和民族國家理論，無論我們怎樣調解個人與國家的矛盾，二者的矛盾和衝突事實上是無法消除的。中國現代個人主義話語就是這樣一種充滿內在衝突和矛盾的話語，一方面我們引入

[1] 劉禾：《跨語際實踐——文學，民族文化與被譯介的現代性（中國，一九〇〇——一九三七）》，生活・讀書・新知三聯書店，二〇〇二年版，第一三一頁。

西方的個人主義話語作為民族解放、國家富強的工具，但個人主義話語一旦引進，它又妨礙民族國家話語，從而對國家和民族利益造成損害。中國現代個人主義話語實際上就在「個人」重心和「國家」重心之間滑動。雖然理論上，國家與個人並不必然性地構成衝突，恰恰相反，個人的良好發展從根本上可以提高國民的素質，對整個國家和民族的強盛是有益處的，西方近代以來個人主義的發展就對現代西方文明起了重要的促進作用。就中國近現代社會來說，啟蒙和救亡也並不必然地構成矛盾和衝突，二者具有一致性。但實踐上，中國特殊的語境以及現實政治，特別是政治功利主義以及啟蒙主義的急功近利嚴重地影響了中國現代個人主義的發展。救亡的目的使我們在引進和介紹以及應用西方個人主義思想時，存在著明顯的偏頗。我們實際上是實用主義地借用西方的個人主義，這樣，西方個人主義話語的語境和歷史因素被我們抹去了，西方個人主義最初起源於對國家和社會過分束縛人的精神和行為自由的反抗這一事實被我們忽略了，西方個人主義在歷史發展過程所體現出來的複雜性沒有了。這樣，中國現代個人主義話語就比較單純性地始終滑動於個人與國家的矛盾和動搖之中。

自由主義意義上的個人主義是中國現代思想的基本主題，特別是五四時期，個人主義是一種強大的精神力量，是時代的鮮明特色和思想主潮，「五四運動的領導人在他們生命中的某個階段幾乎都寫過文章來讚美個人，頌揚個人主義這一新奇而具有解放力的思想。」[1]但中國現代個人主義思想始終存在著政治功利主義個人主義和純粹精神個人主義之間的矛盾。不僅不同的人之間存在著差異和矛盾，同一人之間也存在著差異和矛盾。魯迅、胡適、陳獨秀、李大釗、郭沫若等都在不同程度上是個人主義和自由主義者，但他們又都站在國家和民族的立場對個人主義作過不同程度的批評。

五四時期，陳獨秀積極介紹和鼓吹西方的個人主義，提倡個人主義精神。他認為，「人間百行皆以自我為中心，此而喪失，他何足言？奴隸道德者，即喪失此中心，一切操行，悉非義由己起，附屬他人以為功過者

1 錢滿素：《愛默生與中國——對個人主義的反思》，生活·讀書·新知三聯書店，一九九六年版，第二二五頁。

也。」[1]「新文化運動是人的運動。」[2]認為國人的「根本之覺悟」是倫理的覺悟，是「為吾人最後覺悟之最後覺悟」。[3]「集人成國，個人之人格高，斯國家人格亦高；個人之權鞏固，其國家之權亦鞏固。」[4]「對國家主張人民之自由權利，對社會主張個人之自由權利，此亦予所極表同情者也。團體之成立，乃以維持及發達個體之權利已爾，個體之權利不存在，則團體遂無存在之必要。必欲存之，是曰盲動。」[5]從這裏我們可以看到，陳獨秀是非常強調個人權利及自由的，並且認為個人權利高於和優先於團體權利，團體權利正是在保障個人權利的意義上才有存在的價值和合理性。同時他也認識到，個人自由是針對國家、社會作為團體的專制和束縛而言的，這是對個人主義的非常本真的理解。在〈東西民族根本思想之差異〉一文中，陳獨秀重申了他這一基本觀點，他認為，「西洋民族以個人為本位，東洋民族以家族為本位」，「西洋民族，自古迄今，徹頭徹尾，個人主義之民族也。……舉一切倫理、道德、政治、法律，社會之所嚮往，國家之所祈求，擁護個人之自由權利與幸福而已。思想言論之自由，謀個性之發展也。法律之前，個人平等也。個人之自由權利，載諸憲章，國法不得而剝奪之，所謂人權是也。人權者，成人以往，自非奴隸，悉享此權，無有差別。此純粹個人主義之大精神也。」他認為，中國「種種卑劣不法慘酷衰微之象」，都與中國缺乏個人主義精神有關，所以「欲轉善因，是在以個人本位主義，易家族本位主義」。[6]在〈人生真義〉一文中，陳獨秀說：「社會是個人集成的，除去個人，便沒有社會；所以個人的意志和快樂，是應該尊重的。」[7]

1 陳獨秀：〈一九一六年〉，《陳獨秀著作選》第一卷，上海人民出版社，一九九三年版，第一七二頁。
2 陳獨秀：〈新文化運動是什麼〉，《陳獨秀著作選》第二卷，上海人民出版社，一九九三年版，第一二九頁。
3 陳獨秀：〈吾人最後之覺悟〉，《陳獨秀著作選》第一卷，上海人民出版社，一九九三年版，第一七九頁。
4 陳獨秀：〈一九一六年〉，《陳獨秀著作選》第一卷，上海人民出版社，一九九三年版，第一七二頁。
5 陳獨秀：《雙枰記・敘》，《陳獨秀著作選》第一卷，上海人民出版社，一九九三年版，第一一一頁。
6 陳獨秀：〈東西民族根本思想之差異〉，《陳獨秀著作選》第一卷，上海人民出版社，一九九三年版，第一六六、一六七頁。
7 陳獨秀：〈人生真義〉，《陳獨秀著作選》第一卷，上海人民出版社，一九九三年版，第三四七頁。

但這只是一方面，另一方面，陳獨秀又強調社會責任感，強調個人的社會歸屬性，對個人主義妨礙國家和民族利益提出了強烈的批評。「個人之在社會，好像細胞之在人身。」「社會是個人的總壽命，社會解散，個人死後便沒有連續的記憶和知覺；所以社會的組織和秩序，是應該尊重的。」[1]「新青年」具有「內圖個性之發展。外圖貢獻於其群」[2]的品性。在〈歡迎湖南人底精神〉一文中，對於什麼是「真生命」，他引一篇外國小說說：「你見過蝗蟲，他們怎樣渡河麼？第一個走下水邊，被水沖去了，於是第二個又來，於是第三個，於是第四個；到後來，他們的死骸堆積起來，成了一座橋，其餘的便過去了。」他的結論是：「那過去底人不是我們的真生命，那座橋才是我們的真生命。」[3]也就是說，「真生命」不是個體，而是由個體組成的團體，這裏又表現出了陳獨秀強烈的群體意識。所以，從根本上，陳獨秀的個人主義具有兩重性，即既具有個人性，又具有民族國家性。這種兩重性也是整個中國現代個人主義話語的基本特徵。

張灝先生認為五四精神具有兩歧性：「就思想而言，五四實在是一個矛盾的時代：表面上它是一個強調科學，推崇理性的時代，而實際上它卻是一個熱血沸騰、情緒激盪的時代，表面上五四是以西方啟蒙運動主知主義為楷模，而骨子裏它卻帶有強烈的浪漫主義色彩。一方面五四知識份子詛咒宗教，反對偶像，另一方面，他們卻極需要偶像和信念來滿足他們內心的饑渴；一方面，他們主張面對現實，『研究問題』，同時他們又急於找到一種主義，可以給他們一個簡單而『一網打盡』的答案，逃避時代問題的複雜性。」[4]這個描述是非常準確的。總體上，五四新文化運動由於思想資源的多重來源以及在時間上的錯位性，即歷時的思想共時性地引進或者共時性的思想歷時性地引進，所以，思想在總體上表現得錯綜複雜。不僅不同的人思想不同，同一人的

1 陳獨秀：〈人生真義〉，《陳獨秀著作選》第一卷，上海人民出版社，一九九三年版，第三四七頁。
2 陳獨秀：〈新青年〉，《陳獨秀著作選》第一卷，上海人民出版社，一九九三年版，第一八六頁。
3 陳獨秀：〈歡迎湖南人底精神〉，《獨秀文存》，安徽人民出版社，一九八七年版，第四三四頁。
4 張灝：〈重訪五四：論五四思想的兩歧性〉，《張灝自選集》，上海教育出版社，二〇〇二年版，第二五二頁。

思想前後也會有不同甚至於內含共時矛盾。「五四」這個概念在描述思想通常被當作一種單純的稱謂，但其實「五四思想」根本就不具有統一性。五四時期，新、舊、中、西，各種思想複雜性地糾葛在一起，矛盾、衝突、碰撞、融合、吸收、修正、補充、曲解、變異、豐富、發展，從而在總體上表現出多面性、多元性。具體於某一具體思想，也是如此。個人主義作為具有代表性的五四精神，就具有這樣一種兩歧性。因此，五四個人主義思想從根本上是和五四的終極目的以及對社會的承諾緊密地聯繫在一起的。

正是在這一意義上，中國現代個人主義話語具有自己的思想體系，中國現代個人主義話語是一種特殊的個人主義話語，它既不同中國古代的個人話語，不同於中國近代個人主義話語，同時也不同於西方的個人主義話語。所以，我們既不能從漢語語源的角度，也不能從英語語源的角度來解讀和理解中國現代個人主義話語。中國現代個人主義話語中的「人」、「自由」、「民主」等概念與中國古代思想體系中的「人」、「自由」、「民主」等概念有著天壤之別，也與中國近代個人主義話語中的「人」、「自由」、「民主」有很大的不同。中國現代個人主義話語中的「個人」、「自由」、「權利」、「個體」等概念雖然直接來源於西方，但在漢語語境中，它發生了質的變化，其意義與原語境中的這些概念的意義相去甚遠。「近代」和「現代」在英語中是一個詞，即「modern times」，但在現代漢語中其內涵卻有巨大的差異，並且這種差異不僅僅只是時間上的，更是性質上的。「民主」（democracy）和「民權」（civil rights）在西文中是同義詞，但在中國，「在相當長的時間裏，『民權』、『民主』這一對同義詞卻並不同義，所受待遇也極不相同，一受褒，一受貶。改良派大多數倡『民權』而反『民主』，陳熾一邊講『民權』，要求開議院，一邊罵『民主』為『犯上作亂之濫觴』。康有為、嚴復、黃遵憲等提倡『民權』，反對『民主』。甚至到戊戌政變以後，梁啟超還斤斤分辨『民權』、『民主』之別，指出『民權與民主二者，其訓詁絕異。』」[1]西文以翻譯的形式進入中國之後，就脫離了原來的語

[1] 熊月之：《中國近代民主思想史》，上海社會科學院出版社，二○○二年版，第十頁。

境，而從總體納入了漢語體系因而在意義上受制於中國文化，但同時又保留了西方語源的某些涵義。因此，對於翻譯詞語，完全按照漢語來釋訓是錯誤的，完全按照西語來釋訓也是錯誤的。

「自由」作為概念也是如此，在西方，自由是指個人的自由，「所謂個人獨立，就是承認個人價值在個人自身，而不是個人有關的任何他人或家庭、社會、民族、國家等任何組織，個人享有不依附於他人也不依附於社會組織的獨立行動的絕對自由。」[1]「在個人主義的價值體系中，一切均以人為中心，尤其強調以個體為歸旨。人之所以為人，是因為他們是為自己的存在，而不是其他意志的工具，個人是目的，國家、社會是手段；其次，個人主義高度評價個人意志，特別強調自我支配，自我控制，主張根據自己的思想、利益或激情進行自我選擇和決定。」[2]但在中國特定的語境下，「自由」則演變成個人自由與國家自由（獨立）的雙重涵義，並且二者以一種奇妙的方式混雜在一起。正如有人分析的：中國自由主義「在對自由主義進行理論闡釋時，則遠未能解決自由理論的自治問題。一方面，這是由於他們對自由主義的理論領會存在誤區；另一方面，也是因為他們對輸入的西方自由主義理論所存在的各種邊界劃分，掉以輕心了。」「漢語語境中的自由主義言述，可以說，存在三重理論障礙：一是忽略了自由之真實的基礎何在的問題；二者對諸如自由的緊密關聯性警惕性不高；三者在理論的移譯與本土化方面未能達到平衡。」[3]對西方自由主義以及相關的思想體系缺乏深入的瞭解與理解；自由主義在脫離原來語境及文化知識背景進入漢語語境以及文化知識背景之後的轉化和限定；本土經驗從而造成的對自由主義的新的闡釋，等等，這些都是造成自由主義思想在中國發生變異的重要原因。

1 郜元寶：《魯迅六講》，上海三聯書店，二〇〇〇年版，第一六九頁。
2 李今：《個人主義與五四新文學》，北方文藝出版社，一九九二年版，第六頁。
3 任劍濤：〈自由主義理論的內在困境——漢語語境中的論說〉，《知識份子立場——自由主義之爭與中國思想界的分化》，第四六八頁。

因此，「考察中國現代自由主義，不能單純追索西方原版的自由理念，而要考察自由理念在中國實際的差異化呈現，考察具有自由思想的不同人群不同人物對自由和自由主義的不同理解。」[1]概言之，要深入地考察個人主義、自由主義在中國語境中是如何變異的。

第六節　「個人」與「國家」的整合

——中國現代文學「自由」話語的理論建構

在中國現代思想文化中，「自由」是一個「關鍵字」。作為一種話語方式和思想體系，它深刻地影響了中國現代文學，從而形成中國現代文學的「自由」主題。「自由」是一個外來詞，近代之初輸入中國，但在輸入的過程中由於受中國傳統文化和現實語境的影響而發生變異，變異的最終結果是「自由」中國化。因此，中國的自由話語雖然源於西方，但卻異於西方，它一方面保留了西方自由話語的某些基本內涵，但同時在內涵上又有所延伸和衍變，從而形成中國自己的自由思想體系。「自由」輸入的過程和在漢語中演變與衍生的過程，也就是中國「自由」話語的建構過程。應該說，中國現代自由話語不僅與西方自由話語有著本質的差別，同時也有別於中國近代自由話語。那麼，中國現代自由話語在理論上是如何建構起來的？它與西方自由話語和中國近代自由話語有何區別？它是如何影響中國現代文學的自由主題的？本節將對這些問題展開論述。

[1] 郜元寶：《魯迅六講》，上海三聯書店，二〇〇〇年版，第一七八頁。

首先需要說明的是，「自由」是一個西方話語，在歐洲具有非常複雜的歷史，[1]因而其概念在內涵上也非常豐富而複雜，特別是到了二十世紀，在「憲政主義」、「社群主義」以及「民族主義」那裏，「自由」以及相關的諸如「個人」、「權力」、「民主」、「平等」、「正義」等都發生了很大的變化。但在十九世紀之前的歐美，「自由」主要是指個人的自由，在古典自由主義那裏，「自由」就是「個人自由」、「公民自由」。「自由」本質上起源於個人對國家和社會的反抗，起源於個人從社會和國家那裏爭取權力和利益，自由從根本上是反抗國家和社會對個人在物質上的束縛和奴役、在精神上的鉗制和限制，所以，「個人」構成了自由主義的基礎，也構成了自由的核心內容，即使今天，這一根基或核心仍然沒有根本性的改變。二十世紀，「自由」在內涵上無論怎樣變化，都沒有超出個人與社會、與國家之間的關係這一範圍。中國現代自由話語是逐漸建構起來的，而在這建構的過程中，個人主義思想的輸入及衍變具有關鍵性。中國現代個人主義本質上屬於「自由」的範疇，因此，考察個人主義話語的特點及其形成過程，對於認識中國現代「自由」概念的涵義是非常重要的。中國現代「自由」話語正是在對西方「個人」話語進行新的解釋和限定，主要是引入「國家」的維度的過程中建構起來的。正是在這一意義上，中國現代「自由」話語具有自己的獨特性，並且暗合了後來西方「社群主義」的某些觀念。

五四時代被稱為個性解放的時代，五四新文學被稱為「人的文學」，但這並不是說從前的社會不重視人及其個性，也不是說從前的文學沒有反映人的生活和表現人的精神。「個性解放」和「人的文學」的真正意義在於：五四時期，個人被置於中心地位、首要地位，人的個性以及相應的權利等問題成了社會的中心問題，成了文學的中心問題。中國古代、近代也重視人，但出發點和歸結點都是國家和民族，只有在不損害國家和民族的

1 可參見拉吉羅、科林伍德著《歐洲自由主義史》，吉林人民出版社，二〇〇一年版。阿克頓著《自由的歷史》，貴州人民出版社，二〇〇一年版。

利益時，個人才得到尊重，而五四則改變了這樣一種個人與國家的從屬關係。五四雖然仍然強調國家民族的終極性，但並不把人完全從屬於國家和民族，[1]「人」本身在五四新文化和新文學運動中具有根本性。周作人引馬慶川的話說：「人類或社會本來是個人的總體，抽去了個人便空洞無物。……個人外的社會和社會外的個人都是不可想像的東西。」[2]在周作人看來，個人是社會或人類的本源，人類或社會從根本上可以歸結為個人，所以他說的個人主義從根本上是「一種個人主義的人間本位主義」[3]。「中國所缺少的，是徹底的個人主義」[4]，因此他主張提倡個人主義。所謂「徹底的個人主義」即「人間本位主義」的個人主義，也即強調個人優先於群體的個人主義。這種個人主義不同於群體優先於個人的近代個人主義。正是在這種不同的意義上，周作人的個人主義屬於中國現代的「自由」話語。

「人的文學」和「國民文學」就是在新的個人主義的理論基礎上提出來的。這裏，「人」和「國民」具有同義性，在內涵上已經與中國傳統的「人」和近代梁啟超等人所說的「國民」有了很大的不同。「人的文學」即「國民文學」，從根本上也是個人主義和自由主義的文學。所以周作人說：「提倡國民文學同時必須提倡個人主義。我見有些鼓吹國家主義的人對於個人主義竭力反對，不但國家主義失其根據，而且使得他們的主張有點宗教的氣味，容易變成狂信。」[5]人具有「個人與人類的兩重性」，在個人主義的意義上，「獸性與神性，合起來便是人性。」[6]「只承認大的方面有人類，小的方面有我，是真實的。」「人的文學」「是人性的；不是獸性的，也不是神性的。」

1 關於中國近代個人主義與中國現代個人主義的詳細比較，參見拙文：〈中國近現代個人主義話語及其比較〉，《新疆大學學報》二〇〇四年第四期。
2 周作人：〈文藝的統一〉，《自己的園地》，河北教育出版社，二〇〇二年版，第二十五頁。
3 周作人：〈人的文學〉，《藝術與生活》，河北教育出版社，二〇〇二年版，第十一頁。
4 周作人：〈潮州佘歌集序〉，《談龍集》，河北教育出版社，二〇〇二年版，第四十六頁。
5 周作人：〈與友人論國民文學書〉，《雨天的書》，河北教育出版社，二〇〇二年版，第一一一頁。
6 周作人：〈人的文學〉，《藝術與生活》，河北教育出版社，二〇〇二年版，第十頁。

「這文學是人類的，也是個人的，卻不是種族的、國家的、鄉土及家族的。」[1]再有，他說：「我想現在講文藝，第一重要的是『個人的解放』，其餘的主義可以隨便；人家分類的說來，可以說這是個人主義的文藝。」[2]在另一個地方，他說：「文藝是人生的，不是為人生的，是個人的，因此也即是人類的；文藝的生命是自由而非平等，是分離而非合併。」[3]對於個人主義、自由主義及其與文學的關係，周作人還有很多論述，從上面所引諸話來看，周作人實際強調「人的文學」就是個人主義的文學。他承認文學具有人類性，但這是建立在「人類是由個人組成的」這一前提基礎之上的，「人類」在周作人這裏實際上被個人化。他反對把文學納入國家、種族和家庭的範疇，反對把文學當作實現國家、種族和家庭目的的工具，因為如果是這樣，個人主義在文學中就會受到傷害從而泯滅。在周作人那裏，個人主義文學本質上是把個人從國家、種族和家庭中解放出來，而不是納入其中。當然，周作人的個人主義、自由主義在五四時期比較特殊，他自己稱之為「徹底的個人主義」，實際上是極端個人主義。[4]

在中國現代思想史和文學史上，大多數人對國家、種族和家庭的態度都與周作人有所不同，但強調人的個性與解放，強調個人主義的人間本位主義，卻可以說是五四新文化運動和新文學運動的基本理念。李大釗認為，人的解放從根本上是精神解放：「我以為一切解放的基礎，都在精神解放。我們覺得人間一切生活上的不安、不快，都是因為用了許多制度、習慣，把人間相互的好意隔絕，使社會成了一個精神孤立的社會。在這個社會裏，個人的生活，無一處不感孤獨的悲哀、苦痛；什麼國，什麼家，什麼禮防，什麼制度，都是束縛各

1　周作人：〈新文學的要求〉，《藝術與生活》，河北教育出版社，二〇〇二年版，第二十二、十九頁。
2　周作人：〈文藝的討論〉，《周作人文類編》第三卷，湖南文藝出版社，一九九八年版，第六十五頁。
3　周作人：〈文藝的統一〉，《自己的園地》，河北教育出版社，二〇〇二年版，第二十六頁。
4　筆者認為，周作人自由主義屬於「極端自由主義」或「自由至上主義」，參見拙文：〈對「自由」的誤解與周作人的人生悲劇〉，《社會科學研究》二〇〇二年第五期。〈「自由至上主義」及其命運：周作人附敵事件之成因〉，《河北學刊》二〇〇四年第三期。

個人精神上自由活動的東西，都是隔絕各個人間相互表示友好、同情、愛慕的東西。」[1]又說：「我們應該承認愛人的運動比愛國的運動更重要。」[2]「所謂綱常、所謂名教、所謂道德、所謂禮義」，「哪一樣不是犧牲被治者的個性以事治者」。「孔子所謂修身，不是使人完成他的個性，乃是使人犧牲他的個性。」[3]李大釗關於「人」及其「個性」的觀點既是在歷史的層面上而言，但同時也具有理論性。也就是說，一方面，李大釗提倡個人主義具有強烈的批判中國封建綱常名教的意味，李大釗清楚地看到了中國封建倫理道德束縛人的個性的本質。在個人的屬於國家、家庭的前提下、在人的個性遭到壓抑的前提下，「修身」不僅不能解放個人，反而會使個性受到更大的壓抑，在封建倫理道德的語境中，「修身」就是按照綱常名教泯滅自己的個性，它不過是維護封建倫理道德的代名詞。所以他說：「蓋嘗秘窺吾國思想界之銷沉，非大聲疾呼以揚布自我解放之說，不足以挽積重難返之勢。而在歐洲，自我之解放，乃在脫耶教之桎梏；其在吾國，自我之解放，乃在破孔子之束制，故言之不覺其沉痛也。故吾人對於今茲制定之憲法，其他皆有商榷之餘地，獨於思想自由之保障，則為絕對的主張。」但另一方面，李大釗對個人主義的提倡也是在理論上而言的，他認為愛人比愛國更重要，認為「憲法者為國民之自由而設，非為皇帝、聖人之權威而設也；為生人之幸福而設，非為偶像之位置而設也」[4]，就具有抽象性，這和近代的個人主義具有實質性的區別，顯示了李大釗對於「人」的新的理解。

在建構中國現代個人主義和自由話語的過程中，魯迅是一個舉足輕重的人物。早在一九〇七年的〈文化偏至論〉中他就認識到：「歐美之強，莫不以是炫天下者，則根抵在人。……是故將生存兩間，角逐列國是務，其首

1 李大釗：〈精神解放〉，《李大釗文集》第三卷，人民出版社，一九九九年版，第一七三頁。

2 李大釗：〈「少年中國」的「少年運動」〉，《李大釗文集》第三卷，人民出版社，一九九九年版，第十三——十四頁。

3 李大釗：〈由經濟上解釋中國近代思想變動的原因〉，《李大釗文集》第三卷，人民出版社，一九九九年版，第一四一頁。

4 李大釗：〈憲法與思想自由〉，《李大釗文集》第一卷，人民出版社，一九九九年版，第二三四、二三二頁。

在立人，人立而後凡事舉；若其道術，乃必尊個性而張精神。」在魯迅看來，西方的物質繁榮其實只是其社會的表象，而其深層的根基則在人，具體地說，在於人的素質。中國要走向富強，其根本途徑就在於提高國民素質，即「立人」，而「立人」的重要方面是尊重人的個性和獨立精神，所以，「國人之自覺至，個性張，沙聚之邦，由是轉為人國。人國既建，乃始雄厲無前，屹然獨見於天下，便何況有於膚淺凡庸之事物哉。」[1]從這裏我們可以看到，魯迅的個人主義思想又具有中國近代個人主義思想的痕跡和殘留，即強調個人的工具性或者說國家的終極性。

但對於個人的內涵，魯迅的觀點明顯有別於近代：「個人一語，入中國未三四年，號稱識時之士，多引以為大詬，苟被其謚，與民賊同。意者未遑深知明察，而迷誤為害人利己之義也歟？夷考其實，至不然矣。」又說：「蓋謂凡一個人，其思想行為，必以己為中樞，亦以己為終極：即立我性為絕對之自由者也。」[2]這裏，魯迅把中國古代的個人概念與西方現代的個人概念進行了區分，中國古代的個人概念在意義上與自私自利緊密地聯繫在一起，表現為害人利己，而西方十九世紀的個人則是「入於自識，趣於我執，剛愎主己，於庸俗無所顧忌」，即獨立、自由、個性、知識和理性，從而從根本上表現出人的主體精神與創造精神。

五四時期，魯迅的個人主義思想則更趨現代化，在〈隨感錄三十八〉一文中他說：「中國人向來有點自大。——只可惜沒有『個人的自大』，都是『合群的愛國的自大』。」「『個人的自大』，就是獨異，是對庸眾宣戰。」「『合群的自大』，『愛國的自大』，是黨同伐異，是對少數的天才宣戰。」對於這兩種「自大」，魯迅的態度是鮮明的：「多有這『個人的自大』的國民，真是多福氣！多幸運！」，「多有這『合群的愛國的自大』的國民，真是可哀，真是不幸！」[3]可以看到，魯迅五四時的個人主義本質上是個人優先主義。他認為中國社會的根本在於個人，個人的素質提高了，群體就自然強大了。在〈我怎麼做起小說來〉一文中他

1 魯迅：〈文化偏至論〉，《魯迅全集》第一卷，人民文學出版社，一九八一年版，第五十六—五十七、五十六頁。
2 魯迅：〈文化偏至論〉，《魯迅全集》第一卷，人民文學出版社，一九八一年版，第五十、五十一頁。
3 魯迅：〈隨感錄・三十八〉，《魯迅全集》第一卷，人民文學出版社，一九八一年版，第三一一、三一二頁。

說：「說道『為什麼』做小說罷，我仍抱著十多年以前的『啟蒙主義』，以為必須是『為人生』，而且要改良這人生。」[1]強調個人以及具體的個性、獨立、自由、尊嚴等一直是魯迅思想的核心部分。在這一意義上，魯迅的個人主義具有較多西方個人主義的色彩。

但是，強調自由的個人性以及自由對於群體、國家的對立和反對，即堅持西方原本意義上的自由主義精神和價值觀，這只是中國現代自由主義的一方面。另一方面，中國現代自由主義又把個人主義相反的內涵即國家主義、民族主義等包容進來，並在獨立、自主、自由的意義上把二者整合起來。也就是說，中國現代自由主義同時也重視群體，重視國家和民族的獨立與自由，並把它納入自由主義的範疇。以李大釗為例，如上所述，他在多處地方強調個人自由以及自由主義的個人優先性原則。並且，他也清楚地看到了個人主義與群體主義之間的矛盾：「極端主張發展個性權能者，儘量要求自由，減少社會及於個人的限制；極端主張擴張社會權能者，極力重視秩序，限制個人在社會中的自由。『個人主義』（Individualism）可以代表前說；『社會主義』（Socialism）可以代表後說。」但是，另一方面，他又試圖對二者進行整合：「個人與社會，不是不能相容的二個事實，是同一事實的兩方面；不是事實的本身相反，是為人所觀察的方面不同。一云社會，即指由個人集成的群合；一云個人，即指在群合中的分子。離於個人，無所謂社會；離於社會，亦無所謂個人。故個人與社會並不衝突，而個人主義與社會主義亦決非矛盾。」「我們所要求的自由，是秩序中的自由，我們所顧全的秩序，是自由間的秩序。只有從秩序中得來的是自由，只有在自由中建設的是秩序。個人與社會、自由與秩序，原是不可分的東西。」[2]在李大釗看來，個人與社會具有矛盾的一面，但也有相諧和的一面，而相諧和不是在利益的層面上，而是在權利與責任的關係的層面上，而後者則是西方自由主義在十九世紀之後所一直強調的。所以，

[1] 魯迅：〈我怎麼做起小說來〉，《魯迅全集》第四卷，人民文學出版社，一九八一年版，第五一二頁。

[2] 李大釗：〈自由與秩序〉，《李大釗文集》第四卷，人民出版社，一九九九年版，第六十二、六十三頁。

李大釗的觀點實際上反映了中國自由主義和個人主義從中國具體語境出發對西方自由主義和個人主義的某些反思。哈耶克說：「自由不僅意味著個人擁有選擇的機會並承受選擇的重負，而且還意味著他必須承擔其行動的後果，接受對其行動的讚揚或譴責。自由與責任實不可分。如果一個自由社會的成員不將『每個個人所處的境況乃源出於其行動』這種現象視為正當，亦不將這種境況作為其行動的後果接受，那麼這個自由的社會就不可能發揮作用或維持自身。」[1]把李大釗的觀點和哈耶克的觀點進行比較，我們可以看到二者之間的某些相似性。

在中國現代自由主義思想史上，胡適是一個具有代表性的人物，他的自由主義思想比較典型地體現了中國現代自由主義思想的特徵，對中國現代自由主義文學影響深遠。

由於長期的留學生活所接受的西方教育的結果，胡適對西方個人主義有著非常深刻的理解和體會，所以他對西方個人主義的認識應該說是比較原本的。胡適對個人主義給予了充分的肯定，並且大力提倡和宣傳個人主義。他推崇易卜生對個人的肯定，認為：「社會最大的罪惡莫過於摧折個人的個性，不使他自由發展。」與周作人不同的是，胡適對易卜生的戲劇進行了個人與社會關係的解讀：「易卜生的戲劇中，有一條極顯而易見的學說，是說社會與個人互相損害；社會最愛專制，往往用強力摧折個人的個性，壓制個人自由獨立的精神；等到個人的個性都消滅了，等到自由獨立的精神都完了，社會自身也就沒有生氣了，也不會進步了。」胡適並且引了易卜生書信中的一段話為證：「我所最期待於你的是一種真益純粹的為我主義。要使你有時覺得天下只有關於我的事最要緊，其餘的都算不得什麼。……你要有意於社會，最好的法子莫如把你自己這塊材料鑄造成器。……有的時候我直覺得全世界都像海上撞沉了船，最要緊的還是救出自己。」[2]所以他認為：「真實的為我，便是最為有益的為人。」[3]和陳獨秀、李大釗、魯迅等大多數五四知識份子一樣，胡適也非常重視個人的

1 哈耶克：《自由秩序原理》上，生活・讀書・新知三聯書店，一九九七年版，第八十三頁。
2 胡適：〈易卜生主義〉，《胡適文集》第二卷，北京大學出版社，一九九八年版，第四八六、四八一、四八六頁。
3 胡適：〈介紹我自己的思想〉，《胡適文集》第五卷，北京大學出版社，一九九八年版，第五一一頁。

社會終極性，也就是說，理論上他認同發展個人的最終目標仍然是發展社會這一觀點，他說：「把自己鑄造成器，方才可以希望有益於社會。」「歐洲有了十八九世紀的個人主義，造出了無數愛自由過於麵包，愛真理過於生命的特立獨行之士，方才有今日的文明世界。」「爭你們個人的自由，便是為國家爭自由！爭你們自己的人格，便是為國家爭人格！自由平等的國家不是一群奴隸才建造得起來的。」[1]五四新文化運動的本質就是「文化救國論」，而文化的深層基礎是人，所以「為個人」也是「為國家」。

但與中國近代的個人主義不同，胡適提倡個人主義的終極目標雖然仍然是國家和社會，但在胡適的個人主義理論中，個人和社會的關係發生了實質性的變化。在中國近代個人主義理論中，個人從根本上從屬於社會、服從於民族國家。而胡適則「極力抬高個人的重要」[2]，在他的個人主義理論中，個人對於社會和民族國家具有根本性，國家和社會從根本上是由個人組成的，個人構成了國家和社會的深層的基礎。所以，個人與國家和社會具有一體性。「沒有那無量數的個人，便沒有歷史，但是沒有歷史，那無量數的個人也絕不是那個樣子的個人。……個人造成社會，社會造成個人；社會的生活全靠個人分功合作的生活，但個人的生活，無論如何不同，都脫離不了社會的影響。」[3]這就比從前的簡單地把個人看作社會的所屬物的觀點要深刻，也比西方的認為社會的本質是為個人服務的觀點要辯證。

和魯迅一樣，胡適也把個人主義與中國古代的自私觀念作了區分。在胡適的概念中，自私是貶意，而個人主義則是褒義。胡適援引了杜威關於「真」「假」個人主義的區分：「假的個人主義」即「為我主義」，其特點是「自私自利；只顧自己的利益，不管群眾的利益。」「為我主義」是中國古代的個人主義。而五四時期胡適等人所提倡的個人主義則強調個人的獨立自主，是「真個人主義」。「真個人主義」有兩大特點：「一是獨

1 胡適：〈介紹我自己的思想〉，《胡適文集》第五卷，北京大學出版社，一九九八年版，第五一一、五一一—五一二頁。
2 胡適：〈介紹我自己的思想〉，《胡適文集》第五卷，北京大學出版社，一九九八年版，第五一三頁。
3 胡適：〈不朽〉，《胡適文集》第二卷，北京大學出版社，一九九八年版，第五二八頁。

立思想：不肯把別人的耳朵當耳朵，不肯把別人的眼睛當眼睛，不肯把別人的腦力當自己的腦力；二是個人對於自己思想信仰的結果要負完全責任，不怕權威，不怕監禁殺身，只認得真理，不認得個人的利害。」[1]個人主義除了個性和權利以外，重要的特點就是獨立性、理性和自由決策。《終身大事》最後有一句臺詞：「這是孩兒的終身大事。孩兒應該自己決斷。」[2]在這種意義上，胡適的個人主義從根本上屬於自由主義。

但同時我們也應該看到，由於文化傳統以及現實政治語境的制約，胡適的個人主義與西方的個人主義又有很大的差異。一方面，胡適堅持個人主義的自由主義性，但同時，他也承認社會對個人種種限制的合理性。他提出「健全的個人主義」這一概念。所謂「健全的個人主義」，即一方面承認個人有不受他人和社會干涉的權利，個人有自由選擇的權利，另一方面，個人又要對他自己的選擇負責，對他行為和言論的後果負責，即對自己負責和對他人負責。「發展個人的個性，須要有兩個條件。第一，須使個人有自由意志。第二，須使個人擔干係，負責任。」[3]他既承認「小我」即自我，也承認「大我」即「社會的我」，並且認為二者的關係是：「我這個現在的『小我』對於那永遠不朽的『大我』的無窮過去，須負重大的責任；對於那永遠不朽的『大我』的無窮未來，也須負重大的責任。」[4]有人認為，胡適在這裏表現了對自由主義的某種誤解：「當胡適把自由主義的個人主義等同於易卜生主義時，他對個人主義的理解就發生了嚴重的偏差。他把『世上最強有力的人就是那孤立的人』看作是『健全的個人主義真精神』。而人格典範或行動範式就是娜拉的出走與斯托曼醫生的敢與眾人對抗。而在哈耶克的觀念中，這恰恰是對自由主義的個人主義的嚴重歪曲。」[5]應該說，胡適對於西方的自由主義的

1　胡適：〈非個人主義的新生活〉，《胡適文集》第二卷，北京大學出版社，一九九八年版，第五六四頁。
2　胡適：〈終身大事〉，《胡適文集》第二卷，北京大學出版社，一九九八年版，第六三四頁。
3　胡適：〈易卜生主義〉，《胡適文集》第二卷，北京大學出版社，一九九八年版，第四八七頁。
4　胡適：〈不朽〉，《胡適文集》第二卷，北京大學出版社，一九九八年版，第五三二頁。
5　任劍濤：〈自由主義理論的內在困境——漢語語境中的論說〉，《知識份子立場——自由主義之爭與中國思想界的分

確有某種誤解，但誤解的情形並非如此。應該說，胡適對個人主義本身的理解是很符合當時西方對於個人主義的普遍觀點的。至於哈耶克的個人主義觀點，那已經是二十世紀中期的事了，二者之間的不同，具有一種時間距離，很難說是「偏差」。哈耶克的自由主義觀點反映了西方五十年代及以後自由主義對上個世紀初以及更為遙遠的功利個人主義的反思，它在很多方面與胡適站在中國立場上對西方自由主義思想的「改造」恰恰是暗合的。

胡適的個人主義思想與西方原本個人主義思想之間的差異與其說是「誤解」，還不如說是西方個人主義話語在漢語語境以及特殊的時代環境中發生了變異。西方個人主義思想通過翻譯的途徑引入時必然會發生某種歧變，因而會出現差異。而更重要的，中國自晚清以來，「救亡」一直是中國政治文化的一個基本主題，這也深深影響了一切西方思想形態包括個人主義在中國的具體運用。五四時期，中國思想文化最顯著的特點是對中國傳統社會制度以及思想文化的批判，西方個人主義作為這種批判的銳利而有效的工具相對得到張揚，因而也比較原本。因此，五四時期的中國自由主義更多地是在個人的層面上展開的。但隨著這種個人解放時代的淡化以及民族矛盾的突出、革命思潮的高漲，個人主義的自由主義很快地便被納入了國家民族自由主義的範疇，個人主義便被深深打上了革命的烙印。個人的自由與權利很快便讓位於國家民族的獨立與自由。

以郭沫若為例，五四時期的郭沫若具有強烈的個人主義色彩，雖然他那時的「自由」與「解放」具有更多民族解放和國家新生的意味，但強調個人層面上的自由與解放也是非常明顯的，「我讚美我自己」、「一切的偶像都在我面前毀破」（〈梅花樹下的醉歌〉），「我崇拜我」（〈我是個偶像崇拜者〉）。他的「大我」實際上是把民族國家和個人二者合二為一。但到了革命時代，郭沫若的態度便發生了大的轉變，完全否認個人及個性。「我從前是尊重個性，景仰自由的人，但在最近一兩年間與水平線下的悲慘社會略有所接觸，覺得在大多數人完全不自主地失掉了自由，失掉了個性的時代，有少數的人來主張個性，主張自由，未免出於僭妄。」

化》，時代文藝出版社，二〇〇〇年版，第四七一頁。

郭沫若實際區分了兩種個性和自由，即「個人個性」與「大眾個性」，「個人自由」與「大眾自由」，「大眾個性」和「大眾自由」同樣是自由的範疇，同樣應該尊重，並且應該優先尊重。「要發展個性，大家得同樣地發展個性，要享受自由，大家應得同樣地享受自由。」「但在大眾未得發展個性，未得享受自由時，少數先覺者倒應該犧牲自己的個性，犧牲自己的自由以為大眾人請命，以爭回大眾人的個性與自由。」[1]「在現在的社會沒有什麼個性，沒有什麼自我好講。講什麼個性，講什麼自由的人，可以說就是在替第三階級說話。」[2]「我們要求從經濟的壓迫之下解放，我們要求人類的生存權，我們要求分配的均等，所以我們對於個人主義的自由主義要根本剷除。」[3]把社會與個人完全對立起來，並且強調個人絕對地服從集體，郭沫若的觀點在中國現代個人主義話語中也是非常有代表性的。

「個人」與「國家」始終是中國現代「自由」話語的核心範疇，不同的價值取向使自由主義呈現出不同的形態。與郭沫若的「革命救國論」不同，胡適可以說是「個人救國論」，郭沫若是從救國的角度否定個人主義和自由主義，在他那裏，革命作為集體行為與個性和不受限制與束縛的自由是不相融的；胡適則是從救國的角度肯定自由主義和個人主義，並在自由的意義上把個人和國家二者整合起來。這在中國現代個人主義話語中同樣也是非常有代表性的。

孟德斯鳩說：「自由是做法律所許可的一切事情的權利。」[4]自由並不是不受限制，自由從一開始就不是隨心所欲。因此，作為自由主義的個人主義其實同時包含了個人的權力和責任兩個方面的內容，也就是說，個人主義並不只有個人性，同時也具有社會性。個人與社會之間並不絕對地相互排斥，把個人利益看成是與集體利

1 郭沫若：《文藝論集・序》，《郭沫若全集》第十五卷，人民文學出版社，一九九〇年版，第一四六頁。
2 郭沫若：〈文藝家的覺悟〉，《郭沫若全集》第十六卷，人民文學出版社，一九八九年版，第三十一頁
3 郭沫若：〈革命與文學〉，《郭沫若全集》第十六卷，人民文學出版社，一九八九年版，第四十三頁
4 孟德斯鳩：《論法的精神》（上冊），商務印書館，一九九三年版，第一五四頁。

益完全相對抗的觀點是狹隘和片面的。「個人作為整體的一部分，他的自我完成無疑會促進社團的發展，而一個好的社團也肯定會有利於每個個人的自我完成。」「一個真正的個人主義者，雖然反對以集體的名義要求個人作無謂的犧牲，但絕不是唯我主義者，他關心如何協調這兩方面的關係。」[1]但另一方面，自由的限制與責任並不導致在邏輯上對自由本身的否定，個人權利和國家、集體利益之間存在著衝突同樣不導致在邏輯上對個人本身的否定。事實上，中國現代自由主義一直在調節這二者的關係，並在調節中形成了中國現代自由主義的鮮明特色。

我們看到，五四時所引入的西方個人主義主要是一種功利個人主義，其特點是強調個人的權利特別是自由的權利，強調社會的最終價值只能通過個人的幸福和個性的自由發展來實現。功利個人主義有它的缺陷和弊端，中國現代個人主義就是在對西方功利個人主義批判和改造的過程中形成的。其實，功利主義的個人主義在西方也是備受批評的，比如在法國，它就長期遭受非議：「『個人主義』這個術語在十九世紀得到了非常廣泛的使用。在法國，它通常帶有一種貶義，甚至至今仍然如此，意味著強調個人就會有害社會的更高利益。」[2]「個人主義所摧毀的恰恰是服從和責任的觀念，從而也毀滅了權力和法律；剩下的不就只有利益、激情和歧見的可怕混亂了嗎？」[3]「不難看出，一個盛行個人主義的國家，就不再能處於正常的社會狀態，因為社會是精神和利益的統一，而個人主義則是一種無以復加的分裂。」[4]「個人主義的原則把個人從社會中剝離出來，使他成為周圍事物和他自己的惟一評判者，賦予他不斷膨脹的權利，而沒有向他指出他的責任，使他沉湎於自身的力量，對整個國家

1 錢滿素：《愛默生與中國——對個人主義的反思》，生活・讀書・新知三聯書店，一九九六年版，第二三三、二三四頁。
2 史蒂文・盧克斯：《個人主義》，江蘇人民出版社，二〇〇一年版，第五頁。
3 拉梅內：〈革命進程與反教會鬥爭〉，轉引自史蒂文・盧克斯《個人主義》，江蘇人民出版社，二〇〇一年版，第三—四頁。
4 弗約：〈宗教、歷史、政治與文學文集〉，轉引自史蒂文・盧克斯《個人主義》，江蘇人民出版社，二〇〇一年版，第六頁。

宣佈自由放任。」[1]個人與國家或社會在權利上的衝突和精神上的矛盾，這是迴避不了的。對於中國近現代來說，這種衝突和矛盾尤其敏感。就對於個人主義的批判來說，中國近現代與十九世紀的法國如出一轍。

一半是出於認識上的偏差所造成的誤解，一半是環境、文化、翻譯、語言使然，西方個人主義在五四時的中國在介紹和引進以及應用的過程中呈現出異常複雜的情況。一方面，它具有西方性，但另一方面它又中國化，二者奇妙地糾合在一起從而構成了中國現代性的重要內容，也構成了中國現代性的重要品質。事實上，中國現代自由主義話語體系就是中國人從自己的文化和立場出發對西方個人主義、自由主義的批判、反思以及改造，借鑒、挪用過程中形成的，它具有中西合璧性。所以，就狀況而言，中國現代自由主義在思想觀念和方式上非常接近七〇年代之後在西方興起的「社群主義」。社群主義是西方對二十世紀初到七〇年代西方個人自由主義的反動和修正，具有反思的味道。中國現代自由主義則是中國現代人對西方自由主義的反思、修正、補充，具有魯迅所說的「拿來主義」的特徵。在這一意義上，中國現代自由主義不僅具有中國性，同時在中國性的意義上具有超越性。

現實的政治和文化傳統，這是影響中國現代個人主義思想的二大原因，這可以說是比較公認的，也是過去講得比較多的理由。筆者認同這一描述。

但我這裏要深入追問的是，現實政治和文化傳統是通過什麼方式影響個人主義思想的。我認為，思想的影響從根本上是通過話語的方式實現的，正是話語的變異導致了思想的變異。而話語的變異主要表現為語境的變化，文化知識結構的變化從而導致術語、概念、範疇在意義上的相應變化。李今說：「個人主義在中國的興起。缺乏西方初期在經濟上要求財產權和自由競爭等適應資本主義私有制發展的思想意識。」[2]我們可以從環境的角度來進行言說，但也可以從語言的角度進行言說。中國個人主義環境的缺乏其實可以從根本上看作是西方

[1] 史蒂文・盧克斯：《個人主義》，江蘇人民出版社，二〇〇一年版，第八頁。
[2] 李今：〈個人主義與五四新文學〉，北方文藝出版社，一九九二年版，第十六頁。

語境的缺乏。個人主義本身是一個複雜的體系，同時，個人主義話語又與其他話語體系一起構成更大範圍的話語體系，各種話語之間相互區別但更相互聯繫，從而在更高層次上構成語言系統。整個語言系統和相關的話語體系就是語境。個人主義背後深藏著西方文化的思想基礎。對於西方個人主義來說，民主、自由、平等、博愛等作為話語體系構成了個人主義的語境，它深刻地制約著個人主義的內涵及其對現實生活的影響方式。個人主義輸入中國之後，失去了原有的語境，其意義要受中國特定的語境以及相應的中國文化思想的影響從而發生變異。

余英時說：「當時在思想界有影響的人物，在他們反傳統、反禮教之際道德便有意無意地回到傳統中非正統或反正統的源頭上去找根據。因為這些正是他們比較熟悉的東西，至於外來的思想，由於他們接觸不久，瞭解不深，只有附會於傳統中的某些已有的觀念上，才能發生真正的意義。」[1]這段話的話語意義在於，首先，傳統文化和傳統話語對五四那一代人來說具有制約性，這種制約既表現在知識和視野上，從小所接受的傳統文化和語言妨礙了他們對西方文化的深入研究和理解，但這種制約更表現在語境和言說上，由於知識結構和相應的所操持的語言系統從深層上規定了他們只能按照中國的話語來表達和言說，這樣被言說的對象就在言說的過程中悄然中國化了。胡適應該說是比較特殊的，由於長期的美國留學，他對西方的文化精神可以說有非常深刻的認識和理解，不能說他接受的西方文化不地道，但當他以西方的理論作為武器來批判中國傳統文化時，他用中文表達的西方思想還是發生了變異。現在看得比較清楚，胡適對西方文化包括個人主義和自由主義有很多誤讀和誤解的地方，但這與其是誤解還不說是歸化，是語言從深層上限制了他的言說和表述。這不是胡適的過錯，而從根本上是語言使然，是文化的不對等使然，誤讀和誤解是翻譯的固有屬性。其次，西方的思想與文化要得到中國人的認可，必須用中文即中國話語來表達，這就需要把西方思想和文化中國化甚至於中國傳統化，以中國人能夠理解的方式來言說。所以，從接受的角度來說，西方文化在輸入的過程中也要發生變異。我們看到，

1 余英時：〈「五四」運動與中國傳統〉，《啟蒙的價值與局限》，山西人民出版社，一九八九年版，第八十一頁。

五四包括近代那些發生巨大影響的西方理論和思想往往都是中國化的，或者與中國的現實政治密切相關。如何翻譯和是否具有針對性這是制約西方思想和理論在中國傳播和影響及其限度的最重要的兩個因素。自由主義和個人主義也深受這兩個因素的影響。

現實政治語境深刻地影響我們對於西方思想文化的選擇。個人主義在西方呈現出異常複雜的情況，並且還在按照它自己的語境進一步發展和演變。中國現代的個人主義實際上反映了我們對西方個人主義的一種選擇，一種按照我們自己的理解和想像的選擇。「五四時期在中國流行的個人主義更接近西方十八、十九世紀表現在政治思想和倫理方面的個人主義。而且由於五四知識份子是從振興腐敗沒落的中國這個根本目的出發去接受宣導個人主義的，五四知識份子對個人主義做了為他們所需的選擇，中國式的個人主義具有獨特的涵義和強調的重點。」[1]中國現代個人主義在輸入西方個人主義思想時，不僅在總體上表現出選擇的偏向性和理解性，而且對於具體的人也表現出不同的取向。就自由主義和個人主義而言，我們看到，周作人的個人主義受英國功利自由主義和柏利的自由主義思想影響比較大，表現為個人至上的特點。胡適的個人主義深受杜威思想的影響，因而表現出實用主義的特點。林語堂、陳寅恪的個人主義思想受白璧德思想的影響比較大，兼融中國傳統從而具有保守性。魯迅的個人主義思想深受尼采的影響，強調個人意志，因而具有浪漫主義的特點。

但同時我們也看到，不論是胡適、林語堂、陳寅恪，還是周作人、魯迅，他們的個人主義思想都深深地受制於中國傳統話語和現實語境的限制，因而具有中國性和時代性。我們注意到，個人主義在脫離西方的文化背景和歷史背景之後，則從主要是歷史的形態走向了理論的形態，個人主義起源於反抗社會壓抑這一歷史背景被抽去，剩下的主要是純粹的理論，中國現代個人主義實際上主要是從現實的和理論的個人與社會的二元關係來思考和提倡個人主義的。所以，強調個人與社會之間的相互依存的一面，並從理論的層面和現實的層面兩個方

[1] 李今：《個人主義與五四新文學》，北方文藝出版社，一九九二年版，第十七頁。

面來整合二者之間的關係，把個人主義話語整體性地納入國家民族話語體系之中，把個人主義話語看作是國家民族話語的一種延伸，這構成了中國現代個人主義話語的最大特點。

也正是在這一意義上，中國現代個人主義思想表現得非常脆弱，其力量非常有限。個人主義的銳角和鋒芒不斷地被打磨，但即使這樣仍然不能逃脫來自各方面的壓抑和排斥，特別是意識形態的壓制。中國現代個人主義在五四時取得短暫的輝煌之後，以後一直處於飄搖和危機之中，一直進行痛苦的掙扎。孫中山明確主張為了國家的利益應該犧牲個人。二〇年代至四〇年代，它作為啟蒙形態簡單地讓位於救亡。五〇年代之後，它作為資產階級思想簡單地讓位於集體主義。中國現代個人主義在不同的時期被塑造成不同的形象，這其中原因當然是多方面的，而現實的政治語境是具有決定性因素。

綜上所述，我的結論是：中國現代「自由」思想淵源於對西方「自由」話語的輸入，但由於文化傳統、知識結構、現實語境、時代要求以及翻譯等諸多原因，西方的「自由」話語在輸入的過程中其意義發生了衍變，最初的「自由」主要是個人自由，後來則衍生出民族國家自由的涵義，並且在現實與邏輯的層面上二者具有統一性，從而形成既不同於中國近代「自由」又不同於西方「自由」的中國現代「自由」話語。中國現代自由話語深刻地影響了中國現代文學的自由主題，中國現代文學的自由主題始終在這兩個層面上複雜地展開。

第七節　中國現代「自由」話語與文學的自由主題

高爾基說「文學是人學」，但對於中國來說，這是一個具有相當現代性的文學界定，因為「人的文學」在中國是五四時才開始的事。在周作人看來，五四之前，人是客觀存在的，但我們卻視而不見，所以是「人荒」，而五四「人的發現」則是「闢人荒」。所謂「人荒」，並不是說中國古代沒有人，而是說中國古代雖然有人的存在，但卻沒有「人道」。「世上生了人，便同時生了人道」[1]，但我們對「人道」卻「無知」。所謂「人的發現」，即「人道」的發現。也就是我們有了人的概念、人的意識、人的觀念、人的話語方式以及相應的言說。「人的發現」不僅對中國現代文學有深遠的影響，對中國現代思想乃至整個中國現代文化都有重大的影響。

探索人的精神，從個體的角度重新思考民族、國家的問題，強調人的自由、生命、權利、人的生存意義、人的價值以及與社會之間的關係，構成了中國現代文學思想的深層基礎，也是中國現代文學的基本主題。中國現代文學正是在這樣的現代思想的意義上與中國古代文學思想區別開來。五四新文學一個突出特點就是關於人的新的言說。胡適說新文學的中心有兩個：活的文學與人的文學。「《新青年》的一班朋友在當年提倡這種淡薄平實的『個人主義的人間本位主義』也頗能引起一班青年男女向上的熱情，造成一個可以稱為『個人解放』的時代。」[2]陳獨秀說：「新文化運動是人的運動。」[3]魯迅說：「最初，文學革命者的要求是人性的解放。」[4]茅盾說：「從思想上看，『五四』的建設就是『人的發現』和『個性的解放』」[5]，又說：「人的發現，即發展個性，即個人主義，成為『五四』時期新文學運動的主要目標，當時的文藝批評和創作都是有意識的或下意識的向著這個目標。」「個人主義較悅耳的代名詞是人的發見或發展個性。」[6]郁達夫說：「五四運動的最大成功，第一要算『個人的發現』。」「五四運動的最大成功，第一要算『個人』的發見。從前的人，是為君而存在，

1 周作人：〈人的文學〉，《藝術與生活》，河北教育出版社，二〇〇二年版，第九、八頁。
2 胡適：《中國新文學運動小史（中國新文學大系第一集）・導言》，《胡適文集》第一卷，北京大學出版社，一九九八年版，第一〇六、一三七頁。
3 陳獨秀：〈新文化運動是什麼〉，《陳獨秀著作選》第二卷，上海人民出版社，一九九三年版，第一二九頁。
4 魯迅：《草鞋腳・小引》，《魯迅全集》第六卷，人民文學出版社，一九八一年版，第二〇頁。
5 茅盾：〈「五四」的精神〉，《茅盾全集》第一六卷，人民文學出版社，一九八八年版，第一四三頁。
6 茅盾：〈關於「創作」〉，《茅盾文藝雜論集》（上），上海文藝出版社，一九八一年版，第二九八頁。

為道而存在，為父母而存在的，現在的人才曉得為自我而存在了。」[1]瞿秋白說：五四文學革命「主要傾向只是個性和肉體的解放。」[2]五四就是一個「人的解放」的時代，「人的解放」也是中國現代文化和文學的基本內容，作為事實，這可以說是公認的。中國現代文學的「人的發現」以及相應的人及其自由的主題，與西方思想的輸入和傳播有著最為密切的關係，這也是明顯的事實，可以說，沒有西方個人主義和自由主義思想的輸入，便沒有現代意義上的中國現代文學的人及其自由主題。問題的關鍵是，中國現代個人主義和自由主義有什麼特點？中國現代「自由」話語是如何形成的？它如何影響中國現代文學的自由主題？

對於「人的發現」、「人的文學」，我們要深入追問的是：「人的發現」中的「人」其內涵是什麼？「發現」是什麼意思？為什麼「人道」自人產生時就存在，但卻直到「五四」時才發現？「人」是如何發現的？「人的發現」的本質是什麼？「人的發現」是如何影響中國現代文學以及中國現代文化的？

「發現」的內涵在這裏不是日常語義上的，而是隱喻意義上的；不是時間意義上的，而是真理意義上的。不是說現代意義上的「人」的思想在古代就存在，當時沒有看到而現在看到了，而是說現代意義上的「人」的思想也適用於古代的人，但當時卻沒有這種思想。所以「發現」不是「找到」而是「開拓」與「創新」。這裏的「人」不是生物意義上的人，而是社會學和價值理性上的，所謂「人的發現」即「人道」的發現，人的價值的重新認識。「人的發現」從根本上就是對「人」進行新的言說，建構新的「人」的話語體系，創造新的關於「人」的思想。人作為生物是一直存在的，並且古今沒有實質性的差異。但對人的表述以及所表現出來的價值和觀點，卻古今不同，中外差異。我認為，西學的輸入特別是個人主義、自由、民主、人權、平等這些思想的輸入導致了中國現代思想文化和文學「人」的發現，「人的發現」本質上是語言問題，是術語、概念、範疇和

---

1 郁達夫：〈中國新文學大系・散文集導言〉，《中國新文學大系導論集》，上海良友復興圖書公司，一九四〇年版，第二〇五頁。

2 瞿秋白：〈論文學革命及語言文字問題〉，《瞿秋白文集》第二卷，人民文學出版社，一九五三年版，第六二八頁。

話語方式以及言說的問題，周作人的「人的發見」不過是把西方的「人文」話語引入中國從而對人進行重新言說。「人的發現」通過對人的重新言說、描述、表現、思考而深刻地影響了中國現代文學的精神品質。所以，從語言以及語言與思想的關係來說，「人的發現」本質上是話語問題從而深層上是思想問題。而對人的新的表述和言說中，「個人主義」以及相應的「自由」是最為重要的話語方式。

對於中國現代自由主義和個人主義的現象以及在文學上的表現，我們過去描述得比較多，但對這些現象的深層理論基礎卻缺乏深入的追問與反思。我認為，從根本上，中國現代個人主義和自由主義思想的形成，其實也是個人主義和自由主義話語的形成，現代意義上的「個人」和「自由」概念的形成具有關鍵性。

「自由」自近代以來就一直是中國思想領域的一個重要範疇，並不斷地被言說。錢理群認為，自由主義「在中國現代思想、文化、文學史上始終不占主導地位，卻又從未斷絕過」[1]。作為政治，自由主義在中國最終是失敗了，但「自由」作為一種美好的思想、作為人類文明的重要品質，卻從沒有在中國中斷過，只不過受到壓抑、排斥乃至於在某些時期受到摧殘和戕害。中國現代文學中，自由始終是一個重要的主題。這裏所說的中國現代文學的自由「主題」有兩層含義：一是狹義的自由主題，即直接以自由問題為內容，直接表現個人獨立解放以及民族國家獨立解放的思想。二是廣義的自由主題，這類作品不直接表達自由思想，但自由構成了其深層的基礎，作品意義最終可以從自由的角度得到深刻的解釋。中國現代文學的自由主題既是一種話題，但更是一種精神，就是說，現代文學的自由主題既體現為對自由作為話題的談論、反映和表現，但更體現為對自由精神的追求和表達，諸如個人的解放、人性的尊重、對中國封建社會的反抗和批判，對外族壓迫的鬥爭，對民族尊嚴和國家主權與獨立的維護等，其實都是寬泛意義上的自由主題。

---

[1] 錢理群：〈試論五四時期「人的覺醒」〉，《文學評論》一九八九年第三期。

在西方，「自由」的內涵也是非常複雜的。康德和黑格爾的自由概念就主要是哲學性的，屬於真理和認識論範疇，「康德則通過自己的存在論把思維原則奠定在自由原則之上，從而使思維原則與自由原則統一起來，共同構成了社會的基本原則而承擔起了近代社會。由此，一切倫理學和政治學不僅要具有真理性，更要具有合理性，即要以自由理性為根據。因此，任何個人和集體都不能聲稱因自己擁有某種真理就可以違背自由原則，就有權統治他人，乃至有權剝奪他人的權利和尊嚴。任何沒有自由尺度的真理，哪怕它許諾給人帶來幸福，都不值得追求和維護。」[1]也就是說，在近代社會，自由是真理的基礎，並且是比知識更高的範疇。自由是現代社會的最高原則，真理需要自由來維護。沒有自由，人是不健全的，因而社會也是不健全的。但在一般語境中，西方「自由」概念主要是一個倫理、道德和社會學的範疇，自由主要是指個體的自由，與個人的權利、個性獨立、言論自由、民主、平等、責任、正義等問題緊密地聯繫在一起，從而構成一種倫理學的話語體系。在社群主義之前的西方自由主義主流思想中，自由主義始終強調自由的個人權利性而反對國家和社會對個人權利的壓制和侵犯，自由與國家民族是相對立的話語。英國著名自由主義歷史學家阿克頓曾說：「自由乃至高無上之法律。它只受更大的自由的限制。」「沒有任何與個體私人目標相對立的公共目標值得以犧牲個體靈魂和精神的代價去換取。相反，習以為常的原則應該是個體利益優先於無所不包的國家利益才對。」[2]阿克頓在西方被稱為「自由主義的預言家和歷史的裁判者」，他的觀點具有代表性，反映了西方對自由概念的基本定性。

但西方的自由主義在輸入中國後「自由」在概念上卻發生了巨大的變化。中國自由主義雖然仍然以個人主義話語為基礎，但個人在外延上卻有受到很大的限制，從而被包容進國家與民族以及社會的概念之中。「由於中國知識份子對於中華民族的維護和發展的獻身遠超過對於其他價值與信仰的傾心，因此當他們強調自我價

---

1 黃裕生：《真理與自由——康得哲學的存在論闡釋》，江蘇人民出版社，二〇〇二年版，第二頁。
2 阿克頓：《自由與權力》，商務印書館，二〇〇一年版，第三一〇、三一一頁。

值的時候可以把個人置於君主政黨以及家庭之上，卻不能脫離於社會人民或更大而稱之的人類，這使中國式的個人主義並未走向極端。……因此，新文化運動的宣導者們在吸取西方個人主義精神時，是與責任、社會、人聯繫在一起的，更強調社會是自我發展和自我實現的唯一場所。」[1]中國現代個人主義實際上具有個人主義與國家民族主義的二重性，並且二者具有內在的一致性，這深刻地影響了自由話語的形成。所以，在中國，自由既是個人的自由，同時也是民族國家的自由，自由既是個人爭取權力的鬥爭，也是更為寬泛的政治鬥爭甚至於民族戰爭。中國的自由一開始就不是單純的個人範疇，早在近代，梁啟超就提出「民之自由」與「國之自由」兩個概念，[2]他說：歐美自由者，「不出四端，一曰政治上之自由，二曰宗教上之自由，三曰民族上之自由，四曰生計上之自由。」[3]這是「梁啟超式」的對西方自由概念的言說和表述，這裏，「自由」明顯中國化了。「政治」、「宗教」、「民族」、「民生」的確是西方思想中最重要的概念，並且與自由主義思想有著十分密切的關聯，但西方對自由問題一般不這樣表述。

嚴復可以說是中國自由主義的先驅，他對自由的界定與梁啟超有著驚人的相似。他說：「特觀吾國今處之形，則小己自由，尚非所急，而所以去異族之侵橫，求有立於天地之間，斯真刻不容緩之事。故所急者，乃國群自由，非小己自由也。」[4]這裏，「小己自由」即個人自由，「國群自由」即國家民族自由。對於二者之間的關係，嚴復的觀點也是鮮明的，那就是，個人自由服從於群體自由，個人自由不具有終極性，它從根本上不過是國家自由的工具或手段。「今之所急者，非自由也，而在人人減損自由，而以利國善群為職志。」[5]這實際上

1　李今：《個人主義與五四新文學》，北方文藝出版社，一九九二年版，第二十一頁。
2　梁啟超：〈自由書・國權與民權〉，《飲冰室合集》專集之二，中華書局，一九八九年版，第二十四頁。
3　梁啟超：〈新民說・論自由〉，《飲冰室合集》專集之四，中華書局，一九八九年版，第四十頁。
4　嚴復：《法意・按語》之八十二，《嚴復集》第四冊，中華書局，一九八六年版，第九八一頁。
5　嚴復：〈民約平議〉，《嚴復集》第二冊，中華書局，一九八六年版，第三三七頁。

表明，當個人自由有利於國家和民族的利益時，自由便被提倡；當個人自由妨礙國家和民族利益時，它就應該被壓抑甚至於廢棄。嚴復並不是為了純粹的個人價值和目的才介紹和輸入西方自由思想的，在他那裏，個人自由並不具有終極性，國家民族才具有終極性，也就是說，自由的價值和意義最終取決於國家和民族的價值和意義。正是因為如此，所以嚴復翻譯的穆勒《論自由》，原著被當作主體當作目的的自由，在他那裏卻換成了個人與群體之間的關係。

梁啟超和嚴復的觀念在近代具有代表性。輕視個體自由，把個體自由完全置於群體自由之下，從而使個體自由成為國家獨立富強、民族自由解放的工具，實際上根本性地消解了個人自由，這是近代中國自由主義思想的最大特點。林毓生說：「當初中國的知識份子引進自由主義，是因為中國受不了帝國主義侵略，有了挫折感，把它拿來當成富國強兵的工具。」[1]殷海光說：「在某一個社會文化裏滋長出來的觀念、思想和學問，傳到另一個社會文化裏以後，因受這一社會文化的作用，而往往染出不同的色調。」[2]「中國早期的自由主義者多數只能算是『解放者』。他們是從孔制、禮教與舊制度裏『解放』出來的一群人。」[2]毛丹說：「他們幾乎沒有一個人是純粹的個性抗爭者，沒有一個純為解脫個人困惑而尋求意義、評估價值。他們是一群試圖通過救個人實現救社會的救世關懷者，或者是以為兩者可以自然統一的自由主義者。」[3]張寶明說：「先覺者的啟蒙是集體意識的喚起，是國民整體的自覺，是民族、國家、社會、群體的獨立與平等。雖然，他們在這一政治啟蒙的過程中也間或拉出個人、自我的獨立與覺醒，但歸根結底，並不具有終極關懷意義。」[4]劉川鄂說：對於近代思想家來說，「自由是他們的政治哲學而非人生哲學；自由仍然是手段是工具而非終極價值。他們的自由觀是功利主

1 林毓生：《中國傳統的創造性轉化》，生活．讀書．新知三聯書店，一九八八年版，第二八三頁。
2 殷海光：《中國文化的展望》，上海三聯書店，二〇〇二年版，第二五六、二五七頁。
3 許紀霖：《中國現代化史》第一冊，上海三聯書店，一九九五年版，三一六頁。
4 張寶明：《自由神話的終結》，上海三聯書店，二〇〇二年版，第二十五——二十六頁。

義自由觀，宣傳自由為變法圖強、為新的政體服務，並未達到高度自由的境界。因此自由思想和文學創作雙雙成為了他們的工具，自由本身的價值和文學的獨立性被淹沒了。」[1]在西方，普遍的觀點是：人是中心，社會是人的社會，社會和國家最終是為個人服務的，國家和社會存在的目的就是為了更好地發展個人、保護個人，所以，作為個體精神的最高原則自由具有終極性，也就是說，自由本身就是目的。但在中國近代，這種關係恰恰是顛倒的，社會是中心，人是社會的人、國家的人、民族的人、階級的人，個人在群體面前是渺小的，是微不足道的，因此，人只有放置於集體中才具有價值和意義。二者的關係是：個人服從國家、民族、階級和社會。在這樣一種前提下，中國近代也承認個人的權力特別是自由的權利，但只有當個人的權利和自由有利於國家民族的權利和自由的時候，它才得到尊重，也就是說，個人自由從根本上的屬於國家和民族自由。所以，作為個體精神的自由主義在中國近代始終是工具和武器，國家和民族從根本上限定了個人自由的內涵並構成了個人自由的評判標準。

中國現代自由在具體內涵上雖然發生了很大的變化，但在基本關係和話語方式上並沒有發生根本性的變化。林毓生說：「中國的自由主義運動，到目前為止，主要仍然停留在要求解放的層次上。它主要仍然是一個解放運動——一個要求在政治上、社會上、文化上從傳統與現在的壓制性的『權威』與僵化的『權威』中解放出來的運動。」[2]「解放」包括個人解放和社會解放兩方面，並且二者相互依存。所以，中國現代自由話語最大的特點就是個人與群體的雙重性，也即自由被切分為個人自由與群體自由兩部分。一方面，個人及其權利得到了前所未有的尊重，另一方面，國家、民族作為群體的利益仍然被強調，並且二者以一種特殊的方式被整合在一起，從而使中國現代自由話語具有一種特殊的複雜性。這種複雜性在時間上就表現為，不同的時期，自由話

[1] 劉川鄂：《中國自由主義文學論稿》，武漢出版社，二〇〇〇年版，四十三頁。
[2] 林毓生：《中國傳統的創造性轉化》，生活・讀書・新知三聯書店，一九八八年版，第八十頁。

語表現出不同的側重。五四時期個人主義得到高揚，所以五四時期被稱為「個性解放」的時代。四〇年代抗日戰爭時代民族矛盾成為時代的主要矛盾，所以國家主權、獨立、自由等問題成為主要的問題，因此，文學的自由主題突出表現在國家民族自由方面。中國現代自由話語的複雜性在空間上表現為，不同的作家對於自由表現出不同的態度，因而其自由主義的定位也相應地不同，周作人主要是個人主義的自由主義，並且把個人主義絕對化，因此可以稱為「極端自由主義」或者「自由至上主義」。大多數自由主義作家比如胡適、徐志摩等則堅持個人自由主義的基本理念，同時也承認國家民族的重要，並且強調個人自由與責任的相互關係。而「左翼」文學特別是解放區文學中的部分作家則把群體自由絕對化，完全否定個體以及個人自由作為獨立的價值和意義。

中國現代「自由」話語深刻地影響了中國現代文學，不僅深刻地影響了中國現代文學「自由」主題的形成，同時「自由」話語的中國現代性又使中國現代文學的自由主題呈現出鮮明的中國特色。回顧中國現代文學史，我們看到，自由作為話語和精神在中國現代文學中從未中斷過，並且從根本上構成了中國現代文學的基本品格之一。在話語上，中國現代「自由」作為思想範疇，既包含個人主義，同時也包含國家和民族主義。中國現代文學的自由主題始終在這兩方面展開，並隨著時代政治的變化而在兩者之間滑動。五四時重個人自由。抗日戰爭時期重國家民族自由。革命文學重群體自由，自由主義派文學則重個體自由。

五四被稱為是個性解放的時代。所謂「個性解放」，即把個人從封建桎梏中解放出來，具體地，把人從傳統的家庭、社會、倫理、道德、思想意識、思維方式以及人際關係網路中解放出來，而強調尊重個人的權利、個性以及發展。陳獨秀說：「我以為戕賊中國人公共心的不是個人主義，中國人底個人權利和社會公益，都做了家庭底犧牲品。」[1]又說：「舉一切倫理、道德、政治、法律、社會之所嚮往，國家之所祈求，擁護個人之自由權利與幸福而已。思想言論之自由，謀個性之發展也，法律之前，個人平等也。個人之自由權利，載諸

1 陳獨秀：〈是什麼〉，《陳獨秀著作選》第二卷，上海人民出版社，一九九三年版，第一二八頁。

憲章，國法不得而剝奪之，所謂人權是也。……此純粹個人主義之大精神也。」「欲轉善因，是在以個人本位主義，易家族本位主義。」[1]這可以說代表了五四知識份子對於自由的主流理解，同時也代表了五四知識份子對於時代的主流態度和觀點。正是在這樣的思想前提和背景的基礎上，個人主義以及人的自由解放的問題構成了五四新文學的基本內容。瞿秋白把五四文學革命定性為「資產階級的自由主義啟蒙主義的文藝運動」[2]，這種情感傾向值得商榷，但作為描述它是正確的。啟蒙主義和自由主義是五四新文學的核心內涵，並且本質上二者具有內在的一致性。啟蒙主義即把人從蒙昧的狀態中解放出來，具體對於中國現代文學來說，主要就是提高國民素質。自由主義即人的自由與權利的問題，具體對於五四來說，主要表現為功利主義的個人主義，即把人從社會、家庭以及封建倫理道德中解放出來，恢復人的個性與尊嚴。這樣，啟蒙主義和自由主義最終都歸結到人的問題。所以，五四新文學從根本上可以歸結為「人的文學」，人及其自由問題構成了五四新文學的基本主題。可以說，反傳統、反封建專制，追求個性自由、婦女解放等，提倡人的文學、平民的文學構成了這個時代文學的最為鮮明的特色。

五四時期，一些著名的文學作品（當然也是中國現代文學的經典作品）比如魯迅的《狂人日記》、《傷逝》、許地山的《命命鳥》、郁達夫的《沉淪》、《春風沉醉的夜晚》、郭沫若的《女神》等都在不同程度上與自由問題有關。這裏我特別以魯迅為例來說明這一問題。

過去，由於「自由」和「個人主義」語含貶義，人們一直諱談魯迅與自由主義與個人主義的問題。但魯迅與自由主義和個人主義真是那麼隔膜嗎？從早期的《人之歷史》、《文化偏至論》、《摩羅詩力說》一直到晚年的雜文，人的問題始終是魯迅思想的中心，人既是他思想的出發點，也是他思想的歸結點。小說《狂人日

1 陳獨秀：〈東西民族根本思想之差異〉，《陳獨秀著作選》第一卷，上海人民出版社，一九九三年版，第一六六、一六七頁。

2 瞿秋白：〈普洛大眾文藝的現實問題〉（一九三一年），《瞿秋白文集》第二卷，人民文學出版社，一九五三年版，第八六七頁。

記》、《傷逝》、《阿Q正傳》、《祝福》以及散文集《野草》中的諸多篇章其實都探索了人的自由問題。狂人說：「我翻開歷史一查，這歷史沒有年代，歪歪斜斜的每葉上都寫著『仁義道德』幾個字。我橫豎睡不著，仔細看了半夜，才從字縫裏看出字來，滿本都寫著兩個字是『吃人』！」認識到中國封建社會的「吃人」本質，這是魯迅的新發現。所謂「發現」，其實是對人的新的認識，而從根本上也是對人的新的思考和表述。在中國古代社會，人的屬於國家的、屬於君王的、屬於維護國家體制的倫理、道德、法律和意識形態，所以，在中國古代，人從根本上受制於社會、家族、制度以及倫理道德，從而變成了社會的人、家族的人、制度的人、倫理道德的人，一句話，變成了非個性的人、非自然的人。所謂「吃人」即封建社會對人的個性的束縛，對人的精神的戕害，從而使人異化，變成非人。魯迅對人的發現實際上是對人進行了重新定義，從個性、權利等方面對人進行了新的言說，從而建立起一種新的人的話語方式。

「立人」和「國民性批判」是魯迅文學創作的基本主題，但實際上，這是一個問題的兩個方面，都是人的問題。「國民性批判」主要從負面來言說人的問題，主要是批判中國人的劣根性、奴性，當然也在根源的層面上批判封建制度對中國人的戕害和異化。「立人」則主要是從正面來言說人的問題，主要是從西方個人主義和自由主義精神的角度來思考如何改造國民性。「立人」的思想精髓是提高國民素質，建設健全的、自覺的、自主的、自決的、具有理性的國民。魯迅就是在這對人的一「破」一「立」的言說中，對中國現代人的話語建構做出了巨大的貢獻。

從話語的角度來說，「國民性」實際上是對人的一種新的表述和言說，它的根本問題就是個人的權利和自由，屬於「自由」範疇。它實際上是中國現代文學自由主題的一個方面，是自由問題在中國特定社會歷史條件下在文學中的一個突出表現。魯迅的原創性在於，他把個人主義、人道主義、自由主義的思想引入到人的言說中，並通過有選擇性地批判、改造、吸收、發揮、創造，把它和中國傳統人的思想精華進行整合並進行系統的表述，從而在現代漢語中確立了新「人」的概念。當子君說「我是我自己的，他們誰也沒干涉我的權利」的時候，這裏作為個體的人的觀念其實已經發生了根本的變化。郜元寶說：「魯迅和自由主義知識份子同根所生，他批評自由主義知識份子，並不是拋棄與他們共同所屬的自由思想這個本根，而是批評他們在專制與共和雜交的怪胎社會中對自由理想的踐履的不切實際。就是說，魯迅和自由主義者們的真正區別，並不在於各自信念之不同，而在大家為信念所做功夫的區別。」[1]這是很有道理的。在一種寬泛的意義上，魯迅也是自由主義者。魯迅的自由主義主要表現在兩個方面：一是在個人的層面上，極力張揚人性；二是在自由的理念上，反抗和批判一切形式的專制。所以，魯迅的自由主義既表現在具體的觀點上，但更表現在精神上。在對一切專制政治和專制思想的毫不妥協的反抗和批判的意義上，在不依附於任何形式的權貴和「主義」的意義上，魯迅是真正的自由主義。

但更重要的是，我們同時也應該看到，魯迅的個人主義和自由主義又與西方的個人主義和自由主義有所區別，他既重視個人的權利與尊嚴，強調個性與獨立，同時也重視個人和自由對於國家和民族的終極價值和意義，既強調「立人」，同時也強調「立人」的目的——立國。對於文學創作，魯迅說：「我也並沒有要將小說抬進『文苑』裏的意思，不過想利用他的力量，來改良社會。」[2]「立人」的背後深藏著的是「立國」，這樣，魯迅的自由主義既堅持了西方個人主義，同時又延伸了西方個人主義，實際上消弭了民族國家與個人之間的衝突，對二者進行了一種中國化的整合，從而形成現代漢語的「自由」話語。從〈《吶喊》自序〉以及其他具有自傳性的文字中，我們看到，魯迅學醫的目的是為了治病救人，但當這種治病救人無濟於事、於世無補，即並不能真正救人的時候，魯迅轉向了文學，尋求另一種途徑的救人。醫學是從肉體上救人；文學則是從精神上救人。前者表層，後者深層。精神上的救人既是救人，也是救世、救國。魯迅說：「從那一回以後，我便覺得醫

[1] 郜元寶：《魯迅六講》，上海三聯書店，二〇〇〇年版，第一九二頁。
[2] 魯迅：〈我怎麼做起小說來〉，《魯迅全集》第四卷，人民文學出版社，一九八一年版，第五一一頁。

學並非一件緊要事，凡是愚弱的國民，即使體格如何健全，如何茁壯，也只能做毫無意義的示眾的材料和看客，病死多少是不必以為不幸的。所以我們的第一要者，是在改變他們的精神。」[1]從字裏行間，我們能感到魯迅深深的憂民憂國的情懷。「國民」作為魯迅自由思想的核心範疇實際上反映了魯迅對於個人與國家之間關係的基本觀點，也反映了魯迅整合個人與國家的方式，這種整合就使魯迅的「自由」概念有別於西方「自由」概念。「國民」和「人」在對象上具有同一性，但在內涵上卻有很大的差別。「國民」是「人」，但更是具體的「國人」，也即以國家、民族為依託的人。「國」在這裏構成了「人」的廣闊的背景，對人的品性具有制約性。在這個意義上，魯迅的「個人」實際上隱含了國家和民族的內涵。

三〇年代，中國現代文學最為顯著的現象是「左翼」文學和自由主義文學，它們構成了三〇年代中國現代文學的兩大思潮。自由主義文學作為一種流派或思潮，不論是在創作實績上，還是在理論建樹上都有較大的貢獻，它延續了五四個性解放和反封建專制的傳統，因而直接表現出自由的主題。朱光潛說：「我在文藝的領域內維護自由主義。」「自由是文藝的本性，所以問題並不在文藝應該或不應該自由，而在我們是否真正要文藝。是文藝就必有它的創造性，這就無異於說它的自由性；沒有創造性或自由性的文藝根本不成其為文藝。文藝的自由就是自主，就創造的活動說，就是自主自發。」[2]把自由上升到文藝本體論的高度，這代表了中國現代文學自由主義派別對於文學的基本觀點。「自由」是自由主義的理念，自由主義在他們的文學及其理論中充分表現出了這種理念，這是顯而易見的事實，在邏輯上也是極容易理解的。

但這裏我更關心的不是自由主義文學派別是否在他們的文學創作上表現了自由的主題，而是自由主義文學派別對於「自由」的理解，也即自由主義的「自由」內涵。總體來說，自由主義文學派別的「自由」在內涵上

1 魯迅：《吶喊・自序》，《魯迅全集》第一卷，人民文學出版社，一九八一年版，第四一六—四一七頁。
2 朱光潛：〈自由主義與文藝〉，《朱光潛全集》第九卷，安徽教育出版社，一九九三年版，第四八〇、四八一—四八二頁。

更多地承繼了五四啟蒙主義的傳統，即強調人的權利、個性以及自由發展等，具體表現為強調文學的創造性、文學的人性、文學的自我表現性等，強調作家對於文學從內容到形式的選擇的自由，反對國家、社會和團體對於文學創作的壓制和干預。從新月派、論語派、京派到「自由人」、「第三種人」，我們看到，三〇年代自由主義派別的文學從總體上屬於個人主義的自由主義文學。

而對於「左翼」文學，我們過去一直把它看作是自由主義文學的對立派，並在和自由主義文學相對立的意義上來看視和言說它。從歷史的層面上來說，這可以說是事實。的確，自由主義文學和「左翼」文學在當時表現為明顯的對抗性，「左翼」作家和「新月派」作家、「京派」作家以及其他自由主義作家曾經展開過激烈的文學論爭。但在理論的層面上，對於自由的問題，自由主義文學和「左翼」文學未必是絕對對立的，它們之間的對抗未必意味著「非此即彼」的排它性。「左翼」文學在深層上其實也具有自由的精神，也表現出自由的主題。劉川鄂所說：「中國現代知識份子和作家都是愛自由的。但我們不能籠統地稱之為自由主義者。」[1]「左翼」作家不是自由主義作家，但他們也是愛自由的，他們的創作在深層上也表現出了自由的精神，只不過在具體內涵和形態上二者有巨大的差異。自由主義作家群承繼了五四的個人主義的傳統，強調個人的自由與權利；而「左翼」作家群則承繼了五四的民族國家主義的傳統，強調群體和社會的自由與權利，強調文學的階級性，它們各自的側重點不同，但在整體上恰恰構成了中國現代文學「自由」話語的完整性。

「左翼」文學作為三〇年代中國現代文學主潮的深刻含義在於，五四文學更強調個人的獨立與解放，表現了鮮明的反封建的特色，而三〇年代的文學更強調民族國家的獨立與自由，表現鮮明的社會革命的特色。「如果說『五四』是個性解放的時代，現在就進入社會解放的時代，不僅人的思考中心發生轉移，思維方式也發生

1 劉川鄂：《中國自由主義文學論稿》，武漢出版社，二〇〇〇年版，第二四〇頁。

相應變化：從對人的個人價值、人生意義的思考轉向對社會性質、出路、發展趨向的探求。」[1]「左翼」文學雖然沒有表現個性、人權、尊嚴等這些傳統的「自由」內容，但他們的文學創作仍然表現出了深層的自由理念，所以，自由同樣構成了「左翼」文學的主題。區別在於，自由主義文學表現的是比較西化的自由，即個人的權利和自由，而「左翼」文學表現的是比較中國化的自由，即民族和國家的自由。具體表現為：反抗專制統治，宣傳社會解放、民族獨立、國家自強思想，反映人民的苦難特別是人民被壓迫、剝削以及欺凌的痛苦，對現實社會腐朽、墮落、黑暗、邪惡、不公的批判，對中國社會性質的探索、對國家民族未來命運深深憂患等。這些其實都是自由的主題，不同在於，它們是從社會、革命的角度對「自由」進行言說和表述。比如柔石的小說《為奴隸的母親》、茅盾《子夜》、巴金的《家》、老舍的《駱駝祥子》、丁玲的《莎菲女士的日記》等其實都可以從社會自由的角度進行解讀。

四〇年代，中國現代文學的自由主題在話語中國化上表現得更為鮮明，明顯可以區分為個人自由與民族國家自由兩種類型。個人自由問題主要表現在自由主義運動方面，對國民黨專制統治的反抗和批判是這個運動的一個非常重要的方面，直接的爭取民主自由和人權的鬥爭構成了其基本的內涵，其中國統區的文學最具有代表性。這一點比較容易理解，也普遍地被人所認同。

而與一般的理解和解讀不同，我認為，解放區文學其實也深層而深刻地表現了「自由」的主題，解放區文學最大的特點就是「解放」，包括思想內容的解放和文學形式的解放，而「解放」就是寬泛意義上的「自由」。差別在於，解放區的自由話語與自由主義運動的自由話語有很大的不同。解放區文學的「自由」首先是一般意義上的，比如要求自由、平等、公正以及對現實的不合理現象進行批判等，當然也包括文學創作本身的

[1] 錢理群、溫儒敏、吳福輝：《中國現代文學三十年》，北京大學出版社，一九九八年版，第二〇八頁。

獨立與自由，比如艾青要求「給藝術創作以自由獨立的精神」[1]就是屬於這一範圍。在作品上，王實味的雜文《野百合花》、丁玲的雜文《三八節有感》等作品則比較典型地表現了這種一般意義上的自由。但解放區文學的「自由」主題最突出的特點則是表現人民的翻身解放以及與此相關的婚姻自由、政治的人民當家作主等內容。比如《小二黑結婚》、《王貴與李香香》、《白毛女》等其實都充分地表現了這種獨特的自由主題。與五四文學把個人置於社會之上、單純地強調個人解放不同，解放區文學實際上把個人的婚姻自由與社會的解放二者緊密地結合在一起，並且強調社會解放對於個人解放的決定性意義，只有社會從根本上發生了變化，人民才能當家作主，才能在個體的意義上真正得解放。「文學是人學」，解放區文學也不例外，它同樣表現了人及其精神，但與五四個人主義文學以及三〇年代自由主義文學不同，解放區文學的「人」的主體已經發生了變化，不再是獨立的個體，而是集體化的個體，個人更多地的屬於「工農兵」，或者代表了「工農兵」，這裏，工農兵既具有個人性，同時又具有抽象性。工農兵話語是解放區文學的主流話語，它本質上是把個人集體化，「工農兵」自由是典型的群體自由。

與自由主義文學表現個人自由的主題、解放區文學表現社會自由和群體自由的主題不同，抗戰文學則更多地表現了國家自由的主題。個人有不受外力壓迫和束縛的權利，這是個人自由的基本涵義。一個國家、一個民族也有不受外力壓迫和束縛的權利，這就是國家和民族的自由。抗日戰爭從根本上是爭取民族自由與國家獨立，是寬泛意義上的自由。滅種、亡國從近代以來就一直是中國人的深重憂患，而日本人的入侵中國則把這一矛盾激化，使憂患變得突出和尖銳，使中國人切實地直面亡國、滅種的現實，所以民族國家自由構成了抗戰文學的基本主題和話語方式。比如尹庚的報告文學《為民族自由解放》，從標題就可以看出是從自由

[1] 艾青：〈瞭解作家，尊重作家——為〈文藝〉百期紀念而寫〉，《艾青選集》第三卷，四川文藝出版社，一九八六年版，第五七三頁。

的角度來對抗日戰爭進行表述，其中說：「無數的人，失去了寶貴的生存的可能，被奪走了創造一切的智慧與權力。彷彿眼睛被封條封住了，耳朵被木楕塞住了，嘴巴被鎖鎖住了，手與腳被鐐釘住了。言論，出版，集會，結社，這一切自由，全被剝奪無餘了。交迫著來的是，欺騙，愚弄，壓迫，無窮的侮辱與無窮的苦難……」[1]這可以說是對民族國家自由非常好的闡釋。人的生存和權利，言論、出版、集會、結社，這都是個人自由的範圍，但這些自由並不完全取決於個人的奮鬥與抗爭，並不完全是個人的事情，它實際上深深依賴於國家和民族，國家和民族的獨立與自由是個人獨立與自由的絕對保障，當民族和國家面臨苦難，被欺騙、愚弄、壓迫和侮辱的時候，個人能有何自由？在這一意義上，抗戰文學的自由主題同樣表現出了國家自由與個人自由的二者整合的特點。它主要表現了國家自由的主題，但同時也包含了在民族自由解放背景下的個人自由與解放。

總之，與西方「自由」話語的個人主義性不同，中國現代「自由」話語主要在民族國家自由與個人自由這兩個層面上展開，並且在歷史和邏輯上二者具有內在的一致性。在西方自由話語中，自由從根本上是指個人自由，社會、國家在精神上和自由是相對立的。中國現代自由主義則試圖緩解二者之間的矛盾和緊張，對二者進行理論的整合，強調二者之間的內在一致性。中國現代自由話語深刻地影響了中國現代文學的自由主題，因此中國現代文學的自由主題也主要表現在這二個方面，既具有強調個人解放的個人主義特點，同時又具有強調國家獨立自由的國家主義特點。個人解放與社會解放、個人自由與國家獨立在中國現代文學中不是矛盾和衝突的，而是統一的，只是在不同的文學時期，不同的文學流派中表現出不同的側重。

[1] 尹庚：〈為民族自由解放〉，《夜鶯》第一卷第四期（一九三六年六月）。

第八章　中國現代文學的「民族」話語言說

第一節　中國現代文學的民族性

對於中國現代文學與中國古典文學的關係、與西方文學的關係，進而與中國傳統文化和西方文化的關係，這是中國現代文學研究中一個長久的話題。與此相關，中國現代文學的品格定性也是一個長期爭論不休的問題。「傳統性」、「中國性」、「現代性」、「世界性」、「民族性」、「本土性」、「西方性」，這些性質概念長期困擾著中國現代文學的研究。本節試圖在對「民族性」這一概念進行清理的基礎上重新研究中國現代文學的民族性問題。

我認為，中國現代文學具有民族性，但這種民族性不是有的人所理解的「古代性」，不是三〇年代「前鋒社」等所宣傳的帶有意識形態性質的「民族性」，也不是戰國策派所理解的「尚力」的「民族性」，而是在中西方兩種文化和文學在從相遇、碰撞、衝突到相互吸收、相互補充、相互融合的雙重變異的複雜過程中形成的既不同於中國傳統文學、又不同於西方文學的獨特性，可以稱之為「現代民族性」。中國現代文學的民族性是一個複雜的組合，它不具有某種純粹性，而是相容「傳統」、「現代」、「中國」、「世界」、「本土」、「西方」等內容。

「民族」在種族、語言、文化、宗教信仰的意義上作為現象可以說早已有之，但不論是中國古代，還是西方古代，由於種族、語言、文化、宗教信仰的相對封閉，因此「民族」在中西方的古代都處於自然狀態，缺乏「自我意識」。本質上，「民族」是近代以來的產物，是以政治訴求為中心內容的民族主義的產物，「『民族』的現象和國家的現象固然在民族國家出現以前很早的時間就已經存在，但民族主義作為歷史力量的崛起，作為有著統一意識形態的政治運動而成為一種社會運動方式，卻是非常近代和現代的。」[1]在西方，「『國家』、『民族』及『語言』等辭彙的現代意義，要到一八八四年後才告出現。」[2]在中國，民族在古代主要是指種族，現代意義的民族即「中華民族」概念始於鴉片戰爭之後。西方列強的入侵以及中華民族在種族上的危機是中國現代民族主義意識產生的最根本原因。晚清時期，民族主義意識在知識份子中取得廣泛的認同，嚴復、梁啟超都是民族主義思想的積極宣導者和建構者，經過孫中山以及其他國民黨人的建設，到了民國時期，民族主義最終成為官方的意識形態。

從根本上，民族作為社會實體是伴隨著現代國家的產生而產生的。英國學者霍布斯鮑姆說：「民族主義早於民族的建立。並不是民族創造了國家和民族主義，而是國家和民族主義創造了民族。」[3]也就是說，現代民族作為一種現代社會實體，是現代國家意識和現代民族意識的產物，是在現代國家觀念和民族觀念確立以後，對社會成員的一種確認，所以，民族作為觀念或概念，具有人文性，是現代人對於自我身份的一種理論建構。

1 徐迅：《民族主義》，中國社會科學出版社，一九九八年版，第十一——十二頁。
2 霍布斯鮑姆：《民族與民族主義》，上海人民出版社，二〇〇〇年版，第十七頁。
3 霍布斯鮑姆：《民族與民族主義》，上海人民出版社，二〇〇〇年版，第十頁。

美國學者安德森把「民族」定義為「想像的共同體」[1]，「想像的共同體」說明了民族具有人文性、約定性，是觀念的產物，作為社會現象，是建構起來的客體。作為客體，「民族」當然具有客觀性，但這種客觀不是物質形態的客觀，而是社會形態的客觀。所以，任何把民族主義從具體內涵上固定化或者僵化都是錯誤的，因為民族主義的概念和內涵本質上是約定，既然是約定，彼時彼地彼情形，我們可以那樣約定，此時此地此情形，我們也可以這樣約定。當然，民族主義主要產生於國家之間衝突以及利益競爭時的一種內在尋求、內在依託，所以，種族、文化、語言、習俗、宗教等比較特殊的因素就構成了「民族」的比較穩定的內涵。從這一角度，「民族」作為概念又具有相對的規範性和穩定性，其內涵並不是無邊的。就中國來說，民族主義主要產生於中西衝突，產生於中西衝突中的救亡圖存，所以，中西衝突以及中西衝突中的救亡圖存始終構成了中國現代「民族」思想的深層背景，我們不能脫離這一語境對中國現代「民族」進行言說。「二十世紀東方民族主義運動的最大特點，就是面向世界和面向未來。」[2]所以，「中」與「西」、「現代性」就構成了二十世紀中國民族性問題的深層背景，中國現代民族性的種種特性都與此息息相關。

民族既然是「想像的共同體」，那麼，不同的國家以及不同國家的不同時代對於民族的想像就會不同，這樣就表現出不同的民族界定。「民族主義並沒有純粹的表現形式，它必須與某種政治或社會力量結合起來，表現為社會運動，或歷史過程。」「民族主義所塑造的『民族』概念和民族形象，一般都訴諸文化傳統、價值觀念和信仰，弘揚民族的優越、尊嚴和進步，並強調神聖的民族歷史使命。」[3]具體對於中國來說，「民族」作為現代概念始終與中國近代以來的思想運動、政治運動、社會思潮聯繫在一起，並表現出從西方和從中國傳統雙

---

1 見本尼迪克特・安德森：《想像的共同體——民族主義的起源與散佈》，上海人民出版社，二〇〇三年版。

2 徐波、陳林：〈全球化、現代化與民族主義：現實與悖論——《民族主義研究學術譯叢》代序言〉，〔英〕厄內斯特・蓋爾納：《民族與民族主義》，中央編譯出版社，二〇〇二年版，第十七頁。

3 徐迅：《民族主義》，中國社會科學出版社，一九九八年版，第四十二、四十三頁。

重尋求資源的特點，「國家」的觀念始終構成了中國現代民族思想的深層背景。梁啟超說：「民族主義者，世界最光明正大公平之主義也，不使他族侵我族之自由，我亦不侵他族之自由。其在於本國也，人之獨立，其在於世界也，國之獨立。使能率由此主義，各明其界線以及於未來永劫，豈非天地間一大快事。」[1]在梁啟超這裏，民族主義作為民族鬥爭工具的特點是非常明顯的，而與其他國家的民族主義不同的是，梁啟超的民族主義作為工具明顯具有防禦性。對於民族主義，梁啟超明顯表現出某種誤解，比如他希望通過民族主義達到民族之間的相安無事，這不過是一種理想或一廂情願。他認為民族主義對於民族內部的作用是保障或強化人的獨立性，這也和我們一般人所理解的民族主義有很大的不同。民族主義本質上是對外，它產生於民族與民族之間的關係而不是民族內部，其對內作為一種凝聚力和團結的力量，也是對外意義的一種衍生。梁啟超所說的「其在於世界，國之獨立」，這才是民族主義的精髓。「現代世界歷史是現代性的歷史。民族主義就是在世界現代性的歷史框架中崛起、發展和演化的。……在社會科學理論中，民族主義常常是和國家問題糾結在一起的，進而同現代性問題是聯繫在一起的。」[2]所以，中國現代「民族」作為一種自我意識和身份認同，在理論上與現代性、世界性、西方性以及與此緊密相聯繫的傳統性、中國性和本土性等問題密切相關，因而具有相關的品性。

在這一意義上，我認為，把民族性等同於古代性和傳統性是錯誤的。我們必須承認，站在現代民族觀念上來看，古代性也是一種民族性。而且，現代民族性的確從傳統那裏承繼了很多。但現代民族性絕不只是古代性或者傳統性，甚至也不能說是以傳統為主體，而是一種複雜的組合，既有古代性，又有現代性；既有中國性，又有西方性；既有傳統性，又有創新性。所以，中國現代民族性是另一種民族性，一種明顯區別於中國古代性

1 梁啟超：〈國家思想變遷異同論〉，《飲冰室文集》之六，中華書局，一九八九年版，第二十頁。

2 徐迅：《民族主義》，中國社會科學出版社，一九九八年版，第十頁。

的民族性。具體對於中國現代文學來說，我認為，中國現代文學的民族性是中國文學在現代轉型過程中逐漸形成的，是在中國文學向西方文學學習的過程中逐漸形成的，也是在充分繼承和吸收中國古代文學遺產的基礎上形成的。中國現代文學在形成的過程中深受西方文化和西方文學的影響，某種程度上可以說，沒有對西方思想文化以及文學的學習和借鑒就沒有中國現代文學。但另一方面，中國傳統文化和文學又以一種深層的方式深刻地制約著中國現代文學的發展，並在深度上制約著中國現代文學的品格。可以說，在中國現代文學的構成中，現代性、西方性是顯性的，而傳統性、古代性則是隱性的。對於中國人來說，因為中國傳統文化已經成為民族無意識，我們就浸潤在中國文化之中，所以，我們對中國現代文學中的傳統性因素可能視而不見，而對異域因素就感覺特別明顯甚至於刺激。但中國現代文學雖然具有明顯西化的特點，但它終究是中國現代文學，是一種具有現代性、世界性的中國文學。

高瑞泉先生認為中國文化在十九世紀以後已經形成了新的傳統，即「現代傳統」：「自十九世紀中葉開始，中國同樣形成了若干雖經歷史變動仍保持某種歷史同一性的文化原素，其性質又與中國傳統迥然有別，它們構成了一條新的傳統。」具體地說，「現代精神傳統是指在中國現代化運動中發育起來的一組現代性觀念所代表的精神傳統。它包括進步、創造、民主、科學、大同式的社會理想和平民化的人格理想等等。說它們構成了現代精神傳統，就是因為它們不同於古代傳統，主要是在十九世紀中葉以後漸次發展起來，不僅超越了黨派、政見、思潮的分歧，成為中國人普遍的公共意識；而且歷經一百多年的歷史變遷，至今依然活躍在當代中國人的觀念世界之中，成為當代大多數人的直接精神背景。」[1]中國現代傳統與中國古代傳統究竟是什麼關係？中國現代傳統究竟包含哪些內涵？這些都是非常複雜的問題，需要更深入的研究，對於作者的概括，我並不完全同意。但我認為高先生關於中國現代文化的現代傳統的判斷是正確的，也是非常重要的。

1 高瑞泉：《中國現代精神傳統》，東方出版中心，一九九九年版，〈導論〉第二、五頁。

作者所使用的「因襲」和「規撫」兩個詞語，是兩個很重要的概念，也可以說是一個非常重要的問題。所謂「因襲」即文化內部的承傳；所謂「規撫」，即文化之間的化約（變異關係），也即西方文化在輸入的過程中變得中國化：「中國這樣有著悠久文明史的東方大國，其本土文化一定會對任何外來觀念作某種改寫，因而使得原來是來自西方的觀念帶上了中國的色彩和特點。」[1]當然，細究起來，中國現代文化與中國古代文化和西方文化之間的關係遠比這要複雜。中國現代文化相對於中國古代文化，一方面是因襲，直接繼承；另一方面則是改造，即現代性或創造性轉化，亦即「異化」，「異化」的原因則與西方文化的衝擊有很大的關係。中國現代文化相對於西方文化，一方面是引進、輸入、直接吸收西方文化，為我所用；另一方面則是西方文化在輸入、引進的過程中，由於受中國傳統文化的影響以及特定的現實語境的影響而發生歧變，從而中國化，也即魯迅先生所說的「歸化」。所以，中國現代文化與中國古代文化和西方文化之間都是一種雙向的關係，「現代精神傳統的形成，實際上從某種意義上體現了古代和現代、中國和西方的互相詮釋或對話」[2]。中國現代文化傳統就是在「中」、「西」、「古」、「今」這樣一種複雜的「四重」關係中形成的。早在一九〇七年，魯迅就認識到建設新的文化需要：「外之既不後於世界之潮，內之仍弗失之固有之血脈，取今復古，別立新宗。」[3]事實上，五四新文化建設就是沿著魯迅所期待和宣導的方向前進的，既參與世界潮流，又不失固有的文化傳統，古今貫通，中西交融，從而最終建立起了一種具有獨特個性的中國現代文化類型。

中國現代文學作為中國現代文化的一個組成部分，也是在這樣一種複雜的關係中形成的，也形成了現代傳統。具體地說，中國現代文學雖然既與中國古代文學有聯繫，也與西方文學有聯繫，但它既不同於中國古代文學，也不同於西方文學，而是第三種文學，即中國現代文學。中國現代文學也是一種民族文學，只是這裏

1 高瑞泉：《中國現代精神傳統》，東方出版中心，一九九九年版，〈導論〉第八頁。
2 高瑞泉：《中國現代精神傳統》，東方出版中心，一九九九年版，〈導論〉第九頁。
3 魯迅：〈文化偏至論〉，《魯迅全集》第一卷，人民文學出版社，一九八一年版，第五十六頁。

的「民族」其內涵已經大異於傳統的「民族」。中國古代文學的「民族性」主要體現為中國傳統性，因為中國古代文學的相對封閉狀況，所以，中國古代文學的民族性相對比較單純。而中國現代文學的民族性則要複雜得多，它既具有中國傳統性，又具有現代西方性；既具有外來性，又具有本土性。「世界性」與「民族性」在理論上是相對應或矛盾的範疇，但在中國現代文學中，它們卻是統一的。正如朱德發、賈振勇所說：「中國現代文學既有世界文學範圍的現代性的同質性，更有特定民族、特定時空的異質性。因此，中國現代文學的性質是普遍主義的現代性和種族主義的民族性在二十世紀中國這一特定時空相遭遇而孕育的獨特個性。」「中國現代文學的現代性是中國社會現代化進程中的心理折射和精神展現，民族性是它在二十世紀歷史選擇中形成的一種性格和品質，因此，從宏觀的理論角度看，二十世紀中國文學的性質是中國現代民族主義文學。」[1]我認為這個定性是非常準確的，中國現代文學最大的特點就是它不再是中國傳統文化內部的產物，而是中國傳統文化與現代西方文化之間的產物，所以，它具有文化「間性」。

有人認為，中國現代文學始終在模仿西方，所以沒有自己的個性，沒有自己的獨立性，當然也是缺乏民族性。我不同意這樣一種判斷。中國現代文學是中國文學乃至整個中國文化在向西方學習的過程中形成的，中國現代文學中有大量的作品源於對西方文學的模仿，這是事實，但模仿並不意味著中國文學對西方文學的亦步亦趨，並不意味著中國現代文學沒有自己的個性。事實上，中國現代文學在向西方學習的時候，由於受傳統的制約、受現實語境的制約以及其他種種限制，學習和模仿不論是過程還是結果都變得面目全非，充滿了創造和變異，從而形成了自己獨特的品格，並逐漸形成了自己的傳統，即現代傳統。

具體地，中國現代文學的民族性是如何形成的？它受哪些因素的影響和制約？這當然都是非常複雜的問題，全面論證這些問題非筆者所能勝任，也非筆者的主旨。下面，我主要以語言為例來說明中國現代文學的民族性。

---

1 朱德發、賈振勇：〈現代的民族性與民族的現代性——論中國現代文學的價值規範〉，《福建論壇》二〇〇〇年第四期。

語言既是民族性最重要的內容，也是民族性最重要的原因。孫中山認為在民族的形成過程中有五種力量非常重要，這五種力量分別是：血統、生活、語言、宗教和風俗習慣。對於語言與民族之間關係，他的觀點和論述這樣的：「如果外來民族得了我們的語言，便很容易被我們感化，久而久之，遂同化成一個民族。再反過來，若是我們知道外國語言，也容易被外國人同化。如果人民的血統相同，語言也相同，那麼同化的效力便更容易。所以，語言也是世界上造成民族很大的力。」[1]孫中山的這一觀點一直不為人們所重視，但我認為，它是非常重要的，並且至今仍然非常「前沿」。按照現代西方語言哲學的觀點，語言對於文化和人來說都具有深層性，人作為社會性的人是通過語言的方式來實現的，不是人控制語言而是語言控制人，人的思維或思想其實是由語言決定的，所以孫中山說外來民族長期使用漢語言，久而久之便會在思想上被漢化，當漢語思想成為他們的無意識之後，他們實際上就同化成漢族了。反過來也是這樣，中國人到西方去生活，長期使用西方語言進行交流和思維，在思想上就會慢慢西化，久而久之，在身份上也會慢慢西化。所以，對於民族主義來說，語言一直具有神聖性。對於文學來說，語言是文學民族性的最重要的表現，也是最為深層的原因。我甚至認為，只要漢語還存在，中國文學的民族性就永遠不會消失，只要我們還在用漢語說話，我們就不必擔心我們的文學沒有民族性。

王列生說：「語言作為民族的最基本確定性之一，它會以一種強制性的力量制約著各民族的神話系統。正是這種符號體系和命名體系的原初相異，才導致了民族精神生活沿革過程中的非疊合歷史慣性，導致了各民族文學敘事方式的隱性傳統和原型結構的潛在控制。」[2]語言對人的控制主要表現為語言體系對文化體系的控制，語言體系對民族思想體系的控制，在文學上則具體表現為對敘事方式、抒情方式、文學的形式、風格、文學的

[1] 孫中山：〈民族主義〉，《孫中山選集》，人民出版社，一九八一年版，第六二〇頁。
[2] 王列生：《世界文學背景下的民族文學道路》，安徽教育出版社，二〇〇〇年版，第二十三頁。

思想內容等方式的控制，比如漢語的詩性化就是中西文學存在著根本性差異的一個很重要的原因。事實上，不僅中西方文學之間的差異可以追溯到語言體系這裏，中國古代文學與中國現代文學的差異也可以追溯到語言體系這裏。我一直認為，古代漢語作為語言體系對中國古代文學作為文學類型具有關鍵性；現代漢語作為語言體系對中國現代文學作為文學類型具有關鍵性。一定程度上說，中國古代文學是古代漢語的文學，中國現代文學是現代漢語的文學。中國古代文學的品性可以古代漢語得到說明；中國現代文學的品性可以通過現代漢語得到說明。古代漢語積澱了深厚的中國古代文化的內涵，現代漢語積澱了深厚的中國現代文化的內涵。古代漢語當然具有民族性，現代漢語同樣具有民族性，相應地，中國古代文學的民族性與古代漢語的民族性有關，中國現代文學的民族性與現代漢語的民族性有關。只是，古代漢語的民族性以及相應的中國古代文學的民族性不同於現代漢語的民族性以及相應的中國現代文學的民族性。

中國現代文學是現代性的文學，但現代性並不是抽象的，現代問題具體落實到中國現代文學時就變得中國化、本土化，在這一意義上，中國現代文學又是本土性的文學從而是民族性的文學。關於本土性，按照殷海光的觀點，可以分為兩種：一種是「存續式的本土運動」（Perpetuative nativistic movement），義和團運動就是這種本土運動，也就是我們所說的保守主義的本土運動；另一種是「同化式的本土運動」（Assimilative nativistic movement），「這種本土運動主張吸收外來文化，並把原有文化之有價值的要素與所需新的要素合併起來，創建一新的文化整合。」「中國的五四運動及餘波屬於這一種本土運動。」[1]金耀基把本土化分為四種類型：以傳統文化為重整目標；以外來文化為重整目標；以烏托邦為重整目標；以世界文化為重整目標。[2]其中，他把五四新文化歸入第二類。這兩種劃分都說明，五四新文化運動雖然吸收了西方文化，並且把中西兩種文化進行了新

1 殷海光：〈文化的重要概念〉，《殷海光文集》第三卷，湖北人民出版社，二〇〇一年版，第三十四—三十五頁。
2 金耀基：《從傳統到現代》，中國人民大學出版社，一九九九年版，第一二九頁。

的整合，具有了一種新的因素，但它仍然具有本土性。殷海光認為「全盤西化」既沒有必要，也是不可能的，原因在於：「任何人不可能把他們代代相傳的文化從後門完全趕出去，從前門把一個新文化像迎新娘子似的迎進來。文化的變遷無論怎樣是有連續性的。每個新的文化特徵，細細追溯及分析起來，常是以過去的文化特徵作要素組合而成的。」[1]這說明，中國新文化雖然明確主張向西方學習，但它事實上不可能完全西化，而仍然保持著民族特點。「全盤西化」是胡適首先提出來的，但胡適提出的這一口號具有策略性，我們不能完全從字面上去理解，胡適提出這一口號的真正的目的是主張中國文化的「充分世界化」[2]。「充分世界化」其實包含著很濃厚的民族主義的色彩。陳銓說得更直接：「其實新文化運動本來的動機，是要創造一種新文化，使中華民族獨立自由，發展它特殊的性格。新文化運動，實際上是一個民族運動。」[3]五四新文學運動作為五四新文化運動的一個組成部分，也具有這樣的品性。

有人認為中國現代文學具有現代性和世界性，是一種世界文學，並以此來否定中國現代文學的民族性。我認為這也是一種誤解。對於中國現代文學來說，世界性和民族性具有統一性，正如朱德發先生所說：「中國文學的世界化和民族化並不是兩個非此即彼的對立概念，而是有著彼此依存、相互補充、並行不悖的關係。」[4]中國現代文學是一種民族文學，但它是世界背景下的民族文學，「現代性」既可以理解為中國現代文學的一種背景，也可以理解為中國現代文學的品性。作為「品性」，現代性既可以納入民族性的範疇，也可以納入世界性的範疇。所以，世界性與民族性就構成了中國現代文學的一種張力。也就是說，中國現代文學一方面是民族文

1 殷海光：《中國文化的展望》，上海三聯書店，二〇〇二年版，第三六六頁。
2 胡適：〈充分世界化與全盤西化〉，《胡適文集》第五集，北京大學出版社，一九九八年版，第四五三頁。
3 陳銓：〈民族運動與文學運動〉，溫儒敏、丁曉萍編《時代之波——戰國策派文化論著輯要》，中國廣播電視出版社，一九九五年版，第四〇九頁。
4 朱德發：〈論四十年代中國文學的世界化與民族化〉，《中國社會科學》二〇〇二年第六期。

學，另一方面又是世界文學，二者之間的關係是，民族性先於世界性，民族性因為具有開放性而具有世界性，民族性同時也是因為具有獨立性而具有世界性。世界性不是抽象的，而是通過具廣泛價值的民族性體現出來的。民族的內涵只有面向世界時才具有世界性，就中國現代文學來說，中國現代文學的民族性不再是以中國傳統文化和文學作為本位，不再局限於民族內部，而是以世界作為背景，因而具有世界性。王列生說：「任何一種民族文學，都有其作品可能成為世界文學的機會，但是只有那些不僅在本民族範圍內產生發散性影響，而且同時對其他民族的精神生活產生輻射性影響的作家作品，才具有世界文學意味，或者說進入世界文學圈內。」[1]中國現代文學的世界性就是通過這樣一種具有輻射性影響的方式實現的。

陳思和說：「既然中國文學的發展已經被納入世界格局，那它與世界的關係就不可能完全是被動接受，它已經成為世界體系的一個單元。在其自身的運動（其中也包含了世界的影響）中形成某些特有的審美意識，不管與外來文化的影響是否有直接關係，都是以自身的獨特面貌加入世界文學行列，並豐富了世界文學的內容。」[2]我理解這裏包含著兩層意思，一是中國現代文學本身具有某種共同性或公共性，比如現代性，因而具有世界性；二是中國現代文學具有獨特的審美性，這獨特的審美價值大大豐富和發展了世界文學，因而被納入世界文學體系，為其他民族或國家所接受，從而變成公共性的文學，因而具有世界性。我們常說，「越是民族的，越是世界的」，這就目前的世界文學狀況來說，的確可以說是一個事實。但這事實背後的深層理論卻並不為一般人所深究，我認為，「越是民族的，越是世界的」這個判斷其實是有條件的，總體來說，它是現代社會的文化規則，而不普遍地適用於古代社會。就文學來說，民族文學只有具有開放性的時候，它才能同時具有世界性，如果保守、僵化、封閉、落後、排外、極端，那麼，民族性就不可能具有世界性。所以，中國現代文學

1 王列生：《世界文學背景下的民族文學道路》，安徽教育出版社，二〇〇〇年版，第三─四頁。
2 陳思和：〈二十世紀中國文學的世界性因素〉，《中國當代文學關鍵字十講》，復旦大學出版社，二〇〇二年版，第二四五頁。

實際上是以民族化的方式實現世界化，反過來說，也是以充分世界化的方式實現民族化。我們不能因為它的現代性、世界性而否定它的民族性，而是相反，世界性和現代性正是中國現代文學民族性的新的表現，劉禾說：「『世界文學』並不表示各種各樣的民族文學將喪失其個性；恰恰相反，通過准許各國文學進入經濟交換以及象徵交換的全球系統的等級關係，『世界文學』構成了各國文學。」[1]就是說，恰恰是因為文學具有個性，具有民族性，因而才具有世界性。在這一意義上，中國現代文學既是世界文學，又是民族文學。

綜上所述，中國現代文學具有世界性、現代性、中國性、本土性，但這些特性在具體的中國現代文學中，其內涵都可以包容到民族性中去，所以，中國現代文學從根本上是民族文學，具有鮮明的民族特徵。

第二節　民族文學理論與中國現代文學史上的「民族主義文學運動」

在「全球化」理論風行全世界並深刻地影響中國的學術這樣一個背景下，民族性這一問題越來越受到人們的重視。所以，從民族性這一視角來重新審視中國現代文學，以及重新清理和評價中國現代文學史上的民族主義文藝運動，對於當下中國現代文學研究便非常有意義。

民族和民族主義都是伴隨著現代國家產生而產生的，在大多數國家，民族主義都具有愛國主義的涵義，至少二者在情感上具有某些相通的地方。就文學來說，無論是過去還是現在，應該說，強調民族性和提倡民族主義都沒有錯。但為什麼中國現代文學史上的民族主義文學運動卻以慘敗告終，並且以後長期遭人批評。本節試

[1] 劉禾：《跨語際實踐——文學，民族文化與被譯介的現代性（中國，一九〇〇—一九三七）》，生活·讀書·新知三聯書店，二〇〇二年版，第二六九頁。

圖回答這一問題。

需要首先說明的是，這裏所說的「民族主義文學運動」主要是指二十世紀三〇年代初期「前鋒社」所發起的「民族主義文藝運動」和二十世紀三〇年代末期至四〇年代初期陳銓等人所發起的「戰國策派」文學運動。民族主義文學運動作為運動，是由一定的組織或團體發起的，具有明確的理論主張和文學實踐。一般性的主張文學的民族性或在創作中表現出民族主義思想的文學則不屬於這一範疇。恰恰相反，筆者所要做的就是對這兩種民族主義文學進行區分。我認為，一般性的民族主義文學和中國現代文學史上的具體的民族主義文學是有區別的。民族主義文學運動既具有民族主義文學的一般性特徵，這是我們不能對它進行簡單否定的重要原因；同時，民族主義文學運動又有其特定時期的政治涵義，這是當時它得不到廣泛支持以至後來長期遭受批判的重要原因。

近代以來，除於救亡和國家富強的原因，民族主義一直是中國政治文化的主流話語，梁啟超、早期的汪精衛、孫中山，都非常強調民族主義。經過幾代人的理論建構，中國民族主義的內涵逐漸清晰起來，其理論也逐漸完備起來。特別是孫中山「三民主義」理論的完成以及民國政府的建立，民族主義便成為國家的意識形態。民族主義之所以成為國家意識形態，這除了是由「國父」孫中山創立以外，還與民族主義的天然政治性有絕大的關係。「民族主義道德是一條政治原則，它認為政治的和民族的單位應該是一致的。」「簡言之，民族主義是一種關於政治合法性的理論。」[1]「民族（國家）認同的形成，通常既是人們為在一個新的政治共同體內獲得成員地位而進行的鬥爭的結果；同時也是政治精英和政府為創造新的認同感而進行的鬥爭的結果，這種認同感能夠使現代國家自身合法化。」[2]戰國策派的重要成員林同濟說：「民族主義即英文Nationalism。是一種社會現

1 〔英〕厄內斯特・蓋爾納：《民族與民族主義》，中央編譯出版社，二〇〇二年版，第一、二頁。
2 〔英〕大衛・赫爾德：《民主與全球秩序——從現代國家到世界主義治理》，上海人民出版社，二〇〇三年版，第一二八頁。

象，也是一種政治主張。」[1]事實上，國民政府之所高揚民族主義的旗幟，除了情感的因素以及民族主義本身的合理性以外，政治的因素始終是一個非常重要的原因，從孫中山到國民黨政權，民族主義始終具有政治性。民族主義在國民黨政府那裏始終是維護政權的工具，並且工具性先於和高於民族主義本身的合理性。在國民政府那裏，「民族至上」和「國家至上」是緊密地結合在一起的，並且前者具有表面性，後者具有深層性。

孫中山說：「民族主義就是國族主義。」「所以中國人的團結力，只能及於宗族而止，還沒有擴張到國族。」[2]在孫中山那裏，民族和國家是緊密地聯繫在一起，而且也只有聯繫在一起時，民族主義才有意義，才值得提倡，所以，他批評了中國古代的「宗族主義」。其實，本質上，「宗族主義」與民族主義具有同樣的結構和性質，也可以說是一種民族主義，至少可以說是民族主義的一個組成部分，大的民族實際上是由小的宗族組成的，現代社會，由於文化之間的交流頻繁，特別是利益衝突，宗族主義極容易就演變成民族主義，在一些特殊的國家或特殊的時期，宗族就代表民族。但由於宗族主義有礙於國家，不符合國家的利益，所以孫中山提倡民族主義而把同屬於民族主義範疇的宗族主義進行了否定。我們看到，在孫中山那裏，民族主義明顯具有愛國主義的特點，所以他說：「要救中國，想民族永遠存在，必要提倡民族主義」「我們現在要恢復民族的地位，除了大家聯合起來做成一個民族團體以外，就要把固有的舊道德恢復起來。有了固有的道德，然後固有的民族地位才可以圖恢復。」[3]所謂「固有的道德」，主要是忠孝、仁愛、信義、和平四項內容。

而到了國民政府時期，民族主義作為一種政治合法性的工具則更為明確，也更為具體。一九三八年，國民黨關於文化建設的綱領是：「而現階段之中心設施，則尤應以民族國家為本位。所謂民族國家本位之文化，有

1 林同濟：〈民族主義與二十世紀——列國階段的形態觀〉，《中國文化與中國的兵（外一種）》，嶽麓書社，一九八九年版，第二二七頁。

2 孫中山：〈民族主義〉，《孫中山選集》，人民出版社，一九八一年版，第六一七頁。

3 孫中山：〈民族主義〉，《孫中山選集》，人民出版社，一九八一年版，第六二一、六八〇頁。

三方面之意義，一為發揚我固有之文化，一為文化工作應為民族國家而努力，一為抵禦不適合同情之文化侵略。」[1]（這裏，所謂「固有之文化」，不過是孫中山「固有的道德」的另一種說法。）從這裏我們可以看到，國民政府提倡民族主義的根本原因是為了國家，更具體地說，是為了國民黨政權。也正是因為如此，所以民族主義在國民政府那裏其實具有「雙刃」性，即既具有從正面維護國民政府的作用，又有從反面破壞國民政府的作用，也就是說，它可以用來做批評國民黨政府的武器。而國民黨政府的態度也非常明確：如果民族主義威脅到國民黨政權，威脅到國民政府的安全，就對它進行批判和鎮壓，相反則予以鼓勵和支持。在中國現代史上，正反的例子都有。正面的例子如：三〇年代，國民黨政府對國家主義採取了鎮壓的措施。其實，國家主義是由民族主義而來，它的理論基礎是民族主義，是民族主義在現實政治上的一種延伸。為什麼要鎮壓國家主義，理由是：「國家主義之所以遭到南京政府的鎮壓，其根本原因就在於國家主義由民族主義立場推進到了非常具體的政治訴求，明確要求建立憲政，反對國民黨一黨專政。」反面的例子如：戰國策派並非國民黨派系，但戰國策派的理論主張因為符合國民黨政權的利益，所以被認同，戰國策派的代表人物如陳銓、雷海宗、林同濟等人也受到國民黨政府的歡迎。「『戰國策』其實並沒有什麼政黨背景，陳銓等人也是知識圈中人，算不得政治場上行走之人。……但其『民族至上，國家至上』的主旨，卻與國民黨的意識形態甚是契合，所以很得國民黨有關方面的嘉許。」[2]可以說，國民政府主要是從自身的利益來提倡民族主義的，也是從自身利益的角度來闡釋民族主義的。

但問題也正在這裏。國民黨政府從政治的立場提倡民族主義，而左翼特別是共產黨則從政治的立場反對民族主義。國民黨政府通過把民族主義國家意識形態化來確定其政權的合法，而共產黨則通過批評民族主義來

---

1 〈國民黨臨時全國代表會議通過陳果夫等關於確定文化建設原則綱領的提案（一九三八年三月三十一日）〉，中國第二歷史檔案館編《中華民國史檔案資料彙編》第五輯第二編「文化（一）」，江蘇古籍出版社，一九九八年版，第一頁。

2 倪偉：《「民族」想像與國家統制：一九二八—一九四九年南京政府的文藝政策及文學運動》，上海教育出版社，二〇〇三年版，第一二一—一二二、二六〇—二六一頁。

「解」國民黨政權的合法化。就文學來說，提倡民族意識和民族文學，通過文學的民族性而弘揚民族文化，提高民族的自信心等等，這都無可厚非，應該得到廣泛的支援。但三〇年代的民族主義文學運動不僅沒有得到廣泛的支持，反而遭致廣泛的批評，這並不是民族主義文學理論作為理論本身有問題，而是民族主義文學理論被國民黨作為統治工具有問題，也就是說，問題不是出在文學上而是出在政治上。正是政治使民族主義文學理論及實踐成了犧牲品。

今天我們也主張弘揚民族精神，也提倡文學反映民族生活，表現民族特色，似乎我們是贊成民族主義的。但實際上不是這樣。很長一段時間，對於民族主義，我們都是持否定態度的。九〇年代以前，民族主義一直是一個貶義詞，至少官方的意識形態並不明確提倡民族主義。《中國大百科全書・民族卷》是這樣定義「民族主義」的：「地主、資產階級思想在民族關係上的反映，是它們觀察、處理民族問題的指導原則、綱領和政策。」並批評民族主義「極力抹殺民族內部的階級對立，以民族矛盾掩蓋階級矛盾。」[1]這裏實際上已經表明得很清楚，我們之所以否定民族主義，一是因為它反階級鬥爭理論，二是民族主義具有資產階級的意識形態性。事實上，三〇年代，左翼文學對民族主義文學的批判主要就是在這兩個層面上展開的。他們用階級鬥爭理論來批判或對抗民族理論，同時揭示民族主義文學理論的政治實質。比如魯迅就是明顯從階級論的角度來批判「民族主義文學」的，他說：「那目標確是同一的；和主人一樣，用一切手段，來壓迫無產階級，以苟延殘喘。」[2]在整篇文章中，魯迅並沒有從理論上展開對「民族主義文學」理論本身進行批評，而是對「事件」進行「歷史性」的評判，他指出，「民族主義文學」不過是資產階級用來壓迫無產階級的工具，這當然具有一針見血性。「自由人」胡秋原的批判同樣一針見血，他說：民族「實際上只是一個地理上政治上的名稱，一種抽象的存

1 《中國大百科全書・民族卷》，中國大百科全書出版社，一九八六年版，第三三〇——三三一頁。
2 魯迅：〈「民族主義文學」的任務和命運〉，《魯迅全集》第四卷，人民文學出版社，一九八一年版，第三一三頁。

在，在今日，民族與國家成了一個東西，實際上只是統治階級所統治的地域與人民之名稱」，而民族主義也是「統治階級的一個護符」。[1]當然，胡秋原是從純粹的自由立場來批判民族主義文學的，他對民族主義的批判實際上也適用於對階級論的批判。

一九三〇年六月，「前鋒社」成立，並發表〈民族主義文藝運動宣言〉，其根本宗旨就是提倡文學的民族主義。「前鋒社」是由一批國民黨文人和親國民黨的文人組成，他們的民族主義文學理論雖然也有某種理論性，但總體上「前鋒社」屬於政治派別，他們的文學理論也屬於文學政治理論，其用意和目標都非常明確，那就是針對左翼文學及其理論，體現了國民黨政府的文藝意識形態性。所以，「民族主義文藝理論」一出，就遭到了左翼文學界的批判，其中尤以茅盾的批判最為激烈，也最有代表性，深得要害。他說：「一般說來，在被壓迫民族的革命中，以民族革命為中心的民族主義文學，也還有相當的革命的作用；然而世界上沒有單純的社會組織，所以被壓迫民族本身內也一定包含著至少兩個在鬥爭的階級，——統治階級與被壓迫的工農大眾。在這種狀況上，民族主義文學就往往變成了統治階級欺騙工農的手段，什麼革命意義都沒有了。這是一般的說法。至於在中國，則封建軍閥，豪紳地主，官僚買辦階級，資產階級聯立的統治階級早已勾結帝國主義加緊向工農剝削，所以民族主主義文學的口號完完全全是反動的口號。」[2]茅盾當然承認民族主義文學一般意義上的進步性，但他認為階級是比民族更為廣泛的現實，階級統攝民族，特別是當時的中國，對於文學來說，首要的不是民族主義文學，而是階級鬥爭文學。這當然是有問題的，因為民族主義主要是一個對外範疇，而階級鬥爭主要是一個對內範疇，就鬥爭和解決問題的方向來說，任何時候都應該是對外優先於對內。但我們只能從理論上認為茅盾的論述存在問題，而不能從歷史上否定他的實際意義，因為茅盾的觀點其語境是非常明確的，那就是

1 胡秋原：〈錢杏邨理論之清算與民族文學理論之批評——馬克思主義文藝理論之擁護〉，《三十年代「文藝自由論辯」資料》，上海文藝出版社，一九九〇年版，第六十三頁。

2 茅盾：〈「民族主義文藝」的現形〉，《茅盾全集》第十九卷，人民文學出版社，一九九一年版，第二五〇頁。

針對民族主義文學對於左翼文學的反動，是反動之反動。所以我們不能把它當作一個純粹的理論問題。反過來也是一樣，我們不能因為「民族主義文學理論」在政治上的反動而對他們的理論本身也予以簡單的否定。

從這裏我們也可以看出民族主義文學理論與左翼文學理論之間的實質性區別。對於這種區別，四〇年代的林同濟曾有一個概括，他說：「共產主義與民生主義的一個大不同點，我想也許在這裏，前者要超民族主義而談經濟平等，後者卻是隨著開宗明義第一章之民族主義而順流延長的。」[1]也就是說，共產主義把階級平等放在首位，而「民生主義」（即國民黨政府的資本主義）則把民族平等放在首位。正是因為如此，所以三〇至四〇年代的左翼文學與「民族主義文學」之間的爭論具有意識形態的實質性。社會主義或共產主義在理論上是一種世界主義，所以，共產主義最重要的口號就是「全世界無產者聯合起來」。共產主義的理想就是建立一種全球性的無產階級專政的大同社會，而實現這一目標的途徑就是階級鬥爭，即無產階級推翻資產階級的鬥爭。中國現代史上的民族主義，在孫中山那裏主要是培養民族意識、增強民族凝聚力從而爭取民族獨立，達到國家富強的目的。在國民黨政府那裏，這一目的當然還在延續，但民族主義同時也衍變成國民黨合法性的統治工具。國民黨政府通過提倡民族主義來抹殺或削弱階級鬥爭，從而穩固其統治；而共產黨則張揚階級鬥爭理論從而使其「鬥爭」和反抗合法化。所以，階級鬥爭理論和民族主義理論在這裏都是工具、武器，都具有表面性，深層的東西是政權。階級鬥爭不是終極目的，終極目的是奪取政權、掌握政權，民族主義也不是終極目的，終極目的是維護政權。所以，三〇、四〇年代左翼文學與民族主義文學之間的鬥爭並不是簡單的文學鬥爭，而深層上也是政治鬥爭。

三〇年代末至四〇年代初期，左翼文學內部曾展開過一次非常廣泛的有關「民族形式」的討論。對於「民族形式」問題，不僅解放區與國統區存在著不同的意見，延安內部也存在著不同的意見。抗日戰爭期間，民

1 林同濟：〈民族主義與二十世紀——列國階段的形態觀〉，《中國文化與中國的兵（外一種）》，嶽麓書社，一九八九年版，第二二九頁。

族情緒極度高漲，民族意識突顯出來，作為一種凝聚力、向心力，出於「救亡」的共同目的，共產黨實際上也是認同民族主義的。但為什麼「左翼」不提「民族文學」而只是強調「民族形式」，進一步前溯，抗日戰爭初期，我們提出「國防文學」和「民族革命戰爭的大眾文學」兩個口號而不直接提倡「民族文學」，聯繫上面的背景，原因應該說就比較清楚了。這裏實際上涉及到很深的政治問題。民族「形式」在這裏意味深長，其本質仍然是反抗國民黨政府的「民族主義」意識形態。所以，「民族形式」特別強調民間形式、地方形式，少數民族形式，而閉口不提主流的「民族主義」的形式。

正是在這一意義上，我們應該把中國現代文學的民族性和中國現代文學史上的「民族主義文學運動」這個兩個問題區別開來，中國現代文學民族性問題是一個文化問題，是一個文學理論問題，而中國現代文學史上的「民族主義文學運動」則是一個文學史問題，它既有理論上的問題，也有政治上的問題。正是因為如此，所以我們不能因為「民族主義文學運動」存在著政治問題而對民族文學理論本身也予以否定。

重新檢討「戰國策」派的民族主義文學理論，我們看到，「戰國策」派的民族主義文學理論本身並沒有問題。陳銓認為中國五四以來的文學發展，經歷了三個階段：個人主義階段、社會主義階段、民族主義階段。對於民族主義階段的文學，他的概括是：「到了第三階段，中國思想界不以個人為中心，不以階級為中心，而以民族為中心。」「在這一階段中間，中華民族第一次養成極強烈的民族意識。」[1]陳銓的概括並不準確，比如「社會主義」這一詞就用得很有疑問。抗日戰爭之後，民族文學的確蓬勃興起，但並沒有達到他所描述的程度。但陳銓的真正用意顯然不在於對中國新文學進行概括，而在於提倡民族主義文學，他說：「只有強烈的民族意識，才能產生真正的民族文學。」中國文學應該「以民族為中心」，「凡是對民族光榮生存有利益的，

1 陳銓：〈民族文學運動〉，溫儒敏、丁曉萍編《時代之波——戰國策派文化論著輯要》，中國廣播電視出版社，一九九五年版，第三七五頁。

就應當保存，有損害的，應當消滅。我們可以不要個人自由，但是我們一定要民族自由：我們當然希望全世界的人類平等，但是我們先要求中國人與外國人平等。」[1]「二十世紀的政治潮流，無疑的是集體主義。大家第一要求是民族自由，不是個人自由，是全體解放，不是個人解放。在必要的時候，個人必須要犧牲小我，顧全大我，不然就同歸於盡。」[2]在中華民族處於生死存亡的危機時刻，提倡以民族為中心，要求民族的平等與自由，提倡文學上的民族主義，高揚民族意識，於情於理，我認為怎麼也不為錯。

況且，戰國策派的民族主義文學思想並非口號，並不空洞，而具有相當的理論深度。比如陳銓說：「文學家不但要保持自己的個性，還要保持民族的個性。」「站在世界文學的立場來說，一個民族對於世界文學要有貢獻，必定要有一些作家，把他們的民族文化充分表現出來。」[3]又說：「一個民族的文學要能夠永垂不朽，必須要把自己表現出來。」「沒有民族文學，根本就沒有世界文學；沒有民族意識，也根本沒有民族文學。」「民族文學運動應該培養民族意識，民族意識是民族文學的根基，民族文學又可以幫助加強民族意識，兩者互相為用，缺一不可。所以民族文學運動，最大的使命就是要使中國四萬萬五千萬人，感覺他們是一個特殊的政治集團。」[4]單從理論上來說，這些觀點並沒有什麼錯，事實上，上述很多觀點至今仍然為人們所廣泛地接受。

對於民族主義文學運動，陳銓提出六個方面的定性，它們分別是：「民族文學運動，不是復古的文學運動」；「民族文學運動不是排外的文學運動」；「民族文學不是口號的文學運動」；「民族文學運動應當發揚中華民族固有的精神」；「民族文學運動應當培養民族意識，民族意識是民族文學的根基」；「民族文學運動

1 陳銓：《民族文學運動》，版本同上，第三七五頁。
2 陳銓：《五四運動與狂飆運動》，版本同上，第三四五頁。
3 陳銓：《民族運動與文學運動》，版本同上，第三九五、三九六頁。
4 陳銓：《民族文學運動》，版本同上，第三七二、三七八頁。

應當有特殊的貢獻」。[1]可以說，不論是大的觀點還是具體的論述，陳銓的這些思想至今仍然還具有活力，至今仍然不為過時，還特別具有現實針對意義。

所以，我認為，單從文學理論上來說，戰國策派的民族主義文學理論並沒有多少可以指責的。戰國策派的「尚力」、「英雄崇拜」、「權力意志」，鼓吹戰爭，在政治觀和文化觀上當然是值得批判的。但左翼文學把戰國策派的民族主義文學理論和法西斯主義相混淆，[2]這在今天很難讓人理解。賀麟說：「中國的民族主義運動確是一種革命運動，不應當把它與沙文主義式的和法西斯主義的民族主義相混淆，中國的民族主義運動外觀上是反抗帝國主義勢力經濟上、政治上和軍事上的壓迫；其內在意義是反抗保守的軍閥和封建主；文化理智方面，它是對過去的傳統和習俗的反抗。」[3]賀麟通常被認為是戰國策的重要成員，賀麟這段話既是對戰國策派的辨汙，同時也是進一步申明戰國策派的觀點。難道反帝國主義、反封建主義有錯嗎？江沛先生評論戰國策派的文學主張說：「文學是人學及其關照的特徵，早已在近代民族危機和中國政治社會的壓力下避於一隅，工具性成為新文學的一大特徵，為現實服務成為第一指歸。以文藝激發『民族意識』，成為文學家的共識，而並非戰國策派學人的獨創。戰國策派學人不滿足於文藝救亡，著眼於培植『民族意識』，以文學為工具改造國民劣根性。」[4]這段話當然有值得商榷的地方，比如他說「民族意識」已經成為文學家的共識，這就過於決斷，實際上，如上所述，情況遠比這要複雜。但江沛先生說的「民族意識」不論是在籠統的文化上還是在具體的文學上，都絕非戰國策派首創，我認為這個判斷是正確的。回顧近代以來的社會文化思潮，我們看得非常清楚。在這一意義上，我認為戰國策派的民族主義文學理論有它深刻的中國社會現實的基礎，它實際上是近代以來中國

1 陳銓：《民族文學運動》，版本同上，第三七六——三七八頁。
2 如：李清心〈「戰國」不應作法西斯主義的宣傳〉，《解放日報》一九四二年六月九——十一日。
3 賀麟：〈基督教與中國的民族主義運動〉，《文化與人生》，商務印書館，一九八八年版，第一四九頁。
4 江沛：《戰國策派思潮研究》，天津人民出版社，二〇〇一年版，第一七二頁。

「救亡」意識的產物，屬於「救亡」話語，與五四新文學運動的啟蒙主義運動具有同樣的性質，屬於整個新文學理論的一個重要組成部分。

「民族至上」是晚清以來民眾以及知識份子的普遍觀念。救亡壓倒一切。自由知識份子把自由看得至高無上，但在民族危機面前，他們甘願犧牲自己的自由，容忍國民黨的獨裁，這是非常可敬的，有傳統儒家的「大義」性。問題的關鍵在於，戰國策派所提倡的民族主義文學與國民黨政府所提倡的「三民主義文學」和代表國民黨政府觀點的「前鋒社」所提倡的「民族主義文藝」具有某種相似和重合，也即被捲入了國民黨政府的政治，並在客觀上起到了國民政府的「幫閒」作用。對於民族主義文學理論的實際政治性，陳銓當時就清楚地意識到了，他曾說：「政治和文學，是互相關聯的，有政治沒有文學，政治運動的力量不能加強；有文學沒有政治，文學運動的成績也不能偉大。現在政治上民族主義高漲，正是民族文學運動最好的機會；同時民族政治運動，也急需文學來幫助它，發揚它，推動它。」這可以解釋為什麼戰國策派要與國民黨政權合作的原因，當然也反映了戰國策派在政治上的幼稚。但另一方面，陳銓又試圖沖淡民族主義文學運動的政治性，他說：「民族意識的提倡，不單是一個政治問題，同時也是一個文學問題。」[1] 也就是說，他試圖強調民族主義文學作為文學理論和文學運動的獨立性。但這種說法在當時事實上顯得非常蒼白無力，並不為左翼文學所理解和接受。

正是在如上意義上，我認為我們今天應該撇開政治的原因而對民族主義文學運動的理論進行重新清理。民族主義文學運動作為政治工具其反動性是一回事，民族主義文學理論作為純粹的理論其合理性又是一回事，我們應該把「民族主義文學運動」的歷史性和理論性這兩個問題區別開來，我們不能因為政治的原因而否定民族主義文學理論的合理性因素。

[1] 陳銓：〈民族文學運動〉，溫儒敏、丁曉萍編《時代之波——戰國策派文化論著輯要》，中國廣播電視出版社，一九九五年版，第三七六、三七二頁。

第三節　全球化與民族文學生存境遇及其言說

全球化問題是當今學術界最熱門的話題之一，文學和文學理論也面臨著這樣一個背景。全球化既是生活問題，世界正在變得越來越小，這是我們大多數人都能切身感覺到的。但全球化也是話語問題，它實際上又是我們對問題的一種新的言說方式。在生活的層面上，全球化意味著新的正在形成的具有統一性的相互依賴的這個世界與我們的生存息息相關，我們不能脫離世界而孤立地存在。在話語的層面上，全球化意味著一種學術意識、問題背景和公共言說方式，它意味著我們應該和世界其他民族國家進行文化上的交往、對話，從而使我們的文化保持民族特色的時候不失世界品性。也正是在這一意義上，「民族主義」作為一種意識被置於和「全球化」相對抗的位置，就文學而言，「民族文學」與「世界文學」構成了尖銳的二元對立。所以，對於當下的中國文學來說，如何在全球化浪潮中保持民族個性、如何避免陷入全球化的誤區便成為一個非常切實的問題。我認為，當今文學理論界，不論是對「全球化」，還是對「民族性」，都存在著某種誤解。

現代意義上「民族」、「國家」概念是晚近才產生的，作為問題，它是伴隨著世界的廣泛交往和一體化而突顯出來的。世界的一體化即全球化，全球化是人類文明發展的必然趨勢，在歷史的層面上，它伴隨著近代資本主義的擴張、社會的現代性價值共性的確認而產生，因此，全球化又可以說是現代化的產物。在文化上，由於全球化重在一體化、同化，而民族性重在區域性、個性，所以，二者便事實上構成了一對矛盾。但理論上，全球化和民族性並非互相排斥的關係，民族性本來是全球化的合理內涵，張揚全球化並不意味著壓抑民族性，反過來也是如此。馬克思、恩格斯說：「過去那種地方的和民族的閉關自守和自給自足狀態，被各民族的各方面的互相往來和各方面的互相依賴所代替了。物質的生產是如此，精神的生產也是如此。各民族的精神產品成了公共的財產。民族的片面性和局限性日益成為不可能，於是由許多種民族的和地方的文學形成了一種世界的文學。」[1]在馬克思、恩格斯看，未來的全球化世界在精神上，各民族相互往來互相依賴，即民族的一體性，但這並不是以泯滅民族性為代價的。就文學來說，世界文學正是由具有個性的民族文學組成的。民族文學要成為世界文學，即要成為公共的精神產品，必須具有開放的品格，同時克服片面性和局限性。這裏，顯然不能把個性或民族性理解為局限性或片面性。

全球化「是帝國主義的變種」[2]，但我們不能據此對它予以簡單的否定。全球化是一個複雜的概念，全球化作為建立一種「世界系統」（world system）的方法和途徑，並不是單純的趨同或者求異。一味地趨同，世界勢必變得單極化，構不成具有內在張力的系統，單極化的世界因為缺乏制約的力量將變得不穩定，這種世界對於人類來說將是非常危險的。而一味地求異，社會將缺乏內在的統一性而會重新回到分崩離析的狀況，這也是明顯和全球化相背向的。美國社會學家羅伯森認為，走向全球化時代，「社會在有些（主要是經濟和技術）方面在趨同，在有些（主要是社會關係）方面在趨異，而且，從某種特定意義上說，還有一些方面維持原樣。」[3]在「同」的意義上，全球化主要是經濟和貿易的全球化，表現為資訊時代和市場化時代。在「異」的意義上，全球化主要是文化的一體化、多元化，強調「和而不同」，表現為後現代狀況。所以，全球化是多層面的，內涵是豐富的。全球化不是單純的同質化，同時也具有差異性。正如有人所說：「事實上，經濟、科技、資訊的全球化，一方面導致了國家政治意識的弱化，另一方面也造成了人的歸屬感的危機，在此情勢下，根據文化重新確認自己的文化個性，便成為各民族在全球化進程中的一個至關生死存亡的問題，而作為一種理想狀態，『全

---

1 馬克思、恩格斯：〈共產黨宣言〉，《馬克思恩格斯選集》第一卷，人民出版社，一九七二年版，第二五五頁。
2 洛克：〈全球化是帝國主義的變種〉，王甯、薛曉源主編《全球化與後殖民批評》，中央編譯出版社，一九九八年版。
3 羅伯森：《全球化社會理論和全球文化》，上海人民出版社，二〇〇〇年版，第十六頁。

球化』也應是經濟一體化與文化多極選擇和各民族文化的平等對話。」[1]文學屬於文化的範疇，因此，文學的全球化就主要表現為一種求異的特點。這樣，文學的全球化就與文學的民族性具有內在的一致性。

當然，「民族」也是一個複雜的概念。對於「民族」，有各種各樣的定義。我認為，民族與語言、文化傳統、地域、種族、社群、國家、風俗等密切相關，它是一種綜合的概念，並且具有歷史性，也就是說，對於不同的民族來說，民族的內涵不同；對於同一民族來說，民族的內涵也有一個發展變化的過程。唐文權把中國傳統民族主義和中國近代民族主義作區分，[2]這是非常有道理的。傳統民族主義具有「華夏中心主義」的特點，以「內夏外夷」和「非我族類，其心必異」為基本內容。而近代民族主義則強調民族獨立與民族強盛，改革與革新、師夷制夷構成了其基本內容。這說明，我們不能把民族主義看作是某種僵死的固定的東西。在西方，「民族主義」是一個具有貶意的稱謂，對於大國沙文主義、西方中心論以及「華夏中心主義」等，這種批判和貶伐固然不可，但如果不在偏狹的意義上理解民族主義，民族主義有它的積極意義。在我看來，民族主義既是一種體認，即個人對本民族的認同；同時也是一種心理狀況，即個人對民族國家的忠誠。不論是對個人來說，還是對國家來說，民族都是一種精神的家園，一種歸屬和寄託，一種不解的情結。對於中國來說，民族主義具有宗教的性質，它構成了中國人生存的廣闊背景。

因此，理論上，全球化與民族性並不必然性的構成衝突。全球化其實有「經濟全球化」與「文化全球化」之分。「經濟全球化」趨同，強調普遍主義；「文化全球化」則趨異，強調多元主義。文化全球化追求世界的一體化，所謂「一體化」，並不是文化的「純化」、單一化，而是世界各民族文化之間的相互聯繫和相互依賴的關係。而求異的「文化全球化」和追求個性的民族性在品性上是相一致的。所以，英國社會學家阿爾布勞

---

1 朱水湧：〈全球化與中國當代文學的格局研究〉，《東南學術》二〇〇一年第一期。
2 唐文權：《覺醒與迷誤——中國近代民族主義思潮研究》，上海人民出版社，一九九三年版。

認為，「全球化」這個概念是有疑問的，更準確地說是「全球性」（globality）或者「全球時代」（the global age），[1]當代世界文化正在走向這樣一個「全球時代」。

這樣一種全球化與民族性之間的辯證關係對於我們正確處理和把握當前中國文學和文學理論在全球化語境中的發展是非常重要的。它對於我們重新認識世界文學與民族文學之間的關係、消除對於世界文學和民族文學的誤解具有重要的參照意義。全球化語境，意味著中國的文學不再只是中國文學，同時也是世界文學。中國文學如何具備一種世界文學的品性，這很大程度上取決於我們的文學意識和言說方式。

中國文學要具有世界文學的品性，從話語上來說，並不是說要我們放棄我們自己的言說，說西方人所說的話，以西方文學模式為準繩，在發展上唯西方馬首是瞻。話語上的「西方中心主義」本質上是一種霸權主義，早在一百多年前，馬克思、恩格斯就曾對它進行了尖銳的批評，他們說：「它迫使一切民族——它們不想滅亡的話——採用資產階級的生產方式；它迫使它們在自己那裏推行所謂文明制度，即變成資產者。一句話，它們按照自己的面貌為自己創造出一個世界。……它使未開化和半開化的國家從屬於文明的國家，使農民的民族從屬於資產階級的民族，使東方從屬於西方。」[2]就話語上來說，西方有一套自己的話語體系，在這套話語體系中，包含著深層上的西方優越感以及對東方的偏見。西方話語體系本身隱含著西方文化的普遍性、中心性以及東方文化的「異質性」、邊緣性的觀念，當我們使用這套話語體系進行言說時，我們實際上被植入了西方的觀念體系之中，它意味著我們自己的感覺、思想以及思維方式被異化，也實際上意味著我們自己放棄說話的權力以及相應的固有的生存體驗。這是一種可怕的文化帝國主義，後現代主義文藝理論特別是後殖民主義理論已經對它進行了深刻的解構。

---

1 阿爾布勞：《全球時代——超越現代性之外的國家和社會》，商務印書館，二〇〇一年版，第十頁。

2 馬克思、恩格斯：〈共產黨宣言〉，《馬克思恩格斯選集》第一卷，人民出版社，一九七二年版，第二五五頁。

我們說，文學是對社會生活的反映，這裏，「反映」，本質上即一種言說，它包括我們的感覺、感受、體驗、理解以及對這些感覺、感受、體驗、理解的描述。而感覺、感受、體驗、理解等並不完全是身體性的，而從根本上是語言性的。現代語言學已經充分證明，我們所使用的語言對我們的行為、心理具有暗示性。只有通過語言的敘述和描寫，我們的感覺、感受、體驗、理解等才能變成精神實在，才能變成文學形態的社會生活。所以，語言並非簡單的工具，而具有人文性，具有思想和思維的本體性，使用什麼語言從深層上影響我們如何說以及說什麼。經過語言表述出來的社會生活，既具有物質客觀性，即它是實在的，具有社會存在性；同時又具有精神形態性，即它是人觀察的結果，是人的觀念的產物。在這一意義上，「反映」與語言有很大的關係，用什麼話語方式來反映以及如何言說，其作品形態會有很大的不同。文學的民族性很大程度上是由民族語言的話語方式決定的，當我們的文學採用西方的話語方式來言說時，其民族性受到損害這是可想而知的。

對於文化藝術，我們必須承認全球化的合理性以及它所顯示出來的人類未來性，也必須承認文化全球化在內涵上的某些普遍價值標準。而在建構這些普遍價值標準的過程中，西方的作用和貢獻最大，西方的全球化擴張包括經濟上的擴張和文化價值觀念的推廣，對於全球化觀念的形成具有強大的推動作用。但是，全球化作為現實不完全是西方的產物，它是人類文明發展的必然性結論。文明具有輻射性，文化在交流中互相促進地向前發展，這是人類的歷史規律。全球化作為話語方式，並不完全是西方的產物，中國政治經濟文化的發展，也使漢語具有產生這種語境的潛能，就是說，全球化其實也是中國話語。西方話語之所以滲入漢語並且形成話語霸權，這與我們對西方文化的誤解以及相應的建立在文化誤讀意義上的文化實踐有很大的關係。近代以來，我們總是把經濟和文化在性質上視為同一，並且在理論上一體化，認為文化是政治經濟的基礎，只有從深層上學習西方的文化才可能在政治經濟上強大。在文化上，我們始終是一種經濟的思維，我們始終是從經濟的角度去思考文化問題。就語言上來說，學習西方的話語，這絕對是應該的，是文化交流的應有之義。但言說方式以及相應的術語、概念、範疇上的過分依賴西方，造成了明顯的負面影響，它使西方話語的霸權潛能成為現實，我們在不知不覺中陷入了西方話語霸權的陷阱。在這一意義上，西方話語霸權是引進的，而反話語霸權則是製造出來的問題。語言如果沒有交流和使用，它只有潛在的功能，西方話語體系在西方話語體系內實施不了霸權的職能，如果沒有我們對它的積極回應，西方話語的霸權性最終會消散而化為虛無。

已經有人對「文化進化論」提出質疑，這是有道理的。文化的發展不同於經濟的發展，與自然和生物的進化也不同。文化具有相對性，每一種文化都有其存在的理由，都有其獨特的價值，只有喜愛與不喜愛、適宜與適宜的區分，只有對經濟發展作用大小的區分，而沒有經濟意義上進步與落後的區分。各種文化是平等的，每一種文化都有它自己的價值標準，不存在一種超越一切文化形態的普遍的絕對的價值標準。中心與邊緣本質上是一種主體意識和本位觀，西方人的中心意識不過是一種經濟優越感，在文化上和中國滿清傲慢自大別無二致。「文化普遍主義」本質上是現代啟蒙哲學的產物，因此，誤讀意義上的「文化全球化」是帝國主義的產物，是現代化的極端發展，其必然性結論就是推行西方的政治、經濟和文化的霸權。後現代主義早已證明，康德所說的「普遍的人類歷史的觀念」，即認為人類會逐漸趨向同一，世界上的所有民族最終都會接受同樣的價值、信仰、制度、目標、方向和實踐，這根本就是一種神話。全球化不是西方化，以為全球化的方向就是學習和模仿西方，這是對全球化的誤解。中國文學有它的特殊價值，這與中國的文化傳統、文學傳統以及中國人的生存境遇有內在的聯繫，也與現代漢語的特殊話語方式有著深層的關係。我們應該堅持我們的精神個性和話語方式，不能因為全球化而放棄立場，失去獨立性。

就語言來說，我們當然要和西方保持接觸和交往，當然需要學習西方並借鑒西方的話語，但學習和借鑒又不能以喪失自我為代價，這就需要我們堅持獨立的個性，以一種積極主動的、批判的態度去看視西方話語，要求我們站在一種更寬闊的視野和更高的角度來審視西方。在學習中，我們應該具有獨立性、目的性、公正性、主體性。這裏，我認為，比較意識是一種非常重要的意識。通過比較，我們可以更清楚地認識西方話語的優缺點，也是更準確地進行自我定位。通過比較，我們才能客觀公正地對待中西方話語。比較意識和語言的跨文化研究真正體現了全球化的特點。

我們當然強調文學的民族性，但民族性並不是「古代性」或「傳統性」，民族的內涵是隨著社會和時代的發展而發展變化的，因此，民族性同樣具有現代性。近代以來，西方對中國的社會變革有重大的影響，中國通過與西方交流學習了很多先進的技術和獨特的文化經驗。在文學上，從內容到形式，從文學體裁到文學語言到整體的言說方式，我們都深受西方的影響。但這種學習並沒有從根本上衝擊中國文學的民族性，中國現代文學仍然是中國的文學，仍然是具有鮮明民族特色的文學，只不過現代文學的民族性與古代文學的民族性在內涵上有很大的差別而已。同時，民族文學也不是民俗的文學，以為描寫民族風俗人情、特別是揭露民族弱點的文學就是民族文學，這是對民族文學最為膚淺和狹隘的理解。民族內容如果只是作為文學的風景，這樣的文學並不真正具有民族性，也不可能具有世界性。同樣，我們也不應該過分地強調民族文學的種族性，以為越是種族的就越是民族的，這潛藏著某種「民粹主義」的危險。種族主義的文學多流於偏狹，與世界品格也格格不入，它既不利於文學走向世界，也不利於文學的自身發展。「文學越是民族的就越具有世界性」，這其實也是一個似是而非的結論。的確，沒有抽象的世界性，那些具有世界性的文學都具有強烈的民族性。但問題在於，民族性必須具有某種公共品質才具有世界的品性。而所謂公共品性，我認為最重要的就是發展與生存。民族的生存和發展是第一位的，文化傳統則是附屬性的，繼承文化傳統的最根本目的是為了更好地生存，所以不能為了傳統而妨礙生存，否則便是本末倒置。

我認為，民族與國家及其意識形態具有內在的聯繫，一個國家的社會生活以及觀念形態都是民族的合理內涵。同時，民族性又體現為一種精神個性，中國古代的儒家、道家精神都典型地具有民族性。對於當代中國文學來說，生存就是我們最大的民族性。對於我們的文學來說，這就要求我們從生存境遇出發，切實地反映我們民族的生存狀態。既要學習西方文學，和世界文學保持緊密的聯繫，但同時又不能用西方的話語代替我們自己的言說。要繼承傳統，但又不能囿於傳統。要有自己獨立的言說，同時這種言說又具有人類生存的普遍意義。

正如王列生說：「中國文學將在排除極端民族主義和極端世界主義的干擾中，保持這樣一種發展態勢：在世界話語氛圍中，作出中國式的獨特言說。……世界話語氛圍不等於世界話語同一，話題的共同興趣不等於談論角度和立場的消失。所謂中國式獨特言說方式，其指向既能疊合於人類生存的前衛位置，又是伸延民族生存的現實思考和真實體驗，這種思考和體驗為任何其他民族所不能代替，因而也能在世界交談語境中，建構中國式談論而世界性傾聽的誘導語境。」[1]這樣，我們的文學才既具有民族性又具有世界性。

全球化絕不是我們拒絕繼承文學傳統的理由；民族化也不是我們拒絕學習和借鑒其他民族文學經驗的理由。不能把學習簡單地看作是沒有創造性，看作是簡單地步人後塵。學習西方文學並不是為了複製西方意義上的文學大師。學習不是照抄照搬，文學史充分證明，所有的學習都具有否定性，即後人在對前人閱讀基礎上的誤讀、叛逆、顛覆。文學發展史就是否定史。我們承認模仿的獨立性意義，文學史上從來沒有完全意義上的模仿。但模仿的缺陷也是明顯的，它妨礙我們對獨創性的正確理解。重要的不是模仿本身，而是模仿可能帶來的消極後果，如果模仿能給中國文學帶來巨大的發展，像五四一樣，產生魯迅這樣偉大的作家、世界性的作家，模仿是值得提倡的。並不是說我們不能談論西方的問題以及採用西方的談論方式，而是說我們所談論的這些問題同時也是從我們的生存實際出發的，以及這些問題對我們的生存和發展有價值和意義，並且這種談論能給我們帶來新的經驗，對我們的文化反審和文化建設都具有積極的意義。中國當代文學以什麼為標準？既不是強勢的西方，也不是中國傳統，而是中國及中國人當下的境遇。以創造性為原則，以切近中國現實和人的生存體驗為原則，中國文學只有這樣，才能超越中西方而獲得廣泛的承認。

---

1 王列生：《世界文學背景下的民族文學道路》，安徽教育出版社，二〇〇〇年版，第十七—十八頁。

參考文獻

1. 麥基編：《思想家》，生活・讀書・新知三聯書店，一九八七年版。
2. 劉夢溪主編《中國現代學術經典・章太炎卷》，河北教育出版社，一九九六年版。
3. 赫爾德：《論語言的起源》，商務印書館，一九九八年版。
4. 奧古斯丁：《懺悔錄》，商務印書館，一九六三年版。
5. 裴文：《索緒爾：本真狀態及其張力》，商務印書館，二〇〇三年版。
6. 陳嘉映：《語言哲學》，北京大學出版社，二〇〇三年版。
7. 徐友漁：《「哥白尼式」的革命》，上海三聯書店，一九九四年版。
8. 維特根斯坦：《邏輯哲學論》，商務印書館，一九六二年版。
9. 海德格爾：《海德格爾選集》上下冊，上海三聯書店，一九九六年版。
10. 索緒爾：《普通語言學教程》，商務印書館，一九八〇年版。

11. 加達默爾：《哲學解釋學》，上海譯文出版社，一九九四年版。
12. 洪漢鼎：《詮釋學—它的歷史和當代發展》，人民出版社，二〇〇一年版。
13. 加達默爾：《真理與方法—哲學詮釋學的基本特徵》上下卷，上海譯文出版社，一九九九年版。
14. 霍布斯鮑姆：《民族與民族主義》，上海人民出版社，二〇〇〇年版。
15. 魯迅：《魯迅全集》一—一六卷，人民文學出版社，一九八一年版。
16. 郭沫若：《郭沫若全集》一—一六卷，人民文學出版社，一九八四年版。
17. 朱自清《朱自清全集》一—七卷，江蘇教育出版社，一九九二年版。
18. 方玉潤：《詩經原始》（上下），中華書局，一九八六年版。
19. 朱熹：《朱子語類》，中華書局，一九八六年版。
20. 朱熹：《詩集傳》，嶽麓書社，一九九四年版。
21. 劉勰：《文心雕龍》，楊明照校注拾遺，中華書局，二〇〇〇年版。
22. 程顥、程頤：《二程集》，中華書局，一九八一年版。
23. 江陰香：《國語注解詩經》，廣益書局，一九三四年版。
24. 倪海曙：《蘇州話詩經》，方言出版社[上海]，一九四九年版。
25. 李長之：《詩經試譯》，古典文學出版社，一九五六年版。
26. 陳子展：《詩經直解》（上下），復旦大學出版社，一九八三年版。
27. 金開誠，《詩經》，中華書局，一九八〇年版。

28. 于再春：《〈國風〉的普通話翻譯》，中州書畫社，一九八二年版。

29. 金啟華：《國風今譯》，江蘇人民出版社，一九六三年版。

30. 呂恢文：《詩經國風今譯》，人民文學出版社，一九八七年版。

31. 余冠英：《詩經選》，人民文學出版社，一九五六年版。

32. 葛培嶺：《五經全譯—詩經》，中州古籍出版社，一九九一年版。

33. 胡適：《胡適文集》一—一二卷，北京大學出版社，一九九八年版。

34. 王國維：《王國維文集》一—四卷，中國文史出版社，一九九七年版。

35. 聞一多：《聞一多全集》一—一二卷，湖北人民出版社，一九九三年版。

36. 許寶.袁偉編：《語言與翻譯的政治》，中央編譯出版社，二〇〇一年版。

37. 黃典誠：《詩經通譯新詮》，華東師範大學出版社，一九九二年版。

38. 啟功：《詩文聲律論稿》，中華書局，一九七七年版。

39. 曹順慶：《中外比較文論史（上古時期）》，山東教育出版社，一九九八年版。

40. 歌德：《歌德談話錄》，人民文學出版社，一九七八年版。

41. 馬克思、恩格斯：《馬克思恩格斯選集》一—四卷，人民出版社，一九七二年版。

42. 曹順慶：《中西比較詩學》，北京出版社，一九八八年版。

43. 尼古拉・庫薩：《論隱秘的上帝》，生活・讀書・新知三聯書店，一九九六年版。

44. 撒母耳・亨廷頓：《文明的衝突與世界秩序的重建》，新華出版社，一九九九年版。

45. 安哲樂：《和而不同：比較哲學與中西會通》，北京大學出版社，二〇〇二年版。
46. 樂黛雲：《跨文化之橋》，北京大學出版社，二〇〇二年版。
47. 曹順慶等：《中國古代文論話語》，巴蜀書社，二〇〇一年版。
48. 王曉路《中西詩學對話—英語世界的中國古代文論研究》，巴蜀書社，二〇〇〇年版。
49. 劉禾：《跨語際實踐—文學，民族文化與被譯介的現代性（中國，一九〇〇—一九三七）》，生活・讀書・新知三聯書店，二〇〇二年版。
50. 葉嘉瑩：《王國維及其文學批評》，河北教育出版社，一九九七年版。
51. 德・曼：《解構之圖》，中國社會科學出版社，一九九八年版。
52. 朱立元主編：《當代西方文藝理論》，華東師範大學出版社，一九九七年版。
53. 利奧塔爾：《後現代狀況—關於知識的報告》，生活・讀書・新知三聯書店，一九九七年版。
54. 薩義德：《東方學》，生活・讀書・新知三聯書店，一九九九年版。
55. 余虹：《中國文論與西方詩學》，生活・讀書・新知三聯書店，一九九九年版。
56. 海陶韋：《英美學人論中國古典文學》，香港中文大學出版社，一九七三年版。
57. 劉若愚：《中國的文學理論》，四川人民出版社，一九八七年版。
58. 厄爾・邁納：《比較詩學—文學理論的跨文化研究札記》，中央編譯出版社，一九九八年版。
59. 沈儒蘇：《論信達雅——嚴復翻譯理論研究》，商務印書館，一九九八年版。
60. 程湘清主編：《先秦漢語研究》，山東教育出版社，一九九二年版。

61. 薩丕爾：《語言論》，商務印書館，一九八五年版。
62. 沃爾夫：《論語言、思維和現實—沃爾夫文集》，湖南教育出版社，二〇〇一年版。
63. 錢鍾書：《談藝錄》，中華書局，一九八四年版。
64. 奈達：《語言文化與翻譯》，內蒙古大學出版社，一九九八年版。
65. 洪堡特：《洪堡特語言哲學文集》，湖南教育出版社，二〇〇一年版。
66. 韋斯坦因：《比較文學與文學理論》，遼寧人民出版社，一九八七年版。
67. 謝天振：《譯介學》，上海外語教育出版社，一九九九年版。
68. 劉禾：《語際書寫—現代思想史寫作批判綱要》，上海三聯書店，一九九九年版。
69. 王栻編：《嚴復集》（一—五），中華書局，一九八六年版。
70. 陳平原：《文學史的形成與建構》，廣西教育出版社，一九九九年版。
71. 王宏志編：《翻譯與創作—中國近代翻譯小說論》，北京大學出版社，二〇〇〇年版。
72. 錢鍾書：《七綴集》，上海古籍出版社，一九九四年版。
73. 廖七一編著：《當代西方翻譯理論探索》，譯林出版社，二〇〇〇年版。
74. 陳福康：《中國譯學理論史稿》，上海外語教育出版社，一九九二年版。
75. 郭建中編著：《當代美國翻譯理論》，湖北教育出版社，二〇〇〇年版。
76. 吳思敬編：《字思維與中國現代詩學》，天津社會科學院出版社，二〇〇二年版。
77. 陳獨秀：《陳獨秀著作選》（一—三卷），上海人民出版社，一九九三年版。

78.梁宗岱：《梁宗岱批評文集》，珠海出版社，一九九八年版。
79.朱光潛：《朱光潛全集》（一－一〇卷），安徽教育出版社，一九九三年版。
80.趙家璧主編：《中國新文學大系・文學爭論集》（影印本），上海文藝出版社，二〇〇三年版。
81.周作人：《談龍集》，河北教育出版社，二〇〇二年版。
82.龍泉明：《中國新詩流變論》，人民文學出版社，一九九九年版。
83.胡適：《胡適學術文集・新文學運動》，中華書局，一九九三年版。
84.王毅：《中國現代主義詩歌史論》，西南師範大學出版社，一九九八年版。
85.陸耀東：《二十年代中國各流派詩人論》，中國社會科學出版社，一九八五年版。
86.周作人：《看雲集》，河北教育出版社，二〇〇二年版。
87.周作人：《書房一角》，河北教育出版社，二〇〇二年版。
88.周作人：《苦雨齋序跋文》，河北教育出版社，二〇〇二年版。
89.朱自清：《朱自清全集》（一－八卷），江蘇教育出版社，一九九六年版。
90.阿恩海姆：《走向藝術心理學》，黄河文藝出版社，一九九〇年版。
91.米蘭・昆德拉：《小說的藝術》，上海譯文出版社，二〇〇四年版。
92.王列生：《世界文學背景下的民族文學道路》，安徽教育出版社，二〇〇〇年版。
93.米蘭・昆德拉：《被背叛的遺囑》，上海譯文出版社，二〇〇四年版。
94.馬丁・艾斯林：《荒誕派戲劇》，河北教育出版社，二〇〇三年版。

95. 金元浦：《接受反應文論》，山東教育出版社，一九九八年版。
96. 艾布拉姆斯：《鏡與燈—浪漫主義文論及批評傳統》，北京大學出版社。
97. 姚斯等著：《接受美學與接受理論》，遼寧人民出版社，一九八七年版。
98. 卡夫卡：《卡夫卡全集》第一卷，河北教育出版社，二〇〇一年版。
99. 瓦爾特・比梅爾：《當代藝術的哲學分析》，商務印書館，一九九九年版。
100. 海德格爾：《存在與時間》，生活・讀書・新知三聯書店，一九八七年版。
101. 陳嘉明等著：《現代性與後現代性》，人民出版社，二〇〇一年版。
102. 王岳川、尚水編：《後現代主義文化與美學》，北京大學出版社，一九九二年版。
103. 鄭敏：《詩歌與哲學是近鄰—結構—解構詩論》，北京大學出版社，一九九九年版。
104. 劉象愚等主編：《從現代主義到後現代主義》，高等教育出版社，二〇〇二年版。
105. 王欽峰：《後現代主義小說論略》，中國社會科學出版社，二〇〇一年版。
106. 哈樂德・布魯姆：《影響的焦慮》，生活・讀書・新知三聯書店，一九八九年版。
107. 希利斯・米勒：《重申解構主義》，中國社會科學出版社，一九九八年版。
108. 德里達：《文學行動》，中國社會科學出版社，一九九八年版。
109. 納森・卡勒：《論解構》，中國社會科學出版社，一九九八年版。
110. 唐曉渡：《九〇年代先鋒詩的若干問題》，《唐曉渡詩學論集》，中國社會科學出版社。
111. 閻月君等人編《朦朧詩選》，春風文藝出版社，一九八五年版。

112. 殷國明：《二十世紀中西文藝理論交流史論》，華東師範大學出版社，一九九九年版。
113. 陳超編：《最新先鋒詩論選》，河北教育出版社，二○○三年版。
114. 于堅：《于堅集》（一—五卷），雲南人民出版社，二○○四年版。
115. 程光煒編：《歲月的遺照》，社會科學文獻出版社，一九九八年版。
116. 梁啟超：《飲冰室合集》（一——二），中華書局，一九八九年版。
117. 張寶明：《自由神話的終結》，上海三聯書店，二○○二年版。
118. 劉澤華：《中國的王權主義》，上海人民出版社，二○○○年版。
119. 孫中山：《孫中山選集》，人民出版社，一九八一年版。
120. 錢滿素：《愛默生與中國—對個人主義的反思》，生活・讀書・新知三聯書店，一九九六年版。
121. 費正清編：《劍橋中華民國史（一九一二—一九四九年）》上下冊，中國社會科學出版社，一九九四年版。
122. 何啟、胡禮垣：《新政真詮》，遼寧人民出版社，一九九四年版。
123. 黃克武：《自由的所以然—嚴復對約翰瀰爾自由思想的認識與批判》，上海書店出版社，二○○○年版。
124. 史蒂文・盧克斯：《個人主義》，江蘇人民出版社，二○○一年版。
125. 俞可平：《社群主義》，中國社會科學出版社，一九九八年版。
126. 本傑明・史華茲：《尋求富強：嚴復與西方》，江蘇人民出版社，一九九五年版。
127. 張灝：《梁啟超與中國思想的過渡（一八九○—一九○七）》，江蘇人民出版社，一九九五年版。
128. 杜亞泉：《杜亞泉文選》，華東師範大學出版社，一九九三年版。

129. 任劍濤：《知識份子立場—自由主義之爭與中國思想界的分化》，時代文藝出版社，二〇〇〇年版。
130. 傅斯年：《人生問題發端—傅斯年學術散論》，學林出版社，一九九七年版。
131. 張灝：《張灝自選集》，上海教育出版社，二〇〇二年版。
132. 熊月之：《中國近代民主思想史》，上海社會科學院出版社，二〇〇二年版。
133. 郜元寶：《魯迅六講》，上海三聯書店，二〇〇〇年版。
134. 李今：《個人主義與五四新文學》，北方文藝出版社，一九九二年版。
135. 拉吉羅、科林伍德著：《歐洲自由主義史》，吉林人民出版社，二〇〇一年版。
136. 阿克頓：《自由的歷史》，貴州人民出版社，二〇〇一年版。
137. 周作人：《自己的園地》，河北教育出版社，二〇〇二年版。
138. 周作人：《藝術與生活》，河北教育出版社，二〇〇二年版。
139. 周作人：《談龍集》，河北教育出版社，二〇〇二年版。
140. 周作人：《雨天的書》，河北教育出版社，二〇〇二年版。
141. 周作人：《周作人文類編》一—十卷，湖南文藝出版社，一九九八年版。
142. 李大釗：《李大釗文集》（一—五卷），人民出版社，一九九九年版。
143. 哈耶克：《自由秩序原理》（上下），生活・讀書・新知三聯書店，一九九七年版。
144. 孟德斯鳩：《論法的精神》（上下冊），商務印書館，一九九三年版。
145. 余英時：《啟蒙的價值與局限》，山西人民出版社，一九八九年版。

146. 茅盾：《茅盾全集》一—十九卷，人民文學出版社，一九八八年版。
147. 茅盾：《茅盾文藝雜論集》（上下），上海文藝出版社，一九八一年版。
148. 瞿秋白：《瞿秋白文集》一—四卷，人民文學出版社。
149. 黃裕生：《真理與自由—康德哲學的存在論闡釋》，江蘇人民出版社，二〇〇二年版。
150. 林毓生：《中國傳統的創造性轉化》，生活・讀書・新知三聯書店，一九八八年版。
151. 殷海光：《中國文化的展望》，上海三聯書店，二〇〇二年版。
152. 許紀霖：《中國現代化史》第一冊，上海三聯書店，一九九五年版。
153. 劉川鄂：《中國自由主義文學論稿》，武漢出版社，二〇〇〇年版。
154. 錢理群、溫儒敏、吳福輝：《中國現代文學三十年》，北京大學出版社，一九九八年版。
155. 徐迅：《民族主義》，中國社會科學出版社，一九九八年版。
156. 本尼迪克特・安德森：《想像的共同體—民族主義的起源與散佈》，上海人民出版社，二〇〇三年版。
157. 厄內斯特・蓋爾納：《民族與民族主義》，中央編譯出版社，二〇〇二年版。
158. 高瑞泉：《中國現代精神傳統》，東方出版中心，一九九九年版。
159. 殷海光：《殷海光文集》一—四卷，湖北人民出版社，二〇〇一年版。
160. 金耀基：《從傳統到現代》，中國人民大學出版社，一九九九年版。
161. 溫儒敏、丁曉萍編《時代之波—戰國策派文化論著輯要》，中國廣播電視出版社，一九九五年版。
162. 陳思和：《中國當代文學關鍵字十講》，復旦大學出版社，二〇〇二年版。

163. 大衛・赫爾德：《民主與全球秩序—從現代國家到世界主義治理》，上海人民出版社，二〇〇三年版。
164. 林同濟：《中國文化與中國的兵（外一種）》，嶽麓書社，一九八九年版。
165. 倪偉：《「民族」想像與國家統制：一九二八—一九四九年南京政府的文藝政策及文學運動》，上海教育出版社，二〇〇三年版。
166. 賀麟：《文化與人生》，商務印書館，一九八八年版。
167. 江沛：《戰國策派思潮研究》，天津人民出版社，二〇〇一年版。
168. 王寧、薛曉源主編：《全球化與後殖民批評》，中央編譯出版社，一九九八年版。
169. 羅伯森：《全球化社會理論和全球文化》，上海人民出版社，二〇〇〇年版。
170. 唐文權：《覺醒與迷誤—中國近代民族主義思潮研究》，上海人民出版社，一九九三年版。
171. 阿爾布勞：《全球時代—超越現代性之外的國家和社會》，商務印書館，二〇〇一年版。
172. 姚小平：《洪堡特—人文研究和語言研究》，外語教學與研究出版社，一九九五年版。
173. 趙稀方：《翻譯與新時期話語實踐》，中國社會科學出版社，二〇〇三年版。
174. 賴爾：《心的概念》，上海譯文出版社，一九八八年版。
175. 馬蒂尼奇：《語言哲學》，商務印書館，一九九八年版。
176. 張隆溪：《道與邏各斯》，四川人民出版社，一九九八年版。
177. 錢偉量：《語言與實踐—實踐唯物主義的語言哲學導論》，社會科學文獻出版社，二〇〇三年版。
178. 奎因：《真之追求》，生活・讀書・新知三聯書店，一九九九年版。

179. 麥克尼：《福柯》，黑龍江人民出版社，一九九九年版。
180. 福柯：《詞與物—人文科學考古學》，上海三聯書店，二〇〇一年版。
181. 陳波：《奎因哲學研究—從邏輯和語言的觀點看》，生活・讀書・新知三聯書店，一九九八年版。
182. 德里達：《聲音與現象》，商務印書館，一九九九年版。
183. 德里達：《論文字學》，上海譯文出版社，一九九九年版。
184. 克里普克：《命名與必然性》，上海譯文出版社，二〇〇一年版。
185. 凱西爾：《語言與神話》，生活・讀書・新知三聯書店，一九八八年版。
186. 曹順慶主編：《比較文學論》，揚智文化事業股份有限公司，二〇〇三年版。
187. 黃維樑，曹順慶：《中國比較文學學科理論的墾拓—台港學者論文選》，北京大學出版社，一九九八年版。
188. 楊乃喬：《悖立與整合—東方儒道詩學與西方詩學的本體論、語言論比較》，文化藝術出版社，一九九八年版。
189. 傑姆遜：《後現代主義與文化理論》，北京大學出版社，一九九七年。
190. 楊玉華：《文化轉型與中國古代文論的嬗變》，巴蜀書社，二〇〇〇年版。
191. 福柯：《知識考古學》，生活・讀書・新知三聯書店，一九九八年版。
192. 德里達：《書寫與差異》（上下），生活・讀書・新知三聯書店，二〇〇一年版。
193. 凱爾納，貝斯特：《後現代理論—批判性的質疑》，中央編譯出版社，二〇〇一年版。
194. 姚大志：《現代之後—二十世紀晚期西方哲學》，東方出版社，二〇〇〇年版。
195. 伊格爾頓：《文學原理引論》，文化藝術出版社，一九八七年版。

196. 吳興明：《中國傳統文論的知識譜系》，巴蜀書社，二〇〇一年版。
197. 陳國球：《文學史書寫形態與文化政治》，北京大學出版社，二〇〇四年版。
189. 張旭東：《批評的蹤跡—文化理論與文化批評（一九八五—二〇〇二）》，生活•讀書•新知三聯書店，二〇〇三年版。
199. 諾曼•費爾克拉夫：《話語與社會變遷》，華夏出版社，二〇〇三年版。
200. 汪民安等編：《福柯的面孔》，文化藝術出版社，二〇〇一年版。
201. 福科：《詞與物—人文科學考古學》，上海三聯書店，二〇〇一年版。
202. 莫偉民：《主體的命運—福柯哲學思想研究》，上海三聯書店，一九九六年版。
203. 陳嘉明等著：《現代性與後現代性》，人民出版社，二〇〇一年版。
204. 福科：《知識考古學》，生活•讀書•新知三聯書店，一九九八年版。
205. 德勒茲：《福柯、褶子》，湖南文藝出版社，二〇〇一年版。
206. 巴赫金：《巴赫金全集》第二卷，河北教育出版社，一九九八年版。
207. 巴赫金：《生活話語與藝術話語》，《巴赫金全集》一—六卷，河北教育出版社，一九九八年版。
208. 章國鋒：《作為未來的過去—與著名哲學家哈貝馬斯對話》，浙江人民出版社，二〇〇一年版。
209. 哈貝馬斯：《現代性的哲學話語》，譯林出版社，二〇〇四年版。
210. 張文傑等編譯：《現代西方歷史哲學譯文集》，上海譯文出版社，一九八四年版。
211. 海頓•懷特：《形式的內容：敘事話語與歷史再現》，北京出版社出版集團、文津出版社，二〇〇五年版。
212. 海頓•懷特：《後現代歷史敘事學》，中國社會科學出版社，二〇〇三年版。

213. 海頓・懷特：《元史學：十九世紀歐洲的歷史想像》，譯林出版社，二〇〇四年版。
214. 斯金納：《霍布斯哲學思想中的理性和修辭》，王加豐、鄭崧譯，華東師範大學出版社，二〇〇五年版。
215. 帕羅內：《昆廷・斯金納思想研究—歷史・政治・修辭》，李宏圖、胡傳勝譯，華東師範大學出版社，二〇〇五年版。
216. 斯金納：《近代政治思想的基礎》（上下卷），奚瑞森、亞方譯，商務印書館，二〇〇二年版。
217. 高名凱、石安石主編：《語言學概論》，中華書局，一九六三年版。
218. 亞理士多德：《詩學》，羅念生譯，人民文學出版社，一九六二年版
219. 亞理士多德：《修辭學》，羅念生譯，生活・讀書・新知三聯書店，一九九一年版。
220. 啟功：《詩文聲律論稿》，中華書局，一九七七年版。
212. 米勒：《重申解構主義》，中國社會科學出版社，一九九八年版。
222. 楊俊蕾：《中國當代文論話語轉型研究》，中國人民大學出版社，二〇〇三年版。
223. 保羅・利科：《活的隱喻》，汪家堂譯，上海譯文出版社，二〇〇四年版。
224. 安克施密特：《歷史與轉義：隱喻的興衰》，北京出版社出版集團、文津出版社，二〇〇五年版。
225. 黑格爾：《邏輯學》，商務印書館，一九七六年版。
226. 林興仁：《〈紅樓夢〉的修辭藝術》，福建教育出版社，一九八四年版。
227. 張桃洲：《現代漢語的詩性空間—新詩話語研究》，北京大學出版社，二〇〇五年版。
228. 張衛中：《母語的魔障—從中西語言的差異看中西文學的差異》，安徽大學出版社，一九九八年版。
229. 阿佩爾：《哲學的改造》，上海譯文出版社，一九九七年版。

230. 卡林內斯庫：《現代性的五副面孔》，顧愛彬、李端華譯，商務印書館，二〇〇二年版。
231. 伊夫・瓦岱：《文學與現代性》，田慶生譯，北京大學出版社，二〇〇一年版。
232. 李歐梵：《未完成的現代性》，北京大學出版社，二〇〇五年版。
233. 沈語冰：《透支的想像—現代性哲學引論》，學林出版社，二〇〇三年版。
234. 周憲：《審美現代性批判》，商務印書館，二〇〇五年版。
235. 鮑曼：《現代性與矛盾性》，商務印書館，邵迎生譯，二〇〇三年版。
236. 阿格尼絲・赫勒：《現代性理論》，商務印書館，二〇〇五年版。
237. 安托瓦納・貢巴尼翁：《現代性的五個悖論》，商務印書館，二〇〇五年版。
238. 詹姆遜：《詹姆遜文集》一—四卷，中國人民大學出版社，二〇〇四年版。
239. 波德賴爾：《波德賴爾美學論文選》，郭宏安譯，人民文學出版社，一九八七年版。
240. 汪暉、陳燕谷主編：《文化與公共性》，生活・讀書・新知三聯書店，二〇〇五年版。
241. 金耀基：《從傳統到現代》，中國人民大學出版社，一九九九年版。
242. 馮俊等著：《後現代主義哲學講演錄》，商務印書館，二〇〇三年版。
243. 大衛・萊昂：《後現代性》（第二版），吉林人民出版社，二〇〇四年版。
244. 李怡：《現代性：批判的批判—中國現代文學研究的核心問題》，人民文學出版社，二〇〇六年版。
245. 單世聯：《反抗現代性：從德國到中國》，廣東教育出版社，一九九八年版。
246. 廖其一：《當代西方翻譯理論探討》，譯林出版社，二〇〇〇年版。

247. 郭沫若：《卷耳集、〈屈原賦〉今譯》，人民文學出版社，一九八一年版。
248. 黃靈庚：《離騷校詁》，中州古籍出版社，一九九六年版。
249. 王力：《楚辭韻讀》，上海古籍出版社，一九八〇年版。
250. 張光年：《張光年文集》一—五卷，人民文學出版社，二〇〇一年版。
251. 姜亮夫：《屈原賦今譯》，北京出版社，一九八七年版。
252. 姜亮夫：《重訂屈原賦校注》，天津古籍出版社，一九八七年版頁。
253. 徐榮街、朱宏恢：《唐宋詞選譯》，江蘇人民出版社，一九八〇年版。
254. 楊光治：《唐宋詞今譯》，廣西人民出版社，一九八七年版。
255. 伏爾泰：《哲學通信》，上海世紀出版集團、上海人民出版社，二〇〇五年版。
256. 張國榮編著：《元曲三百首譯解》，中國文聯出版公司，二〇〇〇年版。
257. 耿建華等人譯：《唐宋詩詞精譯（詩卷）》，黃河出版社，一九九六年版。
258. 陶文鵬、吳坤定、張厚感：《唐詩三百首新譯》，北京出版社，一九九三年版。
259. 曹順慶：《跨文化比較詩學論稿》，廣西師範大學出版社，二〇〇四年版。
260. 洪子誠、陳光煒編選：《第三代詩新編》，長江文藝出版社，二〇〇六年版。
261. 韋勒克、沃倫：《文學理論》，江蘇教育出版社，二〇〇五年版。
262. 楊曉民主編：《中國當代青年詩人詩選》，河北教育出版社，二〇〇四年版。
263. 胡經之、張首映：《西方二十世紀文論史》，中國社會科學出版社，一九八八年版。

264. 趙毅衡編選：《「新批評」文集》，百花文藝出版社，二〇〇一年版。
265. 趙毅衡編選：《符號學文學論文集》，百花文藝出版社，二〇〇四年版。
265. 王元驤：《探尋綜合創新之路》，陝西師範大學出版社，二〇〇〇年版。
266. 伊格頓：《理論之後》，臺灣商周出版，二〇〇五年版。
267. 貝西埃等：《詩學史》（上下），百花文藝出版社，二〇〇二年版。
268. 朱立元：《接受美學導論》，安徽教育出版社，二〇〇四年版。
269. 塞爾登：《文學批評理論——從柏拉圖到現在》，北京大學出版社，二〇〇〇年版。
270. 錢鐘文：《走向交往對話的時代》，北京大學出版社，一九九九年版。
271. 錢鐘文等：《自律與他律——中國現當代文學論爭中的一些理論問題》，北京大學出版社，二〇〇五年版。
272. 童慶炳：《中國現代文學理論價值觀的演變》，北京大學出版社，二〇〇五年版。
273. 程正民等：《中國現代文學理論知識體系的建構》，北京大學出版社，二〇〇五年版。
274. 周憲：《二十世紀西方美學》，北京大學出版社，一九九七年版。
275. 李青春：《在審美與意識形態之間——中國當代文學理論研究反思》，北京大學出版社，二〇〇六年版。
276. 季廣茂：《意識形態視域中的現代話語轉型與文學觀念嬗變》，北京大學出版社，二〇〇五年版。
277. 陶東風：《當代中國的文化批評》，北京大學出版社，二〇〇五年版。
278. 陳太勝：《象徵主義與中國現代詩學》，北京大學出版社，二〇〇五年版。
279. 趙勇：《整合與顛覆——大眾文化的辯證法》，北京大學出版社，二〇〇五年版。

280. 董學文：《西方文學理論史》，北京大學出版社，二〇〇五年版。
281. 董學文：《文學理論導論》，北京大學出版社，二〇〇四年版。
282. 董學文等：《文學原理》，北京大學出版社，二〇〇一年版。
283. 汝信、王德勝：《美學的歷史：二十世紀中國美學學術進程》，安徽教育出版社，二〇〇〇年版。
284. 曾繁仁：《二十世紀西方文學熱點問題》，高等教育出版社，二〇〇二年版。
285. 曾繁仁：《美學之思》，山東大學出版社，二〇〇三年版。
286. 陳炎：《反理性思潮的反思：現代西方哲學美學述評》，山東大學出版社，二〇〇二年版。
287. 王一川：《審美體驗論》，百花文藝出版社，一九九二年版。
288. 王一川：《漢語形象美學引論》，廣東人民出版社，一九九九年版。
289. 王一川：《中國現代性體驗的發生》，北京師範大學出版社，二〇〇一年版。
290. 陸貴山：《藝術真實論》，中國人民大學出版社，一九八四年版。
291. 陸貴山：《中國當代文藝思潮》，中國人民大學出版社，二〇〇二年版。
292. 陸貴山：《審美主客體》，中國人民大學出版社，一九八九年版。
293. 李衍柱：《路與燈：文藝學建設問題研究》，北京大學出版社，二〇〇三年版。
294. 王嶽川：《二十世紀西方哲性詩學》，北京大學出版社，一九九九年版。
295. 王嶽川：《發現東方》，北京圖書出版社，二〇〇三年版。
296. 李春青：《在文本與歷史之間：中國古代詩學意義生成模式探微》，北京大學出版社，二〇〇五年版。

297. 高小康：《中國古代敘事觀念與意識形態》，北京大學出版社，二〇〇五年版。
298. 譚好哲等：《現代性與民族性：中國文學理論建設的雙重追求》，社會科學文獻出版社，二〇〇五年版。
299. 童慶炳：《中國古代文論的現代意義》，北京師範大學出版社，二〇〇一年版。
300. 錢鐘文等：《中國古代文論的現代轉換》，陝西師範大學出版社，一九九七年版。
301. 杜書瀛等：《中國二十世紀文藝學學術史》（一—四部），上海文藝出版社，二〇〇一年版。
302. 王治河主編：《後現代主義辭典》，中央編譯出版社，二〇〇四年版。
303. 金隄：《等效翻譯探索》，中國對外翻譯出版公司，一九九八年版。
304. 許鈞：《譯事探索與譯學思考》，外語教學與研究出版社，二〇〇二年版。
305. 許淵沖：《文學與翻譯》，北京大學出版社，二〇〇三年版。
306. 王向遠：《翻譯文學導論》，北京師範大學出版社，二〇〇四年版，第十一頁。
307. 廖七一：《胡適詩歌翻譯研究》，清華大學出版社，二〇〇六年版。
308. 江弱水：《中西同步與位移——現代詩人叢論》，安徽教育出版社，二〇〇三年版。
309. 董麗敏：《想像現代性——革新時期的〈小說月報〉研究》，廣西師範大學出版社，二〇〇六年版。
310. 李今：《三四十年代蘇俄漢譯文學論》，人民文學出版社，二〇〇六年版。
311. 格里德：《胡適與中國的文藝復興——中國革命中的自由主義（一九一七—一九五〇）》，江蘇人民出版社，一九八九年版。
312. 李強：《自由主義》，中國社會科學出版社，一九九八年版，第十四頁。
313. M.H.Abrams：《文學術語彙編》（英文版），外語教學與研究出版社，二〇〇四年版。

314. Robert.Phillipson. *Linguistic Imperialism.* Oxford University Press, 一九九二.
315. Gillian Brown and George Yule. *Discourse Analysis.* Cambridge University Press, 一九八三.
316. James Paul Gee. *An Introduction to Discourse Analysis: Theory and Method.* Taylor & Francis Limited, 一九九九.
317. Noman Fairclough. *Discourse and Social Chang.* Polity Press in association with Blackwell Publishers Limited,xford, 一九九二.
318. Liu, james J.Y. *Chinese Theories of Literature.* University of Chicago press, 一九七五.
319. Stephen Owen. *Reading in Chinese Literary Thought.* Harvard University Press, 一九九二.
320. Pauling Yu. *The Reading of Imagery in Chinese Poetic* Tradition.Princeton University Press, 一九八七.
321. M.H.Abrams. *A glossary of literary terms.* 外語教學與研究出版社，二〇〇四年版。
322. Wilfred L.Guerin, etc. *Ahandbook of critical approaches to literature.*Oxford University Press, 一九九二.

（以上參考文獻均為專著，文學作品、期刊、論文類略）

本書文章發表目錄

（按照發表的時間排序，其中的字數為發表時文章的字數）

1.〈論兩種外國文學〉，《外國文學研究》二〇〇一年第四期。（約一．〇萬字。）即本書第四章第二節。

2.〈翻譯文學：西方文學對中國現代文學影響關係中的仲介性〉，《中國現代文學研究叢刊》二〇〇二年第四期。（約一．二萬字）即本書第四章第三節。

3.〈論嚴復的自由主義思想及其近代意義〉，《福建論壇》二〇〇四年第一期。（約一．〇萬字）即本書第七章第二節。

4.〈論「忠實」作為文學翻譯範疇的倫理性〉，《外國文學》二〇〇四年第二期。（約一．二萬字）即本書第四章第一節。

5.〈論中國現代文學的民族性〉，《廣東社會科學》二〇〇四年第三期。（約一．一萬字）即本書第八章第一節。

6.〈中國近現代個人主義話語及其比較〉，《新疆大學學報》二〇〇四年第四期。（約一．四萬字）即本書第七章第五節。

7.〈論當代比較詩學話語困境及其解決路徑〉，《外國文學研究》二〇〇四年第五期。（約一．二萬字）。即本書第五章第三節。

8.〈論中國古代的「個人」話語及其本質〉，《思想戰線》二〇〇四年第五期。（約〇．八萬字）即本書第七章第一節。

9.〈「個人」與「國家」的整合——論中國現代文學「自由」話語的理論建構〉，《廈門大學學報》二〇〇四年第六期。（約一・二萬字）即本書第七章第六節。

10.〈選擇、吸取與衍變——論中國現代「自由」話語的建構〉，《南京社會科學》二〇〇四年第八期。（約一・二萬字）即本書第七章第四節。

11.〈中國現代「自由」話語與文學的自由主題〉，《文學評論》二〇〇五年第一期。（約一・四萬字）即本書第七章第七節。

12.〈從個體自由到群體自由——梁啟超自由主義思想的中國化〉，《學海》二〇〇五年第一期。（約一・六萬字）即本書第七章第三節。

13.〈全球化與民族文學生存境遇及其言說〉，《當代文壇》二〇〇五年第二期。（約〇・八萬字）即本書第八章第三節。

14.〈論「反懂」的文學欣賞〉，《文藝理論研究》二〇〇五年第四期。（約一・一萬字）即本書第六章第五節。

15.〈論中西比較詩學的「超越」意識〉，《浙江大學學報》二〇〇五年第四期。（約一・一萬字）即本書第五章第一節。

16.〈論文學的「非理性」與欣賞的「反懂」性〉，《浙江社會科學》二〇〇五年第五期。（約〇・八萬字）即本書第六章第四節。

17.〈重審中國現代文學史上的「民族主義文學運動」〉，《人文雜誌》二〇〇五年第六期。（約〇・九萬字）即本書第八章第二節。

18.〈「精確」作為中西比較詩學批評話語的語義分析〉，《江漢論壇》二〇〇五年第一〇期。（約〇・八萬字）即本書第五章第二節。

19.〈現代語言本質觀研究路徑及其檢討〉，《寧夏大學學報》二〇〇六年第一期。（約〇・八萬字）即本書第一章第一節。

20.〈論古代漢語的「詩性」與中國古代文學的「文學性」——以〈關雎〉「今譯」為例〉，《湖北大學學報》二〇〇六年第一期。（約一・五萬字）即本書第三章第一節。

21.〈論當代詩歌寫作及欣賞中的「反懂」性〉，《文藝研究》二〇〇六年第三期。（約一・二萬字）即本書第六章第七節部分。

22.〈語言的三個維度與文學語言學研究的三種路向〉，《江蘇社會科學》二〇〇六年第三期。（約一・五萬字）即本書第一章第三節。

23.〈論「話語」及其「話語研究」的學術範式意義〉，《學海》二〇〇六年第四期。（約一・六萬字）即本書第一章第四節。

24.〈中國現代文學史上關於「反懂」的討論及其理論反思〉，《學術月刊》二〇〇六年第七期。（約一・八萬字）即本書第六章第三節。

25.〈論語言的工具性和思想本體性及其關係〉，《社會科學輯刊》二〇〇七年第四期。（約〇・八萬字）即本書第一章第二節。

26.〈意義與局限：現代性與中國現代文學研究〉，《南京大學學報》二〇〇八年第一期。（約一・五萬字）即本書第二章第二節。

27.〈論中國古代文學欣賞的非「懂」性〉，《河北學刊》二〇〇八年第一期。（約一・二萬字）即本書第六章第一節。

28.〈重建中國現代詩學話語體系〉，《西南大學學報》二〇〇八年第一期。（約一・三萬字）即本書第五章第四節。

29.〈重審中國現代翻譯文學的性質和地位〉，《中國現代文學研究叢刊》二〇〇八年第三期。（約一・三萬字）即本書第四章第五節。

30.〈「現代性」研究的語言學範式：話語論〉，《學術月刊》二〇〇八年第五期。（約一・五萬字）即本書第二章第一節。

31.〈古詩詞「今譯」作為「翻譯」的質疑〉，《社會科學研究》二〇〇九年第一期。（約一・三萬字）即本書第三章第二節。

32.〈論翻譯文學的「二重性」〉，《天津社會科學》二〇〇九年第五期。（約〇・八萬字）即本書第四章第四節。

33.〈論當代先鋒小說中的「反懂」寫作〉，《湖北大學學報》二〇一一年第五期。（約一・三萬字）即本書第六章第六節。

後記

本書簡體字版由中國社會科學出版社二〇〇九年出版，迄今已經三年，三年時間雖然不算長，但於我來說卻是發生了很多事情，我的學術態度和人生態度也因此或多或少有些變化。

小孩子是一天天長大，我則是一天天變老。人生就像一台機器，零件會慢慢老化，螺絲會慢慢鬆散，動作會慢慢遲緩以至最後散架。年青時總覺得人生很漫長，時間很多，所以做事情很散亂，往往是興之所致，隨心所欲，常常用「將來」寬慰自己，把很多想做的事情都留待將來。但現在我明白，年青時的「將來」其實是用來休息的，年青時的「正在進行時」卻是應該做事情的。可惜人生不能重新開始，所以只留下遺憾和後悔。我覺得意識到生命的有限，意識到老之將至這一點對於人生來說非常重要的。

前些年，我把自己綳得很緊，希望儘量少留下遺憾，現在則深感力不從心，越來越感到疲憊。於是我做事越來越具有選擇性，比如外出開會越來越少，不想寫的文章堅決不寫。主觀上希望不做無意義無價值的事情，希望能給後人留下點什麼，莫名其妙似乎有了一種歷史感。

本書是我自己比較滿意的一本書，用時很長，寫作時不論是具體觀點上還是體例上都很有些想法，但目前的樣子和理想仍然有一定的距離。一直想好好修改，但真正修改起來卻感到頗為費時又費力。與簡體字版相比，繁體字版修改最大的是第六章，我對其中的三節進行了比較大的修改，又增寫了二節。關於「懂」與「反懂」以及「非懂」，這是我近年考慮得比較多的一個問題，我相信這是一個非常有價值的問題，已經寫過一些文章，還準備寫一些文章。

承蔡登山好意，把我這本書納入出版計畫，感到非常榮幸，也非常高興，在此，對蔡先生表示誠摯的謝意。責任編輯鄭伊庭老師為此書的出版付出了很大的辛勞，她建議把書名改為《從「話語」視角論中國文學》，我覺得非常好，欣然接受，在此一併表示感謝。

高玉　二〇一二年四月十三日（陰曆三月二十三日）於浙江師範大學

附錄　簡體字版後記

這是我第二本比較滿意的書，花了很多時間和精力。從二〇〇一年開始，到去年結束，用了八年的時間。

去年過年的時候我用毛筆寫了一首詩，題為〈四十五歲有感〉：「功名利祿是浮華，且為稻粱且為她，人生四十始頓悟，滿臉滄桑已華髮。」仿舊體詩的形式，但我的普通話不好，加上又不懂平仄規律，所以很難說是舊體詩。好在是寫給自己看的，自己讀起來順口就行。愛人對「她」很不滿，其實這裏的「她」更是家庭的代稱。

這不是對過去的生活感到後悔，恰恰相反，從社會的最低層一路走到現在，就實現理想的生活方式而言我是幸運的，小時候我最大的願望就是成為一個城裏人，從拿到大學通知書的那一刻起，我就知道這一理想實現了，從那時起我就一直在城市裏轉悠，我已經很滿足了。但從內心裏來說，我對城市生活一直有一種不踏實的感覺，現在的我可以說是一個典型的學術人，一個不創造物質財富的人，很難想像，有一天我的精神不再能換錢，我憑什麼生活。在我們這個世界上，選擇做什麼和不選擇做什麼，常常是不由自主的。我不知道我是如何走上學術之路的，讀大學時都還不曾想到我有一天會成為一個學者。回頭看似乎每一步都充滿了偶然性，拼命地往前走就走到了這一步。

我從來不知道遠大理想為何物，從小生存困難的經歷養成了我很「實在」的性格，有時也耽於幻想，也嚮往美好的未來，但我一般不設想過於遙遠的事，從來不把當下的行為建立在想像和虛幻之上。悲哀的是，學術最初對於我來說一直是職業，是飯碗，所以大學畢業後分配到一所師專教書，很長一段時間我對於學術都是應付和消沉的，過了一段無所事事的日子，開始覺得很輕鬆、悠閒且愜意。但突然有一天，我發現這樣生活似乎可疑，父母親年歲大了，我拿什麼來贍養他們？要成家立業了，誰願意跟我這樣一個碌碌無為的人？為了考大學，我欠兄弟姐妹很多，我拿什麼來回報他們。生活越來越窘境，生存在將來的某一天可能重新變得很困難。精神上很苦悶，心情也很壞，於是想到了改變。開始讀研究生，讀博士，於是進入了學術體制。大約在一九九五年碩士畢業時，我開始對學問有了興趣，到了讀博士，可以說已經很投入，有一段時間可以說是全身心地投入，並且有了某種雄心。這麼多年，向前走可以說成了我的習慣。

我這樣說，並不表明我對於學術是消極的，也不是說我不看重我自己的學術。我只是想說明，人到中年，應該冷靜了，應該坐下來好好想想了。其實，學術的力量有限，知識份子的能量有限。學術對於我來說是一種生存方式，是一種生活方式，不能誇大它的作用和意義，但既然選擇了它，就應該珍惜，對於我來說，珍惜學術似乎就是珍重我自己的生命。雖然走上學術之路有很多偶然性，但人生就是這樣，每個人的生存方式都有偶然性，我不後悔。我現在已經很習慣了這種生存方式，我覺得看書很有樂趣，思考很有樂趣，寫作有痛感但收穫很讓人開心，我很滿意過這樣一種內心無比豐富的生活。除了做學問，我不知道我現在還能做什麼。

過去我一直非常尊重我的興趣，主要是不想太委曲自己。但人的精力有限，時間也有限，在人活一千歲這個夢想還不能實現的現今條件下，每個人恐怕都只能有選擇地做點什麼，或者什麼也不做。選擇研究文學嚴格意義上還不叫選擇，因為這仍然太大，主要是範圍還太廣，必須更進一步縮小範圍。對於從事了文學研究的人來說，或者選擇現代文學，或者選擇文學理論，或者選擇比較文學與世界文學，還有古代文學、近代文學等，我最初也是這樣選擇的，但後來我的思路慢慢發生了改變，我的選擇則是，從語言的角度來研究文學。我覺得我這一輩子如果把這一問題研究得比較滿意，讓我自己滿意，能夠給後人留點什麼，我就心滿意足了。

我的博士論文主要是研究現代漢語與中國現代文學的關係，或者說是從語言的角度研究現代文學，雖然得到學術界認識和不認識的老師、朋友們的褒獎和鼓勵，但我知道它的局促。博士畢業後我實際上可以繼續順著「現代漢語」這一思路做下去，我知道現代文學中與語言有關的還有很多問題值得繼續研究，比如大眾語的問題、世界語的問題、晚清的白話問題、語言與文字的問題、語言的詩性問題、翻譯語言的問題，還有錢玄同的語言問題、陳獨秀的語言問題等，當代文學中的語言問題就更多。但對於當時的我來說，這樣做可能很難有大的突破。我覺得與語言有關的文學理論問題更重要，我想先做一段時間的理論基礎研究之後再回來做現代文學的語言問題研究，這樣可能會有更大的收穫，同時我也是想讓我自己冷靜一下，有些距離地審視一下過去的東西，我感覺當時的我對現代文學的語言問題的思考有些「頭腦發熱」，太激動和自信。

我知道四川大學的曹順慶先生正在研究文學理論的語言問題，他提出的「失語症」和「話語重建」問題在學術界引起了熱烈的討論。我隱約感到「話語」問題可能是文學研究的關鍵問題，所以在博士畢業的第二年我就申請到他那裏做博士後。承曹老師的厚受，申請一路順利，我終於在二〇〇一年九月進入四川大學中國語言文學博士後流動站工作。我當時的選題為《文學理論話語研究》，得到曹老師的肯定。第二年我以這一題目申請中國博士後基金課題，順利通過，我對於我來說也是一個鼓舞。同年同題申請浙江省社聯哲學社會科學重點課題，也獲得通過。

但真正進入實際操作，我發現這個題目實際上很大。我最初也按照常規擬了一個提綱，主要是探討理論問題，力求全面、系統，但真正寫起來，我感覺還是太抽象，意義不大。所以我就選了幾個具體的問題或者說「話語」來研究，實際上有點「關鍵字」研究的意思。我覺得，體系、完整性，這並不是很重要的，重要的是是否深入，是否對學術的拓展有所貢獻。在寫作方式上，我試圖走另外一種方式，不講體系，不講完整性，開放式的結構，接受後現代的某些觀念和方式。我也是一個讀書人，我讀書時就很少考慮書的體系性和完整性，其實，大多數人讀書都是蜜蜂採蜜式的，接受其中的精華。所以，寫作中，我覺得是湊數的東西、過渡和銜接性的東西就都不要了，只留下我認為是精髓的東西。我想，只要讀者能夠對我提出的某一個問題感興趣，並有所啟發，我就感到非常滿足了。

我固執地相信：學術研究不能劃一，跨學科不能泛，但它是需要的，不能沒有。本人主張跨文學研究，也即打破文學各學科的界線，打破文史哲各學科的界線，以問題為中心來研究文學。我認為，傳統的分科有它的合理性，但它的問題和弊端也太多，比如同一個問題被瓜分到各學科從而被弄得支離破碎，人造隔膜。我發現，從話語視角出發，把文學研究分為文學理論、中國現當代文學、古代文學、比較文學等是沒有實質性意義的，或者說至少它的意義不像過去那樣大，所以本人不再恪守我們現在的學術分科。當時寫作中我還是有點抱負的，希望在研究方法、研究思維和研究範式上有所突破。我的思路是：不再是對文學理論「觀念」的研究，不是「透過」語言或話語研究「現象」和「觀念」，而是「通過」研究語言或話語來研究「現象」和「觀念」。

當初選擇這個課題時可以說信心十足，躊躇滿志，但寫作起來才體會到其中的艱難。應該說，這麼多年，我也努力了，但與最初的理想還是有很大的距離，存在這樣或那樣的問題，有些問題我自己能夠意識到，但由於知識水準有限，目前不能很好地解決。但肯定有很多疏漏。歡迎批評指正。

博士後出站報告完成以後，曾得到皮朝綱先生的評閱和指導。參加我博士後出站報告會的有這樣一些老師：龔鵬程、馮憲光、曹順慶、徐新建、李怡。真誠地感謝他們對我的鼓勵和提出的寶貴意見。書稿中的絕大多數章節都在學術期刊上發表，我特別把它列出來，沒有別的意思，僅僅是表達我對這些雜誌和編發我文章的有關編輯表示深深的謝意。最後，特別感謝本書責任編輯郭曉鴻博士，感謝她的推薦和修改意見，感謝她對本書進行了仔細的文句校正。

二〇〇九年六月一日於浙江師範大學

語言文學類　PG0780　文學視界06

從「話語」視角論中國文學

作　　者 / 高　玉
主　　編 / 蔡登山
責任編輯 / 鄭伊庭
圖文排版 / 楊尚蓁
封面設計 / 陳佩蓉

發 行 人 / 宋政坤
法律顧問 / 毛國樑　律師
印製出版 / 秀威資訊科技股份有限公司
114台北市內湖區瑞光路76巷65號1樓
電話：+886-2-2796-3638　傳真：+886-2-2796-1377
http://www.showwe.com.tw
劃撥帳號 / 19563868　戶名：秀威資訊科技股份有限公司
讀者服務信箱：service@showwe.com.tw
展售門市 / 國家書店（松江門市）
104台北市中山區松江路209號1樓
電話：+886-2-2518-0207　傳真：+886-2-2518-0778
網路訂購 / 秀威網路書店：http://www.bodbooks.com.tw
國家網路書店：http://www.govbooks.com.tw
圖書經銷 / 紅螞蟻圖書有限公司
114台北市內湖區舊宗路二段121巷28、32號4樓
電話：+886-2-2795-3656　傳真：+886-2-2795-4100

2012年8月BOD一版
定價：700元

國家圖書館出版品預行編目

從「話語」視角論中國文學 / 高玉著. -- 一版. -- 臺北市：秀威資訊科技, 2012.08

面； 公分. --（語言文學類；PG0780）

BOD版

ISBN 978-986-221-977-5（平裝）

1. 中國當代文學 2. 文學評論 3. 文學評論

820.908 101012613

讀者回函卡

感謝您購買本書，為提升服務品質，請填妥以下資料，將讀者回函卡直接寄回或傳真本公司，收到您的寶貴意見後，我們會收藏記錄及檢討，謝謝！
如您需要了解本公司最新出版書目、購書優惠或企劃活動，歡迎您上網查詢或下載相關資料：http:// www.showwe.com.tw

您購買的書名：________________________________

出生日期：________年________月________日

學歷：□高中（含）以下　□大專　□研究所（含）以上

職業：□製造業　□金融業　□資訊業　□軍警　□傳播業　□自由業
　　　□服務業　□公務員　□教職　□學生　□家管　□其它_____

購書地點：□網路書店　□實體書店　□書展　□郵購　□贈閱　□其他

您從何得知本書的消息？
□網路書店　□實體書店　□網路搜尋　□電子報　□書訊　□雜誌
□傳播媒體　□親友推薦　□網站推薦　□部落格　□其他__________

您對本書的評價：（請填代號　1.非常滿意　2.滿意　3.尚可　4.再改進）
封面設計____　版面編排____　內容____　文／譯筆____　價格____

讀完書後您覺得：
□很有收穫　□有收穫　□收穫不多　□沒收穫

對我們的建議：________________________________

____

____

____

請貼
郵票

11466
台北市內湖區瑞光路 76 巷 65 號 1 樓
秀威資訊科技股份有限公司 收
BOD 數位出版事業部

....

（請沿線對折寄回，謝謝！）

姓　　名：＿＿＿＿＿＿＿＿　年齡：＿＿＿＿　性別：□女　□男

郵遞區號：□□□□□

地　　址：＿＿＿＿＿＿＿＿＿＿＿＿＿＿＿＿

聯絡電話：（日）＿＿＿＿＿＿＿＿（夜）＿＿＿＿＿＿＿＿

E-mail：＿＿＿＿＿＿＿＿＿＿＿＿＿＿＿＿